UNE DERNIÈRE DANSE

Diplômée de littérature anglaise de l'université d'Oxford, Victoria Hislop vit entre l'Angleterre et la Crète, et parle français couramment. Best-seller international, vendu à plus de trois millions d'exemplaires à travers le monde, son premier roman, *L'Île des oubliés*, a conquis quatre cent mille lecteurs en France, où il a été couronné par le Prix des lecteurs du Livre de Poche en 2013. La *success story* se poursuit avec ses nouveaux ouvrages publiés en France, *Le Fil des souvenirs* et *Une dernière danse*.

Paru dans Le Livre de Poche :

LE FIL DES SOUVENIRS

L'ÎLE DES OUBLIÉS

VICTORIA HISLOP

Une dernière danse

TRADUIT DE L'ANGLAIS PAR SÉVERINE QUELET

LES ESCALES

Titre original :

THE RETURN

ISBN : 978-2-253-17811-8 – 1re publication LGF

À Emily et William, avec tout mon amour

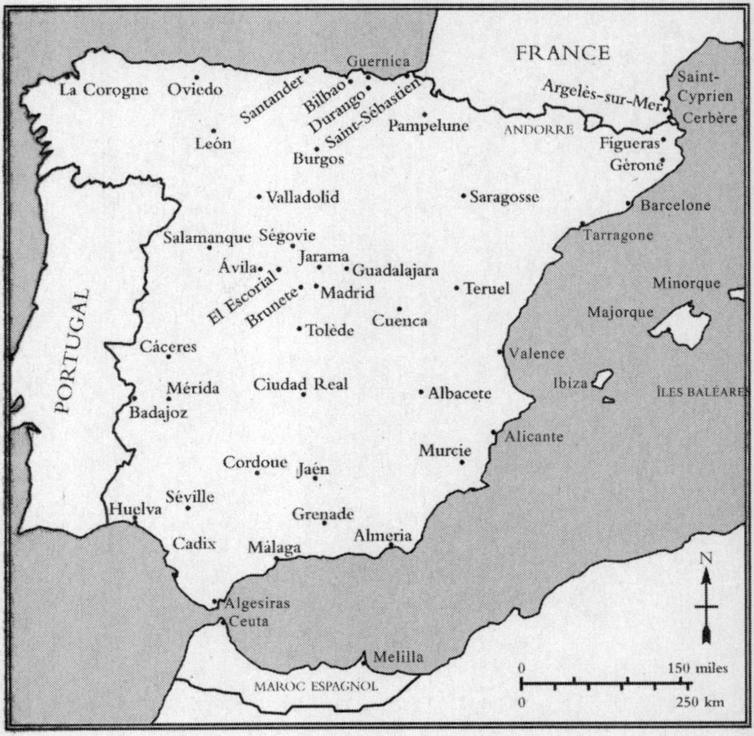

Espagne, 1931.

Grenade, 1937

Au creux de la nuit, dans l'obscurité d'un appartement aux volets clos, le clic discret d'une porte qu'on refermait perça le silence. Au crime de son retard, la jeune fille ajouta le péché de tenter de dissimuler son retour furtif à la maison.

— Mercedes ! Pour l'amour du ciel, où étais-tu ? murmura une voix sévère.

Un jeune homme sortit de l'ombre du couloir et la fille, qui n'avait guère plus de seize ans, se tint devant lui, tête baissée, mains croisées dans le dos.

— Pourquoi rentres-tu si tard ? Pourquoi nous infliges-tu cela ?

Il hésita, flottant dans l'espace flou entre le désespoir le plus total et son amour inconditionnel pour cette fille.

— Et que caches-tu là ? Je le devine très bien !

Elle tendit les mains. En équilibre sur ses paumes ouvertes reposait une paire de chaussures noires éraflées, leur cuir aussi souple que la peau humaine, leur semelle usée jusqu'à en devenir translucide.

Il lui saisit délicatement les poignets et les serra entre ses mains.

— *Je t'en prie, je te le demande pour la toute dernière fois… l'implora-t-il.*

— *Je suis désolée, Antonio, répondit-elle à voix basse en plongeant son regard dans le sien. Je ne peux pas arrêter. C'est plus fort que moi.*

— *C'est dangereux,* querida mía. *C'est trop dangereux.*

PREMIÈRE PARTIE

1

Grenade, 2001

Les deux femmes avaient pris place quelques instants plus tôt à peine, dernières spectatrices à être admises avant que le *gitano* à l'air revêche ne pousse d'un geste ferme les verrous à la porte.

Traînant derrière elles des jupes volumineuses, cinq jeunes filles aux cheveux de jais firent leur entrée. Ajustées à leurs corps, tournoyaient des robes d'un rouge et d'un orange flamboyants, vert fluo et ocre. Ces couleurs éclatantes, le cocktail d'effluves lourds, la célérité de leur arrivée ajoutée à leur démarche arrogante, tout cela donnait à la scène un effet théâtral aussi forcé qu'écrasant. À leur suite se présentèrent trois hommes, dans des costumes sombres comme ceux qu'on porte aux funérailles, tout en noir depuis leurs souliers de cuir fabriqués main à leurs cheveux gominés.

L'ambiance se modifia alors, à mesure que le battement léger, céleste, des paumes qui s'effleuraient s'élevait dans le silence. L'un des hommes brossait des doigts les cordes de sa guitare. Un autre poussa un profond gémissement plaintif qui se mua bientôt en chant. Le rauque de sa voix s'accordait à la rusticité du lieu et à la rudesse de son visage grêlé. Seul le chanteur et sa troupe comprenaient l'obscur patois, mais le public pouvait en ressentir le sens. Un amour avait été perdu.

Cinq minutes s'écoulèrent ainsi, la cinquantaine de spectateurs assise en rond dans l'obscurité d'une des *cuevas* humides de Grenade osant à peine respirer. Rien n'annonça la fin de la chanson – elle s'évanouit simplement – mais les danseuses y virent le signal pour quitter la scène, les unes derrière les autres, les yeux rivés sur la porte devant elles, avançant d'une démarche à la sensualité brute, sans même remarquer la présence des étrangers dans la salle. Une impression de menace planait dans l'espace sombre.

— C'est tout ? chuchota l'une des retardataires.

— J'espère que non, répondit son amie.

Plusieurs minutes durant, la salle fut saisie d'une incroyable tension puis un son doux et continu leur parvint. Ce n'était pas de la musique, mais un ronronnement mélodieux et percutant : des castagnettes.

L'une des danseuses revenait ; elle parcourut la scène aussi étroite qu'un couloir en tapant du pied, les volants de son jupon balayant les pieds recouverts de poussière des touristes assis au premier rang. Le tissu de sa robe, d'un orange vif parsemé de gros pois noirs, était tendu sur son ventre et sa poitrine. Les coutures étaient tirées. Ses pieds martelaient en rythme les lames de bois qui composaient la scène : un deux, un deux, un deux trois, un deux trois, un deux…

Puis ses mains s'élevèrent dans les airs, les castagnettes s'agitant dans un trille agréable, et la femme se mit à tourner lentement. Tandis qu'elle virevoltait, ses doigts claquaient contre les petits disques noirs qu'elle tenait entre les mains. Le public était sous le charme.

Un chant plaintif l'accompagnait ; le chanteur gardant la plupart du temps les yeux baissés. La danseuse poursuivit, plongée dans une transe personnelle. Si elle suivait la musique, elle n'en montrait rien, et si elle avait conscience de la présence du public, celui-ci ne le ressentait pas. L'expression de son visage sensuel n'était que pure concentration et son regard était plongé dans un autre monde qu'elle seule discernait. Sous ses bras, le tissu s'assombrit de transpiration et des gouttes de sueur perlèrent à son front tandis qu'elle tournoyait, toujours plus vite.

La danse s'acheva comme elle avait commencé, d'un coup de talon décidé, tel un point final. Les mains levées au-dessus de sa tête, les yeux au plafond, bas et bombé. La température avait augmenté dans la salle et ceux des premiers rangs humèrent le mélange entêtant de parfums musqués et de transpiration qui emplissait l'air.

Alors qu'elle quittait la scène, une autre fille prit la relève. L'impatience semblait animer cette seconde danseuse, comme si elle voulait en finir au plus vite. De nouveaux pois noirs virevoltèrent devant les yeux du public, cette fois sur une robe rouge vif, et des boucles brunes tombaient en cascade sur le visage de la gitane, ne laissant apparaître que ses grands yeux en amande soulignés d'un épais trait de khôl. Cette fois, pas de castagnettes, seulement le martèlement des pieds répété à l'infini : clac-a-tac, clac-a-tac-tac, clac-a-tac-tac…

La rapidité de ses mouvements de talons et d'orteils paraissait humainement impossible. Les lourdes chaussures noires, avec leurs talons hauts et solides et leur bout renforcé en métal faisaient vibrer la scène. Les articulations de ses genoux devaient absorber des milliers d'ondes de choc. L'espace d'un instant, le chanteur se tut, contemplant le sol, comme si croiser le regard de cette beauté brune allait le changer en pierre. Impossible de déterminer qui du guitariste ou de la danseuse imposait sa cadence à l'autre. La communication entre eux était fluide. Dans une attitude provocatrice, elle remonta ses lourds jupons pour révéler des jambes parfaitement galbées glissées dans des bas noirs, afin de faire admirer davantage la rapidité et le rythme de ses pas. La danse monta crescendo tandis que la fille, entre derviche tourneur et toupie, tourbillonnait. La rose coincée précairement dans ses cheveux s'envola dans le public. La danseuse ne se pencha pas pour la récupérer, mais quitta la scène d'un pas vif avant même que la fleur n'ait touché le sol. C'était une performance introvertie et pourtant une démonstration manifeste d'assurance comme les spectateurs n'en avaient jamais vu.

La première danseuse et son partenaire lui emboîtèrent le pas et quittèrent la salle, le visage inexpressif, toujours indifférents aux applaudissements.

Avant la fin du spectacle, une autre demi-douzaine de danseurs se présenta, et chacun exprima les mêmes sentiments troublants de passion, de colère et de chagrin. Sur la scène se relayèrent un homme dont les mouvements étaient aussi provocants que ceux d'une prostituée, une fille dont l'interprétation de la douleur s'accommodait mal de son extrême jeunesse, et une femme plus âgée dont le visage profondément ridé révélait sept décennies de souffrance.

Enfin, une fois tous les artistes passés, les lumières se rallumèrent. En s'acheminant vers la sortie, les spectateurs purent les apercevoir brièvement, regroupés dans une petite arrière-salle, en train de discuter, fumer et boire, dans de grands verres remplis à ras bords, du whisky bon marché. Ils disposaient de quarante-cinq minutes avant la représentation suivante.

L'air avait été étouffant dans la salle au plafond bas, lourd de relents d'alcool, de transpiration et du tabac froid des cigares depuis longtemps éteints, et sortir à l'air frais fut un soulagement. La nuit était claire et pure, rappel des montagnes qui s'élevaient non loin.

— C'était extraordinaire, commenta Sonia en s'adressant à son amie.

Elle ne savait pas très bien ce qu'elle entendait par là mais ce mot semblait être le seul approprié.

— Oui, approuva Maggie. Et si intense.

— Exactement. Vraiment intense. Pas du tout ce que je m'étais imaginé.

— Ces filles n'avaient pas l'air particulièrement heureuses, si ?

Sonia ne prit pas la peine de répondre. De toute évidence, le flamenco n'avait rien à voir avec le bonheur. Elle avait au moins pris conscience de cela au cours des deux dernières heures.

Elles empruntèrent les petites rues pavées pour regagner le centre de Grenade et se perdirent dans le vieux quartier mauresque, l'Albaicín. Inutile de chercher son chemin sur une carte : les ruelles possédaient rarement des plaques indiquant leur nom et se terminaient même souvent en une volée de marches étroites.

Les deux femmes se repérèrent enfin en tournant à un angle pour se retrouver face à l'Alhambra, désormais délicatement illuminé. Malgré l'heure tardive – minuit passé – la douce lueur ambrée qui baignait l'édifice laissait presque croire que le soleil se couchait à peine. Avec ses nombreuses tourelles crénelées qui s'élevaient dans le ciel nocturne clair, la forteresse semblait tout droit sortie des contes des *Mille et Une Nuits*.

Bras dessus bras dessous, les deux amies redescendirent la colline en silence. Maggie, la sculpturale brune, refrénait son pas pour s'ajuster à celui de Sonia. Une habitude de toute une vie, ou presque, entre ces deux amies proches, à l'opposé l'une de l'autre sur le plan physique. Elles ne ressentirent pas le besoin de parler. Pour l'heure, le bruit sec de leurs pas sur les pavés, aussi percutant que celui des mains et des castagnettes des danseurs de flamenco, se révélait plus appréciable que la voix humaine.

C'était un mercredi de la fin février. Sonia et Maggie n'étaient arrivées que depuis quelques heures à peine mais déjà dans le taxi qui les éloignait de l'aéroport, Sonia était tombée sous le charme de Grenade. Le crépuscule hivernal parait la ville d'une lumière vive, plongeant les sommets enneigés des montagnes en toile de fond dans une ombre spectaculaire ; et tandis que le taxi fonçait sur l'autoroute en direction de la ville, elles aperçurent pour la première fois le contour géométrique de l'Alhambra. La forteresse semblait monter la garde sur le reste de la ville.

Au bout d'un moment, leur chauffeur ralentit pour emprunter la bretelle en direction du centre et les deux femmes se délectèrent du paysage qui défilait par leur vitre : places royales, palais et, de temps en temps, fontaines somptueuses. Puis le taxi tourna pour s'engouffrer dans les étroites ruelles pavées qui serpentaient à travers la ville.

Malgré les origines espagnoles de sa mère, Sonia n'avait visité le pays qu'à deux reprises auparavant. Et lors de ses deux séjours dans des stations balnéaires de la Costa del Sol, pas une fois elle n'avait quitté le confort superficiel de la côte étincelante où le soleil présent toute l'année et les petits déjeuners proposés du matin au soir étaient plébiscités par les Britanniques et les Allemands qui y débarquaient en masse. L'assortiment des villas voisines aux colonnes richement ornées et aux portails en fer forgé était si proche et pourtant à des années-lumière de cette ville aux rues brouillonnes dont les bâtiments avaient été érigés des siècles auparavant.

C'était un lieu aux odeurs inhabituelles, où régnait un capharnaüm d'ancien et de moderne, de cafés débordant d'autochtones, de vitrines présentant des piles de petites pâtisseries luisantes servies par des hommes à la mine sérieuse fiers de leur commerce, d'appartements miteux aux volets clos où des draps séchaient aux balcons. C'était un lieu authentique, songea-t-elle, pas une reproduction.

Ils zigzaguèrent dans les rues, gauche puis droite, droite puis gauche et gauche à nouveau, comme pour aboutir à l'endroit même d'où ils étaient partis. Chaque petite rue était à sens unique et parfois la collision était évitée de justesse avec une mobylette qui roulait à contresens et fonçait sur eux à vive allure. Les piétons, indifférents au danger, descendaient du trottoir et traversaient sans regarder devant eux. Seul un chauffeur de taxi expérimenté pouvait se frayer un chemin dans ce labyrinthe complexe. Un chapelet pendu au rétroviseur intérieur cliquetait contre le pare-brise et une statuette de la Vierge Marie veillait avec fausse modestie depuis le tableau de bord. Aucun accident ne fut à déplorer au cours du trajet, aussi sembla-t-elle remplir sa mission.

Le désodorisant d'ambiance acidulé combiné à l'agitation de la course soulevait le cœur des deux femmes. Elles éprouvèrent un vif soulagement en sentant la voiture ralentir enfin avant d'entendre le bruit sec du frein à main. L'hôtel deux étoiles Santa Ana se situait sur une petite place délabrée, coincé entre une librairie et un cordonnier, et le long du trottoir s'étalaient des stands en train d'être remballés. Des miches lisses et dorées et de grosses tranches de pain aux olives étaient rangées, et les dernières parts de tartes aux fruits à l'origine aussi grosses que des roues étaient enveloppées dans du papier paraffiné.

— J'ai une faim de loup, déclara Maggie en observant les marchands charger leurs petites camionnettes. Je vais leur acheter quelque chose avant qu'ils ne partent.

Avec sa spontanéité habituelle, Maggie traversa la rue, laissant à Sonia le soin de régler la course en taxi. Elle revint avec un beau morceau de pain qu'elle dévorait déjà, impatiente d'assouvir sa faim.

— C'est délicieux. Tiens, goûte.

Elle fourra un morceau de pain croustillant dans la main de Sonia et, côte à côte au bord du trottoir, leurs bagages aux pieds, elles se mirent à manger, dispersant avec désinvolture des miettes sur les dalles de pierre. L'heure était au *paseo*. Les gens commençaient à sortir pour leur petite promenade du soir. Des hommes et des femmes ensemble, des femmes bras dessus bras dessous, des couples d'hommes. Tous étaient élégamment vêtus et même s'ils semblaient apprécier les bienfaits simples d'une balade, ils marchaient d'un pas décidé, comme s'ils étaient attendus quelque part.

— Comme ça a l'air chouette ! s'exclama Maggie.

— Quoi donc ?

— Vivre dans cette ville ! Regarde-les ! dit Maggie en désignant le café qui faisait l'angle sur la place et dans lequel les clients abondaient. De quoi crois-tu qu'ils discutent en sirotant leur *tinto* ?

— De tout, j'imagine, répliqua Sonia avec un sourire. De la vie de famille, de scandales politiques, de foot…

— Allons poser nos affaires à l'hôtel, déclara Maggie en finissant son pain. Ensuite nous sortirons prendre un verre.

La porte vitrée s'ouvrit sur la réception brillamment éclairée de l'hôtel. Des arrangements floraux rococo et de lourds meubles baroques conféraient une impression de grandiose à l'ensemble. Un jeune homme souriant derrière son comptoir leur donna le formulaire d'entrée à remplir puis, une fois leurs passeports photocopiés, il les informa de l'heure du petit déjeuner et leur tendit une clé. L'orange en bois grandeur nature qui y était attachée était la garantie absolue qu'elles ne quitteraient pas l'hôtel sans y laisser la clé pour qu'elle soit remise à sa place sur le tableau de l'accueil.

Au-delà du hall d'entrée, tout dans l'hôtel était d'un goût clinquant et douteux. Nez à nez, elles prirent place dans un ascenseur à peine plus grand qu'une boîte à chaussures, leurs bagages empilés en une tour vacillante. Elles émergèrent au troisième étage dans un étroit couloir. Dans la pénombre, elles avancèrent en tirant leurs valises jusqu'à distinguer le « 301 » en chiffres épais et ternis sur la porte.

Leur chambre offrait une vue surprenante. Mais pas de l'Alhambra. La fenêtre donnait sur un mur et, plus précisément, sur un caisson d'air conditionné.

— De toute façon, on ne va pas passer beaucoup de temps à regarder par la fenêtre, n'est-ce pas ? commenta Sonia en tirant les minces rideaux.

— Et même si nous disposions d'un balcon avec de splendides fauteuils et d'un panorama à perte de vue sur les montagnes, nous n'en profiterions pas, ajouta Maggie avec un rire. Il ne fait pas encore assez chaud.

Sonia ouvrit d'un geste rapide sa valise et fourra quelques T-shirts dans le petit tiroir de la table de nuit avant de suspendre le reste de ses affaires dans la minuscule armoire ; le raclement des cintres en métal sur la tringle la fit grincer des dents. Tout comme la chambre, la salle de bains se réduisait au strict nécessaire, et Sonia, bien que menue, dut se presser contre le lavabo pour pouvoir en fermer la porte. Après s'être brossé les dents, elle jeta sa brosse dans l'unique verre à disposition et regagna la chambre.

Maggie était allongée sur le dessus-de-lit bordeaux, sa valise par terre, toujours fermée.

— Tu ne défais pas tes bagages ? s'enquit Sonia.

Elle savait par expérience que Maggie choisirait toute la semaine ses habits directement dans sa valise qui débordait de dentelles aguichantes et de chemisiers froissés en boule plutôt que de suspendre quoi que ce soit.

— Tu disais ? demanda Maggie d'un air distrait, plongée dans la lecture d'un dépliant.

— Tu ne défais pas ta valise ?

— Oh, oui. Je m'en occuperai plus tard.

— Qu'est-ce que tu lis ?

— C'était dans la pile de prospectus sur la table, répondit Maggie, dissimulée derrière le dépliant qu'elle tenait juste devant ses yeux pour tenter de déchiffrer les mots.

Le faible éclairage ne perçait que légèrement la pénombre de la pièce et ne procurait guère assez de lumière pour lire.

— C'est une pub pour un spectacle de flamenco appelé Los Fandangos. Ça se déroule dans le quartier gitan, si mon espagnol ne me trompe pas. On y va ?

— Oui. Pourquoi pas ? Le type à la réception pourra sûrement nous indiquer le chemin pour nous y rendre.

— Et ça ne commence pas avant 22 h 30, alors nous pouvons aller manger avant.

Peu après, elles étaient sur le trottoir, un plan de la ville entre les mains. Elles serpentèrent dans le dédale des rues, se fiant autant à la carte qu'à leur instinct.

Jardines, Mirasol, Cruz, Puentezuelas, Capuchinas…

Sonia se rappelait, de ses cours d'espagnol à l'école, la signification de la plupart de ces mots. Chacun comportait sa magie propre. Ils étaient comme des coups de pinceau, peignant le paysage de la ville, chacun participant au tableau dans son entier. À l'approche du centre-ville, les noms des rues reflétaient clairement la domination du catholicisme.

Elles se dirigèrent vers la cathédrale, point central de la ville. D'après la carte, tout partait de là. Les étroites ruelles ne semblaient pas le chemin le plus évident pour y arriver. Ce ne fut qu'une fois au pied des grilles derrière lesquelles deux femmes mendiaient, assises dans l'embrasure de la porte sculptée, que Sonia leva enfin les yeux. La dominant de toute sa hauteur, s'élevait le plus imposant des édifices ; il remplissait le ciel, masse solide de blocs de pierres. La cathédrale ne s'élançait pas vers la lumière, comme Saint-Paul, Saint-Pierre ou le Sacré-Cœur. De l'avis de Sonia, elle semblait plutôt la bloquer. Le monument ne s'annonçait pas davantage par une immense place déserte. Il surgissait au détour de rues ordinaires flanquées de cafés et de boutiques ; et de la plupart de ces étroites ruelles, il était invisible.

À l'heure pile, cependant, la cathédrale se rappelait au bon souvenir du monde. Alors que les deux femmes se tenaient à son entrée, les cloches se mirent à sonner. Le volume était si fort qu'elles reculèrent en titubant. Des sons métalliques, retentissants, résonnèrent dans leur tête. Sonia se couvrit les oreilles des mains et suivit Maggie loin du bruit assourdissant.

Il était 20 heures et les bars à tapas aux abords de la cathédrale se remplissaient déjà. Maggie se décida promptement, attirée par un établissement devant lequel un serveur était en train de fumer.

Une fois perchées sur de hauts tabourets en bois, elles commandèrent du vin. On le leur servit dans des petits verres cylindriques, accompagnés d'une généreuse assiette de *jamón*. Chaque fois qu'elles commandaient un autre verre, de nouvelles tapas apparaissaient comme par magie. En dépit de la grande faim qui les avait tenaillées, ces petites offrandes composées d'olives, de fromage et de pâté leur remplirent lentement l'estomac.

Le choix de Maggie sur le lieu comblait parfaitement Sonia. Derrière le bar, des jambons, en enfilade, étaient suspendus au plafond, comme des chauves-souris géantes accrochées à l'envers dans les arbres.

La graisse s'en égouttait dans des petits cônes en plastique. À côté se trouvaient des chorizos, et sur les étagères derrière, étaient disposées de grandes conserves d'olives et de thon. Des rangées et des rangées de bouteilles s'étalaient, hors de portée. Sonia adorait ce chaos poussiéreux, la riche et douce odeur du *jamón* et le bourdonnement de la convivialité qui l'enveloppait comme son manteau préféré.

Maggie interrompit ses rêveries.

— Alors, comment ça va ?

C'était une question typique de son amie. Aussi chargée que le cure-dents sur lequel elle avait piqué deux olives et une tomate cerise.

— Bien, répondit Sonia, sachant que cette réponse ne la satisferait sans doute pas.

Parfois, le franc-parler de Maggie la gênait. Depuis qu'elles s'étaient retrouvées plus tôt dans la journée à l'aéroport de Stansted, elles avaient discuté de tout et de rien, avec légèreté, mais elle savait que tôt ou tard Maggie exigerait davantage. Sonia poussa un soupir. C'était à la fois ce qu'elle adorait et détestait chez son amie.

— Comment va ton poussiéreux mari ?

Cette question plus directe ne pouvait être esquivée avec un seul mot, encore moins un simple « bien ».

Depuis 21 heures, le bar s'était rapidement rempli. Plus tôt dans la soirée, la clientèle se composait principalement d'hommes âgés, rassemblés en petits groupes soudés. Ils étaient coquets, avait remarqué Sonia, parés de vestons élégants et de souliers bien cirés. Plus tard, des clients plus jeunes les avaient remplacés, discutant avec animation, posant verres de vin et assiettes de tapas sur l'étroit comptoir qui courait le long de la salle précisément à cet effet. Le volume sonore rendait leur conversation plus difficile à présent. Sonia approcha son tabouret si près de celui de Maggie que les deux assises en bois se touchèrent.

— Plus poussiéreux que jamais, lui souffla-t-elle à l'oreille. Il ne voulait pas que je vienne ici mais j'imagine qu'il s'en remettra.

Sonia jeta un œil à la pendule au-dessus du bar. Le spectacle de flamenco débutait dans moins d'une demi-heure.

— On devrait y aller, non ? dit-elle en descendant de son tabouret.

Elle avait beau aimer Maggie de tout son cœur, pour l'heure, elle ne souhaitait pas répondre à ses questions indiscrètes. De l'avis de sa meilleure amie, aucun homme ne valait qu'on l'épouse, mais Sonia soupçonnait Maggie de ne penser cela que parce qu'elle n'avait jamais eu de mari dans sa vie, en tout cas pas de mari à elle.

On venait juste de leur servir du café et Maggie n'allait pas partir avant de l'avoir bu.

— On a le temps, assura-t-elle. Rien ne commence à l'heure en Espagne.

Les deux femmes vidèrent leurs tasses de *café solo*, puis se frayèrent un chemin entre les clients et sortirent du bar. La foule envahissait également la rue, et tout le long jusqu'au Sacromonte où elles découvrirent une pancarte indiquant « Los Fandangos ». La *cueva* où elles allaient assister au spectacle de flamenco était située à flanc de colline, dans un bâtiment grossièrement blanchi à la chaux. À mesure qu'elles approchaient, elles se sentirent attirées par les sons enchanteurs des cordes d'une guitare qu'on pinçait.

2

Après leur soirée, étendue sur le lit de la chambre d'hôtel, Sonia contemplait le plafond. Comme toujours dans les hôtels bon marché, la pièce était trop sombre la journée et trop illuminée la nuit. Le réverbère dans la rue diffusait à travers les rideaux sans doublure un rai de lumière qui éclairait le motif beige du plafond et y dessinait des tourbillons hallucinogènes ; l'esprit de Sonia, encore stimulé par le café, s'emballait. Et si la lumière et la caféine ne suffisaient pas à favoriser l'insomnie, le mince matelas s'en chargeait.

Sonia méditait sur le bonheur qu'elle ressentait à se trouver dans cette ville. La respiration régulière de Maggie dans le lit voisin, à quelques centimètres seulement, lui était étrangement réconfortante. Elle retourna dans sa tête les événements de la soirée et sa propension à esquiver les questions de son amie. Quelles que soient les réponses qu'elle lui donnerait, tôt ou tard Maggie approcherait de la vérité et saurait comment elle allait sans qu'elle ne prononce le moindre mot. Son amie était capable d'interpréter une simple ombre qui traversait son visage quand elle lui disait « Comment vas-tu ? ». Voilà pourquoi James ne l'aimait pas et pourquoi tant de membres de la gent masculine partageaient ce sentiment. Maggie cernait parfaitement les hommes, les jugeait sévèrement et ne leur accordait jamais le bénéfice du doute.

James était, ainsi que le déclarait Maggie avec tant de délicatesse, « poussiéreux ». Son âge n'était pas seul en cause, cela tenait aussi à son comportement. Déjà dans son berceau, les grains de poussière devaient s'attarder sur lui.

Leur mariage, cinq années auparavant, au terme d'une cour inspirée des plus grands manuels sur le romantisme, avait été l'image – travaillée mais féerique – de la perfection. Au creux de ce lit, étroit et dur, loin dans tous les sens du terme du luxueux lit à baldaquin dans lequel elle avait passé sa nuit de noces, Sonia repensa à l'époque où James était apparu dans sa vie.

Sonia avait vingt-sept ans lorsqu'elle avait rencontré James qui approchait de son quarantième anniversaire. Il était associé junior dans une petite banque privée et les quinze premières années de sa carrière, il avait travaillé dix-huit heures par jour, animé d'une ambition propre à lui faire grimper les échelons de la société.

Quelques semaines seulement avant son anniversaire charnière, ainsi que les Américains qui possédaient sa banque l'auraient dit, James « revit ses priorités ». Il lui fallait quelqu'un pour l'accompagner à l'opéra, aux dîners, pour porter ses enfants. En d'autres termes, il voulait se marier. Elle n'en avait peut-être pas eu conscience pendant des années, mais Sonia avait fini par comprendre qu'elle l'avait gentiment aidé à barrer un élément sur sa liste de choses à faire.

Sonia se rappelait avec netteté leur première rencontre. Suite à la fusion de la banque de James avec un autre établissement, le directeur, Berkmann Wilder, avait sollicité les services de l'agence de relations publiques pour laquelle travaillait Sonia afin de renouveler la marque. Pour ses rendez-vous avec les institutions financières, Sonia choisissait toujours des tenues provocantes, consciente des goûts évidents des hommes de la City. Aussi, lorsqu'elle entra dans la salle de conseil de la banque, son charme ne put-il échapper à James. Menue, blonde, des petites fesses rebondies moulées dans une jupe serrée, et une jolie poitrine mise en valeur par un soutien-gorge en dentelle qu'on devinait sous son chemisier en soie, elle répondait à plusieurs des fantasmes masculins. Le regard appuyé de James la mit presque mal à l'aise.

« Géniale ! », déclara James pour la décrire à un collègue pendant leur déjeuner. « Et pleine d'entrain aussi. »

La semaine suivante, après une deuxième réunion, il lui proposa un déjeuner de travail qui fut suivi d'un verre dans un bar à vin, et avant la fin de la semaine, selon les propres termes de James, ils « sortaient ensemble ». Sonia était au septième ciel et elle n'avait aucune envie de retoucher terre. En plus d'être séduisant, il comblait plusieurs manques dans la vie de Sonia. Il était issu d'une grande famille anglaise, très conventionnelle, des comtés limitrophes de Londres. De telles racines manquaient à Sonia et les avoir, même par procuration, la rassurait. Les deux relations significatives qu'elle avait connues avant s'étaient achevées de façon désastreuse pour elle. L'une avec un musicien, l'autre avec un photographe italien. Aucun des deux ne lui avait été fidèle, et ce qui l'attirait chez James, c'étaient son sérieux et sa robustesse d'ancien élève d'école privée.

— Il est tellement plus vieux que toi ! objectèrent les amies de Sonia.

— En quoi est-ce si important ? s'enquit-elle.

C'était sans doute son âge même qui l'incitait à de grands gestes aussi extravagants que luxueux. Pour la Saint-Valentin, il ne se contenta pas d'envoyer une douzaine de roses rouges, il en fit livrer douze douzaines, et le petit appartement de Sonia à Streatham fut submergé de boutons odorants. Jamais on ne l'avait tant gâtée, ni rendue plus heureuse que le jour de son anniversaire, lorsqu'elle découvrit un solitaire de deux carats au fond de sa coupe de champagne. « Oui » était la seule réponse possible.

Même si Sonia n'avait aucune intention de quitter un travail qu'elle appréciait, James lui offrait la sécurité à long terme et en échange, elle mettait dans sa dot la possibilité de porter des enfants et sa tolérance envers une belle-mère qui considérait que nul n'était assez bien pour son fils.

Étendue dans sa chambre d'hôtel exiguë à Grenade, Sonia songea à leur magnifique mariage tout en blanc, l'image encore parfaitement nette dans son esprit ; un professionnel avait tourné une vidéo de l'événement, qu'on repassait encore à l'occasion.

Le mariage avait eu lieu deux ans après leur rencontre, dans un village du Gloucestershire proche de la demeure familiale de James. Le quartier minable du sud de Londres où Sonia avait grandi n'aurait pas offert un cadre suffisamment pittoresque à leurs noces. L'assemblée affichait un déséquilibre flagrant (les invités du côté de la mariée étaient nettement moins nombreux que ceux du marié, qui comptaient des cousins au deuxième degré, des ribambelles d'enfants en bas âge et des amis de ses parents) mais pour Sonia, la seule absence notable était celle de sa mère. Elle savait que son père aussi la ressentait amèrement. En dehors de cela, tout se déroula à la perfection. Des gerbes de freesias ornaient l'extrémité des bancs de l'église et embaumaient l'air, et les invités retinrent leur souffle d'admiration lorsque Sonia fit son entrée par l'arche de roses blanches, au bras de son père. Dans une robe longue et ample en tulle qui emplissait presque toute la largeur de l'allée centrale, elle glissa d'un pas léger vers le marié. La photographie dans son cadre d'argent à la maison, qui la montrait couronnée de fleurs, le soleil créant un halo de lumière autour d'elle, lui rappelait son allure cristalline et céleste de ce jour-là.

Après la réception (un dîner composé d'une entrée, de viande, de poisson et d'un dessert pour trois cents personnes servi sous un chapiteau rayé rose bonbon), James et Sonia étaient partis à bord d'une Bentley pour le château de Cliveden, et à 11 heures le lendemain matin ils s'envolaient pour l'île Maurice. Un début idyllique.

Pendant longtemps, Sonia avait aimé qu'on la gâte, qu'on s'occupe d'elle. Elle appréciait la façon qu'avait James de lui ouvrir les portes, de rentrer de voyage d'affaires chargé de présents pour elle : de Rome, il lui rapportait de la lingerie en satin présentée dans un écrin de soie ; de Paris, il revenait avec des parfums emballés dans des boîtes elles-mêmes glissées dans des coffrets comme des poupées russes, ou avec des foulards Chanel et Hermès achetés au duty-free de l'aéroport et qui n'étaient pas vraiment son genre.

En surface, tout allait très bien. Ils avaient tout pour être heureux : de bons emplois, une maison dans le district de Wandsworth dont la valeur immobilière croissait régulièrement, et tout l'espace nécessaire pour démarrer une famille. Ils semblaient former un couple solide, à l'instar de leur demeure et de la rue dans laquelle ils vivaient. L'étape suivante logique était de devenir parents, mais à la grande irritation de James, quelque chose retenait Sonia. Elle avait commencé à formuler des excuses, à la fois pour elle et pour James, elle prétextait notamment que le moment n'était pas idéal pour marquer une pause dans sa carrière. En avouer la véritable raison, même à elle-même, n'était pas chose facile.

Sonia était incapable de déterminer le moment exact où l'alcool était devenu un problème. Elle ne pouvait dire quel verre de vin en particulier, quel bar spécifique ou quelle soirée spéciale lui avait donné le sentiment que James avait bu « un verre de trop ». Peut-être le déclic avait-il eu lieu lors d'un déjeuner d'affaires, ou bien d'une soirée, probablement celle qu'ils avaient donnée la semaine précédente, lorsque la gigantesque table en acajou avait été recouverte de leur plus belle porcelaine et des éléments en verre taillé offerts à l'occasion de leur mariage de conte de fées.

Elle revoyait ses invités autour de cette table, en train de siroter leur flûte de champagne dans leur salon aux teintes réconfortantes bleu glacier, à entretenir des conversations convenues. Les hommes portaient des costumes et les femmes suivaient toutes un même code vestimentaire : jupes vaporeuses et petits talons aiguilles, avec ce qu'on appelait un « twin-set ». Les pendentifs en diamant étaient de rigueur, ainsi que les bracelets fins qui s'entrechoquaient. Un style chic-décontracté typique de leur génération : féminine, légèrement aguicheuse, mais pas du tout garce.

Les conversations avaient suivi leur cours habituel : on avait échangé sur le meilleur moment pour inscrire les enfants à la crèche, sur la stabilisation des prix de l'immobilier, et sur la rumeur de l'ouverture prochaine d'un nouveau restaurant gastronomique dans le Common ; une brève référence à un affreux incident de violence au volant dans une rue du voisinage avait été faite. Puis les hommes avaient raconté les blagues vulgaires qui circulaient sur le Net pour tenter d'alléger l'ambiance. Sonia se rappelait encore toute la difficulté qu'elle avait éprouvée à résister à son envie de hurler devant le caractère si prévisible de ces bavardages de la classe moyenne, face à ces gens avec lesquels elle avait le sentiment de n'avoir aucun point commun.

Le soir, fidèle à son habitude, James avait été prompt à faire admirer son immense collection de bordeaux millésimés, et les époux, rompus après une longue semaine à la City, avaient descendu avec plaisir quelques bouteilles de Bordeaux 1978. Et ce, malgré les regards désapprobateurs de leurs épouses qui se savaient désignées d'office pour prendre le volant au retour.

Des cigares étaient apparus à minuit.

— Servez-vous ! lançait James d'une voix enjôleuse en faisant passer la boîte de véritables cigares cubains. Roulés entre les cuisses d'une vierge !

La plaisanterie, bien qu'éculée, fit rire les hommes à gorge déployée.

Pour les banquiers de quarante-six ans à l'esprit conservateur comme James, une telle soirée était la perfection même : c'était un événement sage, respectable et tout à fait du goût de ses parents.

La semaine précédente, le dernier des invités partit bien après minuit. Déprimé après les festivités, James avait fait preuve d'une agressivité inhabituelle, qui avait pris Sonia par surprise. Après tout, la décision de remplir leur foyer de collègues de la City et de leurs épouses aux voix stridentes avait été, comme d'habitude, celle de son mari. Pour elle non plus ce n'était pas franchement une partie de plaisir de s'occuper de verres trop précieux pour passer au lave-vaisselle, de cendriers débordant de mégots, des marques laissées par la soupe qui avait séché dans les bols et s'accrochait comme du béton vert, de la nappe tachée de gouttes de vin, et de serviettes en lin blanc tatouées de baisers au rouge à lèvres. Un invité avait renversé du café sur le tapis et n'avait rien dit, et le fauteuil en tissu clair était éclaboussé d'une tache de vin rouge.

— À quoi bon avoir une femme de ménage si on doit faire la vaisselle nous-mêmes ? explosa James tout en s'attaquant à une casserole particulièrement résistante avant de lever un raz-de-marée contre l'évier.

Si ses invités avaient limité leur consommation d'alcool, James, lui, ne s'était pas réfréné.

— Elle ne travaille que la semaine, répondit Sonia, en essuyant à la serpillière la mare d'eau sale qui s'accumulait aux pieds de James. Tu le sais bien.

James savait parfaitement que la femme de ménage ne venait pas le vendredi soir, mais ça ne l'empêchait pas de poser la même question chaque fois qu'il se retrouvait devant l'évier à batailler contre des taches incrustées.

— Fichus dîners ! jura-t-il, en apportant un troisième plateau chargé de verres. Pourquoi organisons-nous des soirées ?

— Parce qu'on nous invite à d'autres et que tu aimes ça, répondit Sonia d'une voix douce.

— C'est un fichu cercle vicieux, hein ?

— Écoute, nous ne sommes pas obligés de recevoir avant longtemps. Nous avons mérité des tas d'invitations.

Sonia savait que poursuivre cette conversation ne les mènerait nulle part. Mieux valait se taire.

À 1 heure du matin, les assiettes étaient rangées comme de bons petits soldats dans le lave-vaisselle. Ils avaient eu leur dispute habituelle au sujet de la sauce qu'il fallait ou non rincer des plats avant de les mettre dans la machine. James avait gagné. La délicate porcelaine de Worcestershire étincelait déjà dans le lave-vaisselle qui ronronnait à présent. Les casseroles étaient également irréprochables et James et Sonia n'avaient plus rien à se dire.

Se mettre au lit à Grenade était tellement différent. Elle aimait la solitude de son étroite couche et elle appréciait de se retrouver seule avec ses pensées intimes. Une telle paix régnait. Les quelques bruits qu'elle percevait la rassuraient : le moteur ronflant d'une mobylette dehors en contrebas, une conversation étouffée que l'étroitesse de la rue, qui faisait caisse de résonance, amplifiait, et la respiration légèrement rauque de sa plus vieille amie.

Malgré la lumière que projetait toujours le réverbère à l'extérieur et la subtile lueur du jour qui se levait à présent, son esprit s'éteignit enfin, telle une bougie qu'on soufflait. Elle s'endormit.

3

Quelques heures plus tard à peine, les deux femmes furent réveillées par la sonnerie stridente du réveil.

— Debout là-dedans ! lança Sonia avec une gaieté feinte, en jetant un coup d'œil à l'horloge sur la table de nuit. Il faut se dépêcher ou nous allons être en retard.

— Il n'est que 8 heures, grommela Maggie.

— Tu es toujours à l'heure anglaise ! répliqua Sonia. Allez, nous devons y être dans une heure.

Maggie tira le drap sur sa tête tandis que Sonia se levait, se douchait et s'essuyait avec la serviette rugueuse, usée jusqu'à la corde, de l'hôtel. Une demi-heure plus tard, elle était fin prête. Elle était venue à Grenade avec un objectif.

— Allez, Maggie, remue-toi, dit-elle d'un ton cajoleur. Je vais descendre prendre un petit café pendant que tu te prépares.

Devant son petit déjeuner composé d'un croissant mou et d'un café tiède, Sonia étudia le plan de Grenade et repéra leur destination. L'école de danse ne se trouvait pas très loin, mais il leur faudrait faire preuve d'une concentration extrême pour suivre l'itinéraire tortueux.

Tout en sirotant son café, Sonia réfléchit à l'enchaînement d'événements qui l'avait conduite ici. Tout avait commencé avec un film. Sans lui, la danse ne serait jamais entrée dans sa vie. Comme dans un jeu de société, à aucun moment elle n'avait su ce que lui réservait le prochain coup.

L'une des rares sorties à laquelle James consentait en semaine était leur petit cinéma de quartier, même si très souvent, il s'endormait bien avant le dénouement du film. La petite salle du sud de Londres refusait obstinément de programmer des films à gros budget, mais comptait toutefois une clientèle locale friande de films d'art et d'essai suffisamment importante pour remplir la salle quasiment tous les soirs. Il était situé à moins de deux kilomètres de chez eux, mais l'ambiance de ce côté-ci de Clapham Common y était plus nerveuse : restaurants de plats antillais à emporter, kebabs et bars à tapas côtoyaient les restaurants chinois, indiens et thaïlandais, tous contrastant avec les établissements urbains plus froids qui faisaient légion près de chez eux.

La petite rue dans laquelle ils émergèrent après la séance rappelait la noirceur tourmentée du film d'Almodóvar qu'ils venaient de voir. Tandis qu'ils la remontaient, l'attention de Sonia fut attirée par une enseigne lumineuse qui clignotait, pareille aux panneaux publicitaires criards de Las Vegas : « Salsa ! Rumba ! » hurlait le néon. Dans la rue faiblement éclairée, l'enseigne offrait une présence rassurante.

Arrivés à proximité, ils perçurent la musique et entrevirent quelques mouvements derrière les vitres givrées. Ils étaient sans doute passés à l'aller devant ce bâtiment sans le remarquer. Dans l'intervalle des deux heures qu'avait duré le film, l'entrée années cinquante à l'apparence banale, encastrée dans le trou laissé par une bombe tombée lors du Blitz, s'était animée.

En passant devant, Sonia remarqua un panneau plus petit.

Mardi – débutants
Vendredi – intermédiaires
Samedi – tous niveaux

De l'intérieur provenaient des airs latinos à peine audibles, certes, mais enchanteurs. Sonia se sentait irrésistiblement attirée par le moindre semblant de rythme. Au son haché des talons de James s'éloignant dans la rue, elle sut que lui n'avait rien remarqué.

En rentrant du travail quelques semaines plus tard, elle avait dû, comme d'habitude, forcer la porte d'entrée et pousser le remblai de papiers accumulés derrière. Les dépliants s'entassaient dans le couloir de l'entrée avec le même effet irritant que la neige fondue sur les routes en hiver – toutes les sortes de livraisons à domicile et de ventes à emporter possibles et imaginables, catalogues de magasins de bricolage dans lesquels elle n'avait aucune intention de mettre les pieds, offres de nettoyage de moquette à moitié prix, cours d'anglais dont elle n'avait pas l'utilité. Cependant, elle y découvrit également un prospectus qu'elle ne put jeter dans la poubelle de recyclage. Au recto, la photo de l'enseigne lumineuse qui lui avait fait de l'œil plusieurs semaines auparavant avec ces mots « Salsa ! Rumba ! ». Au verso, les jours et les horaires des cours avec, au bas de la page, de façon assez touchante, les mots suivants : « Apprenez à danser. Dansez pour vivre. Vivez pour danser. »

Petite, elle avait suivi des cours hebdomadaires de danse classique et plus tard de claquettes. Elle avait arrêté les leçons à l'adolescence mais elle était toujours la dernière à quitter les soirées dansantes au lycée. James lui avait déclaré sans détour que danser, ce n'était pas son truc, aussi depuis leur mariage, les occasions se faisaient-elles rares. Désormais, elles se résumaient aux soirées d'anniversaire en tenues chic ou aux événements plus formels organisés par la banque de James, où l'on pouvait trouver une petite piste de danse et un DJ qui passait de façon aléatoire des tubes disco des années quatre-vingt. Ce n'était pas vraiment de la danse. L'idée qu'il puisse exister un endroit où elle pourrait prendre des cours à moins de dix minutes de voiture de chez elle ne quitta pas son esprit. Peut-être trouverait-elle le courage de s'y rendre un jour.

Ce jour se présenta plus tôt qu'elle ne l'avait cru. Quelques mois plus tard, alors qu'ils avaient rendez-vous pour voir un film, James l'avait appelée sur le portable au moment même où elle arrivait devant la salle de cinéma et lui avait annoncé qu'il était coincé au travail. De l'autre côté de la rue, l'enseigne lumineuse de l'école de danse lui faisait signe.

L'entrée était aussi miteuse à l'intérieur que l'extérieur le laissait supposer. La peinture s'écaillait au plafond et une trace courait le long des murs à hauteur de hanche, comme si la pièce avait autrefois été remplie d'eau tel un gigantesque aquarium. Voilà qui expliquait peut-être l'odeur caractéristique d'humidité. Six ampoules nues pendaient du plafond à des fils de longueurs variées et quelques affiches faisant la promotion de fêtes espagnoles tentaient d'égayer les murs. Leur aspect défraîchi ne parvenait qu'à renforcer l'impression générale de délabrement. Alors que Sonia sentait son courage l'abandonner, l'un des professeurs la remarqua dans l'entrée et l'accueillit chaleureusement. Elle arrivait juste à temps pour le début du cours.

La jeune femme prit rapidement le rythme. Avant la fin de la soirée, elle découvrit que la subtilité de certaines figures tenait à un simple petit coup de hanche plutôt qu'à une suite de pas méticuleusement comptés. Deux heures plus tard, elle sortait, les joues rouges, dans la fraîcheur de l'air nocturne.

Pour une raison qu'elle aurait été bien en peine d'expliquer à qui que ce soit, Sonia se sentait transportée de bonheur. Même la musique l'avait comblée jusqu'au plus profond de son être. Elle débordait d'énergie – elle ne voyait pas d'autre expression pour décrire ce qu'elle ressentait – et sans aucune hésitation, elle s'inscrivit. Chaque semaine, danser la grisait davantage ; parfois, elle peinait à contenir son allégresse. Encore une heure après, elle continuait à ressentir le bien-être que le cours de danse lui avait procuré. Danser était un enchantement. Quelques minutes à peine pouvaient la transporter dans un état proche de l'extase.

Elle adorait la moindre seconde de ces mardis passés avec Juan Carlos, le Cubain trapu aux chaussures de danse pointues et vernies. Elle aimait le rythme et l'ardeur, et les images de lieux ensoleillés et chauds que la musique faisait surgir dans son esprit.

À mesure que les semaines s'écoulaient, le mardi devint le jour préféré de Sonia, et son cours l'engagement dans son agenda qu'elle ne pouvait manquer. La simple distraction du début s'était muée en véritable passion. Les CD de salsa jonchaient le sol de sa voiture et tout en conduisant, elle dansait dans sa tête. Chaque semaine, elle revenait de son cours les joues rouges et le cœur battant, emplie d'une joie intense. Les quelques fois où il était à la maison quand elle rentrait, James l'accueillait d'un commentaire condescendant, faisant éclater sa bulle d'euphorie.

— Tu as passé du bon temps à ton cours de danse ? demandait-il, en levant les yeux de son journal. Comment se portent les petites filles en tutus ?

Le ton de James, qui se voulait taquin, était teinté d'une touche de sarcasme caractéristique. Sonia s'efforçait de ne pas répondre à la provocation mais se sentait dans l'obligation de détourner ses critiques.

— C'est plutôt comme un cours de step. Tu te rappelles, j'y allais tout le temps il y a deux ans ?

— Mmm, vaguement… répondait la voix derrière le journal. Je ne vois pas bien pourquoi tu dois y aller toutes les semaines, cependant.

Un jour, elle mentionna ce nouveau hobby à sa plus vieille amie, Maggie. Au cours des sept années de collège et de lycée qu'elles avaient passées ensemble, les deux filles avaient été inséparables. Deux décennies plus tard, elles étaient presque tout aussi proches, se retrouvant plusieurs fois par an pour passer la soirée dans un bar à vin. Maggie se réjouit que Sonia se soit remise à la danse et décida de l'y accompagner. Sonia était aux anges. La compagnie de sa meilleure amie n'en rendrait les choses que plus amusantes encore.

À tout point de vue, leurs vies n'auraient pu être plus différentes : Sonia était fille unique et sa mère se trouvait déjà en fauteuil roulant à son entrée au lycée. L'ambiance dans son pavillon mitoyen propret était morose. Maggie, de son côté, vivait dans une maison délabrée avec quatre frères et sœurs et des parents laxistes qui se fichaient qu'elle soit à la maison ou non.

Dans leur école pour filles, le travail scolaire les accaparait peu. Les querelles de couloirs, les soirées et les petits amis constituaient leurs principales préoccupations, et confessions et confidences étaient l'oxygène de leur amitié. Lorsque la mère de Sonia perdit finalement la bataille contre les multiples scléroses qui l'attaquaient et la détruisaient lentement depuis des années, l'épaule de Maggie fut celle sur laquelle Sonia pleura. Maggie emménagea plus ou moins avec elle, et Sonia comme son père apprécièrent sa présence. Elle les aida à faire s'envoler le voile noir du deuil. L'année suivante, pendant leur année de terminale, Maggie connut sa propre crise :

elle tomba enceinte. Ses parents réagirent très mal à la nouvelle et pour la seconde fois, Maggie vint habiter quelques semaines chez Sonia, jusqu'à ce qu'ils se fassent à l'idée.

Malgré leur profonde amitié, une fois leur diplôme en poche, elles prirent des chemins différents. Maggie donna naissance à une petite fille peu après – personne ne sut jamais le nom du père, Maggie elle-même n'en était pas certaine – et elle commença à gagner sa vie en enseignant à mi-temps la poterie dans deux facs et en cours du soir. Sa fille, Candy, avait aujourd'hui dix-sept ans et venait juste de commencer l'école d'art. Sous un éclairage favorable, avec leurs grandes créoles qui se balançaient à leurs oreilles et leurs tenues de bohémiennes, on pouvait aisément les prendre pour deux sœurs. Sous une lumière plus crue, d'aucuns pourraient lancer des regards désapprobateurs à Maggie en se demandant pourquoi une femme de son âge continuait à s'habiller chez Topshop. Si ses longues boucles brunes ressemblaient fortement à celles de sa fille, les années passées à fumer avaient creusé son visage bronzé de rides qui révélaient son âge véritable. Elles habitaient ensemble entre Clapham et Brixton, près d'une rangée de magasins « Tout à 1 £ » et des meilleurs restaurants indiens végétariens de ce côté-ci de Delhi.

Le style de vie de Sonia, sa carrière dans les relations publiques, sa maison à l'intérieur luxueux et James étaient totalement étrangers à Maggie, qui n'avait jamais dissimulé ses inquiétudes quant au mariage de son amie avec un être aussi « pompeux et suffisant ».

Leurs vies avaient peut-être pris des directions opposées, mais géographiquement, elles restaient proches, habitant à quelques kilomètres à peine l'une de l'autre au sud de la Tamise. Pendant presque vingt ans, elles s'étaient rappelé avec zèle leurs anniversaires, et avaient entretenu leur amitié au cours de longues soirées à descendre plusieurs bouteilles de vin, où elles se racontaient tous les détails de leurs vies jusqu'à l'heure de la fermeture, avant de se séparer, ne se donnant aucune nouvelle pendant des semaines, voire des mois.

La première demi-heure de son cours d'initiation à la salsa à Clapham, Maggie ne dansa pas et se contenta d'observer. Pendant tout ce temps, elle battit la mesure du pied et tortilla doucement des hanches, sans jamais quitter des yeux les pieds du professeur qui montrait les pas du jour. Juan Carlos avait mis le volume de la musique à fond ce soir-là, et les battements implacables semblaient faire vibrer le parquet de la piste de danse. Après une pause de cinq minutes, au cours de laquelle chacun but goulûment à sa bouteille d'eau et où Sonia présenta son amie aux autres danseurs, Maggie était prête à s'essayer aux pas. Quelques-uns des habitués se montrèrent sceptiques sur les capacités d'un débutant arrivé en milieu d'année à rattraper son retard : ils craignaient que leur propre progression n'en soit retardée.

Le Cubain prit Maggie par la main et, face au miroir, la conduisit dans une danse. Le reste de la classe regarda, plusieurs d'entre eux espérant secrètement qu'elle éprouverait des difficultés. Elle plissait peut-être le front sous la concentration mais Maggie se rappelait chaque figure et demi-tour qu'ils avaient répétés pendant le début du cours et ses pas étaient impeccables. Une vague d'applaudissements retentit à la fin de la danse.

Sonia était impressionnée. Elle avait mis des semaines à atteindre le niveau auquel Maggie était parvenue en une demi-heure.

— Comment as-tu réussi ? demanda-t-elle à son amie devant un verre de rioja dans le bar à vin après le cours.

Maggie lui avoua qu'elle avait pris des cours de salsa plusieurs années auparavant lors d'un voyage en Espagne et qu'elle n'avait pas oublié les bases.

— C'est comme le vélo, déclara-t-elle avec nonchalance. Une fois que tu as appris à en faire, c'est pour toujours.

En quelques séances, son enthousiasme surpassa même celui de Sonia et, soumise à peu d'autres engagements dans sa vie, Maggie commença à fréquenter les clubs de salsa, à danser dans l'obscurité avec des centaines d'inconnus jusqu'à 5 heures du matin.

Quelques semaines plus tard, Maggie allait fêter ses trente-cinq ans.

— Nous allons danser en Espagne, annonça-t-elle.

— C'est super ! répondit Sonia. Tu y vas avec Candy ?

— Non, avec toi. J'ai pris les billets. Quarante livres aller-retour pour Grenade. C'est emballé. Et je nous ai inscrites à des cours de danse pendant notre séjour.

Sonia imaginait parfaitement la réaction de James quand elle lui parlerait de ce voyage, mais il était hors de question de dire non à Maggie. Elle savait sans l'ombre d'un doute que son amie n'accepterait aucune indécision de sa part. Maggie était un esprit libre et elle ne comprenait pas comment on pouvait renoncer à sa liberté d'aller et venir à sa guise. Mais plus important encore pour Sonia, elle n'avait pas envie de refuser. Danser était devenu le moteur de son existence et la sensation libératrice que cela lui procurait lui était vitale.

— C'est fantastique ! Quand partons-nous ?

Le voyage était prévu trois semaines plus tard. Si James désapprouvait le nouvel intérêt de son épouse pour la danse, son hostilité s'intensifia quand elle lui annonça son intention de partir à Grenade.

— On dirait plutôt un enterrement de vie de jeune fille, lâcha-t-il d'un air dédaigneux. Tu n'es pas un peu vieille pour ce genre de choses ?

— Eh bien, Maggie n'a jamais eu l'occasion d'un grand mariage, alors c'est peut-être pour cela qu'elle souhaite faire de cet anniversaire un grand événement.

— Maggie…

Comme toujours, James ne cacha pas son mépris à l'égard de la meilleure amie de sa femme.

— Et pourquoi ne s'est-elle jamais mariée, comme tout le monde ?

Il comprenait ce que Sonia appréciait chez ses amies de fac, chez ses collègues et les diverses connaissances qu'elle s'était faites parmi leurs voisins, mais il affichait un comportement différent envers

Maggie. En plus d'appartenir à l'époque sombre et lointaine de l'adolescence de son épouse, Maggie était une anticonformiste et les raisons qui poussaient Sonia à garder le contact avec elle échappaient à James.

Loin de son mari, sous le regard compatissant d'une reproduction bon marché de la Vierge Marie dans le restaurant de l'hôtel Santa Ana, Sonia prit conscience qu'elle avait cessé de s'inquiéter de ce que James pensait de son amie peu conventionnelle.

Maggie s'encadra, les yeux bouffis, dans l'embrasure de la porte.

— Salut. Désolée pour le retard. J'ai le temps de prendre un café ?

— Non, pas si nous voulons arriver pour le début du cours. Nous ferions mieux d'y aller tout de suite, ordonna Sonia, désireuse d'empêcher toute procrastination dont pourrait rêver Maggie.

La journée, Sonia sentait qu'elle devait prendre la tête des opérations. Le soir, elle savait que les rôles s'inverseraient. Il n'en avait jamais été autrement.

Elles sortirent dans la rue où l'air vif les saisit. Peu de passants dans les environs : quelques personnes âgées avec des petits chiens en laisse, et d'autres installées dans des cafés. La plupart des vitrines de magasins se dissimulaient derrière des rideaux de fer et seules les boulangeries et les cafés montraient des signes de vie, l'arôme alléchant des viennoiseries et des *churros* embaumant l'air.

Sonia leva à peine les yeux du plan, suivant les tournants et les virages des ruelles et des allées qui les mèneraient à destination. Chacun de leurs pas était guidé par les lettres bleues des plaques en céramique, le charme musical des noms – Escuelas, Mirasol, Jardines – les en rapprochant un peu plus. Elles traversèrent une place qui venait juste d'être nettoyée au jet, pataugèrent dans les flaques, et passèrent devant un stand de fleurs magnifiques, serré entre deux cafés, aux immenses boutons parfumés lumineux. Les dalles en marbre lisse du trottoir étaient agréables sous leur foulée et le trajet de quinze minutes parut n'en durer que cinq.

— Nous y sommes, annonça Sonia d'un ton triomphant, en repliant le plan pour le ranger dans sa poche. La Zapata. C'est ici.

Le bâtiment était délabré. Les affiches s'étaient accumulées au fil des ans et formaient une épaisse couche sur sa façade, collées les unes par-dessus les autres sur les briques pour faire la promotion de soirées flamenco, tango, rumba et salsa qui se tenaient dans toute la ville. Chaque cabine téléphonique, réverbère et Abribus de la ville semblait avoir servi le même objectif, informant les passants des *espectáculos* à venir, un prospectus par-dessus l'autre souvent même avant que l'événement n'ait eu lieu. C'était une sorte de collage chaotique mais représentatif de l'esprit de cette ville et de la profusion de danse et de musique qui en était la force vitale.

L'intérieur de La Zapata était aussi délabré que l'extérieur. Rien de prestigieux ici. L'endroit ne servait pas aux représentations mais à la pratique et aux répétitions.

Le couloir était flanqué de quatre portes. Deux étaient ouvertes, deux fermées. Derrière l'une des portes closes, on entendait le son tonitruant de pieds frappant le sol. Un troupeau de taureaux dévalant une rue n'aurait pas fait plus de bruit. Les piétinements cessèrent brusquement et des applaudissements rythmés, pareils au crépitement de la pluie après l'orage, suivirent.

Une femme passa devant elles avec un air affairé et s'engagea dans un couloir sombre. Ses talons et pointes de chaussures en métal résonnèrent comme des sabots sur le sol en pierre, et de la musique s'échappa brièvement d'une porte rapidement refermée.

Les deux Anglaises entreprirent de contempler les affiches encadrées de représentations qui avaient eu lieu des décennies plus tôt, ne sachant pas très bien ce qu'elles devaient faire. Au bout d'un moment, Maggie attira l'attention d'une femme d'une cinquantaine d'années, d'une maigreur squelettique et aux traits tirés, qui semblait diriger l'endroit depuis un renfoncement sombre de l'accueil.

— Salsa ? interrogea Maggie, d'un ton plein d'espoir.

D'un hochement de tête rapide, la femme leur indiqua qu'elle avait entendu.

— *Felipe y Corazón : allí*, fit-elle en montrant d'un doigt insistant l'une des portes ouvertes.

Elles étaient les premières dans le studio. Elles déposèrent leur sac dans un coin et changèrent de chaussures.

— Je me demande combien on va être, commenta Maggie d'un air songeur en attachant les boucles de ses chaussures.

Sa remarque n'appelait aucune réponse.

Un miroir courait sur tout un mur de la salle et une barre en bois filait sur un autre. C'était un endroit froid pourvu de hautes fenêtres qui surplombaient une rue étroite, et même si les vitres n'avaient pas été rendues opaques par la saleté, la lumière du jour aurait peiné à pénétrer la pièce. Une forte odeur de cire suintait du parquet sombre rendu lisse par des années d'usure.

Sonia aimait la légère odeur de renfermé due à l'âge et à l'usage qui émanait des murs, la façon dont les interstices entre les lattes de plancher s'étaient comblés de crasse et de cire. Elle remarqua les moutons de poussière accumulés entre les tubes des vieux radiateurs et vit des fils argentés de toiles d'araignées se balancer doucement au plafond. Chaque couche de saleté représentait une décennie de l'histoire de ce lieu.

Une demi-douzaine de personnes entra d'un pas nonchalant dans le studio : des étudiants norvégiens (des filles pour la plupart) qui suivaient des cours d'espagnol à l'université, ainsi que des hommes d'une petite vingtaine d'années, tous espagnols.

— Ce doit être eux qu'on appelle les « taxi-danseurs », souffla Maggie à l'oreille de Sonia. Dans la brochure, il est dit qu'ils sont engagés pour rétablir l'équilibre des partenaires entre hommes et femmes.

Enfin, leurs professeurs apparurent. Felipe et Corazón avaient tous deux des cheveux de jais et des silhouettes de jeunes premiers mais leur peau hâlée trahissait leur âge réel, la soixantaine bien tassée. De profondes rides creusaient à intervalles réguliers le visage anguleux de Corazón, des sillons qui n'étaient pas gravés par le seul passage du temps mais par la force d'expression et l'exagération décomplexée de ses émotions. Chaque fois qu'elle souriait, riait et grimaçait, la mimique mettait sa peau à l'épreuve. Les deux professeurs étaient vêtus de noir, ce qui accentuait leur minceur, et sur la blancheur de la salle, ils se découpaient comme des ombres chinoises.

— *Hola !* dirent-ils à l'unisson en offrant un large sourire au groupe qui s'alignait devant eux dans l'expectative.

— *Hola !* répondirent en chœur les élèves, comme des écoliers disciplinés.

Felipe posa un lecteur CD par terre. Il appuya sur « lecture » et la salle fut transformée. Une intro enjouée à la trompette emplit l'air. La classe reproduisit automatiquement les mouvements de Corazón. Inutile pour elle de prononcer la moindre instruction, ses attentes étaient évidentes. Les élèves s'échauffèrent tranquillement un moment : ils firent tourner leurs poignets et leurs chevilles, fléchirent les jambes, étirèrent leur cou et leurs épaules, roulèrent des hanches. Pendant tout ce temps, ils gardaient les yeux rivés sur leurs professeurs, fascinés par leurs corps longilignes.

Si Felipe et Corazón avaient grandi dans la tradition flamenca, ils n'en étaient pas pour autant imperméables à l'attrait commercial de la salsa. En effet, la danse d'origine cubaine plaisait à un public qui ne serait peut-être pas attiré par l'intensité dramatique du flamenco. Certains danseurs de leur âge continuaient à se produire, mais Felipe et Corazón savaient que quelques représentations ne leur permettraient pas de subvenir à leurs besoins. Leur stratégie s'était révélée payante. Ils avaient appris la salsa et inventé de nouvelles chorégraphies, attirant dans leur classe aussi bien les Grenadins que des étrangers. Ils aimaient la salsa ; c'était une danse plus superficielle, moins éprouvante émotionnellement que leur véritable passion, comme un xérès léger comparé à un rioja corsé.

Après les échauffements, le cours de salsa à proprement parler débuta. Corazón était celle qui criait le plus fort. Sa voix perçait la musique et couvrait même le timbre strident de la trompette jazz qui se frayait un chemin dans la mélodie salsa.

— *Y un, dos, tres ! Y un, dos, tres !* Et ! Clap ! Clap ! Clap ! Et ! Clap ! Clap ! Clap ! Et…

Et ainsi de suite. Elle répéta et répéta encore le rythme jusqu'à ce qu'il les hante et pénètre leurs rêves. Chaque figure que les élèves parvenaient à exécuter était saluée par des paroles d'encouragement enthousiastes.

— *Eso es !* C'est ça !

Quand le moment venait de passer à autre chose, d'essayer un nouveau pas, Felipe criait : « *Vale !* » D'accord ! Et commençait alors la démonstration d'un tour, d'une *vuelta*.

— *Estupendo !* s'écriaient les professeurs, avec une exagération décomplexée.

Chaque fois qu'elles s'essayaient à une nouvelle figure, les femmes changeaient de partenaire, ainsi, à la fin de la première moitié du cours, elles avaient dansé avec tous les taxi-danseurs. Même si aucun d'eux ne parlait anglais, ces jeunes hommes connaissaient parfaitement le langage de la salsa.

— J'adore ça ! lança Maggie à Sonia en passant à côté d'elle sur la piste de danse.

À la pause, de grandes carafes d'eau glacée furent apportées avec des verres en plastique. L'air commençait à être étouffant dans la salle et tout le monde but avec avidité pendant que des bribes de conversations polies étaient échangées entre des gens de nationalités différentes.

Sonia et Maggie sortirent d'un pas nonchalant dans le couloir pour admirer les affiches encadrées. Felipe et Corazón apparaissaient sur l'une d'entre elles. Elle annonçait une représentation de flamenco, en 1975.

— Regarde, Maggie, ce sont nos profs !

— Oh oui, c'est vrai ! Ils ont pris un coup de vieux !

— Ils n'ont pas tant changé que ça, répliqua Sonia pour les défendre. Ils ont plutôt gardé la ligne.

— Elle n'avait pas ses pattes-d'oie à l'époque, observa Maggie. Tu crois qu'ils nous montreraient des pas de flamenco ? Qu'ils nous apprendraient comment taper des pieds ? Comment jouer des castagnettes ?

Maggie n'attendit pas la réponse. Elle était déjà retournée dans le studio et expliquait sa demande à grand renfort de gestes aux professeurs.

Sonia l'observa depuis l'embrasure de la porte.

Finalement, Felipe trouva quelques mots dans sa langue.

— Le flamenco ne s'enseigne pas, dit-il d'une voix gutturale. C'est dans le sang, et dans le sang gitan seulement. Mais vous pouvez essayer si vous voulez. Je vous montrerai quelques pas à la fin du cours.

C'était une proposition destinée à être relevée en défi.

Au cours de l'heure suivante, ils répétèrent les mouvements de la première moitié du cours, puis, quinze minutes avant la fin, Felipe tapa dans ses mains.

— Maintenant, flamenco !

Il s'avança d'une démarche orgueilleuse vers le lecteur CD, parcourut rapidement son classeur à disques et en retira avec soin celui qu'il cherchait. Pendant ce temps, Corazón changea de chaussures dans un coin et enfila une paire de souliers avec de lourds talons et des semelles recouvertes de métal.

La classe resta en retrait, attendant en silence. Ils entendirent les paumes claquer, et de légers battements. C'était un son sombre et très différent de celui, insouciant, de la salsa.

À grandes enjambées, Corazón vint se planter devant la classe. Elle avait comme oublié leur présence. Au son de la guitare, elle leva un bras puis l'autre, ses doigts sinueux se déployant comme les pétales d'une fleur. Pendant plus de cinq minutes, elle tapa du pied, opérant un enchaînement complexe du talon et des orteils, puis accéléra dans une vibration tonitruante avant de s'arrêter net, avec un « bang » définitif de sa lourde chaussure sur le parquet massif. C'était une démonstration virtuose de force et une prouesse technique époustouflante tout autant qu'une danse, encore plus impressionnante du fait de son âge.

À l'instant même où elle s'arrêta, un gémissement s'éleva des enceintes et s'enveloppa étrangement autour de chaque personne présente dans la salle. Une voix masculine à vif semblait exprimer la même angoisse que celle qui avait teinté le visage de Corazón lorsqu'elle dansait.

Juste avant qu'elle ne termine, Felipe se joignit à elle et pendant quelques secondes il imita les pas de sa femme, prouvant à leur public que cette danse n'était pas du tout improvisée mais relevait d'une chorégraphie parfaitement répétée. Felipe prit sa place au centre. Les hanches fines, le dos courbé en arrière pour former un « C », Felipe prit brièvement la pose avant de tourner sur lui-même et d'entamer une série de pas qui martelaient le sol. Le bruit du métal contre le bois se répercutait sur les miroirs aux murs. Ses mouvements étaient encore plus sensuels que ceux de son épouse, et certainement plus aguichants. C'était comme s'il flirtait avec les élèves, ses mains montant et descendant sur son corps, ses hanches se balançant d'un côté puis de l'autre. Sonia était stupéfaite.

Comme pour rivaliser avec Corazón, il exécuta un enchaînement de pas encore plus complexe, revenant à chaque fois comme par miracle exactement au même endroit, la musique couverte par le martèlement de ses pieds. La passion qui en exhalait était extraordinaire et semblait sortie de nulle part.

La posture finale de Felipe, les yeux au ciel, un bras enroulé dans le dos, l'autre devant, n'était qu'arrogance. De derrière, une voix douce murmura un « Olé ». C'était Corazón ; même elle était émue par la performance de son mari, sa concentration absolue. Alors le silence tomba.

Après une minute ou deux, Maggie le rompit d'un applaudissement frénétique. Le reste du groupe applaudit également, mais avec moins d'enthousiasme.

Le visage de Felipe s'éclaira d'un sourire, son orgueil s'évanouissant. Corazón s'avança devant la classe et les mit au défi.

— Flamenco ? Demain ? Vous voulez ? s'enquit-elle, en leur offrant un immense sourire qui découvrit ses dents jaunies.

Certaines des Norvégiennes, légèrement embarrassées par cette démonstration d'émotion brute, se retournèrent pour discuter entre elles ; pendant ce temps, les taxi-danseurs regardèrent leur montre pour vérifier si leur temps comme accompagnateurs de danse touchait bientôt à sa fin. Ils n'avaient pas l'intention de faire des heures supplémentaires.

— Oui, déclara Maggie. Je veux du flamenco.

Sonia se sentait mal à l'aise. Le flamenco était si différent de la salsa. De ce qu'elle en avait vu au cours des douze dernières heures, c'était un état d'esprit passionnel tout autant qu'une danse. La salsa était insouciante, c'était une échappatoire émotionnelle et, qui plus est, c'était la danse qu'elles étaient venues perfectionner.

Le reste de la classe s'était dispersé et Sonia avait besoin de prendre l'air.

— *Adiós*, lança Corazón en rangeant ses affaires. *Hasta luego.*

4

Il était 13 heures. Le voisinage du studio de danse ne brillait pas par son prestige et la petite rue ordinaire dans laquelle elles se retrouvèrent n'abritait rien de plus qu'un dépôt de pièces détachées automobiles et une serrurerie. Au bout de la ruelle sombre, sur l'artère principale, l'ambiance était différente ; elles furent aveuglées par le soleil éblouissant et assourdies par la folle cacophonie des voitures pare-chocs contre pare-chocs à l'heure du déjeuner.

Les bars et les cafés grouillaient désormais d'ouvriers en bâtiment, d'étudiants et de tous ceux qui habitaient trop loin en dehors de la ville pour rentrer faire la sieste chez eux. Tous les autres magasins – primeurs, papetiers et la pléthore de salons de coiffure – étaient fermés ; depuis que Maggie et Sonia étaient passées devant en se rendant à leur cours, ils n'avaient ouvert que quelques heures à peine. Leurs rideaux de fer ne seraient pas relevés avant 16 heures passées.

— Arrêtons-nous ici, proposa Maggie, devant le deuxième bar qu'elles croisèrent.

La Castilla possédait un long comptoir en acier inoxydable et offrait plusieurs tables sur un côté de la salle, toutes occupées à l'exception d'une. Les deux Anglaises s'y précipitèrent.

Les odeurs, puissantes, se mélangeaient pour former le bouquet caractéristique des cafés espagnols : bière, *jamón*, tabac froid, odeur légèrement aigre du fromage de chèvre, bouffée d'anchois et, flottant au milieu de tout ça, arôme puissant du café fraîchement moulu. Des ouvriers affublés de la même salopette bleue s'alignaient au bar, indifférents à tout ce qu'il se passait autour, le nez baissé sur l'assiette devant eux. Ils étaient résolus à assouvir leur faim. Dans un geste d'une synchronie presque totale, ils reposèrent leur fourchette, et s'emparèrent de leur paquet de cigarettes fortes, produisant un nuage de fumée en les allumant. Dans l'intervalle, le patron lança une tournée de *cafés solos*. Un rituel quotidien pour les habitués.

Alors seulement son attention se tourna vers ses nouvelles clientes.

— *Señoras*, les salua-t-il en s'approchant de leur table.

Lisant la carte sur le tableau derrière le bar, elles commandèrent de gros *bocadillos* croustillants garnis de sardines. Sonia observa le patron les préparer. Dans une main, il brandissait un couteau, dans l'autre il tenait une cigarette. C'était un exercice de jonglage impressionnant et elle s'émerveilla de ses talents lorsqu'il prit à la louche des tomates écrasées dans un bol et les étala sur le pain, pêcha des sardines dans une conserve grosse comme un seau sans cesser de tirer sur sa cigarette. Si le procédé paraissait non conventionnel, le résultat fut loin d'être décevant.

— Qu'as-tu pensé du cours ? demanda Sonia, entre deux bouchées.

— Les professeurs sont merveilleux ! répondit Maggie. Je les adore !

— Ils sont très exaltés, non ?

Sonia dut hausser la voix pour couvrir le cliquetis des pièces de monnaie qui jaillissaient d'une machine à sous installée près de leur table. Depuis leur arrivée, elles avaient écouté son gazouillis constant, et maintenant l'un des clients du café enfouissait avec bonheur une poignée de pièces dans sa poche. Il s'éloigna en sifflotant.

Sonia et Maggie mangèrent avec appétit. Les ouvriers quittèrent le bar, laissant derrière eux un nuage de fumée et des dizaines de petites serviettes en papier roulées en boule éparpillées négligemment par terre comme après une tempête de neige.

— À ton avis, qu'est-ce que James penserait de tout ça ? s'enquit Maggie.

— De quoi ? De cet endroit ? répondit Sonia. Trop sale. Trop terreux.

— Je parlais de la danse, corrigea Maggie.

— Tu sais pertinemment ce qu'il penserait. Que c'est n'importe quoi.

— Je ne sais pas comment tu fais pour le supporter.

Maggie tapait toujours là où ça faisait mal. Face à l'aversion non dissimulée de son amie pour James, Sonia se sentit presque tenue de prendre sa défense, mais elle n'avait pas vraiment envie de penser à lui aujourd'hui. Elle changea rapidement de sujet.

— Mon père, en revanche, adorait danser. Je ne l'ai appris que récemment.

— Vraiment ? Je ne me souviens pas de ça quand on était plus jeunes.

— Eh bien, à l'époque, il avait déjà arrêté à cause de la maladie de maman.

— Bien sûr, répliqua Maggie, un peu mal à l'aise. J'avais oublié.

— La dernière fois que je suis allée le voir, reprit Sonia, son enthousiasme pour mes cours de salsa m'a presque fait oublier le cynisme de James.

Le père de Sonia vivait en grande banlieue, à peine à trente minutes de voiture, dans un immeuble sans caractère datant des années cinquante. Il lui semblait qu'à chaque visite, le délai s'allongeait entre le moment où elle sonnait et celui où la porte extérieure s'ouvrait. Après le hall commun aux murs vert pâle et au sol en dalles nues, elle devait emprunter une cage d'escalier qui empestait le désinfectant jusqu'au deuxième étage et le temps qu'elle arrive, Jack Haynes se tenait sur le seuil de son appartement, la porte ouverte, prêt à accueillir sa fille unique.

Sonia revoyait encore le sourire qui avait éclairé le visage rond de l'homme de soixante-dix-huit ans quand elle était apparue lors de sa dernière visite. Elle avait serré dans ses bras sa silhouette corpulente et posé un baiser sur le haut de sa tête parsemée de taches brunes, veillant à ne pas décoiffer les quelques mèches argentées qu'il lui restait et qu'il peignait soigneusement sur son crâne.

— Sonia ! s'exclama-t-il avec chaleur. Quelle joie de te voir !

— Bonjour, papa.

Elle resserra encore davantage son étreinte.

Un plateau avec des tasses et des soucoupes, un pot de lait et une petite assiette de biscuits, était déjà posé sur la table basse du salon. Jack invita Sonia à s'asseoir pendant qu'il allait chercher à la cuisine la théière qui cliqueta bruyamment quand il l'apporta et la posa. Des gouttes de liquide clair s'échappèrent du bec verseur et éclaboussèrent le tapis, toutefois elle savait qu'il était inutile de lui proposer son aide. Un tel rituel contribuait à préserver sa dignité malgré son âge.

Tandis que son père tenait la passoire au-dessus de la tasse pour filtrer le liquide ambré, Sonia entreprit de poser ses questions habituelles.

— Alors comment…

Sa question fut interrompue par le roulement d'un train qui passait à quelques mètres seulement du mur du fond, faisant vibrer la pièce au point qu'un petit cactus posé sur le rebord de la fenêtre vint s'écraser au sol.

— Oh, quelle plaie ! déclara le vieil homme, en se mettant debout avec peine. Je suis sûr que ces trains sont de plus en plus fréquents, tu sais.

À l'aide d'une petite pelle et d'une balayette, il ramassa les débris éparpillés composés de gravier, de terre desséchée et de bouts de cactus épineux, et les remit dans le pot en plastique. Alors ils reprirent leur conversation. Ils abordèrent les sujets habituels : les activités de Jack au cours des deux dernières semaines, les recommandations du médecin à propos de son arthrite, le délai d'attente pour une prothèse de la hanche, sa récente sortie au château de Hampton Court avec les autres usagers du centre de soins, et un compte rendu des funérailles d'une connaissance du service militaire auxquelles il avait assisté. Ce dernier élément semblait avoir été le point fort de son mois. Les veillées funéraires dans les salles des fêtes de campagne offraient aux survivants des occasions bienvenues de se réunir et d'échanger pendant des heures leurs réminiscences en dégustant un bon thé.

Une fois que son père lui eut livré les grandes lignes de sa vie ces dernières semaines, ce fut au tour de Sonia. Un exercice qu'elle trouvait toujours difficile. Les machinations fomentées dans le monde des relations publiques étaient du chinois pour l'homme qui avait enseigné toute sa vie. Par conséquent, elle mentionnait au minimum son travail et s'efforçait d'en parler comme s'il s'agissait de publicité, un milieu plus facile à appréhender pour un novice. Sa vie sociale lui aurait été tout aussi étrangère. Lors de sa dernière visite, cependant, elle lui avait confié avoir commencé à suivre des cours de danse et l'enthousiasme de son père l'avait surprise.

— Quel style de danse pratiques-tu exactement ? Comment sont tes professeurs ? Quelles chaussures portes-tu ? la questionna-t-il.

Sonia s'étonna de l'étendue des connaissances de son père.

— Ta mère et moi allions souvent danser quand je la courtisais et au début de notre mariage, expliqua-t-il. Dans les années cinquante, tout le monde dansait ! C'était comme si nous célébrions tous la fin de la guerre.

— Combien de fois par semaine y alliez-vous ?

— Au moins deux fois par semaine. Tous les samedis et puis un ou deux autres soirs.

Il sourit à sa fille. Jack appréciait ses visites et il comprenait la difficulté qu'elle avait à les organiser dans son emploi du temps surchargé. Toutefois, il s'efforçait à chaque fois de ne pas trop s'attarder sur le passé. Ce devait être agaçant pour un enfant de devoir écouter ses parents ressasser des souvenirs et il s'était toujours montré prudent sur ce point.

— On dit que les meilleures choses de la vie sont gratuites, n'est-ce pas ? ajouta-t-il avec un sourire, espérant que malgré sa belle maison et sa voiture de luxe, elle en avait toujours conscience.

Sonia acquiesça.

— Je ne savais pas que vous dansiez, maman et toi ! s'exclama-t-elle.

— Eh bien, je crois que nous avons arrêté peu après ta naissance.

Même si sa mère était décédée quand elle avait seize ans, Sonia s'étonnait de n'avoir jamais rien su de cette période de leur vie. Comme la plupart des enfants, elle n'avait guère consacré de temps à s'interroger sur les faits et gestes de son père et de sa mère avant sa venue au monde, et sa curiosité n'avait jamais été piquée.

— Ne te rappelles-tu pas les nombreux cours de danse que tu as suivis toi-même enfant ? demanda-t-il. Tu y allais tous les samedis après-midi. Regarde !

Jack, qui farfouillait dans le bureau, en ressortit plusieurs photos. Sur le haut de la pile, s'en trouvait une de Sonia, pâlichonne et timide dans son tutu blanc paré de rubans, debout près de la cheminée dans la maison de son enfance. Sonia s'intéressa davantage aux autres clichés, ceux de ses parents à différentes soirées dansantes. Sur l'un d'eux on voyait son père, qui n'avait pas tant changé en dehors de ses cheveux clairs qui étaient plus touffus, et sa mère, qui se tenait bien droite, élégante, ses cheveux noirs lissés en un chignon serré. Ils tenaient une coupe et au dos de la photo, était écrit au crayon : « 1953 : Tango, Premiers ». Il y en avait plusieurs autres, la plupart prises lors de concours.

Sonia tenait une photo dans chaque main.

— C'est vraiment maman ?

Dans son souvenir, sa mère était frêle, alitée quasiment à longueur de journée, et avait une chevelure argentée. Sur ces poses figées, elle était éclatante, forte et, plus saisissant encore pour Sonia, elle se tenait droite. Il était difficile de réviser l'image qu'elle avait eue de sa mère pendant si longtemps.

— Nous dansions tous plus ou moins bien à l'époque, assura Jack à sa fille. On nous enseignait les bons pas et nous dansions en couple, pas comme aujourd'hui.

Ces photos suscitaient de fortes émotions chez Jack et, alors qu'il observait en silence ce cliché de lui, les souvenirs de leurs danses quelquefois peu conventionnelles lui revinrent en mémoire. En danse, la première règle était que la direction revenait à l'homme, mais dans leur duo, cette vérité n'était pas absolue. Par une légère pression sur son bras, qu'il s'agisse d'un tango, d'une rumba ou d'un paso-doble, Mary indiquait à Jack où elle voulait être menée, et par la subtilité de leurs mouvements, ils avaient développé un moyen de communication. Elle contrôlait totalement leurs gestes et leurs déplacements. Elle dansait depuis qu'elle avait appris à marcher, et ne s'était arrêtée que lorsque ses jambes n'avaient plus eu la force de la porter, aussi n'aurait-il pu en être autrement.

Jack dénicha une autre enveloppe remplie de photographies. Chacune d'elles le représentait avec son épouse dans une pose raide, avec au dos, la date et la danse pour laquelle ils avaient remporté un prix.

— Qu'avez-vous fait de toutes ces magnifiques robes ? ne put s'empêcher de demander Sonia.

— J'ai bien peur qu'on ne les ait toutes données à une œuvre de charité quand ta mère a cessé de danser, répondit Jack. Elle ne pouvait se résoudre à les garder dans l'armoire.

Malgré sa stupéfaction d'avoir découvert une partie aussi significative de la vie de son père, dont en outre elle n'avait jamais eu idée, Sonia connaissait sans la lui demander la véritable raison pour laquelle ils avaient arrêté de danser et pourquoi ils n'en avaient jamais parlé. Sa mère avait développé une sclérose en plaques pendant sa grossesse et s'était rapidement retrouvée confinée dans un fauteuil roulant.

Sonia aurait aimé passer le reste de la journée à questionner plus longuement son père mais elle sentait qu'elle avait déjà trop insisté. Il avait rangé les autres photos dans l'enveloppe.

Un cliché égaré reposait à l'envers sur la table basse et elle le retourna avant de le lui tendre. Dessus, on voyait un groupe d'enfants en gilets tricotés main. Deux d'entre eux étaient assis sur un tonneau et les deux autres s'y appuyaient. Leur sourire était crispé. Plusieurs tables dans le fond suggéraient que le cliché avait été pris à la terrasse d'un café et les pavés de la place qu'il se situait quelque part en Europe.

— Qui sont ces enfants ? s'enquit-elle.

— Des membres de la famille de ta mère, répondit-il sans fournir plus d'explications.

Il était temps pour Sonia de partir. Elle serra son père dans ses bras.

— Au revoir, chérie. Je suis content de t'avoir vue, dit-il avec un sourire. Danse bien.

En rentrant chez elle cet après-midi-là, Sonia avait l'esprit empli d'images de ses parents glissant en cercles sur la piste de danse. La découverte de cette passion qu'ils avaient partagée éclairait d'une nouvelle lumière la raison pour laquelle elle ne parvenait déjà plus à imaginer sa vie sans ses cours de danse.

Sonia était silencieuse depuis quelques minutes, elle mâchonnait son repas dans un café de Grenade sans se soucier de la purée de tomates et des miettes dispersées sur la table autour d'elle. Lorsqu'elle leva la tête, son regard fut attiré par plusieurs reproductions bon marché de peintures de femmes en longues robes à volants. Un cliché typique de l'Espagne entretenu par chaque établissement de la ville.

— Tu étais sérieuse quand tu leur as demandé de nous apprendre le flamenco ? demanda Sonia à Maggie.

— Oui, je l'étais.

— Mais tu ne trouves pas que ça a l'air difficile ?

— J'aimerais juste apprendre les bases, répondit Maggie avec assurance.

— Quelles qu'elles soient, répliqua Sonia.

Pour sa part, il lui semblait qu'il n'y avait rien de « basique » dans le flamenco. La danse possédait sa propre culture, et que Maggie ne s'en rende pas compte la contrariait.

— Pourquoi es-tu à ce point opposée à cette idée ? aboya Maggie.

— Je n'y suis pas du tout opposée, répliqua Sonia. Simplement, je crois que c'est du même acabit que les touristes qui participent à un séjour tout compris et souhaitent apprendre à devenir torero. Ça paraît juste impossible.

— D'accord. Mais si toi tu ne veux pas le faire, rien ne m'en empêche, si ?

Les deux femmes étaient rarement en désaccord à ce point et lorsque cela se produisait, elles en étaient toutes deux surprises. Sonia n'arrivait pas à s'expliquer pourquoi elle était si irritée par l'attitude de Maggie et par sa conviction à pouvoir percer la couche extérieure de cette culture. Elle avait le sentiment que c'était un manque de respect.

Elles finirent de déjeuner dans un silence de plomb que Maggie fut la première à briser.

— Café ? demanda-t-elle, pour détendre l'atmosphère.

— *Con leche*, répondit Sonia avec un sourire.

Impossible pour ces deux amies de se faire la tête bien longtemps.

Alors que le soleil du milieu d'après-midi se teintait d'une lueur ocre, Sonia et Maggie regagnèrent leur hôtel. Un silence de mort régnait à présent dans les rues ; la circulation s'était dissipée et les boutiques restaient résolument closes. Elles aussi suivraient l'exemple espagnol et s'allongeraient quelques heures pour leur sieste. Sonia avait très peu dormi la nuit précédente et commençait à ressentir la fatigue.

Malgré le rai de lumière qui filtrait par les rideaux, rien n'aurait empêché Sonia de s'endormir cet après-midi-là. Les klaxons de voitures, le hurlement des sirènes de police et les portes qui claquaient dans le couloir auraient normalement dû suffire à la garder éveillée, mais plusieurs heures durant, elle demeura dans un état d'inconscience bienheureuse.

À leur réveil, le crépuscule était tombé et la lumière ne filtrait plus à travers les rideaux. C'était le point noir de la sieste : devoir sortir du lit au moment où la lumière tombante disait à votre corps et à votre esprit que l'heure était venue de s'y mettre.

Cette fois, ce fut à Sonia d'éprouver des difficultés à se réveiller et à Maggie de sauter hors du lit.

— Allez, Sonia ! Il est l'heure de sortir !

— De sortir ? Où ça ?

Les yeux bouffis, l'esprit embrouillé, Sonia peinait à émerger.

— C'est pour cela qu'on est là, non ? Pour sortir danser ?

— Danser ? Heu...

Son corps était encore lourd et son besoin de sommeil pas totalement assouvi. Sa tête la lançait. Elle entendit Maggie sous la douche, qui chantait, sifflotait, fredonnait, sa joie de vivre transperçant presque les murs de la salle de bains. Elle ne se sentait pas du tout en état de danser ce soir.

Maggie revint dans la chambre, les cheveux enturbannés, une deuxième serviette serrée autour de la poitrine, son décolleté et ses épaules encore plus sombres en contraste avec la blancheur de la serviette. Sonia l'observa. Il y avait un côté majestueux, voire sculptural, chez cette femme. Maggie continua de fredonner tout en s'habillant, enfilant un jean et un chemisier blanc froissé, bouclant une large ceinture en cuir. Son visage luisait après la chaleur de la douche et les quelques heures qu'elles avaient passées plus tôt au soleil. Elle paraissait perdue dans ses pensées et semblait avoir oublié la présence de Sonia.

— Maggie ?

Elle se retourna et s'assit au bord du lit, jouant des doigts pour enfiler ses anneaux aux oreilles.

— Oui ? répondit-elle, la tête penchée sur le côté.

— Ça t'embête si je ne t'accompagne pas ce soir ?

— Bien sûr que non. Mais ce serait dommage. On est venues ici pour danser...

— Je sais. Mais je suis lessivée. Je sortirai demain, c'est promis.

Maggie finit de se préparer, s'aspergeant de parfum, soulignant son regard d'un épais trait noir, accentuant ses cils de plusieurs couches de mascara.

— Tu es sûre que ça ne t'ennuie pas d'y aller seule ? reprit Sonia avec inquiétude.

— Au pire, que pourrait-il m'arriver ? s'esclaffa Maggie. Ils sont tous plus petits que moi ici. Je pourrais toujours m'enfuir en courant au besoin.

Sonia savait que Maggie le pensait, et qu'elle pouvait affronter n'importe qui. Inutile de perdre une seconde à s'inquiéter pour sa sécurité. Maggie était la femme la plus indépendante qu'elle connaissait.

Sonia continua à somnoler. À 21 h 30, Maggie était prête à partir.

— Je vais manger un bout en chemin. Tu es sûre de ne pas vouloir m'accompagner ?

— Oui, vraiment. J'ai juste envie de me reposer. Je te verrai demain matin.

Pour la seconde nuit d'affilée, Sonia apprécia le calme de son petit lit. En dépit des bruits qui continuaient à s'élever depuis la rue, un silence magique régnait dans la chambre. Elle aimait sa solitude, l'assurance qu'ici personne ne pourrait entamer sa tranquillité d'esprit.

C'était si différent de ces autres nuits où elle se mettait au lit de bonne heure, éreintée après une longue journée de travail, et restait allongée, le corps tendu, se demandant à quelle heure James rentrerait. Une fois ou deux par semaine peut-être, il franchissait le seuil de la maison d'un pas chancelant à 3 ou 4 heures du matin, et les vitres en verre coloré de la porte d'entrée vibraient au moment où il la claquait. Il montait alors l'escalier en trébuchant et s'effondrait, tout habillé, sur le lit, soufflant les vapeurs répugnantes des excès de sa soirée. Ce n'était pas le rapport sexuel – rapide, brutal et peu mémorable – qu'ils avaient parfois lorsqu'il se trouvait dans cet état qui la révulsait le plus. C'était l'odeur aigre de l'alcool éventé qui lui soulevait le cœur de dégoût. C'était une puanteur qui l'écœurait plus que n'importe quelle autre au monde et elle se reculait loin de cette épave sombre allongée à côté d'elle dans l'obscurité qui ponctuait le silence de ses ronflements. Le matin qui suivait ces nuits, ni l'un ni l'autre ne mentionnait son état d'ébriété. James était capable de se lever à 6 heures sans la moindre gueule de bois, de se doucher, d'enfiler son costume de banquier et de partir travailler avec la même ponctualité que n'importe quel autre jour. Il agissait comme d'habitude. Personne ne remarquait le changement. D'après le petit manuel du mariage, ils représentaient le couple idéal. En apparence tout du moins.

À présent, allongée dans la semi-obscurité, elle sentait son estomac se contracter à ce souvenir nauséeux. Elle roula sur le flanc et sentit rapidement l'humidité fraîche des larmes sur l'oreiller. Sa nuit était supposée être tranquille, lui servir à rattraper son sommeil. Elle n'était pas censée passer des heures à se torturer à propos de tout ce qui n'allait pas. Par moments, elle tombait dans un sommeil agité et, lorsqu'elle se réveillait, elle remarquait que le lit de Maggie restait vide.

À 3 heures du matin, elle venait juste de s'endormir quand le bruit de la clé dans la serrure la réveilla.

— Tu dors ? murmura Maggie.

— Non, grogna Sonia.

Même si elle avait été endormie, le vacarme des pas trébuchants de son amie dans la chambre l'aurait réveillée.

— J'ai passé une soirée fantastique ! s'exclama Maggie d'un ton enthousiaste en allumant le plafonnier, indifférente à l'humeur de son amie.

— Tant mieux pour toi, répondit Sonia, une pointe d'agacement mal dissimulé dans la voix.

— Ne sois pas fâchée. Tu aurais pu venir avec moi.

— Je sais, oui. J'aurais mieux fait de t'accompagner, pour ce que j'ai dormi.

— Tu as juste peur de détacher tes cheveux.

Tout en disant cela, elle retira son élastique pour défaire sa queue-de-cheval, comme en illustration de sa théorie, laissant ses épaisses mèches bouclées tomber en cascade sur ses épaules.

— On n'a pas beaucoup de nuits ici, tu devrais sortir. Pourquoi n'es-tu pas venue, bon sang ?

— Il y a des milliers de raisons. Pour commencer, je ne suis pas assez douée.

— Tu dis n'importe quoi ! s'exclama Maggie. Et même si c'était le cas, tu le seras bientôt.

Sur cette affirmation catégorique, elle éteignit la lumière et, nue comme un ver, se glissa dans son lit.

5

Malgré sa nuit de sommeil haché peu reposant, Sonia se leva de bonne heure le lendemain matin. L'air étouffant de la chambre lui avait donné mal à la tête et elle avait hâte de sortir. De plus, elle avait une faim de loup.

Leur cours de danse n'était prévu que dans l'après-midi et puisque Maggie flotterait de toute évidence dans un état comateux un long moment, Sonia s'habilla sans un bruit. Après avoir rédigé un mot à l'attention de son amie, elle quitta la chambre sur la pointe des pieds.

Elle tourna à droite au sortir de l'hôtel puis gagna d'un pas tranquille la rue principale qui servait d'épine dorsale à la ville dont la topographie était d'une simplicité enfantine. Impossible de se perdre à Grenade. Au loin, en direction du sud, s'élevait une haute chaîne de montagnes ; à l'est, les rues montaient vers l'Alhambra ; à l'ouest, les routes descendaient en pente vers les plaines. Même au creux du labyrinthe d'étroites ruelles qui serpentaient autour de la cathédrale, il était facile de se repérer : la déclivité, un aperçu de la montagne ou la vue de l'édifice monumental, lui apprendrait rapidement la direction à suivre. Errer sans but ainsi dans ce méandre était quelque peu libérateur. Elle pouvait s'égarer dans ces rues sans jamais craindre de s'y perdre.

Au détour de chaque rue ou presque, elle débouchait sur une nouvelle place où trônait une grande fontaine richement décorée, bordée de cafés qui accueillaient quelques clients. L'une d'elles particulièrement verdoyante abritait quatre boutiques de souvenirs qui proposaient quasiment les mêmes articles : éventails, poupées en robe de flamenco, cendriers décorés de taureaux. Devant un autre magasin se dressait une forêt de présentoirs à cartes postales. Parmi le million de vues de paysages espagnols à acheter, Sonia fit rapidement son choix : la photo typique de la danseuse de flamenco.

Une heure de balade dans les rues tortueuses avait fait disparaître son mal de tête. Elle se trouvait à présent sur la Plaza Bib Rambla que le marché aux fleurs colorait vivement en cette journée de février autrement terne. Il était 9 h 30, et la tranquillité de la place en basse saison n'était perturbée que par quelques flâneurs. Sonia croisa deux Scandinaves qui ployaient sous le poids de leurs sacs à dos volumineux, et semblaient frigorifiés et légèrement ridicules dans les shorts qu'ils avaient enfilés dans un élan d'optimisme, et un groupe d'étudiants américains qui suivait la visite commentée par un compatriote dont la voix emplissait l'espace habituellement paisible. Parmi les nombreux cafés qui s'offraient à elle, l'un d'eux en particulier attira son attention. Sur les tables installées en terrasse, les premiers rayons du soleil tombaient en oblique depuis les toits, et des géraniums, débordant d'un tonneau, qui avaient survécu au froid hivernal se dressaient fièrement.

D'un pas résolu, elle gagna la table la plus ensoleillée et s'installa. Elle rédigea rapidement la carte postale pour son père puis entreprit de lire son guide touristique. Apparemment, la ville avait bien davantage à offrir que le célèbre Alhambra et ses jardins.

Quelques instants à peine après avoir pris sa commande, le vieux serveur lui apporta son *café con leche*. Ce faisant, il posa le regard sur son livre. Celui-ci était ouvert à la page traitant de Federico García Lorca, « le plus grand poète espagnol » à en croire l'ouvrage. Sonia venait de lire qu'il avait été arrêté à Grenade au début de la guerre civile espagnole.

— Il séjournait près d'ici, vous savez.

Déconcentrée par les paroles du serveur, elle leva les yeux. Sonia ne s'étonna pas seulement du fait qu'il ait espionné sa lecture, mais également de l'expression de profond sérieux qui peignait son beau visage ridé.

— Lorca ?

— Oui. Ses amis et lui se retrouvaient dans le coin.

Sonia avait un jour assisté à une représentation de *Yerma* au Théâtre national. Chose curieuse, elle s'y était rendue avec Maggie – James avait eu un empêchement professionnel de dernière minute – et elle se rappelait le verdict de son amie : « ennuyeux et déprimant ».

À la question de Sonia, le serveur répondit qu'il avait rencontré Lorca une fois ou deux.

— Beaucoup de gens ici pensent que cette partie de la ville est morte avec lui, ajouta-t-il.

Cette déclaration était à la fois puissante et intrigante.

Les connaissances de Sonia sur la guerre d'Espagne ne s'étendaient pas au-delà de ses vagues souvenirs des romans d'Ernest Hemingway et de Laurie Lee ; elle savait que les deux écrivains y avaient pris part, mais rien d'autre. L'impact presque personnel de la disparition de Lorca sur le vieil homme piqua sa curiosité.

— Que voulez-vous dire exactement ? s'enquit-elle, consciente qu'une réaction de sa part était attendue.

— Lorsque les gens ont appris ce qui était arrivé à Lorca – il a été abattu d'une balle dans le dos – tous les libres-penseurs ont compris le message : plus personne n'était en sécurité et la guerre à Grenade touchait à sa fin.

— Pardonnez-moi mais je ne sais pas grand-chose de votre guerre civile.

— Rien de surprenant à cela. La plupart des Espagnols n'en savent pas beaucoup plus. Soit ils ont oublié, soit ils ont été élevés dans la quasi-ignorance de ce qu'il s'est passé.

Sonia comprit que le vieil homme désapprouvait cet état de fait.

— Pourquoi a-t-elle eu lieu ? demanda-t-elle.

Le serveur, de petite taille comme nombre d'Espagnols de son âge, se pencha en avant et agrippa le dossier d'une chaise vacante à la table de Sonia. Il posa un regard brun d'une telle intensité sur la nappe rouge qu'on aurait cru qu'il comptait les fils du tissu. Plusieurs minutes s'écoulèrent et Sonia se demanda s'il n'avait pas oublié la question qu'elle lui avait posée. Malgré sa chevelure brune à peine striée de gris, la peau de son visage ciselé et de ses mains était aussi froissée qu'une feuille d'automne et Sonia estima qu'il devait avoir plus de quatre-vingts ans. Elle nota également que les doigts de sa main gauche étaient méchamment déformés, à cause de l'arthrite, pensa-t-elle. L'esprit de son père s'égarait souvent de cette manière si bien qu'elle était habituée à un tel silence.

— Vous savez quoi ? finit-il par répondre. Je ne crois pas que je puisse vous le dire.

— Ne vous inquiétez pas, le rassura-t-elle, remarquant ses yeux rouges et humides. Ce n'était que simple curiosité.

— Mais je m'inquiète, reprit-il, quelque peu agité en la regardant droit dans les yeux.

Elle avait mal interprété sa remarque précédente, comprit-elle tout à coup. La clarté dans son regard lui révélait que cet homme avait toute sa lucidité.

Il poursuivit :

— Je m'inquiète que cette terrible histoire ne disparaisse à jamais, exactement comme Lorca et tant d'autres.

Sonia se recula sur sa chaise. La passion de l'homme la déconcertait. Il faisait référence à un événement qui s'était déroulé presque soixante-dix ans auparavant et pourtant il en parlait comme s'il avait eu lieu la veille.

— Il m'est impossible de donner une seule raison à cette guerre. Les débuts sont si confus. Les gens ne savaient pas vraiment ce qu'il se passait et ils n'avaient en tout cas aucune idée à l'époque de ce vers quoi on se dirigeait et combien de temps cela durerait.

— Mais qu'est-ce qui a tout déclenché ? Et pourquoi Lorca a-t-il été impliqué ? C'était un poète, non ? Pas un politicien !

— Bien sûr, à première vue vos questions sont simples et j'aimerais vous fournir des réponses simples, mais c'est impossible. Les années précédant la guerre civile n'étaient pas d'un calme plat. Notre pays était dans le désarroi et la politique était compliquée ; la plupart d'entre nous n'y entendions rien. Les gens avaient faim, le gouvernement de gauche ne semblait pas agir avec assez d'efficacité, et l'armée a décidé de prendre le pouvoir. Voilà l'explication simplifiée.

— Ça paraît plutôt clair.

— Je peux vous assurer que c'était loin d'être le cas.

Sonia sirota son café. Son intérêt était éveillé et puisqu'il n'avait pas d'autres clients, elle fut tentée d'interroger davantage le vieil homme.

Un groupe d'une bonne douzaine de Japonais en visite guidée arriva alors. Devant leur mine pressée, le vieil homme partit s'occuper d'eux. Sonia l'observa noter la commande sur son carnet. La tâche se serait révélée tortueuse sans sa grande patience car les touristes ne parlaient ni espagnol ni anglais, langue que le serveur maîtrisait parfaitement malgré son fort accent. Voilà pourquoi tant de cartes de restaurants ici étaient pourvues d'illustrations tape-à-l'œil de plats peu appétissants et de milk-shakes mousseux : ainsi, au moins, les étrangers pouvaient passer commande en montrant du doigt.

Lorsqu'il apporta les boissons et les pâtisseries commandées par le groupe de Japonais, il en profita pour servir un autre café à Sonia ; la délicate attention la toucha.

À présent, l'établissement se remplissait de clients. La jeune femme comprit que l'homme ne pourrait plus lui accorder toute son attention.

— *La cuenta, por favor*, dit-elle en utilisant presque tout le vocabulaire espagnol qu'elle connaissait pour demander l'addition.

Le propriétaire du café secoua la tête.

— Cadeau de la maison.

Sonia lui offrit un grand sourire en retour. C'était un geste simple mais d'une grande bonté. D'instinct, elle sut qu'il n'était pas dans les habitudes de l'homme d'offrir des tournées.

— Merci, dit-elle. C'était très intéressant de discuter avec vous. J'irai peut-être voir la maison de Lorca. Comment s'y rend-on d'ici ?

Il tendit le doigt vers la rue et lui dit de tourner à droite une fois arrivée au bout. Cela ne lui prendrait pas plus de dix minutes pour rejoindre La Huerta de San Vicente, la maison de vacances de la famille Lorca située au sud de la ville.

— Elle est jolie, ajouta-t-il. Et il y a à l'intérieur quelques souvenirs intéressants de l'homme et de sa famille. Il y fait un peu froid, en revanche.

— Froid ?

— Vous verrez.

Sonia ne put le questionner davantage. Le devoir l'appelait et il s'était déjà détourné pour prendre une nouvelle commande. Elle se leva, ramassa son guide, son sac et son plan, et longea les autres touristes pour partir.

Alors qu'elle s'éloignait, le vieil homme la rattrapa, la retenant un instant par le bras. Il y avait encore une chose qu'il tenait à lui dire.

— Vous devriez également monter au cimetière. Lorca n'y est pas mort mais des milliers d'autres ont été abattus sur cette colline.

— Des milliers ? répéta-t-elle.

Le vieil homme acquiesça.

— Oui, dit-il posément. Plusieurs milliers.

Sonia trouvait ce nombre exagéré, en comparaison avec la population de la ville.

Le vieil homme perdait peut-être un peu la tête après tout. En outre, conseiller à une touriste d'aller visiter le cimetière municipal était assez étrange. Elle hocha poliment la tête et lui sourit. Même si la demeure d'un poète décédé exerçait une fascination sur elle, elle n'avait aucune intention de visiter un lieu de sépulture.

Sonia suivit les indications qu'il lui avait données, empruntant la longue artère Recogidas jusqu'aux limites de la ville. Les magasins étaient ouverts à présent et des bribes de musique flottaient sur les trottoirs qui commençaient à se remplir de jeunes femmes, bras dessus bras dessous, en train de bavarder, des sacs d'une blancheur immaculée se balançant à leur poignet. La rue concentrait toutes les boutiques de mode pour les jeunes et les vitrines attrayantes présentaient des cuissardes, des ceintures colorées et d'élégantes vestes enfilées sur des mannequins sans visage, le tout attirant les adolescentes comme les confiseries alléchaient les enfants.

En descendant du trottoir dans une rue ensoleillée qui vibrait d'optimisme et d'un sentiment de joie de vivre, le portrait d'une Espagne tenaillée par les conflits que lui avait brossé le cafetier lui paraissait difficile à imaginer. Bien qu'intriguée par ce qu'il lui avait raconté de la guerre, Sonia s'étonnait de constater que si peu de preuves en subsistaient. Elle n'avait remarqué aucune plaque commémorative ni aucun monument qui rappelait les événements de cette époque, et l'ambiance autour d'elle ne laissait pas entendre que ces jeunes gens portaient le fardeau d'un lourd passé. Les édifices historiques de l'Alhambra étaient peut-être ce qui attirait le plus de visiteurs à Grenade, mais une rue telle que celle-ci montrait une Espagne qui s'engageait vers l'avenir, transformant les bâtiments des siècles passés en palaces futuristes de verre et d'acier. Quelques anciennes devantures de boutiques perduraient avec leurs panneaux ornés et le nom du propriétaire gravé en doré sur le verre noir, mais elles restaient une curiosité préservée au nom de la nostalgie et n'appartenaient pas à cette Espagne moderne.

Au bout de la rue, là où les magasins disparaissaient et où des immeubles d'appartements anonymes étaient plantés comme des épis de maïs, Sonia aperçut au-delà de la ville les plaines vertes de la Vega, les pâturages luxuriants derrière la cité. Après avoir consulté son plan, elle tourna à droite et franchit un portail qui la conduisit dans un parc. S'étendant sur plusieurs hectares, il avait été agencé dans un style qui hésitait entre la tristesse d'un parc municipal classique et l'originalité d'un jardin anglais. Des allées de sable couraient entre les bordures aménagées géométriquement et les haies coupées bas. Les fleurs venaient d'être arrosées. Des gouttelettes s'accrochaient comme des perles sur les pétales rouge sombre et les lourds parfums des roses et de la lavande se mêlaient dans l'air moite.

À première vue, le parc était désert, à l'exception d'un couple de jardiniers et de deux hommes à la chevelure argentée assis sur un banc, leur canne appuyée contre leurs genoux. Ils étaient plongés dans une conversation si intense qu'ils ne levèrent pas les yeux à son passage, pas plus qu'ils ne furent perturbés par la trompette qui perçait l'air. L'acoustique dans le parc vide amplifiait le son du musicien solitaire qui ne jouait pas pour mendier (le profit aurait été dérisoire compte tenu de la pénurie de passants) mais pour s'entraîner.

D'après le guide, La Huerta de San Vicente se trouvait au centre du parc et à travers l'épais feuillage d'un bosquet d'arbres, Sonia put distinguer la forme d'une habitation blanche à un étage. Quelques personnes étaient rassemblées devant, attendant l'ouverture des portes.

La maison était plus modeste qu'elle ne s'y attendait pour un lieu associé à un si grand nom que celui de Federico García Lorca. À 11 heures, la porte d'entrée vert sapin s'ouvrit et, en file indienne, les visiteurs furent autorisés à entrer. Ils furent accueillis en espagnol par une femme d'âge mûr élégamment vêtue. Elle se conduisait comme une gouvernante, affichant une attitude de propriétaire tout en faisant preuve de révérence envers la maison qu'elle gardait. Il était attendu des visiteurs qu'ils la traitent avec la même solennité accordée à un lieu de pèlerinage.

L'espagnol de Sonia lui permit de saisir quelques bribes du discours que la femme débita au début de la visite : Lorca adorait cette maison et y avait passé plusieurs heureux étés ; la maison était telle qu'il l'avait laissée en août 1936 lorsqu'il était parti se réfugier en centre-ville avec ses amis ; à sa mort, le reste de sa famille s'était exilé ; les visiteurs étaient priés de ne pas utiliser de flash en prenant des photos ; ils avaient trente minutes pour faire la visite.

Il apparut à Sonia que la femme attendait des touristes qu'ils connaissent le personnage et son œuvre, à l'instar du guide dans une cathédrale qui supposait que les visiteurs savaient à qui il faisait référence quand il évoquait Jésus-Christ.

Certains portraits intéressants étaient accrochés aux murs ainsi que quelques décors de théâtre de Lorca, mais il manquait incontestablement une explication sur la nature et la personnalité de l'homme lui-même. La maison n'était qu'une simple enveloppe, une coquille vide, et Sonia était déçue. Le vieil homme dans le café avait parlé de Lorca avec une telle passion, et la froideur de cette demeure autrefois maison familiale la déroutait quelque peu. Mais son sentiment morose venait peut-être de la raison qui l'avait conduite ici au départ : l'histoire de l'assassinat du poète.

Elle s'arrêta devant le présentoir de cartes postales. Ici seulement, une chose s'éclaircit. Elle découvrit plusieurs dizaines de portraits de l'homme qui avait habité cette maison longtemps auparavant. Son visage était incroyablement vif et moderne, son regard chocolat ne plongeait pas uniquement dans celui du photographe, mais également dans celui de quiconque se tenait devant le présentoir de cartes postales des décennies plus tard.

Il avait les cheveux ondulés, les sourcils épais, la peau rendue légèrement rêche par l'acné, et des oreilles sans doute trop décollées à son goût. Il adoptait différentes poses. Sur l'un des clichés, il jouait le rôle d'un oncle, et la nièce, qui lui ressemblait tant qu'elle aurait tout aussi bien pu être sa petite fille, était assise sur ses genoux pour faire la lecture, un index potelé pointé sur un mot. Sur un autre, il était un frère, posant gaiement avec sa fratrie, tous semblant retenir leur rire pour la photo. La chaleur, tant de la journée que de l'affection entre eux, illuminait la photo. D'autres clichés montraient des familles et des instantanés d'un monde depuis longtemps disparu dans lequel les enfants portaient des blouses en coton et les bébés des charlottes, quand les femmes brodaient et les hommes s'asseyaient sur des chaises longues au tissu rayé. Beaucoup de photos montraient un côté frivole de Lorca : sur une, il posait en pilote derrière l'immense image d'un biplan et sur une autre, un visage souriant surgissait de derrière un grand dessin de fête foraine représentant une énorme bonne femme. Un rire enfantin habitait ces clichés mais sur d'autres, avec un groupe d'intellectuels ou simplement en compagnie d'un autre jeune homme, il affichait le plus grand sérieux.

Peu importait son activité – qu'il joue du piano, prononce un discours, fasse l'idiot ou prenne la pose –, il était de toute évidence un homme qui aimait la vie, et une chaleur et une vitalité émanaient de ces photos qui touchaient Sonia alors que la maison avait échoué à le faire. Elles offraient un aperçu de précieux moments d'insouciance dans une vie qui avait été balayée peu après. Pour cette seule raison, elles étaient passionnantes.

Au bout de la rangée de cartes postales classées le long du présentoir dans des petites cases en bois, il y en avait une sur laquelle il se tenait devant la porte d'entrée de cette maison, y projetant une ombre acérée par le soleil estival éclatant. Sonia se demanda si elle avait été prise l'été de son arrestation et de sa mort.

Elle longea le comptoir, prenant une carte de chaque.

— Puis-je vous aider ? demanda la fille à la caisse.

La longue flânerie de la cliente l'avait rendue perplexe. Parfois, les articles de la boutique de souvenirs étaient dérobés, mais cela arrivait généralement avec les groupes scolaires et cette femme n'avait rien d'une voleuse. En voyant le tas de cartes dans la main de Sonia, elle se pencha en avant vers une pile de livres.

— Si vous en voulez autant, mieux vaut acheter ça.

Sonia s'empara du petit livre qu'elle lui tendait et le feuilleta. Toutes les images des cartes postales et bien d'autres encore y étaient rassemblées, avec des légendes et des citations. À l'aide d'un dictionnaire, elle pourrait les traduire.

Ses yeux s'attardèrent sur la dernière image de Lorca. Il était assis, vêtu de blanc, à la table d'un café en compagnie d'une élégante femme qui portait un béret. Une carafe de vin était posée devant eux, les rayons du soleil filtraient à travers les branches des arbres couverts de feuilles et d'autres personnes étaient assises dans des fauteuils en osier aux tables voisines. C'était le portrait de gens qui profitaient, de l'Espagne en paix.

Sous la photo, quelques mots s'alignaient : « *Lo que más me importa es vivir.* » Sonia n'avait pas besoin d'un dictionnaire pour les comprendre. « Ce qui compte le plus pour moi, c'est vivre. »

L'ironie tragique de ces mots la frappa avec force. Toutes ces photos de Lorca, enturbanné, dans un avion, en compagnie d'amis, de sa famille, le montraient comme un homme dévorant la vie à pleines dents. Il était difficilement concevable qu'un poète ait été suffisamment important pour mériter l'exécution. L'habitation simple blanchie à la chaux était une image d'innocence, figée dans le temps, un mémorial oublié pendant que tout autour était balayé et remplacé pour construire l'Espagne de demain. Elle était comme une tombe sans dépouille.

Sonia tendit quelques euros pour payer le livre et s'en alla.

Elle rentra rapidement à l'hôtel. Alors qu'elle appuyait sur le bouton de l'ascenseur, Maggie en descendit, radieuse après dix heures de sommeil ininterrompu.

— Sonia, s'extasia-t-elle. Où étais-tu passée ?

— J'ai juste fait une petite balade, répliqua Sonia. Je t'ai laissé un mot.

— Oui, j'ai vu. Mais je ne savais pas quand tu rentrerais.

— Je monte juste chercher mes chaussures, lança Sonia alors que les portes de l'ascenseur se refermaient.

Dans l'espace réduit de la cabine d'ascenseur, la tête commença à lui tourner et Sonia songea qu'elle aurait dû manger quelque chose. Sous la lumière sépia, elle aperçut son reflet dans le miroir. Comparé au visage éclatant de Maggie qu'elle venait de voir, elle avait les yeux caves et les joues creusées. Des demi-lunes sombres pendaient sous ses yeux comme des éclipses et ses cheveux étaient gras et ternes. Si elle s'avouait en son for intérieur qu'elle se fichait de son apparence, elle savait toutefois qu'elle ne pourrait s'empêcher d'éprouver une pointe de ressentiment lorsque les hommes jetteraient des regards admirateurs à Maggie et qu'elle deviendrait invisible. Elle avait passé des années à endosser le rôle de l'amie inexistante pour les hommes, et c'était un sentiment par trop familier.

De retour dans la chambre, elle se brossa rapidement les cheveux, dessina le contour de ses yeux au crayon et étala du gloss sur ses lèvres. Dans l'ascenseur qui redescendait, son moral remonta légèrement en observant les améliorations.

Bientôt, elles étaient dans la rue et les deux femmes s'élancèrent, toutes deux excitées par la leçon de danse qui les attendait.

C'était l'anniversaire de Maggie, et son amie avait cédé de bon cœur à son envie d'aller danser ce soir. Un peu avant minuit, Sonia franchit, tête baissée, une voûte en pierre basse pour descendre un étroit escalier qui menait à un sous-sol faiblement éclairé. Sur un côté, un petit bar courait, avec une rangée de tabourets devant. Les deux couples qui dansaient profitaient du luxe d'avoir la piste pour eux seuls. À ce moment de la soirée, l'exubérance de leurs pas et de leurs tours relevait presque de l'acrobatie.

Sonia comprit rapidement la raison pour laquelle sa meilleure amie avait insisté pour venir ici. À peine avaient-elles atteint la dernière marche de l'escalier qu'un personnage à la belle carrure émergea de l'ombre près du bar pour s'avancer vers elles. Pardessus la musique qui étouffait toute conversation, Maggie lui présenta Paco et en dépit des grands gestes qu'ils échangèrent tous les trois, ils communiquèrent peu. Le problème n'était pas tant les battements incessants de la musique que les lacunes de Paco en anglais et les leurs en espagnol. En revanche, il fit preuve d'une grande prévenance envers Sonia, ce qui lui permit d'apprécier son charme, en lui offrant un verre avant de finir, avec un geste d'excuse, par conduire Maggie sur la piste de danse. Sonia comprenait son attrait. Même si Maggie le dépassait d'une tête, son nouvel homme dégageait une aura sexuelle puissante.

Sonia les observa, hypnotisée par la façon dont la main de Paco s'ouvrait contre le dos mince de Maggie, comme une étoile, tandis qu'il la guidait fermement à travers la piste par des mouvements adroits et discrets. Elle était perchée sur un tabouret, un verre de bière fraîche à la main et une forte impression de déjà-vu la submergeait. Combien de fois avait-elle regardé Maggie danser en restant sur la touche ? Cela était arrivé quand elles avaient quatorze ans, et cela arrivait encore plus de vingt ans après.

Nul ne resta spectateur très longtemps – l'enthousiasme collectif pour la danse impliquait tout le monde. Le club se remplissait à présent et très vite, Sonia fut invitée à danser. Hors de question de refuser même si elle l'avait voulu.

Elle reconnut la musique. C'était l'un des morceaux sur lesquels ils s'étaient entraînés au cours de l'après-midi et la familiarité du rythme lui donna confiance en elle. Ce n'était ni trop lent ni trop rapide. Les cinq minutes qui suivirent furent intimes, énergiques, animées et physiques. Presque immédiatement, elle ressentit le synchronisme bienvenu entre l'esprit et le corps tandis que ses pieds commençaient à bouger sans qu'elle le leur ordonne. C'était comme si les liens invisibles qui la gardaient arrimée au sol avaient été sectionnés. Sur le dernier temps de la musique, la rencontre s'acheva. La danse était une fin en soi. Tout ce qu'elle remarqua fut que son partenaire lui avait montré les pas comme s'il avait dansé toute sa vie. Pour lui, c'était aussi naturel que respirer.

À sa troisième ou quatrième danse, chacune avec un nouvel inconnu pour partenaire, Sonia commença à se sentir moins coincée. Elle ne réfléchissait plus au positionnement de ses pieds et ne comptait plus les temps dans sa tête. Elle avait eu un bref aperçu de cette sensation une fois auparavant, quand elle avait regardé ses professeurs cubains à Londres et vu l'expression de leur visage qui montrait qu'ils dansaient avec leur âme et non pas avec leur cerveau. Sonia se rappelait la façon dont les petits poils sur sa nuque s'étaient dressés. Maintenant elle savait ce qu'on éprouvait. Le charme de la danse s'était profondément ancré en elle.

Entre deux danses, elle retournait au bar. De temps en temps, Maggie et Paco quittaient la piste et venaient la retrouver. Maggie était en nage. Son chemisier blanc, lumineux sous les néons, était trempé et transparent, et de minuscules gouttes perlaient à la naissance de ses cheveux, y formant un diadème.

— Tu vas bien, Sonia ? demanda-t-elle. Est-ce que tu t'amuses ?

— Oui. Je m'éclate, répondit-elle sans aucun cynisme.

Elle n'eut aucune idée de l'heure à laquelle sa tête se posa enfin sur son oreiller. Elle passa encore une nuit blanche, mais cette fois ce n'était pas parce qu'elle s'inquiétait pour Maggie, dont le lit à côté du sien demeurait vide. Ce soir, ce furent les endorphines qui se ruaient dans ses veines qui la firent tourner et vibrer jusqu'à l'aube.

6

Peu avant midi, Sonia tourna le robinet d'eau froide et eut le souffle coupé sous le jet glacé de la douche qui la transperçait. Un mal nécessaire pour chasser le sommeil et affronter la journée. Deuxième étape pour un réveil optimal : un café ; et pour cela, un seul endroit s'imposait. Elle sortit dans la rue : de toute façon, il était trop tard pour le piètre petit déjeuner de l'hôtel composé de croissants industriels qui, même trempés dans un café insipide, restaient immangeables.

Animée d'un instinct identique à celui qui vous fait retrouver le chemin de la maison, elle retourna jusqu'à la jolie petite place découverte la veille. Elle n'était pas uniquement attirée par l'excellence de son *café con leche*, elle avait aussi le sentiment qu'une partie de sa conversation avec l'aimable serveur attendait encore sa conclusion. Le froid avait chassé les clients des terrasses. Elle s'engouffra à l'intérieur du café, s'installa et attendit, pendant plus de cinq minutes. Personne ne vint. Sa déception était démesurée par rapport à la situation. Il y avait pléthore d'autres cafés à proximité qui devaient servir des espressos décents, songea-t-elle.

Alors qu'elle attendait, elle remarqua que la clientèle attirait la clientèle. Elle s'apprêtait à suivre cet adage et à aller se faire servir ailleurs quand elle entendit une voix amicale derrière elle.

— *Buenos días, Señora.*

Elle se retourna. Le cafetier, tout sourire, se tenait devant elle, visiblement ravi de la voir.

— J'ai cru que vous étiez fermé.

— Non, non, désolé. J'étais au téléphone. Qu'est-ce que je vous sers ?

— *Café con leche, por favor.* Et quelque chose à manger ? Une viennoiserie ?

Quelques minutes plus tard, sa commande arriva.

— Vous vous êtes couchée tard ? observa l'homme. Sans vouloir être grossier, vous avez l'air épuisé.

Sonia se fendit d'un sourire. Elle appréciait la franchise du patron du café. Elle se doutait qu'elle avait une mine affreuse, avec ses yeux de panda à cause des traces coulantes du mascara de la veille et son teint terni par la fatigue.

— Vous avez passé une bonne soirée ?

— Excellente, répondit-elle avec un sourire. Je suis sortie danser.

— Vous aimez danser ? Vous avez trouvé le *duende*, peut-être ?

Sonia ne connaissait pas ce mot. Il ressemblait à « duo ». L'homme lui demandait peut-être si elle avait trouvé un partenaire. Pour la première fois depuis ces dernières vingt-quatre heures, elle pensa à

James. Aurait-il aimé cet endroit ? Aurait-il apprécié le décor usé de l'école de danse ? L'effort constant exigé dans les cours ? Le volume des décibels dans la boîte de nuit ? La réponse à toutes ces questions était « non ». L'architecture grandiose aurait peut-être eu ses faveurs, songea-t-elle avec un regard sur les étages supérieurs des gros édifices relativement somptueux qui constituaient cette petite place. Une pointe de culpabilité la traversa quand elle se rendit compte qu'elle n'avait même pas pensé à téléphoner à James. D'un autre côté, lui non plus ne s'était pas inquiété de prendre des nouvelles. À n'en pas douter, il était plongé jusqu'au cou dans la signature d'un contrat à la banque, et elle ne lui manquait pas le moins du monde.

— J'ai passé une soirée fantastique, répondit-elle simplement. *Fantástico.*

— *Bueno, bueno*, déclara-t-il comme s'il tirait une satisfaction personnelle dans le fait que sa cliente ait passé une bonne soirée. Les gens danseront toujours. Même quand nous vivions sous un régime tyrannique, les gens continuaient de danser. Nous étions nombreux à considérer que les curés avaient détruit notre religion, mais il s'avérait que beaucoup de gens en avaient déjà une toute faite. Pour un certain nombre, la danse était devenue une nouvelle religion, c'était une façon de se rebeller.

— Pour tout vous dire, je suis venue à Grenade pour prendre des cours de danse, expliqua Sonia. J'aime beaucoup danser mais je ne me vois pas en faire ma religion, ajouta-t-elle d'un rire.

— J'imagine que non. Mais les choses sont différentes aujourd'hui. Grenade est emplie de danse désormais et les gens dansent librement.

Comme la veille, le cafetier semblait avoir plus de temps à disposition que de clients à servir. Sonia se doutait qu'en haute saison, il en était autrement. Elle n'était pas pressée non plus et ce vieil Espagnol souriant avait clairement envie de faire la conversation.

— Est-ce que vous dansez ? s'enquit Sonia.

— Moi ? Non.

— Depuis combien de temps possédez-vous ce café ?

— Des années, maintenant, répondit-il. Je l'ai repris au milieu des années cinquante.

— Et vous êtes resté ici tout ce temps ?

— Oui, répondit-il à voix basse.

Rester au même endroit, à occuper le même travail, pendant toutes ces décennies, dépassait l'entendement de Sonia. Comment pouvait-on supporter l'ennui pur d'un état de fait aussi permanent ?

— Le pays était encore agité, à l'époque. Les conséquences de la guerre civile. Cette guerre a tout changé.

Bien que gênée de son ignorance sur l'histoire d'Espagne, Sonia sentait qu'elle devait offrir une réponse adéquate.

— Ça a dû être affreux pour…

L'homme l'interrompit. Tout à coup, il n'avait aucune envie de poursuivre sur ce sujet.

— Oh, vous n'avez pas envie d'écouter tout ça. C'est une longue histoire et vous devez aller danser.

Il avait raison. Aucun client ne s'était présenté depuis son arrivée, et si l'homme n'était pas pressé qu'elle s'en aille, Sonia, pour sa part, était attendue. Même si elle adorait s'asseoir dans ce café et discuter avec ce gentil monsieur, elle ne pouvait pas rater son cours. Elle jeta un coup d'œil à sa montre et s'étonna de voir comme le temps avait filé – il était déjà 13 h 30. Son cours était à 14 heures.

— Je suis désolée, dit Sonia. Je dois m'en aller.

— Dites-moi, avant de partir : avez-vous visité la maison de Lorca ?

— Oui. Je comprends ce que vous entendiez en disant qu'elle était froide. On ne sait pas très bien comment mais on sent que ça s'est mal terminé là-bas, et que c'est pour cela que personne ne l'a habitée depuis des années.

— Vous avez aimé le parc ?

Son ressenti l'intéressait sincèrement.

— Il est un peu classique à mon goût. Ce n'est pas facile de rendre un jardin déprimant, mais là, ils ont réussi.

Craignant d'avoir fait preuve d'une grossièreté involontaire envers la ville de cet homme, Sonia fut soulagée quand il répondit :

— Je suis tout à fait d'accord avec vous. Ce n'est pas un bel endroit. Lorca lui-même l'aurait détesté. J'en suis sûr. Il combattait ce genre de froideur et de manque d'imagination.

Soudain, le calme doux qui caractérisait le vieil homme se mua en fureur noire. Sonia ne put s'empêcher de le comparer à son père, incarnation de la gentillesse et de la patience. Jack Haynes ne déviait jamais de son naturel conciliant et tranquille. Le cafetier, en revanche, était différent. Elle décela une détermination dans son regard, une lueur qui laissait entendre que derrière le vieil homme aimable, se dissimulait un autre personnage. Il existait une autre facette de lui. La preuve, peut-être, que le cliché de la fougue espagnole était fondé. La dureté de son regard contredisait la gentillesse qui l'avait caractérisé jusque-là. Elle reflétait une colère, pas à son égard, mais pour une pensée qui lui avait traversé l'esprit. Les plis autour de sa bouche s'étaient accentués et ses yeux avaient cessé de pétiller du sourire chaleureux auquel elle s'était déjà habituée.

— Il faut vraiment que j'y aille, reprit-elle. Merci pour le petit déjeuner. Ou le déjeuner ? Je ne sais plus, mais merci.

— Ça m'a fait plaisir de discuter avec vous. Dansez bien.

— Je repars dans deux jours, ajouta-t-elle. Je reviendrai peut-être demain pour le petit déjeuner si vous êtes ouvert.

— Bien sûr que je serai ouvert. En dehors d'un jour de repos de temps en temps, j'ai ouvert le café tous les jours d'aussi loin que je me souvienne.

— À demain, alors, dit Sonia d'un ton joyeux.

Elle sourit, d'une part à la perspective de le revoir bientôt, mais aussi devant la fierté évidente que son café inspirait au vieil homme, qui semblait y avoir consacré toute sa vie. Apparemment, il tenait seul son établissement. Pas d'épouse. Pas de fils pour suivre ses pas. Elle cala son sac sur son épaule et se leva pour partir. Son cours de danse commençait dans cinq minutes.

Elle arriva au studio légèrement en retard. Felipe et Corazón étaient au beau milieu d'une démonstration. Il ne s'agissait pas de salsa. Les Norvégiennes avaient assisté à l'un des spectacles du Sacromonte la veille et étaient plus motivées que jamais pour apprendre à danser le flamenco. Maggie n'avait émis aucune objection et les hommes n'y voyaient pas d'inconvénient tant qu'on revenait ensuite à la salsa. Pour la seconde fois en deux jours, les deux professeurs purent montrer à leurs élèves ce qui, selon eux, était la plus grande danse au monde.

Sitôt terminée, dans un crépitement de pieds tambourinant, Corazón cria à ses élèves :

— D'accord, voici comment on commence avec le flamenco.

La musique sur laquelle ils dansaient à présent était très différente du son agressif de la salsa dont le rythme était devenu comme une seconde nature pour eux tous. Il était beaucoup plus difficile pour l'oreille de saisir ou de repérer le rythme ; la musique se caractérisait toutefois par un temps régulier même si, avec malice, elle semblait en dévier souvent. En plus de la guitare, on entendait les claquements de mains, des percussions qui s'enroulaient les unes autour des autres avec une complexité impossible, mais qui de temps en temps se fondaient à l'unisson, s'achevant sur un seul temps final. Sonia tendit l'oreille pour percevoir le schéma.

À présent, Corazón avait les mains levées haut au-dessus de la tête. Ses poignets souples permettaient à ses mains de créer des cercles parfaits tandis que ses doigts s'écartaient et se refermaient, en rythme avec les percussions. Ses hanches ondoyantes se balançaient en rythme et, par moments, elle accentuait le temps d'un claquement de langue.

Bientôt, les femmes dans la salle imitèrent ses mouvements, certaines avec plus de succès que d'autres.

Ils s'échauffèrent ainsi pendant dix ou quinze minutes, se familiarisant avec le rythme. À l'occasion, Corazón troublait leur transe quasi hypnotique d'un encouragement.

— Écoutez ! Vous entendez ? disait-elle, sans éprouver la moindre difficulté à parler et à onduler en même temps. Le son de l'enclume ? Le battement du métal ?

Les élèves la considérèrent d'un œil ébahi. Elle répondit à leur bêtise d'un regard plein de mépris et poursuivit la comparaison.

— Allez ! s'écria-t-elle avec une impatience grandissante. Écoutez ! Ting !... Ting !... Ting !... Vous n'êtes pas allés vous promener dans l'Albaicín ? Vous n'avez pas remarqué tout ce fer forgé ? Vous n'avez pas entendu le bruit des hommes qui travaillaient le métal ? Ne continuez-vous pas à l'entendre dans ces rues étroites ?

Un ricanement se fit entendre mais pour Corazón, s'ils étaient incapables de comprendre, c'était tant pis pour eux. Elle n'avait plus le temps ni la patience d'essayer de leur expliquer.

Sonia commença à entendre l'écho des ferronniers, et même la pause brève entre les battements lui rappela le balancement du marteau avant qu'il ne frappe le métal. Corazón n'était pas folle après tout. Elle tapa dans ses mains et se déhancha pour illustrer son analogie et les plus imaginatifs réussirent à entendre le bruit des forgerons.

— Maintenant ! Suivez-moi ! Faites ça !

Corazón était comme un poisson dans l'eau, à lancer ses instructions tel un général de guerre. La salsa n'était qu'une attraction pour elle. Sa vraie passion était là.

Elle serra les poings. Alors, lentement, un à un, elle ouvrit les doigts. D'abord l'auriculaire pour finir par le pouce. Puis elle répéta le mouvement avec des variations, commençant par l'index et allant jusqu'au petit doigt. Et pendant tout ce temps, elle ne cessait de tourner les poignets dans un sens puis dans l'autre.

Ceux de Sonia étaient meurtris par ces mouvements inhabituels et ses bras la faisaient souffrir. En même temps que les mains, Corazón faisait onduler ses bras de haut en bas comme des serpents, une minute au-dessus de sa tête, la suivante le long des flancs. De façon désordonnée, la classe tenta de suivre.

— *Mira ! Mira !* criait-elle la voix teintée d'un mélange de frustration et d'enthousiasme sans bornes. Regardez !

Corazón savait qu'ils pouvaient faire bien mieux, mais cela prendrait sans doute du temps. Jusque-là, ils n'avaient travaillé que le haut du corps, et il restait encore beaucoup à apprendre.

— D'accord, d'accord. *Muy bien*. On fait une pause.

Reconnaissants, les élèves se détendirent. Un répit de courte durée cependant. Felipe, qui était resté en retrait pour observer, sauta sur ses pieds. Son tour était venu d'être le point de mire.

Les élèves se postèrent en demi-cercle autour de lui, les yeux rivés sur lui.

— Voici les pas de base, commença-t-il.

Une jambe en avant, le genou légèrement plié, il tapa du pied, d'abord de la pointe puis du talon. Il répéta ce mouvement plusieurs fois puis accéléra pour montrer comment ce simple mouvement formait la base de ce spectaculaire jeu de jambes que l'on associait au flamenco. Tous s'y essayèrent. Au ralenti, le mouvement n'avait rien de particulièrement complexe.

— *Planta !* hurla-t-il en abattant son pied au sol.

Dans une onomatopée parfaite, il cria le mot suivant tandis que le bruit net de son talon contre le sol retentissait.

— *Tacón ! Tacón !* répéta-t-il.

Plusieurs minutes, ils s'entraînèrent à ce mouvement de base puis Felipe compliqua les choses, passant du talon à la pointe en différents enchaînements. Certains des élèves parvenaient à suivre. D'autres qui possédaient moins de coordination commencèrent à éprouver des difficultés. La preuve que cette danse se révélait bien plus ardue qu'elle n'en avait l'air. Felipe ne perdit pas courage. Il faisait montre d'un tel sérieux en ce qui concernait le flamenco qu'il n'avait même pas remarqué que certains des élèves ne le suivaient plus.

— Vous devez écouter les rythmes que créent vos pieds, dit-il. Vous faites votre propre musique avec eux. Videz votre tête et remplissez vos oreilles.

Une idée presque sensée, songea Sonia, en se concentrant avec force tout en essayant d'appliquer le conseil : danser avec son oreille et non pas avec son esprit. Elle croisa le regard de Maggie qui, pour une fois, semblait s'ennuyer un peu.

Corazón reprit la direction du cours.

— Le plus important, je l'ai gardé pour la fin, annonça-t-elle d'un ton mélodramatique. Et ça, c'est vraiment le début.

À cet instant, la plupart des élèves étaient en train de boire goulûment à des bouteilles en plastique. Tout cela était beaucoup plus éprouvant que ce qu'ils avaient imaginé.

— *Actitud !* dit-elle.

Et tout en prononçant le mot, elle fit la démonstration de ce qu'elle attendait. Le menton levé, le nez pointé au plafond et dans une posture arrogante qui rappelait à Sonia les danseurs de flamenco qu'elles avaient vus trois soirs plus tôt, Corazón leur montra de quelle manière ils devaient « s'annoncer » au début d'une performance.

— L'entrée est le moment le plus important de tous, leur expliqua-t-elle. Vous ne pouvez pas entrer sur la pointe des pieds. Vous devez dire au public que vous êtes là – avec le langage du corps. Vous devez prévenir tout le monde que, désormais, la personne la plus importante dans la pièce, c'est vous.

Corazón était le genre de femme qu'on remarquait dès lors qu'elle franchissait une porte. Cette présence était innée chez elle. Pas un instant, Sonia n'avait envisagé que l'on pouvait l'acquérir, elle avait toujours supposé qu'elle venait naturellement aux danseurs. Vingt minutes plus tard, cependant, quand elle surprit dans le miroir le reflet d'une femme qui prenait une pose des plus convaincantes et qu'elle comprit qu'il s'agissait d'elle, cela ne lui sembla plus impossible. Un bras étiré vers le plafond, les doigts déployés, le corps contorsionné à la taille, et l'autre bras courbé devant elle, elle ressemblait presque à une authentique danseuse de flamenco.

Avec deux petits claquements secs des mains, Corazón mit un terme à cette partie de la leçon.

— *Bueno, bueno*. Nous allons vous faire danser au Sacromonte demain ! plaisanta-t-elle avec un sourire. Faites une pause puis nous reprendrons avec la salsa.

— Ouf ! marmonna Maggie à l'intention de Sonia. Je ne crois pas que le flamenco soit mon truc.

— Pourtant ç'avait l'air de te plaire il y a deux jours, répliqua Sonia, en essayant de réprimer le « Je te l'avais bien dit » qui lui brûlait les lèvres. Est-ce que c'est plus difficile que ce que tu croyais ?

Maggie baissa la tête en arrière, rejetant sa folle crinière loin de son visage.

— C'est tellement mélodramatique, non ? Si égocentrique. Une vraie représentation.

— Mais toutes les danses ne sont-elles pas des représentations ?

— Non, je ne crois pas. En tout cas, pas quand on danse avec un partenaire. Et si c'en est une, elle n'est alors destinée qu'à cette autre personne.

Sonia eut soudain une illumination au sujet de son amie : pour elle, danser concernait l'autre. Cela faisait partie de sa recherche de l'homme parfait insaisissable. C'était la quête de toute sa vie.

— Deux minutes, tout le monde ! hurla Corazón. Deux minutes.

Sonia se faufila hors de la salle pour gagner les toilettes. À travers les portes vitrées de l'entrée, elle vit deux des Norvégiennes et tous les taxi-danseurs rassemblés sur le trottoir, enveloppés d'un nuage de fumée de cigarettes. Son attention fut alors attirée par le son, mélange de guitare et de claquements de mains, qui filtrait par une porte légèrement entrouverte de l'autre côté de l'entrée. Tel un espion, elle glissa un œil par l'interstice. Ce qu'elle vit la stupéfia. Une douzaine de personnes étaient assises en rond dans un coin de la pièce, écoutant un guitariste. Ils affichaient tous un air dépenaillé, avaient le teint pâle et fatigué, les cheveux ébouriffés ; la plupart portaient des jeans et des T-shirts dont les motifs avaient depuis longtemps disparu. L'homme le plus âgé, qui portait ses cheveux ondulés noirs comme du goudron en queue-de-cheval, jouait un air d'une telle mélancolie que Sonia sentit une boule se former dans sa gorge. Personne ne croisait le regard des autres ; garder le rythme requérait une concentration qui ne pouvait être atteinte qu'en fixant le vide.

Une fille élancée, aux yeux caves, en caleçon noir en Lycra et en T-shirt à col rond, se leva. Dans une main, elle tenait une grande étoffe vert foncé qu'elle enfila, bataillant quelques instants avec une fermeture cassée. Elle n'avait pas l'air particulièrement pressée. Ensuite, elle boucla ses chaussures, toutes poussiéreuses. Enfin, elle retira la pince qui retenait ses cheveux et ses boucles tombèrent en cascade sur ses épaules. Elle les rattacha, s'assurant que plus une mèche ne lui échappe. Le guitariste continua de jouer et les percussions manuelles se poursuivirent. L'arrangement ainsi créé était comme de la dentelle fabriquée main. Difficile de voir comment des mailles distinctes allaient s'assembler pour former un tout mais, après un temps, elles formaient un schéma symétrique des plus étonnants.

La jeune femme était prête. Elle commença par se joindre au claquement de mains, comme pour trouver le rythme. Les bras levés, elle attaqua un enchaînement sensuel de mouvements de mains, les hanches se balançant à l'opposé de ses bras. Elle dansa face au guitariste qui la couvait d'un regard intense, lisant chaque nuance de sa danse, scrutant chaque oscillation subtile de son corps et répondant en rythme et en notes. Un instant, ses doigts caressaient les cordes, un autre il les pinçait sèchement pour en tirer une mélodie, davantage dans l'anticipation que dans la commande. Elle se pencha en arrière, comme pour danser le limbo, tournant tout le haut de son corps. Un exploit accompli avec un équilibre qui défiait toute gravité. Sonia était fascinée : comment pouvait-elle exécuter cette prouesse sans tomber par terre ? Mais la femme répéta le mouvement quatre, cinq, même six fois pour prouver que ce n'était pas un coup de chance, et chaque fois son corps se courbait dans un arc improbable.

Elle se redressa de nouveau et exécuta une série de pirouettes, faisant tourner son corps si vite que Sonia se demanda si elle avait bel et bien tourné. Un battement de cils et le spectateur pouvait tout rater de ses virevoltes époustouflantes. Pendant ce temps, ses pieds martelaient le sol dans des enchaînements furieux. Chaque membre, chaque tendon de son corps participait à cette démonstration, de même que les muscles de son beau visage, qui par moments le faisaient se tordre en une grimace pareille à celle d'une gargouille.

Sonia en resta pétrifiée sur place. L'énergie de cette femme et la flexibilité de son corps étaient impressionnantes, mais ce qui l'émerveillait le plus, c'était la simple puissance physique contenue dans cette frêle silhouette.

Une fois ou deux, la danse sembla près de s'achever, quand la fille s'arrêtait et regardait loin du guitariste, vers les percussionnistes, mais alors, elle-même commençait à taper des mains et quelques instants plus tard, ses ondulations et ses frappes de pieds reprenaient, et ses bras réitéraient leurs mouvements onduleux. Plusieurs fois Sonia entendit un « Olé » encourageant, prononcé à voix basse, la preuve que le groupe n'était pas seulement impressionné par cette femme mais qu'elle éveillait en outre leurs émotions.

Lorsque la danse s'acheva pour de bon, les claquements de mains rythmés se transformèrent immédiatement en applaudissements déchaînés. Certains se levèrent pour serrer la danseuse dans leurs bras, et elle leur offrit un large sourire d'une beauté surprenante.

Sonia avait légèrement poussé la porte et l'un des accompagnateurs s'avança d'un pas décidé vers elle. Il n'avait pas vu la jeune femme mais elle s'éloigna furtivement, se sentant coupable, et disparut dans des toilettes. Si elle n'avait pas été témoin d'un crime, elle avait en revanche le sentiment d'avoir assisté à un spectacle illicite, un événement qui ne pourrait jamais être montré en public.

Le soir, Sonia retourna de bon gré au club de salsa. Son angoisse à s'aventurer dans des endroits où elle connaissait peu de gens l'avait désertée. Une fois détendue et après avoir accepté quelques invitations à danser, elle s'amusa autant que la veille. La salsa était facile pour l'esprit et pour le corps, rien à voir avec l'intensité du flamenco. Au cours de la soirée, cependant, elle ne parvint pas totalement à chasser de son esprit l'image de la fille vue l'après-midi, en train de danser avec une passion aussi dévoratrice devant son *gitano*, son gitan.

7

Le lendemain matin, en franchissant la porte de l'hôtel sous le ciel lumineux, Sonia fut saisie par l'air froid qui lui glaça les os. Elle comprit alors d'où les sommets voisins tenaient leur nom de Sierra Nevada, les montagnes enneigées.

C'était leur dernier jour complet à Grenade. Si leur séjour n'était pas tout à fait terminé, Sonia éprouvait déjà une certaine nostalgie. Elle pouvait encore profiter d'un cours de danse et saisir une dernière occasion de sortir de boîte de nuit au petit matin.

Le soleil peinait à s'imposer au-dessus des pâles tourelles de l'Alhambra et projetait une brève lueur dorée sur les places avant de plonger derrière les montagnes. Dans son café préféré, El Barril – elle avait noté le nom la veille –, le patron savait que la chute des températures découragerait ses clients de s'installer en terrasse aussi n'avait-il pas pris la peine de disposer tables et chaises à l'extérieur. Sonia pénétra dans le café plongé dans la pénombre ; peu à peu, ses yeux s'accoutumèrent à l'obscurité.

Le vieil homme se tenait derrière le bar où il essuyait des verres, il en sortit pour l'accueillir. Nul besoin de prendre sa commande ; très vite le crissement du moulin retentit comme il préparait son café avec le zèle d'un scientifique menant une expérience.

Même pour lui, l'opération s'avérait délicate dans l'obscurité et il traversa la pièce pour allumer les lumières. L'intérieur du café se transforma sous l'illumination soudaine. La salle carrée était beaucoup plus grande que ne se l'était imaginée Sonia, et contenait une trentaine de tables rondes, chacune pourvue de deux ou trois chaises. En outre, au fond de la pièce, plusieurs dizaines d'autres s'empilaient jusqu'au plafond. L'endroit était surprenant. Si le mobilier ou le décor n'avaient rien de remarquable, le regard de Sonia fut irrésistiblement attiré par les murs qui disparaissaient sous les affiches.

Sur l'un d'eux étaient placardées des dizaines de posters de corrida. Sonia avait déjà vu ce genre d'affiches qui se vendaient dans toute l'Espagne, personnalisées du nom des touristes pour que chacun puisse s'imaginer en célèbre torero. Cependant, ici les posters aux murs n'étaient pas des souvenirs. Ils possédaient le lustre de l'âge et de l'authenticité. Sonia se leva pour les contempler.

Les combats dont ces affiches faisaient la publicité s'étaient déroulés dans des arènes aux quatre coins du pays : Séville, Madrid, Málaga, Almería, Ronda… la liste était longue. Les lieux avaient beau être différents, un nom revenait à chaque fois : Ignacio Ramírez.

Sonia longea le mur d'un pas lent, examinant les détails, tel un critique d'art à un vernissage. Les affiches finissaient par céder le pas à un montage de photographies en noir et blanc représentant un homme, sans doute Ignacio Ramírez. Les portraits montraient le sujet dans une pose raide, vêtu chaque fois d'un costume de torero différent : paire de bas, culotte brodée, veste boléro en brocart richement orné et toque traditionnelle. Son regard vibrait de noirceur, il était violent, magnifique, et l'arrogance qui y brûlait transperçait la photo. Sonia se demanda s'il couvait le taureau de ce même regard pour le terrifier et le soumettre.

D'autres photographies le montraient en action, justement en train de dominer l'animal. Il se tenait face au taureau, à quelques mètres des cinq cents kilos de fureur indomptée. Plusieurs photos étaient rendues floues par le mouvement de sa cape à peine capturé par l'objectif du photographe. Sur l'un des clichés, l'animal frôlait le corps du matador et ses cornes semblaient enveloppées dans la cape.

Une tasse de café noir accompagnée d'un pot de lait fumant était posée sur la table près de Sonia. Elle versa une goutte de lait et but lentement, sans quitter les photos des yeux. Le cafetier se tenait à côté d'elle, prêt à répondre à une question.

— Qui était Ignacio Ramírez ? s'enquit-elle.

— C'était l'un des garçons qui habitaient ici autrefois. Un torero célèbre.

— Il a été tué par un taureau ? demanda Sonia. Il est drôlement près de celui-ci, sur cette photo.

— Non, ce n'est pas ainsi qu'il est mort.

Ils se tinrent devant une photo qui montrait le torero les bras levés, son épée haut dans le ciel, et le taureau à quelques mètres à peine. La pause dramatique était parfaitement rendue, quand le matador s'apprête à plonger sa lame entre les omoplates de l'animal. L'homme et le taureau se regardaient dans les yeux.

— Là, déclara le patron de café, c'est « *la hora de la verdad* ».

— L'heure de... ?

— On pourrait dire « l'heure de vérité ». C'est le moment où le matador procède à la mise à mort. S'il ne porte pas son coup au moment adéquat, ou s'il ne tue pas proprement, c'est la fin pour lui. *Terminado. Muerto.*

Ce ne fut qu'après avoir étudié chaque photo et contemplé le regard sombre et impénétrable qui la fixait qu'elle remarqua l'énorme tête de taureau accrochée au mur à l'autre bout du bar. Elle était aussi noire que du goudron, les épaules larges d'un mètre. Même dans la mort, l'animal affichait une férocité terrifiante. Dessous, presque trop haute pour être lue, était inscrite une date : « 3 septembre 1936 ».

— Ce fut l'une de ses plus belles mises à mort, affirma le vieil homme. Ça s'est passé ici, à Grenade. Le taureau était un monstre et le public est devenu fou. Ç'a été une journée incroyable. Vous n'imaginez pas l'excitation dans l'arène. Avez-vous déjà assisté à une corrida ?

— Non, jamais.

— Vous devriez, répliqua le vieil homme avec passion. Il faut le faire au moins une fois dans sa vie.

— Je ne sais pas si je pourrais le supporter. Ça paraît si violent.

— C'est vrai, en général, le taureau meurt. Mais c'est bien plus que ça. La tauromachie est comme une danse.

Sonia n'était pas convaincue, elle savait néanmoins que le moment était malvenu pour une discussion sur ce qu'elle considérait comme un sport cruel. Elle s'approcha du mur opposé qui disparaissait, lui, sous des dizaines de photographies de jeunes femmes en robe de flamenco. Sur certaines, un homme était également présent.

À première vue, on aurait pu croire que les photos représentaient des filles différentes mais, à y regarder de plus près, Sonia se rendit compte qu'il ne s'agissait en fait que d'une seule et même personne dont on suivait la métamorphose d'enfant en adulte. La petite fille au visage poupon en robe à pois se transformait en une beauté voluptueuse au regard sombre vêtue de dentelle, le vilain petit canard devenait un cygne élégant paré d'un éventail en plumes. Elle portait une coiffure différente sur chacune des photos – boucles, tresses ou chignon – et parfois, un énorme peigne était glissé dans ses cheveux. Les tenues aussi variaient. Il y avait des robes extravagantes avec des traînes piquées de volants, parfois un châle bordé de franges ou une jupe arrivant aux genoux et même un pantalon et une veste courte. Si la femme portait une tenue différente sur chaque photographie, elle affichait en revanche à chaque fois la même expression fière et provocatrice ; sûrement ce que Corazón aurait appelé « *la actitud* ».

— C'était la sœur d'Ignacio, avança le vieil homme sans qu'on lui pose la question.

— Comment s'appelait-elle ?

— Mercedes Catalina Concepción Ramírez.

Il prononça ce nom d'une voix lente, comme s'il récitait un poème.

— Ça, c'est un sacré nom.

— C'est assez typique ici. Sa famille l'appelait Merche.

— Elle était belle.

— Oui, elle était…

L'espace d'un instant, il sembla chercher ses mots.

— Très belle. Ses parents l'adoraient et ses frères la chérissaient et la gâtaient. C'était une enfant rebelle mais tout le monde l'aimait. Elle dansait, voyez-vous, elle dansait le flamenco – et elle excellait, qui plus est. Elle était célèbre dans la région.

L'image de la danseuse qu'elle avait surprise l'autre après-midi était encore présente dans l'esprit de Sonia. La femme sur ces photos était physiquement très différente.

— Où dansait-elle ?

— Elle dansait lors des fêtes locales, aux *juergas*, ce sont des soirées privées, et parfois dans le bar. Dès l'âge de trois ans, elle amusait les gens en prétendant être une danseuse de flamenco, elle s'entraînait sans relâche à exécuter les pas comme si elle était une poupée dans une boîte à musique. Le jour de ses cinq ans, Mercedes a pris sa première leçon ici au

Sacromonte, et a reçu en présent sa première paire de chaussures de danse.

Sonia sourit. Elle était touchée par la manière formelle avec laquelle le vieil homme s'exprimait, celle de l'anglais prudent d'un étranger d'un certain âge, et elle voyait bien son plaisir à relater les menus détails du passé.

— Elle avait l'air très déterminée. Sa mère dansait-elle ?

— Pas plus que la plupart des femmes ici, répondit le vieil homme. Ici, tout le monde grandit en regardant des gens danser le flamenco. Ça fait partie de la ville. On ne peut pas l'éviter : aux fêtes, aux soirées, dans le Sacromonte, et à un moment donné la plupart des demoiselles s'y mettent. Mais rarement avec la même passion que cette fille.

— Qui l'accompagnait ? Son père jouait-il de la guitare ?

— Un peu. Mais un de ses frères, Emilio, était bon musicien, alors elle avait toujours quelqu'un prêt à jouer pour elle. Elle a donné sa première représentation quand elle avait huit ans, ici même dans le café. Emilio l'accompagnait. Elle a été acclamée, et pas seulement parce que tous les gens du public l'avaient vue grandir – il ne s'agissait pas de condescendance, je vous l'assure. C'était autre chose. Quand elle dansait, cette enfant prenait une tout autre dimension. C'était magique. Même quand les gens se sont habitués à la voir danser, sa moindre performance continuait d'attirer les foules.

Le vieil homme garda le silence quelques instants tout en contemplant les photos ; Sonia crut voir les larmes lui monter aux yeux. Il toussa, comme pour s'éclaircir la gorge. Elle comprit qu'il avait autre chose à dire.

— Elle avait le *duende*.

Encore ce mot. Elle se rappelait qu'il l'avait prononcé la veille et qu'elle ne l'avait alors pas bien compris mais aujourd'hui, dans ce contexte, il lui sembla en saisir la portée. C'était une notion qui appartenait à un autre monde, comme une puissance qui faisait se dresser les cheveux sur la tête.

Ils se tinrent en silence tous les deux devant le mur de photographies pendant quelques minutes, et Sonia observa cette femme. Oui, elle voulait bien croire qu'elle avait le *duende*.

Elle salua le patron du café et lui promit de lui rendre visite si jamais elle revenait à Grenade. Ils se connaissaient peu mais Sonia avait appris à apprécier le vieil homme et elle l'embrassa sur les deux joues avant de partir. Comme elle était différente de Maggie ! C'était pour elle ce qui se rapprochait le plus d'une amourette de vacances. Et elle ne savait même pas comment il s'appelait.

8

Elles prirent leur dernier cours de danse ce jour-là et, sur la piste de danse plus tard dans la soirée, Sonia eut le sentiment que ses pieds ne touchaient plus sol. Tout ce qu'elle avait appris au cours de la semaine se mettait parfaitement en place. Une partie d'elle-même avait toujours lutté contre l'idée que la femme n'était censée qu'écouter et répondre. Mais ce soir, le paradoxe prenait tout son sens pour elle : être passive ne signifiait pas être servile. Son pouvoir résidait dans l'application qu'elle mettait à réagir. Aucune soumission là-dedans. C'était subtil et, l'espace d'un instant, elle pensa à James et à son incapacité à concevoir une telle idée.

Toute la nuit, on la fit tourner, pirouetter, onduler. À 4 heures du matin, elle était éreintée et ne pouvait plus danser, mais, tout en remerciant son dernier partenaire, elle rayonnait et un immense sourire de plaisir illuminait son visage. Pas une fois elle ne lui avait marché sur le pied ni ne l'avait fait trébucher, et la tête lui tournait de bonheur.

La soirée ne se révéla pas aussi satisfaisante pour Maggie. Paco ne s'était pas montré et pour la première fois en quelques jours, elle rentra à l'hôtel avec Sonia.

Les rues étaient encore animées quand elles sortirent du club, des couples s'enlaçaient sous les porches et des jeunes procédaient à des échanges furtifs d'argent et de drogues. Accablée par l'alcool bon marché, Maggie s'appuya de tout son corps sur son amie ; tandis qu'elles avançaient d'un pas chancelant sur les pavés, Sonia dut rassembler toute la force qui lui restait pour la soutenir. Elle était beaucoup plus petite que Maggie et plusieurs fois elles manquèrent de perdre l'équilibre. Sonia se remémora leur adolescence et se dit avec un sourire qu'elles n'avaient pas beaucoup changé depuis.

Elle réussit tant bien que mal à mettre Maggie au lit, elle la borda puis posa un verre d'eau sur sa table de nuit. Maggie se réveillerait la gorge sèche à coup sûr.

Le lendemain matin, sa tête lourde était le cadet des soucis de Maggie. Elle était inconsolable car Paco s'était révélé être aussi peu fiable que les autres hommes qu'elle avait rencontrés.

— Mais de toute façon tu rentres chez toi aujourd'hui, tenta de la raisonner Sonia.

— Là n'est pas la question, répondit Maggie d'une voix nasillarde. Il ne m'a pas dit au revoir.

Sur le chemin de l'aéroport, Maggie garda le silence, en partie abrutie par les mignonnettes du minibar qu'elle avait préféré vider plutôt que d'avaler un petit déjeuner plus substantiel. Sonia tenta de la tirer de son désespoir.

— Tu n'as vraiment pas changé depuis nos seize ans ! la taquina-t-elle gentiment.

— Je sais.

Maggie sanglota doucement dans un mouchoir détrempé, le visage tourné vers la vitre de la voiture. De temps en temps, elle poussait un râle étranglé en ravalant ses sanglots.

Sonia posa la main sur le bras de son amie pour la réconforter tout en songeant à l'ironie de la situation : la fête d'anniversaire censée être joyeuse avait débuté avec ses propres larmes et s'achevait avec celles de Maggie. Peut-être que les deux femmes étaient réglées pour pleurer.

Le taxi roulait à une vitesse affolante sur l'autoroute, zigzaguant entre les véhicules et les énormes camions qui transportaient les produits récoltés dans les serres espagnoles vers les marchés de l'Europe du Nord. Les deux femmes demeurèrent silencieuses pendant la demi-heure qui suivit et finalement, la crise de chagrin et d'auto-apitoiement de Maggie commença à s'apaiser. Elle s'était épuisée toute seule.

— Je devrais arrêter de m'emballer, finit-elle par déclarer, les larmes lui montant à nouveau aux yeux. Mais je ne suis pas sûre de pouvoir.

— C'est difficile, convint Sonia pour la réconforter. C'est très dur.

Leur vol low-cost jusqu'à Stansted fut retardé de quatre heures et, le temps qu'elles atterrissent et traversent Londres, il était déjà 20 heures. Elles partagèrent un taxi de Liverpool Street à Clapham et avant qu'il ne dépose Maggie, les deux femmes s'enlacèrent affectueusement.

— Prends soin de toi, Maggie, lui cria Sonia par la vitre ouverte.

— Toi aussi. Je t'appelle.

Comme le taxi s'éloignait, Sonia jeta un œil dans le rétroviseur et vit Maggie chercher sa clé dans son sac. Des détritus et des feuilles mortes tourbillonnèrent dans le caniveau. Deux silhouettes en veste à capuche traînaient non loin. La rue faiblement éclairée de Clapham était lugubre.

Bien que située à seulement cinq minutes en taxi, la rue de Sonia, coquette avec ses haies taillées, ses allées parfaites en mosaïque et ses portes aux poignées polies, était à l'opposé de celle de Maggie où chaque maison comportait une rangée de sonnettes et un jardin de devant envahi de poubelles.

En dépit de la tristesse de Maggie, qui, elle le savait d'expérience, ne durerait probablement pas longtemps, Sonia était déterminée à se raccrocher au sentiment de bien-être que ces quelques jours lui avaient procuré. Elle appuya sur la sonnette reluisante de sa maison mais personne ne vint lui ouvrir, fait étrange puisque la voiture de James était garée dans l'allée. Après avoir attendu quelques secondes de plus, espérant toujours voir sa silhouette se découper derrière les panneaux de verre coloré, elle se mit à fouiller dans son sac en quête de sa clé.

Une fois à l'intérieur, elle posa ses bagages dans le couloir et referma la porte du pied. Le bruit fut amplifié par l'acoustique rude du haut plafond de l'entrée et du carrelage poli, et la porte claqua comme un coup de feu. Elle grimaça. C'était un son que James abhorrait.

— Bonsoir ! appela-t-elle. Je suis rentrée.

À travers l'entrebâillement de la porte, elle vit James qui était assis dans un fauteuil du salon. Il attendit qu'elle entre pour répondre.

— Salut, grogna-t-il comme si elle revenait simplement du travail plutôt que de plusieurs jours à l'étranger.

La froideur et le manque d'enthousiasme de son ton laissaient entendre que rien ne serait ajouté de sa part. Elle le salua tout aussi sèchement.

— Salut.

Puis, après quelque hésitation :

— Comment ça va ?

— Bien, merci. Très bien.

Le journal qu'il lisait, brièvement abaissé, fut remonté devant ses yeux comme une fenêtre à guillotine. Sonia ne voyait que le haut de son crâne et son début de calvitie qui luisait.

L'élocution saccadée de James sur ces derniers mots comportait davantage qu'une pointe d'irritation, et les pages de son journal émirent un claquement sec tandis qu'il le défroissait et reprenait sa lecture des actions boursières de la veille. Sonia tourna les talons. Elle s'apprêtait à gagner la cuisine pour étancher la soif qui la tenaillait quand elle entendit le ton sarcastique de James :

— Ne te prends pas trop la tête pour le dîner. J'ai bien déjeuné.

Ces paroles sapèrent le moral de Sonia. Elle se rappela le sentiment de désespoir qui l'avait envahie dans la chambre d'hôtel quatre jours plus tôt seulement. Grenade lui paraissait déjà à des millions d'années-lumière.

Loin de moi l'intention de me prendre la tête, songea-t-elle en se repliant dans la cuisine.

— OK, répondit-elle à la place. Je vais voir ce que je peux préparer.

De toute évidence, durant son absence James avait mangé à l'extérieur tous les soirs. Rien n'avait été utilisé dans le frigo ; le fromage était moisi et les tomates pourries. Dans le fond, il y avait du saumon fumé dont la date de péremption venait d'être dépassée, et qui de son point de vue pouvait encore être consommé sans risques, ainsi que deux œufs de poules élevées en plein air. De quoi constituer un semblant de repas.

Dans la cuisine d'une propreté antibactérienne hurlante, l'aspect stérile de l'environnement s'abattit sur Sonia comme un drap humide. Un verre vide était posé à côté de l'évier, le rond d'eau à son pied constituait la seule trace sur le plan de travail autrement impeccable. Les placards en chêne de la cuisine avec leurs façades vitrées tentaient vainement de reproduire un style rustique, mais ces éléments ne se patineraient jamais avec l'âge. Jamais l'angle des moulures ne se comblerait de petites poussières caractéristiques tant le chiffon humide de la femme de ménage était zélé.

La maison appartenait à James et elle s'y était installée après leur mariage. D'une certaine façon, elle la considérait toujours comme celle de James. La demeure avait déjà été rénovée et décorée avant son arrivée et jamais il n'avait été question de modifier quoi que ce soit à son goût à elle.

James apparut dans la cuisine à cet instant. Il jeta un regard rapide aux ingrédients qui attendaient sur le plan de travail.

— J'ai réfléchi. Je vais me coucher. J'ai une réunion à la première heure demain. Bonne nuit.

Sans lui laisser l'occasion de répondre, James monta à l'étage. Sonia ouvrit le robinet et se remplit un verre d'eau glacée, elle but longuement jusqu'à avoir la tête en arrière et le visage tourné vers le plafond. L'un des spots avait disparu. Le petit trou noir dans le plafond retint son attention un moment.

Autrefois, son intérêt pour les menus détails domestiques l'aurait immédiatement poussée à se rendre au placard sous l'escalier et l'ampoule grillée aurait été retirée et changée. Pas aujourd'hui. Cela ne semblait plus avoir d'importance.

Il lui était déjà arrivé, plantée dans cette même cuisine, de se poser la seule question qui comptait : « Est-ce vraiment tout ? » Plus que jamais, elle doutait que ce soit le cas.

La froideur de James envers Sonia se poursuivit. Il travaillait tard au bureau et elle aussi, prenant connaissance des différentes crises qui avaient couvé pendant son absence.

Presque une semaine s'écoula avant qu'ils ne dînent ensemble à la même table, et à cette occasion, la conversation se révéla guindée. De quoi pouvaient-ils parler ? Sonia savait que James ne voudrait pas d'un compte rendu détaillé de son séjour à Grenade et encore moins entendre que Maggie était tombée amoureuse.

Ils maintinrent la conversation sur des sujets d'ordre général jusqu'à ce que, à la moitié d'une deuxième bouteille de vin, James déclare :

— Tu as reçu une carte postale d'un métèque.

Sur ce, James se leva, gagna d'un pas chancelant le buffet de la cuisine où ils laissaient le courrier du jour et s'empara d'une carte postale. Elle représentait l'Alhambra.

— « Chère Sonia », lut-il à voix haute. « J'ai beaucoup apprécié nos conversations. Si vous revenez un jour à Grenade, venez me voir. Miguel. »

La carte avait été adressée à l'hôtel et renvoyée à Sonia. Il s'agissait d'un geste attentionné de la part d'un vieil homme et elle se demanda comment il avait appris son nom.

James tendit la carte à Sonia comme si elle lui brûlait les doigts. Elle la saisit.

— Je suppose que Miguel est le serveur auquel j'ai parlé quelques fois, dit-elle. Je ne connaissais pas son nom.

— C'est sûrement ça, grogna James d'un ton moqueur.

— J'allais dans son café tous les matins et il me racontait l'histoire de Grenade, ajouta Sonia sur la défensive.

— Je vois, fit James en se radossant à sa chaise pour vider le fond de la bouteille dans son verre. Un *serveur*, ajouta-t-il goguenard.

— Ça ne te pose quand même pas de problème ? C'était un vieillard, James !

— Tu espères que je vais te croire ? Tu espères vraiment que je gobe ça ? Pour l'amour de Dieu, Sonia, je ne suis pas stupide !

Il se pencha vers elle et hurla cette dernière phrase sous son nez. Elle sentit des postillons de vin rouge atterrir sur ses lèvres et en fut révulsée. Sonia n'avait aucune envie de se disputer ; en revanche, elle voulait avoir le dernier mot.

— Ça reste à voir, rétorqua-t-elle en tournant les talons, quittant la pièce sans débarrasser la table.

Elle dormit dans la chambre d'amis ce soir-là et ceux qui suivirent. Comme d'habitude, James partait travailler à l'aube et revenait alors qu'elle était déjà couchée. Sonia songea qu'il était étonnamment facile de vivre dans la même maison qu'un autre sans jamais le voir, et elle se demanda combien de temps ils pourraient continuer ainsi.

Même si l'affrontement était inévitable, elle n'aurait jamais cru qu'un vieil homme légèrement boiteux, qui vivait à des milliers de kilomètres d'elle, en serait le déclencheur. Voilà ce qui la surprenait le plus.

9

Cela faisait maintenant plusieurs jours que Sonia et James ne s'étaient pas parlé. Elle n'avait pas la naïveté d'attendre des excuses de sa part, surtout puisqu'il était convaincu que l'expéditeur de la carte était un amour de vacances, mais elle avait espéré de toutes ses forces que la situation se réchaufferait un peu.

Quelques jours plus tard, Maggie téléphona à Sonia.

— On se retrouve pour prendre un verre ? Le Grapes, 20 h 30 ?

Ce soir-là, Maggie n'eut qu'un sujet à la bouche et Sonia le devina dès que son amie franchit la porte du bar. Elle rayonnait de bonheur. La dernière fois qu'elle l'avait vue, elle avait les yeux gonflés par les larmes. Ce soir, ils brillaient d'excitation.

— Alors, que s'est-il passé ? demanda Sonia, impatiente.

Elle avait déjà commandé une bouteille de vin et en versa un verre à Maggie, qui le leva et trinqua avec elle.

— Eh bien… Paco a appelé samedi. Apparemment, sa voiture est tombée en panne le dernier soir et il n'a pas pu venir au club. Et puis il n'avait pas de réseau sur son portable. Il était sincèrement désolé.

— Tant mieux. Il avait plutôt intérêt étant donné la façon dont tu as été bouleversée.

— Mais ce n'est pas tout. Il veut que je retourne à Grenade. Chez lui, cette fois.

Sonia marqua une hésitation. Elle avait beau savoir que le bon sens n'avait jamais beaucoup sa place dans les décisions de Maggie, elle sentait qu'à l'occasion, il était de son devoir à elle de jouer la voix de la raison et de lui suggérer la prudence.

— Tu penses que c'est une bonne idée ?

Maggie posa un regard interrogateur sur son amie.

— Je ne vois aucune bonne raison de ne pas y aller, dit-elle. En fait, j'envisage de tout abandonner et d'aller m'installer là-bas. Ça me trotte dans la tête depuis un moment.

— Et Candy ?

— Candy veut prendre une colocation avec des amis de son école d'art, alors je ne lui manquerai pas trop.

— Et ton travail ?

— Je suis indépendante. Je peux arrêter demain. Et tout est beaucoup moins cher en Espagne. J'ai quelques économies.

— Tout cela me semble un peu précipité.

— Oui, mais soyons honnêtes, Sonia, qu'est-ce que j'ai à perdre ?

Maggie avait raison. Sa vie n'était pas figée. Si Sonia s'attachait au moindre détail, Maggie, elle, en faisait peu de cas. Sa fille était déjà indépendante et elle n'avait aucune contrainte financière.

— Même si les choses ne fonctionnent pas avec Paco, ajouta-t-elle en faisant tourner le vin dans son verre, au moins je serai dans un pays que j'aime.

Pour sa part, Sonia ne voyait que deux objections au départ de Maggie : d'abord, son amie lui manquerait, et ensuite elle doutait de la sincérité de l'Espagnol.

Elle n'en exprima aucune à voix haute. Un peu plus tard, il s'avéra que Maggie avait déjà réservé son vol, confirmant ce que Sonia soupçonnait déjà, à savoir qu'on ne lui demandait pas son avis.

Maggie était si obnubilée par ses projets excitants que Sonia ne réussit à évoquer ses problèmes avec James qu'à la fin de la soirée.

— Donc vous vous êtes fâchés presque dès ton retour ? Parce qu'il a décidé que tu avais une liaison avec un serveur ?

— C'est un bon résumé, admit Sonia d'un air penaud.

— Mais c'est tellement ridicule ! Pardon, mais il est vraiment stupide.

— Ne t'excuse pas. Ce n'est pas comme si tu ne l'avais jamais pensé, répondit Sonia en riant.

Elles vidèrent la bouteille de vin et finirent le petit bol d'olives qu'elles avaient commandé en souvenir de leur voyage en Espagne.

Sur le trottoir, elles s'embrassèrent.

— Prends soin de toi, Maggie, dit Sonia. Tu me donneras des nouvelles, hein ?

— Bien sûr que je t'en donnerai. Et puis tu viendras me voir. Sinon, je reviendrai te chercher par la peau des fesses.

Dix jours plus tard, sa vie londonienne réglée au mieux, Maggie s'envola pour poursuivre son amourette.

10

Sonia compta les semaines depuis sa dernière visite à son père. Presque deux mois s'étaient écoulés et la culpabilité de l'enfant unique l'envahit.

Croydon. S'il existait un lieu aux antipodes de Grenade, c'était bien cette banlieue grise. Son manque de charme, de magie et de beauté était sans égal dans le monde occidental, d'après Sonia. Traverser ses rues ternes était une souffrance pour l'âme. Elle se demanda si les architectes des années soixante étaient jamais revenus examiner le passage du temps sur leur œuvre. Avaient-ils imaginé le béton clair strié de crevasses déchiquetées et les grands panneaux de verre fumé rendus opaques par la crasse ? Pourquoi diable les concepteurs de ce lieu seraient-ils revenus ? Mais son père aimait cet endroit et même s'il avait assisté à sa transformation jusqu'à être méconnaissable, lui ne voyait que le fantôme de ce qu'il était autrefois. C'était là que son cœur résidait.

Le rituel se déroula comme d'habitude. Ce samedi après-midi dans son appartement, Jack Haynes disposa quelques biscuits à la noix de coco sur une assiette décorée de fleurs désormais fanées.

— Comment se passent tes leçons de danse ? s'enquit-il.

— Très bien, répondit Sonia avec un sourire. J'adore vraiment ça.

— Tant mieux. J'aimerais bien pouvoir encore danser, gloussa-t-il. J'aurais pu te montrer quelques-uns de nos pas préférés. Même si j'imagine que tu les aurais trouvés un peu vieillots aujourd'hui.

— Je suis sûre que non, répondit gentiment Sonia. La danse c'est la danse, non ?

— Je ne sais pas. Mais quoi qu'il en soit, je suis content que tu continues.

— Je ne me vois pas arrêter.

— Et l'Espagne, comment c'était ? J'ai reçu ta carte. Maggie a passé un bon anniversaire ?

Juste avant son départ, Sonia avait appelé son père pour l'informer de son voyage avec son amie.

— C'était fantastique ! répondit Sonia en portant la délicate tasse en porcelaine à sa bouche. Nous avons pris des cours de danse là-bas.

— Formidable. Et où étiez-vous ?

— À Grenade…

Le mot avait à peine franchi ses lèvres qu'elle entendit son père le répéter, doucement, dans un souffle.

— *Grenade ?* Ta mère est née à Grenade.

— Ah bon ? s'exclama Sonia. Je ne le savais pas. J'ai adoré cette ville.

Après quoi, Jack la mitrailla de questions. Il voulait tout savoir sur la ville, à quoi elle ressemblait, les lieux où elle avait mangé et les plats qu'elle avait goûtés, les monuments qu'elle avait visités. Déjà d'ordinaire, il s'intéressait à ce qu'il se passait dans la vie de sa fille, mais aujourd'hui, il semblait avide de détails.

Elle lui décrivit les entrelacs de rues pavées, les splendides places plantées d'arbres, les boulevards grandioses et la façon dont les sommets enneigés des montagnes à l'arrière-plan formaient comme un décor de film. Elle s'extasia sur les tons rouges et chauds de l'Alhambra et sur l'ambiance du quartier mauresque juste en dessous, inchangé depuis des siècles et encore épargné par les voitures. Il l'écouta avec une grande attention mais, plus que tout, il voulait qu'elle lui parle de la danse.

Elle lui décrivit l'école, les professeurs et le club où elles avaient mis leurs cours en pratique, ainsi que les différentes danses auxquelles elles s'étaient essayées.

— Nous avons dansé la salsa, le merengue et même un peu de flamenco, lui apprit-elle.

Jack se versa une autre tasse de thé. Comme d'habitude, un train de marchandises passa au bas de l'immeuble et les tasses tressautèrent sur leur soucoupe.

— Grenade est une ville absolument magnifique. Pourquoi maman en est-elle partie ? demanda Sonia.

Touillant son thé, Jack Haynes leva les yeux sur sa fille.

— C'était à cause de la guerre civile. Beaucoup de gens ont quitté l'Espagne à cette époque, il me semble.

— Mais elle n'a jamais voulu y retourner ?

— Je ne crois pas. Et puis elle m'a rencontré, ajouta-t-il avec un sourire qui fit apparaître de nombreux sillons sur son vieux visage.

— Bien sûr, répliqua Sonia. Et je ne te vois pas vivre en Espagne.

Difficile d'imaginer son père dans un pays étranger. Il ne supportait pas la chaleur, n'aimait manger que des plats simples et ne parlait aucune langue en dehors de la sienne.

— Mais n'y avait-elle pas de la famille à qui rendre visite ?

Devant la réponse des plus vagues de son père, Sonia comprit qu'il était inutile de poser trop de questions. Ils se mirent à se remémorer la mère de Sonia. Habituellement, Jack ne s'étendait pas sur son épouse Mary trop longtemps. S'il avait vécu avec son infirmité et l'avait soignée pendant quinze ans, sa mort n'en avait pas moins été un coup terrible pour lui. Les gens qui le rencontraient pour la première fois supposaient généralement que son épouse venait tout juste de décéder. Le chagrin était encore tellement vif. Aujourd'hui, cependant, Sonia s'enhardit et creusa le sujet.

— J'ai un vague souvenir de quand j'avais dix ou onze ans, dit-elle d'un air songeur.

— Quoi donc ?

— Maman a désapprouvé avec véhémence l'ouverture de l'Espagne au tourisme. Je me rappelle que lorsqu'une de mes copines d'école en est revenue en clamant que c'était fantastique, elle a sauté au plafond.

— Oui, je m'en souviens aussi, convint doucement Jack.

— Et un été, je lui ai demandé si nous pouvions y aller.

Jack se rappelait parfaitement cette scène. Malgré sa fragilité physique, Mary Haynes avait réagi à cette suggestion avec violence. De temps à autre, des touches de son caractère méditerranéen explosif ressortaient, et il se rappelait quasiment au mot près ses paroles, chacune crachée avec venin.

« Je préférerais qu'on m'arrache les ongles plutôt que de remettre les pieds dans ce pays tant que ce fasciste ne sera pas mort et enterré », avait-elle déclaré.

À l'époque, Sonia ignorait à qui sa mère faisait allusion. Au début, elle s'était simplement demandé si elle avait fait preuve d'indélicatesse en réclamant un voyage dans un pays lointain quand ses parents pouvaient à peine se permettre les moindres vacances. Plus tard, cependant, son père lui avait expliqué le fond du problème.

— Franco dirige toujours le pays, lui avait-il dit une fois sa mère hors de portée de voix. Il a provoqué la guerre civile qui a obligé ta mère à quitter l'Espagne. Elle le hait encore.

C'était en 1974, et un an plus tard, Franco mourait. Même alors, la mère de Sonia n'exprima aucun désir de retourner dans son pays et ne mentionna plus jamais l'Espagne.

Ils burent encore un peu de thé et Sonia grignota l'un des biscuits sucrés que son père avait proposés.

— Comme c'est triste qu'elle n'ait jamais revu Grenade, commenta Sonia d'un air songeur. Continuait-elle à parler espagnol ?

— Plus vraiment au bout d'un moment. Tout au début, elle ne parlait pas un mot d'anglais mais je me souviens encore du matin où, au réveil, elle s'est rendu compte qu'elle ne rêvait plus dans sa langue maternelle. Elle en a pleuré.

Jack Haynes ne souhaitait pas que sa fille s'attarde sur le chagrin que sa mère avait éprouvé à vivre en exil loin de sa terre natale. Autant que possible, il voulait qu'elle garde une image positive de sa mère. Il se redressa brusquement.

— Regarde, fit-il, j'ai quelques photos de ta mère datant de sa vie à Grenade.

Il ouvrit le tiroir du lourd bureau et fouilla sous des papiers pour trouver une enveloppe cornée.

Tandis qu'il se rasseyait dans le fauteuil, quelques clichés glissèrent sur ses genoux et il les tendit à Sonia. Il y avait une photo de Mary devant une église, peut-être prise lors de sa première communion, mais deux autres en particulier l'interpellèrent. Sur l'un des clichés, sa mère portait le costume de flamenco traditionnel. Son regard était enjoué, taquin, charmeur, mais presque la moitié de son visage se dissimulait avec sensualité derrière un éventail. Si elle n'avait pas su qu'il s'agissait de sa mère, il aurait été difficile de la reconnaître. Songer que la femme de la photo ne faisait qu'une avec la frêle personne que Sonia gardait en mémoire était le plus difficile à concevoir. Sur cette photo, elle avait une chevelure de jais, une allure majestueuse et typiquement andalouse.

Puis Sonia examina la troisième photo. Un instant, la gorge sèche, elle se contenta de la fixer. Sur celle-ci, sa mère était méconnaissable. En revanche, elle lui rappelait quelqu'un d'autre. Elle ressemblait étrangement à la danseuse des photos du café à Grenade. Une idée saugrenue que Sonia avait pourtant du mal à s'ôter de l'esprit.

De toute évidence, ces photos avaient été souvent regardées ; Sonia avait toujours soupçonné son père de passer plus de temps à ruminer le passé qu'il ne voulait bien le lui avouer. La dernière chose qu'elle souhaitait, c'était lui faire de la peine en lui posant davantage de questions inutiles.

La femme derrière l'éventail aurait pu être n'importe quelle fille de Grenade aux traits typiques, s'intima-t-elle. Toutefois, lorsque son père se rendit à la cuisine pour remplir la théière, Sonia en profita pour glisser subrepticement les photos dans son sac à main. Elle resta pour une autre tasse de thé puis embrassa son père et partit.

L'impasse dans laquelle James et elle se trouvaient ne pouvait durer. Tôt ou tard, il leur faudrait discuter.

Sonia savait que l'initiative lui incomberait de tenter une sorte de rapprochement, car James était encore plus obstiné qu'elle. Un soir, avant d'aller se coucher, elle lui laissa un mot sur la table de la cuisine, lui proposant de dîner ensemble le lendemain. Au matin cependant, elle vit que le mot n'avait pas été touché. Elle monta dans leur chambre. Même si James faisait toujours le lit avec soin, elle sut que personne n'y avait dormi. Les chemises propres que la femme de ménage avait posées en pile au milieu du lit la veille y étaient toujours. James n'était pas rentré de la nuit.

Le soir, Sonia le retrouva dans le couloir. Elle ne mentionna pas son absence de la nuit passée.

— Je me suis dit qu'on pourrait dîner ensemble ce soir.

— D'accord. Comme tu veux.

— Je vais préparer des pâtes, proposa-t-elle tandis que James passait devant elle dans un frôlement pour entrer dans la salle de bains.

Ils ne tinrent même pas jusqu'au moment de déguster les *tagliatelli puttanesca*. Avant que Sonia n'ait terminé de préparer la sauce, James vidait une première bouteille de vin. La mèche avait déjà été allumée.

Tout en se servant un verre d'une deuxième bouteille, déjà débouchée et posée sur la table, elle sentit l'agressivité de James.

— Alors, tu as dansé ces derniers temps ? marmonna-t-il.

— Oui, répondit Sonia en s'efforçant de garder un ton calme et neutre.

— Tu dois être une vraie professionnelle maintenant.

Elle s'assit, faisant tourner le pied de son verre entre ses doigts. Elle prit une profonde inspiration. À elle aussi un verre de vin donnait du courage.

— Je vais prendre des cours le vendredi maintenant.

— Le vendredi… C'est le week-end, non ?

Malgré elle, elle jeta de l'huile sur le feu.

— C'est le jour des cours intermédiaires. Je ne suis plus une débutante maintenant.

— Ouais, mais le vendredi, c'est embêtant. Ça va bousiller les soirées du vendredi, Sonia.

À présent, le ton de James était à la fois amical et légèrement moqueur, elle trouva cet étrange mélange plutôt effrayant.

James se servit un autre verre et abattit la bouteille sur la table.

— Putain, c'est gênant, Sonia !

— Tu n'es pas obligé d'être grossier, James.

— Oui, eh bien, c'est ce que ça m'inspire, grommela-t-il. Ta putain de danse n'a pas sa place dans notre vie, Sonia.

Notre vie, songea celle-ci, en retournant les mots dans sa tête. *Notre* vie ?

Les mots lui paraissaient étrangers. Elle ne pouvait pas plus s'y identifier qu'elle ne pouvait imaginer son existence sans la danse. Il y avait quelque chose de menaçant chez un ivrogne d'un mètre quatre-vingt-deux, même assis à sa propre table de cuisine dans un costume à fines rayures. Il se recula sur sa chaise et dévisagea Sonia. Du vin éclaboussa sa cravate en soie jaune et elle regarda la tache s'agrandir. Elle voulait éviter l'affrontement à tout prix.

Les pâtes étaient cuites. Sonia éteignit le gaz et au moment même où elle levait la casserole, elle entendit James rugir :

— ALORS ? Tu vas arrêter ou pas ?

La puissance de sa voix manqua de lui faire lâcher la casserole. De l'eau brûlante éclaboussa le sol et, voyant que ses mains tremblaient violemment, elle posa la casserole sur l'égouttoir.

— Écoute, je n'ai pas très faim pour l'instant, dit-elle. Je vais aller me coucher.

Elle avait réellement perdu l'appétit, et elle quitta la pièce, si effrayée qu'elle en eut la nausée, et choquée de se rendre compte qu'elle était mariée à un homme qui la terrifiait autant.

Visiblement, la nouvelle « règle » de faire chambre à part allait perdurer. Elle avait l'estomac noué. Jamais elle n'aurait imaginé en arriver là.

Le lendemain après-midi, elle reçut un texto. Maggie lui proposait de venir quelques jours en Espagne. En moins d'une seconde, Sonia lui envoya sa réponse. Elle n'avait aucune urgence dans les jours à venir et un nouveau séjour à Grenade serait une bouffée d'air bienvenue. Quelques jours de réflexion loin d'ici ne seraient pas inutiles. De plus, elle pourrait rendre visite au vieil homme du café. C'était exactement ce qu'il lui fallait.

11

Des rangées bien droites d'oliviers, de vignes robustes et de légumes en train de mûrir transformaient les champs en damiers. Haut dans les montagnes, les neiges avaient lentement fondu au cours des dernières semaines de mars et des premières d'avril, créant des ruisseaux constants d'humidité pour la germination, et désormais les terres riches se couvraient de cultures. Sous le soleil, plus intense chaque jour, commençaient à mûrir les fraises et les tomates, qui viraient du vert à l'écarlate. Les montagnes escarpées et les collines ondoyantes étaient tachetées par les villages blanchis à la chaux et les grandes étendues de terres cultivées ; à travers le hublot voilé de l'avion, Sonia contemplait ce paysage transformé par l'arrivée précoce de l'été.

L'appareil climatisé ne la prépara pas à la chape de chaleur qui l'accueillit à l'ouverture des portes. Elle cligna des yeux en émergeant dans le soleil de la fin d'après-midi, des bouffées d'air chaud s'enroulant autour d'elle sur le tarmac comme si le souffle d'un gigantesque sèche-cheveux était dirigé sur elle. À cet instant, elle se réchauffa. Le temps anglais glacé des derniers mois l'avait gelée jusqu'à la moelle.

Un taxi conduisit Sonia à vive allure dans le centre-ville de Grenade, lui laissant goûter un aperçu de l'Alhambra en route. Le chauffeur était pressé, il zigzaguait entre les autres véhicules dans la circulation de l'heure de pointe, impatient de retourner à l'aéroport pour prendre un autre client à taux fixe.

Maggie habitait dans l'Albaicín, l'ancien quartier arabe où les rues pavées et tortueuses étaient à peine assez larges pour les piétons, encore moins pour les voitures, et le chauffeur de taxi déposa Sonia de façon péremptoire à la Plaza Nueva.

Sonia balaya du regard la place autour d'elle. Les cafés s'alignaient sur un côté, tous bondés à cette heure, principalement de touristes se rafraîchissant à coups de sodas ou de glaces dans une jungle de parasols publicitaires éclatants. Suivant les indications de Maggie, elle monta jusqu'à l'église à l'autre bout et gravit la volée de larges marches en pierre qui se trouvait sur le côté.

Les roulettes de sa valise faisaient un bruit de grelot sur les pavés tandis qu'elle remontait la Calle Santa Ana, rasant une fine bande d'ombre. Elle appuya sur la sonnette de l'appartement numéro 8, au 32 de la rue. Derrière la porte extérieure en verre et fer forgé, elle distingua un couloir carrelé du sol au plafond de belles céramiques bleues et blanches. Au-dessus de sa tête, elle entendit son nom. Elle recula d'un pas et leva les yeux.

À moitié aveuglée par la brillance du ciel azur, elle discerna une silhouette. C'était Maggie, qui se penchait dangereusement à un balcon.

— Sonia ! cria-t-elle. Tiens, attrape !

Un trousseau de clés atterrit bruyamment à ses pieds.

— C'est la clé argentée ! Je suis au cinquième.

Sonia entra et commença à gravir l'escalier. Arrivée au cinquième, elle était à bout de souffle. Maggie se tenait dans l'embrasure de la porte, tout sourire, vêtue d'un caftan exotique à l'imprimé coloré ; ses yeux brillants ressortaient sur son visage bronzé.

— Sonia ! Comme je suis contente de te voir ! s'écria-t-elle en s'emparant de la valise de son amie. Entre.

Après la luminosité de la cage d'escalier carrelée, l'appartement semblait plongé dans le noir. Une ampoule de faible intensité dans le couloir diffusait une lumière tamisée et Sonia peina à ajuster son regard à la pénombre.

Le salon de Maggie était décoré dans un style mauresque, avec des tapis et des jetés de canapé, des lanternes arabes et des mobiles en verre de toutes les couleurs qui tintaient dans le vent léger qui entrait dans l'appartement. Sonia était tout autant charmée par la décoration intérieure que par la vue qu'offrait l'immense fenêtre sur le Darro qui coulait au pied de l'immeuble, marquant la frontière du plus ancien *barrio* de Grenade.

— C'est le paradis ! déclara Sonia. Comment as-tu déniché un tel endroit ?

— Par l'intermédiaire d'un ami d'un ami de cet homme canon que j'ai rencontré quand je suis entrée dans l'agence immobilière pour trouver une location.

— Un homme canon ? demanda Sonia, saisissant la perche que son amie lui tendait.

— Oui, Carlos, répliqua celle-ci, sans rougir. L'agence lui appartient.

— Et Paco, qu'est-il devenu ?

— Tu t'en doutes. Il est venu me retrouver à l'aéroport à mon arrivée et nous avons passé quelques nuits ensemble. Et puis après, ce n'étaient que des excuses et encore des excuses. Mais en réalité, au bout du compte, je m'en fichais, ajouta-t-elle avec philosophie. Je lui suis en quelque sorte redevable de m'avoir fait venir ici.

— Alors tout va bien ? s'enquit Sonia d'un ton prudent.

— Bien ? s'exclama Maggie d'une voix haletante. Ça va beaucoup plus que bien. Ici, ils savent vraiment profiter de la vie. C'est assez épuisant, en fait, de se coucher à 3 heures du matin toutes les nuits quand on doit se lever pour aller travailler. Mais j'adore ça. J'adore absolument tout ici.

— Et Carlos, alors ? demanda Sonia pour la taquiner.

— Eh bien, il a l'air d'en pincer pour moi. On se voit beaucoup. Et il aime danser…

Maggie mentionna ce dernier fait comme si c'était le plus important de tous.

Plusieurs heures durant, elles paressèrent sur de gros coussins colorés en savourant du thé à la menthe. Elles avaient tant à se raconter, car depuis que Maggie avait emménagé à Grenade, elles ne s'étaient parlé qu'une seule fois au téléphone. Sonia évoqua le penchant de plus en plus prononcé de James pour la boisson et son ressentiment face à ses cours de danse mais elle ne révéla pas la situation précaire dans laquelle ils se trouvaient.

Le soleil était couché quand elles sortirent pour aller déguster quelques tapas en ville.

Plus tard ce soir-là, laissant Maggie retrouver son nouveau béguin, Sonia se rendit à El Barril. Elle espérait trouver Miguel avant la fermeture du café. Un sourire lui étira les lèvres lorsqu'elle pensa à la conclusion que James avait tirée de la carte postale reçue des semaines plus tôt.

Il était presque 23 h 30 quand Sonia entra dans le café. À l'expression qui se peignit sur son visage, elle vit qu'il l'avait reconnue sur-le-champ.

— Oui, oui ! s'exclama-t-il. Belle Anglaise, vous êtes revenue.

— Bien sûr. Et merci pour la carte postale.

— Vous l'avez reçue !

— Comment connaissiez-vous mon nom ? demanda-t-elle en lui tendant la main, qu'il serra avec enthousiasme.

— J'ai lu la signature sur une carte que vous aviez écrite, reconnut-il d'un air coupable. Le nom est resté gravé dans ma mémoire.

— Oh ! fit-elle, surprise.

Depuis la dernière fois qu'elle l'avait vu, il semblait un peu diminué. Son accueil lui réchauffa le cœur et elle s'installa sur un tabouret du bar. Tous les autres clients étaient partis.

— Êtes-vous revenue pour danser ? demanda-t-il. Vous voulez peut-être un café – et un cognac ?

Avant que Sonia n'ait répondu à l'une ou l'autre des questions, un gargouillis bruyant retentit et de la vapeur s'échappa d'un pot de lait. La conversation fut temporairement interrompue.

Pendant que Miguel était occupé, elle se leva et gagna d'un pas aussi nonchalant que possible l'exposition de photos au mur. Les personnages étaient bien là, comme avant : le fier torero et, à côté de lui, la danseuse. Sonia s'approcha encore et fixa les yeux de la fille. Non, elle n'en était pas absolument certaine. Les traits étaient similaires à ceux de la femme sur la photo qu'elle conservait dans son portefeuille mais ils ne semblaient pas complètement identiques. La robe sur sa photo rappelait celle des clichés encadrés sans pour autant être exactement la même.

Miguel arriva derrière elle avec le café et le lui tendit.

— Vous aimez ces photos, n'est-ce pas ?

Sonia marqua une hésitation. « Aimer » n'était pas le terme approprié pour décrire l'effet qu'elles avaient sur elle, mais elle ne pouvait révéler la vérité à Miguel. Cela paraissait trop tiré par les cheveux.

— Elles me fascinent, répondit-elle. Ce sont d'antiques curiosités.

— Sans aucun doute, approuva Miguel.

— Peut-être parce qu'elles sont en noir et blanc, s'empressa-t-elle d'ajouter. Du coup, on dirait qu'elles viennent d'une époque lointaine. Elles n'ont certainement pas été prises la semaine dernière.

— Non, effectivement. Elles ont capturé un instant en particulier. Un moment très spécifique de l'Histoire.

Son affirmation semblait lourde de sens et Sonia sentit que les photos avaient autant de signification pour Miguel que pour elle. Elle ne put s'empêcher de poursuivre.

— Alors, dit-elle d'un ton qu'elle voulut détaché pour ne pas trahir l'ampleur de son intérêt. Parlez-moi des changements survenus à Grenade.

Elle était assise au bar. Elle attrapa sur une coupelle un sachet de sucre qu'elle versa dans son café. Miguel essuyait des verres et les alignait avec soin.

— J'ai repris le café dans les années cinquante, commença-t-il. Il était en piteux état à l'époque mais à la fin des années vingt et au début des années trente, c'était un haut lieu de rassemblement. Tout le monde, des ouvriers aux professeurs d'université, venait ici. Les gens ne s'invitaient pas dans leurs foyers respectifs, ils se retrouvaient dans les bars et les cafés. Il n'y avait pas beaucoup de touristes à proprement parler à cette époque, juste de temps en temps un Anglais intrépide à qui on avait conté les histoires de l'Alhambra.

— À vous entendre, c'était l'âge d'or.

— Ça l'était, affirma-t-il, à travers tout le pays.

Sonia remarqua alors une photo au bout du mur.

— On dirait des membres du Ku Klux Klan ! s'exclama-t-elle. Ils ont vraiment une allure sinistre.

L'image montrait un groupe de plusieurs dizaines de personnages vêtus d'une toge blanche et d'une coiffe pointue percée de deux trous ronds pour les yeux. Ils avançaient le long d'une rue, certains d'entre eux portant laborieusement une croix.

— C'est une procession typique de la Semaine sainte, expliqua Miguel, en croisant les bras.

— C'est spectaculaire.

— Oui. C'est comme une représentation de théâtre. À l'heure actuelle, on croule sous les divertissements, mais à l'époque, il n'y avait pas grand-chose pour se distraire et nous adorions ça. Aujourd'hui encore, j'aime les processions. Chaque jour de la semaine précédant Pâques, on parade avec d'immenses icônes de la Vierge ou du Christ à travers toute la ville. Vous êtes-vous déjà trouvée en Espagne pour la Semaine sainte ?

— Non, jamais, reconnut Sonia.

— C'est dans quelques semaines. C'est une expérience inoubliable. Si vous n'avez jamais vu les *pasos*, vous devriez rester.

— C'est tentant, mais je reviendrai à Pâques une autre année.

— Les icônes sont si grandes qu'il faut une dizaine d'hommes cachés en dessous pour les porter dans les rues. Ils sont accompagnés par les membres de leur ordre religieux et un orchestre.

Sonia examina la photo.

— « Semana Santa, 1931 », lut-elle. Pourquoi cette année en particulier ?

Le vieil homme s'immobilisa.

— Le roi s'est exilé juste après Pâques cette année-là et le pays s'est débarrassé de sa dictature. La Seconde République a été proclamée.

— Cela a dû être un événement de taille, commenta Sonia, plus honteuse que jamais de son ignorance sur l'histoire d'Espagne. Était-ce un épisode violent ?

— Non. Cela s'est déroulé sans effusion de sang. Le pays était déjà très agité avant mais pour la plupart des gens, c'était un nouveau commencement. Nous avions connu huit ans de dictature sous Miguel Primo de Rivera, et pendant toute cette période, nous avions conservé la monarchie. C'était le pire de tout. La plupart considéraient que la dictature n'avait rien apporté aux gens ordinaires. Je me rappelle mes parents en train de se plaindre des lois qu'ils avaient promulguées, comme celle qui interdisait les rassemblements de foule et celle qui obligeait les cafés à fermer de bonne heure.

— J'imagine que de telles lois ne devaient pas être très populaires, intervint Sonia.

Il était difficile d'imaginer l'Espagne sans ses bars et cafés ouverts à toute heure.

— Et de toute façon, poursuivit Miguel, la dictature n'avait rien fait pour aider les pauvres, alors quand le roi Alfonso XIII est parti et que la République a été instaurée, des millions de personnes ont su que leur vie allait s'améliorer. Il y a eu de grandes fêtes ce jour-là et les bars et les cafés débordaient de gens.

L'excitation dans la voix de Miguel n'aurait pu être plus grande si ces événements s'étaient déroulés la veille. Il en gardait un souvenir vif.

Sa façon d'en parler était presque poétique, songea Sonia.

— C'était un moment magique, reprit Miguel. L'avenir semblait prometteur. Même du haut de mes seize ans, je le sentais. Nous respirions l'air frais et nouveau de la démocratie et à compter de cet instant, beaucoup de gens auraient leur mot à dire dans la façon dont le pays devait être gouverné. Le pouvoir des propriétaires terriens qui avaient soumis des millions de paysans à une vie de pauvreté était enfin diminué.

— J'ai du mal à croire que ce genre de chose se déroulait encore dans les années trente ! s'exclama Sonia. Cela paraît si primitif : des paysans et des propriétaires terriens !

— C'est le mot adéquat, répliqua Miguel. Primitif.

Il avait servi deux verres de cognac aux doses généreuses. Il lui expliqua qu'il en buvait toujours un à la fin de la journée et il se réjouissait d'avoir de la compagnie.

— Il y a une chose dont je me souviens avec précision. Tout le monde avait le sourire. Les gens étaient heureux.

— Pourquoi cette image est-elle restée gravée dans votre esprit ?

— Je crois que certaines personnes avaient traversé des périodes de grandes privations et d'inquiétudes. En tant qu'enfants, nous acceptions sans doute sans réfléchir la façon dont les choses se passaient, mais je crois que nos parents avaient eu une vie extrêmement rude.

Miguel lança un coup d'œil à la pendule et s'étonna.

— Je suis désolé, dit-il d'un air contrit. Je n'ai pas vu l'heure passer. Je devrais vraiment fermer.

Sonia sentit la panique la gagner. Le moment de l'interroger davantage sur les photos du mur était peut-être passé et jamais plus elle n'aurait une autre occasion de dissiper ce doute obsédant au sujet de celle qu'elle gardait dans son sac. Il fallait qu'elle trouve quelque chose, n'importe quoi pour retenir encore un peu le vieil homme.

— Vous ne m'avez toujours pas expliqué ce qu'il s'était passé, s'empressa-t-elle de dire. Pourquoi avez-vous acheté ce café ?

— Pour faire court, c'est à cause de la guerre civile.

Il porta son verre à ses lèvres mais, avant de boire une gorgée d'alcool, il le rabaissa et croisa le regard avide de Sonia.

— Mais si vous le souhaitez, je peux vous raconter la version longue.

Sonia lui offrit un immense sourire.

— Vous voulez bien ? Vous avez le temps ?

— Je le trouverai, assura-t-il en hochant la tête.

— Merci. J'adorerais que vous m'en disiez plus. Et me parlerez-vous aussi de la famille Ramírez ?

— Si vous voulez. En général les gens ne s'intéressent pas au passé. Mais je vous dirai ce que je sais. J'ai une bonne mémoire.

— Me raconterez-vous aussi l'histoire de la danseuse et du torero ? demanda-t-elle, s'efforçant de dissimuler son enthousiasme.

— Je pourrai même vous faire faire le tour de la ville si cela vous tente. Parfois je ferme le mercredi à cette époque de l'année. J'ai besoin d'un jour de repos de temps en temps à mon âge, dit-il en ricanant.

— C'est vraiment très gentil de votre part, le remercia Sonia avec une légère hésitation. Vous êtes sûr que cela ne vous dérange pas ?

— Tout à fait. Je ne vous l'aurais pas proposé sinon. Venez ici *mañana*… Demain, à 10 heures. D'accord ?

L'idée de découvrir la ville avec une personne qui la connaissait aussi bien était séduisante. Maggie, pour sa part, ne s'intéressait pas à l'histoire de Grenade ni à sa culture, même si elle avait désormais une connaissance encyclopédique de ses bars à tapas.

Sonia prit congé et regagna l'appartement de Maggie. Elle avait besoin d'une bonne nuit de sommeil.

Sonia se présenta au rendez-vous avec Miguel à 10 heures tapantes le lendemain matin. Il était étrange de le voir hors de son café et sans son tablier. Aujourd'hui, il portait une élégante veste vert olive et des souliers en cuir bien cirés. Elle le considéra d'un œil nouveau et perçut pour la première fois derrière les rides le bel homme qu'il avait dû être dans sa jeunesse.

— *Buenos días*, l'accueillit-il en l'embrassant sur les deux joues. Allons prendre un café avant que je ne vous fasse visiter. Il y a un endroit que j'affectionne particulièrement.

Ils marchèrent quelques minutes et débouchèrent sur une petite place, dominée par la statue d'une femme.

— C'est Mariana Pineda, expliqua Miguel. Je vous raconterai son histoire plus tard. C'était une héroïne féministe.

Sonia hocha la tête.

Le café où Miguel l'emmena était beaucoup plus grand que le sien et plus bondé mais il y fut chaleureusement accueilli par le patron, son rival, qui le taquina car il était accompagné d'une « *señora guapa* ». Presque toutes les autres tables étaient occupées par des hommes âgés à l'allure soignée en grande discussion tandis que plusieurs hommes d'affaires se tenaient debout au comptoir, tous en train de compulser leur exemplaire d'*El País*. Des cigarettes se consumaient dans une rangée de cendriers. Le personnel s'activait avec ardeur et rapidité pour préparer des *tostadas* à l'huile d'olive, tomates ou jambon, ou pour essuyer sans discrétion les couverts. Des *churros* tout juste cuits luisaient sous un dôme en verre.

Deux femmes élégamment vêtues, la cinquantaine, leur chevelure châtaine fortement laquée, se levaient pour partir lorsque Miguel et Sonia arrivèrent et ils se glissèrent rapidement à leurs places. C'était un café animé et les places assises étaient chères. Tout en débarrassant la table des deux verres de cognac marqués au rouge à lèvres qu'elles avaient laissés, le serveur prit la commande de Miguel et quelques instants plus tard, ils étaient servis. Sa rapidité et son efficacité étaient aussi agréables qu'une danse.

— Par où commencer ? demanda Miguel pour la forme.

Sonia se pencha en avant, dans l'attente. Elle savait qu'il était inutile de lui répondre.

— Je crois que je vais vous en dire un peu plus sur la période précédant la guerre civile. Les cinq années que j'ai mentionnées entre la fin de la dictature monarchique en 1931 et le début de la guerre civile en 1936. C'était la Seconde République, et la famille Ramírez a connu une période de bonheur relatif ces années-là. Oui, je crois que c'est par là qu'il faut commencer.

DEUXIÈME PARTIE

12

Grenade, 1931

Des fontaines monumentales coulaient sur les places de Grenade et d'élégants édifices du XIXe siècle dominaient le centre-ville. Leurs fenêtres hautes et les balcons somptueux en fer forgé contrastaient avec l'irrégularité délabrée de l'ancien quartier arabe, dont les bâtiments aux toits rouges, avec leur mélange confus de tuiles triangulaires et trapézoïdales, se nichaient dans un espace étroit au pied de la montagne. Toute la ville était dominée par l'Alhambra, ses tours majestueuses surveillant la cité depuis le sommet de la montagne.

Plusieurs des routes étaient cahoteuses et parsemées de pierres et, l'été, la pluie les transformait en rivières de boue. Des bêtes de somme transportaient les marchandises autour de la ville et le bétail traversait les rues en troupeau. L'hiver, une odeur d'excréments flottait toujours dans l'air, et les chaudes journées d'été, toute la ville empestait. Le Genil rompait parfois ses digues lorsque les neiges des sommets au-dessus de Grenade commençaient à fondre, mais en août il s'asséchait presque. Ses ponts servaient de point de rencontre pour les amis et les amants tout au long de l'année.

Les Ramírez habitaient au-dessus d'El Barril. Le café appartenait à la famille depuis trois générations et Pablo Ramírez était né dans la chambre même où son épouse avait donné naissance à leurs enfants. Pablo avait épousé Concha aux dix-huit ans de celle-ci, et leur premier fils, Antonio, était né un an plus tard. À vingt-six ans, Concha avait enfanté à quatre reprises, et sa silhouette autrefois élancée se courbait à présent sous le poids du dur labeur et des soucis. Son magnifique visage possédait encore la rondeur de la jeunesse mais elle paraissait malgré tout plus âgée qu'elle ne l'était. Pablo, qui avait quelques années de plus que sa femme, était un homme de petite stature à la peau sombre ; un Grenadin typique.

S'ils profitaient rarement d'un moment de détente, ils menaient toutefois une existence stable et éprouvaient un sentiment réconfortant de sécurité que ne justifiaient pas leurs revenus limités. Il y avait toujours quelqu'un qui entrait ou sortait de leur café ou de leur appartement au-dessus, et Concha et Pablo avaient beau être généralement occupés, la famille parvenait à déjeuner ensemble chaque jour à 15 heures. C'était un rituel auquel tous les deux tenaient, et chacun des enfants s'efforçait au mieux d'être présent. Plus jeunes, ils avaient tous goûté une fois à la savate de leur père pour leur retard. L'amour et le respect de leurs parents étaient les seuls points communs qu'ils partageaient.

El Barril se situait à l'intersection de différentes cultures de Grenade. Parce qu'ils vivaient en bordure de l'Albaicín, les enfants étaient tout aussi à l'aise dans l'ambiance du quartier mauresque, où l'air battait au rythme des forgerons frappant le métal, que dans le Sacromonte, où les gitans habitaient des maisons creusées à flanc de montagne. Et les plaintes gémissantes des chants gitans faisaient autant partie de leur vie quotidienne que les sons profonds des cloches de la cathédrale et que les cris des marchands du marché aux fleurs. Depuis les pièces du dernier étage, ils pouvaient apercevoir les vertes prairies à l'extérieur de la ville, et la Sierra Nevada au-delà.

Comme tous les enfants de Grenade, Antonio, Ignacio, Emilio et Mercedes Ramírez avaient grandi en jouant dans les rues et sur les places où ils avaient rencontré leurs amis. Ils restaient surtout aux abords de la Plaza Nueva où se trouvait le café de leurs parents et, petits, ils s'amusaient en lançant des pièces ou en ramant sur le Darro en contrebas de l'Albaicín. Bon nombre de leurs amis vivaient dans ce dernier quartier et s'il était l'un des *barrios* les plus pauvres, il n'en était pas moins l'un des plus animés et des plus joyeux.

Frères, sœurs, parents, et camarades de classe formaient la population de leur monde. Ils étaient amis avec des fratries entières, de sorte que si Concha s'interrogeait sur les allées et venues de l'un de ses enfants, elle obtenait facilement l'information.

« Emilio est en train de jouer avec Alejandro Martínez », lui disait-on. « C'est son frère qui me l'a dit. » Ou encore : « La mère de Paquita m'a demandé de te prévenir que Mercedes les accompagnait à la fête ce soir. »

Ainsi, la ville paraissait être un tout petit monde. Ils étaient libres de vagabonder et le risque était plus grand de se faire piétiner par une mule irascible qui transportait des fagots de bois venus de la campagne que de se faire renverser par une des rares voitures qu'on conduisait dans la ville. En journée, Pablo et Concha Ramírez s'inquiétaient peu des pérégrinations de leurs enfants. La ville était sans danger, un lieu où il était impossible de se perdre, et l'influence du monde extérieur restait fermement à l'écart. Ils connaissaient peu de choses en dehors de cette ville. Une fois, il y avait fort longtemps, ils s'étaient rendus en bord de mer mais l'expérience n'avait jamais été renouvelée. La seule excursion en dehors de la ville qu'ils faisaient régulièrement avait pour destination un village perché dans les montagnes au nord de Grenade où habitait Rosita, la sœur de Concha.

En 1931, lorsque la Seconde République fut proclamée, Antonio avait vingt ans, Ignacio dix-huit, Emilio quinze et Mercedes douze. Pablo et Concha Ramírez les aimaient tous de manière égale et inconditionnelle.

Antonio, l'aîné, était plus large d'épaules que son père et, à l'instar de tous les membres de la famille, il était brun et avait la peau sombre. Derrière les verres de ses lunettes brillait un regard noisette posé. Il avait été un enfant sage et le caractère de l'adulte robuste qu'il était devenu ne différait guère de celui du garçon qu'il avait été. Écouter les conversations des grands avait toujours été son passe-temps préféré, et grandir dans un café l'avait exposé à bon nombre d'entre elles. Pablo et Concha insistaient pour qu'il joue avec des enfants de son âge mais il avait perdu très tôt tout intérêt pour les jeux enfantins. Il avait en revanche deux amis très proches, qui le connaissaient depuis la petite enfance.

La famille de l'un d'eux, Francisco Pérez, vivait à l'angle de la Calle Elvira et de la Plaza Nueva. Dans ce monde confiné qui était le leur, les Ramírez et les Pérez étaient aussi proches que les membres d'une seule et même famille. Luis et María Pérez habitaient au-dessus de leur atelier de serrurerie, créé bien des générations auparavant, avec leurs deux fils, Julio et Francisco. Quand il n'était pas derrière le comptoir de sa boutique, Luis était à El Barril, et en plus de quatre décennies d'amitié, Pablo et lui n'étaient jamais tombés à court de sujet de conversation.

Le deuxième meilleur ami d'Antonio était Salvador. « El Mudo » l'appelait-on sans se soucier de la rudesse du surnom. Le muet. Au fil des ans, les amis proches de Salvador avaient appris à parler couramment la langue des signes et les trois hommes pouvaient rester assis des heures à converser. Naturellement, Salvador, sourd et muet depuis sa naissance, était le plus éloquent et le plus gracieux d'entre eux dans sa façon de communiquer : il crochetait l'air de ses mains, créant des enchaînements de signes qui comportaient des expressions d'humour, de joie, de colère et d'inquiétude. Quelquefois, ses sentiments étaient grandement exagérés et à d'autres moments, un haussement d'épaules presque imperceptible ou un geste des doigts suffisait amplement.

Lorsque la Seconde République fut proclamée, l'une des priorités du nouveau gouvernement fut d'assurer à tous la possibilité d'apprendre à lire, et une grande campagne visant à éradiquer l'illettrisme fut entreprise. Antonio venait juste d'obtenir son diplôme d'enseignant, son ambition de toujours, aussi approuva-t-il l'objectif de la Seconde République d'offrir à tous un accès à l'éducation. Il se réjouissait de participer à quelque chose de plus grand que le seul travail au quotidien dans une salle de classe. Il voyait l'illettrisme faire des gens des esclaves et découvrit que chaque « *analfabeto* » qui apprenait à lire était un serviteur sous-payé des capitalistes en moins. Il savait que l'éducation était une force libératrice puissante.

Après 1931, Señora Ramírez tenta de le persuader de ne pas se rendre aux réunions politiques. Elle les considérait plus dangereuses que les corridas. Sa remarque qui se voulait ironique n'était en fait pas dénuée de fondement. Au moins, dans le cas de la corrida, il arrivait que le combat s'équilibre et que le torero et l'animal disposent des mêmes chances. En politique, il en allait souvent autrement.

Ignacio était le plus séduisant des frères. Il avait beau être d'une vanité sans mesure, il était aussi d'une compagnie incroyablement agréable. Avec sa chevelure d'ébène et ses yeux tout aussi noirs, il produisait un effet ensorcelant sur les gens, en particulier les femmes. Ces dames ne pouvaient le laisser tranquille et lui compliquaient souvent la vie. Un seul regard de sa part dans leur direction et elles tombaient amoureuses. Un don fréquent chez nombre d'hommes dans ce monde machiste des toreros – ils étaient mis sur un piédestal, à l'instar des vedettes de cinéma.

L'obsession d'Ignacio pour la tauromachie avait débuté très tôt. Dès l'âge de trois ans, un tablier lui faisait office de cape pendant qu'il pratiquait ses figures, ses *verónicas*. Avant même qu'il ne sache parler correctement, il sut ce qu'il voulait faire quand il serait grand.

Ignacio donnait souvent des représentations de sa corrida miniature devant un public de volontaires dans le café, où les buveurs l'acclamaient et retenaient leur souffle quand il tuait son taureau imaginaire. Quand la flatterie les y poussait, ses amis et ses frères jouaient le rôle du taureau pour lui. Une tâche accomplie avec réticence car ils savaient que cela signifiait presque à coup sûr de sentir la brûlure de son épée en bois entre ses omoplates. Ignacio ne reconnaissait pas la frontière entre l'imaginaire et la violence.

« *La hora de la verdad !* » s'écriait-il d'un ton triomphal, un sourire sanguinaire aux lèvres. Il imitait « l'heure de vérité », quand le matador est sur le point de planter son épée dans le taureau. Avec l'animal en train de charger qui se rapprochait, il n'avait pas le temps d'hésiter et il savait, même enfant, que plus la mise à mort était propre, plus l'homme était en sécurité et plus les spectateurs étaient impressionnés. Tandis qu'il levait sa fausse épée en l'air, il entendait presque la foule retenir son souffle comme un seul homme dans l'expectative. Il avait répété un nombre incalculable de fois ce spectacle qui deviendrait réalité des années plus tard. Quand il eut cinq ans, sa grand-mère lui confectionna un petit costume pour son anniversaire et il le porta jusqu'à ce que les coutures s'effilochent et finissent par craquer.

À quinze ans, Ignacio avait quitté l'école. Il était impétueux et se fichait de tout depuis sa naissance, et ses parents peinaient à le contrôler. L'espace aussi classique que parfait entre ses yeux ovales, son nez puissant et sa bouche dessinée par la main d'un peintre lui conféraient une aura divine. Son attitude en revanche était loin d'être celle d'un dieu. Parfois, elle n'était même pas celle d'un homme. Enfant, il se comportait souvent comme un animal et il possédait en effet la force d'un bœuf, qui fit de lui un adversaire de taille quand il entra enfin dans l'arène pour accomplir sa destinée toute tracée.

Robuste mais fin, il n'aurait pu être plus parfait pour le *traje de luces*, le costume de torero : la veste parée de bijoux et la culotte qui lui moulait les fesses, les cuisses et les mollets. Il avait reçu le nom de « El Arrogante » avant même ses neuf ans et ce surnom le suivrait jusqu'à l'âge adulte et dans toutes les arènes d'Espagne. Il avait passé les trois dernières années à suivre comme son ombre l'un des grands matadors de Grenade, l'observant combattre et s'entraîner avec un taureau imaginaire tout comme lui-même le faisait enfant.

Si l'on avait dû l'affubler d'un surnom, Emilio aurait été « El Callado », le silencieux. Il n'aurait pu être plus différent de son frère aîné Ignacio – arrogant et imbu de lui-même – mais lorsqu'il lui arrivait parfois de rompre ses longs silences, nul ne pouvait douter de la force de ses passions. Il avait pour horizon les prairies proches de la Vega de Grenade d'un côté et le Sacromonte de l'autre, et il ne ressentait nul besoin de savoir ce qu'il se passait entre les deux. Son monde tenait dans la forme douce et voluptueuse de son bien le plus précieux : une guitare flamenca de la couleur du miel.

Emilio était plus grand que ses frères ; il avait aussi la peau la plus claire et l'allure la plus frêle. Tel un arbre s'élevant pour trouver la lumière, Emilio dépassait tous les autres hommes de la famille en taille, à défaut de les surpasser en poids et en largeur.

Contrairement à Ignacio, qui avait passé son temps dans la rue à jouer au football et disparaissait de temps à autre jusque tard dans la nuit avec ses amis, Emilio restait généralement dans la chambre mansardée de leur appartement. Il s'y asseyait pendant des heures, s'écorchant le dos aux tuiles, courbé comme un bossu sur sa guitare, ses doigts puissants cherchant les notes qui composaient un air mélancolique. Il n'avait pas besoin de lumière pour lire des partitions. La musique était dans sa tête et dans la pénombre de la chambre sous les toits, il serrait fort les paupières pour repousser toute lumière.

Il notait rarement la présence du curieux attiré par sa musique en haut de l'étroit escalier. Il continuait à pincer les cordes, enveloppé par les vagues de son enchanteresses, enfermé dans l'extase de sa propre musique. Il n'avait besoin de personne. Quiconque avait tendu une oreille indiscrète mais admirative s'éloignait rapidement, l'esprit coupable d'avoir pénétré sans invitation son monde privé.

Emilio ne nourrissait pas l'ambition d'Antonio et d'Ignacio, ce qui n'était pas malheureux car le besoin de bras supplémentaires pour aider au café finirait par se faire ressentir, et il se préparait à cette tâche depuis qu'il pouvait voir par-dessus le comptoir. Il ne désirait rien de plus que rester à Grenade. La guitare était sa véritable passion. Un des clients du bar lui avait appris à en jouer, un vieux gitan prénommé José, et même si l'homme était décédé avant les douze ans d'Emilio, l'enfant avait déjà appris les techniques de base du flamenco. Il les travailla jusqu'à faire concurrence aux vedettes du Sacromonte.

Il avait déjà commencé à jouer un peu pour sa sœur lorsque leurs parents lui permirent de danser. En effet, la seule présence qu'Emilio remarquait quand une personne grimpait l'échelle qui menait à sa mansarde était celle de sa petite sœur. Mercedes ne pouvait résister bien longtemps au jeu de guitare de son frère et l'intérêt de la fillette était le seul que lui supportait.

Comme beaucoup de petites filles, à cinq ans Mercedes put danser le flamenco. Avant cet âge, le pratiquer était déconseillé car les os de l'enfant n'étaient pas assez solides pour supporter les lourdes frappes de pieds. En conséquence, toute jeune, elle se faufilait dans le grenier et, dans l'obscurité oppressante sous le toit pentu, elle battait le rythme de ses mains. Elle commençait assise à même le sol aux pieds d'Emilio, puis elle se levait et se mettait à marteler le parquet et à tourner. Alors Emilio ouvrait les yeux pour lui signifier qu'elle ne le dérangeait pas. C'étaient leurs petites fêtes privées.

Il était courant de voir des petites filles, hautes comme trois pommes, danser dans l'intimité du foyer ou à des *juergas* locales, et leur talent précoce était un spectacle qui attirait rapidement un public. Même si sa mère s'inquiétait de ses os trop mous, Mercedes n'était pas une enfant à qui l'on disait quoi faire. Dans cet espace exigu, elle apprit à claquer des doigts, à tordre son corps et à jouer des castagnettes. Personne ne lui enseigna tout cela, elle imitait simplement les *señoritas* qu'elle avait vues, reproduisant leur attitude hautaine, observant leurs pas et absorbant le bruit et la fureur de leurs mouvements. Cela semblait lui venir tout naturellement, même si aucun sang gitan ne coulait dans ses veines.

Concha ne cessait de s'étonner de l'indulgence d'Emilio envers sa petite sœur, puis un soir, plantée au bas de l'escalier, l'oreille tendue, elle comprit pourquoi sa présence ne l'irritait pas. Mercedes ajoutait à sa musique. Les battements de ses talons sur le plancher et les percussions de ses paumes marquaient le rythme.

Les passants dans la rue en contrebas entendaient parfois les battements rapides de ses pieds et levaient les yeux pour essayer de trouver la source de ce bruit. C'était aussi rapide et fluide qu'un « R » roulé, aussi leste que la vibration de la langue contre le palais.

À l'âge de douze ans, Mercedes dégageait une force et une solidité qui en quelques années s'épanouiraient en volupté. Elle possédait le même visage en cœur que sa mère, avec des fossettes aux joues et au menton, et le sillon de son front commençait à se creuser. Les vagues brillantes de cheveux noirs qui tombaient en cascade dans son dos étaient si longues qu'elle pouvait s'asseoir dessus.

Sa meilleure amie, Paquita Maneiro, habitait l'Albaicín. On voyait souvent les deux enfants assises dans le jardin à observer Señora Maneiro qui tissait. Les doigts de la femme ne cessaient de bouger du matin au soir, et même alors elle semblait capable de voir dans le noir, à travailler sur ses tapis à la lueur de la bougie tremblotante. Son travail paraissait peu lucratif mais son choix était conscient. À la mort de son époux cinq ans plus tôt, elle aurait facilement pu aller mendier dans la rue. Une façon plus rapide de gagner quelques pesetas que la tâche éreintante qu'elle accomplissait désormais. Pendant qu'elle tissait, les deux filles dansaient devant elle, les pointes de leurs chaussures renforcées de métal tintant contre les bords arrondis des pavés. Comme Mercedes, Paquita adorait le flamenco mais elle éprouvait des difficultés à danser avec la même aisance.

En tant que seule fille de la famille, Mercedes était chouchoutée par ses frères au point d'en être horriblement gâtée. Elle paraissait toujours obtenir ce qu'elle désirait et aucun d'eux n'aimait provoquer son mauvais caractère qui s'enflammait facilement. L'expression hautaine de la danseuse de flamenco lui vint naturellement.

La famille Ramírez menait une existence relativement heureuse, même si la paix domestique ne régnait pas toujours. Leurs enfants étaient très individualistes, un trait de caractère dont les parents se félicitaient, mais les jours où les portes étaient claquées et que les disputes faisaient rage, ils le déploraient. Ignacio se révélait généralement le fauteur de troubles et ne semblait pas heureux tant qu'il n'avait pas attisé la colère de l'un de ses frères. Il adorait provoquer son aîné, Antonio, habituellement d'une patience à toute épreuve, et lutter avec lui pour prouver sa supériorité physique ; et rien ne le divertissait davantage que d'entraîner le timide Emilio dans une bagarre. Ignacio ne se disputait jamais avec Mercedes. Il la taquinait, dansait et flirtait avec elle. Elle seule était en mesure de dissiper l'ambiance empoisonnée qui régnait parfois entre ses frères.

Même si leur vie s'était avérée relativement heureuse et satisfaisante durant les années vingt, les Ramírez se réjouirent à l'arrivée de la Seconde République. Elle était comme une douce brise printanière qui soufflait sur l'Espagne. Quelqu'un avait trouvé la clé, déverrouillé la porte et ouvert les fenêtres en grand. Un souffle frais s'infiltrait, soulevant la poussière et faisant s'envoler les toiles d'araignées. Même si la plus grande partie de la ville avait mangé à sa faim, bon nombre de gens dans les campagnes avaient vécu au jour le jour. Les propriétaires terriens avaient maintenu leurs ouvriers agricoles sous le seuil de l'indigence, leur procurant la nourriture minimale pour travailler la terre dans leur intérêt. Certains des clients d'El Barril venaient y conter des histoires sur la détresse des gens du monde rural. La sœur de Concha elle-même comptait des membres de sa famille soumis à ce régime difficile.

Concha se réjouissait de la nouvelle liberté que la Seconde République allait apporter, surtout concernant les femmes. L'abrogation du *código civil*, le code civil qui donnait aux hommes préséance sur leurs épouses, était d'une importance capitale. Pablo ne s'en serait jamais servi pour réprimer son épouse, mais il y avait beaucoup de femmes, moins chanceuses que Concha, qui étaient traitées comme des objets.

— Écoute ça, Merche ! s'exclama Concha avec excitation.

Même si sa fille n'avait que douze ans, elle comprenait l'impact que certains des changements qui s'opéraient pourraient avoir sur son avenir. Elle lut le journal à haute voix.

— Voici ce qui était marqué avant : « Le mari doit protéger sa femme et celle-ci doit obéir à son mari… Le mari est le représentant de son épouse. Celle-ci ne peut, sans son autorisation, comparaître en justice. »

Mercedes considéra sa mère d'un air absent. Avec des parents aussi dévoués que les siens, il n'était guère surprenant que les implications échappent à l'enfant. L'ancienne loi empêchait effectivement les femmes de divorcer de leur mari.

— Et voici ce qui se dit désormais, poursuivit Concha d'un ton animé : « La famille est sous la garde de l'État. Le mariage est fondé sur l'égalité des droits pour les deux sexes et peut être dissous par consentement mutuel ou sur demande de l'un ou l'autre des époux. »

La loi en question n'affectait pas directement la famille Ramírez, mais une nouvelle égalité dans le mariage était emblématique des changements qui se produisaient sous la Seconde République. À présent, l'éducation était accessible à tous et la culture florissait, l'élitisme semblait appartenir au passé.

En plus de ces développements politiques excitants, la famille Ramírez connut en 1931 un autre grand événement : les premiers pas d'Ignacio dans le monde de la corrida. Il était l'un des banderilleros, le groupe d'hommes qui, avec leurs capotes et leurs bâtons terminés d'un harpon, provoquait et blessait le taureau avant que le matador ne vienne porter le coup de grâce.

Après des années de jeu et de fantasmes enfantins, il était temps pour Ignacio de sentir de près le souffle chaud du taureau.

La tauromachie était populaire à Grenade et pendant un temps la ville compta même deux arènes, l'ancienne et la nouvelle, toutes deux en activité. La famille Ramírez s'était rendue en de nombreuses occasions à la *Plaza de Toros*, mais voir l'un des siens émerger dans l'arène serait un événement historique pour eux. Tous étaient présents pour assister à ce moment d'exception, en dehors d'Emilio, écœuré à la seule idée d'un animal innocent assassiné devant une foule en délire. Pour Mercedes, c'était une première, elle n'avait jamais été autorisée à assister à un combat avant. Elle peinait à contenir son excitation.

C'était une chaude journée de juin, de celles qui donnent à chacun un aperçu de la canicule estivale à venir, qui taquinent par l'explosion de chaleur intense et précoce qui constituerait les journées normales de juillet et d'août. L'ambiance était électrique, festive.

— Pourquoi ne cesses-tu de t'éventer ? s'enquit Mercedes. Nous sommes à l'ombre.

De mémoire, c'était la première fois qu'ils étaient assis aux meilleures places, protégés de la brûlure violente du soleil.

— Je le fais machinalement, répondit sa mère en agitant son éventail d'avant en arrière. J'aimerais qu'ils commencent.

À l'évidence, elle était nerveuse.

Une fanfare de trompettes s'éleva et le silence tomba un instant sur le public. Alors le défilé débuta. Les trois matadors et leur équipe de lanciers sur leurs montures – les picadors –, les banderilleros et le *mozo de espadas*, le valet d'épée, sortirent en marchant au pas.

— Est-ce bien notre fils ? murmura Concha à l'oreille de son mari, les yeux brillants.

Un groupe de jeunes hommes tous plus beaux les uns que les autres fit le tour de l'arène pour défiler, éblouissant le public sous le soleil de fin d'après-midi avec les scintillements des broderies métalliques qui embellissaient leurs costumes. La féminité éhontée de leurs strass incrustés, leurs tenues colorées mauve, rose, pistache et ocre, les rendaient plus attirants que jamais aux yeux des femmes en adoration. Pour cette journée spéciale, Ignacio avait choisi un turquoise éclatant qui le distinguait des autres et, avec son caleçon moulant, la tenue ouvertement voyante ne faisait qu'accentuer sa masculinité glorieuse.

Leurs toques portées avec déférence dans la main droite et leurs lourdes capes roses au bras gauche, ils s'inclinèrent devant les dignitaires assis dans la tribune présidentielle. Déjà, ils se délectaient de l'adulation de la foule. Le matador en tête d'affiche ce jour-là accepta les acclamations de ses fans d'un grand mouvement du bras qui balaya l'air devant lui, puis toute la troupe se remit en marche. Le matador d'Ignacio était le second à toréer.

La première mise à mort fut un spectacle sans intérêt. L'animal était lent et ne présentait que peu de défi aux membres de la *cuadrilla*. Tandis que sa dépouille était tirée autour de l'arène par les chevaux, le public réagit à peine, secoué seulement de quelques vagues d'applaudissements décousus.

Quelques instants plus tard, une autre explosion de trompettes retentit. Les portes s'ouvrirent et un taureau entra dans l'arène. C'était un animal massif. D'un brun chocolat profond avec un cou puissant et de larges épaules, des cornes incurvées aussi pointues qu'une aiguille.

— Comme il est beau ! souffla Pablo Ramírez.

— Il est énorme ! s'exclama Mercedes avec enthousiasme.

En règle générale, le meilleur des six taureaux du jour combattait en dernier. Il était difficile d'imaginer plus beau et plus puissant que cet animal-ci.

Pour le premier acte, le valet du matador – le *peón* – et ses banderilleros, dont Ignacio faisait partie, jouèrent avec le taureau, testèrent son courage en agitant leurs capes, cherchèrent à le désorienter, allant dans un sens puis dans un autre pour commencer à le fatiguer. À cet instant, l'homme et l'animal semblaient sur un pied d'égalité. Le taureau n'était pas encore rendu fou, mais comme ils continuaient à jouer avec lui, l'animal commença à sentir leur mépris et sa colère augmenta. Il baissa la tête et chargea plus vite qu'un homme ne courrait. L'espace d'un instant enfin, il fut le roi de l'arène.

Contrairement à la plupart de ses semblables, ce taureau pouvait presque pivoter sur lui-même, et paraissait bien agile pour son poids. Le matador devait déterminer la meilleure façon de le défier, noter si ses instincts le faisaient charger à droite ou à gauche. Cette partie achevée, tous se retirèrent de l'arène. Concha poussa un soupir de soulagement. Ignacio était en vie. Elle saisit la main de Mercedes et à sa paume moite, la jeune fille sentit l'angoisse de sa mère.

Ensuite, le picador entra dans l'arène, son cheval alourdi par le caparaçon et sa vue bloquée par des œillères. En quelques secondes, l'homme avait accompli sa tâche. Il avait plongé sa lance dans le muscle saillant dans l'encolure de l'animal. Du sang suinta et le liquide pourpre recouvrit le dos de la bête comme une couverture.

Le taureau réclamait vengeance, toutefois. La tête baissée, il chargea le cheval et le souleva de ses cornes, transperçant la partie non protégée de son ventre. Il le brandit dans les airs comme s'il ne pesait pas plus lourd qu'une plume. Le picador s'efforça de garder l'équilibre tandis que sa monture chutait sous lui. Ses cordes vocales sectionnées, la créature à terre fut dans l'incapacité d'émettre le moindre son.

— Le pauvre cheval ! s'écria Mercedes, horrifiée. Va-t-il mourir ?

— J'ai bien peur que oui, chérie, répondit sa mère.

Les illusions naïves n'avaient pas leur place ici.

La famille Ramírez regarda Ignacio entrer une nouvelle fois dans l'arène avec les autres banderilleros afin de leurrer le taureau loin du cheval mourant et du picador coincé. Selon Concha, c'était le rôle le plus dangereux et vulnérable, et les yeux de vingt mille spectateurs étaient braqués sur son fils tandis que les banderilleros faisaient face, armés seulement d'une étoffe rose pour affronter six cents kilos de fureur en pleine confusion.

En tant que premier banderillero, Ignacio abandonna sa cape et s'apprêta à saisir l'opportunité dont il rêvait depuis toujours. Il voulait montrer à la foule qu'il pouvait apporter plus de liesse que le matador lui-même et était déterminé à les tenir en haleine. Il avait pour objectif d'être celui dont le nom serait célébré ce soir dans les bars.

Les jambes bien droites, le corps étiré avec les deux piques levées en l'air, il tint bon face au taureau, qui traversa l'arène en le chargeant. Au moment où les cornes de l'animal semblaient n'être qu'à quelques centimètres à peine de sa poitrine, il bondit dans les airs pour donner à ses piques la trajectoire désirée. Dans un mouvement fluide, il plongea adroitement les pointes des banderilles dans le garrot et s'écarta d'un bond du chemin de l'animal. Les lames s'étaient enfoncées profondément dans le muscle et les glands à leur extrémité flottaient au vent. Ignacio avait porté son coup près de la blessure déjà infligée par le picador, et le sang s'écoulait à présent pour former une selle d'un rouge brillant.

Ce geste exécuté à la seconde près aurait pu être interprété comme pure folie mais la foule était désormais en délire. Elle retenait son souffle tout en l'acclamant. C'était exactement le genre de divertissement qu'elle attendait : un fort sentiment de danger et une chance de voir couler le sang humain.

Ignacio avait réalisé son ambition. Il avait régalé la foule et gagné son adulation par sa bravoure qui l'avait émerveillée et sa prise de risque qui l'avait tenue en haleine.

À la vue d'Ignacio, nul ne pouvait douter du lien qu'il existait entre ce sport et celui dans la Crète antique qui consistait à sauter au-dessus d'un taureau. L'espace d'un instant des plus brefs, ce leste banderillero sembla s'envoler. Quelques centimètres de plus et il aurait sauté juste au-dessus de l'animal en charge. Un spectacle de pure acrobatie. À ce moment-là, il se tenait sans sa cape, sans épée, sans dague, et il n'y avait rien entre lui et le taureau, qui se retourna alors pour observer son assaillant.

— Je ne peux pas regarder, gémit Concha, en se cachant le visage des mains, persuadée de la mort imminente de son fils.

Antonio prit délicatement sa mère par le bras et la rassura.

— Il va s'en sortir, maman.

Antonio avait raison. Ignacio traversait maintenant l'arène devant le taureau sans courir le moindre risque. L'énergie de l'animal faiblissait. Le danger était passé. En un instant, Ignacio s'était retiré dans le *callejón*, le couloir autour de l'arène derrière la barrière en bois.

Ce taureau fut achevé par le matador mais le plus gros du travail avait été effectué par les trois banderilleros. Peut-être avaient-ils fait preuve d'un zèle exagéré car le taureau était quasiment à terre le temps que le matador fasse son apparition avec sa cape rouge. L'animal avait à peine l'énergie de suivre les ondulations de la *muleta* écarlate tandis que le matador vêtu d'or exécutait ses mouvements. L'instant fatal où l'épée transperça son cœur n'émoustilla personne.

L'acte final du taureau était un tour d'honneur dans l'arène, tiré par les chevaux. Ils le traînaient comme un pinceau pour peindre un cercle rouge parfait dans le sable. C'était son humiliation ultime.

La seconde intervention d'Ignacio ce jour-là fut aussi impressionnante que la première. La carrière d'El Arrogante avait été magnifiquement lancée. Les *aficionados* l'avaient remarqué.

Pendant des jours ensuite, les cartes des restaurants de la ville proposèrent des ragoûts de *rabo de toro* – queue de bœuf – et des assiettes de morceaux braisés de ces délicieuses bêtes qui avaient passé leur vie innocemment dans de riches pâturages. Le marché de la viande à Grenade proposait du *toro* à foison et chaque membre de la famille Ramírez en profita, à l'exception d'Emilio qui refusait d'en avoir dans son assiette.

Concha comprit que voir son garçon dans l'arène ne deviendrait pas un spectacle plus facile avec le temps, et ce, quel que soit le nombre de fois où elle assisterait au combat. La prémonition de son magnifique fils à la silhouette fine encorné à mort ne la quitterait pas. Elle se torturait avec cette vision. De temps à autre, Pablo tentait de la rassurer avec des statistiques sur le faible nombre de combattants tués dans l'arène, mais il ne pouvait dissiper ses peurs.

13

Quelques mois après la proclamation de la République, un certain nombre de désillusions commença à apparaître. À El Barril, les conversations eurent vite pour sujet les rumeurs sur les divisions à gauche qui se profilaient et il se murmurait que, contrairement à ses promesses, le gouvernement républicain à dominance socialiste ne mettrait pas rapidement fin à la pauvreté. Avant même la fin de l'année 1931, des conflits éclatèrent entre les forces de sécurité et les ouvriers protestataires qui avaient le sentiment que leurs intérêts n'étaient pas correctement représentés.

Nombreux étaient ceux qui souhaitaient un retour des riches et des privilégiés à la direction du pays, et plusieurs détestaient le nouveau libéralisme qu'ils rendaient responsable d'une vague de comportements permissifs difficile à digérer selon eux. Les années qui suivirent, ils s'opposèrent à la République à chaque occasion qui se présentait. L'ingérence du nouveau gouvernement dans les affaires de l'Église catholique et la restriction des processions et célébrations religieuses avaient vite rendu impopulaire ledit gouvernement auprès des classes conservatrices qui y voyaient une menace sévère pour le mode de vie traditionnel. Le pouvoir de l'Église avait également été mis à mal par l'ouverture d'écoles nouvelles laïques. L'Église s'unissait aux propriétaires terriens et aux riches dans son aversion pour le nouveau régime, déplorant la suppression de son pouvoir incontesté.

Au sein même du gouvernement, des dissensions se profilèrent, une situation exploitée par ceux désireux de le voir chuter. Au début de l'année 1933, lors d'une vague de violence dans la province de Cadix, un groupe d'anarchistes assiégea le poste des gardes civils dans la ville de Casas Viejas et proclama le communisme libertaire. Inévitablement, des combats éclatèrent.

— Mais ces gens ne sont-ils pas censés être du même côté ? commenta Concha. Je ne comprends pas. S'ils commencent à se battre entre eux, autant revenir à la dictature.

Elle lisait les gros titres du journal par-dessus l'épaule d'Antonio.

— En théorie, oui, répondit-il. Mais je ne crois pas que ces ouvriers aient le sentiment que le gouvernement soit de leur côté. La plupart d'entre eux sont sans emploi depuis un an.

Antonio avait raison. Ces « révolutionnaires » affamés vivaient au bord du désespoir, à essayer de joindre les deux bouts en mendiant, braconnant et espérant d'éventuelles allocations. L'annonce d'une augmentation du prix du pain avait fini de mettre le feu aux poudres et les avait encouragés à agir.

En quelques jours, les nouvelles empirèrent. Garde civile et garde d'assaut envoyèrent des renforts de Cadix pour mettre fin à l'insurrection. Ils encerclèrent la maison d'un anarchiste surnommé « Seisdedos » en raison de ses six doigts, et l'ordre fut finalement donné de réduire le bâtiment en cendres. En plus de ceux qui périrent dans les flammes, d'autres anarchistes arrêtés plus tôt furent fusillés de sang-froid.

— Quelle brutalité ! commenta Ignacio en voyant le communiqué annonçant la mort de douze hommes dans cette répression. Que croit-il être en train de faire, ce gouvernement ?

Ignacio n'était pas homme à se ranger naturellement du côté des paysans et des révolutionnaires, mais pour ceux comme lui qui ne soutenaient pas le gouvernement socialo-républicain au pouvoir, l'opportunité de critiquer le Premier ministre Manuel Azaña était trop belle. L'incident avait profondément choqué le pays, et la droite profita de la situation pour l'exploiter à son avantage, se hâtant d'accuser le gouvernement d'actes barbares.

— Je crois que les jours de la coalition sont comptés, déclara Ignacio du ton innocent mais entendu qui agacerait à coup sûr son frère aîné.

— Nous verrons bien, non ? répliqua Antonio, déterminé à garder son calme.

Les deux frères étaient souvent en désaccord, et la politique se révéla une source croissante de dispute. Du point de vue d'Antonio, Ignacio était dépourvu de convictions politiques fermes. Il aimait simplement les problèmes. Parfois il ne valait pas la peine qu'on se dispute avec lui.

Aux élections de fin 1933, Antonio espéra de toutes ses forces que la gauche reste au pouvoir. À sa consternation, un gouvernement conservateur fut élu et chaque réforme instaurée par les socialistes fut alors en péril. La colère se mit à gronder et le mécontentement finit par exploser. Grèves et manifestations furent organisées. Les socialistes comme les fascistes virent leurs mouvements de la jeunesse prospérer et les jeunes hommes fortement politisés de la génération d'Antonio se retrouvèrent à l'avant-garde, dans les deux camps.

La situation empira l'année suivante et en octobre 1934, la gauche fit une tentative avortée pour organiser une grève générale. Le mouvement échoua mais une rébellion armée dans les Asturies, la province ouvrière du nord, se poursuivit pendant deux semaines, avec des conséquences considérables. Des villages furent bombardés et des villes côtières pilonnées.

Le centre de l'action se situait loin de Grenade mais la famille Ramírez suivait ces événements de près.

— Écoutez ça, déclara Antonio, d'un ton outré en lisant les nouvelles du jour. Ils ont exécuté des dirigeants !

— En quoi ceci te surprend-il ? répliqua Ignacio. Ils ne peuvent pas laisser se produire ce genre de choses.

Antonio préféra ne pas réagir.

— Ça leur apprendra, à ces gauchistes, à brûler des églises ! poursuivit Ignacio, décidé à provoquer son frère.

Les légionnaires espagnols, appelés à la rescousse pour régler la situation, ne s'étaient pas contentés d'exécuter certains meneurs, ils avaient aussi assassiné des femmes et des enfants innocents. Les deux villes principales de la région, Gijón et Oviedo, furent bombardées et incendiées.

— Maman, regarde ces photos.

— Je sais, je sais. Je les ai vues. Ils racontent tout…

La destruction des bâtiments n'avait pas étanché leur soif de vengeance. Le peuple était désormais brutalement réprimé. Trente mille ouvriers furent emprisonnés et la torture se banalisa dans les prisons. Les socialistes demeuraient silencieux.

L'atmosphère dans le pays changea. Même à El Barril, où Pablo et Concha affichaient une impartialité au mieux de leurs capacités, la méfiance qui commençait à s'installer entre les gens se faisait ressentir. Certains des clients soutenaient ouvertement les socialistes, d'autres se réjouissaient clairement de l'arrivée des conservateurs au gouvernement et parfois l'animosité entre les deux était palpable. L'ambiance dans le bar se modifia subtilement. La période de grâce de la République semblait toucher à sa fin.

Quels que soient les changements et les bouleversements survenant en politique, Concha s'inquiétait que les privilèges gagnés par le peuple ne soient sapés. Surtout, elle déplorerait la disparition des améliorations pour les femmes. Pour la première fois dans l'histoire de l'Espagne, des femmes entraient dans la fonction publique et participaient à la politique.

Elles étaient des milliers désormais à étudier à l'université et à pratiquer des sports, même la corrida. Avec désinvolture, Concha et ses amies appelaient ces nouvelles libertés accordées aux femmes « libération et lingerie » en raison des nouveaux sous-vêtements provocants dont elles voyaient désormais la publicité dans les journaux. Ayant elle-même quitté la pauvreté rurale à son mariage avec Pablo, elle souhaitait que Mercedes connaisse une meilleure vie, et s'était réjouie à la perspective de savoir que sa fille grandirait dans une société pleine d'opportunités. Avec des femmes qui occupaient désormais des postes de pouvoir et d'influence, Concha espérait que la vie pour Mercedes ne se réduirait pas à essuyer des verres et à les aligner sur le bar. Même si Mercedes semblait ne songer à rien d'autre qu'à la danse, sa mère considérait sa passion comme un passe-temps enfantin.

Elle ne s'inquiétait pas pour ses fils. Ils avaient déjà des carrières florissantes et leur avenir s'annonçait prometteur.

— Grenade est pleine d'opportunités ! disait-elle à Mercedes. Alors imagine ce que ce doit être dans le reste de l'Espagne.

Mercedes n'avait qu'une idée limitée de ce à quoi le reste de son pays pouvait ressembler mais elle approuva d'un hochement de tête. C'était en général la meilleure conduite à tenir avec sa mère. Elle savait que Concha ne prenait pas sa passion pour la danse au sérieux. Au fil des mois puis des années, Mercedes, elle, sut que c'était tout ce qu'elle voudrait jamais faire, mais il était difficile d'en convaincre ses parents. Chacun de ses frères appréciait son ambition. Ils l'avaient regardée danser depuis qu'elle avait enfilé ses premières chaussures de flamenco, les plus petites jamais confectionnées, jusqu'à maintenant où elle pouvait se mesurer à n'importe qui à Grenade. Mercedes savait qu'ils comprenaient son désir.

Quand la rumeur commença à filtrer par sa famille à la campagne que les ouvriers agricoles dépourvus de terres étaient une fois de plus maltraités, Concha sermonna les siens sur l'injustice de la situation.

— Ce n'est pas ce que la République était censée représenter ! pestait-elle. Si ?

Elle attendait une réponse de ses enfants même si son mari demeurait faussement neutre. Pablo considérait que c'était de loin la meilleure attitude à adopter, étant donné que son affaire reposait sur le besoin d'accueillir quiconque prenait la peine de franchir la porte. Il ne voulait pas qu'El Barril soit associé à un parti, quel qu'il soit. Contrairement à plusieurs bars de Grenade qui étaient devenus les repaires de cliques politisées.

Antonio approuva d'un marmonnement. Il était plus conscient que n'importe qui dans sa famille des changements politiques qui se produisaient. Il suivait les événements du parlement espagnol, le Cortes, de près et dévorait les journaux assidûment. Bien que la ville de Grenade soit dotée d'un parti conservateur puissant, Antonio, à l'instar de sa mère, se sentait naturellement attiré par la gauche. Sans les disputes qui l'opposaient à Ignacio, la famille aurait pu ignorer cette inclination. Les deux garçons vivaient à la limite du conflit.

Enfants, ils se disputaient quasiment pour tout, les jouets, les livres, pour savoir qui aurait le dernier morceau de pain. Ignacio n'avait jamais voulu reconnaître que l'âge influait sur la priorité. Désormais, les désaccords entre eux s'étendaient à des sujets plus sérieux comme la politique et, même si les ecchymoses et autres blessures physiques ou égratignures étaient moins nombreuses qu'avant, ils se battaient avec haine et ardeur.

Emilio gardait toujours le silence lorsque ses frères se querellaient. Il ne voulait pas s'impliquer, sachant qu'Ignacio était plus que disposé à s'en prendre à lui. Mercedes intervenait à l'occasion. La véhémence de leurs disputes la chagrinait. Elle voulait qu'ils s'aiment et pour elle, cette antipathie n'était pas naturelle entre frères.

Une autre raison à leur divergence actuelle était le retranchement d'Ignacio dans le monde de la corrida. Les amoureux de ce sport – ou plutôt cet art, comme beaucoup le pensaient – avaient tendance à être les plus conservateurs des Grenadins. Ils étaient propriétaires terriens et riches, et Ignacio imitait volontiers leurs comportements. Pablo et Concha acceptaient ce penchant et espéraient que la maturité lui ferait voir que la raison résidait davantage au centre. Par ailleurs, Antonio digérait mal l'arrogance d'Ignacio et ne s'en cachait pas.

L'ambiance dans le foyer des Ramírez ne semblait se détendre que lorsque Ignacio s'absentait pour une corrida. Ses jours en tant que banderillero étaient derrière lui et il avait achevé son apprentissage de *novillero*, période au cours de laquelle il ne pouvait combattre que de jeunes taureaux. Il était à présent un *matador de toros* à part entière et lors de son *alternativa*, la cérémonie qui formalisait sa transition, les experts remarquèrent son talent extraordinaire. Où qu'il aille, à Grenade et à l'extérieur – Séville, Málaga ou Cordoue –, sa réputation se renforçait à chaque apparition.

En grandissant, Emilio développa une antipathie pour son frère qui surpassait même celle d'Antonio. Ils s'opposaient instinctivement sur chaque sujet. Ignacio se plaisait à provoquer Emilio sur plusieurs points : sa passion pour la guitare, son manque d'intérêt pour les femmes, le fait qu'il n'était pas, ainsi que son frère aîné le décrivait, un « vrai homme ». Contrairement à Antonio, qui maniait bien mieux qu'Ignacio les mots comme une arme, Emilio se repliait dans le silence puis dans sa musique. Son manque de réaction et de riposte, que ce soit avec les poings ou une belle tournure de phrase, faisait d'autant plus enrager son frère.

Bien que plus sociable que son frère, Mercedes se plongeait dans le monde égocentrique de la musique et la danse. Rien ne changea beaucoup pour elle entre l'âge de cinq ans et de quinze ans. Elle passait toujours la plupart de son temps dans le grenier à écouter son frère, ou bien dans sa boutique préférée derrière la Plaza Bib Rambla, où l'on trouvait les plus belles robes de flamenco de la ville. Elle aimait y discuter avec la propriétaire, caresser les tissus et tester leurs plis, laisser les volants glisser entre ses doigts comme si elle était une future mariée qui préparait son trousseau.

La boutique, dirigée par Señora Ruiz, était son petit paradis personnel. Des robes étaient suspendues du sol au plafond, en taille enfant et adulte, et l'on trouvait même de minuscules costumes pour les bébés qui ne marchaient pas encore et qui pouvaient encore moins danser. Tous étaient confectionnés avec le même souci du détail, et leurs volants bordés de rubans ou de dentelle étaient méticuleusement empesés. Chaque robe était différente et pas une étoffe ne se ressemblait. Il y avait des jupes simples pour la pratique et des chemisiers blancs unis, des châles brodés avec des glands en soie, des peignes à cheveux et deux rangées de castagnettes étincelantes. Les garçons n'étaient pas en reste et leurs costumes étaient proposés dans toutes les tailles, du bébé à l'adulte, avec des chapeaux noirs pour compléter la tenue.

Les robes préférées de Mercedes étaient celles terminées par des volants piqués d'un fil de fer qui suivaient parfaitement les girations de la danseuse. C'étaient celles qu'elle désirait le plus posséder, mais elles coûtaient des milliers de pesetas et Mercedes devait se contenter d'en rêver. Malgré les trois tenues en sa possession confectionnées par sa mère, elle désirait de tout son cœur ce qu'elle appelait une « véritable » robe et la commerçante ne se lassait jamais de discuter qualité et prix du tissu avec elle. Ses parents avaient promis d'exaucer son vœu pour son seizième anniversaire.

Les gens s'émerveillaient de sa façon de danser depuis qu'elle avait huit ans. Il était courant pour les filles de commencer à danser en public à cet âge et jamais ce n'était considéré comme inapproprié ou précoce. Dès onze ans, elle montait au Sacromonte, où les gitans habitaient dans des grottes froides et humides creusées à flanc de montagne. Même si elle comptait plusieurs amis dans le quartier, elle se rendait en vérité au Sacromonte pour voir une vieille *bailaora* connue sous le nom de « La Mariposa ».

La plupart des gens la considéraient comme une vieille sorcière folle. En effet, María Rodríguez avait perdu un peu la raison, mais elle conservait toujours les souvenirs de ses beaux jours de danseuse. Ils étaient aussi vifs dans son esprit que s'ils s'étaient déroulés la veille. Elle revoyait en Mercedes la jeune fille qu'elle-même avait été, et peut-être, dans son esprit de vieille femme, pensait-elle que Mercedes et elle ne faisaient qu'une tandis qu'elle revivait sa vie de danseuse à travers l'adolescente.

Mercedes avait des amis de son âge mais c'était dans la maison délabrée de cette femme que sa mère la cherchait toujours en premier. C'était sa retraite et le lieu qui vit son obsession s'accroître.

Concha s'inquiétait pour le travail scolaire de Mercedes dont les bulletins étaient médiocres. Elle voulait que sa fille tire profit de ce monde en plein changement.

— Merche, quand comptes-tu rester à la maison pour faire tes devoirs ? demandait-elle. Tu ne peux pas passer tout ton temps à tourner sur place. Tu ne gagneras jamais ta vie avec ça.

Elle s'efforça de garder un ton enjoué mais elle était on ne peut plus sérieuse et Mercedes le savait. La fille se mordit la langue pour s'empêcher de répondre.

— Inutile de te disputer avec maman, lui dit Emilio. Elle ne comprendra jamais ton point de vue. Tout comme elle ne comprend pas le mien.

Selon Concha, le sang gitan qui faisait défaut à Mercedes l'empêcherait d'être jamais une « bonne » danseuse. Elle croyait que les *gitanos* étaient les seuls à pouvoir danser, ou à savoir jouer de la guitare flamenca d'ailleurs.

Même Pablo n'était pas d'accord avec elle.

— Elle est aussi douée que n'importe laquelle de ces danseuses, dit-il à sa femme pour prendre la défense de sa fille alors qu'ils l'observaient dans une fête.

— Même si c'était vrai, répliqua Concha, je préférerais qu'elle fasse autre chose. C'est mon sentiment.

— Et son « sentiment » à elle, c'est que la danse est toute sa vie, intervint courageusement Emilio.

— Cela ne te concerne pas, Emilio, et nous aimerions que tu ne l'incites pas autant, aboya Concha.

Son père avait toujours encouragé l'amour de Mercedes pour la danse mais il commençait à s'en inquiéter, même si ses raisons différaient de celles de son épouse. Depuis la victoire électorale du gouvernement conservateur et le début des troubles dans le nord du pays, la garde civile commençait à réprimer ceux qui ne semblaient pas se conformer aux règles. Quiconque fraternisait avec les gitans, par exemple, était désormais considéré comme un élément subversif. Même lui commença à redouter le temps que Mercedes passait au Sacromonte.

Un après-midi, Mercedes revint en courant de chez La Mariposa et franchit en trombe la porte d'El Barril. Le café était désert en dehors d'Emilio, qui essuyait des tasses et leurs soucoupes derrière le comptoir. Désormais, il travaillait presque à plein temps au café. Ses parents se reposaient dans l'appartement, Antonio était à l'école à donner son dernier cours du semestre et Ignacio se trouvait à Séville pour une corrida.

— Emilio ! s'écria-t-elle à bout de souffle. Il faut que tu prennes ton après-midi. Tu dois venir avec moi !

Elle approcha du bar ; il discerna alors les gouttes de sueur qui perlaient à son front. Elle avait couru à toute vitesse et sa poitrine se soulevait et s'abaissait sous l'effort. Ses longs cheveux, qu'elle tressait parfois avec soin pour aller à l'école, étaient décoiffés et pendaient librement sur ses épaules.

— Je t'en prie !

— Pour quoi faire ? s'enquit-il, sans cesser d'essuyer une soucoupe.

— Une *juerga*. María Rodríguez vient juste de m'annoncer que le fils de Raúl Montero va y jouer. Ce soir. Nous sommes invités… mais tu sais que je n'aurais pas l'autorisation de m'y rendre seule.

— À quelle heure ?

— Vers 22 heures. S'il te plaît, Emilio. Accompagne-moi, je t'en supplie.

Mercedes s'agrippa au bord du comptoir, implorant son frère de ses grands yeux.

— Très bien. Je demanderai aux parents.

— Merci, Emilio. Javier Montero est certainement au moins aussi doué que son père.

Il perçut l'enthousiasme de sa sœur. La vieille femme lui avait dit que si Javier Montero ne possédait ne serait-ce qu'un dixième de la beauté de son père et de son talent à la guitare, alors il valait le déplacement.

Javier Montero n'était pas exactement un inconnu car la plupart des *gitanos* avaient entendu parler de lui. Il venait à leur invitation depuis Málaga où il résidait. Des musiciens extérieurs se produisaient souvent au Sacromonte mais celui-ci plus que les autres suscitait l'enthousiasme des gens du coin. Son père comme son oncle faisaient partie des plus grands noms du flamenco, et en cette nuit d'été 1935, « El Niño », comme on l'appelait, allait jouer à Grenade.

Lorsqu'ils pénétrèrent dans la longue salle sans fenêtre, un homme assis était déjà en train de jouer une douce *falseta*, une variation du morceau qu'il interpréterait en ouverture. Tout ce qu'ils voyaient de lui était le haut de son crâne et la masse de cheveux noirs brillants qui pendaient devant son visage, le dissimulant entièrement. Penché amoureusement au-dessus de sa guitare, il semblait tendre l'oreille, comme si l'instrument lui-même lui offrait sa mélodie. Quelqu'un à une table non loin marquait délicatement le rythme.

Pendant dix minutes, alors que les gens continuaient d'entrer, il garda les yeux baissés. Puis il leva la tête et regarda au loin vers un point que lui seul pouvait voir. Il affichait une expression de pure concentration, les pupilles de ses yeux noirs n'enregistrant que les contours des quelques personnes déjà assises. La lumière derrière eux mettait leurs visages dans l'ombre et entourait leurs silhouettes d'un halo.

Le jeune Montero se trouvait sous le feu des projecteurs, à la vue de tous. Il paraissait plus jeune que ses vingt ans et la fossette à son menton lui conférait une innocence inattendue. Il y avait quelque chose de presque féminin chez lui, dans ses boucles brillantes abondantes et ses traits plus fins que ceux de la plupart des gitans.

Dès l'instant où elle posa le regard sur lui, Mercedes fut stupéfiée. Elle le trouva d'une beauté extraordinaire et lorsque son visage disparut de nouveau derrière le rideau de sa crinière, elle eut l'impression qu'une partie d'elle-même lui était dérobée. Elle le supplia mentalement de relever les yeux afin qu'elle puisse se remettre à l'admirer. Il continua à remuer paresseusement les doigts sur les cordes, la vanité le poussant à souhaiter un public plus important. Il ne débuterait pas sa performance tant que la salle ne serait pas comble.

Plus d'une demi-heure plus tard, et sans avertissement préalable apparent, il commença.

L'effet de son jeu de guitare sur Mercedes fut physique. À cet instant précis, elle eut l'impression que son cœur explosait. Le battement puissant qui retentit à ses oreilles plus fort que des percussions était totalement incontrôlable. Perchée sur un tabouret bas inconfortable, elle serra les bras autour d'elle pour tenter d'enrayer les tremblements de son corps. De toute sa vie, elle n'avait jamais entendu quelqu'un jouer comme ça. Même les guitaristes plus âgés, rompus à l'exercice depuis plus d'un demi-siècle, ne produisaient pas un son aussi exquis.

Ce *flamenco* était en accord avec sa guitare, et les rythmes et les mélodies qu'il en tirait traversaient le public comme un courant électrique. Les accords et la mélodie émanaient de son instrument avec les frappes percutantes du *golpeador*. On aurait dit qu'une troisième main invisible était à l'œuvre, et la précision de sa technique et l'originalité de sa musique les stupéfiaient tous. La température dans la salle augmenta de façon palpable et les « Olé » passaient de spectateur en spectateur.

Des perles de sueur maculaient le visage de Javier Montero et pour la première fois, alors qu'il penchait la tête en arrière, le public put distinguer ses traits tordus par la concentration. La moiteur ruisselait dans son cou. Le percussionniste le remplaça quelques minutes, lui permettant de se reposer, et une fois encore il porta un regard absent par-dessus les têtes des spectateurs. Pas une seule fois il ne fit mine de les remarquer. Pour lui, ils n'étaient qu'une masse informe.

Il interpréta un autre morceau puis, vingt minutes après le début de sa performance, il hocha brièvement la tête, se leva et traversa lentement la foule qui l'applaudissait.

Mercedes sentit le pan de sa veste la frôler lorsqu'il passa à côté d'elle et elle huma son odeur aigre-douce. Un semblant de panique la saisit alors. Un sentiment aussi douloureux que violent ; son cœur reprit ses battements affolés. En un instant aussi brusque qu'un coup de tonnerre, les gestes d'amour et de chagrin qu'elle copiait sur les autres danseuses de flamenco depuis des années prirent tout leur sens. Ses simagrées faisaient office de répétition en vue de ce moment précis.

L'angoisse, le désespoir de ne peut-être jamais reposer les yeux sur cet homme lui fit presque oublier ses manières. Malgré elle, elle s'écria à haute voix : « Attendez ! Ne partez pas ! » La raison et la réserve ne purent la retenir ; elle se leva et s'éclipsa discrètement, laissant Emilio discuter avec les autres musiciens de la *cueva* du spectacle auquel ils venaient d'assister.

Si une atmosphère aussi émouvante n'était pas inhabituelle lors de ces performances, ils s'accordèrent tout de même à reconnaître que le guitariste était bien plus doué que le meilleur d'entre eux ; et la jalousie légèrement rivale qu'ils ressentaient envers son talent laissa place à l'admiration.

Alors que l'air frais s'abattait sur Mercedes, elle manqua de perdre courage. Juste à l'extérieur, dans l'obscurité, se trouvait le *guitarrista*. La lueur rougeoyante d'une cigarette signalait sa présence.

Soudain, son effronterie lui parut presque honteuse.

— *Señor*, murmura-t-elle.

Montero avait l'habitude d'être l'objet de telles avances. L'attrait du guitariste magistral s'avérait chaque fois irrésistible pour un des spectateurs.

— *Sí*, répondit-il.

Le manque de profondeur dans sa voix la surprit.

Mercedes était lancée et, en dépit de la peur tout à fait raisonnable d'être rejetée, elle poursuivit. Elle se trouvait sur une corde raide et avait l'obligation d'aller de l'avant ou de revenir en arrière. Puisqu'elle était arrivée jusque-là, il lui fallait prononcer les mots qu'elle avait répétés dans sa tête.

— Accepteriez-vous de jouer pour moi ?

Submergée par sa propre audace, elle se prépara à un refus.

— Je viens à l'instant de jouer pour vous…

La lassitude teintait sa voix. Pour la première fois, il prit la peine de la regarder. Il vit ses traits se découper sous le réverbère. Tant de femmes l'avaient approché de cette manière, séduisantes, disponibles, excitées par sa façon de jouer, mais lorsqu'il les voyait, il se rendait compte qu'elles avaient l'âge de sa mère. Parfois, cependant, grisé par l'adrénaline de sa performance, il ne pouvait s'empêcher de partager une heure ou deux d'intimité avec elles. Être l'objet de leur adulation avait son attrait.

Cette fille, en revanche, était jeune. Peut-être voulait-elle réellement danser. Cela changerait pour une fois.

— Il faudra attendre, dit-il avec rudesse. Je ne veux pas de public.

Il avait donné assez de représentations pour la journée mais les attentes de cette fille l'intriguaient. Son audace suffit à le persuader, il n'eut pas besoin de son beau visage pour se convaincre. Il alluma une autre cigarette, demeurant dans l'ombre. Les minutes s'écoulèrent et la foule se dispersa.

Mercedes, hors de vue, vit la silhouette élancée de son frère descendre l'étroite ruelle pavée et disparaître. Il supposerait qu'elle était déjà rentrée à la maison. Ne restait plus que le propriétaire de la *cueva*, pressé de fermer ses portes pour la nuit.

— Pourrait-on rester un moment de plus ? lui demanda Javier.

— D'accord, accepta-t-il en reconnaissant Mercedes. Si vous voulez. Mais je dois partir dans dix minutes. Pas plus longtemps.

Mercedes ralluma les lumières. Javier reprit sa position, tête baissée, l'oreille tendue aux intervalles entre les cordes, il tourna deux des boutons pour les accorder puis leva les yeux. Désormais, il était prêt à s'intéresser à cette *señorita*.

Jusqu'à cet instant, il l'avait à peine regardée, notant seulement sa jeunesse. Mais à présent, alors qu'elle s'apprêtait à danser, il vit qu'elle n'était pas une enfant faussement modeste. Elle avait tout de l'insolente hautaine : l'assurance, l'attitude, le sens dramatique.

— Alors, que voulez-vous ? Une *alegría* ? Une *bulería* ?

Sa robe d'été simple à la jupe ample et ses chaussures plates n'étaient pas appropriées à une danse mais cela ne l'arrêta pas.

— Une *soléa*.

Elle l'amusait, cette fille. La confiance qu'elle affichait devant lui le fit sourire. L'assurance suintait par tous ses pores avant même qu'elle n'ait déployé un seul doigt.

À présent, toute son attention était tournée sur la fille comme un faisceau de lumière. Elle tapa dans ses mains pour copier sa cadence et une fois qu'elle sentit que leurs deux rythmes étaient parfaitement synchronisés, elle se mit à danser. Elle martela un *compás* sur le sol, d'abord avec lenteur, puis elle leva les bras au-dessus de sa tête et enroula ses mains, les retournant presque complètement contre ses poignets.

Alors ses pieds commencèrent à bouger, de plus en plus vite jusqu'à se mettre à ronronner. Il n'y avait pas un souffle d'air entre eux, les pas s'enchaînaient les uns aux autres. Au début, Mercedes dansa timidement, à une distance respectueuse de son accompagnateur. Il la regardait avec attention, reflétant avec habileté ses mouvements dans son jeu de guitare, tout comme Emilio le faisait.

Cette danse se poursuivit pendant cinq ou six minutes. Elle tournoya et frappa du pied, revenant sans cesse au même endroit. Le contour de son corps musclé se dessinait aux yeux de Javier sous le fin coton de sa robe. Les danseuses avaient tendance à faire bouger les plis de leur robe dans leur chorégraphie, mais les tissus étaient souvent lourds et Mercedes trouvait la légèreté de sa robe libératrice. Sur la dernière percussion, elle s'arrêta, le souffle court, et son corps continua à osciller sous l'effort.

— *Muy bien*, déclara-t-il avec un sourire. Très bien. Très, très bien.

Elle avait à peine jeté un regard dans sa direction pendant qu'elle dansait, lui en revanche ne l'avait pas quittée des yeux. Il lui semblait l'avoir vue se transformer entre les mesures d'ouverture et de fermeture.

Il avait oublié le plaisir qu'il pouvait ressentir à accompagner une danseuse. Pendant des années, il l'avait évité. Il rencontrait peu souvent une danseuse qu'il avait envie d'accompagner. Elles étaient rarement assez douées.

Cette fois, ce fut son tour de choisir la musique.

— Maintenant, une *bulería*, annonça-t-il.

Mercedes trouvait cette danse beaucoup plus difficile mais elle n'eut aucun mal à prendre son rythme. Dès qu'il commença à jouer, elle ressentit les temps et la mesure, et ses pieds se mirent à bouger automatiquement. Elle ne dansait que pour lui maintenant et c'était son devoir de réagir. Elle pivota lentement sur elle-même, opérant un tour complet, ses doigts pâles tendus vers lui sans jamais le toucher.

Le morceau était plus long et elle donna tout ce qu'elle avait cette fois. Il n'y en aurait pas d'autre après. Comme elle tournait, ses boucles brunes s'échappèrent et sa barrette tomba dans un cliquetis au sol. Ses bras semblaient à la fois mener et suivre la rotation jusqu'à ce que, tel un gyroscope, elle ralentisse enfin et achève la danse dans une dernière frappe qui retentit exactement en même temps que l'accord final de Javier.

Elle était à bout de souffle et ruisselait de transpiration, des mèches de cheveux trempés lui collaient au visage. On aurait dit qu'elle avait couru sous la pluie.

Mercedes tira une chaise et s'assit. Le silence était écrasant, déroutant après le vacarme qu'ils avaient produit à eux deux. Pour briser la tension, elle s'occupa en se penchant pour récupérer sa pince à cheveux.

Quelques minutes s'écoulèrent. Javier observa cette jeune femme qui était devenue une autre pendant qu'elle dansait. Chose étonnante, elle l'avait ému. Une seule fois peut-être dans sa vie, il s'était enflammé pour une *bailaora* mais le plus souvent il s'était senti comme un cheval de somme portant un fardeau. Longtemps auparavant, il avait pris la décision de ne pas accompagner les danseuses. Avec cette fille, ils avaient formé un duo.

— Alors… commença Javier d'un ton ambigu, la dévisageant tandis qu'elle rattachait ses cheveux.

Elle se sentait mal à l'aise, ainsi la cible de son regard. Elle essaya de retenir son souffle pour écouter ses prochaines paroles, alors qu'elle haletait toujours et crut qu'elle allait exploser.

— Était-ce ce que vous attendiez ?

— C'était encore mieux que ce que j'espérais, réussit-elle à répondre à cette question qui l'avait prise de court.

Le patron de la *cueva* était revenu et faisait cliqueter ses clés. Ce musicien était peut-être acclamé dans d'autres lieux mais cela n'empêchait pas le propriétaire de vouloir fermer et rentrer chez lui.

Javier rangea sa guitare dans son étui dont il referma le couvercle dans un claquement.

Une fois dehors, il se tourna vers Mercedes. La température avait chuté et, avec sa robe trempée de sueur, elle frissonna de froid. Il la vit trembler et tout naturellement, il ôta sa veste et la lui posa sur les épaules.

— Tenez. Je la récupérerai demain matin avant de partir, dit-il d'une voix douce. Où puis-je vous trouver ?

— Au café de mon père. El Barril. Près de la Plaza Nueva. N'importe qui pourra vous indiquer le chemin.

Sous la lumière vacillante du réverbère, il observa longuement cette créature et s'étonna de l'effet qu'elle produisait sur lui. Elle était un curieux mélange d'enfant et de femme, une adolescente au seuil de l'âge adulte, naïve et pourtant réelle. Il avait vu beaucoup de jeunes danseuses de flamenco comme elle, pures et manquant pourtant d'innocence. Généralement, leur érotisme d'exception s'évanouissait dès qu'elles cessaient de danser mais cette fille était différente. Elle dégageait une sensualité dont le souvenir le garderait éveillé cette nuit.

Dès qu'elle franchit le seuil de chez elle, Mercedes sut que les ennuis la guettaient. Rentré une heure plus tôt et convaincu de la trouver à la maison, Emilio était assis à une table du café avec ses parents. Les filles n'avaient pas la permission de sortir seule la nuit, et Concha et Pablo étaient furieux, à la fois envers leur fils, qui avait failli à son rôle de chaperon, et envers leur fille. Il était inutile d'expliquer qu'elle avait dansé, elle ne recevrait en réponse que le sermon habituel sur les problèmes que la danse lui causerait un jour. Elle n'avait aucune envie d'entendre cela maintenant.

— Et qu'est-ce que c'est que cette tenue ? demanda Pablo. Ce n'est pas à toi, si ?

Mercedes caressa distraitement le revers de la veste de Javier.

— Que crois-tu être en train de faire, à te promener dans une veste d'homme ?

L'indignation teintait la voix de son père.

Elle resserra le vêtement autour d'elle. Il était imprégné de l'odeur du flamenco et elle respira profondément pour inhaler son parfum enivrant. Son père tendit les mains, attendant qu'elle retire l'objet offensant, mais sa fille passa devant lui comme une flèche et courut se réfugier dans sa chambre.

— Merche ! Viens tout de suite ici !

Concha l'avait poursuivie dans l'escalier et cognait avec fureur à sa porte.

La jeune fille savait qu'elle pouvait en toute sécurité ignorer les sommations de sa mère. Tout le monde était fatigué et bientôt chacun irait se coucher. Ils pourraient reprendre leur querelle au matin.

En dépit de la chaleur nocturne, elle dormit enveloppée dans la veste, respirant son odeur au souvenir de l'homme à qui elle appartenait. Si elle devait ne jamais le revoir, au moins garderait-elle ce vêtement en souvenir. Jamais elle ne s'en séparerait.

Le lendemain matin, Javier entra d'un pas nonchalant dans le café. C'était un samedi, et il n'y avait pas école. Depuis le réveil, Mercedes regardait par sa fenêtre en espérant le voir venir.

Il était resté éveillé presque toute la nuit, n'ayant de cesse de penser à cette jeune danseuse. Lorsqu'il fermait les yeux, elle était là, et lorsqu'il les ouvrait, elle restait avec lui. De telles insomnies étaient inhabituelles chez lui. Le plus souvent, il allait se coucher recru de fatigue, la tête embuée par le whisky et les cigares.

À moins d'être effectivement en compagnie d'une femme, il ne passait guère de temps à penser à elles. Mais cette fille le hantait. Il se réjouissait d'avoir une bonne excuse d'aller la retrouver.

Il espérait vaguement que, à la lumière du jour, elle ne serait plus telle qu'il se la rappelait. Il était légèrement irrité. Il n'avait nullement besoin de voir sa vie se compliquer avec l'amour. Peut-être la pénombre de la veille en avait-elle fait un fantasme. Quoi qu'il en soit, il devait récupérer sa veste. C'était sa plus belle.

Un jeune homme préparait un café derrière le comptoir quand il entra. C'était Emilio. Avant que Javier n'ait le temps de lui adresser la parole, Mercedes se précipita à sa rencontre. Elle portait sa veste à la main. À la lumière du jour, son charme était encore plus grand. Toute trace de timidité qui l'habitait la veille avait disparu, remplacée par le plus large sourire, le plus enchanteur qu'il ait jamais vu.

Emilio les observa du coin de l'œil. Il avait reconnu Javier.

— Merci de m'avoir prêté votre veste, dit Mercedes, le vêtement toujours à la main.

Comment le retenir ? Elle chercha désespérément l'inspiration.

— Comment ai-je dansé ? s'enquit-elle sous l'impulsion.

— Vous êtes la meilleure non *gitana*, la meilleure *paya*, que j'aie jamais vue, répondit-il avec sincérité.

Son affirmation était d'une telle ampleur qu'elle la trouva difficile à croire. Elle s'empourpra, ne sachant pas s'il plaisantait ou lui disait la vérité.

— Si je reviens un jour, accepterez-vous de danser à nouveau pour moi ?

Ses mots s'étranglèrent dans sa gorge. La question ne nécessitait aucune réponse.

Ils se tinrent l'un en face de l'autre, à un mètre de distance, respirant le même air.

— Je dois y aller maintenant.

Malgré l'envie qui le tenaillait, il ne pouvait ni l'embrasser sur la joue ni lui toucher le bras. De tels gestes étaient inacceptables et surtout, il avait conscience du regard appuyé d'Emilio qui entassait bruyamment les assiettes derrière le comptoir.

Un instant plus tard, Javier était parti. À sa grande surprise, Mercedes n'éprouva aucune tristesse. Elle savait avec une certitude absolue qu'elle le reverrait.

Pendant des semaines, elle attendit, ne pensant à rien d'autre et tentant de rappeler à elle le souvenir de son odeur.

Enfin, une lettre arriva. Javier avait écrit à Mercedes via son professeur, La Mariposa. Il revenait à Grenade et voulait qu'ils donnent une représentation ensemble. Ils pouvaient répéter chez l'ancienne *bailaora*.

Mercedes se tourmenta. Cet homme était un parfait inconnu pour sa famille, il avait cinq ans de plus qu'elle et, plus inacceptable que tout, c'était un *gitano*, un gitan. Elle savait ce que ses parents diraient si elle leur demandait la permission. Il ne restait qu'une seule chose à faire : agir dans leur dos. Pour danser à nouveau avec Javier, elle était prête à prendre tous les risques.

Mercedes se confia à Emilio, sachant qu'il ne la trahirait pas. Il ne cessa de jouer tandis qu'elle s'asseyait sur son lit, jacassant sur cette invitation.

— Je le dirai aux parents, promit-elle. Mais pas tout de suite. Je sais qu'ils m'en empêcheront.

Emilio dissimula son ressentiment de son mieux. Il se sentait mis de côté.

Mercedes resta insensible aux implications pour son frère et poursuivit avec enthousiasme :

— Tu viendras nous voir sur scène, n'est-ce pas ? Même si je ne peux pas en parler à nos parents, ce ne sera pas pareil si tu ne viens pas…

La première fois qu'elle monta chez María Rodríguez, ses chaussures de danse dans son sac, pour y retrouver Javier, Mercedes avait les jambes en coton. Comment pourrait-elle danser si elle pouvait à peine marcher ?

Arrivée devant la maison de la vieille femme, elle souleva le loquet sans frapper à la porte, comme elle le faisait chaque fois. L'intérieur était sombre et il fallut quelques minutes à son regard pour s'ajuster. Prévenue de la présence d'un visiteur par le craquement de la porte, María apparaissait généralement quelques instants plus tard.

Mercedes s'installa sur la vieille chaise près de la porte et entreprit de changer de chaussures. Surgie de l'obscurité, une voix lui parvint.

— Bonjour, Mercedes.

Elle sursauta. Elle avait cru être la première arrivée et n'avait pas du tout remarqué la présence de Javier dans la pièce.

Elle ne savait même pas comment s'adresser à lui. « Javier » semblait trop familier. « Monsieur Montero » paraissait absurde.

— Oh, bonjour... dit-elle doucement. Avez-vous fait bon voyage ?

C'était le genre de conversation banale qu'elle avait entendu les adultes entretenir de nombreuses fois.

— Oui, merci.

À cet instant, comme pour dissiper l'inconfort de la situation, María entra dans la pièce.

— Ah, Mercedes, dit-elle, te voilà. Alors, si nous voyions un peu comment tu danses ? Il paraît que tu as fait une forte impression sur Javier lors de sa dernière venue à Grenade.

Ils répétèrent la *soleá* et la *bulería* qu'ils avaient exécutées à leur première rencontre, puis Javier joua plusieurs autres danses pour Mercedes. À mesure que les heures se succédaient, sans aucune pause, elle se détendit. Ils oublièrent presque la présence de María Rodríguez. De temps à autre, elle se joignait doucement à eux avec les *palmas* mais elle restait discrète pour ne pas les distraire.

Enfin, Javier s'arrêta.

— Je crois que ça suffira pour aujourd'hui, non ? déclara la vieille femme.

Ni l'un ni l'autre ne répondit.

— Je pense qu'une autre répétition, la semaine prochaine à la même heure, suffira à vous préparer pour donner une représentation ensemble. En attendant, je retravaillerai quelques petites choses avec toi, Mercedes. Merci, ajouta-t-elle à l'intention de Javier avec un sourire. On se revoit tous les trois la semaine prochaine.

— Oui… répondit Mercedes. La semaine prochaine.

Du coin de l'œil, elle observa Javier, à l'autre bout de la pièce en train de ranger sa guitare. Leurs regards se croisèrent et un instant, il parut hésiter. Il voulait dire quelque chose, c'était certain, mais il se retint.

Un instant plus tard, il était parti. Mercedes se hâta de changer de chaussures et en quelques minutes, elle se retrouva également dans la rue pavée, mais Javier avait déjà disparu. Leur échange avait été si intime et pourtant si distant.

L'angoisse et la confusion nouaient l'estomac de la jeune fille. Elle ne pensait à rien d'autre qu'à Javier et ne comptait pas les heures mais les minutes qui la séparaient de sa prochaine rencontre avec lui. Elle se confia à son amie Paquita.

— Il ne doit sûrement pas penser à toi de cette manière. Il a cinq ans de plus que toi. Il a presque l'âge d'Ignacio !

— Moi en tout cas, je ne pense pas à lui comme à un frère, répliqua Mercedes.

— Sois prudente, c'est tout, Merche. Tu connais la réputation de ces *gitanos*…

— Tu ne sais rien de lui, rétorqua Mercedes sur la défensive.

— Mais toi non plus, en fait. Si ? la taquina Paquita.

— Non, mais je sais comment je me sens quand je danse avec lui, dit-elle avec le plus grand sérieux. C'est comme si le monde entier était contenu dans la petite maison de María. Rien en dehors n'existe ni ne compte.

— Et quand vas-tu le revoir ?

— Il revient dans une semaine. Je ne dors plus. Je ne mange plus. Je ne pense à rien d'autre qu'à lui. Il n'existe rien d'autre que lui.

— Est-ce qu'il t'a embrassée ? s'enquit Paquita avec curiosité.

— Non ! s'exclama Mercedes, presque offensée. Bien sûr que non.

Les deux jeunes filles se trouvaient dans la cour de Paquita. Toutes deux gardèrent le silence un moment. Paquita ne pouvait remettre en cause la sincérité de son amie. Jamais elle ne l'avait entendue parler ainsi. Elles avaient toutes deux passé de longues heures sur les places de la ville à échanger des regards charmeurs et des paroles séductrices avec les garçons de leur âge, mais les sentiments que Mercedes éprouvait pour Javier Montero n'avaient rien du béguin adolescent.

Pour Mercedes, les jours jusqu'à la répétition suivante s'écoulèrent avec une lenteur atroce. Concha remarqua les cernes sombres sous les yeux de sa fille et son apathie. Elle s'inquiéta également des assiettes qu'elle laissait intactes.

— Que se passe-t-il, *querida mía* ? s'enquit-elle. Tu es si pâle !

— Rien, maman. J'ai terminé mes devoirs très tard, hier soir.

Voilà une explication qui satisfaisait Concha. Après tout, elle avait insisté pour que Mercedes prenne ses études plus au sérieux.

Le jour de la seconde répétition arriva enfin. À son réveil, Mercedes était transie d'excitation. Avec une heure d'avance en cette fin d'après-midi, elle se rendit chez La Mariposa. Cette fois, elle voulait être la première.

Mercedes enfila ses chaussures et s'échauffa les poignets en opérant des rotations dans un sens puis dans l'autre ; elle était assise mais tapait du pied pour se donner un rythme : un deux, un deux, un deux trois, un deux trois, un deux…

María demeurait invisible. Mercedes se leva et ses pieds retrouvèrent le rythme de la *seguiriya*. Elle commença à tourner et ses talons ferrés martelèrent le parquet de la petite maison. Il y avait tout juste assez de place pour lever les mains sans toucher le plafond, et les murs pouvaient à peine contenir le volume du bruit qu'elle produisait. Tandis qu'elle tournoyait, le jeu de guitare de Javier emplissait son imagination.

Si Mercedes était insensible au vacarme qu'elle causait, il était parfaitement audible dans la rue. Pendant quelques minutes, Javier l'observa par la fenêtre, sans bouger. Sous ses yeux se trouvait une jeune femme complètement perdue dans son monde, comme hypnotisée par le rythme de ses propres mouvements.

Ce qu'il ne voyait pas en revanche, c'était sa propre image qui emplissait l'esprit de Mercedes.

Dans l'imagination de la jeune femme, il était assis sur la chaise basse dans cette pièce, grattant les cordes de sa guitare avec une telle passion qu'il avait presque les doigts en sang.

Sa danse personnelle et solennelle dura peut-être cinq ou six minutes. Pendant tout ce temps, il resta pétrifié à la vue de l'émotion brute qu'elle exprimait si ouvertement et sans aucune réserve ; une levée d'inhibition possible uniquement chez le danseur qui ne se sait pas observé. Mais ce qui retint également son attention, ce fut la combinaison de virtuosité technique et de ce qui semblait être un talent presque sauvage. Tandis qu'elle tournait et tournait encore, elle ressemblait à une créature possédée. Javier savait que donner à ces mouvements répétés et travaillés un air de pure improvisation relevait presque de l'impossible. Cette jeune fille y parvenait avec brio et la regarder danser le comblait au plus profond de son être. Posséder un tel *duende* était chose rare. Il avait l'impression d'être traversé par un courant électrique.

Un instant avant que Mercedes ne s'arrête, il sentit qu'on lui tapotait l'épaule. María Rodríguez. Il ignorait depuis combien de temps elle se trouvait là et si elle l'avait surpris en train d'observer Mercedes. Il ne posa pas la question mais il se sentit comme un voyeur pris sur le fait.

— Laissez-moi porter ça, dit-il en lui prenant des mains son panier de commissions dans l'espoir de dissimuler son embarras. Ça a l'air lourd.

— Merci, accepta la vieille femme. J'ignore où elle puise toute cette fureur ; sa rage tempête à l'intérieur d'elle, bouillonne, prête à exploser. Mais ensuite Mercedes la canalise dans sa danse. Il faut bien l'admettre : cette fille est exceptionnelle.

Il acquiesça. Sa remarque confirma à Javier que María savait qu'il avait observé sa jeune protégée.

Lorsque María ouvrit la porte, Mercedes haletait encore après l'effort qu'elle avait fourni en dansant. Elle était quasiment en eau. Elle esquissa un sourire timide, qui selon Javier contredisait la sexualité manifeste dont il avait été témoin à travers la vitre.

Mercedes avait été obsédée par son *guitarrista* cette dernière semaine, et le revoir ici, installé sur le siège bas à accorder sa guitare, lui semblait naturel. C'était comme si ni l'un ni l'autre n'avait quitté cette pièce depuis sept jours.

Ils échangèrent quelques formules de politesse et María Rodríguez s'installa dans un coin de la pièce, prête à écouter et à observer.

— Que voudriez-vous que je joue ? s'enquit Javier.

— Une *seguiriya*, déclara-t-elle avec fermeté.

Javier pencha la tête sur sa guitare et sourit pour lui-même.

Mercedes reprit le rythme de ses premiers accords et très vite, elle se mit à danser.

Chaque fois que Mercedes regardait dans la direction de Javier, celui-ci était plongé dans son interprétation et lorsqu'il levait les yeux pour la contempler, elle semblait à des lieues de là. Aucun des deux n'avait conscience de l'intérêt que l'autre lui portait.

Cette fois, lorsque Javier leva les yeux pour l'observer, il remarqua ses mouvements brefs et son sens du rythme précis. Son *zapateado*, les frappes de pieds, était aussi impeccable que toujours, mais elle se retenait. Elle semblait plus réservée, aussi timide que son sourire. Quand il tourna les yeux vers María, il vit qu'elle avait disparu. Il s'interrompit, enhardi par l'absence de la chaperonne.

— Venez vous asseoir, l'enjoignit-il avec douceur, en indiquant la chaise vide à côté de lui.

Mercedes fut surprise par le brusque silence de la guitare et par son invitation. Jamais auparavant ils ne s'étaient assis si près l'un de l'autre. Elle n'hésita pas une seconde. Même si elle n'obéissait que lorsque cela lui convenait, elle était habituée à ce que les adultes lui donnent des ordres.

Une fois qu'elle fut assise, il lui prit la main. Elle tremblait violemment dans la sienne. Soudain il se rendit compte qu'il n'avait rien de particulier à lui dire et qu'il ne l'avait interrompue dans sa danse que pour profiter de l'occasion de la toucher.

— Vous dansez merveilleusement, Merche.

Ce fut tout ce qu'il trouva à dire.

Il tint sa main serrée dans la sienne puis, dans un moment de pure folie, même à ses yeux, il la porta à ses lèvres et embrassa non pas le dos de sa main mais sa paume. Même pour un coureur de jupons tel que lui, ce geste était d'une profonde intimité.

Instinctivement, Mercedes tendit l'autre main que Javier s'empressa de serrer également dans les siennes. Ils demeurèrent ainsi un moment, les yeux dans les yeux, sans ressentir le besoin d'échanger la moindre parole.

Au retour de María, Mercedes bondit sur ses pieds. Javier se remit à jouer et une heure plus tard, chacun était à nouveau reparti de son côté. Malgré son sang gitan, Javier connaissait les limites de la bienséance.

Ils devaient donner leur première représentation ensemble la semaine suivante mais avant, il y avait une date d'importance dans le calendrier de Mercedes.

Trois jours avant son prochain rendez-vous avec Javier, elle fêtait son seizième anniversaire. Elle le célébra en famille et comme promis de longue date, le matin en question, un grand paquet mou l'attendait sur la table du petit déjeuner dans la salle du café.

Elle déchira le papier et libéra le magnifique tissu plissé de la robe de flamenco. C'était un modèle classique, rouge avec des pois noirs, exactement comme celle qu'elle rêvait de posséder. Elle la tint contre son cœur et tournoya avec. Pendant quelques secondes encore après qu'elle eut cessé de tourner, les volants continuèrent à onduler, comme animés d'une vie propre.

— Merci ! Merci ! s'écria-t-elle en prenant dans ses bras sa mère en même temps que la robe.

Si cela lui réchauffait le cœur de voir et de sentir sa fille si heureuse, Concha maudit silencieusement sa passion pour la danse. Elle avait remarqué que sa fille passait encore plus de temps que d'habitude auprès de María Rodríguez.

Avant leur première représentation, Mercedes et Javier devaient se retrouver chez María. C'était à deux pas de la *cueva* où une foule se rassemblait déjà. Si la plupart des spectateurs étaient attirés par la réputation du *tocaor*, certains d'entre eux étaient intrigués par la combinaison du grand homme de Málaga et de cette fille du coin.

Au moment où Javier arriva, Mercedes sortait de la chambre de María où elle s'était changée.

La robe épousait parfaitement les formes de son corps, suivant les contours de sa poitrine et de ses hanches. La transformation était spectaculaire et elle eut parfaitement conscience de l'effet qu'elle produisit sur Javier à son entrée dans la pièce, drapée de rouge écarlate, les joues rosies par l'excitation.

— Vous êtes… merveilleuse, dit-il.

— Merci, répondit-elle sachant que c'était la vérité.

Elle s'approcha de lui, pleine de courage et se réjouissant à l'avance de leur représentation.

Sans une hésitation, il tendit la main et lui caressa les cheveux. Alors qu'elle esquissait un autre pas dans sa direction, elle sentit ses doigts sur son menton. Instinctivement, elle pencha la tête en arrière.

Le baiser de Javier la surprit par sa force et son intensité. Une seule fois auparavant Mercedes avait été embrassée sur la bouche et elle en avait été très déçue. Là, l'étreinte déferlait en elle, sur son corps, son esprit, son âme. Qu'il dure plusieurs minutes ou quelques secondes à peine, cela importait peu. La puissance du baiser était telle qu'elle savait que dorénavant sa vie se divisait en deux : avant et après le contact délicat de ses lèvres douces sur les siennes.

L'heure était venue de partir. María Rodríguez, qui avait deviné ce qu'il se tramait entre ces deux-là avant même les intéressés, les accompagna à la *cueva*.

Personne ne fut déçu. Mercedes dansa avec plus d'intensité que jamais encore. Le *guitarrista* et la *bailaora* formaient un couple parfait.

Pour leur seconde représentation, la *cueva* afficha salle comble. Emilio y assista et même lui, enclin à critiquer cet homme qui avait usurpé son rôle d'accompagnateur, reconnut l'alliance remarquable qu'ils formaient. Par moments, l'étincelle entre Mercedes et Javier semblait presque sur le point de déclencher un incendie. Emilio s'éclipsa avant l'apaisement des applaudissements. Il ne souhaitait pas que sa sœur remarque sa présence et encore moins qu'elle note sa réaction.

Pendant que Pablo et Concha croyaient leur fille dans sa chambre, à se conduire enfin en enfant responsable qui faisait ses devoirs, elle dansait avec Javier Montero au Sacromonte. Ce ne fut qu'une question de temps avant que la vérité ne leur vienne aux oreilles.

— Tu n'as que seize ans ! hurla son père, quand elle rentra ce soir-là.

Elle espérait que ses parents seraient déjà couchés, mais elle les trouva assis à l'attendre. La colère de Pablo l'affecta d'autant plus qu'elle était rare.

— Tout ce que je fais, c'est danser ! se défenditelle.

— Mais quel âge a cet homme ? Il devrait savoir que cela ne se fait pas, poursuivit Pablo.

— Tu nous déçois beaucoup, la réprimanda Concha.

— Tu nous déshonores ! lança Ignacio, rentré quelques instants plus tôt. Danser avec un fichu gitan !

Mercedes savait qu'il était inutile de chercher à se défendre. Elle était attaquée de toutes parts.

Emilio était le seul à comprendre son désir irrépressible, mais sentant l'orage gronder, il s'était retiré dans sa chambre. Il s'était fait supplanter par un étranger et il avait continué à nourrir son ressentiment. L'amour fraternel s'était vu balayé par l'amourette de sa sœur qui dominait à présent chaque instant de sa journée.

— Monte dans ta chambre, ordonna Pablo. Et n'en sors pas !

Mercedes obéit sans discuter. Javier était rentré à Málaga dans la nuit, aussi n'avait-elle aucune raison de vouloir sortir de toute façon.

Deux jours entiers, Mercedes resta enfermée. Concha lui laissait un plateau-repas devant sa porte et revenait le chercher une heure plus tard, intact.

Manger était la dernière chose dont Mercedes avait envie. Elle restait allongée sur son lit et pleurait tout son soûl. D'un seul coup, ses parents lui avaient retiré les deux choses qui comptaient dans sa vie : la danse et Javier. Si elle ne pouvait pas danser avec son *gitano*, elle ne danserait pas du tout. Et si elle ne pouvait pas danser, elle ne supporterait pas de vivre.

Emilio frappa à sa porte en fin d'après-midi et entra sans attendre qu'elle l'y invite. À sa vue, Mercedes s'assit. Ses yeux étaient bouffis par les larmes.

Il se planta au pied de son lit, les bras croisés.

— Écoute, commença-t-il, je sais ce que tu ressens.

Mercedes cligna des yeux.

— C'est vrai ? demanda-t-elle d'une voix douce.

— Oui. Et je vais parler aux parents. Je t'ai vue danser avec Javier et on n'assiste pas à une telle performance tous les jours.

— Que veux-tu dire ?

— C'était... heu... bafouilla Emilio.

Soudain, il se sentit mal à l'aise devant sa sœur.

— Qu'est-ce que c'était ?

— C'était... la perfection. Ou en tout cas, c'en était proche. Entre toi et lui...

Mercedes ne sut comment réagir au compliment maladroit de son frère. Elle voyait combien cet aveu lui coûtait.

Emilio tint parole. Il s'entretint d'abord avec son père, sachant que, des deux, Pablo s'opposait avec moins de véhémence que Concha à la passion de Mercedes pour la danse.

— Tu ne peux tout simplement pas empêcher une telle chose, dit-il à son père. Rien ne peut se mettre en travers de leur chemin.

Le plaidoyer d'Emilio en faveur de Mercedes fit réfléchir Pablo qui reconsidéra la question. À la description que son fils lui fit de la façon de danser de Mercedes, la fierté l'envahit et, au bout de quelques jours, Concha, certes réticente, accepta de rencontrer Javier.

14

Durant les quelques semaines que durèrent ces négociations, l'obsession de Mercedes pour la danse s'accrut. Il n'y avait rien d'autre au monde qu'elle voulait faire.

Après une correspondance polie, un jour, Javier se présenta à El Barril. Pendant une heure, il s'entretint avec Pablo.

Malgré lui, Pablo Ramírez se prit de sympathie pour ce jeune homme. Le sérieux de son investissement dans la scène flamenca fit revoir à Pablo son point de vue sur la question. Javier Montero avait non seulement joué à Grenade et à Málaga, mais aussi à Cordoue, Séville et Madrid. Il s'était même engagé pour une représentation à Bilbao, la ville natale de son célèbre oncle *guitarrista*.

Finalement, Concha se joignit à eux et les présentations furent faites. Elle n'était pas disposée à apprécier Javier mais il était impossible de résister à son charme. De son attitude se dégageait une grande sincérité et, quelques instants plus tard, quand enfin elle l'entendit jouer, elle sut que c'était cette même qualité qui conférait à ses interprétations une telle puissance.

Mercedes n'eut pas la permission de quitter sa chambre tout le temps où Javier était présent. La fureur maternelle ne se dissipait pas si aisément.

Javier était audacieux. Il ne dissimula pas son désir de continuer à jouer pour Mercedes à Grenade mais il voulait davantage. Il souhaitait qu'elle l'accompagne dans d'autres villes. Il ne dit rien de ses projets aux parents de Mercedes mais il avait le sentiment que toute sa vie était en suspens. Son avenir reposait entre leurs mains, il dépendait de leur accord à ce que Mercedes continue de danser pour lui et lui de jouer pour elle.

Après une heure de discussion, la rencontre toucha à sa fin. Pablo, s'exprimant au nom de son épouse et de lui-même, accepta de réfléchir à la demande de Javier Montero.

Concha était très inquiète. Que Mercedes danse avec Emilio était sans danger mais là, la question prenait une tout autre ampleur.

— Comment savoir où cela va les mener ? demanda-t-elle à Pablo. Elle n'a que seize ans et lui presque vingt et un !

Sa rencontre avec Javier avait poussé Pablo à revoir son jugement. Il sourit.

— Et quelle est la différence d'âge entre nous ? rétorqua-t-il d'un ton narquois.

Concha ne répondit pas. Une dizaine d'années les séparait.

— De quoi parlons-nous exactement, demanda Pablo. De danse ? Ou bien penses-tu qu'il y ait autre chose ?

Concha songea aux yeux creusés de sa fille et à ces plats auxquels elle n'avait pas touché. Elle avait beau s'y essayer de toutes ses forces, elle trouvait difficile d'attribuer ce mal-être à la seule interdiction de danser. Elle n'était pas sans cœur ; en outre, elle-même avait autrefois éprouvé cet amour intense, effréné, même si la passion s'était apaisée au fil des années.

— Qu'est-ce qui t'inquiète le plus ? s'enquit Pablo. L'amour de notre fille pour la danse ou les sentiments qu'elle pourrait éprouver pour cet homme ?

— On ne peut pas lui poser la question en tout cas, répondit Concha d'une voix blanche.

— Et de toute façon, l'un ne va probablement pas sans l'autre, déclara Pablo d'un air songeur.

— Tu sais que je veux qu'elle s'ouvre à d'autres horizons, déplora Concha. Mais pas comme ça.

— A-t-on vraiment le choix ? Si nous ne la laissons pas danser avec Javier, que crois-tu qu'elle fera d'autre ? Penses-tu qu'elle restera gentiment dans sa chambre pour étudier ?

— Quel est ton avis ? demanda Concha à Antonio qui venait d'arriver.

— Es-tu sûre de vouloir le connaître, maman ?

Celle-ci hocha la tête. Il hésitait à prendre parti dans une dispute entre ses parents mais de toute évidence ils avaient besoin d'être départagés.

— Voici ce que je pense : l'une des raisons pour lesquelles sa façon de danser touche autant les gens, c'est justement cette détermination extraordinaire qui l'habite. Et cette même détermination ne laissera jamais personne se mettre entre elle et son *flamenco*.

Votre combat est perdu d'avance si vous voulez l'en empêcher.

Sa mère garda le silence un instant, réfléchissant aux paroles de son fils.

— Bien, tant que tu la chaperonneras, Pablo, j'imagine que je pourrai le supporter.

Un peu plus tard, Mercedes les rejoignit. La jeune fille était pâle. Elle savait que son avenir avait été au cœur des discussions de l'après-midi.

Ses parents étaient tous les deux présents.

— Nous avons rencontré Javier aujourd'hui, annonça Pablo, lui apprenant ce qu'elle savait déjà. Et nous l'avons apprécié.

— Pourrai-je de nouveau danser avec lui ? demanda-t-elle avec impatience.

Il n'y avait rien d'autre qu'elle voulait savoir.

Mercedes déborda de joie lorsqu'elle entendit la décision de ses parents.

Une semaine plus tard, elle prépara sa valise. Une robe de flamenco flambant neuve était étalée sur le lit. Antonio lui avait donné un peu d'argent pour l'acheter.

— Je me suis dit que tu aurais besoin d'une robe de rechange, avait-il déclaré en lui plantant un baiser sur la joue.

Mercedes et son père prirent le bus jusqu'à Málaga, ils devaient s'absenter trois jours. Jamais encore elle n'avait effectué un trajet aussi long, et jamais elle n'avait passé tant de temps seule avec son père ; en outre, ce serait la première fois qu'elle danserait loin de sa ville natale. Même sans la perspective de voir Javier, ce voyage dans la ville animée et accueillante de Málaga relevait de l'aventure. Ils louèrent une chambre près de chez Javier et le lendemain matin de leur arrivée, il vint les chercher pour une répétition, qui se déroulerait dans une arrière-salle du café où ils donneraient leur représentation le soir même.

Pablo fut émerveillé par l'interprétation de sa fille. Il demeura immobile sur son siège, hypnotisé, tandis qu'ils répétaient leur répertoire de tangos, fandangos, *alegrías* et *soleares*. Devant ses yeux, se trouvait une Mercedes différente de celle avec laquelle il avait dansé lors d'une fête quelques mois plus tôt. La petite fille était devenue une jeune femme.

On avait monté une scène dans le café et le public était réceptif. Il connaissait Javier, comme il connaissait son père, Raúl, qui avait joué en début de soirée.

Mercedes était plus nerveuse qu'elle ne l'avait jamais été à Grenade. Ici, tout lui était étranger et elle était convaincue que le public ne l'aimerait pas, mais sa performance fut aussi réussie que la répétition. Nul ne manqua d'apprécier la grâce et l'énergie de sa danse, la finesse de ses mouvements de mains, l'amour, la peur et la fureur qu'elle exprimait au travers.

Aucun des deux ne pouvait réprimer son sourire, une expression en telle contradiction avec l'humeur dégagée par la danse et la musique. C'était plus fort qu'eux. Mercedes se sentait euphorique et, en voyant la fierté sur le visage de son père, elle ne craignit pas de montrer ses sentiments.

À la fin de la soirée, on voulut prendre leur photographie, ensemble et séparément. Le lendemain matin, lorsque Javier vint retrouver Mercedes, il lui apporta plusieurs portraits.

— Vous pourrez les montrer à votre mère, dit-il. Vous êtes magnifique !

— Mais il n'y a aucune photographie de vous ! protesta-t-elle. J'en voudrais une de vous !

— Je suis sûre que votre mère ne sera pas de cet avis, la taquina-t-il.

— Ce n'est pas pour ma mère.

— Dans ce cas, je vous échange un cliché de moi contre une photo de vous. Moi aussi, j'aimerais avoir votre portrait.

Sur chaque photographie, les sujets affichaient d'immenses sourires radieux.

La représentation du second soir avait lieu dans la salle de cinéma de Málaga. L'espace y était bien plus vaste que le café et la scène plus haute. Tandis qu'elle attendait dans les coulisses derrière un épais rideau rouge, Mercedes sentit son angoisse monter.

Javier lui prit délicatement la main et la porta à ses lèvres.

— Tout ira bien, ma douce, ne vous inquiétez pas. Ils vont vous adorer.

Sa tendre inquiétude lui donna du courage. Au bout d'une minute ou deux sur scène, elle entendit murmurer un « Olé » et sut alors que le public était avec elle. Elle ne jouait pas les émotions quand elle dansait. Dans son esprit, elle recréait seulement l'angoisse de la séparation d'avec Javier, et la passion que son interprétation requérait se dégageait naturellement d'elle.

Ce fut encore une performance magnifique. Le journal local évoqua un « triomphe » et leur photographie fit la une.

Pablo se laissa convaincre d'accompagner sa fille à de futurs engagements et la carrière et la réputation de Mercedes grandirent. Tout comme son attachement au *guitarrista*. Leur amour était absolument mutuel, à l'image du succès qu'ils partageaient sur scène. Quand ils étaient séparés, chacun comptait méticuleusement les jours avant leurs retrouvailles.

Emilio tenta de dissimuler au mieux son sentiment de rejet. Il restait moins à la maison à gratter les cordes de sa guitare maintenant que sa sœur n'était plus là pour l'encourager. Quand il ne travaillait pas, il ne voulait pas traîner à El Barril, surtout si Ignacio se trouvait dans les parages.

L'un de ses lieux de prédilection était le Café Alameda, sur la Plaza Campillo, un lieu fréquenté principalement par les artistes, les écrivains et les musiciens. Sans jamais avoir le courage de s'asseoir directement à sa table, Emilio et son ami Alejandro s'installaient non loin du cercle de Lorca, une clique surnommée « El Rinconcillo » tout simplement parce qu'elle occupait généralement « le coin » de la salle.

Lorca venait régulièrement à Grenade. Il passait autant de temps que possible avec sa famille à la périphérie de la ville et son arrivée était suffisamment importante pour être mentionnée dans le journal local. Attiré ici par l'angoisse et le mystère de la culture andalouse, Lorca voyait le flamenco comme l'incarnation de toute la région. Il avait des amis qui dansaient le flamenco et des compagnons *gitanos* qui jouaient de la guitare et lui apprirent à gratter dans le style gitan. Lorca se sentait chez lui ici et le mode de vie l'inspirait dans son œuvre.

L'admiration d'Emilio pour Lorca frisait le culte du héros. Il était heureux d'être dans l'ombre de son ombre, et les quelques fois où Lorca lançait un sourire éblouissant dans sa direction, Emilio avait l'impression que son cœur gonflé de bonheur allait exploser dans sa poitrine. Il aimait tout ce que faisait Lorca, ses poèmes et ses pièces de théâtre comme sa musique et ses dessins. Mais ce qu'il admirait le plus était peut-être son ouverture d'esprit quant à sa sexualité.

Peut-être aurai-je un jour le courage de m'affirmer moi aussi, songeait-il.

Ignacio se servait de l'attachement que son frère portait au Café Alameda pour se moquer de lui. Durant les longs mois d'hiver où Ignacio ne partait pas dans des villes lointaines pour combattre, il passait ses nuits à boire avec ses amis banderilleros et rentrait à la maison ivre avec le vin mauvais. Dépourvus d'occupations, certains de ces garçons devenaient indolents pendant l'hiver. À l'instar de certains autres, Ignacio attendait avec impatience sa prochaine entrée dans l'arène.

Emilio ne pouvait s'empêcher de grimacer quand il percevait le claquement caractéristique de la porte, longtemps après la fermeture d'El Barril. S'il entendait également des sifflotements, c'était mauvais signe. Son frère feignait ainsi la nonchalance avant de causer des problèmes et ce soir-là Ignacio était d'humeur à se quereller.

— Comment va « El Maricón » aujourd'hui ? demanda Ignacio en utilisant une expression péjorative pour faire référence à Lorca.

Avec son ton sournois, il avait également réussi à traiter son frère de « tapette », sachant que celui-ci ne réagirait pas.

Ces moqueries envers Emilio renforcèrent encore plus la haine d'Antonio à l'égard Ignacio.

— Pourquoi ne le laisses-tu pas tranquille ? hurla Antonio.

Sa colère n'était pas seulement causée par la façon dont il maltraitait son frère. La haine d'Ignacio envers les homosexuels indiquait une tendance doctrinaire plus générale fréquente chez les partisans de la droite. Une opinion étriquée, machiste et intolérante.

Les troubles politiques se poursuivaient dans le pays et Antonio se réjouit d'entendre qu'on discutait d'une coalition de la gauche. Les événements épouvantables qui avaient eu lieu dans les Asturies dix-huit mois plus tôt avaient fait comprendre aux partisans de la gauche qu'ils devaient s'unir politiquement pour revenir au pouvoir. Ils voulaient s'offrir un nouveau départ et mettre la justice sociale en haut de leurs préoccupations pour attirer l'électeur moyen. Chez les Ramírez, la tension avait été palpable ces derniers mois, non seulement à cause des différends entre les frères mais aussi en raison de leurs inclinations politiques.

Les élections se tinrent en février 1936 et, à travers tout le pays, les socialistes obtinrent la majorité des voix. À Grenade, les choses ne furent pas si simples. Le parti de droite gagna mais, suite à des allégations d'intimidation et de violation de la loi, les résultats furent annulés. Des conflits éclatèrent entre la droite et les syndicalistes, et l'hostilité entre les partis s'intensifia. Des églises furent saccagées, les locaux du journal démolis et le théâtre ravagé par un incendie. À la façon dont réagit Ignacio, on aurait pu croire qu'Emilio avait lui-même craqué l'allumette.

Concha tenta de calmer la tempête qui faisait rage dans son propre foyer mais la situation, aussi bien chez eux que dans le reste du pays, ne s'améliora pas. Au cours de l'été, une série d'événements enclencha une explosion de violence généralisée. Après l'assassinat d'un lieutenant de la garde d'assaut par quatre fascistes juste devant sa maison à Madrid, le leader de la droite nationaliste, Calvo Sotelo, fut tué en représailles. Une fusillade s'ensuivit opposant les gardes d'assaut et la milice fasciste près du cimetière de la capitale où l'on procédait aux deux enterrements, et quatre personnes furent tuées. La température politique était élevée et les tensions encore plus.

Mercedes s'inquiétait de sa prochaine représentation de flamenco et comptait les jours avant de revoir Javier. Maintenant qu'elle avait quitté l'école, ils auraient pu multiplier leurs performances, surtout avec le nombre de demandes qu'ils recevaient, mais Pablo n'était disposé à quitter El Barril que quelques jours par mois. Elle avait cessé de remarquer les dissensions croissantes entre ses frères et n'avait pas conscience des troubles qui agitaient le pays entier. Une série de représentations était prévue à Cadix en juillet et elle était occupée à répéter pour maîtriser de nouvelles figures, passant plusieurs heures par jour dans le cocon protégé de la maison de María Rodríguez, enveloppée du plaisir chaud de bientôt revoir Javier.

Seule dans sa chambre, Mercedes contemplait la photo de son *guitarrista* posée contre sa lampe de chevet. Ses pommettes saillantes et sa tignasse de cheveux raides et brillants, une mèche lui couvrant un œil, lui paraissaient plus belles chaque fois qu'elle regardait le cliché. L'objectif avait si bien su capter l'honnêteté de son regard, et le pouvoir de ces yeux qui souriaient l'atteignait au plus profond de son être.

Pendant ce temps, le reste de sa famille observait la tempête qui se préparait. Ils avaient perçu des grondements au loin mais aucun d'entre eux n'avait prévu sa violence.

15

Le 17 juillet 1936 fut une journée estivale comme les autres à Grenade. La chaleur était caniculaire. Les stores étaient descendus pour repousser la chaleur, la lumière et la poussière. Une apathie générale régnait. Les gens ne savaient comment s'occuper.

Concha et Mercedes étaient installées en terrasse du café, à l'ombre de l'auvent.

— La chaleur est encore plus étouffante dehors que dedans, déclara Señora Ramírez. Même le souffle de l'air est chaud.

— Impossible de faire quoi que ce soit, répondit Mercedes. Je vais aller m'allonger.

Comme Mercedes se levait, sa mère remarqua que la moiteur avait rendu sa robe transparente. Elle se redressa également et disposa leurs verres sur un plateau. Il n'y avait aucun client cet après-midi et la place était déserte. Les feuilles des arbres bruissaient mollement sous la brise, si desséchées sous ces températures infernales que certaines commençaient même à tomber.

La ville dormait profondément. Mercedes sombra dans l'inconscience jusqu'à près de 18 heures, lorsque le mercure redescendit enfin pour la première fois depuis midi. Même pour les Grenadins, ces températures étaient inhabituellement élevées. Dans son sommeil fébrile, elle avait rêvé avec un réalisme frappant que Javier et elle dansaient dans le bar en bas ; à son réveil, la tristesse l'envahit un moment quand elle se souvint qu'il se trouvait à une centaine de kilomètres, à Málaga.

Le lendemain, chaque client d'El Barril livra une version différente des rumeurs qui circulaient sur l'offensive militaire en Afrique du Nord, par-delà la mer. La confusion régnait : une émission de radio annonçait une chose qu'un autre programme contredisait, mais la vérité apparut rapidement. Un groupe de généraux militaires se rebellait contre le gouvernement et préparait un coup d'État.

Sous le commandement du général Francisco Franco, l'armée d'Afrique, composée d'officiers de la Légion étrangère et de mercenaires marocains, traversa le détroit qui séparait le protectorat espagnol au Maroc de l'Espagne. Après leur débarquement, les généraux en garnison à travers tout le pays devaient organiser un soulèvement dans leur ville et proclamer l'état de guerre.

Grenade fondait sous quarante degrés de chaleur, les pavés brûlaient à travers les semelles des chaussures et les montagnes disparaissaient dans une brume vibrante. Le matin, *El Ideal*, le journal local, avait annoncé en une qu'ils ne pouvaient donner aucune information générale « en raison de forces hors de notre contrôle ».

Au café, Pablo était agité.

— Il se trame quelque chose de mauvais, Concha, je le sens, dit-il en montrant le gros titre du doigt.

— Ce n'est rien, Pablo. Sans doute juste une grève. Le gouvernement ne va pas perdre le contrôle. Ne t'inquiète pas.

Elle s'efforçait de le rassurer mais il n'était pas convaincu.

Le malaise de Pablo était fondé. L'annonce du gouvernement assurant que les affaires de la métropole se poursuivaient normalement, en dépit du *pronunciamiento* militaire au Maroc, ne les rassura pas le moins du monde.

Cela semblait contradictoire avec la rumeur selon laquelle un certain général Queipo de Llano avait pris le commandement d'une garnison à Séville et, avec seulement une centaine de soldats, s'était rapidement emparé de la ville.

— Comment peuvent-ils nous dire que tout est normal ? demandait Pablo à quiconque voulait l'entendre.

Comme dans bon nombre d'autres villes, les habitants de Grenade se sentaient vulnérables. Ils demandèrent des armes au gouvernement mais, dans l'intérêt de tous, le Premier ministre, Casares Quiroga, avait interdit la distribution d'armes au peuple et affirmait catégoriquement que les événements à Séville n'affectaient pas le reste du pays. Il assurait que partout ailleurs, l'armée restait fidèle au gouvernement.

Sur une autre onde de radio, la voix du général Queipo de Llano délivrait son message de victoire. En dehors de Madrid et de Barcelone, s'emballait-il, toute l'Espagne se trouvait désormais aux mains des troupes nationalistes. Aucun de ces messages contradictoires n'était exact et le peuple espagnol demeura dans la confusion.

À Grenade, l'inquiétude était considérable. La rumeur se répandait que, à Séville, les gens qui s'opposaient au commandement de l'armée étaient massacrés et que des milliers d'autres étaient emprisonnés. Soudain, les voisins qui avaient semblé soutenir la République se révélaient être contre. Pablo et Concha ressentaient cette ambiance dans le café, même le matin du 18. Les clients ne savaient plus s'ils pouvaient se faire confiance, ni même s'ils pouvaient se fier à Pablo et à Concha. Le sol s'ouvrait sous leurs pieds.

Le sort de chaque ville semblait dépendre de la loyauté ou non de sa garnison militaire au gouvernement républicain. À Grenade, un nouveau commandant militaire était arrivé seulement six jours plus tôt. Le général Campins était d'une loyauté sans faille à la République et croyait fermement, sinon naïvement, que ses officiers ne se rebelleraient pas et n'embrasseraient pas la cause de Franco. Les ouvriers n'étaient pas aussi confiants, mais lorsqu'ils demandèrent à être armés au cas où les militaires se soulèveraient, Torres Martínez, leur gouverneur civil, suivit les ordres du gouvernement et refusa de distribuer des armes aux ouvriers. Le 19 juillet, la famille Ramírez était encore debout à 2 heures du matin. Personne ne comptait dormir, même si la chaleur étouffante les avait épuisés.

— Mais pourquoi ne nous fournissent-ils pas d'armes ? Qui peut dire si ces soldats ne vont pas se retourner contre nous ? demanda Antonio à son père.

— Allons, Antonio ! le pressa-t-il. C'est justement l'idée. Quel bien y aurait-il à ce que tous les jeunes hommes parcourent la ville en brandissant des fusils qu'ils ne savent même pas utiliser ? Dis-moi ce qu'il y aurait de bien à ça ?

— Ne sois pas si inquiet, insista sa mère. Nous devons garder notre calme et attendre.

— Mais écoutez ! hurla Antonio, en disparaissant dans le bureau exigu derrière le bar où il alluma la radio. Écoutez ça !

La voix de Queipo de Llano résonna dans le café ; il braillait une liste de villes où les nationalistes avaient déjà remporté la victoire.

— Nous ne pouvons pas rester assis à ne rien faire tout de même !

Espérant un signe d'approbation ou de soutien, même infime, de la part de ses parents, Antonio sentit ses yeux se remplir de larmes de frustration.

— Maman a peut-être raison, tenta Mercedes. Inutile de trop s'énerver. Tout va bien pour l'instant, non ?

La réaction d'Antonio ne découlait pas seulement du désir des jeunes de son âge de brandir une arme. Il avait entendu dire que Martínez ne devait pas uniquement s'inquiéter des militaires. Deux autres acteurs jouaient un rôle majeur dans ce drame : la garde d'assaut en uniforme bleu et la garde civile en vert.

Même si ces deux corps militaires devaient allégeance à l'autorité civile, leur dévouement à la République se révélait aussi discutable. La déloyauté de la garde civile envers le gouvernement dans plusieurs villes n'avait rien de surprenant, mais la loyauté de la garde d'assaut, qui avait été créée et organisée sous la République, était attendue. Antonio avait entendu dire qu'à Grenade, un soulèvement contre la République se préparait dans ces deux camps. Chez les gardes civils le lieutenant Pelayo complotait, tout comme le capitaine Álvarez chez les gardes d'assaut.

Même si Martínez et Campins n'avaient pas entièrement saisi la situation, les ouvriers sentaient qu'il se tramait quelque chose, et le soir, une foule massive se rassembla sur l'une des places centrales de la ville, la Plaza del Carmen. Grenade était comme une cocotte-minute dont le contenu était sur le point de bouillir. À tout instant, le couvercle pouvait sauter sous la violence de l'explosion.

On comptait surtout des ouvriers et, sans la chaleur abrutissante, leur colère les aurait poussés à agir plus tôt. Les gens avaient désespérément besoin d'artillerie. N'importe quoi ferait l'affaire. Afin de s'armer, les hommes dépoussiérèrent leurs plus vieux pistolets. Bientôt, les rues s'emplirent de garçons et d'hommes prêts à se battre, et même ceux qui ne s'étaient jamais intéressés à la politique se retrouvèrent pris dans le tourbillon de solidarité envers la République.

Antonio et ses deux amis, Salvador et Francisco, se rendirent à la Plaza del Carmen. Partout autour d'eux, des hommes brandissaient des armes, même sur les toits. À ce moment-là, les soldats restaient confinés dans leurs baraquements. Personne ne savait qui avait le pouvoir et ce qui allait se passer, mais la ville était sous tension et avait peur.

Au petit matin du 20 juillet, les projets de révolte à Grenade furent finalisés. Le capitaine Álvarez confia le soutien de ses gardes d'assaut au chef des rebelles au sein de la garnison armée.

Jusqu'à l'après-midi, les membres du gouvernement civil n'eurent aucune idée de ce qui se tramait. Martínez rencontra certains de ses partisans, y compris Antonio Rus Romero, secrétaire du Front populaire, et aussi chef de la garde civile. À un certain moment, Romero fut informé que les soldats s'alignaient devant les baraquements et se préparaient à se mettre en marche. Campins fut avisé par téléphone de la situation et n'en crut pas ses oreilles. Il maintenait que les soldats avaient juré fidélité, mais il allait se rendre aux baraquements sur-le-champ pour en avoir le cœur net. À son arrivée, il découvrit avec étonnement que non seulement les régiments d'artillerie s'étaient soulevés mais que celui d'infanterie, la garde civile et la garde d'assaut se retournaient également contre la République.

Campins fut fait prisonnier et, pis encore, il fut contraint de signer un document rédigé pour lui qui déclarait l'état de guerre. Les papiers stipulaient également les châtiments réservés à quiconque ne se conformait pas au nouveau régime, dressant la liste de crimes qui allaient de la possession d'armes à feu au rassemblement de plus de trois personnes.

Les citoyens de Grenade ne reçurent aucune véritable information mais plus tard dans l'après-midi, alors que la ville somnolait et que les boutiques avaient fermé pour la sieste, des camions parcoururent lourdement les rues endormies, avec des militaires aux visages graves, le regard braqué droit devant eux. Derrière venait l'artillerie. Certaines personnes se méprirent sur la raison de leur présence dans la rue, croyant qu'ils s'apprêtaient à combattre les fascistes, et quelques-uns les saluèrent naïvement.

Ce fut le bruit de ces camions couplé au grincement de leurs engins qui perturba la sieste de Concha. Elle somnolait dans sa chambre plongée dans la pénombre qui donnait sur la rue, et se hâta de réveiller Pablo. Pressés l'un contre l'autre, ils entrebâillèrent l'un des volets afin d'espionner ce qu'il se passait sous leur fenêtre. Si les soldats avaient levé les yeux, ils les auraient vus. Le rugissement des moteurs couvrit la voix de Concha.

— Sainte Marie, murmura-t-elle, les doigts serrés autour du bras de son mari. C'est en train d'arriver. C'est vraiment en train de se produire.

L'événement qui se murmurait depuis des jours se déroulait en ce moment même sous leurs yeux. Concha sentit la panique monter en elle.

— Où sont les enfants ? Nous devons les trouver.

L'instinct maternel de Concha la poussa à rassembler sa famille ; elle dissimula à peine son angoisse. Ces brigades armées, quel que soit le camp qu'elles soutenaient ou quels que soient leurs ordres, étaient la preuve que personne n'était en sécurité.

— Antonio est sorti – Ignacio aussi peut-être. Mais Mercedes et Emilio sont dans leurs chambres, je crois, répondit Pablo en se précipitant sur le palier pour vérifier.

Même si leurs enfants étaient solides et robustes, Concha et Pablo ressentaient le besoin primal de savoir où se trouvait leur progéniture. Ils coururent de chambre en chambre, réveillèrent Mercedes et Emilio, puis découvrirent que le lit d'Ignacio était vide.

— Je sais où il est, marmonna Emilio d'une voix endormie, en trébuchant dans l'escalier qui descendait de sa chambre mansardée.

— Où ça ? demanda sa mère avec angoisse.

— Avec cette femme, sûrement. Elvira.

— Emilio, je t'en prie, ne parle pas mal de ton frère.

Elvira était l'épouse de l'un des matadors les plus célèbres de Grenade, Pedro Delgado, et les longs après-midi qu'Ignacio passait en sa compagnie se retrouvaient au cœur de bon nombre de commérages. Selon Ignacio, le vieil homme n'ignorait rien de la situation et, lorsqu'il était en déplacement, il confiait plus ou moins sa femme aux bons soins de son protégé, le jeune Ramírez. Ce qui n'était pas une excuse. Avant de se marier, Elvira avait officié comme prostituée, de luxe certes, et quelle que soit l'opinion de Concha sur le comportement de son fils, ce détail en particulier était ce qui lui faisait le plus horreur.

— Comme tu veux, répondit Emilio avec hargne. Mais ça n'empêche que c'est là que tu le trouveras.

Même avec les soldats fascistes en train d'envahir les rues, Emilio ne pouvait rater une occasion de dénigrer son frère.

Antonio non plus n'était pas à la maison. Personne ne l'avait vu aujourd'hui.

Ils se rassemblèrent tous derrière le mince interstice entre les volets de la chambre parentale. Mercedes se mit debout sur le lit, les mains sur les épaules de son père pour garder l'équilibre, cherchant à voir ce qu'il se passait sur la place. Les militaires étaient tous partis à présent et il régnait une tranquillité déroutante.

— Que se passe-t-il, Emilio ? Sont-ils toujours là ? demanda Mercedes d'une voix trop forte dans le silence. Je ne vois rien !

— Chut, Mercedes, lui intima son père en lui faisant signe de se taire.

Il avait perçu des voix étouffées qui provenaient d'un peu plus haut dans la rue et tous entendirent alors le son caractéristique de coups de feu.

Un. Deux. Trois.

Malgré eux, ils comptèrent dans leur tête le rythme, régulier, des balles. À cet instant, leur monde commença à chavirer. Les tirs allaient ponctuer leurs journées et troubler leurs nuits pendant de longs moments à venir.

Des voix leur parvinrent de la rue, juste devant le café, mais à moins de se pencher, impossible d'identifier ceux qui parlaient. Très vite, leur curiosité fut satisfaite. Deux hommes traversèrent la place au pas, les mains en l'air.

— Ils viennent de chez les Pérez. C'est Luis et l'un des garçons ! C'est Luis et Julio ! haleta Concha. Mon Dieu ! Regardez, ils les emmènent. Ils les emmènent vraiment…

Sa voix s'éteignit. Il leur était difficile de regarder des hommes innocents être arrêtés et emmenés par des soldats. Incrédules, ils assimilèrent la signification d'un tel spectacle.

— Alors c'est vrai ? L'armée a pris le pouvoir, déclara Emilio d'une voix blanche.

C'était une situation que les sceptiques et les déçus du gouvernement républicain attendaient depuis longtemps ; en revanche, les partisans d'un parti élu démocratiquement parvenaient difficilement à concevoir que le pouvoir ait été renversé juste sous leurs yeux.

Avec horreur, les Ramírez regardèrent leurs amis être emmenés. Quand ils eurent disparu de leur vue, la famille s'écarta de la fenêtre et demeura immobile dans la semi-obscurité.

Concha referma les volets et se laissa choir sur le lit.

— Qu'allons-nous faire ? demanda-t-elle en observant autour d'elle les silhouettes de son mari et de ses enfants.

La question était purement théorique. Il n'y avait rien à faire, sinon rester à la maison et attendre la suite.

Peu après, Antonio rentra. Il écouta avec incrédulité comment Luis Pérez et son fils avaient été emmenés.

— Mais pourquoi les ont-ils arrêtés ? Pour quel motif ?

— Qui sait ? répliqua son père. Mais nous devrions aller voir María et Francisco plus tard.

— Es-tu sûr que ce soit bien prudent ? s'enquit Concha que l'instinct de préservation rendait précautionneuse.

Antonio raconta ensuite à sa famille ce dont il avait été témoin dans les rues le jour même, et surtout le moment où il avait compris que l'armée s'était soulevée.

Avec Francisco et Salvador, il s'était mêlé à la foule qui s'amassait Plaza del Carmen. Une vague de confusion avait traversé le rassemblement lorsque la nouvelle leur était parvenue que les militaires avaient quitté leurs quartiers et se dirigeaient vers la place.

— Nous avons supposé que les soldats venant dans notre direction étaient là pour assurer l'ordre et défendre la République, déclara-t-il. Mais nous nous sommes vite aperçus de notre erreur.

Les intentions des militaires étaient rapidement devenues évidentes. Avec un canon et une mitrailleuse en position devant la mairie, la foule n'avait qu'une alternative : se disperser ou se faire tirer dessus.

— Nous n'étions tout simplement pas prêts à affronter une telle situation, poursuivit Antonio. Francisco a pensé que nous étions une bande de lâches à nous enfuir mais nous n'avions pas la moindre chance !

— Que s'est-il passé alors ? demanda Mercedes.

— Nous avons fui par une rue latérale et ensuite nous avons entendu le bruit des coups de feu.

— Je crois qu'on les a entendus aussi, dit Emilio.

— Et maintenant, conclut Antonio, il y a des bataillons d'artillerie qui occupent tous les points stratégiques de la ville : la Plaza del Carmen, la Puerta Real, et la Plaza de la Trinidad. Et toi qui ne voulais pas me croire ce matin, papa ! Si seulement on nous avait fourni des armes, nous aurions pu empêcher ça !

Ses deux parents secouèrent la tête.

— C'est affreux. Affreux, répéta Pablo les yeux au sol. Nous ne pensions pas que cela arriverait pour de vrai.

Antonio leur rapporta tout ce qu'il avait entendu d'autre. Torres Martínez était apparemment assigné à résidence.

— S'il s'était occupé de la situation plus en amont, grommela Antonio, nous n'en serions pas là.

Valdés le remplaçait au poste de gouverneur civil. Tout cela semblait s'être déroulé sans heurt. D'après la rumeur, l'armée avait investi la mairie et le maire, Manuel Fernández-Montesinos, beau-frère de Lorca, avait été arrêté de façon théâtrale au cours d'une réunion avec le conseil municipal. Il se trouvait maintenant en prison.

Ils s'assirent et réfléchirent de toutes leurs forces pour tenter de déterminer ce que Luis Pérez, humble serrurier, et son fils avaient en commun avec le maire socialiste influent. Des gens de tous milieux étaient arrachés à leur foyer pour des raisons arbitraires. Les intellectuels, les artistes, les ouvriers et les francs-maçons furent parmi les six mille personnes environ arrêtées la première semaine. La vie des gauchistes notoires ou des syndicalistes était dorénavant en péril. Antonio décida de garder pour lui ce qu'il savait des opinions politiques du frère aîné de Francisco, Julio. Même Luis devait ignorer que son fils possédait sa carte au parti communiste.

— Le pire, déclara Pablo, c'est que maintenant la garde civile comme la garde d'assaut sont du côté des rebelles.

— Tu ne cesses de répéter cela, Pablo, mais je ne te crois pas, protesta Concha.

— J'ai bien peur qu'il n'ait raison, maman. J'en ai vu quelques-uns dans la rue s'entretenir avec les soldats. Ils n'avaient pas du tout l'air d'être dans des camps opposés, confirma Antonio.

Il chercha ensuite à rassurer sa mère sur ce qui l'inquiétait le plus : le sort d'Ignacio.

— Il rentrera bientôt, affirma-t-il. J'en suis sûr.

Aux environs de minuit, quand tout le monde à l'exception de Concha eut sombré dans un sommeil agité, raison fut donnée à Antonio. Ignacio rentra à la maison.

— Tu es revenu, soupira sa mère plantée sur le seuil de sa chambre. Nous étions tellement inquiets pour toi. Tu ne croiras jamais ce qu'il s'est passé aujourd'hui, ici même dans notre rue.

— Tout va bien, déclara Ignacio avec insouciance en prenant sa mère dans ses bras avant de lui planter un baiser sur le front. Vraiment, je t'assure.

Il n'en vit rien dans l'obscurité, mais la confusion se peignit sur le visage de sa mère. Ignacio était-il si obnubilé par sa liaison que les événements de la journée lui passaient au-dessus de la tête ? Elle n'eut pas l'occasion de lui poser la question. Deux par deux, il grimpa les marches de l'escalier et ferma la porte de sa chambre derrière lui. Elle l'interrogerait au matin, songea-t-elle. Il ne se passerait rien d'ici là.

16

Le lendemain matin, les rues étaient désertes. Les magasins comme les cafés restèrent fermés et la tension qui emplissait le cœur de chaque foyer se propagea étrangement dans les rues vides.

Les nationalistes prirent le contrôle de Radio Grenade, une aubaine pour diffuser leur version des événements de la veille. *El Ideal* confirma leur histoire et se félicita du soutien massif des citoyens de la classe moyenne de Grenade envers Franco.

La famille Ramírez s'enferma chez elle, les portes du café verrouillées et les volets en bois accrochés. Chacun leur tour, ils montèrent la garde depuis les fenêtres du premier étage. La journée s'écoula au rythme des camions militaires qui passaient et des voix qui criaient « Vive l'Espagne ! À mort la République ! »

Emilio était installé sur son lit à gratter les cordes de sa guitare. S'il paraissait indifférent aux événements se déroulant à l'extérieur, il avait cependant l'estomac noué par la peur. Il joua jusqu'à avoir les doigts douloureux, noyant le bruit des coups de feu sous des *seguiriyas* et des *soleares* enflammées.

Même Antonio, habituellement d'une grande patience avec son frère, était consterné par le manque d'intérêt visible d'Emilio pour le coup d'État militaire.

— N'en comprend-il donc pas la portée ? demanda-t-il d'une voix suppliante à son père tandis qu'ils chipotaient avec leur déjeuner, un repas frugal composé de fromage et d'olives.

Ils avaient décidé de ne pas risquer une sortie potentiellement dangereuse et vaine pour aller chercher du pain. Emilio n'avait pas faim et se cloîtrait dans sa chambre.

— Bien sûr que non, répliqua Ignacio d'un ton méprisant. Il vit dans son petit monde de conte de fées, comme d'habitude.

À l'exception d'Ignacio, personne dans la famille ne s'attachait guère à l'homosexualité d'Emilio, si bien qu'aucun ne répondit à sa moquerie. Une seule fois, quelques mois auparavant, Concha et Pablo avaient discuté de leurs inquiétudes. Malgré le climat libéral des premières heures de la République, les comportements face à l'homosexualité n'avaient pas évolué à Grenade.

— Espérons seulement que ça lui passera, avait déclaré Pablo.

Concha avait acquiescé. Son mari avait pris son hochement de tête pour une approbation et le sujet n'avait plus jamais été soulevé.

Comme tous les partisans de la République en ville, ils avaient perdu l'appétit mais restaient avides d'informations. À la radio, ils apprirent que l'aérodrome d'Armilla était tombé aux mains de rebelles et que l'énorme entreprise d'explosifs sur la route de Murcie se trouvait maintenant sous la coupe des nationalistes. Les deux étaient considérés comme de hauts lieux stratégiques et quiconque souhaitait un retour à la normale devait se résigner au nouveau régime en place.

À la nuit tombante, Mercedes ouvrit sa fenêtre et se pencha au-dehors pour respirer un peu d'air. Une volée de martinets traversa le ciel devant elle et des chauves-souris passèrent en trombe. Les événements de la veille – les coups de feu et leurs voisins arrêtés – étaient toujours présents dans son esprit mais ses pensées s'envolèrent ailleurs.

— Javier, Javier, Javier, murmura-t-elle dans la nuit.

La lueur jaune du réverbère sous sa fenêtre vacilla sous un souffle d'air chaud et un papillon de nuit tournoya dans la soudaine clarté. Elle avait très envie de danser et ne pouvait penser à rien d'autre qu'à la prochaine fois où elle verrait son *guitarrista*. Si seulement cette crise pouvait s'achever pour qu'ils puissent se retrouver, songea-t-elle.

À travers les tuiles du toit, dans cette ambiance laiteuse, elle perçut faiblement la guitare d'Emilio. Elle grimpa l'escalier pour la première fois depuis longtemps, attirée par le son réconfortant de sa musique. L'idée l'effleurait seulement maintenant qu'il avait pu se sentir abandonné lorsqu'elle avait commencé à danser avec Javier, et elle ignorait comment il l'accueillerait.

Il ne dit rien lorsqu'elle entra dans la chambre ; il continua de jouer, comme il l'avait toujours fait quand, petite fille, elle envahissait son intimité. Les heures s'écoulèrent. L'aube pointa. Mercedes se réveilla étendue sur le lit d'Emilio. Son frère dormait sur sa chaise, les bras serrés autour de sa guitare.

Concha ouvrit le café. Après une journée entière portes et volets clos, elle éprouva un vif soulagement à les rouvrir pour faire entrer l'air.

Rien ne s'opposait à l'ouverture du café, et celui-ci devint le théâtre d'intenses conversations sur les événements à venir. Les récits sur la brutalité militaire incitant à la délation d'amis ou de voisins abondaient et tout le monde avait assisté à l'arrestation d'un proche, emprisonné sous couvert de prétendus crimes. Ce qui faisait défaut aux habitants de Grenade en revanche, c'étaient des informations solides et une meilleure vision d'ensemble au niveau national. Peur et incertitude prévalaient.

À Grenade, il restait un secteur qui tenait bon face aux troupes de Franco : l'Albaicín. Dans leur café situé à l'angle de l'ancien quartier mauresque, les Ramírez avaient désormais de bonnes raisons de craindre pour leur foyer et moyen de subsistance.

En théorie, ce *barrio* était en mesure de se défendre tout seul. Il occupait un flanc de colline pentu et disposait même d'une douve grâce au Darro qui coulait en contrebas.

Des barricades avaient été érigées pour bloquer l'entrée à l'Albaicín, et depuis leur point de mire élevé, les habitants y étaient en position de défendre leur « château » contre les militaires. Pendant plusieurs jours, le combat se poursuivit sans relâche, et les Ramírez virent gardes civils et gardes d'assaut être évacués, blessés.

Radio Grenade lançait régulièrement des avertissements, rappelant que quiconque résistait à la garde d'assaut serait abattu, mais le siège se poursuivit quand même. Nul ne doutait que la détermination des résistants de l'Albaicín aurait raison de l'attaque.

Leurs chances auraient pu être meilleures si l'armée n'avait pas déjà occupé l'Alhambra, qui les surplombait. Un après-midi, en regardant par la fenêtre, Concha vit pleuvoir les mortiers. Les balles s'abattaient sur l'Albaicín, faisaient exploser les toits et les murs. Une fois que les soldats rebelles eurent tout détruit, la poussière flotta dans les airs un moment. Quelques minutes plus tard, le vrombissement d'un avion se fit entendre et le bombardement aérien débuta. Les habitants de l'Albaicín étaient des cibles faciles.

Pendant des heures, la résistance continua puis Concha vit un flot de personnes se déverser de la colline encore fumante. Des femmes, des enfants, des hommes âgés, portant des ballots de chiffons et d'objets sauvés de leurs maisons descendaient de la colline. Il était difficile d'entendre quoi que ce soit par-dessus le bruit des mitrailleuses qui arrosaient maintenant les toits et le grondement de l'artillerie, mais de temps en temps, dans le silence entre deux rafales, on pouvait percevoir les pleurs des enfants et les gémissements des femmes qui se précipitaient à travers les barricades.

Les derniers hommes, à court de munitions et conscients que la partie était perdue, grimpèrent sur les toits et agitèrent des morceaux de tissu blanc pour signifier leur reddition. Ils avaient mené bataille avec courage mais ils savaient que les fascistes possédaient l'artillerie nécessaire pour raser toutes les maisons du *barrio*.

Les plus chanceux parvinrent à s'échapper vers les lignes républicaines mais la majorité fut arrêtée.

Antonio apparut cet après-midi le visage pâle d'angoisse, les cheveux blanchis par la poussière qui flottait encore dans l'air.

— Ils leur tirent tous dessus, annonça-t-il à ses parents. Ils abattent tous ceux de l'Albaicín qu'ils trouvent. Ils les tuent. De sang-froid.

Reconnaître leur propre impuissance se révéla un moment terrifiant pour eux tous.

— Ils sont sans pitié, admit Concha à mi-voix.

— Je crois qu'ils l'ont prouvé sans l'ombre d'un doute, convint son mari.

Si la prise de pouvoir initiale s'était déroulée dans le calme et sans effusion de sang, les jours suivants elle entraîna une vague de résistance et de violence. Les tirs se poursuivaient sans interruption la nuit et les mitrailleuses fonctionnaient du matin jusqu'au soir.

Cinq jours après l'insurrection militaire, et une fois le bombardement de l'Albaicín achevé, le silence retomba. Les ouvriers étaient maintenant en grève, seul moyen sûr de protester.

On se procurait encore facilement du lait et du pain si bien que personne ne mourrait de faim, et l'activité d'El Barril se maintint. Les Ramírez s'éloignaient peu du café, à l'exception d'Ignacio qui allait et venait avec un grand sourire aux lèvres.

Le mari d'Elvira Delgado se trouvait à Séville lorsque l'armée s'était emparée de la ville et ses convictions fortement conservatrices lui faisaient craindre de traverser le territoire entre les deux villes, encore sous gouvernance de la République. Son absence de Grenade était pour Ignacio une raison supplémentaire de se réjouir du coup d'État militaire. Il avait acheté un exemplaire d'*El Ideal*, à présent posé sur une table dans le café, et avec ses références au « glorieux général Franco », il affichait clairement ses opinions politiques. Emilio descendit en fin de matinée et trouva le journal, le gros titre moqueur était une offense à tout loyaliste de la République.

— Sale fasciste ! hurla-t-il, en jetant le journal à travers la salle.

Les feuilles du quotidien s'étalèrent au sol comme un tapis.

— Emilio, je t'en prie, cria sa mère. Tu ne fais qu'empirer les choses.

— Elles ne peuvent pas être pires que ce qu'elles sont déjà.

— Mais une fois que les choses se seront tassées, le général Franco ne se révélera peut-être pas si mauvais que ça, répondit-elle.

Emilio savait aussi bien qu'elle que ces paroles étaient illusoires.

— Je ne parle pas de Franco, maman. Je parle de mon frère.

Il s'empara de l'une des pages du journal et l'agita sous le nez de sa mère.

— Comment ose-t-il apporter cette horreur dans cette maison ?

— Ce n'est qu'un journal.

Même si cela semblait peu réaliste pour le reste du pays, Concha désirait ardemment que la paix règne dans son foyer et elle s'efforçait de se montrer conciliante. Emilio savait que sa mère détestait ce que Franco essayait de faire tout autant que lui.

— Ce n'est pas un simple journal. C'est de la propagande. Ne le vois-tu donc pas ?

— Mais c'est le seul en vente en ce moment, à ce que j'en sais.

— Écoute, maman, il est temps que tu ouvres les yeux sur Ignacio.

— Emilio ! intervint Pablo, attiré dans la salle par les éclats de voix. Ça suffit. Nous ne voulons pas en entendre davantage.

— Ton père a raison. Il y a suffisamment de conflits à l'extérieur sans qu'on se mette à se crier dessus ici aussi.

Entre-temps, Antonio était arrivé lui aussi. Il savait que l'antipathie de toujours entre ses deux jeunes frères s'était intensifiée. Pour cause, le conflit qui grondait comme un tremblement de terre à travers tout le pays. Les divergences politiques s'étaient infiltrées dans leur foyer. Les comportements intransigeants de ceux qui souhaitaient prendre le pouvoir du pays menaçaient sérieusement Emilio, et la haine entre les deux jeunes hommes était maintenant aussi réelle que celle entre les républicains et les fascistes qui patrouillaient dans les rues de Grenade.

Emilio quitta la pièce en furie et nul ne prononça une parole avant que le martèlement de ses pieds dans l'escalier menant au grenier ne s'évanouisse.

Les informations à la radio ou dans les journaux s'avéraient souvent guère plus exactes que la rumeur dans la rue, mais l'idée générale se dessinait avec plus de netteté : les soldats de Franco ne rencontraient pas le succès escompté à travers la région et même si certaines villes s'étaient rendues, beaucoup d'autres résistaient farouchement et réussissaient à maintenir leur loyauté au gouvernement. Le pays continuait de vivre dans l'incertitude.

À Grenade, dans le but dissimulé de contraindre les hommes à déclarer leur camp, les nationalistes invitaient à l'embrigadement au service. Ces volontaires de la garde en chemises bleues prirent part à la tyrannie. Il existait plusieurs autres façons de clamer son soutien et la couleur de sa chemise indiquait le groupe de droite en particulier auquel on était affilié – bleu, vert ou blanc. La droite aimait la discipline et l'ordre de l'uniforme.

À la fin juillet, Antonio en vit l'efficacité dans tout Grenade. La grève se termina et pendant un temps, ce fut comme s'il ne s'était rien passé. Les taxis attendaient dans leur file habituelle, les magasins ouvraient, les cafés déroulaient leurs auvents. Le soleil continuait de briller et la chaleur était moins intense que la semaine précédente.

Tout semblait identique, mais tout avait changé. Même si une bonne partie du reste du pays se défendait, Grenade était désormais sans conteste sous loi martiale. Les civils n'eurent plus le droit de conduire, le droit de grève fut aboli et la possession d'armes interdite.

Un matin, Concha sirotait son café encore en chemise de nuit lorsque Ignacio entra dans la salle d'El Barril.

— Bonjour, mon chéri, dit-elle, soulagée de le voir et se retenant de lui demander où il avait passé la nuit.

Il se pencha pour déposer un baiser dans ses cheveux ébouriffés et la prit dans ses bras. Des bouffées caractéristiques de parfum féminin la submergèrent. Était-ce du muguet ou de la rose de Damas ? Impossible à déterminer car au parfum se mêlaient l'odeur corporelle de son fils et celle des cigares qu'il avait fumés la veille.

Il tira une chaise et s'assit à côté d'elle, prenant ses mains dans les siennes. Pendant des années, Ignacio avait testé son charme désormais célèbre sur sa mère. Concha n'avait pas de fils préféré mais elle en avait un dont la capacité à la rallier à sa cause surpassait celle des deux autres.

Ignacio aurait dû participer à une série de corridas cet été mais, pendant un temps tout du moins, la saison était suspendue, faisant de lui un homme sans obligations. Il paraissait parfaitement satisfait de sa vie et de lui-même.

— Ça ne va pas être si terrible que ça, n'est-ce pas ? déclara-t-il. Qu'est-ce que je t'avais dit ?

— J'aimerais le croire, Ignacio, répondit-elle en le tenant à bout de bras pour le regarder dans les yeux.

Ses pupilles sombres et séduisantes étaient emplies d'affection.

Une semaine de conflit avait suffi à lui mettre les nerfs à vif, et le seul claquement d'une porte la faisait sauter au plafond. L'image de leurs voisins traînés loin de chez eux hantait encore son esprit. La veille, ils avaient entendu dire que Luis et Julio avaient été abattus, et le soir même la maison des Pérez avait été pillée. La pauvre María vivait à présent en craignant pour sa vie et ne quittait plus sa maison. Concha lui avait rendu visite tous les jours depuis l'arrestation de sa famille et ce matin María avait été inconsolable. La colère de Francisco l'empêchait de consoler sa mère et Antonio avait passé la journée avec son ami afin de tenter d'apaiser sa fureur. Et maintenant Ignacio essayait de lui faire croire que les choses n'étaient pas si terribles que ça ?

À certains égards, leurs nerfs allaient encore être mis à rude épreuve. Au petit matin du 29 juillet, le bombardement aérien de Grenade débuta, il allait se poursuivre par intermittence jusqu'à la fin août. Le pire n'était pas la destruction gratuite de leur ville mais le fait que la plupart des habitants étaient dans le même camp que les avions républicains qui les bombardaient.

De temps à autre, les cibles que trouvaient les bombardiers avaient l'approbation des loyalistes.

Un matin, Antonio, qui était sorti avec son père, vit les avions républicains voler au-dessus de sa tête. Ils mitraillèrent la tour de la cathédrale. Ce lieu saint avait beau être l'un des plus beaux et des plus célèbres, les dégâts causés à la magnifique dernière demeure d'Isabelle et de Ferdinand ne les émurent ni l'un ni l'autre. Comme bon nombre de gens qui soutenaient le gouvernement républicain en place, ils avaient depuis longtemps cessé de s'agenouiller devant l'autel, tant la connivence des prêtres dans cette révolte les écœurait. Dès le début, l'Église catholique s'était rangée du côté de l'armée.

Les journaux continuaient de jouer leur rôle en attisant les contrariétés chez les Ramírez.

— Encore ce torchon fasciste ! maugréa Emilio en jetant un regard méprisant au journal sur le comptoir. Pourquoi faut-il qu'il l'apporte ici ?

Ce matin-là, le quotidien présentait un article avec moult détails sur la victoire des troupes nationalistes. Les républicains avaient fait atterrir quelques-uns de leurs avions à Armilla, ignorant que l'aérodrome était déjà aux mains de l'armée. En descendant de leurs appareils, ils avaient été faits prisonniers et les fascistes avaient célébré avec jubilation la « livraison » de magnifiques nouveaux avions.

— Quel cadeau pour Franco, commenta Antonio à mi-voix.

De telles anecdotes ne remontaient pas le moral des loyalistes. Même s'ils menaient une lutte acharnée, rien n'était gagné.

Les jours suivants, Grenade continua à être la proie de bombardements et d'autres innocents périrent, leurs maisons s'effondrant sur eux. Les sirènes donnaient l'alerte mais même si l'arrivée des avions était annoncée, il n'y avait de toute façon nulle part où se réfugier. De temps en temps, un membre de la garde civile se retrouvait enterré sous les décombres, mais les victimes étaient surtout les habitants de Grenade inoffensifs, terrorisés par les bombardements quotidiens répétés qui semblaient augmenter chaque jour en puissance destructrice.

Le 6 août, une bombe tomba juste à côté du café sur la Plaza Nueva. L'une des fenêtres de l'étage vola en éclats, aspergeant la pièce de tessons de verres, et tout le bâtiment fut violemment secoué. Les verres tombèrent de leurs étagères dans le café, et des bouteilles se fracassèrent au sol ; l'eau-de-vie se répandit sur le parquet comme une rivière sombre.

Concha nettoya, aidée d'Emilio et de Mercedes. Pour la première fois de leur vie, ils virent leur mère pleurer et restèrent abasourdis face à son désespoir.

— Je hais tout ça ! s'écria-t-elle en larmes.

Ses enfants échangèrent un regard. Ils comprirent qu'elle était sur le point de se lancer dans une de ses fameuses tirades.

— Notre pays est un désastre ! Notre ville est un désastre ! Et maintenant notre café ! Non mais regardez ça ! hurla-t-elle.

Nul doute que ces catastrophes étaient toutes liées mais la seule à laquelle ils pouvaient remédier se trouvait sous leurs yeux.

— Nous allons t'aider à nettoyer, affirma Emilio en s'accroupissant pour ramasser les bris de verre d'une dizaine de bouteilles. Ce n'est pas aussi grave que ça en a l'air.

Mercedes partit chercher un balai. Pour la première fois depuis des semaines, son attention était détournée de Javier. Il occupait ses pensées tout au long de la journée depuis le coup d'État mais la proximité de la bombe l'avait tirée de ses rêveries.

Cependant, tout en balayant le sol, même le tintement musical des tessons ramena son esprit vers l'homme qu'elle aimait. À quoi pensait-elle avant de le rencontrer ? Elle maudit cet affreux conflit qui les séparait.

Antonio était apparu et avait fait asseoir sa mère. Il attrapa une bouteille qui avait échappé à la secousse et lui versa un verre.

— Je ne sais pas combien de temps nous allons pouvoir continuer comme ça…

— Que veux-tu dire ? s'enquit Antonio, désireux de calmer sa mère.

— Continuer à tenir le café. Tout est si…

Antonio comprenait l'épuisement moral et physique de sa mère mais tous devaient continuer à aller de l'avant. Chaque jour, les gens espéraient que la situation en ville se stabiliserait et Antonio était résolu à s'assurer que certaines parties de leurs vies se poursuivent sans bouleversements. À ce stade, les réserves de nourriture étaient relativement abondantes en ville, aussi n'était-il pas difficile de nourrir les clients ; le poisson était le seul produit qu'ils ne pouvaient se procurer car la ville était actuellement coupée de la côte, mais la viande, le pain, les fruits et légumes étaient faciles à obtenir.

— Nous devons essayer de continuer à vivre normalement, sinon ils auront vraiment gagné, dit-il d'un ton enjôleur à sa mère.

Elle acquiesça d'un hochement de tête las et résigné.

Des bombes étaient tombées sur la Plaza Cristo et sur l'hôtel Washington, près de l'Alhambra, où des gens s'étaient réfugiés pour échapper aux mitrailleuses. Neuf personnes étaient mortes en ville ce jour-là, des femmes en majorité, et de nombreux blessés étaient à déplorer. Au moment même où ces innocents trouvaient la mort, d'autres âmes tout aussi pures étaient mises à rude épreuve. Le vrombissement des bombardiers républicains n'avait fait qu'accroître la détermination des fascistes à condamner ceux qui soutenaient encore le gouvernement. Avant même que l'encre n'ait séché sur leurs actes de sentences, leurs exécutions étaient accomplies.

Les premiers à passer en jugement furent le gouverneur civil, Martínez, le président du conseil municipal, un avocat du nom d'Enrique Martín Forero, et deux syndicalistes, Antonio Rus Romero et José Alcantara. Entre leur présentation devant un jury le 31 juillet et leur passage en cour martiale, l'annonce de la sentence et l'exécution au coucher du soleil contre le mur du cimetière, quatre jours à peine s'écoulèrent. Pour ces hommes et pour leurs famille et amis, ce furent quatre jours de terreur et d'incrédulité. Nul ne pouvait croire que des décisions aussi arbitraires étaient prises au nom de la justice.

Les jours qui suivirent, de nombreuses autres figures clés de Grenade se retrouvèrent face au peloton d'exécution : des politiciens, des médecins, des journalistes. L'annonce de ces morts horrifia les Ramírez.

— Cela signifie que personne n'est à l'abri, déclara Pablo. Absolument personne.

— S'ils peuvent se justifier d'avoir tué ces hommes, alors tu as raison, dit Antonio, qui cherchait toujours à rassurer ses parents.

Même lui nourrissait désormais peu d'espoir quant à une résolution rapide du conflit alors que les bataillons armés restés fidèles à la République avaient réagi et pris le contrôle. Les troupes franquistes étaient absolument sans pitié et ne faisaient aucun compromis. Les idéalistes comme Antonio commençaient seulement à percevoir la nature de leur ennemi.

La deuxième semaine d'août, la chaleur comme le bombardement s'étaient intensifiés, mais la première avait cessé d'être au cœur des conversations. C'était étrange comme un jour un bâtiment entier pouvait être détruit et tout le monde en sortait miraculeusement indemne, et le lendemain, une seule explosion tuait une demi-douzaine de personnes dans la rue. Une telle malchance frappa les femmes qui se trouvaient dans la Calle de Real Cartuja quand elle fut prise pour cible. Leur mort fut aussi aléatoire qu'un lancé de dés.

Pendant plus de quinze jours, Grenade fut comme un îlot de fascisme dans une mer de loyauté républicaine. Antonio s'était raccroché à l'espoir que cette parcelle de terre relativement petite pourrait être reprise mais sa foi l'abandonnait. On commençait à entendre parler de succès nationalistes dans diverses villes, y compris Antequera et Marbella.

La force nationaliste avait à présent organisé sa défense contre le bombardement aérien de Grenade. Les canons allemands étaient stratégiquement disposés pour dissuader les appareils de la République : les raids cessèrent.

Sans la menace des bombes, les rues de Grenade s'animèrent de nouveau. La population à cette époque de l'année était plus nombreuse que d'habitude. En général les gens partaient pendant l'été mais cette année, l'instabilité politique les y avait fait renoncer. De plus, avec l'afflux d'habitants des villages environnants, la population avait gonflé.

L'ambiance n'était clairement pas à la célébration, mais à certaines heures de la journée, les rues et les places bondées dégageaient un esprit de fête. Les cafés étaient combles. Les gens se serraient pour se partager la précieuse ombre et des jeunes femmes louvoyaient entre les tables pour quémander quelques pièces destinées à financer les hôpitaux de la Croix-Rouge qui s'étaient montés autour de la ville pour soigner le nombre croissant de blessés.

Les salles de cinéma étaient ouvertes comme d'habitude mais contraintes de proposer à l'infini le peu de films qu'elles avaient en stock, et le public en mal de divertissement n'avait d'autre choix que d'accepter les rediffusions et de regarder les actualités – alarmantes, quel que soit le camp des spectateurs.

Ignacio continua de contrarier sa famille par ses réactions face aux événements. Concernant la domination totale de la ville et des villages environnants par les fascistes, il ne s'embarrassa pas et ne chercha pas à dissimuler son triomphalisme. Au fil du temps, toutefois, il se mit à tempêter contre les atrocités que les défenseurs de la République avaient commises dans des villes comme Motril et Salobreña.

— Ils ont noyé des femmes dans la mer ! hurla-t-il à Antonio et Emilio qui écoutaient leur frère sans mot dire. Et ils ont assassiné leurs enfants.

Que ce soit la vérité ou de la pure propagande de droite, ils n'allaient pas donner à Ignacio la satisfaction d'une réaction.

— Et vous savez sans doute qu'ils ont détruit les récoltes et abattu le bétail, ajouta-t-il.

Leur silence le mit en rage. Il se dirigea vers ses frères ; Antonio sentit la chaleur de la colère d'Ignacio quand il lui cracha les paroles suivantes au visage :

— Quand nous mourrons de faim, ce ne sera pas la faute de Franco ! Ce sera votre faute à vous, les républicains ! Tu ne vois donc pas que c'est fini ? La République est finie !

Dans tout Grenade, les gens se pressèrent en petits groupes autour des postes de radio. Les doigts jaunis par la nicotine et les ongles rongés jusqu'au sang. Angoisse, tension et chaleur avaient fait transpirer la ville. Des rumeurs d'exécutions en masse dans d'autres parties du pays intensifiaient la terreur.

Les gens se méfiaient de ceux qui habitaient leur rue et même de ceux qui vivaient sous leur toit. À travers tout le pays, des familles se déchiraient.

17

La nouvelle rapportée par Ignacio selon laquelle les troupes républicaines abandonnaient les armes et désertaient leurs postes dans les villages des montagnes était plus importante que le reste de sa famille voulait bien l'admettre. L'efficacité de l'armée de Franco dans Grenade et ses alentours avait été prompte et absolue.

— Je n'arrive pas à y croire ! s'écria Concha un matin, sans cacher son dégoût. Êtes-vous sortis ce matin ?

Sa question s'adressait à Antonio et à Emilio.

— Descendez la rue et regardez ! Allez jusqu'à la cathédrale. Vous n'en croirez pas vos yeux.

Emilio resta impassible, mais Antonio se leva et quitta le café. En prenant à droite, sur Reyes Católicos, il vit immédiatement ce qui avait tant contrarié sa mère. À l'approche de la cathédrale, les rues étaient ornées de guirlandes rouges et jaunes. Elles avaient dû être installées aux premières heures du jour. La ville était maintenant parée pour la fête.

On était le 15 août. Une autre année, la date aurait été importante pour lui mais maintenant elle était dépourvue de sens. C'était l'Assomption, le jour où l'on célébrait l'entrée de la Vierge Marie au ciel, et pour les centaines de fidèles rassemblés devant les portes de la cathédrale, à essayer d'écouter la messe donnée à l'intérieur, il s'agissait du jour le plus révéré du calendrier catholique ; la place manquait dans l'édifice pour accueillir tous les croyants.

De l'intérieur, parvinrent des applaudissements. La vague d'acclamations se propagea sur la place. L'apparition de l'archevêque à l'entrée fut saluée par la fanfare militaire qui se mit opportunément à jouer.

À présent bloqué par les ouailles en masse, Antonio peina à se dégager. Il était écœuré par cet étalage éhonté de coopération entre militaires et ecclésiastiques, et se fraya un chemin loin de la place. Comme il revenait sur la rue principale et remontait vers la Plaza Nueva, il manqua d'entrer en collision avec un bataillon de légionnaires qui marchaient au pas en direction de la cathédrale, leurs visages durs et ciselés dégoulinant de sueur. Il rentra chez lui à vive allure, aveugle aux badauds dans leurs plus beaux habits postés sur leurs balcons ornés de drapeaux ; certains d'entre eux en revanche remarquèrent la silhouette solitaire qui se heurtait de plein fouet à une vague de soldats.

De retour au café, il trouva ses parents assis à une table. Pablo fumait une cigarette, le regard dans le vide.

— Antonio, dit Concha en gratifiant son fils aîné d'un sourire, tu es revenu. Que se passe-t-il dehors ?

— Les gens font la fête, voilà ce qu'il se passe, répondit-il dégoûté. Les catholiques et les fascistes. C'est horrible. Je ne peux pas le supporter. Ce gros lard suffisant d'archevêque… Bon sang, comme j'aimerais le saigner comme un porc !

— Chut, Antonio, lui intima sa mère en voyant des clients entrer dans le café. Moins fort.

La messe était dite et les bars allaient se remplir.

— Mais pourquoi, maman ? siffla-t-il. Comment un homme à la tête de l'église dans cette ville peut-il ignorer toutes ces tueries… ces massacres ? N'éprouve-t-il aucune compassion ?

Antonio avait raison. Monseñor Agustín Parrado y García, cardinal archevêque de Grenade, était l'un des nombreux membres supérieurs de l'Église catholique qui avaient pris sans réserve parti pour Franco. Ces religieux considéraient l'insurrection des généraux de l'armée comme une sainte croisade et pour cette seule raison n'interviendraient pas pour sauver la vie de quiconque emprisonné à tort et condamné par les nationalistes.

Concha avait noué son tablier et se posta rapidement derrière le bar, suivie de son mari. Le temps qu'ils prennent les commandes, Antonio avait disparu.

Ce n'était pas pour rassurer Antonio, mais Franco entreprit bientôt de solliciter financièrement ses partisans, pour un montant de plusieurs dizaines de milliers de pesetas. Il fallait payer les souscriptions à l'armée, la Croix-Rouge et l'achat d'avions, et certains se virent même dans l'obligation de partager leur foyer avec des officiers supérieurs de l'armée.

La guerre avait un coût pour tout le monde et les banques elles-mêmes étaient en crise. Plus personne ne déposait d'argent. Il n'y avait que des retraits et les coffres étaient vidés.

Pablo et Concha prêtaient une oreille polie aux ronchonnements de leurs quelques clients fortunés. Le café avait toujours compté une clientèle bigarrée et le couple travaillait dur pour maintenir son image de neutralité absolue. N'importe quelle autre attitude aurait été suicidaire dans ce climat.

— Ils ont saisi la voiture de mon mari la semaine dernière, déclara une femme bien coiffée d'environ cinquante-cinq ans.

— C'est affreux, répondit son amie. Quand crois-tu que tu la récupéreras ?

— Je ne sais pas si j'en ai envie, répliqua-t-elle, d'une voix où perçait un dédain évident. Je l'ai vue ce matin – remplie de gardes d'assaut. Ils n'en prennent pas le plus grand soin, tu t'en doutes. Il y avait déjà une grosse bosse sur l'aile !

Les deux camps payaient la lourde note de ce conflit. Beaucoup avaient de la famille qui résidait dans d'autres villes et depuis quelque temps maintenant la communication entre Grenade et le reste du monde était limitée. Il n'y avait pas assez de bouteilles d'eau-de-vie au café des Ramírez pour apaiser complètement l'angoisse de leurs clients inquiets du bien-être de leur fils ou de leur fille, d'oncles et de parents à Cordoue, Madrid ou dans la lointaine Barcelone, dont ils étaient sans nouvelles. Mercedes, de son côté, se languissait de nouvelles de Málaga.

Maintenant que Grenade était entre leurs mains, les nationalistes envoyaient des troupes militaires dans d'autres villes. Les rumeurs de résistance acharnée redonnaient courage à Antonio et à ses amis. Même si l'étroit passage entre Séville et Grenade était sous le contrôle des nationalistes et mis sous haute surveillance, la plus grande partie de la région andalouse continuait de tenir bon face aux soldats de Franco, et des combats féroces se poursuivaient même dans les petites villes qu'ils avaient crues sans défense.

La tâche sinistre de garder à l'œil les citoyens de Grenade incombait désormais aux membres de la jeunesse phalangiste, le parti fasciste, qui participaient de bon cœur aux dénonciations et persécutions de tous ceux soupçonnés d'être républicains. L'éventail des crimes contre le nouveau régime était large : on pouvait être arrêté parce que de la propagande communiste était collée sur son mur – des affiches qui parfois étaient posées par les phalangistes eux-mêmes dans le but de créer des problèmes – ou bien parce qu'on avait voté pour le parti socialiste aux dernières élections. La terreur des arrestations et des emprisonnements arbitraires s'intensifiait.

Pour Emilio, le 16 août, le lendemain de l'Assomption, fut la journée la plus noire du conflit jusque-là. En seulement vingt-quatre heures, son meilleur ami, Alejandro, et son héros, Lorca, furent arrêtés. Le poète était arrivé à Grenade pour rendre visite à sa famille juste avant le coup d'État. Mesurant le danger que ses tendances socialistes lui faisaient courir, il avait quitté sa famille et trouvé refuge chez un ami phalangiste. Malheureusement, même son amitié avec un partisan de droite ne suffit pas à sa protection. Il fut mis en détention le jour de l'exécution de son beau-frère, le maire Montesinos, fusillé devant le mur du cimetière.

La nouvelle de l'arrestation de Lorca se répandit rapidement et durant trois jours sa famille et tous ceux qui l'aimaient attendirent dans l'angoisse. Il n'était affilié à aucun parti politique, aussi sa détention n'était-elle pas justifiée.

Emilio travaillait au café lorsqu'il surprit la conversation de deux clients. Au début, en entendant de qui ils parlaient, il crut avoir mal compris.

— Ils l'ont abattu d'une balle dans le dos ? demanda l'un des hommes.

— Non, d'une balle dans le derrière, murmura l'autre. Parce qu'il était homosexuel.

Ils ne remarquèrent pas Emilio qui buvait chacune de leurs paroles.

Un moment plus tôt, Ignacio était descendu dans la salle. Surprenant les derniers mots, il ne put résister à l'envie d'intervenir.

— Oui, c'est exactement ce qu'il s'est passé. Ils lui ont tiré dans le cul parce que c'était une tapette, un *maricón* ! Il y en a bien trop comme lui en ville.

Personne dans la salle ne broncha. Même l'horloge sembla émettre un tic-tac embarrassé. Néanmoins, Ignacio ne se gêna pas pour porter un autre coup : difficile de résister à un public captif.

— Il nous faut de *vrais* hommes dans ce pays, lança-t-il. L'Espagne ne sera jamais forte tant qu'il y aura des pédales.

Sur ces paroles, il traversa le bar à grandes enjambées et disparut dans la rue. Son sentiment était partagé par beaucoup de gens de droite, qui considéraient que la virilité était une condition sine qua non pour être un vrai citoyen.

Pendant un moment, personne n'osa parler. Emilio se tenait immobile, figé sur place, les larmes roulant sur ses joues. Il tenta de les essuyer avec son torchon mais elles ne cessaient de couler. Concha prit son fils par le bras, le conduisit dans le bureau derrière le comptoir et ferma la porte. Les sanglots étouffés se noyèrent dans les conversations des clients qui reprenaient. Pablo vint assurer la relève derrière le comptoir. Ils étaient toujours sans nouvelles d'Alejandro et du point de vue d'Emilio la situation ne pouvait être pire.

La mort de Lorca constitua un événement majeur dans le conflit. La dernière once de foi en la justice et l'équité venait d'être piétinée. À travers toute l'Espagne, les gens étaient horrifiés.

À la fin du mois d'août, au moment même où Grenade commençait à ne plus se sentir menacée d'une attaque aérienne, les avions de l'armée républicaine refirent leur apparition dans le ciel. Une trentaine de bombes furent lâchées sur la ville, et les canons antiaériens demeurèrent impuissants à les repousser. Si cet acte insufflait de nouveau la terreur dans le cœur de chacun, même celui des loyalistes, il était aussi la preuve que la cause républicaine n'était pas encore perdue.

— Vous voyez, dit Antonio à ses parents le lendemain. Il est encore possible de se battre pour sauver la République !

— Nous en sommes tous conscients, l'interrompit Emilio. À part Ignacio, bien sûr.

Concha poussa un lourd soupir. L'amertume qui couvait entre ses fils depuis tant d'années la fatiguait. Elle avait essayé de toutes ses forces de ne pas prendre parti et de se montrer impartiale et d'humeur égale.

À l'arrêt des attaques aériennes, la ville reprit un cours normal apparent.

Un jour, à la fin du mois, Ignacio entra dans le café en affichant un air plus satisfait que jamais.

— Il va y avoir une corrida la semaine prochaine, annonça-t-il à la famille. Ma première ici en tant que *matador de toros*.

Antonio ne put retenir un commentaire acerbe.

— Cela faisait longtemps qu'une arène n'avait pas été utilisée à bon escient.

La référence n'échappa à personne.

Plus tôt dans le mois, à Badajoz, une ville du sud-ouest, le sable de l'arène, au lieu d'être sillonné du sang des taureaux, avait été maculé du sang de centaines de républicains, de socialistes et de communistes. On les avait conduits, tel un troupeau, vers la belle *Plaza de Toros* impeccable d'ordre et de propreté, et on leur avait fait franchir les portes réservées habituellement à la parade, pour les regrouper au centre de l'arène. Les mitrailleuses s'alignaient devant eux et mille huit cents hommes et femmes furent fauchés. Certains cadavres restèrent sur place dans une mare sombre plusieurs jours avant d'être traînés hors de l'arène. On racontait que l'odeur nauséabonde du sang versé soulevait le cœur des passants et que la seule chose qui fut épargnée aux victimes fut le spectacle de leur ville pillée et saccagée.

— Quoi qu'il se soit produit à Badajoz, rétorqua Ignacio sur la défensive, ces *rojos* l'ont sûrement mérité.

Il poussa Antonio du coude et vint poser les mains sur les épaules de sa mère.

— Tu vas venir, n'est-ce pas ? l'implora-t-il.

— Bien sûr, répondit-elle. Je ne raterai ça pour rien au monde. Mais je ne suis pas sûre que tes frères viendront.

— Je ne m'attends pas à ce qu'ils viennent, cracha-t-il en pivotant pour faire face à Antonio. Surtout l'autre là-haut.

L'ambiance dans l'arène la semaine suivante était euphorique. Les gradins bourdonnaient d'excitation. Les spectateurs, tous sur leur trente et un, discutaient d'un ton animé et saluaient de grands gestes leurs amis dans la foule. Pour les *aficionados* de ce sport, principalement conservateurs, la réouverture des arènes symbolisait un retour à une certaine forme de normalité, et ils savouraient le moment.

Pablo et Concha étaient présents pour assister à la grande première de leur fils. Antonio, Emilio et Mercedes avaient préféré rester à la maison.

En cette fin d'après-midi, depuis le cercle clos et parfait de la *Plaza de Toros*, la dévastation subie par certains quartiers de la ville était invisible. À cet instant, la majorité des spectateurs ne souhaitait qu'une seule chose : reprendre le cours de leur vie d'avant, retrouver leur position d'élite, rétablir les anciennes traditions et la hiérarchie. Même le choix des places, au soleil ou à l'ombre, *sol o sombra*, reflétait le statut social dans la ville.

Concha surprit la conversation de ses voisins.

— Quoi qu'il arrive dans les mois à venir, au moins, nous nous sommes débarrassés de ces affreux gauchistes du conseil municipal.

Après quoi, Concha s'efforça de ne plus écouter les deux hommes âgés à côté d'elle – de toute évidence, ils n'avaient pas la moindre idée de la brutalité et de la minutie avec laquelle les conseillers municipaux socialistes avaient été éliminés – mais des bribes de conversation continuaient de lui parvenir. Les deux hommes étaient difficiles à ignorer.

— Prions pour que la nation ouvre les yeux et se rende au général Franco, déclara l'un d'eux.

— Gardons espoir, répondit l'autre. Ce serait la meilleure chose pour tout le monde. Et le plus tôt sera le mieux.

— Essaie de ne pas les écouter, lui conseilla Pablo qui lui aussi les avait entendus. Les gens pensent ce qu'ils veulent, nous ne pouvons rien y changer. Regarde ! Le défilé va commencer.

Le cérémonial semblait plus fastueux encore que jamais, les hommes plus beaux, les costumes plus flamboyants. Depuis une heure, Ignacio se préparait dans le vestiaire. On laça son pantalon, on lui coiffa les cheveux avant qu'il ne dépose sur sa tête le feutre mou de la *montera*. Il leva le menton et s'admira dans le miroir. Le blanc scintillant de son costume accentuait le noir de ses cheveux et le hâle de sa peau.

En émergeant dans l'arène avec les autres pour s'incliner devant le président et les célébrités locales assises dans la tribune, il se dit que sa vie était formidable.

Et pourtant, tout reste à venir, songea-t-il, avec une anticipation jubilatoire.

Ignacio était le troisième des matadors à faire son entrée dans l'arène. Le public, qui s'était pourtant montré poli, n'avait guère été impressionné par les autres combattants. Le deuxième fit un faux départ quand son premier taureau défonça la barricade en bois et s'écrasa les cornes.

L'imprudence de la créature lui permit de recouvrer sa liberté et lui offrit un retour dans les riches pâturages où elle avait été élevée. Ce matador combattit le taureau suivant avec adresse avant de procéder à une mise à mort rapide et propre. Mais le grandiose du spectacle manqua et la foule ne se souleva pas.

Le public espérait ressentir plus d'émotions avec Ignacio. Plusieurs spectateurs l'avaient déjà vu combattre et sa hardiesse face au taureau avait été longuement débattue dans les journaux locaux.

Le public était avide de grand spectacle et il attendait toujours le meilleur pour la fin. Les morts et les violences du dernier mois n'avaient fait qu'aiguiser l'appétit de certains spectateurs qui réclamaient davantage de brutalité. Oui, le sang avait été versé dans l'après-midi, mais le frisson du danger et le plaisir cathartique avaient jusque-là manqué. Les bêtes n'avaient pas représenté de réel danger pour les jeunes toreros.

Le goût du public pour la cruauté était palpable, ils ne voulaient pas une mort trop rapide du taureau : son humiliation et sa déchéance avant le coup fatal devaient être lentes et minutieuses, et sa souffrance durer le plus longtemps possible.

Plus de la moitié de l'arène se trouvait maintenant dans l'ombre et l'air se rafraîchissait enfin. Un rayon de soleil rasant fit étinceler les broderies dorées sur la veste d'Ignacio. Le moment était idéal pour combattre.

Le taureau fonça sur lui dans un vacarme assourdissant et, alors que ses cornes touchaient la cape, ses pattes avant décollèrent du sol. En dépit des blessures infligées par le picador et les banderilleros, l'animal débordait encore de vigueur. La *muleta* lui balaya le dos comme Ignacio exécutait un mouvement avec habileté.

Après avoir réalisé ses premières figures simples, Ignacio gagna en audace. Il éblouit la foule avec l'élégance d'une passe de « papillon », balayant la cape dans son dos puis, à la surprise du public, il s'agenouilla.

— Quelle impudence ! Quelle assurance ! Quel courage !

Le taureau avait la tête baissée. Ignacio s'en sortirait-il avec une manœuvre aussi audacieuse ?

Quelques secondes plus tard, la foule aurait sa réponse.

Ignacio se redressa et les remercia de leurs applaudissements. À présent, il tournait le dos au taureau, prouvant une nouvelle fois sa suprématie sur l'animal. L'attitude était presque méprisante. Si le taureau en avait eu la force, il aurait pu encorner les fesses bien rondes de son derrière arrogant, mais l'animal se résignait déjà à mourir.

La *faena* touchait à sa fin. Ignacio exécuta quelques *verónicas* supplémentaires, faisant tourner la cape au-dessus de sa tête tout en pirouettant. Durant la dernière figure, le taureau blessé le frôla de si près que son sang teinta en pourpre la veste d'un blanc immaculé d'Ignacio.

— Je comprends maintenant pourquoi il porte du blanc, murmura Concha à part elle.

Ignacio toucha la corne gauche en passant. Son geste sembla presque affectueux, comme s'il caressait le taureau, le remerciait de l'occasion qu'il lui avait offerte de faire ses preuves.

La préparation à l'estocade avait la grâce et l'élégance d'une danse exécutée au ralenti. À présent, le taureau s'avançait vers lui, les pattes avant comme pliées en révérence. Ignacio leva l'épée et la plongea profondément dans le cœur de la bête. Tandis que l'animal vaincu était secoué d'un ultime soubresaut, les spectateurs se mirent debout et agitèrent leurs mouchoirs. La confrontation d'Ignacio avec le taureau approchait la perfection des meilleures corridas.

À l'exception des quelques hoquets de stupeur partagés avec le reste du public, les parents d'Ignacio avaient gardé le silence pendant toute la durée du combat. Une fois ou deux, Concha avait agrippé le bras de son mari. Pour une mère, voir son fils affronter un taureau en train de charger était une épreuve de terreur pure. Concha ne réussit à retrouver une respiration normale qu'une fois la dépouille de l'animal traînée pour son dernier voyage par les chevaux. Quant à Pablo, il était debout avec le reste du public, empli de fierté à la vue de son fils adulé par la foule.

La fanfare s'élança. Ignacio revint, paradant devant la foule, les bras en l'air pour recevoir les acclamations. Sensuels et provocants, les jeunes toreros à l'allure gracieuse firent le tour de l'arène d'une démarche orgueilleuse, éblouissants dans leurs tenues violettes, roses ou blanches tachetées de sang.

Concha se leva. Elle aussi était fière d'Ignacio mais elle détestait cet endroit, cette ambiance la rendait malade, et elle était heureuse de bientôt pouvoir en partir.

La corrida sembla réveiller brièvement le vieux Grenade. Tout le monde sortit, les bars se remplirent, et au creux de la nuit les rues étaient encore envahies de gens. Les gardes civils étaient sur le qui-vive mais de toute façon, ceux que le sentiment sous-jacent de triomphalisme de droite contrariait restèrent chez eux ce soir-là.

Ignacio était l'homme du jour. Dans le bar le plus chic à proximité des arènes, il fut célébré par son entourage et des dizaines de notables et d'*aficionados* qui faisaient la queue pour lui serrer la main. De nombreuses femmes cherchèrent à attirer son attention également et la fête se poursuivit jusque tard dans la nuit. Toute cette clique partageait des opinions similaires sur la situation en Espagne que reflétèrent les toasts et chants avinés.

Lorca ! Lorca ! Quelle misère !
Là tu as l'feu au derrière !

Ils scandèrent ces mots encore et encore, ravis du double sens grivois.

— Vous auriez dû voir mon frère quand il a appris pour Lorca, déclara Ignacio en riant au groupe qui l'entourait. Il était dévasté !

— Alors, lui aussi est une pédale ? s'enquit l'un des hommes les plus vulgaires dans un nuage de cigares.

— Disons qu'il ne partage pas mon goût pour les femmes, répondit Ignacio d'un ton entendu.

L'une des demoiselles les plus voluptueuses du bar s'était faufilée vers Ignacio au cours de la conversation et les mains du jeune homme s'étaient glissées autour de sa taille pendant qu'ils discutaient avec ses amis masculins. Le geste était presque inconscient. À 3 heures du matin, lorsque le bar finirait par fermer, ils se rendraient tous les deux d'un pas tranquille à l'hôtel voisin, le Majestic, qui gardait toujours des chambres libres pour les vedettes de la corrida.

Les jours qui suivirent, Ignacio déborda de bonne humeur. Il pouvait à peine contenir sa jubilation. La tête de sa magnifique mise à mort fut donnée à la famille. Elle resta accrochée dans un coin sombre du café, son regard vide posé sur les clients qui entraient à El Barril.

Et pendant qu'Ignacio célébrait son succès, les violences se poursuivaient. Lorca ne fut qu'un homme parmi des centaines à disparaître.

Environ un mois plus tard, à 3 heures du matin, on frappa à la porte d'El Barril. La violence du coup était si épouvantable que la vitre en trembla.

— Qui est là ? cria le vieux Señor Ramírez depuis la fenêtre du troisième étage. Pourquoi ce raffut de tous les diables ?

— Ouvrez, Ramírez. Tout de suite !

La voix était dure, et l'utilisation du nom de famille de Pablo signifiait que son propriétaire était là pour une affaire sérieuse.

Dès lors, tous les habitants de la rue avaient été tirés de leurs lits. On ouvrait les volets, les femmes et les enfants se penchaient aux fenêtres, et quelques hommes courageux sortirent sur le trottoir, pour se retrouver nez à nez avec une douzaine de soldats. Des chiens aboyaient et leurs jappements stridents se répercutaient sur les murs, créant une cacophonie assourdissante dans les ruelles étroites. Même une fois les verrous tirés, les coups continuaient d'être frappés sur la vitre. Ils ne cessèrent que lorsque Pablo ouvrit la porte. Alors seulement les chiens se turent. Cinq soldats entrèrent de force dans le café et la porte se referma d'un coup sec derrière eux. Les autres restèrent dans la rue, à traîner, fumer, indifférents aux regards bouillant de ressentiment des civils autour d'eux. La rue était plongée dans le silence.

Au bout de deux minutes – ou vingt, impossible à dire –, la porte s'ouvrit à la volée. Le silence céda la place aux cris. Ceux de Señora Ramírez.

— Vous ne pouvez pas l'emmener ! Vous ne pouvez pas ! hurla-t-elle d'un ton plaintif. Il n'a rien fait de mal. Vous ne pouvez pas l'emmener !

Le désespoir et l'impuissance transparaissaient dans sa voix. Elle savait qu'aucune protestation de sa part ne pourrait arrêter ces hommes. Le fait qu'ils ne possédaient pas de mandat d'arrêt légal ne valait pas une peseta.

Les réverbères étaient éteints, plongeant la rue dans l'ombre, et s'il était difficile de distinguer ce qu'il se passait exactement, chacun vit en revanche que c'était Emilio qui se trouvait entre les soldats. Il portait encore sa chemise de nuit, et le tissu blanc luisait de façon surnaturelle dans la pénombre. Il avait les mains attachées dans le dos, la tête baissée et il se tenait parfaitement immobile. L'un des hommes en uniforme lui enfonça la crosse de son fusil dans l'estomac pour le faire avancer.

— Allez, marche ! ordonna-t-il. Tout de suite.

À ces mots, Emilio sembla sortir de sa torpeur. Il s'éloigna d'un pas chancelant, tel un ivrogne, manquant de perdre l'équilibre sur les pavés inégaux.

Alors on entendit Señor Ramírez qui tentait de calmer son épouse.

— Il va revenir, ma chérie. Nous le retrouverons. Ils n'ont aucun droit de nous le prendre.

Une demi-douzaine de soldats descendirent en masse la rue derrière Emilio, deux d'entre eux lui donnant des coups entre les omoplates pour l'aiguillonner dans la bonne direction. Bientôt, ils avaient disparu à l'angle et le bruit métallique des pas militaires s'évanouit. À présent, la rue grouillait de gens, de voisins rassemblés en petits groupes, de femmes cherchant à réconforter Concha, d'hommes furieux et effrayés.

Antonio et Ignacio se tenaient côte à côte.

— Viens, dit Antonio. Nous devons les suivre. Vite.

Cela faisait bien longtemps qu'Ignacio n'avait pas obéi à un ordre de son frère, mais pour l'heure au moins, ils avaient un objectif commun. L'inquiétude pour les membres de leur famille, notamment leur mère, les unit l'espace d'un instant.

Il ne leur fallut qu'une minute ou deux pour apercevoir les uniformes. Ils les suivirent discrètement pendant moins d'un kilomètre, s'abritant sous des porches plongés dans l'ombre chaque fois qu'ils faisaient une pause. S'ils se faisaient repérer, cela chaufferait pour tout le monde, en particulier pour Emilio. Antonio s'étonna que leur itinéraire les mène à la mairie. À peine un mois plus tôt encore, Grenade était administrée d'ici dans l'intérêt du peuple.

Emilio reçut un autre coup dans le dos quand il trébucha sur le seuil. Puis la porte fut claquée d'un coup sec. Il commençait à faire jour et les deux frères n'allaient pas pouvoir rester dans la rue sans être repérés très longtemps encore. Ils s'accroupirent sous un porche, sans même oser allumer une cigarette de crainte que la flamme de l'allumette ne signale leur position, et pendant dix minutes environ, ils restèrent blottis ainsi l'un contre l'autre, se querellant sur la marche à suivre. Rester ? Partir ? Frapper à la porte ?

La décision fut rapidement prise pour eux. Peu de temps après, une voiture arriva et s'arrêta devant une porte latérale. Deux soldats en descendirent. Des personnages invisibles les firent entrer dans le bâtiment et quelques instants plus tard, ils en ressortirent. Cette fois, un troisième homme se tenait entre eux. Il était incapable de marcher seul, si bien que les deux autres le soutenaient mais leur geste n'était pas empreint de bonté. L'homme se pliait en deux sous la douleur et lorsqu'ils ouvrirent la portière du véhicule pour le pousser à l'intérieur, il était clair qu'ils n'avaient l'intention de témoigner d'aucune gentillesse. L'homme était traité comme un paquet. Lorsqu'il s'effondra dans le véhicule, Antonio comme Ignacio aperçurent la chemise de nuit blanche qui luisait toujours. Ils surent sans l'ombre d'un doute qu'il s'agissait d'Emilio.

Le moteur rugit dans la nuit et la voiture s'élança ; les deux frères durent admettre leur défaite : ils ne pouvaient suivre le véhicule.

Antonio avait le cœur lourd. Les hommes ne pleurent pas, ne cessait-il de se répéter. Son visage était figé dans une expression tordue de douleur et d'incrédulité, des mains il se couvrait la bouche pour étouffer ses sanglots, mais ses yeux débordaient de larmes. Pendant quelque temps, les frères restèrent accroupis sous le porche d'un inconnu, qui, lui, dormait à poings fermés dans son lit.

Ignacio commença à s'agiter. Le jour était presque levé et il leur fallait quitter cet endroit et rentrer chez eux. Leurs parents attendraient des nouvelles.

— Qu'allons-nous leur dire ? murmura Antonio, la voix étranglée.

— Qu'il est en état d'arrestation, répondit Ignacio d'une voix blanche. À quoi bon leur dire autre chose ?

Ils marchèrent en silence, d'un pas lent, dans les rues désertes. Antonio mourait d'envie que son jeune frère le réconforte mais cela n'arriverait pas de sitôt. Le sang-froid d'Ignacio face à la situation le laissa pantois un moment. Il savait qu'Ignacio détestait Emilio mais il ne pouvait se résoudre à le soupçonner d'être impliqué dans la disparition de son propre frère.

En tant qu'aîné, il serait de son devoir de rapporter à leurs parents ce qu'il s'était passé. Ignacio resterait en retrait, ses idées sur la question étant aussi obscures que les rues.

Cela faisait plus d'un mois que les nationalistes avaient pris le pouvoir à Grenade mais le nombre de personnes arrêtées quotidiennement et emmenées par camions entiers jusqu'au cimetière pour y être fusillées continuait d'augmenter. De telles choses paraissaient inconcevables, encore plus quand un proche était concerné.

— Peut-être veulent-ils seulement interroger Emilio au sujet d'Alejandro ? suggéra gentiment Mercedes, cherchant désespérément à se raccrocher à une bribe d'espoir.

Personne n'avait eu la moindre nouvelle du meilleur ami d'Emilio depuis son arrestation.

Concha Ramírez fut submergée par le chagrin. Elle ne pouvait le contenir. Son imagination fertile et la crainte de l'inconnu lui remplissaient l'esprit de visions d'horreur sur ce que son fils pouvait endurer.

Pablo, en revanche, refusait d'accepter l'éventualité de ne plus jamais revoir Emilio et en parlait comme s'il pouvait réapparaître à tout instant.

Sonia et Miguel avaient depuis longtemps terminé leur deuxième et leur troisième café et, de temps à autre, le serveur approchait de leur table pour voir s'ils désiraient autre chose. Deux heures s'étaient écoulées depuis leur arrivée.

— Ils ont dû être si bouleversés, déclara Sonia.

— Je crois qu'ils l'étaient, effectivement, murmura Miguel. C'était la preuve que ces choses horribles n'arrivaient pas uniquement aux autres mais aussi à eux. Et l'arrestation d'un membre de la famille impliquait qu'ils étaient tous en danger.

Sonia regarda autour d'elle.

— Ça commence à être très enfumé ici. Cela vous ennuie si l'on prend un peu l'air ? s'enquit-elle.

Ils réglèrent l'addition et sortirent du café. Miguel poursuivit son récit tandis qu'ils traversaient la place.

18

Pendant des jours, Concha pria pour le retour de son fils. Elle s'agenouillait au bord de son lit, les mains serrées en signe de supplication, et demandait dans un murmure grâce à la Vierge. Elle nourrissait peu d'espoir d'être entendue. Les nationalistes avaient revendiqué Dieu et Concha était convaincue qu'Il ne pouvait exaucer les prières des deux belligérants.

La chambre du grenier était demeurée telle qu'Emilio l'avait laissée la nuit où on l'avait extirpé de son lit. Sa mère ne prévoyait pas de ranger. Les draps étaient froissés, enroulés comme la crème à la surface d'un café, et les habits qu'il portait la veille de son arrestation étaient jetés sans soin sur une vieille chaise. Sa guitare reposait de l'autre côté du lit, ses courbes sensuelles pareilles à celles d'une femme. L'ironie frappa Señor Ramírez : l'instrument serait peut-être ce qu'il y aurait jamais de plus féminin et de plus voluptueux dans le lit d'Emilio.

Deux jours après l'arrestation d'Emilio, Mercedes trouva sa mère dans la chambre de son frère, en larmes. Pour la première fois depuis des semaines, ses pensées se tournèrent vers un autre que Javier et, pour la première fois de toute sa vie certainement, Mercedes commença à émerger de son enfance introspective.

Plus de huit semaines s'étaient écoulées depuis que Mercedes avait vu Javier et tout autant depuis la dernière fois où elle avait souri. À sa connaissance, Javier se trouvait chez lui à Málaga lorsque les soldats rebelles avaient envahi Grenade et il n'allait pas risquer sa vie en revenant ici. Même pour elle. La jeune fille se trouvait donc déchirée entre l'angoisse qu'une chose horrible lui soit arrivée et l'irritation croissante qu'il n'ait pas cherché à la contacter. Elle ne savait que penser. S'il était en sécurité et heureux quelque part, pourquoi ne lui donnait-il pas de nouvelles ? Pourquoi ne l'avait-il pas rejointe ? Mercedes se trouvait dans un curieux état d'incertitude qui la rendait triste et insatisfaite – et toutes les autres émotions qui pouvaient exister entre les deux –, mais les larmes de sa mère lui firent comprendre la souffrance de ceux qui l'entouraient.

— Maman ! dit-elle en enlaçant Concha.

Peu habituée à une telle démonstration de tendresse de la part de sa fille, Concha sanglota de plus belle.

— Il va revenir, murmura la jeune fille à l'oreille de sa mère. Il va revenir.

Sentant sa mère trembler dans ses bras, Mercedes prit soudain peur. Et si son adorable frère, le doux et aimant Emilio avec qui elle avait tant partagé, ne revenait pas ?

Les jours passèrent ainsi, dans l'incertitude. Pablo s'immergea dans le travail. Le café ne désemplissait pas, et Emilio n'était plus là pour lui prêter main-forte. Bien qu'accablé par l'angoisse, il parvenait à s'occuper l'esprit une journée entière. De temps en temps, le souvenir douloureux de l'absence de son fils le frappait avec force ; il sentait alors une boule monter dans sa gorge et devait refouler les larmes, qui sur les joues de sa femme, coulaient si librement.

Après quatre jours sans aucune information, Concha décida de prendre les choses en main. Elle voulait connaître la vérité, savoir ce qu'il se passait. Seuls les gardes civils pourraient la renseigner.

Concha avait toujours considéré d'un œil suspicieux ces individus lugubres, surmontés de leur affreux chapeau en cuir verni, et depuis le début du conflit, son aversion pour eux n'avait fait que s'accroître. Ils étaient toujours près de basculer dans la trahison et la traîtrise dans cette ville.

Elle se rendit seule au bureau de la garde civile. D'une voix tremblante, elle donna le nom d'Emilio et le garde de service ouvrit un registre sur son bureau pour vérifier les arrestations des derniers jours. Il fit courir son doigt sur la liste de noms et tourna plusieurs pages. Le cœur de Concha se souleva. Le nom de son fils n'était pas inscrit sur le registre. L'avait-on relâché ? Elle tourna les talons pour partir.

— *Señora !* appela-t-il d'un ton presque amical. Quel nom de famille m'avez-vous donné ?

— Ramírez.

— Ah oui, j'ai cru que vous aviez dit Rodríguez…

Pour Concha Ramírez, le monde cessa de tourner à cet instant. Une seconde, l'espoir avait brillé mais au ton du garde, elle comprit qu'elle s'était fourvoyée. Quel acte cruel que de lui avoir donné espoir pour ensuite l'écraser comme une fourmi sous sa botte.

— Il y a un Ramírez. La sentence a été prononcée. Trente ans.

— Où est-il ? demanda-t-elle dans un souffle. Quelle prison ?

— Je ne suis pas en mesure de vous fournir cette information pour l'instant. Revenez la semaine prochaine.

Dans le désarroi le plus total, elle parvint tout juste à atteindre la porte avant de tomber à genoux. La nouvelle lui avait coupé le souffle avec la même violence que si elle avait reçu un coup en plein estomac. Elle chercha sa respiration avant de comprendre que les gémissements bestiaux qu'elle entendait étaient ses propres pleurs. Dans l'entrée des bureaux de la garde civile qui faisait caisse de résonance, le son de son angoisse se répercuta sur les hauts plafonds. Derrière le comptoir d'accueil, un homme à lunettes la considéra sans afficher la moindre empathie. Il avait déjà vu d'autres mères en larmes ce matin et leurs problèmes suscitaient peu de compassion chez lui. La seule réaction qu'ils provoquaient était l'irritation. Il n'aimait pas les « scènes » et il espérait que cette femme, comme les autres avant elle, s'en irait rapidement.

Une fois dans la rue, Concha n'eut plus qu'un objectif : rentrer chez elle pour annoncer la nouvelle. D'un pas trébuchant, elle longea les bâtiments familiers qui ne lui procurèrent guère le réconfort dont elle avait tant besoin. La croyant ivre, les passants s'écartaient de son chemin tandis qu'elle passait d'un pas chancelant de devanture en devanture. Elle reconnut à peine les rues de sa propre ville mais, d'instinct, à travers le brouillard de ses larmes, elle retrouva le chemin d'El Barril.

Il ne fut guère utile de fournir des explications à Pablo. À la seule vue de son visage lorsqu'elle poussa la porte du café, il comprit que les nouvelles étaient mauvaises.

Neuf nuits d'affilée, le sommeil leur échappa, et chaque jour Concha cherchait à découvrir l'endroit où Emilio avait été emmené. Elle était devenue une figure familière des bureaux administratifs. Enfin, la confirmation que son fils se trouvait dans une prison des environs de Cadix lui apporta un étrange sentiment de soulagement. La prison se situait à plus de deux cents kilomètres mais au moins ils savaient.

La première idée de Concha fut d'effectuer le voyage pour aller voir son fils. Elle voulait lui apporter un peu de nourriture pour s'assurer qu'au moins il ne mourait pas de faim.

— Aller là-bas est une idée complètement ridicule, déclara Ignacio. Surtout toute seule.

— Je n'ai pas le choix, répliqua sa mère.

— Bien sûr que si, insista Ignacio.

— Un jour tu comprendras, répondit-elle avec patience. Quand tu auras des enfants.

— Dans ce cas, que Dieu te vienne en aide. Je ne peux rien ajouter de plus.

Le voyage lui prit deux jours. En dépit des papiers en sa possession, qui devaient lui assurer un trajet sûr, les contrôles fréquents des soldats et des gardes étaient souvent menés de façon agressive, et à plusieurs reprises elle fut certaine qu'il lui faudrait retourner à Grenade.

Lorsque enfin elle arriva, Concha vit sa requête de visite à son fils rejetée.

— Il est en isolement, aboya l'officier de service. Il a perdu tous ses privilèges.

Elle fut incapable d'imaginer ce que ces « privilèges » pouvaient être dans un endroit aussi abominable.

— Pour combien de temps ? demanda-t-elle, hébétée par la déception.

— Deux jours, deux semaines. Ça dépend.

Elle n'eut pas le cœur à demander de quoi cela dépendait. Dans tous les cas, elle n'aurait pas prêté foi à la réponse.

Elle laissa le panier de nourriture. Elle doutait qu'il soit jamais remis à son fils. Dans une des noix emballées dans le panier, elle avait dissimulé un message. Il s'agissait seulement de la lettre d'une mère à son fils, relatant des nouvelles superficielles de la vie de famille et délivrant des messages d'amour sincère, mais lorsqu'il fut découvert, la période d'isolement d'Emilio fut allongée d'une semaine.

Des récits sur les conditions de vie dans les prisons arrivèrent aux oreilles de Pablo et de Concha, de sources différentes. De temps à autre, un prisonnier réussissait à s'évader mais le plus souvent, on leur parlait des pelotons d'exécution quotidiens et du choix arbitraire des suppliciés.

Tandis que Concha vivait un drame personnel et s'inquiétait de l'emprisonnement de son fils, des mères perdaient leurs fils dans tout le pays. Des fils perdaient leur mère aussi.

À l'automne, les bombardiers nationalistes terrorisaient les habitants sans défense de Madrid et nul n'était à l'abri. Les mères qui faisaient la queue afin d'obtenir du lait pour leurs enfants se retrouvaient victimes et périssaient dans des explosions. La capitale était le véritable objectif de Franco et les bataillons nationalistes avaient atteint la périphérie de la ville. Des tracts avaient été lâchés pour prévenir les Madrilènes que faute de reddition, la ville serait rasée de la surface de la terre. Les raids aériens incessants commençaient à épuiser la population qui était une cible facile.

Tout le monde, loyalistes comme franquistes, suivait les événements qui se déroulaient à Madrid. Le sort de la capitale pouvait déterminer la conclusion du conflit dans tout le pays.

Début novembre, les premiers avions russes arrivèrent et les contre-attaques débutèrent. Même si la République avait désormais l'avantage dans les airs, les nationalistes commençaient à rencontrer quelques victoires au sol. Au cours du mois, ils s'emparèrent de l'une des banlieues de la capitale, Getafe, et entrevirent alors l'espoir d'être sur le chemin d'une victoire totale.

Antonio compulsait les journaux avec plus d'attention que jamais et lisait souvent à voix haute des passages à sa mère pendant qu'elle essuyait les verres le matin.

— « Malgré les bombardements des troupes républicaines, l'armée nationaliste s'est emparée de la région de Carabanchel et plusieurs ponts stratégiques sont tombés entre leurs mains, offrant ainsi un accès à l'intérieur de la ville », lut Antonio. « Des combats au corps à corps se sont déroulés dans les rues et des pertes par milliers sont à déplorer des deux côtés. Les troupes de Franco avaient traversé les lignes républicaines dans la cité universitaire. »

Antonio ignorait que sa mère était déjà au courant des événements car elle écoutait tous les matins une station de radio interdite qui émettait depuis Málaga.

— Ce pourrait être la fin de tout, déclara Antonio. Franco est peut-être sur le point de gagner.

Ignacio, qui venait d'entrer dans le café et avait entendu le commentaire d'Antonio, saisit l'occasion pour réconforter sa mère.

— Eh bien, maman, dès que Franco aura gagné, tu récupéreras peut-être Emilio.

— Quel soulagement ce serait, dit-elle en souriant à cette pensée. Mais cela ne dépend-il pas des charges retenues contre lui ?

— J'imagine que oui. Je suis sûr qu'elles n'étaient pas sérieuses cependant.

Parfois, Ignacio s'accordait à prendre une position conciliante avec sa mère. Cela apaisait ses occasionnels remords de conscience concernant sa conversation indiscrète au sujet de l'homosexualité de son frère qui pouvait avoir conduit à son arrestation. S'il avait anticipé la sévérité de la condamnation de son frère et le chagrin que cela allait causer, il se serait montré plus prudent, quel que soit le dégoût que lui inspirait Emilio.

La victoire de Franco à Madrid ne fut pas aussi imminente que le croyait Ignacio. Les citoyens éreintés de Madrid virent des uniformes passer devant eux, et supposèrent qu'il s'agissait de bataillons de soldats nationalistes. Avec surprise et bonheur, ils comprirent rapidement leur erreur. Leurs chants révolutionnaires et la mélodie caractéristique de « L'Internationale » leur apprirent qu'il s'agissait de *brigadistas*, les brigades internationales venues, comme par magie, à leur secours. Parmi eux se trouvaient des Allemands, des Polonais, des Italiens et des Anglais, et l'on racontait que tous, sans exception, avançaient sans peur sur le front.

Les membres du mouvement anarchique, fervents défenseurs de la liberté, même s'ils n'étaient pas les combattants les plus disciplinés, arrivaient aussi pour aider à la défense de Madrid contre Franco, et de nouveaux combats éclatèrent dans la cité universitaire, dont une attaque sur l'hôpital menée par les nationalistes. La région repassa rapidement aux mains des républicains et la ligne de front fut de nouveau redessinée.

Plus tard en novembre 1936, Ignacio feuilletait son journal de droite, s'informant des derniers événements à Madrid. Contrairement au reste de sa famille qui ne supportait pas de lire les articles partiaux de la presse de droite, Ignacio s'adonnait à cette activité avec ostentation. Plongé dans sa lecture, il se lamenta à voix haute que Franco ait abandonné à ce stade la bataille pour Madrid. Son père normalement flegmatique eut du mal à encaisser son commentaire.

— Ignacio, déclara Pablo, perdant enfin son sang-froid. Crois-tu réellement qu'il soit juste que des soldats tuent des innocents ?

— Quels innocents ? répliqua Ignacio sans dissimuler son mépris. Qu'entends-tu par « innocent » ?

— Les habitants de Madrid, bien sûr ! Des femmes et des enfants qui sont victimes d'explosions. Qu'ont-ils fait de mal ?

— Et tous ces prisonniers, alors ? Ils ne méritaient pas de mourir, si ? Ne me parle pas d'innocence ! Cela n'existe pas ! répliqua le fils en abattant son poing sur la table.

Ignacio évoquait l'exécution d'un millier de prisonniers nationalistes en début de mois. Madrid avait été une ville aux tendances politiques mixtes, à la fois républicaines et nationalistes, et au moment du coup d'État de l'armée, des nationalistes coincés dans la ville furent contraints de se cacher. Malgré cela, beaucoup avaient été débusqués et emprisonnés. Lorsque l'armée nationaliste avait semblé sur le point de s'emparer de Madrid début novembre, l'inquiétude avait été grande que les officiers en prison se joignent aux troupes d'invasion. Pour y remédier, plusieurs milliers de prisonniers avaient été évacués et abattus de sang-froid en dehors de la ville par des gardes républicains impatients de défendre leur capitale.

Pablo fut réduit au silence. Même les partisans ultraconservateurs de la République avaient honte de ces exactions. Il s'éloigna. Parfois, il était plus facile de s'en aller que de poursuivre une dispute avec son fils, et bien qu'il soit en total désaccord avec lui, les ultimes paroles d'Ignacio avaient des accents de vérité. Dans cette guerre, il fallait reconnaître que personne n'était blanc comme neige.

L'horreur se poursuivit à Grenade. Un après-midi de décembre, alors que le faible soleil hivernal peinait à éclairer les rues et que les pavés étincelaient comme des plaques de métal sous le faisceau des réverbères, deux soldats nationalistes entrèrent dans le café. Cette fois, ils n'eurent pas besoin de taper à la vitre. Le bar était ouvert et encore rempli de clients qui sirotaient leur café d'après repas.

— Nous aimerions jeter un œil ici, annonça l'un des soldats à Pablo, d'un ton trop avenant pour être honnête.

Le cafetier ne fit aucune tentative pour empêcher leur fouille, sachant que toute résistance ne servirait qu'à les inciter à faire montre d'une agressivité inutile. Derrière le bar se trouvait une petite cuisine et, au-delà, un bureau exigu, à peine plus grand qu'un placard, où Pablo rédigeait ses bons de commande et gardait un inventaire chaotique des marchandises qui entraient et sortaient. En plus d'une petite table de travail, il y avait une vieille commode en bois qui vomissait des papiers avant même que les vandales fascistes ne mettent la pièce à sac. Ils retournèrent chaque tiroir jusqu'à vider entièrement le meuble, ne prenant même pas la peine de s'arrêter une seconde pour lire le moindre document. Ils étaient comme des enfants, à s'échanger de grands sourires tandis que le désordre dans la pièce s'amplifiait, à s'amuser des dégâts qu'ils faisaient en lançant les papiers en l'air. C'était comme un jeu. Ils n'étaient pas le moins du monde intéressés par les factures pour le pain ou le jambon.

Pablo continua de servir au bar.

— Ne t'inquiète pas, dit-il à sa femme d'un ton courageux. Nous nettoierons ce bazar plus tard. Nous n'avons rien à cacher et je suis sûr qu'ils seront bientôt partis.

Concha coupa avec soin une grande tranche de fromage *manchego*, la disposant avec une attention inhabituelle sur une assiette, réussissant avec brio à se donner un air occupé et tranquille. En son for intérieur, elle était tétanisée par la peur. En silence, Pablo et elle convinrent qu'une attitude de totale innocence était la meilleure approche.

Les clients continuèrent de boire et de discuter à mi-voix mais la tension dans la salle était palpable. Les Grenadins étaient maintenant habitués à de telles intrusions, et même s'il était difficile de parler avec naturel dans cette ambiance, ils étaient déterminés à s'accrocher à leur petite routine, comme se rendre au moins une fois par jour dans un bar ou un café.

Les deux intrus n'étaient pas vraiment là pour fouiller. Une fois la pièce recouverte de papier blanc comme après une tempête, leur attention se porta sur la véritable raison de leur venue. C'était le poste de radio qui les intéressait. Le reste n'était que de la comédie. Avec une expression de triomphe sur le visage, le plus grand des deux soldats tourna le bouton et recula d'un pas. Inutile de chercher une fréquence, la radio était déjà réglée. Une voix s'éleva dans la pièce ; celle, caractéristique, d'une station de radio communiste qui diffusait régulièrement des informations sur les événements à travers le pays. Il augmenta le volume pour que la voix sorte du bureau et se propage dans le bar. Un rictus satisfait étira les lèvres du plus jeune des soldats. À présent le poste de radio beuglait à travers la salle. Pablo et Concha s'interrompirent immédiatement et, derrière le comptoir, ils se prirent par la main. Tous les regards étaient tournés vers les fascistes qui avaient les bras croisés et affichaient un calme olympien.

Tous les jours, aux petites heures, Concha écoutait la radio, pendant que Pablo vidait les derniers cendriers et rinçait les derniers verres, et que le reste de la famille dormait encore.

Le soldat le plus gradé se racla la gorge. Il lui faudrait hausser le ton pour se faire entendre par-dessus le bruit de la radio. Concha relâcha la main de son mari et esquissa un pas en avant. Elle ne donnerait pas à ces deux-là la satisfaction d'un interrogatoire. Elle se dénoncerait sur-le-champ et ferait gagner du temps à tout le monde. Cela ne s'avéra pas si facile cependant. Elle sentit la main de son mari se resserrer sur son bras et, un instant plus tard, il l'avait poussée sur le côté et se tenait devant elle, la dissimulant presque aux yeux des soldats.

Une fraction de seconde, elle aurait pu protester mais le moment s'envola. Pablo tendit ses deux poignets serrés. On lui passa les menottes et quelques secondes plus tard, il était conduit dans la rue et emmené. D'un regard, il empêcha sa femme d'émettre la moindre objection. Elle connaissait la signification d'une telle expression. Si elle parlait maintenant, ils les emmèneraient tous les deux. Si elle se taisait, un seul d'entre eux serait arrêté.

Rongée par la culpabilité, Concha réussit malgré tout à poursuivre sa journée dans un état cotonneux.

Une heure après le départ des soldats avec son père, Mercedes entra dans le café. Elle avait passé la matinée avec Paquita et sa mère et les avait aidées à s'installer dans leur nouvel appartement. Après le bombardement de l'été, les fondations de la maison de son amie dans l'Albaicín étaient devenues instables et pour leur sécurité, elles avaient été contraintes de déménager. Pour la première fois depuis longtemps, Mercedes avait envie de danser et elle espérait trouver Antonio à la maison. Il se débrouillait un peu à la guitare et pourrait lui jouer un air. Son besoin de danser était si puissant qu'il lui ferait oublier que son frère aîné était un piètre remplaçant de Javier ou d'Emilio.

Concha se trouvait dans le bureau, elle rangeait les derniers papiers éparpillés quand sa fille arriva. Celle-ci sut immédiatement que quelque chose n'allait pas. Elle n'avait pas vu sa mère aussi pâle depuis la nuit où Emilio avait été arrêté. Plus tard, Antonio rentra de l'école et Concha les informa calmement des derniers événements. Ils étaient bouleversés mais ils ne pouvaient rien y faire.

Ignacio rentra tard ce soir-là. Sa mère verrouilla les portes pour la nuit et lui apprit la triste nouvelle. Ignacio réagit avec colère à l'arrestation de son père. Sa fureur n'était pas dirigée contre ceux qui l'avaient arrêté mais contre sa propre famille, en particulier sa mère.

— Pourquoi a-t-il fallu qu'il écoute cette fichue radio ? s'écria-t-il. Pourquoi l'as-tu laissé faire ?

— Je ne l'ai pas laissé faire, expliqua-t-elle d'une voix posée. Ce n'est pas lui qui l'écoutait.

— C'était Antonio, c'est ça ! hurla-t-il, d'une voix aiguë. Ce sale *rojo* ! L'imbécile ! Il nous fera tous tuer, tu sais. Il s'en fiche, tu en es consciente, n'est-ce pas ?

Il s'était approché de sa mère pour lui cracher ces paroles au visage. Elle pouvait sentir sa haine.

— Ce n'était pas Antonio. C'était moi.

— Toi… ? répéta-t-il d'une voix plus calme.

Elle lui expliqua qu'elle était la seule coupable.

Ignacio était furieux contre ses deux parents. Son père aurait dû empêcher sa mère d'écouter des stations de radio subversives, et elle n'aurait pas dû attirer les soupçons sur elle en faisant campagne pour la libération d'Emilio.

— Tu aurais dû faire profil bas, se déchaîna-t-il. On était déjà repérés comme le « *café de los rojos* », même si papa ne voulait pas le voir.

Mais il n'y avait rien à faire. Quelques jours plus tard, ils apprirent que Pablo Ramírez était incarcéré non loin de Séville.

Après son arrestation, Pablo avait d'abord été enfermé avec des centaines d'autres dans le cinéma d'une ville voisine. À ce stade du conflit, les prisons étaient improvisées. Les nationalistes arrêtaient des milliers de gens si bien que les cellules ordinaires étaient surpeuplées. Arènes, théâtres, écoles et églises devinrent des lieux d'emprisonnement pour les innocents, et l'ironie n'échappa pas aux républicains : ces lieux autrefois dédiés au plaisir, au divertissement, à l'éducation et même à la prière, étaient devenus des lieux de tortures et d'assassinats.

Dans le cinéma plongé dans le noir vingt-quatre heures sur vingt-quatre où Pablo, effrayé et déboussolé, fut détenu provisoirement, les gens dormaient où ils pouvaient : recroquevillés dans l'entrée, étendus dans les allées et affalés sur des sièges en bois inconfortables. Il y resta quelques jours, puis il fut transféré avec d'autres dans une prison située à deux cents kilomètres au nord. Personne ne prit la peine de leur dire comment elle s'appelait.

Initialement conçue pour accueillir trois cents détenus, la prison en contenait désormais deux mille. La nuit, ils s'allongeaient à même le sol, en rangs serrés, si près les uns contre les autres qu'ils ne pouvaient se tourner. Il y régnait un froid glacial. Quand un homme était pris d'une quinte de toux, toute la cellule était réveillée, et leur promiscuité faisait craindre une propagation fulgurante de la tuberculose si un seul cas se déclarait.

Pendant un temps, Pablo fut transféré de prison en prison mais le quotidien y était le même partout. La journée débutait avant même le lever du jour, avec le tintement menaçant des clés et le son tonitruant des verrous qu'on tirait pour sortir les prisonniers de leurs cages. Ils avaient droit à un petit déjeuner composé d'un gruau liquide, puis on leur imposait une messe, suivie des chants patriotiques et fascistes. Ensuite les attendaient de longues heures de pur ennui et d'inconfort, parqués dans les cellules glaciales et infestées de poux. Au dîner, la bouillie s'accompagnait d'une poignée de lentilles et après le repas, la peur commençait à leur tordre le ventre.

Des hommes se mettaient à marmonner des prières adressées à un Dieu auquel ils croyaient à peine. La sueur perlait aux tempes et les cœurs s'emballaient. Car c'était le moment où la voix monocorde du directeur de la prison dressait la liste d'exécution. Malgré eux, les détenus n'avaient d'autre choix que d'écouter, craignant chaque première syllabe qui pourrait être celle de leur nom. Les condamnés étaient emmenés au cours de la nuit et fusillés le lendemain matin. La liste semblait arbitraire et les noms dessus choisis de façon complètement aléatoire, comme si les gardiens, musardant autour d'un brasero, les avaient tirés au sort pour passer le temps.

Lorsqu'ils prenaient conscience qu'ils vivraient un jour de plus, la plupart des prisonniers se sentaient à la fois nauséeux et soulagés. Quelques-uns des condamnés perdaient leur sang-froid et hurlaient leur douleur brute et leur impuissance, faisant voler en éclats la suffisance des autres. Demain, ce serait peut-être leur tour.

De temps à autre, Concha rendait visite à Pablo. Elle partait de bon matin et rentrait à minuit, rongée par l'angoisse en songeant aux conditions dans lesquelles il vivait, et redoutant qu'Emilio n'endure les mêmes horreurs. Elle n'avait toujours pas vu son fils.

En dehors de ces visites, Concha occupait ses journées en tenant le café. Voyant sa mère prête à craquer, Mercedes lui offrit son aide et découvrit que le travail lui permettait de détourner son esprit de l'absence de ceux qu'elle aimait.

On les avait informés du transfert d'Emilio dans une prison près de Huelva. Le trajet jusqu'au sud-ouest de l'Andalousie s'avérait plus périlleux encore que celui jusqu'à Cadix, mais le mois suivant, Concha fut enfin en mesure de lui rendre visite. Elle prépara un panier de ravitaillement. L'excitation et la peur l'emplissaient à l'idée de voir son fils : elle ignorait dans quel état elle le trouverait.

Lorsqu'elle arriva à la prison, l'officier la considéra d'un œil dédaigneux.

— Vos rations pour Ramírez ne seront pas nécessaires, dit-il d'un ton glacial.

On lui tendit un certificat de décès. Emilio avait succombé à la tuberculose. Elle se raccrochait depuis si longtemps à un mince espoir, et à présent il laissait place à la certitude absolue de sa mort.

Concha ne garda aucun souvenir de son voyage de retour. Sous le choc et la torpeur elle rentra à Grenade comme un automate, opérant machinalement.

Ignacio se faisait de plus en plus rare. Le morcellement de sa famille aurait dû l'inquiéter mais il ne s'intéressait qu'à sa propre sécurité. En conséquence, une fois de plus, seuls Antonio et Mercedes se trouvaient à la maison au retour de leur mère. Son teint livide et ses lèvres exsangues leur révélèrent tout ce qu'ils devaient savoir. Ils la mirent au lit et restèrent à son chevet toute la nuit, sans prononcer un mot. Le lendemain, elle leur montra le certificat de décès. Ils n'y apprirent rien qu'ils ne savaient déjà.

Lorsque sa mère rendait visite à son père, Mercedes tenait seule le café mais les autres jours, si elle avait un peu de temps libre, elle montait au Sacromonte. La danse était la seule partie de sa vie qui avait encore un sens. Elle était consciente du risque qu'elle prenait en agissant ainsi ; en effet, de nouvelles règles restrictives sur la conduite que les habitants de Grenade devaient tenir étaient imposées. On attendait des femmes qu'elles se vêtent avec modestie, qu'elles couvrent leurs bras et portent de hauts cols mais, surtout, la musique « subversive » était proscrite, tout comme la danse. Le garrot serré du régime donnait encore plus envie à Mercedes de danser. C'était une expression de liberté qu'elle ne laisserait personne lui retirer.

María Rodríguez faisait preuve d'une patience sans bornes et connaissait une variété non exhaustive de pas qu'elle voulait enseigner à son élève. Elle était la première à apprécier les touches personnelles que la jeune fille donnait à sa façon de danser. L'absence de Javier, la mort d'Emilio et l'ambiance morose qui saturait sa maison étaient autant d'éléments qui remplaçaient l'imagination lorsque Mercedes voulait exprimer la perte et le chagrin. Ces sentiments étaient aussi réels pour elle que le plancher sous ses pieds.

Mercedes peinait à reconnaître en Antonio, aujourd'hui inquiet et distant, le frère souriant d'autrefois. Il se retrouvait désormais chef de famille et s'inquiétait sans cesse du bien-être de sa sœur, surtout lorsqu'elle rentrait tard du Sacromonte. À Grenade, la danse n'était plus souhaitable.

Au creux de la nuit, dans l'obscurité d'un appartement aux volets clos, le clic discret d'une porte qu'on refermait perça le silence. Au crime de son retard, Mercedes ajouta le péché de tenter de dissimuler son retour furtif à la maison.

— Mercedes ! Pour l'amour du ciel, où étais-tu ? murmura une voix sévère.

Antonio sortit de l'ombre du couloir et Mercedes se tint devant lui, tête baissée, mains croisées dans le dos.

— Pourquoi rentres-tu si tard ? Pourquoi nous infliges-tu cela ?

Il hésita, flottant dans l'espace flou entre le désespoir le plus total et son amour inconditionnel pour sa sœur.

— Et que caches-tu là ? Je le devine très bien !

Elle tendit les mains. En équilibre sur ses paumes ouvertes reposait une paire de chaussures noires éraflées, leur cuir aussi souple que la peau humaine, leur semelle usée jusqu'à en devenir translucide.

Il lui saisit délicatement les poignets et les serra entre ses mains.

— Je t'en prie, je te le demande pour la toute dernière fois… l'implora-t-il.

— Je suis désolée, Antonio, répondit-elle à voix basse en plongeant son regard dans le sien. Je ne peux pas arrêter. C'est plus fort que moi.

— C'est dangereux, *querida mía*. C'est trop dangereux.

19

Le fossé entre Antonio et Ignacio se creusait chaque jour davantage. Le meilleur ami d'Antonio, Francisco Pérez, lui avait mis dans la tête que son frère avait pris part à la délation de son père, Luis, et de son frère, Julio. Sur le coup, l'accusation avait semblé outrageuse, mais Antonio n'avait jamais pu la réfuter totalement. Les liens étroits qu'entretenait Ignacio avec la droite au pouvoir à Grenade ne laissaient aucun doute : Ignacio était franquiste. Il était la célébrité adorée de certains des criminels les plus vicieux, les plus violents et injustes de la ville.

Antonio savait que la prudence la plus extrême était requise. Il avait conscience que les liens du sang qu'ils partageaient ne le rendaient pas moins vulnérable aux yeux de son frère qui méprisait ses opinions et ses affinités socialistes.

Grenade avait beau se situer en territoire nationaliste, un fort courant de soutien au gouvernement républicain légal demeurait, et beaucoup étaient disposés à résister à la tyrannie sous laquelle ils étaient désormais contraints de vivre. Ainsi, les partisans de Franco n'étaient pas les seuls à commettre des atrocités au nom de la guerre. Les personnes soupçonnées de collaborer avec les franquistes étaient fréquemment assassinées et leurs corps portaient souvent des marques de torture.

Parfois, ces incidents débutaient comme des bagarres de rue, avec échange de noms d'oiseaux et bousculades. Puis, en quelques instants à peine, la querelle se transformait en véritable combat opposant des hommes qui, souvent, avaient grandi ensemble et joué au foot dans la rue. Le labyrinthe d'étroites ruelles aux doux noms – Silencio, Escuelas, Duquesa – autrefois théâtre d'interminables parties de cache-cache, devint le circuit de terrifiantes courses-poursuites. Les porches, cachette momentanée durant ces jours heureux, offraient maintenant un refuge et pouvaient faire la différence entre la vie et la mort.

Une nuit de fin janvier 1937, Ignacio et trois de ses amis passèrent leur soirée à boire dans un bar près des arènes. Le quartier était fréquenté par les partisans du nouveau régime et le bar était le repaire des amateurs de corrida. Par conséquent, si les sympathisants républicains osaient se montrer, les problèmes étaient assurés. Dans un coin, se trouvait un petit groupe de buveurs que les habitués ne connaissaient pas, et un vent de trouble souffla dans la salle. Même si aucun ne tournait le regard dans leur direction, tous étaient conscients de la présence des quatre jeunes vêtus de façon légère et négligée, et le barman les servit avec une prudence formelle, sans chercher à engager la conversation.

Aux alentours de minuit, les étrangers se levèrent pour partir. En passant, l'un d'eux donna un grand coup dans l'épaule d'Ignacio qui était assis. En d'autres circonstances, le geste aurait pu être vu comme amical, mais pas en ces heures sombres et pas dans ce bar. C'était Enrique García. Ignacio et lui avaient été à l'école ensemble et déjà à l'époque, ils ne s'appréciaient pas beaucoup.

— Comment va Ignacio ? s'enquit Enrique. Comment va le matador numéro un de Grenade ?

La dernière remarque était moqueuse et Ignacio fut prompt à saisir l'allusion. García insinuait qu'il était impliqué dans les exécutions ayant eu lieu en ville et cette idée le fit enrager. Pour Ignacio, il existait une différence entre ce qu'il considérait comme son rôle normal d'informateur et le fait d'être un véritable assassin. Il gardait sa propre soif de sang pour l'arène.

Il savait qu'il ne devait pas réagir. Si García était là pour se battre, il saisirait justement l'occasion.

García domina Ignacio de toute sa hauteur. Tel un picador à cheval, l'homme disposait d'un avantage évident. Rarement Ignacio s'était senti aussi vulnérable, et il détestait la proximité de cet homme et l'attitude menaçante avec laquelle il se penchait audessus de lui comme sur le point de planter sa *pica* dans son flanc. S'il voulait contrôler son tempérament fougueux, Ignacio devait sortir d'ici. Au plus vite.

— Bon, dit-il à voix basse en contemplant son cercle d'amis. Je crois qu'il est temps que je rentre.

Une vague de murmures roula sur le groupe. Il était encore tôt, pourtant ils comprenaient le besoin de partir d'Ignacio. D'un regard entendu, ils convinrent de ne pas l'accompagner dehors, le geste pouvant être considéré comme une agression. Il était de loin préférable pour Ignacio de s'esquiver discrètement. Au moins ainsi, la situation avait une chance de se désamorcer toute seule.

En quelques secondes, il était dans la rue. Malgré l'heure, il n'y avait pas un chat. Les mains dans les poches, il remonta San Jerónimo d'un pas nonchalant, vers la cathédrale. La nuit était humide et les pavés luisaient sous la faible lueur des réverbères. Il n'était pas pressé. Croyant entendre des pas derrière lui, il tourna la tête mais ne vit personne, aussi poursuivit-il sa route, résolu à ne pas se hâter. Arrivé presque au sommet, il tourna soudainement à droite, vers l'une des rues les plus animées de la ville.

Alors, à ce coin de rue, il sentit une douleur aiguë sur le côté de la nuque. Son agresseur l'avait attendu sous un porche, sachant que sa victime emprunterait ce chemin pour rentrer chez lui. Le choc le projeta en arrière, dans le caniveau. Il se plia en deux sous la douleur, la vision brouillée et l'estomac secoué de nausées. Il reçut un deuxième coup entre les omoplates. Avec une grande appréhension, redoutant avant tout qu'on abîme son beau visage, il leva la tête et vit trois autres hommes approcher. Ils sortaient de Santa Paula, la rue parallèle à San Jerónimo ; il comprit alors qu'il était tombé dans une embuscade soigneusement orchestrée.

Une seule réponse s'offrait à lui : la fuite. Poussé par l'adrénaline, Ignacio prit ses jambes à son cou. La forme physique qu'il tenait, grâce aux longues heures d'entraînement pour la corrida, ne lui avait jamais été aussi utile. Il avançait à l'aveugle, tournant à droite, à gauche, se perdant dans ces rues qu'il connaissait si bien depuis l'enfance. La vue encore brouillée, il gardait les yeux au sol, regardant où il mettait les pieds pour ne pas tomber. Malgré la fraîcheur de la nuit, une moiteur lui dégoulinait sur le corps.

Il s'accroupit sous un porche pour reprendre son souffle. Il vit alors que ce n'était pas la sueur qui trempait sa chemise mais le sang, d'un rouge profond, qui coulait en abondance. Il possédait sa propre arme, un canif au manche d'os qu'il emportait toujours avec lui, et bien que l'occasion ne se soit pas encore présentée de s'en servir, il plongea la main dans la poche de sa veste pour s'assurer qu'il était bien là. Il n'avait qu'une idée en tête : rentrer chez lui mais, comme il tentait de se remettre debout, ses jambes se dérobèrent sous lui.

Il avait malgré lui endossé le rôle de la bête traquée, et les chances étaient minces de se tirer indemne des pattes de ses adversaires qui, à n'en pas douter, étaient armés de lames plus aiguisées que la sienne. Et s'il restait caché jusqu'à ce qu'ils abandonnent leur traque ? En de rares occasions et par pure indulgence, le président d'une corrida accordait une remise de peine s'il considérait que le taureau avait démontré une bravoure hors du commun. Ignacio pria mentalement pour que ces *rojos* se disent qu'il avait réussi à les semer et qu'ils le laissent en paix. Le cœur du taureau était-il habité du même optimisme jusqu'à l'instant fatidique où le matador procédait à la mise à mort ? Bénéficierait-il d'un salut de dernière minute ?

Sur le chemin du bar plus tôt dans la soirée, il était empli de la même ignorance que le taureau qui entre dans l'arène. Ces gauchistes avaient tout planifié, comprenait-il à présent, et ils pensaient le résultat assuré, comme les détenteurs d'un ticket qui vont prendre place dans les arènes. La soirée entière s'était découpée comme les différents actes de la corrida, et tandis qu'il était accroupi dans l'embrasure sombre d'une porte, son corps se tendit pour résister au coup final qui allait certainement venir. Devant ses yeux défilèrent les moments de vérité des bêtes qu'il avait mises à terre ; il sut alors que sa fin était aussi proche qu'inévitable. Il n'y avait jamais eu le moindre doute quant au résultat du rituel. Il était tout autant pris au piège que le taureau dans l'arène depuis l'instant où García l'avait bousculé jusqu'au moment où on lui avait infligé ces blessures.

Cette réflexion fut peut-être la dernière pensée cohérente qui traversa l'esprit d'Ignacio avant qu'il ne sombre dans l'inconscience. Un passant aurait pris son corps à présent affalé pour celui d'un clochard endormi. Il aperçut vaguement deux silhouettes qui s'approchaient dans la lueur des réverbères. La vision brouillée, le monde s'estompant de plus en plus vite, il lui semblait voir leurs têtes entourées d'un halo lumineux. Peut-être étaient-ce des anges venus à son secours ?

Dans une rue du nom de Paz, García l'empoigna par le revers de sa veste et porta d'un geste prompt un ultime coup de poignard. Acte inutile. À quoi bon achever un mort ?

Ils le tirèrent par les chevilles jusqu'au milieu de la rue pour que sa dépouille soit découverte aux premières heures du jour. Cette mise à mort revêtait une importance capitale, c'était un acte de propagande autant que de représailles. Depuis une alcôve du mur de l'église voisine, un saint contempla le cadavre d'Ignacio. Une large traînée rouge remontait jusqu'à l'endroit où il s'était caché, et un filet de sang coulait entre les pavés et y serpentait. La pluie laverait tout au matin.

À l'intérieur de l'église, les plaies d'une effigie du Christ semblaient dégouliner de sang ; dehors, la vie d'un véritable être humain s'était éteinte rapidement à cause d'une méchante entaille au cou.

Alors que le jour se levait, un message arriva à El Barril. Dans l'esprit de Concha, les martèlements à la porte évoquèrent immédiatement le souvenir douloureux de l'arrestation d'Emilio. Elle avait à peine dormi depuis cette affreuse nuit six mois auparavant, et même lorsqu'elle parvenait à fermer les yeux, elle se réveillait au moindre son – un volet qui claquait dans une rue voisine, un de ses enfants qui se retournait dans son lit, une marche qui craquait, une quinte de toux.

Antonio fut chargé d'aller identifier le corps, même si aucun doute ne subsistait. En dépit des violents coups de poignard que son corps avait reçus, le beau visage d'Ignacio demeurait intact.

Vêtu de son plus beau *traje de luces*, Ignacio fut transporté dans un attelage de chevaux de la morgue jusqu'au cimetière, au sommet de la colline qui surplombait la ville. Antonio prit la tête du cortège funéraire. Sa sœur rassembla le peu de force qu'il lui restait pour soutenir leur mère inconsolable qui s'appuyait sur elle.

Pour Concha Ramírez, chaque pas exigeait un effort surhumain, comme si elle portait elle-même le fardeau du cercueil. À l'approche des grilles du cimetière, elle se sentit soudain accablée par la violence de cette vérité irréfutable : deux de ses fils étaient morts. Avant cet instant, elle avait pu se raccrocher à un mince vestige d'espoir et imaginer que rien de tout cela n'était vrai. Elle n'éprouvait aucun empressement à atteindre cette destination. Les amis marchaient en silence derrière eux, têtes baissées, le regard sur les souliers boueux qui foulaient la route détrempée.

L'assemblée à ces funérailles était d'une taille assez considérable. En plus de la famille, tous les *aficionados* de corrida dans un rayon de cent cinquante kilomètres firent le déplacement. La carrière d'Ignacio avait peut-être été de courte durée mais elle avait été certainement éminente, et en peu de temps, il avait gagné le cœur d'un vaste public, qui comprenait bon nombre de femmes ; certaines n'étaient que des admiratrices anonymes, mais d'autres avaient été aimées par lui, quelques jours ou juste une nuit. Sa maîtresse, Elvira, était également présente, accompagnée de son mari, Pedro Delgado, venu présenter ses respects à l'un des meilleurs toreros débutants d'Andalousie. Il s'efforça d'ignorer les larmes incontrôlables qui roulaient abondamment sur les joues de son épouse avant de remarquer que si elle n'avait pas pleuré, elle aurait été la seule femme de l'assistance à garder les yeux secs.

Une pierre marquait l'endroit de son dernier repos : « *Tu familia no te olvida.* » S'il n'y avait qu'un seul corps à mettre en terre ce jour-là, le chagrin de la famille Ramírez portait sans conteste sur les deux fils. Ils versèrent des larmes amères. Concha pleura avec intensité et égalité la perte de ses deux merveilleux garçons. Emilio aussi bien qu'Ignacio avaient éprouvé les limites de la tolérance parentale mais tout cela n'avait plus d'importance.

La douleur d'avoir perdu Emilio était aussi vive en cette froide journée de janvier que le jour où il leur avait été arraché, et Concha avait le sentiment que sans corps à mettre en terre, son chagrin ne connaîtrait jamais de répit. Ces funérailles étaient une double cérémonie.

Si Antonio et Mercedes étaient dévastés par la perte de leurs frères, ils étaient encore plus accablés par la souffrance de leur mère. Pendant des jours, elle demeura sans manger, sans parler, sans dormir, et il semblait que rien ne pourrait la tirer de cet état catatonique. Pendant un long moment, elle fut dans un autre monde.

La famille Ramírez avait la double malchance d'avoir perdu des êtres chers dans chaque camp du conflit, et ce mauvais coup du sort les laissa perplexes. Ils vécurent les semaines suivantes dans un état d'incrédulité hébétée, conscients que de tels événements se produisaient désormais à travers tout le pays. Pour l'heure, savoir que leur famille n'était pas la seule à subir de telles horreurs ne les consolait guère.

20

Le froid piquant de janvier avait cédé la place à l'humidité de février qui enveloppait la ville d'une couverture grise. Le soleil perçait à peine les nuages et la Sierra Nevada disparaissait dans la brume. Grenade était comme déconnectée du monde extérieur.

Au bout d'un certain temps, la douleur aiguë de la famille Ramírez s'atténua et le cours normal de la vie dans un pays en guerre avec lui-même reprit. Le café commençait à paraître négligé. Concha avait du mal à garder l'endroit propre. Même si elle avait pu s'en sortir toute seule, son inquiétude pour son mari l'épuisait, et la souffrance persistante de la perte d'Ignacio et d'Emilio continuait à saper son énergie.

La pénurie de denrées alimentaires devenait de plus en plus courante et s'approvisionner était une lutte quotidienne, tant pour la famille que pour le café. El Barril était ce qu'elle léguerait à ses enfants et la survie du café était désormais son unique préoccupation. Concha essayait de ne pas en vouloir aux propriétaires corpulents des grandes demeures sur le Paseo del Salón qui semblaient avoir toujours de quoi se sustenter quand beaucoup devaient se serrer la ceinture.

Au cours des derniers mois, Mercedes était devenue de moins en moins égocentrique et aidait désormais sa mère sans qu'on le lui demande. En son for intérieur, cependant, la futilité de la tâche la dépitait. Servir du café et des petits verres d'alcool fort lui paraissait parfois une entreprise bien vaine et, à l'occasion, elle ne pouvait s'empêcher de faire part de ses sentiments à sa mère.

— Je suis d'accord avec toi, Merche, déclara Concha. Mais de cette manière, on se rappelle la vie normale. C'est peut-être suffisant pour le moment.

Les brefs échanges que la famille Ramírez avait avec ses clients dans un café bondé étaient le seul lien social qu'elle gardait des premiers jours de paix et elle en viendrait à le considérer comme le « bon vieux temps ». Pour Mercedes, tout était sombre et maussade. Les arbres dénudés s'élevaient comme des squelettes dans les rues et sur les places. La ville se vidait progressivement de tous ceux qui comptaient pour elle. Elle était toujours sans nouvelles de Javier.

Un matin, Concha se prit à contempler sa fille qui balayait le sol du café. Elle poussait d'un geste lent et méticuleux les miettes, la cendre et les boules de serviettes en papier au centre de la salle. Sa mère l'observa dessiner des arcs de cercle invisibles mais parfaits et rouler des hanches tout en travaillant. Mercedes avait remonté les manches de son gilet en tricot et les tendons de ses bras saillaient quand elle agrippait le balai. Concha ne doutait pas une seconde que, dans sa tête, sa fille se trouvait complètement ailleurs. En train de danser, certainement. D'écouter Javier.

Mercedes vivait dans un monde fantasmé depuis qu'elle était enfant et aujourd'hui, seules ses rêveries lui permettaient de trouver la vie supportable. Parfois, elle se demandait s'il en serait ainsi jusqu'à sa mort. C'était sans doute la seule façon de survivre à ces heures sombres. Sentant le regard de sa mère posé sur elle, elle leva les yeux.

— Pourquoi me fixes-tu ? demanda-t-elle d'un ton boudeur. Je ne balaie pas bien ?

— Bien sûr que si, répondit sa mère qui perçut la force de son ressentiment. Tu fais du très bon travail et je t'en remercie.

— Mais je déteste ça. Je hais chaque seconde, de chaque minute, de chaque heure de chaque jour ! répliqua-t-elle, irascible, en envoyant le balai valdinguer de l'autre côté de la pièce.

Elle tira l'une des chaises en bois à proximité et l'espace d'un instant, sa mère se fit toute petite, craignant qu'elle ne la balance aussi.

Au lieu de quoi, Mercedes se laissa choir dessus, épuisée. Elle posa les coudes sur la table et se prit la tête entre les mains. Mercedes avait géré avec courage les pertes de ces derniers mois, mais soudain sa capacité à dissimuler ses sentiments la déserta.

La jeune femme avait connu son lot de malheurs. Deux de ses frères adorés étaient morts, son père était en prison et Javier, l'homme qui avait éveillé en elle des sentiments amoureux plus grands que ce qu'elle aurait pu imaginer, avait disparu. Concha ne pouvait espérer de sa fille qu'elle s'intéresse à ce qu'elle avait encore. L'heure était venue de pleurer sur ce qui avait été arraché. La gratitude et les bénédictions attendraient.

L'un des habitués s'encadra dans la porte puis recula d'un pas : le moment était mal choisi pour son *café con leche*.

Concha tira une chaise près de sa fille et passa son bras autour de ses épaules.

— Ma pauvre Merche, murmura-t-elle. Ma pauvre, pauvre Merche.

Mercedes l'entendit à peine tant ses gémissements étaient forts.

Elle avait beau ne pas être responsable, Concha se sentait profondément coupable de la tournure des événements dans la vie de sa fille. Son essence même avait été comme aspirée et Concha compatissait à sa frustration et à sa tristesse. Même s'ils poursuivaient leurs vies aussi normalement que possible, les habitants de Grenade avaient les traits tirés. La peur de la garde civile, des soldats nationalistes et même des langues déliées des voisins les hantait. La tension en ville les affectait tous.

L'instinct maternel de Concha lui soufflait d'enfermer sa fille pour la protéger de tout ce qui rôdait de l'autre côté des lambris de cette sombre pièce. Maintenant que son mari et son fils avaient été arrachés à ces quatre murs, la maison ne leur procurait plus la sécurité qu'ils prenaient autrefois pour acquise. Les deux femmes savaient que la chaleur et la protection que leur foyer semblait offrir n'étaient guère qu'une illusion. Pour cette raison, elle se retrouva à prononcer des mots qu'une mère aurait cru impossibles à dire.

— Tu dois le retrouver.

Mercedes leva les yeux sur sa mère, à la fois surprise et reconnaissante.

— Javier, précisa Concha comme si le moindre doute pouvait subsister sur le sens de ses paroles. Tu dois essayer de le retrouver. Je suis sûre qu'il t'attend.

En un rien de temps, Mercedes avait préparé ses affaires et fut prête à partir. Sa hâte de revoir Javier surpassa toute hésitation qu'elle aurait pu nourrir à l'idée de s'en aller seule. Dans sa chambre, elle attrapa son manteau et son écharpe. Elle glissa la photographie de son *tocaor* dans son sac puis, au dernier moment, vit ses chaussures de danse qui dépassaient de dessous son lit. Impossible de les laisser, songea-t-elle en se penchant pour les ramasser. Lorsqu'elle retrouverait Javier, elle en aurait sûrement besoin.

Lorsque Mercedes redescendit, Concha était au bar en train de finir le ménage.

— Je sais que ton père désapprouverait que je te laisse partir… et je ne suis pas convaincue que ce soit la meilleure chose à faire…

— Je t'en prie, ne change pas d'avis, la supplia Mercedes. Je reviendrai vite. Alors… souhaite-moi bonne chance.

Concha déglutit avec difficulté. Elle ne devait pas montrer son angoisse à Mercedes. Elle la prit brièvement dans ses bras et lui tendit un peu d'argent, une miche de pain et du fromage emballé dans du papier, sachant que sa fille n'avait pas encore mangé de la journée. Aucune des deux ne put se résoudre à prononcer les mots « au revoir ».

À l'instant où les cloches de l'église Santa Ana sonnaient les douze coups de midi, Mercedes sortit en hâte du café.

Concha se remit au travail. Pour n'importe quel passant, c'était un jour comme un autre à El Barril.

Concha avait été tant préoccupée par ses tâches qu'elle en avait cessé de surveiller les allées et venues d'Antonio. Dans son malheur, son aîné semblait l'une des rares personnes au sujet de laquelle elle n'avait pas besoin de s'inquiéter. L'école avait rouvert et Concha supposait qu'il rentrait tard parce qu'il préparait ses cours dans sa classe. En fait, il passait tout son temps libre avec ses amis d'enfance, Salvador et Francisco.

Le silence n'avait jamais été synonyme de solitude pour El Mudo. Le regard expressif et les traits parfaits du jeune homme attiraient les gens comme un aimant. Les femmes qui tombaient dans ses bras n'étaient jamais déçues des attentions qu'il leur prodiguait, et son instinct délicat pour leurs besoins était d'autant plus sensible qu'il ne parlait ni n'entendait. L'adoration qu'elles lui portaient était d'autant plus grande qu'il ne leur emplissait pas les oreilles de belles déclarations d'amour ni de promesses vaines lorsqu'elles quittaient sa couche dans la chaleur de la nuit. Son succès laissait ses deux amis admiratifs.

Souvent, le trio attisait la curiosité. Les inconnus étaient fascinés par le spectacle de leurs folles gesticulations ; ils supposaient que les trois hommes étaient sourds et muets, ils trouvaient les garçons aussi divertissants que des mimes et s'interrogeaient sur le monde silencieux qu'ils habitaient. Pour les gens du quartier, voir Antonio, Francisco et Salvador se tordre de rire en silence dans un coin du café n'avait rien d'inhabituel. Lorsqu'ils n'étaient que deux, ils jouaient toujours aux échecs.

Ils se retrouvaient la plupart du temps dans le café même où ils avaient dégusté des glaces enfants et avaient grandi en partageant les mêmes idéaux. Leurs convictions socialistes les unissaient plus profondément encore que jamais. La loyauté qu'ils s'étaient jurée quand ils avaient huit ans n'avait jamais failli et de l'avis des trois amis, le socialisme était la seule voie possible vers une société plus juste. Ils connaissaient certains des radicaux de la ville, des avocats de gauche et quelques politiciens, et ils fréquentaient les mêmes bars qu'eux, gravitant autour de groupes qui discutaient politique.

Ce soir-là, ils avaient déjà évoqué les sujets habituels, discuté pour la centième fois de ce qu'il se passait à Grenade, où les partisans de la République continuaient d'être arrêtés de façon aléatoire. Salvador fit soudain signe à ses compagnons de se montrer prudents en indiquant deux hommes dans un coin du bar. De par sa surdité, il était capable de lire mieux que quiconque les moindres changements d'expression sur le visage des autres, ce qui en avait conduit certains à le soupçonner de posséder des pouvoirs surnaturels pour lire dans les esprits. En vérité, il ne faisait que ce que chacun était capable d'accomplir : il observait les plus fines nuances des expressions faciales et apprenait à détecter le moindre signe d'embarras. Son jugement touchait juste à chaque fois.

— Attention, signa-t-il. Tout le monde ici ne partage pas nos opinions.

Généralement, ils pouvaient communiquer les uns avec les autres en toute intimité mais de temps à autre, Salvador sentait un regard peu amical posé sur eux. C'était le cas à présent. Après tout, il n'était pas le seul *sordomudo* de Grenade et d'autres connaissaient la langue des signes.

— Partons, déclara Antonio.

Il leur faudrait poursuivre leur discussion ailleurs. Ils se levèrent tous les trois, jetant quelques pièces dans le cendrier pour leurs bières.

Quelques minutes plus tard, ils avaient investi l'appartement de Salvador. Même l'oreille pressée contre la porte, l'épieur le plus déterminé aurait eu des difficultés à entendre autre chose qu'un occasionnel bruissement. Salvador vivait seul. Sa mère et sa grand-mère se trouvaient dans le *cortijo* d'une tante en dehors de la ville lorsque le coup d'État avait eu lieu et elles n'étaient pas rentrées depuis. Son père était décédé quand il avait onze ans.

Salvador débarrassa la table d'un assortiment de tasses et d'assiettes et ils s'assirent. Il posa une casserole d'eau sur la gazinière et sortit un petit sac de café. Francisco se servait déjà d'une assiette sale comme cendrier et la fumée s'élevait en volutes jusqu'au plafond haut, s'accrochant aux murs jaunissants.

Ils étaient rassemblés autour de la table pour élaborer des plans mais un sentiment de gêne flottait entre eux. Pas seulement à cause du voisin, un comptable au visage fin, qui avait ouvert sa porte pour les scruter quand ils étaient passés, mais parce que le ressentiment couvait entre eux. Il fallait percer l'abcès.

À l'instar de tous ceux qui s'opposaient à Franco, les trois amis avaient accepté l'idée qu'il n'y avait jamais eu à Grenade de véritable résistance au coup d'État. Les soldats nationalistes avaient été accueillis dans la ville fortement conservatrice quasiment à bras ouverts et il était trop tard pour y changer quoi que ce soit maintenant. S'élever en ennemi du nouveau régime était suicidaire.

Si les hommes de Franco étaient bien installés au pouvoir à Grenade, tous ceux qui s'opposaient à l'*alzamiento* – au soulèvement – n'en restaient pas pour autant inactifs. Francisco ne s'était certainement pas tourné les pouces. Il avait appris que les charges retenues contre son père et son frère étaient la simple possession de carte de syndicaliste et n'avait pas attendu pour chercher à venger leur mort. Il se fichait de la manière. Tout ce qu'il exigeait, c'était l'odeur aigre du sang nationaliste. Même si les fascistes tenaient la ville de Grenade d'une main ferme, leur prise sur plusieurs régions rurales alentour restait fragile. Francisco prenait part à une campagne de résistance et de subversion. Par endroits, les garnisons des gardes civils qui avaient trahi la République étaient aisément maîtrisées et une fois celles-ci écartées, les jeunes hommes débordant de fureur comme

Francisco étaient nombreux à se déchaîner contre les propriétaires terriens et les prêtres qui soutenaient Franco.

Les ouvriers agricoles et les syndicalistes avaient alors lancé la mise en collectivité de certains grands domaines, et les entrepôts des propriétaires étaient investis. Des paysans malnutris attendaient dehors, espérant de quoi ravitailler leurs familles. Des taureaux, qu'on avait nourris et fait paître dans les meilleurs pâturages, étaient abattus et mangés. C'était la première viande que bon nombre d'entre eux goûtaient depuis des années.

Mais ce n'était pas uniquement le sang du bétail que Francisco faisait couler. La violence était commise à l'encontre des personnes aussi. Des prêtres, des propriétaires terriens et leurs familles payaient le prix que beaucoup de partisans de la République pensaient qu'ils méritaient.

Antonio, qui s'accrochait à ses idéaux de justice et d'équité rechignait à procéder à ces actes arbitraires et désordonnés.

— Cela fait plus de mal que de bien, affirma-t-il sans détour, avec un mélange de dégoût et d'admiration envers les actes dont son ami était capable. Tu sais ce que les massacres des prêtres et des religieuses représentent pour les fascistes, n'est-ce pas ?

— Oh oui, je le sais, répondit Francisco. Je sais exactement ce que ça représente pour eux. Cela leur montre que nous sommes sérieux. Que nous allons les chasser du pays, plutôt que d'attendre sans rien faire et de les laisser nous piétiner.

— Les fascistes se contrefichent de ces vieux prêtres et de quelques nonnes. En revanche, tu sais ce qui les intéresse ? demanda-t-il.

Antonio avait arrêté de signer. Parfois, il trouvait difficile de s'exprimer correctement en langue des signes. Salvador lui intima de baisser le ton en posant un doigt devant sa bouche. Quelqu'un pouvait fort bien écouter à la porte.

— Quoi ? demanda Francisco, incapable de murmurer.

— Ils veulent des soutiens étrangers et ils vont se servir de nos actions comme propagande. Ne le vois-tu donc pas ? Pour chaque prêtre qui meurt, ils récupèrent sans doute une douzaine de soldats étrangers ! C'est ce que tu veux ?

Le sang d'Antonio bouillait dans ses veines à mesure que sa voix s'élevait. Il s'entendait parler comme un professeur, didactique, condescendant même, et pourtant, tout comme lorsqu'il se trouvait dans une salle de classe, il était absolument convaincu de sa droiture. Il devait faire entendre cela à son ami. Il comprenait la soif de sang et d'action de Francisco, mais il voulait que son ami fasse bon usage de sa passion, d'une façon qui ne soit pas contre-productive. Antonio considérait que la meilleure façon d'agir était de préserver leur énergie pour une attaque unie contre leur ennemi. C'était leur seule chance.

Francisco demeura silencieux et Antonio poursuivit son sermon, ignorant les suppliques de Salvador pour le laisser tranquille. Il se remit à utiliser le langage des signes cependant.

— Comment crois-tu qu'ils réagissent en Italie ? Que dit le pape de ce qu'il arrive aux prêtres ici ? Pas étonnant que Mussolini envoie des troupes pour soutenir Franco ! Tes actions diminuent nos chances de gagner cette guerre ! Elles ne jouent pas en faveur de la République.

Pour sa part, Francisco n'éprouvait aucun remords. Même si son ami Antonio avait raison et que des représailles s'ensuivaient, il avait préservé sa santé mentale en appuyant sur la détente, éprouvant un soulagement momentané. La satisfaction de voir la cible de sa balle visée avec précision se plier en deux et s'effondrer lentement à terre était immense. Il lui fallut vivre dix moments tels que celui-ci pour avoir enfin le sentiment d'avoir vengé la mort de son frère et de son père.

En dépit des mots qu'il délivrait à l'un de ses plus vieux amis, une partie d'Antonio méprisait son propre manque d'action. Sa famille était morcelée, ses frères tués, son père emprisonné, et qu'avait-il fait ? Même s'il désapprouvait la façon dont Francisco réagissait, il l'enviait en silence d'avoir sur les mains le sang de leurs ennemis.

Salvador appuya l'appel d'Antonio.

— Et le massacre de tous ces prisonniers, signa-t-il, il n'a pas non plus aidé notre cause, si ?

Même Francisco ne pouvait contredire cela. L'exécution des prisonniers nationalistes à Madrid avait été une atrocité et il concédait que ce n'était pas un acte dont ils pouvaient être fiers. Et pour rajouter de l'eau au moulin d'Antonio, l'événement avait été utilisé par les nationalistes pour illustrer la barbarie de la gauche et avait coûté cher aux républicains à qui avait échappé le soutien dont ils avaient tant besoin.

Quelles que soient les divergences d'opinions qui pouvaient exister entre les trois amis, une chose les unissait à présent : ils étaient tous prêts à s'évader de la prison que Grenade était devenue, non pas pour prendre part à des actes isolés mais pour entamer une action plus coordonnée.

— Que nous soyons d'accord ou pas, nous ne pouvons pas rester ici, n'est-ce pas ? les pressa Francisco. Il est trop tard pour Grenade, mais pas pour le reste de l'Espagne. Regardez Barcelone !

— Je sais. Tu as raison. Et Valence, et Bilbao, et Cuenca… Et toutes les autres. Ces villes résistent. On ne peut pas rester ici.

En dépit de tout, un vent d'optimisme soufflait sur le territoire républicain contrôlé par les fascistes, les gens espéraient que ce soulèvement pourrait être étouffé. La résistance rencontrée par les troupes de Franco n'était que le commencement. Avec le temps, ils pourraient s'organiser.

Salvador, attentif, impliqué, et d'accord, signa le mot qui n'avait pas encore été évoqué : « Madrid ».

Antonio ne l'avait pas cité dans sa liste. C'était l'endroit où ils devaient se rendre. Le cœur symbolique de l'Espagne pour lequel ils devaient se battre à tout prix.

Situé à quatre cents kilomètres au nord de l'appartement plongé dans la semi-obscurité de Salvador dans lequel ils se trouvaient, Madrid subissait un siège féroce et si une ville devait résister aux fascistes, c'était bien la capitale. Une armée populaire avait été établie à l'automne pour unir les troupes militaires restées fidèles à la République aux volontaires miliciens afin de former une force unifiée avec un commandement central. Les trois amis rêvaient d'entrer dans l'action et de participer à la bataille. À moins d'y aller dans les plus brefs délais, il risquait d'être bientôt trop tard.

Depuis quelques mois, le volume tourné si bas qu'il devait y coller l'oreille, Antonio écoutait la radio dans l'appartement de Salvador pour obtenir les dernières nouvelles concernant la situation à Madrid. La capitale subissait des bombardements franquistes depuis novembre mais, grâce aux chars de combat russes, tenait bon. Madrid continuait d'afficher une résistance féroce inattendue par les nationalistes, mais une rumeur courait à présent selon laquelle une autre grande bataille se préparait.

Antonio et ses amis avaient peut-être assisté impuissants à la chute de leur ville aux mains de Franco mais chacun mesurait la signification de laisser Madrid connaître le même sort. C'était le moment d'agir, et l'envie de partir devenait irrésistible. Franco devait être arrêté. Ils avaient entendu dire que des jeunes gens arrivaient de toute l'Europe : d'Angleterre, de France et même d'Allemagne, pour soutenir leur cause. L'idée que cette guerre serait livrée pour eux par des étrangers les incitait à agir.

Les jours précédents, Antonio n'avait eu en tête que la domination croissante de Franco en Espagne et la façon dont ses troupes semblaient avancer inexorablement dans la région. Le fait qu'elles rencontrent une résistance solide au nord du pays donnait de l'espoir aux loyalistes. Si ses amis et lui n'entraient pas dans la bataille contre le fascisme, ils pourraient regretter amèrement et pour toujours leur manque d'action.

— Nous devons y aller, déclara Antonio. Le moment est venu.

Déterminé, il rentra chez lui pour procéder aux préparatifs du départ.

21

Lorsque Antonio rentra annoncer sa décision de partir à sa mère, Mercedes avait déjà pris la route depuis plusieurs heures. Depuis Grenade, elle avait préféré emprunter la route de montagne plutôt que la voie principale en direction du sud, espérant croiser moins de monde de cette manière. Malgré le froid de février et la neige encore abondante au sommet des montagnes autour d'elle, elle avait retiré son épais manteau de laine. Pendant cinq heures, elle marcha sans s'arrêter et, en dehors du bout de ses doigts qui sortait de ses mitaines, elle avait presque trop chaud.

Sur une courte distance entre Ventas et Alhama, un fermier la fit monter sur sa charrette. Il venait juste de vendre deux douzaines de poulets au marché et disposait à présent d'assez de place pour accueillir un passager. L'odeur des volailles s'accrochait à lui et Mercedes fit son possible pour dissimuler le dégoût que lui inspiraient sa puanteur et le chien galeux assis entre eux. La jeune fille éprouva un sentiment réconfortant de normalité à voyager aux côtés de cet homme au visage hâlé et aux mains rougies par le froid et sillonnées de gerçures et d'éraflures.

Mercedes avait régulièrement passé l'été à la campagne, à l'extérieur de Grenade, et ses visites à son oncle et sa tante dans les sierras faisaient partie de ses souvenirs d'enfance les plus heureux. Elle connaissait bien le paysage arboré aux prairies parsemées de fleurs sauvages, mais en hiver le panorama était froid et désolé. Les champs étaient peints d'un brun grisâtre, attendant les semis printaniers, et les routes étaient jonchées de cailloux et d'ornières. Les sabots de la mule glissaient régulièrement sur les pierres ; ce qui ralentissait son pas déjà paresseux. Le faible soleil d'après-midi n'apportait aucune chaleur.

Mercedes savait qu'elle ne devait faire confiance à personne et ne fit guère la conversation, répondant aux questions du vieil homme par monosyllabes. Elle venait de Grenade et allait rendre visite à sa tante dans un village aux abords de Málaga. Ce fut tout ce qu'elle offrit comme réponse.

Nul doute que l'homme se méfiait d'elle également, il se montra avare d'informations sur son compte.

Une fois au cours du trajet, ils furent arrêtés par une patrouille de la garde civile.

— Motif de votre voyage ? interrogea l'officier.

Mercedes retint son souffle. Elle s'était préparée à cette situation mais maintenant qu'elle se trouvait au pied du mur, elle avait la gorge sèche.

— Ma fille et moi rentrons à notre ferme à Periana. Nous revenons du marché de Ventas, déclara le fermier d'un ton joyeux. Les poulets ont rapporté un bon prix aujourd'hui.

Rien ne pouvait laisser entendre qu'il mentait. Une cage vide, un léger relent de fientes, une fille. Ils lui firent signe de continuer sa route.

— *Gracias*, dit-elle à voix basse quand la patrouille fut trop loin pour entendre.

Elle baissa les yeux sur les motifs que les grosses roues en bois créaient sur la route sèche. Elle hésitait encore à accorder sa confiance à cet homme et préféra s'en tenir à son histoire même s'il semblait désormais être un ami qui entendait son besoin d'être protégée.

Ils roulèrent pendant encore une heure environ puis le fermier dut quitter la route. Sa ferme se situait en haut de la montagne. Il indiqua la direction d'une zone boisée à l'horizon.

— Voulez-vous rester avec nous pour la nuit ? Vous aurez un bon lit et mon épouse ne cuisine pas trop mal.

Épuisée comme elle l'était, elle fut un instant tentée par la proposition. Mais que signifiait cette invitation ? Même s'il s'était montré gentil avec elle, elle ne connaissait pas cet homme et, épouse ou pas épouse, elle éprouva soudain toute l'ampleur de sa vulnérabilité. Elle devait continuer vers Málaga.

— Merci. Mais je ferais mieux de poursuivre ma route.

— Dans ce cas, prenez au moins ceci, dit-il en attrapant quelque chose derrière son siège. Je devrais pouvoir profiter d'un bon repas cuisiné par ma femme dans une heure. Je n'en aurai pas besoin.

Elle descendit de la charrette et tendit le bras pour attraper un petit sac en toile de jute. Elle sentit la forme rassurante d'une miche de pain à l'intérieur et sut qu'elle lui serait reconnaissante de ce geste le lendemain. Elle avait presque épuisé toutes les provisions qu'elle avait fourrées dans ses poches.

De toute évidence, son refus ne l'offusquait pas, elle savait toutefois qu'elle avait eu raison de lui cacher la vérité. L'époque où l'on pouvait se fier à ceux que l'on connaissait était révolue, alors faire confiance à un inconnu... Ils se dirent au revoir et en quelques minutes, il avait disparu de son champ de vision.

Une fois de plus, elle se retrouvait seule. Le fermier lui avait dit qu'elle se trouvait à environ cinq kilomètres de la route principale qui la conduirait à Málaga, aussi décida-t-elle de continuer à marcher jusqu'à l'atteindre avant de se reposer. Sans de tels objectifs, elle n'arriverait jamais à destination.

Il était près de 18 heures et la nuit était déjà tombée quand elle atteignit l'intersection. La faim commençait à lui tenailler l'estomac. Elle s'assit au bord de la route, s'adossa à une grosse pierre et plongea la main dans le petit sac. En plus de la miche de pain elle découvrit une part de gâteau et une orange.

Elle rompit un coin du pain sec qui s'émiettait et le mâcha lentement, le faisant couler avec des gorgées d'eau, indifférente pendant un temps à tout ce qui l'entourait et concentrée à satisfaire sa faim.

Ignorant à quelle distance se situait le prochain village et si elle pourrait y acheter à manger, elle décida de conserver le gâteau et l'orange pour plus tard. À l'abri du vent, elle ferma les yeux. Derrière l'écran noir de ses paupières closes lui apparut l'image de Javier. Il était perché au bord d'une chaise basse, le dos courbé sur sa guitare, le regard levé vers elle à travers le rideau de ses cheveux. Dans son esprit, elle sentait la chaleur de son souffle et rêvait qu'il n'était qu'à quelques mètres d'elle, attendant qu'elle se mette à danser. La tentation de se laisser aller au rêve commençait à l'assaillir. Alors qu'elle savait qu'elle ferait mieux de poursuivre sa route et que chaque heure qui passait amenuisait ses chances de retrouver l'homme qu'elle aimait, Mercedes s'allongea et s'endormit.

Lorsque Antonio revint à El Barril, une faible lueur brillait encore derrière le bar. Il se pencha par-dessus pour atteindre l'interrupteur et fut surpris par une voix.

— Antonio.

Dissimulée dans l'ombre profonde au fond du café, il distingua une silhouette familière. Sa mère était assise seule à une table. À la lueur qui filtrait du réverbère dans la rue, il réussit à traverser la salle sans se cogner aux tables ni aux chaises. En voyant Concha assise seule ici, son cœur se serra et s'emplit de peur et de tristesse à l'idée de ce qu'il voulait lui annoncer. Pouvait-il lui asséner un tel coup ?

— Maman ! Que fais-tu en bas si tard ?

Maintenant qu'il était plus près, il voyait le grand verre posé devant elle sur la table. Ce n'était pas dans les habitudes de Concha. Son père avait été celui qui finissait de nettoyer le café et il s'asseyait toujours avec un verre à la fin de la soirée, l'accompagnant généralement de quelques cigarettes. Mais sa mère, elle, était si fatiguée le soir qu'elle se contentait de verrouiller la porte et ignorait les quelques verres qui pouvaient encore traîner sur les tables, sachant que Mercedes s'en occuperait au matin.

Concha ne répondit pas.

— Maman, pourquoi es-tu encore debout ?

Sa mère devait avoir une bonne raison pour dévier de sa routine mais il prit peur. Tout le monde vivait sur le fil du rasoir dans cette ville.

— Maman ?

Alors qu'elle était plongée dans l'ombre, il vit qu'elle avait les bras croisés et qu'elle se balançait légèrement d'avant en arrière. On aurait dit qu'elle berçait un bébé.

Antonio s'accroupit à côté d'elle, les mains sur ses épaules, la secouant doucement. Elle avait les yeux fermés.

— Qu'est-ce qu'il y a ? Que s'est-il passé ? insista-t-il.

Concha tenta une réponse mais ses paroles étaient embuées par le cognac et les larmes. L'effort qu'elle fournit pour parler fit redoubler ses sanglots. Le chagrin la rendait incompréhensible. Antonio la serra fort dans ses bras et au bout de quelques instants ses gémissements s'apaisèrent. Quand enfin il relâcha son étreinte, elle souleva son tablier fleuri et se moucha bruyamment dedans.

— Je lui ai dit de partir, déclara-t-elle d'une voix hésitante.

— De quoi parles-tu ? À qui as-tu dit de partir ?

— À Mercedes. Je lui ai dit d'aller retrouver Javier. Jamais elle ne sera heureuse tant qu'elle ne sera pas avec lui.

— Tu l'as envoyée à Málaga ? répliqua Antonio la voix teintée d'incrédulité.

— Si elle parvient à retrouver Javier, ils pourront se réfugier quelque part ensemble. Elle ne pouvait pas rester coincée ici comme ça. Je l'ai observée tous les jours, elle était accablée par le chagrin qui la faisait vieillir prématurément. Cette guerre est affreuse pour nous tous mais au moins Mercedes a une chance d'être heureuse.

Dans l'obscurité, Concha ne vit pas la couleur déserter le visage de son fils.

— Mais ils sont en train de bombarder Málaga ! s'écria-t-il, la gorge nouée par l'angoisse. Je viens de l'apprendre.

Concha ne sembla pas entendre son fils.

Il serra les mains de sa mère entre les siennes. Inutile de la fustiger pour l'instant, même s'il savait que son père n'aurait pas hésité.

— Nous sommes contraints de vivre avec notre ennemi ici, poursuivit-elle. Au moins, elle se donne une chance de lui échapper.

Antonio ne pouvait qu'être d'accord. Son point de vue rejoignait celui de sa mère, presque trop. Comme elle, il éprouvait ce sentiment d'impuissance qui prédominait à Grenade. En dépit des effusions de sang et de la destruction de la ville dans les jours qui suivirent le coup d'État, Grenade était tombée avec une facilité relative et nombre de ses habitants regrettaient de ne pas avoir été préparés à la riposte. D'autres villes résistaient plus férocement.

— Quand est-elle partie ?

— Elle a emballé quelques affaires ce matin. Elle était partie pour le déjeuner.

— Et si elle se fait contrôler, quelle est son histoire ?

— Elle dira qu'elle a une tante à Málaga…

— Bien, au moins c'est presque la vérité.

— … Et que sa tante est malade et qu'elle veut la ramener à Grenade pour prendre soin d'elle.

— C'est plausible, j'imagine, répondit Antonio.

Il éprouvait le désir de réconforter sa mère, de lui assurer qu'elle avait pris la bonne décision en encourageant sa sœur à partir. Pourtant au fond de lui, il savait que cette aventure était plus que dangereuse. En tant que chef de famille actuel, il avait l'impression que son inquiétude quant au comportement irresponsable de sa sœur aurait dû être plus grande, qu'il aurait dû même éprouver de la colère. Ils restèrent immobiles un instant puis Antonio se dirigea vers le bar et se versa une dose généreuse d'eau-de-vie. Il renversa la tête en arrière et but le liquide d'un trait. Le bruit du verre sur le comptoir fit sursauter sa mère et la tira de sa rêverie.

— Reviendra-t-elle si elle ne le retrouve pas ? L'a-t-elle promis ? s'enquit Antonio.

Les yeux de sa mère s'agrandirent de surprise.

— Bien sûr qu'elle reviendra !

Il aurait voulu partager l'optimisme de Concha, et l'heure était mal choisie pour semer le doute dans son esprit.

Il passa un bras protecteur autour des épaules de sa mère et déglutit avec difficulté. Le moment n'était pas non plus venu de lui faire part de ses propres projets mais il ne pouvait reporter davantage. Il aurait besoin de la protection d'une nuit noire pour quitter sa ville, et le ciel nuageux de ce soir et la nouvelle lune mettraient leur départ sous les meilleurs auspices.

Aux toutes premières heures du jour le lendemain, réveillée par la fraîcheur de l'aube, Mercedes progressa sur la route principale. Sur cette voie quasi toute droite jusqu'à Málaga, elle se sentait à découvert et vulnérable.

L'après-midi, loin devant elle, elle aperçut un petit nuage de poussière à l'horizon. Il se déplaçait comme un petit tourbillon lent. Rien n'était venu de cette direction depuis des heures et tout ce qu'elle avait vu c'était parfois un arbre dénudé le long du chemin.

À mesure que la distance entre eux se rétrécissait, Mercedes commença à distinguer des silhouettes humaines. Elle vit également des ânes, certains qui tiraient des charrettes, et leur allure était douloureusement lente. Ils n'avançaient pas plus vite que le char le plus lourd de la procession lors de la Semaine sainte.

Toutefois, ils approchaient inexorablement, et elle commença à se demander comment elle allait les traverser. Cette vague humaine formait une barrière entre elle et sa destination. Une heure s'était presque écoulée quand la distance entre eux se réduisit à quelques centaines de mètres et qu'elle put entendre le silence troublant dans lequel ils marchaient. Elle s'interrogea alors : pourquoi ? Pourquoi tous ces gens étaient-ils sur la route par un froid après-midi de février ? Et pourquoi étaient-ils si calmes ?

Il devint évident qu'il s'agissait d'un convoi, d'une caravane de gens et de charrettes en transit. C'était intrigant ; on aurait dit une procession qui se serait trompée de route pour la feria, ou des pèlerins passant religieusement d'une ville à une autre en transportant une précieuse icône. Alors qu'ils approchaient, l'esprit de Mercedes peinait à donner un sens à ce qu'elle voyait. C'était comme si un village entier de familles avait décidé de déménager, tous en même temps, et qu'ils s'étaient entassés avec toutes leurs possessions : chaises, matelas, casseroles, malles, jouets. Les mules disparaissaient presque sous le poids et le volume de leur chargement.

Une fois face aux gens qui ouvraient la marche, Mercedes trouva leur silence déroutant. Personne ne parlait. Ils regardaient droit devant eux, sans la voir, comme si elle n'existait pas. Ils étaient pareils à des somnambules. Elle s'écarta et se tint sur le côté pour les laisser passer. Un à un, ils défilèrent devant elle, des vieux, des jeunes, des estropiés, des blessés, des enfants, des femmes enceintes, les yeux braqués droit devant ou baissés au sol. En plus de la peur qui peignait leur visage, ils avaient tous en commun une expression de résignation. Un air absent les habitait comme si toute émotion les avait désertés.

Mercedes les regarda passer un moment. Il était étrange de ne pas être remarquée et il ne lui vint pas à l'idée d'arrêter quelqu'un pour se renseigner sur leur destination. Puis elle vit une femme assise sur ses talons, qui se reposait au bord de la route. Un enfant était accroupi à côté d'elle, dessinant machinalement des cercles dans la terre avec un bâton. Mercedes saisit l'occasion.

— Excusez-moi… Pouvez-vous me dire où vous allez tous ? demanda-t-elle d'un ton aimable.

— Où nous allons ?

La voix de la femme, bien que faible, trahissait son incrédulité devant une telle question.

Mercedes reformula sa pensée.

— D'où venez-vous tous ?

La femme répondit sans hésitation.

— Málaga… Málaga… Málaga.

Chaque fois qu'elle prononçait le nom, sa voix se faisait plus basse jusqu'à ce que la dernière syllabe s'évanouisse dans un murmure.

— Málaga, répéta Mercedes.

Son estomac se contracta. Elle s'agenouilla à côté de la femme.

— Que s'est-il passé à Málaga ? Pourquoi êtes-vous partis ?

Maintenant qu'elles se trouvaient à la même hauteur, la femme regarda Mercedes pour la première fois. La foule silencieuse poursuivait son chemin. Personne ne jeta un œil aux deux femmes et à l'enfant crasseux.

— Vous ne savez pas ?

— Non, j'arrive de Grenade. Je vais à Málaga. Que se passe-t-il là-bas ?

Mercedes s'efforçait de réprimer son angoisse et son impatience.

— Des choses terribles. Tellement affreuses.

L'émotion serrait la gorge de la femme comme si elle craignait de raconter ces horreurs.

Mercedes était tiraillée entre le désir de connaître la vérité et la peur de savoir. Sa première pensée fut pour Javier. Était-il encore là-bas ? Se trouvait-il au milieu de cette vaste foule, fuyant la ville ? Il fallait qu'elle en sache davantage. Après quelques minutes de silence aux côtés de cette femme, elle l'interrogea à nouveau. Elle serait peut-être sa seule source d'information puisque personne d'autre ne paraissait s'arrêter.

— Dites-moi. Que s'est-il passé ?

— Vous avez à manger ?

Mercedes comprit soudain qu'il n'y avait qu'une seule chose qui préoccupait cette femme. Ni les événements des derniers jours, ni l'incertitude de son avenir ne l'intéressaient. C'était la faim qui lui tenaillait l'estomac et les geignements lancinants de son petit garçon qui occupaient ses pensées.

— À manger ? Oui, j'ai de la nourriture. À quand remonte votre dernier repas ?

Mercedes fouillait déjà dans son sac à la recherche du gâteau et de l'orange.

— Javi !

Le petit garçon leva les yeux et en un quart de seconde se retrouva auprès d'elles, s'emparant du gâteau dans la main de sa mère.

— Arrête ! aboya-t-elle. Pas tout d'un coup. Et ne vole pas !

— C'est bon, la rassura Mercedes avec calme. Je n'en ai pas besoin.

— Mais moi oui, répliqua faiblement la femme. J'ai tellement faim. Je t'en prie, laisse-m'en un peu, Javi.

Sa supplique arriva trop tard. De désespoir, le garçonnet avait avalé jusqu'à la dernière miette et ses joues étaient à présent gonflées, prêtes à exploser, l'empêchant de répondre.

— C'est difficile pour lui de comprendre pourquoi nous manquons si cruellement de nourriture depuis quelques semaines, dit-elle des larmes dans la voix. Il n'a que trois ans.

Mercedes en voulait à ce petit garçon d'être aussi gourmand. Elle tendit l'orange à sa mère.

— Tenez, prenez ça.

La femme pela lentement le fruit. Elle offrait chaque quartier d'abord à l'enfant puis à Mercedes et lorsque tous les deux refusaient poliment, elle le glissait dans sa bouche et le mâchait lentement, appréciant chaque goutte de jus qui coulait dans sa gorge desséchée.

Personne d'autre ne s'arrêta. La foule continua d'avancer. La femme avait visiblement repris des forces.

— Je crois que nous devrions nous remettre en route maintenant, dit-elle à personne en particulier.

Mercedes hésita.

— Mais je ne vais pas dans la même direction que vous.

— Où allez-vous alors ? Pas à Málaga, quand même !

Mercedes haussa les épaules.

— C'est ce que j'ai prévu.

— Eh bien, si je vous dis ce qu'il s'est passé là-bas, peut-être changerez-vous d'avis.

Elles se tenaient face à face sur le bord de la route.

— Je vous écoute, dit Mercedes en s'efforçant de dissimuler son inquiétude.

— Málaga n'a pas eu une chance, commença la femme, le visage fermé. Le port a été bombardé mais ce n'est pas le pire. Le pire a été quand ils ont débarqué en ville – par milliers. Peut-être vingt mille, c'est ce qu'ils ont dit.

— Qui ? Qui a débarqué en ville ?

— Des Maures, des Italiens, des fascistes. Avec plus de camions et d'armes qu'on en possédait dans toute la ville. Tout a été réduit en mille morceaux – depuis les airs, la mer, la terre. Et nous, nous étions impuissants. Personne n'avait pensé à creuser des tranchées ! Ils ont violé les femmes et tailladé leurs seins. Ils ont même tué les enfants.

L'horreur des événements était presque trop insoutenable pour qu'elle puisse les décrire. Les légionnaires qui étaient arrivés étaient les plus vicieux de tous les soldats de Franco et méprisaient la mort elle-même. La plupart avaient été traumatisés par la guerre en Afrique.

— Ils ont appréhendé des milliers de personnes, poursuivit-elle. Des innocents comme mon mari ont été exécutés, leurs cadavres laissés à l'abandon. Ils ont mutilé les morts. Nous n'avions pas le choix. Il nous a fallu partir.

La femme relatait son récit par à-coups et à voix basse. Il était inutile de délivrer l'information à ceux qui passaient à côté d'elles. Ils étaient sur place, tout comme son fils, qui n'avait pas besoin qu'on lui rappelle les horreurs des derniers jours.

D'autres atrocités étaient à répertorier et une fois la femme lancée, elle semblait déterminée à révéler à Mercedes toute l'histoire. Elle la lui raconta sans émotion, relatant les faits avec froideur, hébétée par le choc.

Plusieurs des légionnaires étaient déjà des fugitifs et des criminels lorsqu'ils avaient été recrutés. Ensuite, plus déshumanisés encore par la férocité avec laquelle ils étaient supposés combattre, ils se comportaient comme des animaux envers leurs victimes. « *Viva la muerte !* » scandaient-ils. « Vive la mort ! » Même chez ceux qui combattaient à leurs côtés, ils inspiraient la peur et le dégoût.

— La ville est à feu et à sang. Tous les bâtiments sont menacés en dehors des maisons des fascistes, bien sûr. Il ne reste plus rien pour personne là-bas maintenant. La plupart de ces femmes sont veuves. Regardez-les ! Regardez-nous ! Nous n'avons rien en dehors des habits que nous portons – et la chance d'en avoir réchappé.

Mercedes observa la pitoyable foule qui défilait sous ses yeux. De sa position en bord de route, tout ce qu'elle voyait, c'étaient des paires innombrables de jambes en mouvement. Elle ne regarda pas leurs visages mais les contours des bottes, usées et éraflées comme si elles avaient parcouru un millier de kilomètres déjà. Le cuir éculé offrait une bien maigre protection à la peau couverte d'ampoules. Les orteils dépassaient des vieux souliers aux semelles élimées. Une femme semblait chaussée de savates rouges mais en y regardant de plus près, Mercedes comprit qu'elles étaient seulement teintées de son sang. La toile en était imprégnée.

Mercedes contempla les passants, médusée. De vieux mollets boursouflés de varices violettes, des pieds jeunes déformés par des ampoules et des bosses, et des moignons de pieds bandés serrés avec des traces de sang. Et ils étaient des dizaines à boiter, pesant de tout leur poids sur des bâtons ou des béquilles.

Elle avait la gorge sèche. Si elle restait avec ces gens, elle serait sans doute en sécurité. Une nouvelle fois, elle se demanda si Javier se trouvait quelque part dans cette grande masse mouvante et se convainquit qu'elle retrouverait son bien-aimé si elle interrogeait les gens autour d'elle et montrait à tout le monde son portrait. Si elle allait à Málaga, elle serait sans doute tuée. Sa décision était prise. Prenant une profonde inspiration, Mercedes tourna les talons et fit face à l'est.

La nuit commençait à tomber mais les exilés n'allaient pas s'arrêter seulement à cause de l'obscurité. Ils craignaient que les fascistes ne se contentent pas de les chasser de leur ville mais qu'ils les poursuivent inlassablement.

Le clair de lune illuminait la route devant eux. Il y avait encore cent cinquante kilomètres à parcourir avant d'atteindre Almería, leur destination, et même pour les plus jeunes et les plus en forme, il faudrait marcher encore plusieurs jours avant d'apercevoir la ville.

Mercedes avançait aux côtés de la femme qui paraissait reconnaissante de sa compagnie.

— Je m'appelle Manuela, finit-elle par lui apprendre. Et mon fils s'appelle Javi.

Parce qu'il était affublé du diminutif du prénom de l'élu de son cœur, Mercedes aimait déjà le petit garçon. Il avait cessé ses pleurnicheries maintenant qu'il avait mangé et, pendant un moment, sa mère le prit sur ses épaules. Mercedes s'étonna de sa force, insoupçonnable sous les vêtements trop grands qui pendaient lâchement sur son corps émacié, comme un suaire ; et ses pommettes saillaient sous sa peau translucide. Au bout d'un moment, voyant que Manuela était éreintée, Mercedes la remplaça. La mère de Javi lui avait retiré ses chaussures usées et les pieds doux de l'enfant rebondissaient sur sa poitrine quand elle marchait. Elle le tenait par les chevilles, comme elle se rappelait son père l'avoir fait avec elle, et elle puisa du réconfort dans le contact de ces petits pieds chauds. Elle se réjouit de sentir sa tête posée sur la sienne. Il s'était endormi.

Ce même soir, Concha aussi était épuisée et avait hâte de retrouver le réconfort de son lit. Les dernières vingt-quatre heures l'avaient éprouvée. Le dernier client parti, elle avait ouvert la porte pour aérer le café et dissiper l'épais nuage de fumée qui y flottait.

La température avait chuté et son souffle créait un panache blanc tandis qu'elle passait un coup de torchon rapide et circulaire sur chaque table.

Avec la porte déjà ouverte, elle n'entendit pas son fils entrer et il toussa un peu pour ne pas la surprendre totalement.

— Antonio ! Tu rentres de bonne heure…

Sa voix s'éteignit comme elle remarquait l'expression de grand sérieux sur son visage.

Il alla droit au but.

— Je dois m'en aller, maman. J'espère que ce ne sera pas pour longtemps.

Toute l'argumentation qu'il avait préparée, pour expliquer qu'il agissait pour le bien de son père, fut passée sous silence.

— Tu as raison de partir, répondit Concha, déstabilisant son fils avec sa réponse immédiate et circonspecte. Je suis contente que tu me préviennes. J'ai toujours cru que tu t'éclipserais en pleine nuit.

L'espace d'un instant, Antonio ne sut que répondre. Le courage de sa mère le stupéfiait et l'inspirait.

— Jamais je n'aurais pu faire ça. Tu n'aurais pas su ce qui m'était arrivé.

— Mais c'est ainsi que les gens procèdent, non ? répliqua Concha. De cette manière, lorsque les gardes civils viennent interroger les parents, ils peuvent répondre en toute innocence qu'ils ignorent où se trouve leur enfant.

À l'instar de tous ceux qui penchaient pour la République, Concha avait le sentiment qu'un point crucial avait été atteint dans le conflit et que l'avancée de Franco devait être stoppée.

Antonio était surpris par la compréhension de sa mère mais se demanda si ce n'était pas la perspective de perdre un autre fils qui l'engourdissait. Faisait-elle la différence entre départ et mort, ou bien les deux se mélangeaient-ils simplement en un seul abîme de perte ?

— Je ne veux pas que tu me dises quoi que ce soit, le supplia-t-elle. Je ne veux pas savoir. Ainsi on ne pourra pas me forcer à parler. Je ne te trahirai pas.

— De toute façon, je ne sais pas où nous allons atterrir.

— Nous ?

— Francisco et Salvador m'accompagnent.

— Tant mieux. L'union fait la force.

Tous deux mesurèrent l'ambiguïté des paroles de Concha. Ils savaient que ce n'étaient pas d'hommes que manquait la République mais d'armes. Pendant que les soldats de Franco étaient abondamment armés par l'Allemagne et l'Italie, les combattants de la République comptaient leurs munitions.

Le silence tomba un moment.

— Quand partez-vous ?

— Ce soir, répondit-il dans un murmure.

— Oh…

Sa voix s'éteignit, sa respiration s'accéléra. Elle tenta de prendre le départ imminent de son fils à la légère.

— Je peux t'emballer de quoi manger.

L'instinct maternel reprenait le dessus.

Une demi-heure plus tard, il était parti. L'air dans la salle était maintenant frais et piquant, la fumée dissipée. Alors seulement Concha referma la porte. Elle frissonna de froid et de peur. Même si Antonio n'avait rien dit, elle se doutait de sa destination. Toutefois, elle endurerait au besoin qu'on lui arrache lentement les ongles avant de la révéler.

22

Le mince croissant de lune projetait une faible lueur sur le trio qui quittait Grenade, le dissimulant au regard perçant de la garde civile. Sortir des limites de la ville sans se faire contrôler requérait une part de chance et nécessitait la couverture de la nuit. Les trois hommes emportaient avec eux juste assez de provisions pour tenir jusqu'au lendemain soir, et aucun objet personnel qui viendrait contredire leur histoire : ils étaient des ouvriers agricoles en quête de travail. En cas de fouille, leur mensonge devait être plausible, voire infaillible, et même le plus insignifiant des souvenirs – une photographie, une babiole – pouvait leur porter préjudice. Des vêtements de rechange auraient certainement éveillé les soupçons et fourni un motif suffisant d'arrestation.

Ils marchèrent presque toute la nuit, désirant mettre le plus de distance possible entre eux et Grenade avant le lever du jour ; chaque fois que cela était possible, ils bifurquaient sur les petites routes où les risques de croiser des soldats nationalistes étaient moindres.

Au petit matin, ils firent route à bord d'un camion rempli de miliciens ; ces hommes débordaient d'énergie à la perspective d'une victoire sur Franco et ils étaient convaincus de gagner. L'équipe disparate qu'ils avaient rejointe se divertissait en entonnant des chants républicains et, au passage du véhicule, les badauds levaient un poing serré dans leur direction en guise de salut. En quelques heures, Antonio, Francisco et Salvador furent considérés comme des frères. À présent, ils avaient vraiment l'impression d'agir.

Comme eux, les miliciens projetaient d'unir leurs efforts pour protéger Madrid et avaient ouï dire qu'une bataille se livrait au sud-est de la capitale, dans la vallée du Jarama.

— C'est là que nous voulons être, déclara Francisco. Au cœur de l'action, pas dans ce camion.

— Nous y arriverons bientôt, marmonna Antonio, en essayant d'étirer ses jambes.

Le camion roula lourdement kilomètre après kilomètre à travers le paysage désolé et épuré. Dans certains coins, rien n'indiquait que le pays était en guerre, encore moins contre lui-même. La sierra semblait paisible. Par endroits, des champs avaient déjà été mis en labour et ensemencés par des paysans qui n'avaient presque pas conscience de la tempête politique qui faisait rage autour d'eux. Mais ailleurs, les propriétaires terriens n'avaient pas pris cette peine, et la terre nue attendait incultivée, faisant germer la faim qui finirait par les rattraper.

Salvador, coincé entre Antonio et Francisco, suivait sans y participer la conversation en lisant sur les lèvres. Aucun de leurs compagnons de voyage ne fit de remarque sur son silence. Certains étaient brisés par la fatigue. Ils venaient des environs de Séville où ils étaient engagés depuis des mois dans une campagne de résistance ardue mais vaine, et ils ne notèrent même pas sa présence, encore moins sa différence. Ce qui arrangeait les affaires d'Antonio et de Francisco. Si la surdité de Salvador était révélée, il n'aurait pas l'autorisation de se battre, et ses deux amis savaient combien il tenait à prendre part à la bataille.

La majorité des vingt et un autres hommes s'enthousiasmait à l'idée de poursuivre un objectif. Ils se dirigeaient vers Madrid afin d'y lever le siège et ils scandaient des chants de victoire avant d'avoir gagné.

La nuit tombée, ils descendirent de l'arrière du camion, les membres fatigués d'être restés immobiles, endoloris par la position inconfortable prolongée et les vibrations ininterrompues causées par la route cahoteuse. Une fois la bouteille passée de main en main et les chants évanouis, ils dormirent quelques heures d'un sommeil agité à même le sol caillouteux, la tête reposant sur leurs mains jointes. Ils ne pouvaient se permettre le luxe d'utiliser une veste en guise d'oreiller ; toutes les épaisseurs à disposition étaient nécessaires pour empêcher leur sang de geler dans leurs veines.

Francisco toussa sans discontinuer mais ne dérangea personne. À 4 h 30, Antonio se roula une cigarette et, étendu dans le noir, il contempla la fumée s'élever en volutes dans l'air humide. Le tintement des tasses en étain et l'arôme léger de ce qui ressemblait à du café les réveillèrent. La nuque raide, l'estomac vide et toujours aussi fatigués, ils s'étirèrent. Certains se levèrent et s'éloignèrent pour uriner dans les buissons. C'était le moment le plus déprimant de la journée : une aube blafarde, un froid piquant qui perdurerait peut-être jusqu'à midi, et la perspective d'une nouvelle journée dans l'inconfort et la faim. Ce ne serait que plus tard, quand leurs corps se réchaufferaient au contact des autres, que leur moral remonterait et que les chants reprendraient.

Antonio et ses amis avaient bien avancé en direction du nord lorsque Mercedes entama sa deuxième journée de marche avec les réfugiés de Málaga. Si la caravane avançait principalement dans un silence pesant, de temps à autre le cri désespéré d'une mère qui cherchait son enfant s'élevait parmi les marcheurs. Dans cette foule immense, il était facile d'être séparé des siens, et plusieurs enfants erraient sans but, le visage baigné de larmes, de morve et de peur. Leur détresse bouleversait Mercedes et à leur vue elle serra plus fermement encore sa main sur celle de Javi. Nul ne souhaitait ressentir cette douleur et chacun participait à réunir ceux qui avaient été séparés.

Même si la plupart continuaient à marcher la nuit, l'épuisement et la faim en forçaient plus d'un à s'arrêter une heure ou deux, et la route se bordait de petits groupes épars au repos. Les membres d'une même famille se serraient les uns contre les autres, une couverture tirée sur eux pour se réchauffer et se protéger, utilisant le matelas qu'ils traînaient depuis leur maison abandonnée pour se fabriquer une petite tente intime, un foyer miniature.

La fraîcheur de la nuit contrastait avec les rayons de soleil brusques et intenses qui les frappaient à midi. La chaleur ne s'attardait pas mais un court instant, les enfants se mettaient bras nus comme pour un pique-nique estival.

En tête de cette procession se trouvaient principalement des femmes, des enfants et les personnes âgées, et Mercedes marchait avec eux. Ils avaient été les premiers à quitter Málaga, pressés d'échapper aux agresseurs de leur ville. Vers la queue du cortège, marchaient les survivants et les miliciens épuisés et vaincus qui étaient restés en ville pour un acte de résistance ultime. Même en marchant nuit et jour, le trajet jusqu'à Almería pouvait prendre cinq jours. Vieillards, malades et blessés mettraient encore plus de temps.

Quelques voitures et camions avaient également pris le chemin de l'exode mais la plupart étaient à présent abandonnés sur le bas-côté. À l'intérieur on trouvait des vestiges de vie domestique. Les possessions des ménages attrapées à la hâte dans les placards des cuisines pour constituer le trousseau d'une nouvelle vie gisaient désormais en bord de route. D'autres objets plus surprenants étaient repérés : une machine à coudre, une assiette décorative ébréchée, une pendule de famille, démantelée et inutile, tout comme l'optimisme avec lequel ces objets avaient été emportés.

La première moitié du trajet, la caravane avait compté plusieurs ânes sur le dos desquels s'empilaient du linge de maison, des seaux, et même des meubles, mais la plupart avaient fini par céder sous le poids de leur fardeau et le spectacle de leurs dépouilles étendues sur le bas-côté devint récurrent. Au début, quelques mouches voletaient autour de leurs yeux mais une fois la décomposition enclenchée, elles surgissaient en essaim.

Malgré le silence dans lequel ils marchaient, ponctué seulement du bruit de leurs pas et du cliquetis de leurs affaires, Mercedes racontait parfois une histoire à Javi. La plupart du temps, elle le portait sur ses épaules et tous deux suçaient de la canne à sucre arrachée dans les champs. C'était leur seule source d'énergie maintenant que les réserves de nourriture étaient épuisées ; et lorsque la fatigue les submergeait, ils s'octroyaient une petite sieste agitée sur le bord de la route.

Une fois, Mercedes remarqua un camion toutes portières ouvertes sur le bas-côté, son contenu déversé par terre. Des vêtements s'étaient envolés dans les buissons non loin et s'accrochaient à leurs épines : une robe de communion d'un blanc immaculé, une chemise de bébé brodée, une mantille de mariage. Ils s'étalaient telles des affiches de propagande, comme un rappel provocateur des occasions où ces habits avaient été portés, une époque où la vie était douce et où le baptême et le mariage étaient possibles. À la vue de ces vêtements, tous avaient la même pensée amère : ces cérémonies étaient un luxe d'un autre temps.

Parfois, ils traversaient une petite ville ou un village qui avaient été évacués. Il ne restait rien.

Quelques-uns pillèrent les maisons vides – pas en quête d'objets de valeur mais de denrées utiles, comme un sac de riz qui leur permettrait de tenir quelques jours de plus.

Même si Mercedes et Manuela discutaient de temps en temps, les conversations étaient rares entre les cent cinquante mille marcheurs. Les seuls bruits qu'on percevait étaient le crissement des chaussures sur la route meuble et les pleurs de bébés, certains d'entre eux nés sur ce même bas-côté.

À proximité de Motril, à mi-chemin de leur destination, les deux femmes perçurent un vrombissement lointain. L'après-midi touchait à sa fin. Mercedes crut qu'il s'agissait d'un camion mais Manuela reconnut immédiatement le moteur d'un avion. Elle s'arrêta pour scruter le ciel. Des avions nationalistes volèrent bas au-dessus de leurs têtes, bruyants, lourds et sans grâce.

Les exilés les observèrent en s'interrogeant. Personne ne prononça un mot. Alors le bombardement débuta.

Depuis les longs mois que durait le conflit, Mercedes n'avait jamais éprouvé un sentiment de terreur aussi absolu que celui qui lui serrait à présent la poitrine. Sa bouche s'emplit du goût métallique de la peur, et pendant un moment, les battements de son cœur noyèrent les cris de frayeur qui s'élevaient autour d'elle. Son instinct lui hurlait de courir vite et loin mais il n'y avait nulle part où se cacher – ni caves, ni ponts, ni gares souterraines. Nulle part. Et puis il lui fallait s'occuper de Javi, et de sa mère. Elle resta sur place, comme enracinée, tandis que les avions passaient juste au-dessus de sa tête, les mains sur les oreilles pour atténuer leur rugissement assourdissant.

Mercedes empoigna Manuela qui prit Javi par la main. Tous les trois restèrent enlacés, les yeux fermés pour chasser la scène d'horreur qui se déroulait autour d'eux. Mercedes sentait les os pointus de la femme à travers ses vêtements, comme si elle était sur le point de se casser. Il n'y avait rien pour se protéger et à l'instar des habitants de Málaga récemment traumatisés par le bombardement et les attaques à la mitrailleuse sur leur ville, Manuela resta paralysée devant cette nouvelle agression fasciste.

— Il faut s'éloigner de la route, hurla Mercedes. C'est notre unique espoir.

L'ironie voulait que les seules cachettes possibles le long de ce tronçon de route peu accueillant soient les cratères laissés dans les champs par les bombes qui avaient explosé plus tôt. Beaucoup s'y recroquevillèrent, pétrifiés. Au moins, les bombardiers avaient procuré un semblant d'abri à leurs victimes terrorisées.

Bientôt, des corps gisaient partout comme des poupées cassées.

Avec horreur et incrédulité, tous ceux présents sur la route ce jour-là découvrirent une manœuvre d'attaque encore plus terrifiante. Une fois le travail des bombardiers achevé, des avions chasseurs apparurent dans le ciel pour revendiquer une seconde vague de victimes. Dans le but d'insuffler davantage de terreur, ils mitraillèrent la route en rase-mottes puis les gens eux-mêmes. Des éclairs aveuglants fusaient tandis que les balles dessinaient deux lignes de pointillés flamboyants dans la foule hurlante. Un défi relevé avec facilité pour les pilotes de ces avions : ils auraient pu atteindre leurs cibles les yeux fermés.

Les mères pleuraient et hurlaient de douleur en voyant leurs propres enfants tomber comme des quilles. Certaines en avaient quatre ou cinq et elles ne pouvaient en protéger aucun. De toute façon, un seul tir suffisait à anéantir plusieurs personnes à la fois.

À un moment, le biplace vola si bas que Mercedes discerna les traits du pilote et de l'artilleur derrière lui. Les gens se dispersèrent, pensant pouvoir distancer leurs balles mais la tentative était vaine. Le tireur pouvait sans problème manœuvrer sa mitraillette pour assurer des dégâts maximaux. Le visage du pilote se fendit d'un sourire à la vue des victimes qui étaient fauchées.

Puis le silence tomba. Les minutes s'égrenèrent sans que les avions ne reviennent.

— Je crois qu'ils sont partis, déclara Mercedes pour rassurer Manuela. Il faut nous remettre en route. Nous ne savons pas quand ils reviendront.

L'air était lourd des gémissements des blessés et des endeuillés. Pour beaucoup, la question maintenant était de décider s'ils devaient enterrer leurs morts ou poursuivre leur chemin vers Almería. Le sol dur ne facilita pas la tâche de ceux qui choisirent de le creuser pour offrir un tombeau aux défunts. D'autres se contentèrent de recouvrir les cadavres de la seule couverture à leur disposition, et se remirent en route, emportant avec eux leur chagrin et leur culpabilité. Les enfants qui avaient perdu leur mère étaient immédiatement adoptés par les survivants et guidés loin du spectacle épouvantable du cadavre maternel.

Quarante-huit heures plus tôt seulement, Mercedes était obnubilée par Javier. Pas un instant ne s'écoulait sans que l'homme qu'elle aimait n'emplisse ses pensées. Il fallut une pluie de bombes autour d'elle pour la tirer de ses rêveries. Alors, pour la première fois, l'image de Javier déserta son esprit. Même la possibilité qu'il se trouve quelque part dans cette foule qui s'amenuisait lui parut temporairement sans importance. Sa principale préoccupation dorénavant était de veiller à la sécurité de ce petit garçon et de sa maman, créatures fragiles.

Parmi ceux qui avaient réchappé à la mort, beaucoup étaient estropiés, et de nouveaux marcheurs blessés s'ajoutèrent à ceux qui boitaient depuis Málaga. Le voyage devait continuer et la direction restait la même. Impossible de revenir en arrière ou de rester sur place.

Manuela garda le silence. Pendant un temps, elle sembla paralysée par la peur mais le bras ferme de Mercedes passé sous le sien et la main de son fils tirant la sienne l'aidèrent à reprendre ses esprits. Ils se remirent en marche.

Lorsque la route tourna en direction de la mer, le bruit des vagues venant s'écraser contre les rochers leur vint aux oreilles, le rythme de la nature comme un baume pour les âmes brisées. Une fois ou deux, Mercedes vit des gens étendus sur la plage sans pouvoir déterminer s'ils étaient morts ou vivants. Dans les deux cas, tôt ou tard la mer les emporterait au loin s'ils ne bougeaient pas. Les ânes gisaient à côté des humains, mourants eux aussi. Leur langue gonflée sortait de leur bouche.

À un moment au cours du cinquième jour de marche, le soleil perça brièvement les nuages et la mer étincela. Mercedes sentit Javi qui tirait sur sa jupe et l'attirait vers la mer. L'enfant voulait jouer, jeter des cailloux dans l'eau et tremper ses orteils.

Son enfance reviendrait un jour à la normale, mais ce jour n'était pas venu. Jouer entre les cadavres aurait été trop macabre.

— Non, Javi, pas maintenant, aboya Manuela, en le prenant dans ses bras.

— Nous irons jouer dans la mer une autre fois, ajouta Mercedes. C'est promis.

En cette journée où même la vue d'un oiseau au loin réveillait sa terreur, lui rappelant les avions qui avaient massacré tant des leurs, elle n'avait qu'un seul objectif en tête : arriver à destination. Son esprit se tourna de nouveau vers Javier. Penser à lui lui donna l'énergie de parcourir les derniers kilomètres. Toutefois, il était nécessaire d'élaborer un nouveau plan pour le retrouver.

Plusieurs exilés n'atteignirent jamais Almería. Certains succombèrent à leurs blessures le long du chemin mais d'autres mirent également fin à leurs jours. Ceux qui avaient peu à peu dérivé en queue du convoi d'humains exténués, comme Mercedes, virent les cadavres de ceux qui s'étaient tiré une balle dans la tête et d'autres qui s'étaient pendus aux arbres. Ils étaient arrivés jusque-là mais le désespoir l'avait emporté. Plusieurs fois, Manuela dut cacher les yeux de Javi.

Arrivée à Almería, à la vue des édifices et de la promesse d'un refuge, Mercedes fut presque submergée par les larmes de soulagement. La grande distance qu'ils venaient de parcourir leur faisait mériter un festin et sa première pensée fut de trouver quelque chose à manger. Elle rêvait de pain frais.

L'épuisement s'abattit de plein fouet sur beaucoup. Les rues d'Almería semblaient un endroit sûr pour dormir après la route à découvert et les pavés étaient comme des matelas comparés au terrain cahoteux de la semaine passée. Beaucoup se laissèrent tomber avec gratitude aux côtés du peu de famille qui leur restait et certains s'assoupirent au beau milieu de la journée, les bâtiments autour d'eux les protégeant comme les murs d'une chambre.

Dès leur arrivée, Mercedes et Manuela firent la queue pour du pain.

— Pourquoi ne retournes-tu pas à Grenade pour retrouver ta famille ? s'enquit Manuela tandis qu'elles patientaient dans la file. Javi et moi n'avons pas envie que tu nous quittes mais si nous avions un endroit où aller, nous irions. Tu n'es pas obligée de rester ici.

Mercedes ne voulait pas rentrer à Grenade. C'était l'option la moins sûre de toutes. Sa famille était marquée. Et Javier ne se trouvait pas à Grenade. Ce seul élément détermina sa décision. Son unique chance de survie était de rester loin, et sa seule possibilité de bonheur était de retrouver l'homme qu'elle aimait. Javier faisait certainement partie des survivants de

Málaga. Il était plus jeune et plus fort que la plupart des gens qu'elle voyait autour d'elle. Si eux avaient réussi à fuir Málaga, il en avait sans nul doute fait autant.

— La moitié de ma famille n'est même plus à Grenade, expliqua Mercedes à Manuela. Et je dois continuer à chercher Javier. Si je ne le cherche plus, je ne le trouverai pas, n'est-ce pas ?

Javi grattait le sol avec un bâton, dessinant des zigzags dans la poussière, indifférent à leur conversation. Mercedes baissa les yeux sur le haut de sa tête brune et lui caressa les cheveux. D'en haut, tout ce qu'elle voyait de son visage, c'étaient ses longs cils noirs et la pointe de son nez. Elle le prit dans ses bras et lui caressa les joues. Même après des jours sans faire sa toilette, la peau de l'enfant restait douce. Le tenir dans ses bras lui procura un grand réconfort.

— Tu sais que tu peux rester avec nous, n'est-ce pas ?

— Je sais, oui.

Elle ne voulait pas paraître grossière mais tout ce qu'elle désirait à présent c'était retrouver Javier. La femme dont le corps pendait à un arbre à quelques kilomètres n'avait plus de but dans la vie. Mercedes si.

Après avoir aidé Manuela et Javi à s'installer en toute sécurité dans l'entrée d'une boutique barricadée où ils pourraient au moins dormir la nuit qui venait, elle partit en exploration.

Elle arrêta tous les gens qu'elle croisait pour leur demander s'ils avaient vu Javier et elle sortit à plusieurs reprises sa photographie de sa poche. Une fois ou deux, on lui répondit par l'affirmative. Le *guitarrista* était célèbre à Málaga et plusieurs personnes étaient sûres de l'avoir aperçu avant de fuir, même s'ils ne l'avaient pas revu depuis. À un moment, elle reprit espoir quand on lui apprit qu'un homme avec une guitare se trouvait non loin de là. Mercedes se précipita dans la direction indiquée et repéra bientôt la silhouette qu'on lui avait décrite. Son cœur manqua de s'arrêter. À la vue du contour de l'étui à guitare abîmé que l'homme portait, elle accéléra le pas. Elle l'appela et il se retourna. Il ne ressemblait pas du tout à Javier et avait plus de cinquante ans. Elle lui présenta ses excuses et le laissa partir. Des larmes de déception lui montèrent aux yeux.

Elle revint sur ses pas et retrouva ses compagnons de voyage. Malgré leurs maigres possessions, ils s'étaient fabriqué un bel abri, ouvert sur le devant. Javi dormait déjà, affalé sur les genoux de sa mère. Manuela sommeillait, la tête appuyée contre le chambranle en bois de la porte. Tous deux affichaient un air paisible.

Mercedes repartit pour essayer de leur trouver davantage de nourriture. Elle prit place dans deux queues et fut déçue à chaque fois en arrivant en tête de file de découvrir que tout était vendu. Récupérer quelques grammes de lentilles après avoir fait la queue une troisième fois fut un triomphe.

Almería avait autrefois été une belle ville mais la jeune fille était trop fatiguée pour le remarquer et ne prêta pas du tout attention au chemin qu'elle suivait. Après avoir pris place dans plusieurs files, elle avait perdu toute notion du temps. Elle n'avait pas de montre, et le ciel gris de l'après-midi ne lui donnait aucun indice sur l'heure. Elle s'était peut-être absentée deux heures.

Alors qu'elle commençait à rebrousser chemin vers le centre-ville, elle entendit le son lointain d'une sirène et peu après le bruit sourd d'une explosion, puis une autre, plus près cette fois. Un avion gris argenté passa au-dessus de sa tête. Pas ici, quand même ? Leur refuge avait été de courte durée.

En s'approchant de la place principale elle huma l'odeur de brûlé et ressentit le chaos qui régnait. En tournant à un coin de rue, elle se retrouva à contre-courant de la vague de fuyards, comme le jour sur la route où elle avait croisé la foule qui fuyait Málaga. Cette fois, elle devait se frayer un chemin au travers. La panique monta en elle. Depuis qu'elle avait quitté Grenade, elle n'avait pas éprouvé une telle frayeur. Elle était encore plus terrifiée que lorsqu'ils s'étaient fait bombarder sur la route. La foule en fuite la poussait mais elle résista, manœuvrant pour atteindre le trottoir où elle s'arrêta et attendit que la ruée soit passée.

Enfin, la première vague de fugitifs s'estompa puis vint le tour des victimes, soutenues, portées, parfois sans vie. La parade défila dans un silence déroutant. Finalement, il ne resta plus que quelques retardataires, hébétés et recouverts de particules de poussière. Alors la rue retrouva sa tranquillité. Mercedes tremblait de peur. Même si elle s'était préparée au spectacle qui l'attendrait quand elle tournerait à l'angle de la place, l'angoisse la submergea quand elle découvrit la réalité.

Un côté entier avait été réduit à néant et chaque bâtiment s'était effondré. Pas un seul mur ni un seul pilier ne restait debout. C'était un fouillis de ferronneries acérées, de charpentes tordues et de bois noirci. Tout avait été rasé ou carbonisé. Mercedes se rappela que la boutique qui avait brièvement servi de maison à Manuela se situait dans le coin opposé et elle vit l'espace vide qui s'y trouvait désormais.

— Sainte Marie Mère de Dieu... Sainte Marie Mère de Dieu... murmurait-elle entre ses larmes.

Elle traversa d'un pas rapide la place et reconnut, même aux restes carbonisés, les fragments de la devanture vert foncé de la boutique où elle avait vu ses amis pour la dernière fois. Il n'y avait plus rien à part des gravats et des poutres en métal tordues.

Mercedes resta immobile. La disparition des deux personnes qu'elle avait connues brièvement mais profondément aimées creusa un trou béant dans son cœur.

Quelqu'un arriva derrière elle et lui tapota le bras.

Elle se retourna à la hâte. Manuela ?!

Malheureusement non. Il s'agissait d'une vieille femme.

— Je les ai vus. Je suis navrée. Ils n'ont pas eu la moindre chance quand la poutre est tombée.

Si leur abri avait été près du centre d'impact – et le cratère à proximité le laissait croire – alors ils n'avaient pas dû souffrir. Ce fut la première pensée qui vint à l'esprit de Mercedes. Javi au moins devait être profondément endormi. Elle espérait de tout son cœur que c'était bien le cas.

— C'était votre famille ?

Mercedes secoua la tête. Elle était incapable de prononcer le moindre mot. Il n'y avait rien à dire de toute façon, même si sa gorge serrée lui avait permis de parler. Elle resta immobile et contempla d'un air ahuri l'endroit où s'étaient tenus ses amis.

Plus d'une douzaine de personnes périrent dans ce seul raid. Peu étaient des habitants d'Almería ; la majorité avait, à l'instar de Manuela et de Javi, parcouru deux cents kilomètres pour mourir dans une ville inconnue. Les bombardiers fascistes avaient fait preuve d'efficacité. Ils savaient que ces rues seraient bondées de réfugiés, de cibles faciles, sans défense.

Mercedes regarda autour d'elle. Elle vit une femme debout dans les décombres de sa maison. Elle l'avait vue s'effondrer et fouillait en vain les vestiges de bois carbonisé et de rampes cassées qui constituaient autrefois son plafond, en quête de ses biens. Si elle ne récupérait pas maintenant ce qu'elle pouvait, ses affaires seraient perdues pour elle. Nombreux étaient les désespérés et les indigents prêts à fouiller les ruines.

Mercedes s'était trouvée chanceuse d'avoir évité les mitrailleuses, les obus et les bombes aériennes le long du chemin. Elle se demanda pourquoi elle avait également été épargnée lors de cette dernière attaque.

Dans les poches de son manteau se trouvaient les seuls biens en sa possession désormais : un sac de lentilles et une demi-miche de pain dans l'une, ses chaussures de danse et la photographie de Javier dans l'autre.

23

Plusieurs jours près avoir quitté Grenade, Antonio et ses amis atteignirent la périphérie de Madrid, approchant par le front est que la milice républicaine contrôlait. Le spectacle des attaques subies par la capitale les choqua et la vue des bâtiments vides, détruits par les bombardements, attisa leur colère. Au passage de leur camion, des enfants en bas âge levèrent les yeux et les saluèrent et des femmes brandirent le *puño*, le poing républicain. L'arrivée de nouveaux sympathisants de la République ravivait l'espoir que les fascistes soient repoussés de leur ville.

Tandis qu'ils faisaient la queue pour s'enrôler dans la milice, aux côtés de leurs compagnons de voyage, ils en apprirent davantage sur la situation dans la capitale.

— Au moins, nous sommes sûrs d'avoir nos rations si nous nous engageons, déclara l'un d'eux. Il me tarde de manger un bon repas.

— Je ne me ferais pas trop d'illusions à ta place, répliqua un autre. Il n'y a peut-être pas grand-chose ici…

Depuis septembre, Madrid accueillait beaucoup de réfugiés. Plusieurs des villes alentour étaient tombées et leurs habitants frappés de terreur avaient gagné la capitale, venant grossir à plusieurs reprises la population habituelle. La ville était encerclée par les nationalistes mais les lignes ennemies n'étaient pas si impénétrables, et les citoyens continuaient par conséquent de croire en la liberté. Les Madrilènes et les milliers de réfugiés avec leur baluchon contenant tous leurs biens personnels espéraient que cette épouvantable situation toucherait bientôt à sa fin. Ils ne pouvaient pas vivre de pain et de fèves éternellement.

Quelques mois plus tôt, en novembre, l'optimisme à Madrid avait vacillé. Plus de vingt-cinq mille soldats nationalistes avaient pris leurs quartiers dans les banlieues ouest et sud, et s'étaient vus renforcés en quelques semaines par des bataillons venus d'Allemagne. La population affamée de Madrid sentait l'étau se resserrer autour d'elle, la nourriture se faisait plus rare et chaque jour les ceintures étaient de plus en plus serrées.

Des rumeurs avaient ensuite circulé : le gouvernement républicain avait évacué Madrid et s'était réfugié à Valence. Dans les locaux désertés du gouvernement, les papiers étaient éparpillés sur les bureaux et les personnages illustres des portraits aux murs surveillaient des couloirs vides. Les oiseaux entraient par des fenêtres entrouvertes et décoraient de fientes claires les fauteuils en cuir sombre. Le transfert devait être temporaire. Les caissons à tiroirs restaient à moitié remplis et les étagères lourdes de livres demeuraient en l'état, la poussière s'accumulant déjà sur leur dos délicatement travaillé et sur les fines baguettes des lambris muraux. Les hautes fenêtres empêchaient les passants de regarder à l'intérieur de ces salles plongées dans le silence mais ils pouvaient les imaginer, et cette pensée les emplissait de désespoir.

La majorité des Madrilènes comprit cependant que l'absence de leur gouvernement ne signifiait pas que la ville était tombée aux mains de Franco, et une toute nouvelle détermination les anima. Dès le début, hommes, femmes et enfants s'engagèrent dans le combat : les plus jeunes jouaient les messagers et portaient des missives sur le front, et quelques femmes courageuses troquèrent leur balai pour le fusil.

Les craintes du gouvernement désormais en exil sur l'entrée imminente des fascistes dans Madrid ne se réalisèrent pas tout de suite. Franco était retenu à Tolède, ce qui laissa le temps à l'Union soviétique de leur venir en aide et aux volontaires antifascistes du monde entier d'arriver. Secondées par les communistes, qui se préparaient à défendre la ville depuis le départ du gouvernement, ces brigades internationales défendaient la capitale.

— *Salud !* crièrent-ils.

— *Salud !* répondirent les étrangers.

Ils ne parlaient peut-être pas la même langue mais tous comprenaient ce geste de solidarité et ce mot.

Antonio se retrouva à converser avec un homme père de sept enfants.

— Il y a peu de temps encore, on pouvait laisser les enfants jouer dans la rue. Pendant quelques heures, les choses semblaient revenues à la normale, dit-il avec tristesse. Tout a changé maintenant.

Antonio regarda autour de lui et vit les bâtiments grêlés par les balles et défigurés par les cicatrices laissées par le mortier. La panique et le chaos étaient insufflés par les pétarades incessantes lors des fusillades et les déflagrations des obus pendant le pilonnage. Antonio ne doutait pas que la vie normale et douce, quand le bonheur était pris pour acquis, était révolue et avait cédé le pas à une sensation de peur constante. Les affiches de propagande visant à motiver la résistance se décollaient des murs, aussi usées que leurs espoirs.

— Les premiers temps, les enfants ont apprécié de ne pas être obligés d'aller à l'école, poursuivit le père.

Les enfants se languissaient déjà de leur ancien quotidien, tout comme leurs mères. Leurs vies bien organisées étaient comparables à des cageots de fruits bien rangés qu'on aurait retournés. Leur contenu s'était déversé dans le caniveau.

Planté au beau milieu de ces rues, pressé d'en découdre pour soutenir ces gens, Antonio comprit l'importance capitale que revêtait un semblant de normalité pour les citoyens. Entre deux raids aériens, les petits cireurs de chaussures pouvaient continuer à gagner chichement leur vie. Les mères et les grands-mères déambulaient en ville parées de leurs plus beaux habits d'hiver, leurs enfants dans des manteaux au col en fourrure à la traîne derrière ou courant devant pour contrarier leurs aînés. Les hommes en chapeau de feutre avec des écharpes autour du cou pour pallier le vent de février continuaient parfois de faire leur promenade du soir. Un autre jour, en période de paix, ç'aurait pu être l'heure du *paseo*.

Au son de la sirène, les femmes serraient plus fort les mains de leurs enfants et si elles en avaient plusieurs, des inconnus s'arrêtaient pour les aider. La tentation était grande de lever les yeux au ciel pour regarder les avions et même observer la bataille qui se livrait au-dessus de leur tête. C'était instinctif chez les enfants et il fallait tirer les récalcitrants dans l'obscurité des stations de métro, les cacher avant que les bombes ne tombent autour d'eux. En d'autres temps, le métro servait à se rendre d'un point à un autre de la ville. Aujourd'hui, les quais des stations servaient de refuge et pour certains de foyers permanents.

Finalement, terrifiés par ce qu'il se passait au-dessus de leur tête mais craignant de rester trop longtemps sous terre, les gens regagnaient la lumière, sortaient dans une rue où les bâtiments avaient été découpés comme un gâteau avec un couteau tranchant. Des appartements en carrés parfaits apparaissaient, leurs précieux intérieurs révélés au monde entier. Des assiettes et des plats encore obstinément intacts, attendant de servir, même si leurs propriétaires étaient morts.

Les regards se levaient et fouillaient l'intimité d'inconnus, découvraient des vêtements qui flottaient sous la brise, des lits défaits par le vent, une table à manger vacillant au bord, sa nappe à carreaux tenue en place par un vase de fleurs en plastique, des photographies de travers, des bibliothèques vides, leur contenu répandu au sol, une horloge qui mesurait le passage du temps avant la prochaine explosion ou les jours avant que cet immeuble ne soit démoli pour des raisons de sécurité. À certains endroits, seule la façade tenait encore debout, aussi fragile qu'un décor de cinéma.

Son premier jour en ville, le trio de Grenade se retrouva la cible d'un tel raid aérien. Les trois amis manquèrent de s'étouffer avec la poussière que les pierres produisaient envolant en éclats et qui ne se dissipa que longtemps après qu'ils eurent émergé de leur abri souterrain où le manque d'air rendait claustrophobe.

À leur arrivée à Madrid, le pire de l'hiver était passé mais la faim perdurait. Les tiraillements constants d'un estomac vide suffisaient à motiver certains hommes à rejoindre la milice. L'enrôlement signifiait au moins la promesse de rations, et tandis qu'Antonio faisait la queue avec ses amis pour s'engager, il se rendit compte que lui aussi rêvait d'un repas décent. Cela faisait des jours qu'il n'avait rien mangé d'autre qu'un bol de lentilles baignant dans l'eau.

À Madrid, l'humeur était très différente de celle de Grenade, où les nouvelles règles restrictives pullulaient. Ici, en comparaison, régnait une atmosphère presque révolutionnaire, détendue, décontractée et même sensuelle. Les hôtels étaient pris d'assaut par les soldats dont la plupart n'avaient jamais vu de si beaux lambris ni de dorures si grandioses. Les bâtiments eux-mêmes étaient fêlés comme de la vieille porcelaine.

Les étrangers étaient une nouveauté pour les Grenadins. S'ils appréciaient la camaraderie des gens venus de contrées qu'ils n'arrivaient même pas à imaginer, ils trouvaient étonnant que leur conflit purement national se joue désormais à scène ouverte.

— Pourquoi sont-ils ici selon vous ? demanda Francisco à ses amis, perplexe devant la présence des étrangers. Ils savent aussi bien que nous ce qu'il se passera si Franco envahit cette ville.

— Ils détestent le fascisme autant que nous, répondit Antonio.

— Et s'ils ne nous aident pas à l'arrêter dans notre pays, il s'étendra au reste du monde, ajouta Salvador.

— Comme une maladie, termina Antonio.

Les brigades internationales avaient soif d'action et pour la plupart ne craignaient pas ce qui pouvait leur arriver. Les Madrilènes n'auraient pu espérer meilleurs alliés.

Pour leur première nuit dans la ville aux murs placardés d'affiches, et plus vaste et plus chic que celle dans laquelle ils avaient grandi, les trois amis s'installèrent au bar d'un des vieux hôtels. Dans le miroir terni qui courait derrière le comptoir, Antonio aperçut son reflet. Bien que troubles, leurs visages paraissaient détendus et heureux, comme ceux de trois compères de sortie pour la soirée, les chemises légèrement froissées, les cheveux lissés en arrière, un peu fatigués certes, mais insouciants. La faible lumière orangée dans la salle les flattait et atténuait un peu les cernes sous leurs yeux creusés par la faim et l'épuisement.

Antonio se détourna de son reflet. Son attention fut attirée par un groupe de filles qui discutaient près de la porte. Tant qu'il les épiait seulement dans le miroir, elles agissaient avec naturel, mais il savait que leur comportement changerait dès qu'elles se sauraient observées.

Il donna un petit coup de coude à Salvador et vit que son ami était tout aussi fasciné. Après plusieurs jours entassés dans un camion comme du bétail, à attendre le combat, l'attrait de ces femmes s'avérait presque irrésistible.

Ces demoiselles comptaient parmi le peu de personnes en ville à voir leur vie s'améliorer avec la guerre. Depuis l'arrivée du tout premier régiment de la milice, et maintenant avec celle de tous ces jeunes hommes venus de pays étrangers, les affaires étaient en pleine expansion. La demande excédait grandement l'offre. En temps de paix, elles auraient sans doute préféré mourir que de vendre leur corps mais désormais, elles avaient suffisamment faim pour accepter de faire des concessions.

Lorsque les trois filles approchèrent du bar d'un pas nonchalant, Francisco se tourna et leur sourit. Lui aussi les avait remarquées et observées. Autour d'elles flottait l'arôme sirupeux des parfums bon marché, plus enivrant encore pour ces jeunes hommes que les meilleures fragrances parisiennes portées par les plus élégantes dames de Grenade. Ils entamèrent la conversation et les femmes se présentèrent comme danseuses. Peut-être l'avaient-elles été autrefois. Des verres furent commandés et leur bavardage se poursuivit, chacun criant pour couvrir le brouhaha d'une centaine d'autres voix et la musique insistante d'un accordéoniste qui louvoyait entre les tables. Une seule chose occupait tous les esprits, cependant, et une heure plus tard, ils se trouvaient dans une maison close décrépite à quelques rues de là, grisés par une mauvaise eau-de-vie et succombant au puissant anesthésiant du plaisir charnel.

Le lendemain matin, revigorés après une nuit d'un sommeil profond, les amis de Grenade furent envoyés sur le front. La bataille du Jarama, au sud-est de Madrid, durait depuis dix jours maintenant. C'était la raison de leur venue. Antonio ne redoutait pas les pétarades de coups de feu, le bruit sourd d'un obus tombant à proximité, le souffle profond d'un bâtiment qui implosait. Les Grenadins appartenaient maintenant officiellement à l'unité milicienne sans formation avec laquelle ils avaient fait route depuis le sud. La République avait perdu tant de militaires expérimentés qu'elle accueillait à bras ouverts tous les combattants volontaires comme eux. Leur enthousiasme et leur innocence occultaient même l'idée de la mort – qui leur avait à peine traversé l'esprit – et ils prenaient une pose enjouée aux côtés des autres soldats pour figurer sur des photographies qui avaient peu de chances d'arriver un jour chez eux.

Dans la vallée du Jarama, les troupes nationalistes formaient le projet de s'emparer de la route nationale qui reliait la capitale à Valence, et avec leur attaque du 6 février ils avaient pris les républicains par surprise. Soutenu par des chars de combat, des avions allemands et quarante mille hommes, y compris des légionnaires étrangers, les plus cruels de tous, Franco avait lancé l'offensive. Avant que les républicains n'aient le temps de s'organiser, des points stratégiques – flancs de montagnes, ponts – étaient tombés aux mains ennemies. Les chars de combat soviétiques ralentirent un peu leur progression mais les nationalistes avaient commencé à avancer et des pertes considérables étaient déjà à déplorer à l'arrivée des Grenadins.

Une fois sur place, ils s'imaginaient entrer tout de suite dans le feu de l'action. Postés près du camion qui les avait transportés, ils étudièrent le paysage. Il ne ressemblait guère à un champ de bataille. Devant eux, s'étalaient des vignobles et des rangées d'oliviers, des collines et des buissons d'ajoncs et de thym sauvage.

— Il n'y a pas beaucoup d'endroits à couvert… fit remarquer Francisco.

C'était la vérité, et avant qu'ils n'aient l'opportunité de se servir de leurs armes, ils se retrouvèrent à former une équipe chargée de creuser des tranchées. Plusieurs vieilles portes avaient été récupérées dans les décombres d'un village voisin et servaient à renforcer les parois des fosses. Francisco et Antonio travaillèrent de concert, debout dans le trou pendant que les autres leur passaient les portes d'en haut. Plusieurs possédaient encore leurs poignées en cuivre, certaines affichaient un numéro peint qui s'effaçait.

— Je me demande ce qui est arrivé aux gens qui vivaient derrière celle-ci, dit Antonio d'un air songeur.

Autrefois, cette porte préservait l'intimité de ses propriétaires mais leur foyer devait aujourd'hui être ouvert aux quatre vents.

Retranchés dans les oliveraies sur les hauteurs du fleuve Jarama, ils attendirent de goûter à l'action pour la première fois. Jusqu'à présent, ils s'étaient contentés de renforcer des tranchées et ce conflit ne leur avait procuré que de l'ennui. L'humidité du sol était déjà pénible la journée mais la nuit, elle les empêchait de dormir, et dans cette vallée, pour la première fois, ils attrapèrent des poux qui les harcèleraient pendant les nombreux mois à venir. Le besoin continu, indéniable, de se gratter, jour et nuit, était une pure torture.

— Combien de temps ça va durer, à votre avis ? marmonna Francisco.

— Quoi ?

— Ça. Rester assis sans rien faire. À attendre. À ne pas agir.

— Dieu seul le sait… Mais on ne peut pas forcer les choses.

— Mais on ne fait rien depuis des jours ! Je ne le supporte plus. J'étais plus utile à Grenade. Je ne suis pas sûr d'avoir envie de rester par ici.

— Il le faut. Tu seras abattu par les nôtres si tu essaies de partir. N'y pense même pas.

Jouer aux échecs ou écrire des lettres à leurs proches ne leur occupait l'esprit qu'un moment.

— C'est absurde d'écrire des lettres, déclara Antonio avec une morosité atypique, quand le destinataire risque de ne plus être en vie à l'arrivée de la lettre.

Il adressait sa lettre à sa tante Rosita, dans l'espoir que celle-ci la transmettrait à Concha. Il était trop risqué de lui écrire directement. Il espérait qu'elle allait bien et lui demandait si elle avait réussi à rendre visite à son père. Il priait pour que Mercedes ait retrouvé Javier ou réussi à rentrer à la maison. Il n'était pas prudent pour une jeune fille de seize ans de voyager seule.

— Je ne sais même pas si ma mère est vivante, dit Francisco en pliant une liasse de feuilles prêtes à être postées. Et le temps qu'elle reçoive ça, c'est peut-être moi qui serai mort. D'ennui.

Bien qu'en proie à la même frustration, Antonio s'évertua à remonter le moral de ses amis. L'oisiveté causée par l'attente les exaspérait tous.

Même si les périodes d'inactivité semblaient s'éterniser, elles ne duraient jamais indéfiniment et, effectivement, les combats reprirent bientôt. En un jour ou deux, ils étaient sur le front, où les pétarades des mitrailleuses, le grondement des canons et les « *Fuego* » criés comblèrent leur désœuvrement.

Soudain, on leur ordonna d'essayer de prendre le contrôle d'une corniche non loin. Tandis qu'ils creusaient au pied de la colline, plusieurs bataillons de soldats nationalistes apparurent au sommet et chargèrent dans leur direction. Au moment où ils pouvaient presque discerner le blanc de leurs yeux, l'ordre de tirer fut lancé. Certains tournèrent les talons et coururent se mettre à l'abri, d'autres furent fauchés sur place. La mitrailleuse se tut un instant tandis qu'on en remplaçait le chargeur, mais les salves nationalistes se poursuivirent quelques minutes. L'ordre fut donné à plusieurs douzaines de soldats républicains, y compris Antonio, de grimper dans les hauteurs d'où ils pourraient tirer sur les nationalistes mais l'artillerie lourde les repoussait. Le soldat à côté d'Antonio fut canardé. Son sang éclaboussa tous ceux situés à quelques mètres de lui et, aveuglé par la lourde fumée, Antonio trébucha sur un autre homme étendu bras et jambes écartés sur son chemin. Ne sachant pas s'il était mort ou vivant, Antonio le porta jusqu'à la base. Seule la moitié de l'unité survécut à cette journée. Ce fut une introduction brutale à la réalité du conflit. La vision de corps déchiquetés le hanta cette nuit-là.

Les nationalistes, déterminés à repousser les républicains, poursuivirent leur assaut sur d'autres positions stratégiques. Les pertes furent considérables, y compris au sein des troupes idéalistes des brigades internationales, dont certains membres n'avaient jamais tenu un fusil auparavant. Les leurs se révélaient souvent des armes peu fiables, vieilles et défectueuses, au mécanisme grippé ou aux munitions inutilisables. Des milliers d'entre eux ne se roderaient jamais à leur maniement puisqu'ils étaient morts en quelques heures. En un après-midi, Antonio compta des douzaines de pertes dans un assaut non loin de leur propre position. Un sacrifice qui paraissait d'une futilité affligeante.

Le cours de la bataille connut un virage à l'arrivée des avions soviétiques : entrant en action, ils commencèrent à entraver les défenses des troupes nationalistes. Les bombardiers nationalistes se retrouvaient maintenant déviés par les avions de chasse soviétiques.

Fin février, la bataille s'acheva. Les deux camps avaient subi des pertes considérables mais les nationalistes n'avaient progressé que de quelques kilomètres. Chaque centimètre de terrain gagné leur avait coûté de nombreuses vies. D'un point de vue mathématique, tout cela n'avait aucun sens, mais le moral des troupes républicaines était remonté. Pour eux, cette impasse signifiait qu'ils avaient gagné la bataille.

Francisco ne parvint pas à l'envisager comme une victoire.

— Nous avons perdu des milliers d'hommes et eux aussi. Et ils ont gagné du terrain, fit-il remarquer.

— Mais pas tant que ça, signa Salvador.

— Ce n'est qu'un bain de sang, d'après moi, répliqua Francisco avec colère.

Personne ne le contredit. Un bain de sang. C'était exactement cela.

Ils retournèrent à Madrid pour un court moment. Dans la capitale, il était encore possible de se faire couper les cheveux, de se faire raser, de trouver des vêtements propres et même de s'étendre dans un lit confortable. La vie y suivait son cours malgré la menace des raids aériens. Plusieurs fois, la légendaire activiste communiste Dolores Ibárruri se trouva dans leur quartier et les trois amis se joignirent à la foule qui s'amassait déjà pour l'écouter. L'infatigable « Pasionaria », la « fleur de la passion » comme on l'appelait, tout de noir vêtue, était fréquemment repérée dans les rues de Madrid. Elle ne manquait jamais de rallier à la cause ceux dont le moral vacillait.

La première fois qu'Antonio aperçut son visage ciselé, il eut le sentiment d'inspirer un bol d'air pur. Tous l'avaient entendue à la radio ou à travers un mégaphone sur le front, mais la femme en chair et en os possédait une majesté que sa voix seule ne transmettait pas. La présence physique de cette femme était extraordinaire et sa puissance et son charisme immenses rayonnaient sur toute la place.

Dans un geste inconscient qui venait naturellement aux Espagnoles, elle joignit ses mains. Pour commencer, elle s'adressa aux femmes, leur rappelant le sacrifice auquel elles devaient consentir.

— Préférez être la veuve d'un héros plutôt que l'épouse d'un lâche ! les exhorta-t-elle, le timbre riche de sa voix retentissant au-dessus de la foule attentive.

— *No pasarán !* cria-t-elle. Ils ne passeront pas.

— *No pasarán !* scanda la foule. *No pasarán ! No pasarán !*

Sa conviction brute les inspirait. Tant qu'ils résisteraient farouchement, les fascistes n'entreraient pas dans leur ville et le poing serré que La Pasionaria brandissait dans les airs renforçait cette certitude. Beaucoup de ces hommes et de ces femmes étaient exténués, désabusés, effrayés, mais elle les convainquit de l'intérêt de poursuivre le combat.

Salvador absorba son magnétisme et la réponse chaleureuse de la foule. Ibárruri se trouvait trop loin de lui pour qu'il puisse lire sur ses lèvres mais elle avait tout de même retenu toute son attention.

— Mieux vaut mourir debout que vivre à genoux ! exhorta-t-elle.

Personne, ni homme, ni femme, ni enfant, ne resta insensible à son appel.

À la fin de son discours, la foule se dispersa.

— Une femme passionnée et passionnante, non ? déclara Antonio.

— Tout à fait, répliqua Francisco. Elle est extraordinaire. Elle réussit à nous faire croire que c'est vraiment possible.

— Mais c'est possible, affirma Antonio. Et jamais tu ne devrais en douter.

24

Plusieurs jours durant, Mercedes erra sans but dans les rues d'Almería. Elle ne connaissait plus personne dans cette ville désormais. De temps en temps, elle apercevait un visage vaguement familier mais il appartenait seulement à une personne croisée sur la route lors de l'exode de Málaga. Ils n'étaient pas ses amis, juste des âmes perdues comme elle, qui se trouvaient au mauvais endroit, encore debout, à remonter d'un pas lourd une queue puis une autre.

Pour qui avait une famille, rester à Almería était la seule alternative, car se remettre en marche exigeait un effort inimaginable. Pour sa part, Mercedes considérait que partir était la meilleure solution. Plantée au milieu d'une rue où nombre de réfugiés erraient, tous étrangers à cette ville et des inconnus les uns pour les autres, elle ne s'imagina pas rester. C'était la seule chose dont elle était sûre.

Par conséquent, un choix s'offrait à elle. La solution de facilité aurait été de rentrer à Grenade. Elle se faisait énormément de souci pour sa mère et elle se sentait coupable de ne pas être auprès d'elle. Antonio lui manquait également et elle espérait qu'il réussissait à consoler un peu leur mère. Peut-être son père avait-il été relâché ? Si seulement elle disposait d'un moyen de s'en assurer.

Le café et l'appartement chaleureux à l'étage, dont elle connaissait par cœur chaque marche sombre et rebord de fenêtre, lui manquaient terriblement. Elle s'autorisa un moment de mélancolie à se souvenir des choses qu'elle aimait de la maison : l'odeur sucrée, indéfinissable, de sa mère, la faible lumière orangée qui éclairait l'escalier, le parfum musqué qui flottait dans sa chambre, les épaisses couches de peinture marron sur les portes et les fenêtres, son vieux lit en bois avec les lourdes couvertures en laine verte qui lui avaient tenu chaud d'aussi loin qu'elle se souvenait. Une lourde vague de nostalgie s'abattit sur elle. Ces petites choses réconfortantes lui semblaient à des années-lumière de cet endroit inconnu et démoli. Ces éléments qui constituaient la vie quotidienne étaient peut-être ce qui comptait le plus.

Ensuite, ses pensées se tournèrent vers Javier. Elle se remémora la première fois où elle l'avait rencontré et comme sa vie avait changé à cet instant. Elle gardait du moment où il avait levé les yeux de sa guitare et où son regard limpide surmonté de longs cils noirs s'était porté dans sa direction un souvenir d'une netteté incroyable. Il ne l'avait pas vue alors dans le public mais elle se rappelait l'effet de son regard sur elle. Comme si elle avait fondu sous la chaleur de ses yeux. Suite à sa première danse pour Javier, chacune de leurs rencontres avait été comme une pierre de gué au milieu d'une rivière, la conduisant plus près de l'autre berge où elle avait cru qu'ils ne seraient jamais séparés. Leur désir d'être ensemble était mutuel, passionné et absolu. Être loin de Javier engendrait une douleur sourde, inexorable, perpétuelle. Une maladie.

Environ une semaine après la mort de Manuela, l'attention de Mercedes fut attirée par l'entrée discrète d'une église de l'autre côté de la rue. La Vierge serait peut-être en mesure de l'aider à décider de la direction à prendre.

Derrière l'entrée abîmée se dissimulait un intérieur baroque grandiose. Pourtant Mercedes ne s'en étonna pas : beaucoup d'églises disposaient de portes latérales qui passaient inaperçues mais contredisaient l'immensité de l'église cachée derrière. Non, ce qui la stupéfia réellement fut le nombre de gens à l'intérieur. Ils ne s'y rassemblaient pas pour trouver refuge. En cette période de désarroi aucun édifice religieux ne bénéficiait d'une quelconque protection divine. Les églises étaient aussi vulnérables que les autres bâtiments, détruites depuis les airs par les nationalistes ou réduites en cendres par les sympathisants républicains. Les allées et la nef étaient maintenant ouvertes aux quatre vents, et les oiseaux venaient nicher sur la chaire et la tribune d'orgue.

Plutôt que de perdre la foi, les hommes et les femmes venaient chercher la sécurité et la chaleur dans cette église accessible. Des souvenirs de l'importance que revêtait autrefois la religion aux yeux de Mercedes lui revinrent en mémoire et pourtant il lui semblait qu'une éternité s'était écoulée depuis qu'elle allait confesser ses péchés une fois par semaine, et des décennies depuis sa première communion. Disposés devant une représentation de Marie, des cierges oscillaient et les yeux de la Sainte Vierge croisèrent ceux de Mercedes. Autrefois, elle débitait des « Je Vous salue Marie » avec la même aisance que l'eau s'écoule du robinet. Aujourd'hui, elle résista à la tentation de le réciter. Ce serait pure hypocrisie. Elle n'avait plus la foi. Ce regard qui accrochait le sien n'était que de l'huile sur une toile, un composé chimique. Elle se détourna, l'odeur de cire s'infiltrant dans ses narines. Elle était presque envieuse de ces fidèles qui parvenaient à trouver du réconfort dans un tel endroit.

Le long des courbes de l'abside, des colonnes de chérubins montaient au ciel. Certains contemplaient l'assemblée un sourire malicieux aux lèvres. Dessous était assise la Vierge, le Christ inerte reposant dans ses bras. Mercedes l'examina, y cherchant un message ou un sens caché, mais elle comprit que l'expression de la Vierge était loin de rendre celle de la femme qu'elle avait vue sur la route de Málaga quelques jours plus tôt : une mère qui, comme Marie, veillait le corps éteint de son enfant. De toute évidence, celui qui avait peint cette pietà n'avait jamais assisté en vrai au spectacle de la douleur maternelle. Sa représentation de la souffrance ne s'en approchait même pas. L'image était comme une insulte au chagrin et au deuil. Dans chaque petite chapelle latérale, elle vit des figurations grossières du malheur et de la douleur, et depuis chaque plafond, les anges dodus regardaient vers le bas, souriant.

S'éloignant de l'autel, elle se retrouva nez à nez avec une Marie en pied, grandeur nature, en plâtre. Des larmes en verre brillaient sur ses joues douces, son regard était vif et bleu, son sourire légèrement tourné vers le bas. Elle fixait Mercedes à travers les barreaux de sa chapelle fermée par une grille, incarcérée avec pour seul compagnon un petit vase de fleurs en papier fanées. Si d'autres pouvaient projeter leurs rêves et leurs espoirs sur ces personnages et y puiser du réconfort, à défaut de réponses précises, Mercedes trouvait leur symbolisme théâtral d'une profonde absurdité.

Les pieux s'agenouillaient sur les marches de chaque chapelle absidiale, ou s'asseyaient tête baissée dans la nef. Chacun semblait en paix et Mercedes, elle, bouillait de rage.

« À quoi Dieu nous a-t-il servi ? » avait-elle envie de hurler, pour briser le silence respectueux qui régnait dans le vaste endroit. « Qu'a-t-il fait pour nous protéger ? »

En réalité, l'Église avait agi contre eux. Nombre d'actions nationalistes contre la République avaient été accomplies au nom de Dieu. Malgré cela, elle voyait que beaucoup de citoyens d'Almería continuaient de s'accrocher à leur croyance, persuadés que la Vierge Marie leur viendrait en aide. Ceux dont les lèvres remuaient pour délivrer des prières silencieuses sans qu'ils attendent réellement de réponses continuaient visiblement de trouver du réconfort dans cet endroit mais pour Mercedes, entrer ici en quête de conseils était désormais une tentative risible. Les saints et les martyrs avec leur sang peint et leurs stigmates dramatiques faisaient autrefois partie de sa vie. Aujourd'hui, elle considérait l'Église comme une supercherie, un placard rempli d'accessoires superflus.

Elle s'assit un instant, observant les gens aller et venir, allumer des cierges, murmurer des prières, contempler les icônes, et elle s'interrogea sur leurs sentiments profonds. Une voix répondait-elle à leurs prières ? Répondait-elle tout de suite ou l'entendaient-ils le lendemain, au moment où ils s'y attendaient le moins ? Ces figures saintes aux yeux froids devenaient-elles de chair et de sang pour eux ? Peut-être. Peut-être que ces gens, avec leurs yeux suppliants baignés de larmes et leurs mains jointes si fort qu'elles en devenaient blanches, communiquaient avec une chose au-delà de son entendement, surnaturelle. Qu'elle ne pouvait ni saisir dans son esprit, ni ressentir dans son cœur.

Il n'y aurait pas d'intervention divine. De cela, elle était sûre. L'espace d'un instant, elle hésita à prier pour l'âme de Manuela et de son petit garçon. Elle songea à eux, innocents, inoffensifs, et leur disparition soudaine ne fit qu'appuyer sa conviction de l'absence de Dieu.

Consciente que le déni de foi ne l'aiderait pas, elle sut qu'elle devrait prendre seule sa décision. À cet instant, l'image de Javier, dont la beauté surpassait n'importe quel saint représenté sur ces toiles, lui vint à l'esprit. Il quittait rarement ses pensées plus de quelques instants. L'imaginaire des croyants était peut-être empli d'images de Dieu. Celui de Mercedes ne comptait que Javier. Elle vénérait son corps et son âme et le savait digne de son adoration.

La chaleur à l'intérieur de l'église, la semi-obscurité et la forte odeur musquée des cierges l'étreignirent. Elle comprenait pourquoi ce seul réconfort physique attirait les gens et les convainquait de s'attarder. Il lui aurait été aisé de s'installer ici aussi, mais l'atmosphère étouffante l'oppressait et elle dut sortir prendre l'air.

Dehors, la rue était plongée dans le silence. Un chien errant fouillait les poubelles. Un autre pourchassait les pages d'un journal qui battaient comme les ailes d'un oiseau peinant à s'envoler. Les deux cabots toisèrent Mercedes d'un œil méfiant et, un instant, avide. Ces bêtes n'avaient sans doute pas mangé depuis des jours. Avant, ils survivaient grâce aux restes généreux trouvés dans les poubelles des restaurants mais aujourd'hui, il n'y avait plus rien pour eux, pas même une carcasse de temps en temps.

Elle savait désormais, avec la même certitude évidente que tous ceux qui avaient un jour ressenti la force indéniable de l'amour réciproque, qu'elle ne pouvait pas rentrer à Grenade. Elle se remémora les encouragements de sa mère à partir et sut que celle-ci ne la condamnerait pas de se détourner de sa ville plutôt que d'y retourner. Mercedes avait la conviction que Javier était son unique chance à l'amour et par conséquent, que l'aboutissement de son voyage soit heureux ou amer, elle devait le trouver. La quête même de son amour disparu et l'espoir de le retrouver suffiraient à soulager la douleur de la séparation.

Sans savoir où la mèneraient ses pas, elle marcha tranquillement, se donnant le temps de réfléchir. Peut-être n'était-elle pas si différente que ça de ces gens dans l'église. Peut-être ressentaient-ils aussi cette croyance, ce savoir. Ils « savaient » que Dieu existait et leur foi dans le miracle de la Résurrection était inébranlable. Elle avait la foi que Javier était en vie. Sur un trottoir d'Almería, sa décision se prit d'elle-même. Elle se dirigerait vers le nord, suivant son instinct et la seule autre information en sa possession : l'oncle de Javier habitait à Bilbao. Son bien-aimé s'y trouverait peut-être, n'attendant qu'elle.

Même si elle avait moins peur, Mercedes savait qu'il n'était pas prudent pour une femme de voyager seule et qu'elle serait plus en sécurité en compagnie d'autres personnes. Almería débordait de réfugiés et elle pouvait faire route avec bon nombre d'entre eux qui s'apprêtaient à quitter la ville. Afin de trouver des compagnons de voyage, elle profita de l'attente dans une queue pour entamer une conversation avec deux femmes. Elles-mêmes prévoyaient de rester un temps mais elles lui parlèrent d'un couple qui allait quitter la ville avec leur fille.

— Il me semble qu'ils ont l'intention de partir bientôt, dit la plus jeune à sa sœur.

— Oui, c'est exact. Ils ont de la famille dans le nord et ils ont prévu de les rejoindre.

— Quand nous aurons récupéré notre pain, nous irons les trouver. Vous ne pouvez pas partir toute seule, et je suis sûre qu'ils seront ravis de profiter de votre compagnie.

En temps utile, serrant leur portion de pain, elles se dirigèrent vers une école en bordure d'Almería où les deux femmes, ainsi qu'une centaine d'autres personnes, campaient. Mercedes trouva étrange de voir des salles de classe remplies de davantage d'adultes que d'enfants et dont les tables et les chaises étaient empilées dans un coin. En outre, de vieilles couvertures étaient étendues au sol. Les murs affichaient encore des dessins joyeux d'enfants. Ils paraissaient déplacés maintenant, comme un rappel de l'ancien temps révolu.

Les deux sœurs retrouvèrent l'endroit où elles avaient laissé leurs maigres possessions. Dans la même salle était assise une femme d'âge moyen. Elle semblait concentrée sur un ouvrage de couture, un raccommodage de chaussette peut-être, mais en y regardant de plus près, Mercedes découvrit qu'elle essayait de recoudre sa chaussure. Le cuir était si souple et usé qu'une aiguille ordinaire pouvait le transpercer. Elle s'efforçait de donner une seconde vie à son soulier abîmé. Sans lui, elle ne pourrait aller nulle part.

— Señora Duarte, voici Mercedes. Elle veut se rendre dans le nord. Peut-elle se joindre à vous ?

La femme poursuivit sa couture et ne releva même pas la tête.

Mercedes caressa les bouts arrondis de ses chaussures de danse, une dans chaque poche de son manteau. Parfois, elle oubliait leur présence, mais leur poids dans son vêtement ne cessait jamais de la réconforter.

— Nous ne partons pas encore, déclara Señora Duarte levant enfin les yeux sur Mercedes. Mais le moment venu, tu pourras nous accompagner si tu veux.

Elle prononça ces paroles sans la moindre once de chaleur, encore moins de bienveillance. En dépit de l'atmosphère étouffante, Mercedes frissonna. Elle comprenait l'attitude de la femme ; la capacité des gens à se soucier des autres leur avait été arrachée. Beaucoup avaient été témoins d'atrocités terribles et elle voyait le souvenir de ces horreurs dans le regard de cette femme. La femme devant elle n'avait plus ni la force ni l'envie de s'intéresser au sort des inconnus, ni peut-être même à celui de sa propre famille.

Un peu plus tard, une jeune fille qui devait avoir l'âge de Mercedes apparut.

— Est-ce que tu en as eu ? demanda la femme à sa fille, s'exprimant encore une fois sans lever les yeux de son ouvrage.

— Autant qu'ils ont bien voulu m'en donner. Mais c'est peu. Guère assez pour une personne en fait.

— Mais nous sommes trois avec ton père. Quatre maintenant si l'on compte cette fille qui veut se joindre à nous, dit-elle en montrant Mercedes d'un geste du menton.

Mercedes fit un pas en avant. Les deux sœurs qui l'avaient présentée à Señora Duarte étaient parties.

— On m'a dit que je pourrais faire route avec vous, puisque nous prévoyons d'aller dans la même direction. Est-ce d'accord ?

Mercedes s'exprima avec hésitation, ignorant si l'accueil de la fille serait aussi froid que celui de la mère.

La fille la toisa de haut en bas, non pas avec méfiance mais avec curiosité.

— Oui, je pense que oui.

Sa réponse avait été délivrée sur un ton des plus chaleureux.

— Viens avec moi, nous allons chercher un endroit pour cuisiner ça, poursuivit-elle en agitant le pitoyable sachet de lentilles qu'elle tenait entre les mains. Je suis sûre qu'on peut les rallonger. Et je vois que tu as du pain.

Les deux filles se retrouvèrent à faire la queue pour une minuscule cuisine. Tout le monde avait pris l'habitude de patienter dans les files maintenant. À cette occasion, de simples connaissances devenaient amies.

— Je suis désolée si ma mère ne paraît pas très amicale.

— Ne t'inquiète pas. Je suis une parfaite inconnue. Pourquoi le serait-elle ?

— Elle n'était pas comme ça avant.

Mercedes examina le visage de la fille et se reconnut en elle. Un teint de jeune fille et un regard de vieille femme. Ses yeux étaient emplis de chagrin comme si elle avait déjà éprouvé tout son lot de souffrances pour une vie.

— C'est à cause de mon frère, Eduardo. Pendant l'exode, il marchait devant nous avec ses amis et à un moment donné, nous avons été séparés. Les chaussures de maman étaient usées jusqu'à la corde et ses talons étaient craquelés et en sang. Elle ne pouvait pas marcher très vite et Eduardo s'impatientait. Lors de l'attaque aérienne, nous avons eu de la chance et une fois les avions partis, nous avons repris notre chemin. Et puis nous les avons vus. Tous les quatre. Morts. Étendus en rang d'oignons. On les avait déplacés sur le bas-côté pour qu'ils ne gênent pas les gens qui marchaient. Les parents des autres garçons étaient encore derrière alors nous avons été les premiers à comprendre qui ils étaient.

Mercedes eut le sentiment d'avoir assisté à la scène et effectivement, il était fort possible qu'elle soit passée à l'endroit même.

— Nous les avons ratés de peu. Comme lorsque tu es en retard pour un rendez-vous et qu'à ton arrivée on te dit « Oh, il vient juste de partir ». Tu éprouves ce sentiment de gâchis et de perte. Eh bien, c'était exactement ça, sauf que c'était pour toujours. Eduardo était parti. Nous l'avions raté de peu. Son corps était encore chaud. Qu'il ne soit plus en vie était inconcevable. Son corps était là, mais lui ne l'habitait plus.

Les larmes roulèrent sur ses joues. Mercedes ressentait la profondeur de son chagrin. Lui revint en mémoire la fois où elle avait vu le corps de son propre frère ; Ignacio était mort depuis plusieurs heures et sa propre réaction l'avait étonnée. Il ne s'agissait plus de son frère, et elle se rappelait avoir pensé qu'il existait une différence entre un corps et un cadavre. Le dernier étant comme une coquille vide sur la plage.

Mercedes se trouva à court de paroles réconfortantes. Des centaines de personnes avaient trouvé la mort sur la route entre Málaga et Almería, mais la perte d'un seul proche, même comparée à toute la souffrance générale, était une blessure qui ne se refermait jamais.

— Je suis tellement désolée. C'est affreux. Affreux.

— Ils ne s'en remettront jamais, je le sais. Mon père n'a pas prononcé un mot pendant deux jours. Ma mère ne cesse de pleurer. Et je suis censée être la plus forte…

Pendant quelques minutes, elles gardèrent le silence. La fille aussi avait l'air d'avoir pleuré pendant des jours. Enfin, elle reprit la parole.

— Je m'appelle Ana, au fait, dit-elle en s'essuyant les yeux.

— Et moi Mercedes.

Personne dans la queue ne prêtait attention à leur conversation.

En des temps aussi troubles, la terrible histoire qu'avait racontée Ana était monnaie courante.

Pendant qu'Ana remuait la mixture d'eau et de lentilles, les filles poursuivirent leur conversation. Mercedes lui apprit qu'elle devait se rendre à Bilbao et Ana expliqua que ses parents projetaient de rejoindre le village de son oncle dans le nord. Le frère de son père, Ernesto, n'avait jamais soutenu la République et son père n'avait pas d'opinions politiques fermes, aussi avait-il persuadé sa mère qu'ils devaient s'installer ailleurs, plus près de sa famille, où ils seraient plus en sécurité. Il était convaincu que ce n'était qu'une question de temps avant que Franco ne s'empare de Madrid. Alors quelques jours suffiraient pour que le pays tout entier tombe aux mains des nationalistes. Le voyage qu'ils allaient entreprendre serait long, mais leur appartement à Málaga avait été détruit et ils nourrissaient peu d'espoir d'y retourner un jour maintenant. Son père n'avait jamais possédé de carte de syndicat ni d'aucune autre association ouvrière, aussi estimait-il être libre de changer son allégeance au besoin.

Le seul but de Mercedes était de trouver Javier, qu'il soit en territoire nationaliste ou républicain. Elle savait que ses chances de le trouver seraient meilleures dans le dernier cas, mais elle préféra garder ses réflexions pour elle, tout comme elle décida qu'il valait mieux taire ses opinions politiques. Qu'ils partagent une destination approximative lui suffisait.

— Je serais ravie que tu viennes avec nous. Mes parents ne parlent pas beaucoup et nous avons une longue route à parcourir. Je ne serais pas contre un peu de compagnie.

Quand elles retrouvèrent la mère d'Ana, son père était également présent. Il avait fait la queue tout l'après-midi et en revenait avec pour preuve un oignon et une moitié de chou. Les présentations furent faites et Mercedes fut accueillie poliment par Señor Duarte.

Même si aucun bandage ni aucune blessure n'était visible, Duarte était un homme blessé. On aurait dit qu'il allait craquer sous le poids du chagrin. Il n'avait aucune envie de faire la conversation. Mercedes se rendit compte que ce couple était beaucoup plus jeune qu'elle ne l'avait cru au premier abord.

Physiquement, on aurait facilement pu prendre Señora Duarte pour la grand-mère d'Ana, et Mercedes s'interrogea : était-ce la mort de leur fils qui les avait tant fait vieillir ?

Señora Duarte se montrait un peu plus chaleureuse maintenant, peut-être à cause du pain que Mercedes lui avait offert, et tous les quatre formèrent un cercle serré avant de servir la soupe dans quatre bols en émail et de partager le pain. D'autres personnes étaient présentes dans la salle et il aurait été malpoli d'étaler son repas – même frugal – à leurs yeux.

— Alors Mercedes, tu veux nous accompagner dans le nord ? demanda Señor Duarte, rompant le silence à la fin du repas.

— Effectivement. Tant que je ne vous dérange pas.

— Tu ne nous déranges pas. Mais je dois te dire une chose.

Ana jeta un regard nerveux à son père. Elle ne voulait pas qu'il effraie sa nouvelle amie.

— Tu devras me laisser parler quand on nous contrôlera, dit-il d'un ton brusque, son regard froid posé sur Mercedes. Pour tous les autres, vous êtes sœurs. Tu comprends ?

— Oui, je crois.

Son attitude la mettait mal à l'aise mais elle devrait s'en accommoder. La mère semblait assez gentille et cela paraîtrait normal qu'ils soient de la même famille. Pour gagner Bilbao, il leur faudrait traverser des territoires occupés par les soldats nationalistes. Un fait qui ne paraissait pas inquiéter Ana. Mercedes se convainquit de ne pas se tourmenter.

Après leur maigre souper, les filles envisageaient de sortir se promener dans la rue afin de s'éloigner un peu du bâtiment surpeuplé. Toutefois, au moment de partir, elles entendirent une musique inattendue s'échapper d'une salle de classe au fond du couloir, qui les attira. Pour la première fois depuis des semaines, un son autre que celui du conflit emplissait leurs oreilles. Même lorsque les bombes ne tombaient pas, que les mitrailleuses ne les visaient pas, elles avaient dans les oreilles un bourdonnement continuel. Un arpège merveilleux et délicat accéléra les battements de leurs cœurs et leur fit hâter le pas.

Bientôt elles découvrirent la provenance de la musique. Déjà entouré de spectateurs, le haut de son crâne dégarni réfléchissant la lumière d'une unique ampoule éclairant la pièce : un *tocaor*. Tout son corps était courbé comme s'il voulait protéger sa guitare.

Les gens affluaient de chaque porte du couloir et se rassemblaient dans la salle. Un groupe d'enfants s'assit par terre, les yeux levés pour l'observer. Au cours du voyage depuis Málaga, ils avaient perdu leur naïveté enfantine et maintenant, ils semblaient comprendre la puissance tragique de cette musique.

Nul ne connaissait le nom du *flamenco*. Il ne semblait pas avoir de famille avec lui. Le temps que Mercedes et Ana arrivent, plusieurs personnes l'accompagnaient doucement de leurs *palmas*. Ses ongles longs, tachés, couraient avec légèreté et insouciance sur les cordes. Il jouait pour lui-même mais de temps à autre, il relevait la tête et balayait du regard la foule grandissante. Mercedes retourna discrètement dans sa salle de classe. Elle avait besoin de quelque chose.

À son retour, elle entendit une série de notes familière et une onde de choc lui traversa le corps. Quatre petites notes jouées dans une séquence unique suffirent pour qu'elle reconnaisse ce *toque* entre des millions d'autres. Cette mélodie représentait plus pour elle que n'importe quelle autre. Une *soleá*. C'était le premier morceau qu'elle avait dansé avec Javier. La mélancolie de l'air aurait dû l'attrister mais elle choisit de l'envisager plutôt comme le signe qu'elle le reverrait. Cette pensée lui mit du baume au cœur.

D'autres reconnurent également le *compás* et tapèrent en rythme dans leurs mains. Elle se retint un moment puis, presque malgré elle, elle sortit ses chaussures de son manteau et les enfila, fermant leur boucle de ses doigts tremblants. Le cuir souple était comme une seconde peau sur ses pieds, si familier, si chaud. Sans une hésitation, elle contourna les enfants assis à quelques pas du musicien. Ses talons en métal claquèrent sur le parquet tandis qu'elle approchait du *guitarrista*. Les enfants dévisagèrent avec attention cette fille qui leur bloquait la vue.

Un an auparavant, il aurait été audacieux de sa part de se présenter devant un inconnu, prête à danser, mais de telles règles ne s'appliquaient plus. Qu'avait-elle à perdre devant un public qui ne la connaissait ni elle ni sa famille ? Ils étaient des étrangers les uns pour les autres, rassemblés ici par des circonstances cruelles.

L'homme leva les yeux et lui offrit un grand sourire d'encouragement. À la seule attitude de la jeune fille, sa posture et sa position, il sut qu'elle avait dansé à de nombreuses reprises et qu'elle saurait le diriger.

Elle se pencha pour lui murmurer à l'oreille :

— Peut-on recommencer ?

Tout en l'écoutant, l'homme fit courir ses doigts sur les cordes, ses ongles les pinçant avec la dextérité d'un virtuose.

L'arrivée de cette fille lui rappela son ancienne vie, quand les soirées étaient habitées d'une délicieuse spontanéité. Il était souvent engagé pour les *juergas* et la seule chose certaine alors était qu'on ne savait jamais comment se déroulerait la soirée, qui jouerait bien, comment danseraient les femmes, si les invités auraient l'énergie, et le *duende*.

Il lui sourit. Pour Mercedes et tous ceux qui virent l'expression de son visage à cet instant, ce fut comme si le soleil avait enfin percé une couche de nuages gris. De telles démonstrations de chaleur se faisaient rares dernièrement. À présent, au terme de l'introduction, débuta la *soleá* qu'elle voulait tant qu'il rejoue. Mercedes commença par taper des mains, légèrement au début, jusqu'à ce que le public ressente le rythme et ne puisse plus le différencier des battements de leurs cœurs. Quelques femmes tapèrent des mains avec elle, les yeux rivés sur cette fille venue de nulle part pour occuper le devant de la scène. Tandis que les *palmas* s'intensifiaient, elle se mit à frapper du talon droit jusqu'à obtenir un rythme plus fort et plus énergique. Un instant plus tard, elle tapa violemment du pied gauche et la danse débuta, ses poignets et ses bras se mouvant avec fluidité au-dessus de sa tête, ses longs doigts effilés encore plus affinés qu'un mois auparavant.

Pour la première fois depuis des jours, le profond sentiment de défaite qui pesait sur ces gens s'allégea.

L'interprétation du *tocaor* répondait à ses mouvements qui augmentaient en passion. C'était presque violent maintenant, la façon dont ses ongles grattaient les cordes et frappaient la caisse de son instrument. En bandoulière sur son dos, l'instrument avait été transporté sur des kilomètres, résistant à plusieurs chutes en chemin. Même si ces accidents n'avaient par miracle pas causé de dégâts, sa façon d'en jouer maintenant donnait l'impression qu'il était décidé à assurer sa destruction.

Il avait une confiance aveugle dans sa caisse de résonance en pin : elle résisterait et supporterait ce traitement. Son instrument lui servait non seulement à exprimer sa propre douleur mais aussi celle de son public. La musique la répercutait.

Pendant la durée de la danse, cet inconnu devint pour Mercedes une autre personne. Lorsqu'elle avait dansé pour la première fois dans cette *cueva* deux ans plus tôt, Javier et elle étaient de parfaits inconnus l'un pour l'autre. Les yeux clos sous la concentration, la musique l'avait ramenée à cette soirée et une fois encore elle se livra tout entière.

Après la *soleá*, sa maîtrise tranquille et puissante, et l'expression de sentiments à la profondeur insondable, la foule était tendue par sa douleur atroce et son pathos. Les spectateurs savaient qu'il s'agissait d'une performance spontanée. Ils murmurèrent des « Olé » étouffés. Comme pour ne pas rompre le charme.

Le *tocaor* sut soulager l'atmosphère avec l'humeur plus légère d'une *alegría* et trouva sa danseuse plus détendue lorsqu'elle reprit le nouveau rythme et chercha ses mouvements. La raideur ressentie par Mercedes après ces longues semaines sans danser s'était envolée, et elle était maintenant capable de courber et de tourner son corps avec sa souplesse d'antan, de claquer des doigts avec sa précision habituelle.

La gaieté de cette danse détourna l'esprit de chacun des vies déchiquetées et des foyers réduits en cendres, des images de cadavres et des visages cruels des gens qui les avaient chassés de leur ville. Plusieurs se joignirent à elle, en tapant des mains avec plus d'enthousiasme au fil des minutes.

À la fin, Mercedes était épuisée. La sueur dégoulinait sur sa nuque et dans son dos ; elle la sentait même couler entre ses fesses. Elle avait tout donné, oubliant à la fois où elle se trouvait et presque qui elle était. Comme le public, elle avait été transportée loin du présent. Dans sa tête, elle était à une fête, entourée de sa famille et de ses amis. Elle se fraya un chemin à travers la foule qui l'applaudissait jusqu'au coin de la salle où se tenait Ana. Le visage de sa nouvelle amie brillait d'une expression admirative devant sa façon de danser.

— *Fantástico*, dit-elle seulement. *Fantástico*.

Le guitariste n'avait pas raté un seul temps. Aucune seconde de répit entre l'ultime frappe de Mercedes pour l'*alegría* et le premier accord léger de son morceau suivant. Son public était exalté et le musicien comptait bien qu'il le reste.

La musique qu'il produisait était d'une telle puissance qu'il semblait impossible qu'une unique guitare en soit l'origine. Le volume, la profondeur et la richesse des notes semblaient provenir de plusieurs instruments, et quand s'y ajoutait le timbre chaud des percussions sur la caisse de résonance, la mélodie s'enveloppait d'un riche velours. Grâce aux *palmas* et à une ou deux personnes qui maintenant battaient le rythme sur les chaises et les tables, la musique s'élevait des quatre coins de la salle. Tout le monde était sous le charme, emporté par le flot rapide des notes.

Du bout des doigts, Mercedes tapa délicatement sa paume ; elle était appuyée contre le mur avec Ana, leurs épaules se touchaient.

Un homme sortit de l'obscurité. De bonne corpulence, il dépassait d'une tête les autres hommes. Son épaisse chevelure brune tombait en boucles drues sur ses épaules. Une barbe inégale dissimulait une partie de son visage à la peau grêlée. La foule s'écarta pour le laisser passer car, à ses manières brusques, elle comprit qu'il n'hésiterait pas à jouer des coudes si nécessaire. Son expression bourrue n'exprimait aucune chaleur.

Alors que le guitariste achevait son morceau, le nouvel arrivant tirait une chaise. Le duo formé par les deux hommes paraissait naturel, comme s'ils se connaissaient. Ils discutèrent quelques minutes à mi-voix tandis que le *guitarrista* continuait de pincer ses cordes. Il jouait tout en conversant, ne perdant pas une seconde l'attention de la foule.

Le public fut bien en peine de déterminer la source du premier son qui s'éleva. Il paraissait si étranger au chanteur. Le physique de l'homme ne laissait absolument pas présager de sa voix et la réalité dépassait l'imagination. Du plus profond de ses poumons monta une note basse, délicate, à l'opposé du timbre gitan râpeux auquel les spectateurs s'attendaient. C'était le doux son d'une âme. Après l'introduction de la *taranta*, la voix commença à s'élever et avec des mouvements de doigts et de mains, le *cantaor* gitan se mit à exprimer les émotions qui jaillissaient en lui. Dans la faible lumière de la salle de classe, ses larges mains pâles ressortaient sur le noir de sa veste et s'activaient comme des marionnettes dans un spectacle de mime. La pitié, la colère, l'injustice et le chagrin, autant de personnages qu'elles jouaient avec habileté. Il racontait l'histoire des ghettos gitans, et l'essence tragique de ses paroles semblait plus appropriée que jamais devant les exilés malaguènes.

À présent, les spectateurs le comprenaient. Se détaillant les uns les autres, ils surent que la rudesse de son comportement ne faisait que refléter la rugosité de leur allure. Voici comment ils apparaissaient aux yeux du monde maintenant : grossiers, sales, accablés, tristes.

Ana se tourna vers Mercedes à la fin du premier *cante*.

— Je me demande s'il chante toujours comme ça.

— Qui sait ? répondit Mercedes. En tout cas, c'est le chant le plus merveilleux que j'aie jamais entendu.

Elle éprouvait une estime immense envers le *gitano*. Il décrivait leur histoire et leurs vies de manière si juste. À travers lui, leurs sentiments étaient miraculeusement exprimés.

— Comment peut-il savoir ? marmonna Ana à voix basse.

Avant la fin de la soirée, beaucoup d'autres dansèrent, certains avec une telle exubérance que l'humeur sombre qui planait sur Almería parut se dissiper. Un autre guitariste apparut, suivi par une vieille femme qui joua avec brio des castagnettes qu'elle conservait dans la poche de sa jupe depuis qu'elle avait quitté sa maison. À l'instar de sa paire de chaussures pour Mercedes, ces simples coques de bois avaient réconforté la vieille femme chaque fois qu'elle avait senti sous ses doigts leur arrondi frais. Elles étaient pour elle la seule constante de cette nouvelle vie cauchemardesque, étrange et affreuse, dans laquelle elle se retrouvait soudain projetée.

Ce fut une *feria* comme aucune autre. À 4 heures du matin, presque tous les occupants de l'école – hommes, femmes, enfants – s'étaient entassés dans la salle. Même la chaleur d'août ne rivalisait pas avec celle de la pièce. L'esprit léger, détourné de la terrible situation dans laquelle ils se trouvaient, les gens affichaient des sourires radieux. La soirée ne s'acheva qu'une fois le *tocaor* finalement recru de fatigue. Chacun sombra quelques heures dans un sommeil profond, le plus paisible et heureux depuis des jours, et même l'aube grise ne parvint pas à les déprimer.

Mercedes et Ana s'allongèrent côte à côte sur le sol dur, se partageant une couverture. De telles circonstances favorisaient les amitiés rapides et au réveil, les deux jeunes filles, toujours blotties sous la couverture, échangèrent leurs histoires.

— Je suis à la recherche de quelqu'un, expliqua Mercedes. C'est pour cela que je vais dans le nord.

Elle avait beau entendre la résolution et la détermination qui perçaient dans sa voix, elle comprit à l'expression du visage d'Ana combien cette idée semblait ridicule.

— Et qui recherches-tu ?

— Javier Montero. Il a de la famille près de Bilbao. Je pense qu'il essaie peut-être de les rejoindre.

— Quoi qu'il en soit, nous allons tous dans la même direction, répliqua Ana. Et nous ferons notre possible pour t'aider. Nous partirons dans la journée. Il sera prêt à ce moment-là.

D'un mouvement de la tête, elle indiqua son père, toujours endormi, forme immobile sous une couverture contre le mur.

Mercedes savait déjà qu'elle ne devait pas attendre la moindre marque de chaleur de la part du père d'Ana. La veille, lorsqu'elle était allée récupérer ses chaussures, elle avait surpris une conversation qui l'avait laissée interdite. Juste avant d'entrer dans la salle, elle avait entendu des éclats de voix et son propre prénom.

— Nous ne savons rien de cette Mercedes ! tempêtait Señor Duarte contre sa femme.

La salle de classe s'était vidée de tous ses occupants ou presque, partis chercher la source de la musique qui les attirait irrésistiblement.

— Et si elle était communiste ?

— Bien sûr que non, elle n'est pas communiste ! Pourquoi dis-tu des choses pareilles ?

Mercedes tendit l'oreille.

— Parce que les communistes sont partout. Il y a des extrémistes. Des gens responsables de tout ça.

D'un geste du bras, il indiqua le chaos de possessions diverses et variées qui les entourait, symbole du déracinement.

— Comment peux-tu dire que c'est sa faute ? s'enquit Señora Duarte avant d'ajouter un ton au-dessus : Tu commences à parler comme tes frères.

Cet échange musclé glaça le sang de Mercedes. D'après Ana, son père réprouvait violemment le gouvernement républicain et ces paroles lui confirmèrent que la prudence était plus que jamais de rigueur.

— Sans ces *rojos*, rien de tout cela n'arriverait ! cracha-t-il comme si le mot était une glaire.

— Sans Franco, rien de tout cela n'aurait même commencé, rétorqua-t-elle.

La fureur de Señor Duarte le submergea et il leva la main pour frapper sa femme. Il ne tolérait pas qu'elle ose lui répondre.

Elle se protégea du bras.

— Pedro !

Il regretta son geste aussitôt mais ne put l'effacer. Jamais auparavant, il n'avait été furieux au point de frapper son épouse, peut-être parce qu'elle ne s'était jamais opposée à lui avant.

— Je suis désolé, je suis désolé, murmurait-il d'un ton presque désemparé, empli de remords.

Mercedes fut horrifiée de voir un homme battre sa femme. Elle était convaincue que jamais son père n'aurait porté la main sur sa mère et un instant elle se demanda si elle devait intervenir. Señor Duarte cherchait de toute évidence à rejeter la faute de la mort de son fils sur quelqu'un. De son point de vue, tout le monde était coupable, pas seulement les bombardiers, qui avaient fauché son fils, ni les soldats nationalistes, qui s'étaient emparés de la moitié du pays, mais aussi les républicains, qui échouaient à présenter un front uni.

Señora Duarte était remontée, déterminée à poursuivre la dispute.

— Tu es en train de dire que tu préfères vivre sous un régime fasciste et t'en accommoder plutôt que de te battre pour défendre ce pour quoi tu as voté ?

— Oui, je préfère ça à mourir. Oui, je m'en accommoderai. Parce que mourir est vain. Pense à notre garçon, répliqua Señor Duarte.

— Oh, mais j'y pense. Il a été tué par ceux que tu veux soutenir.

Le chagrin et la colère explosèrent en chacun d'eux. Leur discussion était vouée à l'irrationalité.

Señora Duarte quitta la salle en larmes et Mercedes se dissimula dans l'ombre à son passage. Elle voulait ses chaussures et profita de cet intermède pour courir les chercher. Señor Duarte leva la tête et la considéra d'un œil interrogateur. Il se demanderait toujours si elle les avait entendus.

L'après-midi, ils furent tous les quatre sur le départ. Un car à destination de Murcie allait partir.

25

Le trio de Grenade quittait Madrid pour la seconde fois. Les paroles exaltantes de La Pasionaria l'accompagneraient au front.

Un temps, les troupes italiennes s'étaient retirées de la vallée du Jarama et, en ce début du mois de mars, ils entamaient une nouvelle offensive à Guadalajara, à soixante kilomètres au nord-est de Madrid. C'était l'occasion qu'attendaient les trois amis et leur moral était au beau fixe comme ils se préparaient à se confronter à l'action. La réalité des conditions dans lesquelles ils mèneraient bataille cependant dépassait largement l'image qu'ils s'en faisaient. Pourvus d'un arsenal de chars de combat, de mitrailleuses, d'avions et de camions, les hommes de Mussolini s'apprêtaient à donner un assaut de grande envergure sur le territoire républicain.

Le temps qu'Antonio, Francisco et Salvador arrivent sur le front, les Italiens avaient déjà fait une percée et se trouvaient en position dominante. Face à la puissance de leur artillerie, les forces républicaines semblaient démunies. Puis la météo changea et de la neige fondue se mit à tomber. Dès lors, les éléments jouèrent un rôle presque aussi important que les armes.

Tremblant dans un taillis clairsemé sous un arbre dénudé qui n'offrait aucune protection, les hommes commencèrent à se raidir de froid. L'humidité éteignait leurs cigarettes.

— Bon sang, dit Francisco en examinant ses paumes, j'arrive à peine à voir mes mains. Comment allons-nous distinguer nos hommes des fascistes ?

— Cela ne va pas être facile, répondit Antonio en remontant son col et en croisant les bras pour se tenir chaud. Peut-être que le temps va se lever.

Il se trompait. Au cours de la journée, la neige fondue se transforma en vrais flocons puis le brouillard tomba. Alors que les républicains contre-attaquaient au sol, les Italiens, en tenue adaptée à des climats plus tropicaux, souffraient du froid plus qu'eux encore. Les températures arctiques devinrent l'ennemi des deux camps et beaucoup moururent d'hypothermie. Avec satisfaction, Antonio apprit que les Italiens ne progressaient pas aussi vite qu'ils l'avaient ambitionné et, prises dans le chaos provoqué par le brouillard et la neige, leurs unités ne pouvaient plus communiquer entre elles. Le carburant venait à manquer, les véhicules étaient immobilisés et les avions ne pouvaient plus décoller.

Les républicains commençaient à reprendre l'avantage.

— La chance semble être du bon côté pour une fois, signa Antonio à ses amis.

— C'est peut-être parce qu'on est là, plaisanta Salvador avec un sourire. Franco est fichu maintenant.

Si les Italiens ne communiquaient guère entre eux, la plupart du temps, la vue d'ensemble à laquelle prétendait la milice d'Antonio était à peine plus claire. L'action faisait rage autour d'eux mais la visibilité réduite presque à néant les empêchait d'en être les témoins. Dans la confusion ambiante, Antonio pouvait entendre les cris d'agonie des hommes en train de mourir, certains abattus par leur propre camp.

Antonio se tenait aussi près que possible de Salvador lorsqu'ils avançaient dans la bataille. Il avait déjà prouvé son courage dans la vallée du Jarama, mais Antonio ne s'en sentait pas moins responsable de son ami.

Salvador tirait quelque avantage de sa condition au cœur d'une bataille. Il n'entendait ni le sifflement des balles ni les hurlements des blessés ; en revanche, il ne pouvait pas non plus entendre les avertissements que lui criait un allié. Jusqu'à son tout dernier souffle, Salvador ne ressentit pas la peur. La dernière chose qu'il vit fut la grimace qui s'étala brièvement sur le visage de son ami. Le hurlement de douleur qui suivit ne s'échappait pas de la gorge de la victime mais de celle d'Antonio qui regardait son plus vieil ami, son cher El Mudo, tomber à terre.

La chemise qui s'imbibait de sang appartenait à Antonio. Elle se teinta de rouge lorsqu'il prit dans ses bras son ami mourant. Le sol sous leurs pieds vira à l'écarlate à mesure qu'il absorbait le reste.

Sur ce champ de bataille, le chagrin n'avait pas sa place. Salvador avait trouvé la mort à la fin des combats de la journée, si bien que, contrairement à tant d'autres hommes étendus sans vie depuis des heures à l'endroit même où ils étaient tombés, il put être rapidement enterré. Le sol gelé ne facilita pas la tâche d'Antonio et de Francisco. S'échiner ainsi à creuser la terre dure les réchauffa, leur prodiguant une chaleur qui leur manquait depuis des jours. Le trou devait être assez profond pour contenir le corps d'un homme, et le haut monticule de terre qui s'élevait à côté de la fosse paraissait disproportionné comparé à la frêle dépouille enveloppée de Salvador.

Le lendemain, certains reçurent l'ordre de surveiller les prisonniers et Antonio se félicita d'être assigné avec Francisco à la tâche de rassembler l'équipement abandonné par les Italiens. Il doutait que son ami puisse traiter avec humanité leurs ennemis. Il n'était pas convaincu d'en être davantage capable d'ailleurs.

Dès lors, la colère les éperonna. Inutile de leur rappeler que la cause pour laquelle ils se battaient était juste. Même si le monde le savait déjà, les armes abandonnées et autre matériel qu'ils récupérèrent chez leurs ennemis étaient la preuve que l'Italie enfreignait la politique de non-intervention censée être observée en Europe. Ce pacte, qui stipulait la non-ingérence dans le conflit national qui agitait l'Espagne, avait déjà été rompu par plusieurs pays, et les documents que la milice républicaine saisit se révélèrent utiles pour le prouver. L'équipement lui-même donna un grand coup de fouet à la cause républicaine. L'artillerie ne leur serait pas superflue.

La bataille de Guadalajara terminée, Antonio et Francisco retournèrent à Madrid. Les hommes qui habitaient plus près ou avaient encore des proches à qui rendre visite rentraient en permission dans leurs villages. Pour les deux amis, regagner leur ville natale était inenvisageable. Grenade était aux mains des nationalistes et une arrestation les y attendait à coup sûr.

Ils restèrent en retrait dans la capitale pour aider à renforcer les barricades. Malgré la difficulté de défendre la ville des attaques aériennes, l'objectif consistait à ériger une ligne de défense suffisamment solide pour transformer la capitale en forteresse. Pendant plusieurs jours, Antonio et Francisco s'échinèrent à monter des murs de sacs de sable mouillé, leur forme bombée était aussi douce que de gros galets ronds. Plusieurs édifices de la ville ressemblaient désormais à un nid d'abeilles, les fenêtres ayant volé en éclats sous la force des explosions. Leur allure rappelait constamment aux hommes qu'il fallait protéger Madrid, même si Franco concentrait maintenant son offensive ailleurs.

Salvador manquait douloureusement à Antonio et Francisco. Leur amitié s'était construite autour de son tempérament modérateur, et son absence laissait un trou béant dans leurs cœurs. Parce qu'ils avaient pris soin de lui pendant tant d'années, ils éprouvaient un vif sentiment d'échec à le protéger des balles ennemies. Ajoutée à l'incertitude du lieu où les combats les mèneraient, la désillusion commença à les envahir. La gauche se fragmentait de plus en plus et Franco n'hésiterait pas à tirer avantage de son manque de cohésion.

— Le problème c'est qu'il n'y a toujours pas d'unité, pas de noyau solide, déclara Antonio avec inquiétude. Alors que pouvons-nous espérer ?

— Mais si les gens ont des principes forts, marxistes ou communistes, pourquoi devraient-ils les abandonner ? s'enquit Francisco. S'ils les abandonnent, continueront-ils à se battre ?

— Les gens animés par la passion sont nombreux par ici, répondit Antonio. Même si leurs idées ne se situent pas à un extrême du spectre politique. Et beaucoup sont prêts à se battre. Mais tant que les dirigeants ne s'accorderont pas sur certains points…

— Nous n'avancerons pas, termina Francisco. On dirait bien que c'est ce qu'il se passe.

Les brigades miliciennes avaient beau être dorénavant unies sous l'Armée populaire, des factions se développaient au sein même des groupes opposés à Franco. La lutte contre Franco semblait s'intensifier, mais dans les rangs communistes, anarchistes, marxistes et autres groupuscules, des conflits internes pullulaient, et les médisances et les désaccords s'accroissaient. Antonio avait hâte que les dirigeants de chaque parti comprennent enfin que le seul moyen d'avancer était d'unir leurs forces, mais chaque jour semblait apporter son nouveau lot de divisions et de querelles.

26

Le trajet en car jusqu'à Murcie touchait à sa fin. Mercedes regarda par la vitre et pensa à ses parents. Señor et Señora Duarte n'avaient pas desserré les dents pendant les trente-six heures qu'avait duré le voyage, et elle songea qu'une telle hostilité entre ses parents n'aurait jamais été possible. S'il leur arrivait parfois d'être en désaccord, l'ambiance restait toujours chaleureuse.

Ana avait dormi durant presque tout le trajet.

À Murcie, comme dans tant d'autres villes, les gens en étaient réduits à mendier dans la rue ; malheureusement leurs mains ne se tendaient que vers d'autres tout autant dans le besoin. En descendant les marches branlantes du vieil autocar qui les avait menés jusqu'ici, les filles aperçurent un vieillard qui jouait de la trompette pendant que son chien dansait.

— Regarde, Mercedes ! s'exclama Ana en tirant joyeusement sur la manche de son amie.

L'espace d'un instant, le charmant spectacle apporta une lueur divertissante à leur longue journée.

— Il est mignon, mais il est décharné…

Le regard du chien était aussi triste que celui de son maître et ce duo, à première vue si charmant, leur apparaissait à présent pitoyable. Le spectacle était dégradant à la fois pour l'animal et pour son maître. Les quelques pièces jetées dans un chapeau devant eux compensaient certainement l'humiliation mais peu de gens s'attardaient pour les admirer.

— Je ne peux penser à rien d'autre qu'à mon estomac vide, se plaignit Ana. C'est la seule partie de mon corps que j'arrive à sentir.

Elle avait les fesses et les jambes engourdies à force d'être restée assise une grande partie de la journée.

— Je me demande où nous allons pouvoir manger.

Les boutiques n'étaient pas mal fournies mais les Duarte devaient s'assurer de faire durer leur argent. Señor Duarte avait retiré toutes leurs économies de la banque quelques semaines auparavant et il ignorait combien de temps il leur faudrait tenir avec. Il gardait les cordons de la bourse serrés.

Même si la famille Duarte semblait disposée à partager ses ressources avec elle, Mercedes avait mauvaise conscience. En dehors de sa compagnie et de sa conversation – et elle se rendait compte qu'Ana était la seule à en bénéficier – elle n'avait pas grand-chose à leur offrir en retour. Elle avait dépensé sa dernière pièce des jours plus tôt.

Ana et Mercedes s'éloignèrent pendant que Señor Duarte cherchait un endroit pour la nuit. Tandis qu'elles marchaient, l'image du chien danseur avec son collier à volants demeura dans l'esprit de Mercedes. Tout à coup, ce fut une évidence, même si l'idée l'emplissait d'appréhension. Il lui suffisait de trouver quelqu'un qui accepterait de jouer pour elle et alors elle pourrait danser. Elle réussirait peut-être à gagner quelques pièces qu'elle offrirait à la famille Duarte en compensation. De cette manière, elle ne serait pas un fardeau.

Elles se rendirent d'abord dans les cafés qui bordaient la place. Comme dans le reste de la ville à cette heure-ci, un air d'abandon s'en dégageait. Nombre d'hommes jeunes avaient rejoint la milice si bien que toute une catégorie de population avait quasiment disparu. L'homme d'âge moyen qui tenait le bar dans lequel elles pénétrèrent se montra assez jovial, cependant. Il accueillerait malgré tout beaucoup de clients le soir et s'y préparait. L'alcool était encore un produit abordable et les gens ne s'en privaient pas. Les affaires tournaient bien. Il sourit aux deux filles.

— Puis-je vous aider ?

— Nous voudrions vous poser une question, s'enhardit Ana. Mon amie veut danser. Est-ce qu'elle pourrait danser ici ?

Le barman cessa d'essuyer les verres.

— Danser ? Dans ce café ?

Il réagit comme s'il s'agissait d'une requête extraordinaire, même si ces planches de bois s'étaient vues martelées par certains des plus grands danseurs de la région. Au mur derrière le comptoir était accrochée une photographie dédicacée d'une célèbre *bailaora*, connue sous le nom de La Argentina.

En d'autres temps, danser était un geste simple, une réponse naturelle à la musique, appréciée de tous, enfants comme adultes. Désormais, même une activité aussi anodine comportait un sous-entendu politique.

Nul ne s'était étonné que l'art sensuel et libre du flamenco qui prospérait dans plusieurs parties d'Espagne ne rencontre pas l'approbation du régime strict et supérieur de Franco. Ce qui était plus alarmant en revanche, c'était le sentiment désapprobateur dans certaines régions républicaines où avaient commencé à apparaître des affiches déclarant que la danse était un acte criminel. Elles avaient été placardées par les anarchistes et insufflaient à la fois la peur et la culpabilité. Lorsque Mercedes repéra l'une de ces affiches sur un mur de Murcie, elle frissonna. Comment la danse pouvait-elle être illégale ?

« *GUERRA A LA INMORALIDAD* » clamait le titre de l'affiche. En même temps que boire dans les bars, aller au cinéma et au théâtre, danser était répertorié comme une obstruction au combat contre le fascisme.

« *El baile es la antesala de la prostitución* » poursuivait le texte de l'affiche – La danse mène à la prostitution.

Assimiler les danseuses à des prostituées trouvait peut-être une justification relative dans les grandes villes mais les deux innocentes jeunes femmes qui se tenaient au milieu de son bar paraissaient bien trop délicates et naïves pour cela. Le cafetier était républicain et il était aussi révolté par la criminalisation de la danse que Mercedes.

— Et que voudrais-tu en échange ? demanda-t-il en s'efforçant d'adopter un ton professionnel pour dissimuler un peu le fond de sa pensée.

— Une rétribution de quelque sorte, répondit Mercedes de son ton le plus assuré.

Ce serait la première fois qu'elle danserait pour de l'argent, mais les conditions de vie changeaient, et les règles aussi.

— Une rétribution… Eh bien, j'imagine que si le spectacle attire des clients au bar, une rémunération serait justifiée. Et si les clients veulent te donner quelque chose, il n'y a pas de mal à ça. D'accord, pourquoi pas ?

— Merci, répondit Mercedes. Et y a-t-il quelqu'un par ici qui pourrait jouer de la guitare ?

— Je dirais que oui, répondit le propriétaire du café, amusé maintenant.

Chaque village et hameau des environs comptait un guitariste suffisamment doué pour accompagner une danseuse. Il aurait trouvé quelqu'un pour 21 heures et ils pourraient s'entraîner un peu dans la cour avant leur représentation.

— Il y a juste une chose, reprit-il. Je crois que tu devrais porter quelque chose de plus… adapté.

Mercedes s'empourpra, soudain embarrassée par son apparence. Elle portait la même jupe et le même chemisier depuis plusieurs semaines maintenant. Les occasions de laver ses vêtements s'étaient faites rares et elle s'était habituée à la saleté.

— Je ne possède rien d'autre, avoua-t-elle. C'est tout ce que j'ai emporté en partant de chez moi. Mes chaussures, c'est tout ce que j'ai.

— María ! María ! s'écria l'homme en direction de l'escalier dans un coin du bar.

Un moment plus tard, une femme à la silhouette mince apparut.

— Elle va danser ce soir, expliqua l'homme en désignant Mercedes sans lui présenter la nouvelle venue. Et il lui faut une robe. Pourrais-tu lui trouver quelque chose ?

La femme toisa Mercedes des pieds à la tête et tourna les talons.

— Elle n'en a pas pour longtemps, dit le cafetier. Notre fille dansait aussi. Elle était un peu plus ronde que toi mais ça devrait aller.

Son épouse revint quelques instants plus tard. Elle portait sur son bras deux robes que Mercedes essaya dans l'arrière-salle. Comme il était étrange de sentir à nouveau le poids des volants et la façon éloquente dont ils bougeaient autour de ses chevilles. L'une, rouge à gros pois blancs, la seyait davantage que l'autre. Elle bâillait un peu au niveau du décolleté et des bras mais tout vaudrait mieux pour danser que sa jupe usée jusqu'à la corde.

Les filles s'en allèrent, promettant de revenir dans la soirée.

Le guitariste était assez doué. Âgé d'une cinquantaine d'années, il avait animé plusieurs *juergas* mais préférait jouer solo qu'accompagner. Ils proposèrent un répertoire qui divertit la clientèle pendant quelques heures et, de temps à autre, se murmurèrent quelques « Olé ».

Mercedes s'étonna de la sensation mécanique que lui procurait le fait de danser pour de l'argent.

L'émotion ressentie était à l'opposé de celle, exaltante, de la soirée à Almería. Des pièces furent jetées dans la tasse qu'Ana faisait circuler, et le propriétaire du café prit dans sa caisse une poignée de pesetas qu'il lui tendit avec un sourire. Sa recette avait été bonne ce soir.

— C'était si figé, se plaignit Mercedes à Ana en rentrant se coucher.

— Ne t'inquiète pas, la rassura son amie. Les gens ne s'en sont pas rendu compte. Ils ont apprécié le spectacle, c'est tout. Tu es bien meilleure que le chien en tout cas !

Mercedes s'esclaffa.

— Ils auraient été aussi bien à un spectacle de marionnettes.

Elles réitérèrent l'expérience dans plusieurs villes en progressant sur le trajet jusqu'à Bilbao. Mercedes apprit à s'adapter au goût du public, et adopta une nouvelle façon de danser, à la fois talentueuse et fonctionnelle. Rares étaient les spectateurs qui remarquaient combien elle se livrait peu. Elle savait qu'elle n'émouvrait jamais personne de cette façon, mais c'était un moyen comme un autre de gagner sa vie et elle était heureuse de partager l'argent avec Ana et ses parents. La danse la sauvait d'une tout autre manière désormais.

Durant les heures où ils voyageaient en car ou à l'arrière du camion d'un fermier, les parents d'Ana gardaient le silence et Mercedes se surprenait souvent à observer Señor Duarte en se demandant à quel point il était difficile pour lui de prétendre qu'elle était sa fille. À la mi-mars, ils entrèrent en territoire nationaliste. Señor Duarte se tendit encore plus qu'avant. Des informateurs rôdaient à tous les coins de rue.

— C'est terminé, la danse, ordonna-t-il un soir aux deux filles. On ne sait pas comment ce sera vu par ici.

— Mais quelle importance, papa ? s'exclama Ana. Tout le monde aime voir Mercedes danser, quel mal y a-t-il à ça ?

— Nous nous ferions remarquer. Et nous devons l'éviter. Nous voulons nous faire le plus discrets possible.

Les nuits à danser avaient tant égayé le voyage. Mercedes avait commencé à apprécier le soulagement procuré par chaque performance et elle avait retrouvé son enthousiasme à danser. Arrêter l'emplissait de tristesse mais elle comprenait le point de vue des Duarte.

Señor Duarte ne faisait confiance à personne, et déterminer vers quel camp penchait réellement le cœur des gens se révélait une tâche ardue, même ici, au cœur du territoire nationaliste.

À plusieurs reprises au cours de leur voyage, ils furent contrôlés par la garde civile. « D'où venez-vous ? Où allez-vous ? » aboyaient les officiers, leur chapeau verni perché sur le crâne. Ces hommes étaient des experts dans l'art de déceler la moindre goutte de sueur froide qui pouvait perler au front de celui qu'ils interrogeaient, ou la façon dont son regard fuyait le leur. Un coup d'œil de côté ou un sentiment de gêne éveillait immédiatement leurs soupçons et prolongeait l'interrogatoire.

Señor Duarte pouvait répondre à leur question avec une certaine franchise. Il avait fait quitter le territoire républicain à sa famille et il se rendait chez son frère à Saint-Sébastien. Ils en déduisaient à raison qu'il soutenait Franco et certains notèrent l'expression sur le visage de sa femme, l'odeur de la peur, son silence. Étrange mais qu'importe. De leur point de vue, les épouses qui vivaient dans la crainte de leur mari n'étaient pas un danger pour la société. Eux ne s'intéressaient qu'aux éléments subversifs, et cette femme et ses deux filles qui feignaient l'indifférence semblaient inoffensives.

Au bout d'un mois passé ensemble, ils atteignirent enfin le croisement où leur chemin allait se séparer. Ana et ses parents devaient quitter la route principale pour gagner la maison de son oncle, et Mercedes continuerait vers le nord jusqu'à Bilbao, traversant une nouvelle fois le territoire tenu par les républicains. Mercedes et Ana s'efforcèrent de ne pas s'appesantir sur la suite du voyage qu'elles effectueraient chacune de leur côté.

Señor Duarte salua Mercedes d'un grognement formel et sa femme avec un peu plus de chaleur.

Ana prit son amie dans ses bras et la serra avec force.

— Jure-moi que nous nous reverrons, la pressa Ana.

— Bien sûr que nous nous reverrons. Dès que je serai installée, je t'écrirai. J'ai l'adresse de ton oncle.

Mercedes était résolue à garder le contrôle de ses émotions. Des promesses de retrouvailles les soulageaient toutes les deux de la possibilité inconcevable de ne jamais se revoir. Pendant des semaines, jour et nuit, elles avaient vécu ensemble. Même des sœurs n'étaient pas aussi proches.

27

Nous étions mi-mars, déjà, et à Grenade, Concha continuait de tenir El Barril. Le travail lui permettait de s'occuper l'esprit tandis que les semaines s'écoulaient avec une lenteur presque insoutenable. La routine était la seule chose stable et structurée dans sa vie maintenant qu'elle avait cessé d'aller voir Pablo en prison. Les premiers mois après son arrestation, Concha lui avait rendu visite aussi régulièrement que possible, mais à mesure que le conflit se poursuivait, les déplacements se firent de plus en plus hasardeux. Les routes étaient dangereuses, elle voyageait avec la crainte permanente d'être arrêtée, et le trajet l'épuisait physiquement. Deux semaines plus tôt, Pablo lui avait fait promettre de ne plus venir.

Dans la semi-obscurité, à travers un double grillage, ils s'étaient regardés sans un mot, ne discernant de l'autre qu'une silhouette indistincte. La distance entre eux empêchait tout échange intime et ils devaient se contenter de crier des bribes d'informations par-dessus le vacarme des autres couples en pleine conversation. Impossible de partager craintes ou confidences avec les gardes postés juste à côté. À chacune de ses visites, Concha avait remarqué l'affaiblissement physique de son mari, même si à travers le treillis de métal, elle ne pouvait discerner sa santé plus que précaire. Cela valait mieux.

— Tu dois garder tes forces, *querida mía*, avait déclaré Pablo d'une voix presque inaudible à travers le grillage.

— C'est moi qui devrais être en prison, répliqua-t-elle.

— Ne dis pas ça, la gronda Pablo. Je préfère être ici que de te savoir dans un endroit aussi affreux.

Nul n'ignorait ce qu'il se passait derrière les hauts murs des prisons pour femmes, et Pablo voulait épargner son épouse à tout prix. On leur rasait les cheveux et on les purgeait à l'huile de ricin, souvent, on les violait et on les marquait au fer. Aucun homme ne permettrait que sa femme subisse de telles indignités s'il pouvait l'éviter, et jamais Pablo ne regretta d'avoir fait ce choix.

— Je t'en prie, ne viens plus, la supplia-t-il. Cela te fait du mal.

— Et tes colis de nourriture ?

— Je survivrai, lui assura-t-il.

Pablo lui dissimula la triste réalité : en général, il ne lui restait pas grand-chose des provisions que sa femme lui apportait une fois que les gardiens chapardeurs avaient vérifié le contenu des paniers. Il savait qu'elle s'astreignait à d'énormes sacrifices pour lui livrer ces colis de nourriture et de tabac et mieux valait ne pas anéantir ses illusions.

Concha cessa ses visites mais fut torturée par la culpabilité. Elle aurait dû être celle qu'on enfermait et affamait, et cette pensée pesait sur son cœur chaque minute de chaque jour. Elle s'efforçait de ne pas trop penser au sort de Pablo, sachant que la colère et le désespoir n'arrangeraient en rien la situation.

Concha avait une autre source d'inquiétude : elle était sans nouvelles de ses enfants. La mère de Salvador, Josefina, était la seule à avoir reçu des nouvelles des garçons. Un mois après leur départ pour Madrid, elle était revenue à Grenade et n'avait trouvé qu'une lettre de la milice l'informant du décès de son fils. Il n'y avait aucune explication. Toutefois, elle reçut également deux longues lettres pleines d'humour qu'il avait écrites avant sa mort et dans lesquelles il relatait en détail leurs actions. Salvador possédait un don certain pour l'écriture et la description. Elle montra ces lettres à Concha et à María Pérez, et les trois femmes s'y plongèrent pendant des heures.

Concha se doutait que Mercedes n'avait pas pu atteindre Málaga et elle espérait qu'elle se trouvait quelque part avec Javier, trop effrayée pour rentrer à Grenade. Elle était convaincue que cette horrible période d'incertitude toucherait bientôt à sa fin et qu'ils seraient de nouveau tous réunis, et elle espérait de tout son cœur recevoir une lettre de sa fille.

Mercedes se rendit compte à quel point elle était devenue indépendante. Son amie Ana lui manquait beaucoup mais elle s'habituait de mieux en mieux à la solitude. Elle avait l'impression que la dernière fois où l'on s'était occupé d'elle remontait à une éternité et le souvenir de l'attention de ses frères s'éloignait chaque jour davantage.

Elle se trouvait maintenant au Pays basque, situé en territoire républicain, et un rapide calcul lui indiqua qu'il lui faudrait encore quelques jours pour atteindre Bilbao. Mercedes avait pour seul bagage un petit sac contenant ses chaussures et la robe de flamenco que lui avait donnée l'épouse du cafetier, ainsi que quelques habits de rechange qu'elle avait été en mesure de s'offrir avec l'argent qu'elle avait gagné. Elle n'avait pas prévu de danser une fois seule mais un soir, dans une toute petite ville, les circonstances s'y prêtèrent.

Lorsque le car arriva à son terminus en cette fin d'après-midi, Mercedes trouva rapidement un endroit où passer la nuit. Sa chambre donnait sur une rue latérale qui menait à une petite place et, en se penchant au maximum de la prudence à sa fenêtre, elle vit l'animation qui y régnait. Elle descendit y regarder de plus près.

On était le 19 mars. Mercedes ignorait la signification de la date. Sur la place, les gens se rassemblaient. Deux petites filles se couraient après en poussant des cris aigus ; tout en jouant des castagnettes elles manquaient de trébucher sur les volants de leurs jupes de flamenco bon marché. La place poussiéreuse, avec sa fontaine centrale qui coulait tranquillement, était le centre de leur univers. C'était le seul endroit qu'elles connaissaient et Mercedes envia leur inconscience des événements qui se déroulaient non loin. Leurs parents s'étaient efforcés de les préserver des effets de la pénurie qui touchait les zones urbaines, et l'éclair et le grondement sourd d'un bombardement au loin dans le ciel nocturne appartenaient à un autre monde que celui des enfants de cette communauté apparemment indépendante. Si une ou deux personnes connaissaient cette terreur – leurs pères avaient disparu au milieu de la nuit –, la vie dans le village suivait toutefois son cours normalement.

Mercedes vit des filles en train de discuter assises sur un muret, certaines tressant les cheveux d'une autre, d'autres qui tournoyaient avec leurs châles à franges. Une bande de garçons les observaient de loin et se voyaient de temps en temps récompensés d'un regard furtif dans leur direction. Un garçon légèrement plus âgé tenait une guitare. Il jouait quelques notes avec la nonchalance que seul un bel homme plein d'assurance sait afficher, et lorsqu'il leva les yeux, il remarqua Mercedes qui le regardait. Elle sourit. Il ne devait pas être beaucoup plus jeune qu'elle mais elle se sentait plus vieille d'un siècle. Armée d'une nouvelle intrépidité, elle n'hésita pas une seconde à l'aborder.

— Est-ce que les gens vont danser plus tard ? demanda-t-elle.

Le regard dédaigneux qu'il lui lança fournit la réponse à sa question. Avec sa petite estrade en bois montée à proximité, le village se préparait de toute évidence à une fête. Ce serait la première depuis des mois à laquelle assisterait Mercedes et même si les connotations religieuses n'avaient guère d'importance pour elle, le rituel, la musique et la danse possédaient leur propre résonance. Elle ne pourrait pas résister.

— C'est la fête de la Saint-Joseph ! s'exclama-t-il. Tu ne le savais pas ?

Plus tard dans la soirée, elle revit le jeune guitariste avec un vieil homme installés sur des chaises au bord de la scène. Il était près de 20 heures, et c'était le premier soir de l'année où la chaleur s'attardait un peu. L'instant exact où les notes éparses qui servaient à accorder les instruments se transformèrent en un début d'*alegría* fut flou mais des cascades d'applaudissements traversèrent la foule.

Les rythmes de la musique semblaient provenir de directions opposées, luttant l'un contre l'autre avant de se fondre comme deux courants à la confluence d'un fleuve. Père et fils produisaient des musiques qui s'entrelaçaient. Elles se croisaient, se mêlaient et se séparaient à nouveau, reprenant leur direction originelle. Il y eut des moments de bonheur sublime lorsque les deux instruments jouèrent à l'unisson, ne formant qu'un, avant de revenir chacun à leur mélodie. Même les discordances semblaient harmonieuses, les accords majeurs et mineurs entrant en collision avec politesse.

Au terme de cette performance divine, le père leva la tête et croisa le regard de Mercedes. Son tour était venu. En discutant avec le guitariste au cours de l'après-midi, elle avait appris que le père et le fils étaient également des étrangers ici. Ils avaient quitté Séville quelques mois auparavant et attendaient le moment opportun pour regagner leur foyer. Pour l'heure, un retour était encore trop dangereux.

— Ils seront ravis de voir quelqu'un danser le flamenco pour de vrai ! avait affirmé le père avec un sourire, dévoilant un grand espace entre ses deux incisives.

Sur la petite scène en bois, où garçons et filles, et même quelques femmes plus âgées, étaient déjà passés, Mercedes exécuta une danse qui transcenda l'étalage habituel de passion et de force qui caractérisait le flamenco. La puissance primitive de ses gestes toucha le public. Hommes et femmes murmurèrent des « Olé », émerveillés par la magnifique danseuse. Les *guitarristas* le leur avaient peut-être fait oublier, mais Mercedes leur rappela que leur pays se déchirait. Ses mouvements donnaient corps à l'angoisse qu'ils ressentaient lorsqu'ils songeaient à ces fusils et ces canons qui étaient pointés sur eux. Après une vingtaine de minutes, elle était à bout de forces. Sa dernière frappe, assénée avec un puissant claquement sur le plancher, se révélait un acte de défi indéniable. « Nous ne nous soumettrons pas », semblait-elle dire. Le public applaudit à tout rompre.

Les gens s'interrogeaient à son sujet. Certaines des personnes avec lesquelles elle discuta au cours de la soirée n'arrivaient pas à comprendre les raisons qui la poussaient à se rendre à Bilbao, qu'ils imaginaient pleine de danger.

— Pourquoi ne resterais-tu pas ici ? s'enquit la femme chez qui elle logeait. Tu y seras bien plus en sécurité. Tu peux rester dans cette chambre quelque temps si tu veux.

— Vous êtes très gentille, répondit Mercedes, mais je dois poursuivre ma route. Mon oncle et ma tante m'attendent depuis longtemps.

Le mensonge était plus facile. Elle n'avait pas perdu espoir de retrouver Javier même si, dans sa tête, son image s'estompait. Elle se réveillait au matin et fouillait en vain sa mémoire en quête de son visage et parfois, il n'y avait rien du tout, à peine un contour. Il lui arrivait de devoir sortir la photographie de lui qu'elle gardait dans sa poche pour se remémorer ses traits, ses yeux clairs, ovales, son nez aquilin, sa bouche magnifique. Ce moment de perfection pure à Málaga quand ce cliché avait été pris paraissait à des années-lumière, comme appartenant à une autre vie. Un sourire aussi éblouissant semblait ne pouvoir exister que dans le passé.

Le fait d'être séparée de tous ceux qu'elle chérissait et de se trouver loin de tous les lieux qu'elle connaissait avait creusé dans son cœur un vide qui ne cessait de s'agrandir. Depuis l'instant où la famille Duarte était partie de son côté, elle s'était sentie sans substance et sans attache avec le monde. Elle avait perdu la notion du temps et ne savait plus si elle était partie depuis des semaines ou bien des mois. Elle n'avait plus rien pour mesurer le passage du temps ; son sablier s'était désintégré.

Sa seule conviction désormais était la nécessité de continuer. Elle étouffa le doute tenace qui venait de naître en elle quant au succès de sa quête.

Au matin, elle se leva dans l'obscurité afin de ne pas rater le car. Quelques heures durant, le véhicule roula dans un bruit de ferraille en direction de Bilbao. Enfin, il la déposa aux abords de la ville et rapidement, Mercedes comprit les regards incrédules que son projet de venir jusqu'ici avait attirés la veille.

Un médecin accepta de la conduire jusqu'à une des places principales de la ville.

— Je ne veux pas vous démoraliser, dit-il d'un ton poli, mais les choses ne sont pas faciles à Bilbao. La plupart des gens essaient d'en partir.

— Je sais, répondit Mercedes. Mais c'est ici que je dois me trouver.

Le médecin comprit que la jeune fille ne saurait être dissuadée et il ne la questionna pas davantage. Au moins, il avait essayé. À l'instar de cette jeune fille, il ne se rendrait pas à Bilbao s'il n'y était pas contraint, et pour sa part, sa destination était un hôpital rempli de blessés.

— Sincèrement, je pense que cette ville ne va pas tarder à tomber, alors faites attention à vous.

— Je ferai de mon mieux, répondit-elle en s'efforçant d'esquisser un sourire. Merci de m'avoir amenée jusqu'ici.

Le chaos régnait dans la ville. Les raids aériens étaient fréquents, et un sentiment de peur, de désespoir et de panique planait. Elle n'avait rien connu de tel l'été précédent à Grenade, ni même à Almería parmi les réfugiés traumatisés de Málaga.

Bilbao était complètement différente des petites villes où elle avait séjourné, physiquement et mentalement préservées du conflit. La ville était ravagée sans relâche. Jour et nuit, elle était bombardée depuis la mer et les airs. Le port était sous blocus et la pénurie de nourriture avait atteint un niveau critique. Les habitants subsistaient avec un régime de riz et de chou et à moins d'être disposé à manger les ânes, il n'y avait pas de viande. Les cadavres se multipliaient ; ils étaient étendus dans la rue, alignés comme des sacs de sable, et tous les matins, à la première heure, on les transportait en charrette à la morgue.

Une seule raison l'avait poussée à rejoindre cet enfer : tenter sa dernière chance de retrouver Javier. Sur un bout de papier plié dans son porte-monnaie était inscrite une adresse. Celle où elle allait peut-être enfin le revoir. Cette infime possibilité l'emplit d'un sentiment d'exaltation.

Les premiers passants à qui elle demanda son chemin étaient eux aussi des étrangers dans cette ville. Un commerçant serait plus à même de la renseigner, songea-t-elle, et elle poussa la porte de la première boutique qu'elle vit. C'était une quincaillerie mais le magasin proposait à peine plus d'articles qu'une cuisine ordinaire en aurait contenus. Il n'y avait aucun client mais le vieux commerçant était assis dans un coin sombre près de sa caisse enregistreuse, continuant à prétendre que les affaires tournaient normalement. En entendant la clochette de la porte, il regarda par-dessus son journal.

— Puis-je vous aider ?

Mercedes dut ajuster son regard à la pénombre et suivit la source de la voix, se cognant au passage dans une table surmontée de casseroles poussiéreuses.

— Je cherche cette rue, dit-elle en dépliant son papier. Savez-vous où elle se trouve ?

Le vieil homme sortit ses lunettes de sa poche de chemise et les posa délicatement sur son nez. Du doigt, il parcourut l'adresse.

— Oui, je connais. C'est au nord de la ville.

Au verso du papier, à l'aide d'un crayon mal taillé, il dessina un plan. Puis il accompagna Mercedes jusque sur le trottoir où il lui indiqua l'itinéraire pour rejoindre une voie principale qui la conduirait à l'adresse voulue.

— Demandez à nouveau quand vous approcherez, lui conseilla-t-il. Cela devrait vous prendre une demi-heure.

Pour la première fois depuis des semaines, Mercedes éprouva un élan d'optimisme et elle gratifia le vieil homme d'un sourire radieux. C'était le premier qu'il voyait depuis bien longtemps.

Il avait beau trouver étrange que cette jeune femme soit excitée à l'idée de se rendre dans la partie de la ville la plus dévastée par les bombardements, il n'eut pas le cœur de la prévenir.

À mesure que Mercedes approchait de sa destination, suivant avec soin les indications fournies par le quincaillier, son sourire s'évanouissait. Dans chaque rue, les ravages semblaient plus considérables que dans la précédente. Elle remarqua d'abord quelques vitres brisées, la plupart des fenêtres barricadées, mais après une demi-heure de marche, l'état des bâtiments empirait sensiblement. Lorsqu'elle commença à apercevoir la mer, preuve qu'elle approchait du but, la plupart des immeubles n'étaient plus que des coquilles vides. Au mieux, ils consistaient en quatre murs extérieurs avec un trou béant au milieu, comme des boîtes sans couvercles. Au pire, ils avaient été complètement rasés. Des affaires étaient éparpillées au milieu des ruines : meubles cassés et effets personnels variés abandonnés dans la précipitation de l'évacuation.

Mercedes dut demander son chemin une dizaine de fois pour s'assurer qu'elle allait bien dans la bonne direction. Finalement, elle repéra le nom de la rue, accroché au mur du premier immeuble à l'angle. Seul ce bâtiment était encore debout, le reste de la rue était en ruine. On aurait dit qu'une bombe avait explosé pile au milieu et soufflé tout ce qui se trouvait dans un rayon de cinquante mètres. Même de là où elle se tenait, il était évident que tous les appartement savaient été désertés. Les fenêtres étaient comme des orbites noires sur un crâne. Elle avança jusqu'à l'endroit où avaient dû habiter l'oncle et la tante de Javier : de toute évidence, ils n'y vivaient plus.

La rue était déserte, tout comme chacun des bâtiments qui la bordaient, et elle supposa que tous ceux qui s'étaient trouvés chez eux au moment de l'explosion étaient soit blessés soit morts. La dernière once d'espoir à laquelle elle s'était raccrochée toutes ces semaines se dissolvait petit à petit. Elle avait souhaité si fort retrouver Javier dans cette ville et, ironiquement, maintenant elle espérait de tout son cœur qu'il n'était jamais arrivé à Bilbao. Mercedes frissonna. Elle était transie de froid, engourdie par la stupeur.

Son poing se referma autour du bout de papier avec l'adresse de Javier, dont elle fit une boule. Plus tard, elle se rendrait compte qu'elle l'avait perdu, sans s'en préoccuper davantage. Désormais, elle n'avait plus de direction à suivre.

Mercedes passa les heures suivantes à Bilbao à faire la queue pour du pain. La file brouillonne était bien plus longue que toutes celles qu'elle avait vues à Almería ou dans les autres villes en territoire républicain. Elle serpentait le long d'une rue et tournait à l'angle d'une autre. Des mères avec des enfants en bas âge tentaient du mieux qu'elles pouvaient de calmer les pleurnicheries de leur progéniture mais s'ils avaient faim en se joignant à la queue, trois heures d'attente ne calmaient pas leurs crampes d'estomac. Les gens commençaient à perdre patience et à douter qu'il reste quelque chose une fois qu'ils arriveraient en tête de file.

— Hier, il y avait presque une centaine de personnes devant moi, se plaignit la femme devant Mercedes. Et d'un coup, ils ont fermé les grilles. Comme ça. Plus rien.

— Qu'avez-vous fait alors ? demanda-t-elle.

— Que croyez-vous que nous ayons fait ?

Le comportement de la femme était agressif et son discours vulgaire. Mercedes se sentit obligée d'engager la conversation, même si attendre en silence lui aurait parfaitement convenu. Elle s'inquiétait profondément pour Javier et répondit d'un vague haussement d'épaules.

— Nous avons attendu. Il était hors de question de perdre nos places, alors nous avons dormi sur le trottoir.

La femme paraissait déterminée à poursuivre, même sans aucun encouragement de la part de Mercedes.

— Et vous savez quoi ? Quand nous nous sommes réveillés, d'autres gens étaient passés devant nous. Ils avaient pris nos places !

Tout en prononçant ces mots, elle tapa du poing dans sa paume ouverte. À repenser à ces gens qui avaient usurpé sa place dans la file, elle sentit la colère monter à nouveau en elle.

— Alors vous voyez, il faut que j'aie du pain. Je n'ai pas le choix.

Mercedes ne doutait pas un instant que cette femme ferait n'importe quoi pour nourrir sa famille, et ses manières menaçantes laissaient entendre qu'elle n'hésiterait pas à recourir à la violence au besoin.

Mercedes eut de la chance ce matin-là. L'approvisionnement ne s'épuisa pas avant qu'elle atteigne le haut de la file ; elle sentit toutefois le regard lourd de reproches que la femme darda sur elle lorsqu'elle admit n'avoir personne à charge. Le rationnement n'étant pas en vigueur, ceux qui avaient des enfants se sentaient souvent lésés dans la distribution des provisions. De toute évidence, cette femme avait l'impression que le monde s'était ligué contre elle, et pire que tout, qu'il trompait sa famille. Mercedes sentit son regard la brûler tandis qu'elle récupérait sa miche de pain au comptoir. Une telle hostilité entre personnes du même camp était le pire dans cette guerre.

En dépit d'un sentiment grandissant de désespoir, Mercedes décida de ne pas quitter Bilbao tout de suite. Elle avait suffisamment voyagé et ne savait de toute façon pas où se rendre ensuite. Les jours suivants, après avoir vu les ruines de l'appartement de l'oncle de Javier, elle s'autorisa à espérer qu'il se trouvait quelque part ailleurs en ville. Inutile de se hâter à partir de maintenant et chaque jour, elle interrogeait les gens autour d'elle.

Son besoin le plus urgent était de trouver un toit, et elle entama la conversation avec une des mamans qu'elle avait rencontrées en faisant la queue. María Sánchez était assaillie par le chagrin causé par la perte de son mari et elle fut ravie de la proposition de Mercedes de l'aider avec ses quatre enfants en échange du logis. Mercedes partagea une chambre avec les deux filles qui bientôt l'appelèrent « Tía Mercedes » – Tante Mercedes.

28

À la fin de la bataille de Guadalajara en mars, Franco décida d'interrompre quelque temps ses tentatives pour s'emparer de la capitale et porta son attention sur le nord industriel : le Pays basque résistait avec obstination. Pendant ce temps, Antonio et Francisco étaient retournés à Madrid. Même si elle n'était plus le point de mire de Franco, la capitale avait encore besoin d'être défendue.

Pendant des semaines, ils restèrent relativement inactifs, s'occupant en écrivant des lettres, en jouant aux cartes et, parfois, en s'engageant dans une escarmouche. Francisco, comme toujours, avait hâte de se retrouver au cœur de l'action, tandis qu'Antonio s'efforçait de faire preuve de patience. La faim le tenaillait, et il ne se languissait pas seulement de pain mais aussi de nouvelles du reste du pays. Il dévorait les quotidiens sitôt livrés en kiosque.

À la fin mars, ils apprirent le bombardement de Durango, une petite ville sans défense. L'église avait été la cible des bombes pendant la messe et presque toute l'assemblée avait été tuée ainsi que des nonnes et un prêtre. Pire encore, les chasseurs allemands avaient mitraillé les civils qui s'enfuyaient et environ deux cent cinquante personnes étaient mortes. Un autre événement, toutefois, affecta plus personnellement à la fois Antonio et Mercedes, même si tous les deux se trouvaient à plusieurs centaines de kilomètres l'un de l'autre, et tous les deux loin de la maison. La destruction de la ville basque de Guernica.

Le jour de la fin avril où la nouvelle se répandit que Guernica avait été transformée en une carcasse fumante fut l'un des moments les plus sombres de la guerre. Assis sous le soleil printanier de Madrid, Antonio vit ses mains trembler avec une telle violence qu'il en lâcha le journal. C'était un endroit que ni lui ni Francisco n'avaient jamais visité mais la description de sa destruction abominable marqua un tournant.

— Regarde ces photos, dit-il d'une voix émue en passant le journal à Francisco. Regarde…

Les deux hommes les étudièrent avec incrédulité. Plusieurs clichés montraient les décombres tordus des bâtiments, des cadavres d'hommes et d'animaux éparpillés dans la rue. C'était un jour de marché. L'image la plus choquante était celle du corps sans vie d'un enfant, une petite fille. Elle portait une étiquette autour du poignet, comme une étiquette de prix sur une poupée. Dessus était indiqué l'endroit où elle avait été retrouvée, au cas où ses parents se présenteraient à la morgue. C'était l'image la plus révoltante qu'ils avaient jamais vue, de leurs propres yeux ou reproduite dans un journal.

La ville avait été la proie d'attaques systématiques, vague après vague, surtout de la part des Allemands et de quelques bombardiers italiens, qui pendant plusieurs heures avaient lâché des milliers de bombes sur la ville et mitraillé les civils qui fuyaient. Toute une communauté avait été anéantie, des familles entières avaient péri dans les flammes qui ravageaient leur maison. On parlait de victimes qui avançaient en titubant dans la fumée et la poussière pour déterrer leurs amis et leurs proches, et qui se faisaient tuer sous une nouvelle salve au passage des bombardiers. Plus de mille cinq cents personnes périrent en un seul après-midi.

Le massacre des innocents les écœurait plus encore que la mort de leurs camarades qui avaient perdu la vie dans un combat équitable, bien qu'injuste.

— Si Franco pense qu'il va gagner en rasant toutes ces villes, il se trompe, déclara Francisco, sa haine s'intensifiant à chaque défaite républicaine. Tant qu'il n'entre pas dans Madrid, il n'a rien…

Le massacre de Guernica fut vivement ressenti par Antonio et Francisco, et tous ceux qui soutenaient la République, et cette tragédie renforça la détermination de la milice à lutter contre Franco.

Si le carnage de Guernica accroissait la détermination des Madrilènes, à Bilbao, il insufflait la terreur. Les habitants de cette ville du nord et ceux qui étaient venus s'y réfugier éprouvaient une panique circonspecte. Si Franco n'avait aucun scrupule à effacer ainsi une ville entière, alors il n'hésiterait probablement pas à réitérer l'expérience avec une autre. La minutie des bombardements choqua tous ceux qui avaient été exposés aux attaques quotidiennes incessantes à Bilbao, et dans les rues et les files d'attente, on ne parlait que de ça.

— Vous avez entendu ce qu'ils ont fait ? Ils ont attendu 4 heures de l'après-midi. Les gens sortaient de chez eux, se rendaient au marché, et ils ont choisi ce moment pour larguer leurs bombes.

— Et ils ont bombardé encore et encore, pendant trois heures… Jusqu'à ce que tout soit rasé et presque tout le monde tué.

— Il paraît qu'il y avait cinquante avions et que les bombes tombaient à verse.

— Il ne reste plus rien de la ville…

— Nous devons évacuer les enfants, déclara Mercedes à Señora Sánchez.

— Il n'y a aucun endroit sûr pour eux, répondit-elle. S'il y en avait un, je les y aurais envoyés depuis longtemps.

La résignation de Señora Sánchez quant à la situation à Bilbao était si profonde qu'elle était incapable de songer au lendemain. Dans son esprit, survivre ne consistait pas à planifier sa fuite mais à vivre au jour le jour en priant pour la délivrance.

— J'ai entendu dire qu'il y avait des bateaux qui partaient pour des lieux plus sûrs.

— Et où vont-ils ?

— Au Mexique. En Russie…

Une expression d'horreur pure traversa le visage de Señora Sánchez. Elle avait vu la photographie d'un groupe d'enfants à leur arrivée en train à Moscou. L'endroit était si différent : des banderoles rédigées dans un alphabet indéchiffrable pour elle, des petits enfants communistes les accueillant avec des fleurs, les visages dans la foule si différents, étrangers…

— Comment pourrais-je envisager de laisser mes enfants partir pour un tel endroit ? Comment peux-tu suggérer une telle chose ?

L'indignation et la peur lui firent monter les larmes aux yeux. Elle ne parvenait pas à imaginer un voyage aussi long et encore moins ce qui se trouverait au bout. Son instinct lui criait de garder ses enfants auprès d'elle.

— Ce ne serait que temporaire, lui assura Mercedes. Les enfants seraient tenus à l'écart du danger le temps que durera la guerre, et ils ne mourront pas de faim.

Les gens faisaient maintenant la queue pour réserver une place à leurs enfants à bord de ces paquebots, et les files d'attente étaient encore plus longues que celles pour le pain. Les horreurs de Guernica, le bombardement de civils et la destruction méthodique d'une ville entière avaient contraint tout le monde à Bilbao à affronter la réalité : la même chose pouvait leur arriver.

On pouvait perpétrer une annihilation aussi totale au sol, par la mer ou les airs, et il n'y avait nulle part où se cacher – pas en Espagne en tout cas. Comme beaucoup d'autres parents à Bilbao, au cours des derniers jours, Señora Sánchez finit par accepter l'idée que le mieux pour ses enfants était de partir se réfugier en lieu sûr. Après tout, on racontait que ce ne serait que pour trois mois.

Pendant plus de dix-huit heures, Mercedes patienta avec Señora Sánchez et ses quatre enfants pour remplir une demande d'évacuation à l'étranger. Les gens dans la file étaient nerveux, ils levaient régulièrement les yeux vers le ciel clair et dégagé en se demandant de combien de minutes de grâce ils disposeraient entre l'apparition du premier bombardier et le grondement de l'explosion. Mercedes et la famille Sánchez faisaient la queue pour inscrire les enfants sur un bateau en partance pour l'Angleterre, le *Habana*. Même si Señora Sánchez n'avait aucune idée de ce à quoi ressemblait la Grande-Bretagne, elle savait en tout cas qu'elle se situait plus près que d'autres destinations proposées, si bien qu'elle reverrait ses enfants bien plus tôt.

Après des heures de patience, ce fut enfin au tour de María Sánchez de plaider sa cause pour ses précieux enfants.

— Quel âge ont vos enfants ? demanda l'employé.

— Ils ont trois, quatre, neuf et douze ans, répondit-elle en les désignant chacun leur tour.

L'employé examina minutieusement les deux garçons et les deux filles.

— Et vous alors ? s'enquit-il en s'adressant à Mercedes.

— Je ne suis pas sa fille, répliqua-t-elle. Je l'aide à s'en occuper. Je ne suis pas inscrite sur la demande.

L'homme poussa un grognement, inscrivant quelques mots sur le formulaire devant lui.

— Vos deux plus jeunes n'ont pas l'âge requis, déclara-t-il à l'intention de Señora Sánchez. Nous n'acceptons que les enfants entre cinq et quinze ans. Vos deux plus grands peuvent s'inscrire mais je dois d'abord vous poser quelques questions.

Après quoi il aboya une liste de questions qui exigeaient des réponses immédiates et sincères : profession du père, croyance religieuse et adhésion à un parti. María y répondit en toute honnêteté. Mentir semblait inutile désormais. Son mari avait été syndicaliste et membre du parti socialiste.

Le fonctionnaire posa son stylo et saisit un dossier sur son bureau, il l'ouvrit et fit courir son doigt sur une colonne, comptant en silence. Quelques minutes encore, il nota des informations. Le quota d'enfants de parents de tous les partis politiques devait être proportionnel aux résultats de vote de la dernière élection. Les enfants s'inscrivaient dans l'un des trois groupes : celui des républicains et des socialistes, celui des communistes et des anarchistes, et celui des nationalistes. Apparemment, le bateau en partance n'avait pas atteint sa capacité maximale et il restait de la place pour les enfants du parti socialiste.

— Et vous ? répéta l'homme en s'adressant à Mercedes. Vous voulez embarquer aussi ?

Mercedes resta interdite. Il ne lui était pas venu à l'idée qu'elle aussi pourrait obtenir une place. Elle était trop âgée pour prendre celle d'un enfant et s'était résignée à rester à Bilbao. Elle n'envisageait pas d'embarquer sur l'un de ces bateaux qui emmenaient les adultes dans des contrées lointaines. Dans sa tête, effectuer un tel voyage serait admettre qu'elle ne retrouverait jamais Javier.

Et il lui fallait se cramponner à la mince lueur d'espoir, qui ne cessait de faiblir, de le revoir car l'alternative, à savoir revenir sur ses pas, était désormais inenvisageable.

— Nous avons besoin d'accompagnatrices pour veiller sur les plus jeunes, et il reste de la place. Si vous prenez soin d'enfants depuis un moment, vous êtes la personne idéale, déclara l'employé.

Mercedes entendait à peine les paroles de l'homme, tant son esprit luttait avec ce nouveau dilemme.

— Mercedes ! s'exclama María. Tu dois y aller ! Quelle opportunité !

Pour la première fois depuis qu'elle la connaissait, Mercedes vit l'expression livide de la résignation déserter le visage de la femme.

Mercedes avait l'impression qu'une main était tendue vers elle et qu'il serait ingrat de ne pas la saisir. Les gens réclamaient des places sur ces bateaux. Elle pourrait toujours revenir dans quelques mois, retrouver sa famille. Mais cesser de chercher Javier était inconcevable.

Les deux aînés, Enrique et Paloma, dont le sort avait déjà été décidé, la dévisageaient de leurs grands yeux suppliants. Ils voulaient de toutes leurs forces qu'elle les accompagne dans cet endroit inconnu et, instinctivement, elle sut que leur mère serait aussi plus rassurée. Mercedes plongea dans leurs regards pleins d'espoir. Peut-être que pour une fois, elle pourrait faire quelque chose de vraiment utile, et être responsable de quelqu'un d'autre qu'elle-même.

— D'accord, s'entendit-elle répondre. Je pars.

Il y avait quelques formalités à remplir. D'abord un examen médical. Mercedes emmena les deux enfants au bureau de l'*Asistencia Social* et ils firent la queue jusqu'à ce que le médecin anglais les reçoive. La conversation fut succincte puisque aucun ne parlait la langue de l'autre.

Paloma et Enrique reçurent tous les deux des bilans positifs. On épingla sur leurs vêtements une carte hexagonale comportant les mots « *Expedición a Inglaterra* » ainsi qu'un numéro personnel qu'ils devaient conserver à tout instant.

— Qu'est-ce que tu vas emporter ? demanda Paloma à Enrique d'un ton excité comme s'ils partaient en vacances.

— Je ne sais pas, répondit-il avec un air malheureux. Mon jeu d'échecs ? Est-ce que je trouverai quelqu'un pour jouer avec moi ?

Un seul petit bagage par personne était autorisé, et il devait contenir une tenue de rechange et une quantité limitée de biens personnels, dont le choix se devait d'être soigneusement étudié. Pour les enfants catholiques, une petite bible devait également être glissée dans le sac.

— Je vais prendre Rosa, déclara Paloma d'un ton décidé.

Rosa était sa poupée préférée et son amie imaginaire. Avec Rosa à ses côtés, Paloma savait que tout se passerait bien. Son grand frère n'était pas aussi confiant. Il s'angoissait au sujet de leur destination mais son statut d'aîné de la fratrie l'obligeait à faire bonne figure.

Les seuls biens que possédait Mercedes tenaient déjà dans un petit sac, aussi n'eut-elle aucun choix à faire. Le bateau partait deux jours plus tard ; deux jours à Bilbao au cours desquels subsistait encore une chance de retrouver Javier. Pendant ces dernières quarante-huit heures, elle passa en revue chaque foule et chaque file d'attente à la recherche de son visage.

À 18 heures le soir du 20 mai, des milliers de gens se massèrent à la gare de chemin de fer de Portugalete. Par groupes de six cents, les enfants étaient emmenés dans des trains spécialement affrétés jusqu'à Santurce, le principal quai de Bilbao, où était amarré le *Habana*. Certains parents n'avaient jamais voyagé au-delà de Pampelune, si bien que voir leurs enfants partir vers l'inconnu était difficilement supportable. Quelques enfants s'agrippèrent aux jupes de leur mère mais le plus souvent la souffrance se lisait sur le visage des mamans plus que sur celui des enfants. Certains étaient joyeux, contents, souriants, espérant revoir leurs parents bientôt ; ils envisageaient cela comme une sortie en bateau avec un pique-nique, des minivacances, une aventure, et l'ambiance leur paraissait festive et prometteuse. Le président Azaña avait même fait le déplacement pour les saluer.

Enrique demeura d'humeur morose jusqu'au moment du départ ; il fut incapable d'esquisser un sourire à sa mère qui luttait pour retenir ses larmes. Señora Sánchez n'allait pas les accompagner en train jusqu'au port. Elle leur dirait au revoir sur le quai de la gare.

Contrairement à son frère, Paloma débordait d'enthousiasme. Elle était fatiguée d'entendre les sirènes et d'avoir constamment un creux à l'estomac.

— Ce ne sera que pour quelques semaines, ne cessait-elle de lui répéter. C'est une aventure. Ce sera amusant.

Pour les enfants, il ne s'agissait que d'un voyage visant à les mettre en sécurité. Beaucoup d'entre eux avaient revêtu leurs plus beaux habits : les petites filles portaient des rubans dans les cheveux, des robes à fleurs élégantes et des petites socquettes blanches, et les garçons des chemises propres et amidonnées et des culottes courtes.

Le *Habana* parut immense aux enfants, saillant en ombre menaçante au-dessus de leurs têtes, prêt à les engloutir comme une baleine. Les plus petits ne parvenaient même pas à tenir la corde qui courait le long de la passerelle. Les marins prirent les minuscules mains dans les leurs et, les serrant bien fort, escortèrent les enfants les plus petits le long de l'étroite bande de bois pour leur éviter de tomber dans les eaux sombres du canal entre le quai et le bateau.

Le paquebot était assez gros pour contenir huit cents passagers mais ils avaient prévu près de quatre mille enfants et plus de cent cinquante adultes (vingt enseignants, cent vingt auxiliaires, dont Mercedes, quinze prêtres catholiques et deux médecins). Avant la tombée de la nuit tout ce petit monde avait embarqué, et après un repas plus copieux que tous ceux qu'ils avaient mangés depuis des semaines, ils dormirent à bord.

À l'aube du 21 mai, les amarres furent larguées. On entendit les lourdes chaînes s'entrechoquer et les passagers ressentirent la première poussée du bateau qui manœuvrait pour sortir du port.

Mercedes sentit son estomac se soulever. Immédiatement, elle fut gênée par les balancements inhabituels du bateau (jamais encore elle n'avait navigué), mais c'étaient surtout ses émotions qui lui soulevaient le cœur. Elle quittait l'Espagne. Tout autour d'elle, de jeunes enfants gémissaient, tandis que les plus grands à leurs côtés leur tenaient la main avec bravoure. Mercedes se mordit la lèvre, réprimant un besoin presque primal de hurler de douleur et de chagrin. Après deux jours à prévoir et préparer, tout allait trop vite. Chaque seconde qui passait l'éloignait un peu plus de Javier.

Un jet d'embruns salés vint se mêler aux larmes qui roulaient sur ses joues. L'idée de laisser derrière elle tous ceux qu'elle connaissait et aimait était insupportable, et l'envie de courir à l'avant du bateau et de se jeter à la mer la submergea presque. Seul son devoir envers les enfants l'en empêcha.

Enveloppée d'un sentiment de profonde noirceur, elle regarda d'abord les silhouettes sur le quai puis les bâtiments se réduire à des têtes d'épingles avant de disparaître complètement de sa vue. Avec eux, ses espoirs de revoir Javier s'évanouissaient.

— Et ce fut la dernière fois que Mercedes vit jamais l'Espagne, déclara Miguel.

— Quoi ? s'exclama Sonia, incapable de dissimuler son étonnement. La dernière ?

— C'est exact. Et elle ne pouvait toujours pas écrire à sa mère pour lui expliquer où elle se trouvait car cela aurait pu la mettre en danger.

— Comme c'est affreux. Alors Concha ne savait sans doute même pas que sa fille avait quitté le pays.

— Effectivement, elle l'ignorait, affirma Miguel. Elle ne l'a appris que longtemps après.

Ils avaient terminé de déjeuner dans un restaurant près de la cathédrale et se dirigeaient maintenant d'un pas tranquille vers El Barril. Tout à coup, Sonia s'inquiéta. Si Mercedes avait quitté l'Espagne pour de bon, Miguel ignorait peut-être ce qu'il lui était arrivé ensuite. Elle allait l'interroger quand le vieil homme reprit son histoire.

— Je voudrais vous parler davantage d'Antonio, dit-il d'un ton résolu, en allongeant le pas comme ils traversaient la place en face du café. Nous n'en sommes même pas encore à la fin de la guerre civile.

29

Durant le printemps et le début de l'été 1937, Antonio et Francisco restèrent à Madrid. Le changement de saison cette année-là fut soudain, la douceur enveloppante de mai se transformant brutalement en une chaleur estivale fulgurante. L'air dans la capitale était irrespirable et une torpeur abrutissante pesait lourdement sur les deux amis.

Tous deux se réjouirent, début juillet, d'être envoyés à Brunete, à une vingtaine de kilomètres à l'ouest de Madrid, où le combat reprenait. L'armée républicaine avait pour objectif de scinder en deux le territoire tenu par les nationalistes. S'ils parvenaient à couper la ligne de communication entre les fascistes et leurs troupes postées dans les villages environnants de Madrid et aux abords de la capitale elle-même, ils pourraient ainsi mettre un terme au siège de Madrid. Antonio et Francisco faisaient partie des quatre-vingt mille soldats républicains mobilisés pour cette campagne, qui comptait également des dizaines de milliers d'hommes des brigades internationales.

Au début, tout se passa bien pour eux. À la nuit tombée le premier soir, ils avaient progressé en territoire fasciste, ils s'étaient emparés de Brunete et le village de Villanueva de la Cañada avait suivi. Les soldats républicains avancèrent alors sur Villa franca del Castillo.

Par moments, Antonio et Francisco affrontaient les quelques forces fascistes encore en présence, ou récupéraient les munitions et les réserves de nourriture qu'elles avaient abandonnées en se repliant. Une fois, leur bataillon se retrouva la cible d'un bombardement et des heures durant les obus s'abattirent sur eux, abrités comme ils pouvaient dans les fossés de chaque côté de la route. Les avions nationalistes apparurent et les bombardèrent également. La poussière, la chaleur, la déshydratation et l'épuisement les affectaient tous mais c'était sans importance quand un vent de victoire flottait dans les airs, apportant avec lui un parfum sucré qui couvrait les odeurs âcres du sang, de la sueur et des excréments.

Francisco était aux anges.

— Je crois que ça y est, déclara-t-il à Antonio avec un enthousiasme enfantin. Ça y est !

Il criait pour couvrir le feu de l'artillerie.

— J'espère que tu as raison, répondit son ami, heureux de voir autre chose que la colère et la frustration habiter son compagnon.

Les premiers jours de combat, les républicains s'étaient sentis transportés à l'idée d'avoir l'avantage. Ils savaient que les nationalistes partageaient ce sentiment et allaient en conséquence organiser des représailles sévères. Ce territoire était crucial et si les républicains remportaient la bataille et s'emparaient des montagnes au-dessus de Madrid, leur objectif serait atteint.

Néanmoins, d'abord surpris par cette offensive à laquelle ils n'étaient pas préparés, les nationalistes déployèrent quantité de soldats pour renforcer les rangs et lancèrent une contre-attaque brutale. Les forces aériennes républicaines avaient remporté la domination des airs au début de la bataille mais en quelques jours les nationalistes, plus nombreux, bombardèrent à plusieurs reprises les lignes républicaines.

Au fond de leurs tranchées, le sol trop dur et trop sec pour être creusé davantage, Antonio et Francisco comprirent qu'ils étaient en mauvaise posture. Après la vague d'optimisme initiale, la victoire ne leur semblait plus aussi facile à obtenir.

Les uns après les autres, les avions nationalistes survolaient leur zone et larguaient leurs bombes avec une régularité presque monotone. Les balles n'en finissaient pas de pleuvoir et les pétarades constantes minaient leur moral. La chaleur s'intensifia. Les fusils qui s'étaient grippés sous le froid de l'hiver précédent étaient maintenant brûlants au toucher, et le champ de bataille se transforma en véritable enfer.

On parlait peu dans les tranchées, mais de temps à autre des instructions apparemment absurdes étaient aboyées et colportées entre eux.

— Ils veulent qu'on avance là-bas, dit Antonio un jour en indiquant une zone aux arbres clairsemés.

— Quoi ? Là où il n'y a nulle part où se mettre à couvert ? hurla Francisco pour couvrir l'explosion d'un obus.

Profitant d'un bref répit dans le bombardement aérien, un groupe qui comptait Antonio et Francisco se hissa hors de la tranchée et courut s'abriter dans le taillis. Les balles de tireurs embusqués crépitèrent mais sans atteindre leur cible. Jusque-là, la chance avait souri à la plupart des hommes de l'unité d'Antonio. Ils ne remportaient peut-être pas de victoire fulgurante, mais au moins ils restaient en vie.

Les cadavres carbonisés des miliciens républicains jonchaient le paysage. De temps à autre, on les ramassait mais le plus souvent ils gisaient simplement là où ils étaient tombés, à cuire sous la chaleur, nourrissant les mouches. C'était une terre désolée. Le paysage pâle se décolorait chaque jour. Les touffes d'herbe sèche qui se trouvaient dans la ligne de tir s'embrasaient et se consumaient en quelques secondes, leur flamme vive ajoutant à la chaleur ambiante.

L'insuffisance épouvantable des voies de ravitaillement se révéla vite un problème. Les républicains ne manquaient plus seulement de munitions mais aussi d'eau et de nourriture.

— Nous avons le choix : boire cette boue répugnante qui pourrait nous donner la typhoïde ou mourir de soif, annonça Francisco, en levant une tasse en émail cabossée.

Le manque d'eau potable atteignait un niveau critique. Francisco prit une lampée d'eau-de-vie à sa flasque, qu'il aurait volontiers échangée contre une gorgée rafraîchissante d'eau pure.

— Tu sais qu'il y a des cadavres d'animaux en amont, ajouta-t-il.

Des hommes assis non loin jetèrent leur ration d'eau au sol et regardèrent le liquide disparaître dans la terre. Francisco avait raison. L'un de leurs camarades avait succombé sous leurs yeux à la fièvre typhoïde la veille.

Le bombardement aérien s'intensifia. Dans ce paysage à découvert, survivre n'était souvent qu'une question de bonne fortune. Lorsqu'une bombe tombait, la terre aride giclait dans les airs. De gigantesques mottes dures comme la pierre s'abattaient sur la tête des soldats, étaient projetées sur leurs visages et remplissaient leurs oreilles. Ni le maniement expert du fusil ni la précision au jet de grenade ne changeaient la donne. La bravoure n'augmentait pas les chances des hommes, mais la couardise non plus.

— Tu sais ce que nous sommes ? déclara Francisco un soir, une fois le calme retombé, leur offrant un moment de paix pour discuter. Des cibles d'exercice pour les avions allemands.

— Tu as sans doute raison, marmonna Antonio. Malgré son attitude positive habituelle, il se sentait profondément démoralisé.

Il s'avéra que le commandement républicain souffrait d'un manque de communication ; il doutait des instructions de base et ignorait presque leur position. Sa stratégie, à l'élaboration solide et efficace au début, se perdait maintenant dans un brouillard sombre de poussière et de chaos.

S'ils essuyaient des pertes importantes parmi leurs fantassins lors des attaques de leurs lignes, les nationalistes n'en avaient pas pour autant cessé de bombarder les terrains d'aviation républicains, affaiblissant ainsi considérablement la puissance aérienne de leur adversaire. Les républicains se retrouvèrent à défendre le terrain qu'ils avaient gagné au début de la bataille.

La dernière semaine de juillet, sous des températures caniculaires insupportables, la puissance aérienne des nationalistes dominait et plusieurs soldats républicains prirent la fuite. Certains furent abattus par leurs propres frères d'arme. Finalement, les tirs cessèrent. Les munitions manquaient et des chars en flammes parsemaient le paysage.

En raison de lignes de communication défaillantes, d'un commandement déplorable, d'une méprise sur la géographie de la zone, d'un mauvais système d'approvisionnement et de la supériorité aérienne des nationalistes, le succès initial des républicains s'avéra finalement dérisoire. Leur victoire ne se dessinait pas avec certitude, et dans le flou chaotique de la guerre, les deux camps eurent le sentiment d'avoir gagné. Pour la gauche, Brunete était un chef-d'œuvre d'habileté. Cependant, reprendre un territoire d'à peine cinquante kilomètres carrés en accusant la perte de vingt mille hommes et d'au moins autant de blessés était une faible progression payée le prix fort.

— C'est donc ça, gagner, maugréa Francisco, en donnant un coup de talon dans le sol. Voilà l'effet que ça fait d'être vainqueur ?

Ses paroles amères reflétaient le mécontentement qui animait les autres soldats et la colère qu'ils ressentaient face à la futilité des pertes subies pour cette seule bataille.

Où était La Pasionaria maintenant pour exalter les foules et leur rappeler de ne pas abandonner ? Puisque les dirigeants communistes criaient au triomphe, nul doute que l'ordre serait donné de poursuivre le combat, mais pour l'instant les miliciens se réjouissaient simplement de rentrer se reposer à Madrid. Il y aurait d'autres fronts à défendre plus tard.

Pendant quelques mois, Antonio et Francisco retrouvèrent la capitale, où la vie quotidienne se menait avec un semblant de normalité susceptible de se fragmenter à tout instant. Alors qu'ils se prélassaient au soleil à siroter une boisson fraîche, la sirène d'alerte aérienne pouvait rompre leur tranquillité et les contraindre à courir chercher un abri, leur rappelant la menace continuelle qui pesait sur la ville. Les pensées d'Antonio s'envolaient fréquemment vers Grenade et il s'interrogeait sur le quotidien dans une ville tombée aux mains des fascistes. Il ne devait pas y avoir de bombardements, mais il doutait quand même sérieusement que sa chère mère se promène en toute tranquillité sur la Plaza Nueva en dégustant une glace.

Une nouvelle offensive eut lieu sur le front aragonais à l'automne, mais le régiment d'Antonio et de Francisco ne prendrait pas part à la bataille.

— Pourquoi ne nous y envoient-ils pas ? se plaignit Francisco. On ne va pas rester assis ici à ne rien faire jusqu'à la fin des temps !

— Il faut des hommes pour assurer la défense de Madrid, répliqua Antonio. Et ces opérations semblent complètement chaotiques. Tu veux servir de chair à canon ?

Antonio croyait fermement en la justesse de leur combat mais des vies étaient gâchées, et cela l'indignait. Il refusait d'être sacrifié inutilement. Les journaux qu'ils lisaient à Madrid évoquaient les divisions internes au sein du camp républicain qui ne servaient en rien la cause. La milice marxiste et les groupes syndicalistes se voyaient privés d'arsenal de guerre par les communistes résolus à prendre la tête des opérations, et des disputes éclataient dans leurs propres rangs.

Antonio ne comprendrait jamais le besoin ardent de son ami de se battre pour le plaisir, et comme de bien entendu, la nouvelle de pertes considérables en Aragon commença à filtrer.

En décembre, toutefois, ils se remirent en mouvement. Au début de l'hiver le plus rude de mémoire collective, Antonio et Francisco furent conduits à l'arrière d'un camion jusqu'à Teruel, petite ville aragonaise à l'est de Madrid. Teruel était tenue par les nationalistes et les républicains espéraient que Franco détournerait ses troupes de Madrid s'ils prenaient la ville aragonaise pour cible. On craignait que Franco ne prépare un nouvel assaut sur la capitale et le commandement républicain savait qu'il était nécessaire d'attirer les forces insurgées ailleurs.

L'attaque sur Teruel prit les nationalistes par surprise et pendant un temps, les républicains eurent l'avantage, faisant même la garnison prisonnière.

Immobilisés par le froid rigoureux, les avions allemands et italiens furent d'abord dans l'incapacité d'intégrer le conflit, mais même sans leur concours, les nationalistes disposaient d'une artillerie plus large et de davantage d'hommes. Ils n'hésitèrent pas à user en abondance des deux et soumirent Teruel à leurs attaques incessantes.

Le paysage lui-même était cruel : plat et désolé, avec des collines ciselées et dénudées. Antonio et Francisco, positionnés à l'intérieur de la ville où ils mouraient presque de froid, virent des dizaines de leurs camarades périr sur cette terre désertique. Le sentiment d'inconfort était si profondément ancré en eux qu'Antonio se demanda s'ils cesseraient un jour de ressentir la douleur. Les seules fois où Francisco ne se plaignait pas de l'état général de cette guerre et des faiblesses du commandement républicain étaient quand il se trouvait au cœur du danger à frôler la mort. Même la toux sèche et spasmodique qui l'agitait ne semblait pas l'importuner. Au milieu des tirs de mitrailleuses, le bonheur semblait l'habiter.

Le jour de Noël, ils campaient à l'extérieur de la ville. La neige tombait depuis des jours et les uniformes des soldats étaient mouillés. Il était vain d'espérer faire sécher quoi que ce soit. Leurs bottes détrempées avaient doublé de poids et marcher s'avérait plus pénible que jamais.

Francisco avait la respiration sifflante maintenant. La cigarette qu'il tenait à la main tomba par terre quand il se plia en deux, le corps entier secoué par la quinte de toux.

— Et si tu t'asseyais un peu ou te mettais à l'abri là-dedans ?

Antonio passa son bras autour de son ami et le guida vers une tente de fortune où était entreposé le matériel médical.

— Ce n'est rien, protesta Francisco. La grippe tout au plus. Je vais bien.

D'un mouvement d'épaules, il se dégagea brusquement de l'emprise d'Antonio.

— Francisco, tu as besoin de repos.

— Non, rétorqua-t-il dans un murmure rauque, la gorge remplie de mucosités.

Antonio regarda son ami et vit ses yeux larmoyants. La faute au froid sans doute, mais Antonio savait reconnaître un homme à bout de forces. Les bronches encombrées de son ami combinées à la fatigue due à quatorze nuits blanches passées dans l'humidité allaient avoir raison de lui, de nature pourtant si coriace. Il aurait supporté la douleur d'une blessure avec courage, mais contre la maladie, il ne pouvait rien. Son corps l'abandonnait.

— Je dois être fort, sanglota-t-il de désespoir.

Voir ses aspirations de combattant ainsi bridées par son propre corps et prendre conscience de sa fragilité était plus insupportable pour Francisco que la maladie elle-même. La honte le submergeait.

Antonio passa de nouveau son bras autour de son ami qui pesa de tout son poids sur lui. À travers l'épaisse étoffe de son uniforme, il sentait la fièvre qui dévorait son corps. Francisco était brûlant.

— Je ne… Je ne… Je veux… Non…

Tandis qu'il sombrait doucement dans un délire inconscient, ses paroles se firent incohérentes. En moins d'une heure, il avait perdu connaissance et dans la nuit, il fut transporté dans un hôpital militaire loin du champ de bataille.

L'ennemi dans cette bataille était tout autant la neige fondue qui leur cinglait le visage que les balles qui fusaient. L'humidité s'installait dans leurs poumons. Beaucoup d'hommes succombèrent au froid. Au matin, ils ne se réveillaient tout simplement pas. Certains se tournaient vers l'alcool, et l'anesthésie éthylique détendait leurs muscles au point que leurs cœurs en oubliaient de battre. Au moins, dans la neige leurs corps ne se décomposaient pas tout de suite.

La campagne se poursuivit encore un mois après la nouvelle année. Francisco rapatrié à Madrid pour raisons médicales, Antonio parvint à se détacher des horreurs qui l'entouraient. Francisco s'insurgeait contre son propre camp autant que contre l'ennemi, et ses protestations incessantes n'avaient fait qu'aggraver leur mécontentement.

Antonio survécut à ces semaines sur le front aragonais mais ne s'y sentit jamais l'âme d'un héros. Avant la fin des hostilités, aux côtés de beaucoup d'autres, il combattit dans les rues de Teruel, s'engageant dans des luttes au corps à corps. Jusqu'à présent, il avait toujours tiré sur des cibles indistinctes au loin mais un jour il se retrouva face à face avec son ennemi et discerna la couleur de ses yeux.

Une fraction de seconde avant le point de non-retour, Antonio hésita. Devant lui se tenait un homme, plus jeune que lui, aux cheveux frisés et aux pommettes saillantes. Ils auraient pu être cousins.

La couleur de sa chemise était le seul indice de son appartenance au camp nationaliste. Un simple pigment dans la teinture de son vêtement ordonnait à Antonio d'ôter la vie à cet homme ; et s'il ne le faisait pas, il perdrait sans doute la sienne.

Antonio découvrit alors qu'il n'existait rien de plus brutal que d'enfoncer sa baïonnette dans un autre être humain, et au moment fatidique, il sentit une part de lui-même mourir aussi. Jamais il n'oublierait l'expression de terreur du garçon qui se mua en douleur pure avant de pétrifier son visage dans la mort. Moins de trente secondes s'écoulèrent entre ces différentes étapes, et Antonio entendit le bruit sourd du corps qui s'effondrait lourdement devant lui. Un son effroyable.

De retour au camp ce soir-là, quelques hommes en moins, Antonio songea au côté arbitraire des combats. Pour la première fois depuis qu'il s'était engagé, il se sentit comme un pion sur un échiquier. Des vies étaient sacrifiées au bon vouloir d'un homme que la plupart d'entre eux ne rencontreraient jamais.

La bataille de Teruel se poursuivit jusqu'en février quand les nationalistes reprirent la ville aux républicains. Ces combats avaient encore coûté de nombreuses vies aux deux camps pour peu de terrain gagné. Antonio s'efforça de ne pas y voir un signe sur la tournure du conflit mais ne put chasser de ses pensées l'effrayante réalité qui semblait se dessiner : Franco disposait de ressources illimitées.

30

Antonio, désormais très pessimiste, retourna pour quelques mois à Madrid. Son désir de livrer une autre bataille contre Franco n'était plus aussi ardent. Une nouvelle offensive était lancée en Aragon par les fascistes dont le but était de couper en deux la large bande de territoire républicain qui s'étendait du nord au sud le long de la Méditerranée, et à la mi-avril 1938, ils avaient avec succès forcé un passage jusqu'à la mer, divisant effectivement le territoire républicain. La Catalogne au nord se retrouvait séparée du centre et du sud.

Au milieu de l'été, Francisco était rétabli. Le régiment dans lequel Antonio et lui servaient s'attelait une fois de plus à la défense de la ville. Tant que Franco ne s'emparerait pas de la capitale, les républicains ne baisseraient pas les armes.

De l'avis général, les troupes nationalistes allaient se diriger à présent vers le nord pour s'emparer de Barcelone, où le gouvernement républicain s'était réfugié depuis octobre. Au lieu de quoi, les fascistes firent route vers le sud, en direction de Valence.

Les pénuries étaient sévères, à la fois pour les soldats et pour les civils des deux parties du territoire républicain : on manquait non seulement de denrées alimentaires mais aussi de matériel médical. Et le moral dans les deux zones était au plus bas. En outre, un sentiment de panique et de peur face à l'isolement grandissait dans chacune des parties de leur territoire et la communication entre les deux se faisait difficilement. Certaines villes comptaient encore des gens qui soutenaient secrètement les nationalistes depuis le début de la guerre et ces réseaux d'informateurs ajoutèrent au sentiment de menace et de malaise.

Antonio et Francisco étaient sur le point d'être déployés sur un nouveau champ de bataille. Dans un acte presque désespéré de la part des républicains, l'objectif était de réunir les deux parties de leur territoire.

— Quelles sont nos chances, à ton avis ? s'enquit Francisco en laçant ses bottes avant le départ pour la vallée de l'Èbre.

— À quoi bon spéculer ? répondit Antonio. Nous avons moins d'armes et moins d'avions, alors je préfère ne pas y penser.

Malgré son pessimisme, Antonio songea que l'union, à défaut des armes, faisait la force. Une gigantesque armée de quatre-vingt mille hommes avait été déployée. Des milliers de garçons d'à peine seize ans et des hommes d'âge mûr s'étaient enrôlés. La nuit du 24 juillet, ils traversèrent par milliers l'Èbre du nord vers le sud et attaquèrent les lignes nationalistes.

L'attaque surprise leur conféra d'abord l'avantage, mais Franco riposta en envoyant des renforts. Il vit là l'occasion d'annihiler complètement l'armée républicaine.

L'une des premières opérations de contre-attaque fut l'ouverture des vannes des barrages situés en amont du fleuve. La crue soudaine qui s'ensuivit emporta les ponts par lesquels les républicains espéraient être approvisionnés. Par la suite, Franco fit systématiquement bombarder les ponts, les détruisant sitôt qu'ils étaient réparés. En plus de mobiliser des milliers de soldats supplémentaires dans la région, les nationalistes firent appel à leurs forces aériennes et aux forces étrangères. Et les premiers jours, face à l'absence de riposte de l'aviation républicaine, les appareils allemands et italiens attaquèrent l'armée républicaine.

Le premier mois de combat, les températures montèrent en flèche, ravivant le souvenir de l'enfer de Brunete. Le manque d'abris en était également un rappel, en revanche la violence qui y faisait rage était encore plus intense. Des semaines durant, les républicains, de plus en plus affaiblis par la déshydratation et la faim, furent bombardés inlassablement. Le matériel allemand, notamment la flotte aérienne, semblait illimité et Franco n'avait aucun scrupule à sacrifier au besoin des centaines de milliers d'hommes afin d'éradiquer les républicains de la surface de la terre.

Par un après-midi à la chaleur accablante, dans le but de se mettre à couvert dans une vallée, Francisco abattit plusieurs des soldats fascistes qui occupaient le pont au-dessus d'eux, cibles plus que faciles.

— Il faut en descendre bien plus ! hurla Antonio.

Après des semaines à craindre à tout moment de recevoir une balle qui ne venait pas, Francisco éprouvait un sentiment grandissant d'immortalité. Antonio, égal à lui-même, trouvait l'attitude de son ami illogique : alors que leurs conditions de vie et leurs perspectives empiraient, il se montrait de plus en plus optimiste.

— Nous avons survécu jusque-là, déclara-t-il d'un ton enjoué. Je crois que rien ne nous arrivera maintenant.

Il avait vaincu une maladie presque mortelle, il pouvait tout combattre.

Le sol était si dur qu'il était impossible d'y creuser des tranchées et leur régiment avait improvisé une petite forteresse érigée avec des pierres et des rochers. Ils profitaient d'une heure de rare répit entre les bombardements ennemis et se délectaient de l'ombre offerte par le mur qu'ils avaient monté. Cinq d'entre eux, appuyés presque confortablement, fumaient.

— Tu te rends compte, Antonio, plaisanta Francisco. Franco a besoin de l'aide des Allemands et des Italiens. Nous nous battons sans l'aide de personne. À part celle des Russes, peut-être un peu…

— Mais regarde ce qui arrive à nos hommes, Francisco… Ils tombent comme des mouches.

— Comment en être sûr ?

— Tu devrais peut-être croire certaines choses qu'on te raconte, répliqua Antonio avec lassitude.

Au cours de l'après-midi, les deux Grenadins furent séparés lors d'une attaque soudaine. Du haut de la colline, l'ennemi les pilonnait sans relâche et les obus éclatèrent pendant une heure. Il n'y avait nulle part où s'abriter et le sifflement des balles noyait sous le bruit tous les ordres qu'on leur donnait. Dans les rares moments d'accalmie, on entendait les cris d'agonie.

Lorsque la fin de Francisco arriva, il ne ressentit aucune douleur. Il fut littéralement emporté par la puissance de l'obus qui explosa à côté de lui et ce qui resta de son corps fut difficilement identifiable. Antonio, qui se trouvait à une cinquantaine de mètres de lui, reconnut son ami à la bague en or qu'il portait au majeur. Le cœur au bord des lèvres, il retira l'anneau de la main amputée, étrangement glacée, qu'il reposa ensuite près du reste du corps. Tandis qu'il recouvrait la dépouille de Francisco d'une couverture, il remarqua que ses yeux étaient secs. Parfois le chagrin est trop grand pour les larmes.

Le mois de septembre touchait à sa fin et quinze jours plus tard, la bataille s'achèverait aussi pour Antonio.

L'obscurité commençait à tomber et les combats allaient bientôt cesser pour la nuit.

— C'est drôlement calme maintenant, fit remarquer un autre milicien. Peut-être qu'ils battent en retraite ?

— On peut rêver ! répliqua Antonio en rechargeant son fusil.

Dans un taillis au-dessus d'eux, il repéra du mouvement et brandit son arme. Avant même d'avoir eu une chance de tirer, il sentit une brusque douleur dans le flanc. Il s'écroula à terre, lentement, incapable de crier ou d'appeler à l'aide. Son camarade crut qu'il avait trébuché sur une pierre qui jonchait le terrain rugueux et désolé qu'ils traversaient. Antonio se sentait étourdi, détaché. Était-il mort ? Pourquoi se penchait-on sur lui, lui demandant d'une voix douce, étouffée, une chose qu'il ne comprenait pas ?

Lorsqu'il reprit connaissance, la douleur atroce qui lui transperçait le corps était insoutenable. Elle le faisait délirer et il dut se mordre le bras avec force pour s'empêcher de hurler. Les réserves de chloroforme étaient épuisées et, sous la tente médicale, l'air s'emplissait de cris. L'eau-de-vie suffisait à peine pour anesthésier ces hommes qui souffraient de blessures d'éclats d'obus aussi bien que d'amputation. Des jours ou peut-être des semaines plus tard, déconnecté de la réalité du temps et de l'espace, Antonio fut installé sur un brancard et inséré dans un compartiment de train spécialement aménagé pour les blessés.

Un peu plus tard, émergeant lentement de son état comateux, il découvrit qu'il se trouvait à Barcelone. La ville, bien qu'en proie à de violentes attaques, n'était toujours pas tombée sous la coupe de Franco. Le train avait roulé en direction du nord depuis la vallée de l'Èbre pour mettre les blessés en sécurité, la croix rouge peinte sur son toit comme un appel à la clémence des pilotes fascistes qui rôdaient dans le ciel.

La convalescence d'Antonio était comme le passage de l'obscurité à la lumière. Au fil des semaines, la douleur perdit peu à peu en intensité, sa respiration se fit plus profonde, il recouvra des forces. Ce fut comme une aube magnifique qui pointait lentement. Lorsqu'il parvenait à garder les yeux ouverts plusieurs minutes d'affilée, il se rendait compte que les silhouettes qui se mouvaient autour de lui étaient des femmes et non des anges.

— Vous êtes réelle, dit-il à la fille qui tenait son poignet pour prendre son pouls.

Pour la première fois, il put sentir le contact frais de ses doigts.

— Oui, je suis réelle, répondit-elle avec un sourire. Et vous êtes vivant.

Au cours des semaines passées, elle avait vu la vie quitter et regagner ce corps squelettique. Il en allait de même pour la plupart des patients ici. Pour survivre, il fallait compter sur la chance, et sur les efforts des infirmières, qui faisaient au mieux quand chaque jour davantage de mourants arrivaient et remplissaient le service jusqu'à saturation. La pénurie de médicaments entraînait la mort inutile de beaucoup d'hommes. Leur état de malnutrition ne leur permettait pas de résister aux infections, et certains ne survécurent à la bataille de l'Èbre que pour succomber à la gangrène ou à la typhoïde dans un lit d'hôpital.

Dans son état comateux, Antonio ignorait tout des événements des précédents mois mais lorsqu'il regagna le monde des vivants, il apprit les dernières nouvelles. La bataille de l'Èbre était terminée. Fin novembre, trois mois après qu'ils auraient dû admettre l'échec total de leur offensive et battre en retraite, les dirigeants républicains avaient enfin rapatrié ce qu'il restait de leurs troupes. Malgré leur sous-effectif massif et les déconvenues qu'ils essuyaient à chaque opération, leur obstination les avait empêchés de reconnaître la défaite avant d'avoir perdu trente mille de leurs hommes sur le champ de bataille et presque autant de blessés.

Le silence régnait rarement dans le service. En plus des gémissements ou des cris des patients, les bruits du conflit s'infiltraient presque continuellement. L'hôpital était plus calme que le champ de bataille, mais le bombardement était continuel et le grondement des tirs antiaériens ponctuait les moments de tranquillité occasionnels. À mesure qu'Antonio prenait conscience de ces sons, il s'interrogea sur la suite des événements. Il marchait un peu chaque jour et récupérait des forces. Le moment de quitter l'hôpital approchait alors que ce dernier était un peu devenu sa maison. Comme il aurait aimé rentrer chez lui et revoir sa mère ! Elle lui manquait terriblement, et son père aussi. Mais cette idée était inenvisageable. Tout comme la possibilité de rejoindre ce qu'il restait de son régiment. Il n'en avait pas encore la force.

Lorsque l'assaut des fascistes sur Barcelone se durcit, Antonio s'installa dans un hôtel. Il s'y trouvait en compagnie de beaucoup d'autres rapatriés affaiblis, comme lui, qui espéraient reprendre les armes prochainement. Malgré tout, ils restaient des soldats.

L'année 1939 pointa. Le Nouvel An ne se prêta pas à la fête. Un sentiment de fatalité imprégnait les rues. Les magasins avaient été dévalisés, il ne restait plus ni nourriture, ni combustible, et les derniers appels désespérés à la résistance résonnaient dans des rues désertes. Barcelone était grièvement blessée et rien ne pouvait la sauver désormais. Le 26 janvier, les soldats fascistes entrèrent dans la ville presque totalement dépeuplée.

31

À la chute de Barcelone, un demi-million de personnes prirent le chemin de l'exil, toutes affaiblies par des mois de sous-nutrition et beaucoup encore convalescentes.

Antonio se retrouva à voyager en compagnie d'un autre milicien, Victor Alves, un jeune Basque qui s'était enrôlé à l'âge de dix-sept ans. Sans pratique ni connaissance de l'utilisation d'un fusil, il s'était blessé le premier jour dans la vallée de l'Èbre ; sa famille était partie quelques semaines auparavant se réfugier en France et il espérait les y retrouver.

Deux routes étaient possibles pour rejoindre la France et ils durent estimer les avantages et les inconvénients des deux. La première traversait les Pyrénées. Pour Antonio comme pour Victor, tous deux diminués par leurs blessures, le terrain escarpé ne représenterait pas la seule difficulté. La neige entraverait chacun de leurs pas. Antonio avait entendu dire qu'à certains endroits les enfants se retrouvaient enfoncés presque jusqu'à la taille, et les plus âgés et les infirmes perdaient fréquemment cannes et béquilles dans les congères. Beaucoup glissaient et trébuchaient sur la glace, et leur progression était d'une lenteur douloureuse.

En plus de cela, même si Antonio et Victor n'avaient que peu d'affaires personnelles à emporter avec eux, nombreux étaient ceux qui n'avaient pu résister à la tentation de prendre tous leurs biens, qui finissaient abandonnés le long du chemin, enfouis sous la neige, créant des dangers invisibles supplémentaires pour ceux qui marchaient derrière. Au printemps, quand la couverture blanche des sommets aurait fondu, le dégel mettrait au jour une curieuse piste de bric-à-brac. Des objets inutiles, à la valeur toute sentimentale – un flacon de parfum précieux ou une icône religieuse – et d'autres purement utilitaires – une casserole en aluminium et un petit siège – seraient éparpillés le long du chemin.

L'alternative à la route de montagne périlleuse était la voie côtière, malgré le danger que représentait le contrôle frontalier. Les deux hommes convinrent qu'ils n'avaient d'autre choix que de prendre par la côte, et se mirent en route, grossissant la gigantesque colonne humaine qui se dirigeait vers le nord.

Chacun se débattait avec des objets ménagers, des couvertures, des ballots de vêtements, et tout ce qui était considéré comme essentiel au voyage vers une nouvelle vie. Les femmes seules avec plusieurs enfants étaient le plus en peine. Antonio essayait souvent de leur porter secours. Il n'avait rien emporté d'autre que son fusil. Il ne possédait rien de plus et s'était accoutumé à revêtir les mêmes habits pendant des semaines. D'autres, en revanche, avaient empaqueté autant d'affaires que possible et avançaient maintenant avec difficulté.

— Laissez-moi vous aider, insista-t-il.

La femme à qui il s'adressait se débattait avec un sac dont les poignées avaient craqué tandis que son petit garçon portait tant bien que mal un bébé.

Un troisième enfant trottinait à côté d'eux, bien enveloppé dans plusieurs couvertures. À eux deux, Antonio et Victor portèrent le bébé et le sac, et divertirent bientôt le garçonnet avec un chant de marche. Antonio repensa à son voyage en compagnie des miliciens quand il avait quitté Grenade. À l'époque, ils avaient chanté pour se remonter le moral. Avec succès. Et aujourd'hui aussi.

Même Antonio, qui avait vu le plus effroyable du champ de bataille, fut à plusieurs reprises révolté par le spectacle dont il était témoin sur la route. Des femmes se regroupaient en cercle, étendaient leurs jupes pour dissimuler, au centre, une femme en train d'accoucher.

— C'est une époque bien dangereuse pour venir au monde, marmonna Antonio en entendant les premiers pleurs du nouveau-né.

C'était un parcours de deux cents kilomètres et au bout d'une semaine de marche, Antonio atteignit enfin la frontière, à Cerbère. Le regard porté au-delà de la mer, il éprouva l'espace d'un instant un élan d'optimisme. La Méditerranée reflétait les rayons du soleil qui perçaient les lourds nuages de février, et par endroits, la mer de plomb se teintait de filets argentés. Devant eux se trouvait la France, un autre pays. Peut-être pourraient-ils y connaître un nouveau départ ? Dans ce grand exode, ces malheureux épuisés et en loques se devaient de croire en une nouvelle chance, une terre promise. Certains se montraient indifférents maintenant au sort de leur propre pays, un pays où ils n'avaient plus ni famille, ni foyer, ni espoir.

Si la plupart des exilés s'étaient délestés de leur fardeau, les soldats, eux, s'accrochaient à leur fusil. Ils n'avaient besoin de rien d'autre. Travailler le poussoir de sûreté dur à manier de leur fusil au cours des longues nuits de désœuvrement les avait convaincus que ces armes russes esquintées les protégeraient.

— Que se passe-t-il devant ? interrogea Victor.

— Je ne sais pas, répondit Antonio, tendant le cou pour essayer de voir par-dessus la forêt d'un millier de têtes pour la plupart surmontées de chapeau. Ils ont peut-être encore fermé la frontière.

La rumeur courait que les Français avaient clos leurs portes pour un temps. Le nombre excessif d'exilés les avait pris au dépourvu. On commençait à se bousculer à la frontière mais les gens restaient patients, ils se contenaient. Ils étaient arrivés jusque-là et leur destination ne se trouvait plus qu'à quelques mètres devant eux.

Au bout d'une heure environ, ils se remirent à avancer. Antonio pouvait apercevoir le poste-frontière et entendre parler une langue qu'il ne connaissait pas. Il ne s'était pas attendu à ce ton rude.

— *Mettez-les ici*[1] !

---

1 En français dans le texte.

S'il ne comprenait pas les mots, les gesticulations et le tas d'armes et de biens personnels sur un côté de la route étaient explicites. Les Français se montraient on ne peut plus clairs. Avant de quitter l'Espagne, les exilés éreintés devaient abandonner leurs armes, et beaucoup furent contraints de se débarrasser également de leurs affaires personnelles. À quelques mètres devant eux, Antonio repéra un vieil homme pris dans une violente altercation. Grave erreur, songea-t-il, que de se quereller avec le garde-frontière, surtout quand on était aussi frêle que ce vieux combattant. La suite se révéla pire encore.

Ils le contraignirent à vider ses poches devant eux et envoyant son poing se serrer, l'un des gardes lui donna un coup sur l'épaule avec sa baïonnette.

— *Qu'est-ce que vous faites ? Sale type*[1] *!*

Un autre saisit l'homme par-derrière pendant qu'un troisième, se rendant compte que le poing contenait autre chose que la fureur de l'homme, tira sur ses doigts osseux jusqu'à ce que sa paume s'ouvre. Quoi qu'ils se soient attendus à y trouver – de l'or ? un pistolet ? –, ils étaient loin de la vérité.

Dans sa main tendue, il n'y avait rien d'autre qu'une poignée de terre, un peu du sol espagnol qu'il avait transporté avec lui à travers les montagnes.

— *Por favor*, supplia-t-il.

Avant même qu'il n'ait prononcé la dernière syllabe de sa supplication, le garde avait balayé la terre de sa main, la dispersant d'une seule volée. L'homme

1 En français dans le texte.

baissa les yeux sur les particules de terre, les vestiges de sa *patria*, qui traçaient encore les lignes de sa main.

— *Cabrón !* s'écria-t-il, furieux. Pourquoi… ?

Les gardes s'esclaffèrent sous son nez et Antonio s'approcha pour prendre gentiment l'homme par le bras. Les larmes roulaient sur ses joues, mais il était toujours débordant de rage et prêt à en découdre. Sa colère était vaine, elle ne servirait qu'à inciter davantage les Français à l'insulter. La terre sacrée d'Espagne était déjà piétinée sous leurs bottes. Le vieil homme fut gratifié d'un second coup dans le dos. S'il ne faisait pas d'autres histoires, bientôt il serait en France.

Les gardes portèrent leur attention sur Antonio. L'un d'eux s'empara de la crosse de son fusil. C'était un geste provocateur, et totalement inutile, puisque le tas d'armes abandonnées au bord de la route indiquait clairement qu'il ne pouvait pas entrer en France avec. Il n'était guère utile de se répéter. Antonio tendit son fusil sans prononcer un mot.

— Pourquoi devrions-nous les laisser ? grommela Victor entre ses dents.

— Parce que nous n'avons pas le choix, répondit Antonio.

— Mais pourquoi nous y obligent-ils ?

— Parce qu'ils ont peur.

— De quoi ? s'exclama Victor, incrédule, en balayant du regard les hommes, les femmes et les enfants émaciés ; certains courbés en deux comme de gros escargots sous le poids des fardeaux qu'ils portaient encore, tous rompus de fatigue.

— Comment peuvent-ils avoir peur de nous ?

— Ils craignent de laisser entrer des communistes armés qui vont envahir leur pays.

— C'est complètement fou…

Dans une certaine mesure, ça l'était, et pourtant tous deux savaient que les rangs désorganisés de la milice brisée comptaient des extrémistes et qu'en France, les rumeurs de comportement *rojo* avaient été grandement exagérées pendant la durée du conflit. Ceux qui avaient espéré un accueil chaleureux déchantaient rapidement. La présence des brigades internationales en Espagne leur avait laissé croire qu'ils pourraient compter sur le soutien et la solidarité des autres pays, mais c'était une illusion. La brutalité froide des gardes-frontières souffla la dernière lueur d'espoir qui brillait encore en eux.

De l'autre côté du poste-frontière, la route descendait en serpentant vers la mer. La côte était sauvage et rocailleuse, l'air plus vif que dans leur pays. Mais la route en pente se révéla un soulagement. Les exilés semblaient marcher comme des automates maintenant, ils étaient chaperonnés par la police française qui avait hâte de les faire circuler.

— Je me demande où ils nous emmènent.

Antonio réfléchissait à voix haute. Des rumeurs circulaient selon lesquelles les Français, bien que peu disposés à les accueillir dans leur pays, s'étaient organisés pour les loger. N'importe quel endroit où poser leur tête ferait l'affaire après ces longues journées de marche sous des températures glaciales.

À mesure qu'ils descendaient vers la mer, l'humidité pénétrait leurs os. Victor ne répondit pas à son compagnon et les deux hommes marchèrent en silence. Le froid les paralysait presque, engourdissant leur réaction face au spectacle qui s'offrait maintenant à eux.

Antonio avait supposé qu'ils bifurqueraient vers l'intérieur des terres, qu'ils s'éloigneraient de la vaste étendue de mer, mais ils s'approchaient d'une immense plage qui s'étirait à perte de vue. Ils repérèrent de hautes clôtures de fil barbelé et ne comprirent que trop tard que ces enclos étaient leur destination. Par endroits, les treillis descendaient jusque dans la mer.

— Ils ne vont quand même pas nous installer là-dedans…

Victor venait de dire à voix haute ce que chacun pensait tout bas. Il regarda la rangée de gardes à la peau noire qui aiguillonnaient à la crosse de leur fusil les gens vers les enclos.

— On a troqué les Maures contre ces salauds ? Nom de Dieu…

Antonio sentait la rage qui bouillait chez son ami. Lui aussi était écœuré de voir les Français se servir de leurs soldats sénégalais pour maintenir l'ordre chez les exilés espagnols. Beaucoup d'entre eux avaient goûté à la brutalité des soldats maures de Franco, les plus cruels de tous les militaires fascistes, et il leur sembla reconnaître la même expression impitoyable sur ces visages noirs.

Ils firent la sourde oreille aux supplications des familles qui souhaitaient rester groupées, séparant les Espagnols selon des règles arithmétiques au détriment de la compassion. Tout ce qui les intéressait, c'était de dissiper cette horde de gens et la seule manière efficace de le faire pour garder le contrôle était de diviser numériquement. Les Français craignaient que leurs petites villes frontalières ne se retrouvent envahies de réfugiés et leur inquiétude n'était pas sans fondement. La ville de Saint-Cyprien, dont la population habituelle dépassait tout juste le millier, se retrouverait bientôt le foyer de plus de soixante-quinze mille étrangers, et le seul espace que la ville pouvait leur allouer était la vaste bande de terre inutilisable près de la mer : la plage. Il en allait de même pour les autres villes le long de la Côte Vermeille, à Argelès-sur-Mer, ou Le Barcarès et plus à l'intérieur des terres, dans le camp de Septfonds. Le seul endroit disponible pour les réfugiés, c'était le sable.

Les conditions de vie étaient épouvantables. Pour commencer, les réfugiés étaient logés sous des tentes de fortune fabriquées à partir de quatre pieux en bois et de couvertures, qui n'offraient aucune protection face aux éléments. Les premières semaines, les plages étaient battues par les vents et la pluie. Antonio se porta volontaire pour surveiller et s'assurer, pendant une heure chaque nuit, que les gens ne se retrouvaient pas enterrés vivants sous le sable. En effet, les grains fouettés par le vent s'amoncelaient sur les plus faibles et les plus vulnérables. Sur ces terres désolées, le sable s'invitait dans les yeux, les narines, la bouche, les oreilles. Les gens mangeaient du sable, le respiraient, il les aveuglait, et cette exposition incessante rendait fous certains hommes.

La nourriture était rare et l'unique petite source ne suffisait pas à approvisionner en eau les vingt mille premiers arrivants. Les malades n'étaient pas correctement soignés. Des milliers de blessés graves avaient été évacués des hôpitaux de Barcelone, et beaucoup d'entre eux avaient attrapé la gangrène. Les gardes mettaient à l'écart ceux qui montraient des signes de dysenterie ; la puanteur repoussante suffisant généralement à les identifier, et on les laissait pourrir dans un quartier de quarantaine improvisé. D'autres maladies se déclaraient. La tuberculose et la pneumonie étaient monnaie courante et chaque jour les morts étaient enterrés dans le sable.

Ce qu'Antonio avait sans doute le plus en horreur était la façon dont on les conduisait tel un troupeau pour faire leurs besoins. Certaines zones en bord de mer étaient réservées à la défécation et il redoutait le moment où son tour venait de s'accroupir sous le regard méprisant des gardes. Être emmené sur ce banc de sable répugnant où le vent faisait tournoyer des morceaux de papier souillés et les grains de sable dans les airs était la chose la plus dégradante au monde.

En dehors de telles routines quotidiennes, un sentiment d'intemporalité primait sur les plages. Le roulement incessant des vagues et leur battement sur le rivage faisaient écho à l'indifférence de la nature face à la tragédie humaine qui se jouait en cet endroit. Les jours s'étirèrent en semaines. Pour la plupart, le temps n'avait plus de mesure, mais Antonio tenait le compte à coups d'entailles sur un bâton. Cela lui permettait de soulager un peu la lenteur atroce du passage du temps. Certains, craignant de sombrer dans la folie à cause de l'ennui, inventaient des moyens de le combattre – jeux de cartes, dominos et sculpture sur bois étaient appréciés. Quelques-uns réussirent même à modeler des morceaux de fil de fer qui parsemaient le sable. Parfois le soir, on lisait de la poésie et de temps en temps, au creux de la nuit, on pouvait entendre le son sombre et perçant d'un *cante jondo* s'échapper d'une des tentes. C'était le type de chant le plus primitif du flamenco et son pathos donnait la chair de poule à Antonio.

Un soir, il y eut une représentation de danse. Les gardes observèrent, d'abord perplexes puis fascinés par le spectacle. La nuit tombait et une jeune femme avait commencé à danser sur une petite estrade en bois construite à partir de vieux cageots qui traînaient près de la cantine. Aucune musique n'accompagnait la danseuse, seuls les battements de mains marquaient le rythme, s'intensifiant et enflant pour devenir un orchestre de paumes, certains doux, d'autres secs, montant crescendo et s'évanouissant tandis que les frappes de pieds de la femme sur les planches les guidaient.

La danseuse était décharnée. Sans doute ses formes avaient-elles été plus plantureuses autrefois mais des mois de privations, de famine, les avaient fait fondre. Son sens du rythme, qui résidait au plus profond de son être, était intact et les mouvements onduleux de ses bras et de ses doigts étaient accentués par sa maigreur affligeante. Des mèches de cheveux noirs, emmêlés par les embruns salés, collaient à son visage. Pas une fois elle ne les en écarta.

Elle dansait peut-être sans les lourdes étoffes d'une jupe de flamenco qui ondoyait à ses chevilles et sans guitare pour l'accompagner, mais dans sa tête, elle était vêtue de la plus belle robe à volants et le meilleur guitariste jouait pour elle. Le public voyait sa tenue et entendait la musique avec elle. Son châle le plus élégant, aux fines franges, avait été réduit en cendres, de même que tout ce qu'elle possédait, quand sa maison avait été frappée par un raid aérien. Pour l'instant, elle faisait tournoyer autour d'elle les lambeaux d'un foulard, son ourlet effiloché, piètre rappel de ses bords finement travaillés d'antan. La foule s'amassa rapidement, et assista à une démonstration incongrue de sensualité et de passion dans ce cadre des plus cruels. La danse leur fit oublier leur situation et étouffa, le temps qu'elle dura, le roulement des vagues. Elle dansa encore et encore dans la fraîcheur de la nuit, transpirant à peine. Quand elle semblait à bout de forces, n'avoir plus rien à offrir à son public, elle repartait en frappant doucement du talon. Le spectacle raviva chez chaque spectateur des souvenirs de *ferias* et autres moments heureux qui avaient composé leurs vies désormais anéanties. Chaque personne du public s'envola à mille lieues d'ici, au-delà de ces montagnes, dans un village ou une ville qui l'avait vue grandir, avec ses amis et sa famille.

Antonio pensa à sa sœur. Où se trouvait Mercedes en ce moment ? Il n'avait aucun moyen d'avoir de ses nouvelles. Il continuait d'envoyer de temps en temps des lettres codées à sa tante Rosita dans l'espoir qu'elle pourrait les transmettre à sa mère.

Pour ce qu'il en savait, Mercedes pouvait fort bien se trouver quelque part sur ces plages. Il se demanda si elle avait retrouvé Javier et si elle continuait à danser. L'espace d'un instant, sa sœur lui parut plus réelle que la femme qui dansait devant lui. Son front plissé qui creusait un profond sillon dans le visage de la danseuse lui rappelait la force avec laquelle sa sœur se concentrait quand elle dansait. Là s'arrêtait la ressemblance en revanche, à moins que l'image de Mercedes qu'il gardait en mémoire n'ait plus rien à voir avec ce qu'elle était devenue. Ses traits avaient peut-être perdu leur rondeur enfantine et elle ressemblait maintenant à un oiseau égaré comme la créature décharnée devant ses yeux. Il aurait tout donné pour le savoir.

À la fin de la *bulería*, une danse joyeuse qui paraissait déplacée ici, un petit enfant au visage barbouillé de crasse et de morve se fraya un chemin dans la foule.

— *Mamá ! Mamá !* pleurnicha-t-il.

La *bailaora* le prit dans ses bras et disparut dans une des tentes, brutalement ramenée à la réalité.

Au bout de quelques semaines, les Français annoncèrent un programme de reconstruction. Un nouvel élan parcourut le camp. Les hommes forts comme Antonio et Victor furent réquisitionnés pour démanteler le bidonville de tentes disparates et entamer la construction de baraques en bois en rangées bien ordonnées. Le travail manuel leur occupait autant les mains que l'esprit, mais les troublait également. Brûler de vieilles couvertures transportées à travers les montagnes était un geste douloureux, un adieu au passé. Les nouvelles *barracas* leur offriraient peut-être une meilleure protection face aux éléments mais leur aspect permanent emplissait les hommes de désespoir.

— Alors, c'est chez nous ici, maintenant ? murmuraient des réfugiés.

Ils avaient cru que ce camp était un hébergement provisoire, un endroit de transit avant de trouver un lieu plus correct pour vivre. Tout à coup, le temporaire semblait vouloir s'éterniser.

— Nous ne sommes pas des exilés, nous sommes des prisonniers, affirma Victor d'un ton déterminé. Il faut qu'on parte d'ici.

— Je suis sûr qu'ils vont trouver quoi faire de nous très bientôt, assura Antonio, même s'il partageait complètement l'avis de son ami.

— Nous ne pouvons pas continuer à faire comme si cet endroit était un refuge, poursuivit Victor, son jeune esprit combatif refusant de se soumettre. Ne vaudrait-il pas mieux tenter de rentrer en Espagne ? Ici, nous nous contentons de jouer aux cartes et d'écouter des poèmes de Machado, bon sang !

Il avait raison. Ils étaient retenus dans cette prison à ciel ouvert. Pour l'heure, le seul moyen d'en sortir était de se porter volontaire pour intégrer l'équipe d'ouvriers. Après avoir voyagé dans des fourgons à bestiaux sur des kilomètres pour rejoindre une destination inconnue, les volontaires se voyaient examinés sous toutes les coutures comme du bétail et embauchés pour des tâches manuelles lourdes, comme l'amélioration des routes et des voies ferrées, et les travaux agricoles. On ne pouvait guère parler de libération. Il s'agissait davantage d'esclavage.

Comme nombre de combattants, Antonio estima que rester au camp lui conférerait au besoin de meilleures chances de s'échapper et de retraverser les montagnes afin de reprendre le combat contre Franco. Il se consacra également à l'enseignement et dessinait chaque jour des lettres dans le sable pour un petit groupe d'enfants. Il voulait à tout prix éviter de se retrouver à des centaines de kilomètres dans un village français inconnu, ouvrier agricole non rémunéré d'une nation hostile qui tolérait tout juste sa présence.

Ses regrets de ne plus être en Espagne étaient bien suffisants. Lorsqu'il avait fui Barcelone des semaines auparavant, il avait suivi le mascaret humain vers le nord. Dès lors, il s'était tourmenté. Peut-être aurait-il dû se diriger vers Madrid. La solution la plus sûre de prime abord semblait se refermer sur lui tel un nœud coulant.

Chez quelques miliciens subsistaient l'espoir que tant que Madrid résistait rien n'était perdu et la conviction de devoir protéger ce qu'il restait. Certains considéraient que la survie impliquait la résignation. Ils se mirent à observer le lever du soleil pour apprécier le moment de beauté bref mais intense où ils pouvaient apercevoir, à l'horizon, leur pays sortir de la brume ; si près qu'ils auraient pu le toucher.

Pendant quelques mois, ils se plongèrent dans la routine rassurante et des actes rituels qui les aidaient à découper leur journée. Ils baptisèrent les allées des *barracas*, et donnèrent même des noms d'hôtels aux baraques, espérant ainsi apporter un sens à leur vie.

Pour d'autres, il fallait maintenir les petits actes de rébellion et de subversion ; comme modeler un buste de Franco en sable et le recouvrir de sirop pour attirer les mouches. Victor était l'un des instigateurs de cette plaisanterie et son attitude provocatrice avait déjà été repérée.

Les gardes savaient qu'il comptait parmi les fauteurs de troubles et ils attendirent patiemment son faux pas suivant. Sa lenteur à rejoindre la file d'attente pour le dîner un jour suffit à leur procurer une excuse. Le soir, il fut enterré jusqu'au cou sur la plage. Le sable remplissait ses yeux, ses oreilles, ses narines et manqua de l'étouffer. Même le garde eut pitié et à 3 heures du matin il porta de mauvaise grâce une tasse d'eau à ses lèvres.

Antonio s'occupa de Victor quand il revint d'un pas chancelant dans la baraque plus tard. Le garçon avait à moitié perdu la tête, la soif et la colère l'avaient rendu fou. Il peinait à contenir sa haine envers les gardes et sa fureur lui donnait des envies de meurtre.

— Essaie de penser à autre chose, lui conseilla Antonio avec calme, assis au bord de son lit. Ne leur donne pas la satisfaction de te mettre en colère. Garde ça pour plus tard.

Facile à dire, mais un acte d'un tel sadisme avait allumé la flamme vive de la haine chez ce jeune homme passionné.

Au printemps, le ciel se colora de bleu et le soleil brilla pleinement, les plages grisâtres se parèrent d'or et la mer réfléchit le ciel clair. Alors seulement leur amour passé du bord de mer leur revint en mémoire. Autrefois aire de jeux où les enfants pataugeaient dans les vagues, cette côte souillait à présent ces heureux souvenirs.

Avec le printemps vint aussi la pire journée de toutes. Les nationalistes étaient entrés dans Madrid. L'inévitable s'était produit. Le 1er avril 1939, Franco proclama sa victoire. Il reçut un télégramme de félicitations du pape.

À Grenade, la victoire fut célébrée en grande pompe et les franquistes se congratulèrent. Concha ferma les volets, verrouilla la porte du café et se retira dans l'appartement à l'étage. Voir l'allégresse et le triomphalisme sur les visages des citoyens de droite de Grenade, si nombreux dans la ville, était au-dessus de ses forces. Deux jours plus tard elle regarda par la fenêtre ce nouveau pays hostile. Un pays qu'elle n'avait aucune envie de contempler.

Plusieurs réfugiés durent accepter l'idée que retourner en Espagne pourrait être dangereux. Leur fuite, qui au départ ne devait être que temporaire, s'étendait maintenant sur le long terme. Il n'y aurait pas d'amnistie pour ceux qui avaient combattu Franco et les miliciens ne doutaient pas une seconde qu'ils seraient arrêtés sitôt qu'ils mettraient les pieds en Espagne. On rapportait des exécutions massives des ennemis de Franco. Émigrer était la solution la plus sûre.

— Pourquoi ne ferais-tu pas une demande toi aussi ? s'enquit Victor qui venait d'apprendre que sa famille avait déjà pris la mer pour le Mexique.

— Je ne peux pas faire une croix sur mon pays, répondit Antonio. Ma famille ne sait peut-être même pas que je suis en vie, mais si jamais c'est le cas, ils voudront que je rentre.

— De toute façon, les chances d'obtenir une place sont minces, répliqua Victor. Il paraît que le comité d'évacuation croule sous les demandes.

C'était la vérité. Le *Servicio de Evacuación de Republicanos Españoles* reçut deux cent cinquante mille demandes et seuls quelques chanceux se verraient gratifiés d'une place à bord d'un bateau en partance. Victor fut parmi eux, toutefois. Il embarqua bientôt sur un paquebot à destination de l'Amérique du Sud. Le nom de son père l'y avait aidé.

Les Français étaient pressés de renvoyer tous ces réfugiés à qui ils avaient donné asile à contrecœur, et Franco aussi voulait les récupérer. Des messages invitant les gens à traverser les montagnes pour réintégrer une nouvelle Espagne étaient diffusés au mégaphone dans les camps.

Pour tous, le dilemme était de taille. La France était menacée d'invasion par l'Allemagne et, pour qui restait, cela impliquait de nouveaux dangers.

— Jamais je ne serai esclave de Hitler, déclara Antonio.

Ainsi, il décida de tenter sa chance et de rentrer en Espagne. Il referait route vers Grenade. Le nouveau régime avait sans doute besoin d'enseignants, comme l'ancien. Pas un jour ne s'était écoulé depuis son départ sans qu'il ne pense à ses parents et se demande quelle vie ils menaient. Si lui avait continué à leur écrire, il n'avait reçu aucune lettre depuis plus d'un an mais il espérait que son père avait été relâché : après tout, il n'avait commis aucun crime. Antonio ne possédait aucune photographie de ses parents et leur image dans son esprit commençait à s'estomper. Il se rappelait la chevelure brune de sa mère et sa façon de se tenir bien droite, le ventre rebondi de son père et ses cheveux gris frisés, mais s'il les voyait maintenant, il n'était pas sûr de les reconnaître.

Beaucoup d'autres ressentirent le même besoin primal que lui de rentrer à la maison et, comme Antonio, ils choisirent d'ignorer les rumeurs d'exécutions et d'arrestations. Il se mit en route avec d'autres miliciens qui avaient combattu dans la vallée de l'Èbre et qui, comme lui, étaient pressés de quitter la France, où seule l'hostilité les avait accueillis. Ils firent route à travers les Pyrénées et, tandis qu'ils grimpaient, Antonio jeta un dernier regard à ces plages maudites. Il se demanda s'il pourrait jamais se débarrasser du goût répugnant du sable et effacer le souvenir des actes de cruauté gratuite auxquels il avait assisté sur ces bandes de plages désolées.

32

Au sommet des montagnes, devant les plaines qui s'étiraient vers Figueras, Antonio s'attendait à être submergé par une bouffée de joie à la vue de sa chère *patria*. Pourtant, il ne ressentit rien. Tout lui paraissait différent maintenant. L'Espagne était son pays mais il lui était devenu étranger, c'était une nation dirigée par un fasciste. Il espérait que son amour pour son pays se raviverait lorsqu'il regagnerait sa ville.

Sur la crête de cette montagne, sous le regard perçant d'un aigle qui planait dans le ciel, Antonio regarda au loin. À plus de neuf cents kilomètres au sud-ouest, se trouvait Grenade. Il envia à l'oiseau sa faculté de voler.

Au pied de la montagne, les hommes partirent chacun de leur côté, pour plus de sûreté. Antonio prévoyait de passer par les grandes villes, afin de se faire le plus discret possible. Tant de gens rentraient chez eux qu'il était sûr de pouvoir passer incognito. C'était sans compter la vigilance des gardes civils et des informateurs qui rapportaient leurs moindres soupçons sur les nouveaux venus.

Il était environ 20 heures lorsqu'il approcha de Gérone. La nuit tombait, lui offrant une couverture relative, et il s'engagea dans une rue calme. Sortant de nulle part, deux hommes en uniforme croisèrent son chemin et lui demandèrent de s'identifier.

Il ne possédait pas de papiers et son apparence ne laissait aucun doute possible sur le camp pour lequel il avait combattu. Nul besoin d'un uniforme ou d'une étoile rouge révélatrice pour ces gardes civils qui pouvaient flairer à des kilomètres un partisan de la République et ancien membre de sa milice. Et leur intuition leur suffisait pour justifier d'une arrestation.

Il fut incarcéré près de Figueras où les conditions de vie étaient telles qu'on aurait pu s'y attendre : déplorables. À son entrée dans la prison, Antonio reçut une couverture rugueuse et des cigarettes. Il comprit rapidement pourquoi ces dernières étaient plus cruciales encore que la nourriture. La paillasse qui lui servait de lit était infestée de puces et la fumée était la seule chose qui les tenait à distance la nuit.

Une semaine plus tard, Antonio fut sommairement jugé et condamné à trente ans de prison. Pour la première fois en plus de deux ans, il écrivit à sa mère et envoya la lettre directement à Grenade. Les fascistes étaient ravis d'assurer la livraison de missives qui sapaient davantage le moral des familles d'éléments aussi subversifs qu'Antonio Ramírez.

La rudesse de la vie carcérale ne fut pas une surprise pour Antonio. Il lui arrivait de se demander quel degré de souffrances un homme était capable d'endurer avant de perdre son humanité. L'inconfort du campement sur le sol rocailleux sous des températures glaciales à Teruel, la chaleur accablante de Brunete, la douleur atroce de sa blessure – qui avait fait passer la mort pour une alternative bienvenue – et la misère abjecte des premiers jours dans le camp de réfugiés sur les plages françaises : tout cela l'avait marqué. Les cicatrices laissées par ces blessures, tant physiques que psychiques, étaient dures même si la douleur s'atténuait chaque jour. Antonio était anesthésié.

Les repas des prisonniers étaient monotones et minimes. Le petit déjeuner se composait d'un bol de gruau, le déjeuner de haricots, et le dîner aussi, agrémenté parfois d'une tête ou d'une queue de poisson. À l'occasion, ils avaient des sardines en boîte.

Les mois passèrent. Antonio et la plupart de ses compagnons de cellule faisaient preuve d'une résistance obstinée face à la cruauté des gardiens. Quelques-uns d'entre eux se laissaient dépérir, n'ayant plus de raison de vivre et plus d'espoir.

Ils occupaient leur temps en parlant d'évasion, mais la seule tentative avait été si cruellement punie, et à la vue de tous, qu'ils n'eurent pas le courage de renouveler l'expérience. Les hurlements de ceux qui avaient tenté de fuir résonnaient encore dans la cour.

Pendant un temps, le seul acte de rébellion qu'ils purent accomplir fut de refuser de chanter les chants patriotiques du nouveau régime, et de bavarder pendant les sermons qu'on les forçait à écouter dans la cour. Même ce geste insignifiant pouvait entraîner un châtiment. Les gardiens ne perdaient jamais une occasion de les fouetter.

Le moment le plus terrifiant chaque jour était la lecture de la *saca*, lorsque les noms des hommes qui seraient exécutés le lendemain étaient annoncés. Un matin, à l'aube, une liste plus longue qu'à l'accoutumée – elle comportait des centaines de noms – fut lue. Immobile dans la fraîcheur piquante de l'aurore, Antonio sentit son sang se glacer.

Comme on remarque un visage familier au milieu d'une foule, Antonio saisit son nom parmi le bourdonnement indistinct et monotone.

Une fois le dernier nom de la liste annoncé, le silence tomba.

— Tous ceux qui ont été appelés : en rangs !

Il fallut plusieurs minutes aux désignés pour se mouvoir et former une ligne. Sans plus d'explications, ils furent conduits hors de la prison. L'air empestait une odeur aigre de transpiration et de crasse. C'était l'odeur de la peur. Vont-ils vraiment nous tuer ? s'interrogea Antonio, les jambes flageolantes sous la terreur. Les compagnons d'infortune qui avaient créé des liens au cours de leur longue incarcération n'eurent pas le temps de se dire au revoir et durent se contenter d'échanger des regards furtifs. Ceux qui restaient considéraient ceux qui partaient avec pitié, mais tous partageaient la même détermination : les fascistes ne percevraient pas la peur sur leur visage. Ce serait une trop grande satisfaction pour eux.

Antonio se retrouva à marcher en direction de la ville. Les transferts de prisonniers étaient courants, mais en si grand nombre, voilà qui était certainement inhabituel. À l'approche de la gare, ils s'arrêtèrent. Leur voyage ne faisait que commencer.

Le train roula pendant des heures.

— On se croirait dans une caisse, murmura l'un des hommes.

— C'est gentil de leur part de ne pas avoir mis de couvercle, plaisanta un autre.

— Ça ne leur ressemble pas, dit un troisième d'un ton sarcastique.

On les emmenait peut-être ailleurs mais on les traitait toujours aussi bassement. Ils s'entassèrent à plus d'une centaine par wagon, debout, pour faire route vers le sud. D'aucuns se cramponnaient à des barreaux, regardant à travers les lames de bois le paysage changeant, de plus en plus plat à mesure que le jour avançait. D'autres, coincés au milieu, ne voyaient que le ciel.

Quelques heures durant, ils furent cinglés par la pluie puis les nuages finirent par se dissiper et Antonio estima au soleil qu'ils se dirigeaient vers le sud-ouest. Au bout de plusieurs heures, le train s'arrêta dans un bruit de ferraille et les portes de leurs cellules furent ouvertes. Ils sortirent en trébuchant sur le sol dur et poussiéreux, la plupart soulagés de se dégourdir les jambes.

Un groupe de soldats montait la garde, armes levées, n'attendant que l'occasion de s'en servir. Même s'ils avaient voulu s'échapper, le paysage ne leur offrait aucune opportunité. D'un côté, des affleurements de roches, de l'autre rien du tout. Il n'y avait nulle part où s'enfuir. Une balle dans le dos aurait été la seule récompense possible pour quiconque s'y essayait.

Avec un mépris non dissimulé, les gardiens jetèrent des morceaux de pain aux prisonniers qui se pressèrent autour comme un banc de poissons, attrapant, agrippant avec désespoir, toute dignité envolée.

Antonio regarda une dizaine d'hommes se précipiter sur le même morceau et eut la nausée en voyant sa propre main décharnée, aux ongles crasseux, se tendre pour arracher un bout de croûte des doigts d'un autre homme. Ils avaient été réduits à l'état animal, ils n'étaient plus que des bêtes se dressant les unes contre les autres.

On les fit ensuite remonter dans le train qui roula encore pendant plusieurs heures avant de s'arrêter dans une secousse. Une lueur d'espoir s'alluma brièvement en eux.

— Où sommes-nous ? cria un homme coincé au centre.

— Que voyez-vous ? demanda un autre. Que se passe-t-il ?

Ils n'étaient pas encore au bout du voyage. Trébuchant en sortant de sa cage, Antonio repéra une douzaine de camions qui les attendait. On leur ordonna de monter à bord.

Les hommes s'y trouvèrent plus serrés encore, se balançant de concert au gré des ballottements du camion sur la route cahoteuse. Au bout d'une heure environ, dans un brusque crissement de frein, ils furent tous catapultés en avant. Des portières s'ouvrirent puis se refermèrent d'un coup, des verrous furent poussés, on entendit des cris, des ordres proférés, une altercation quelque part. Une fois de plus, leur estomac se tordit de peur. Vraisemblablement, ils étaient au milieu de nulle part, même si au loin Antonio croyait apercevoir les abords d'une ville.

Une vague de murmures inquiets déferla sur les hommes.

— Quel intérêt de nous amener jusqu'ici juste pour nous tuer ? demanda l'homme qui avait fait le trajet nez à nez avec Antonio.

Son haleine fétide l'avait presque asphyxié. Il se doutait que la sienne ne devait pas être plus agréable mais la bouche édentée de ce vieux soldat et ses gencives pourries lui avaient littéralement soulevé le cœur.

Antonio allait lui répondre quand un autre le devança.

— Je crois qu'ils se seraient déjà débarrassés de nous s'ils avaient eu l'intention de nous tuer.

— N'en sois pas si sûr, répliqua un prisonnier avec pessimisme.

Ils poursuivirent leur débat jusqu'à ce qu'un ordre aboyé par un soldat les interrompe. On leur commanda de marcher le long d'un sentier qui partait de la route et ils découvrirent bientôt leur destination. Pour beaucoup, le soulagement fut si intense qu'ils fondirent en larmes, à présent convaincus de vivre un jour de plus.

Ils furent conduits en rangs jusqu'à un bout de terrain devant des baraques où un capitaine de l'armée s'adressa à eux, sa bouche sévère et ses pommettes saillantes les seuls traits visibles de son visage. Que ses yeux se dissimulent sous la visière de son képi rendait Antonio furieux. Les prisonniers gardèrent le silence, dans l'expectative, pour la première fois optimistes, en regardant les lèvres minces remuer.

— Notre grand général Franco, dans sa grande bonté, a décidé de vous offrir ce jour une nouvelle chance.

Un murmure de soulagement parcourut la foule. Le ton du discours dégoûta Antonio mais le contenu l'enthousiasma. Le capitaine poursuivit. Il avait un message à délivrer et il n'allait pas se laisser dissuader.

— Vous savez certainement qu'un décret autorisant l'allègement des peines par le travail a été promulgué. Pour deux jours de travail vous serez récompensés d'une journée de réduction de peine. C'est bien plus que ne méritent des moins que rien comme vous, mais c'est l'ordre du Generalissimo.

À son ton, on comprenait qu'il avait du mal à avaler la pilule. De toute évidence, il n'approuvait pas cette indulgence et aurait préféré voir ces hommes subir un châtiment extrême. Mais on ne discutait pas les ordres de Franco.

Il poursuivit :

— Plus important encore, vous avez été sélectionnés pour la plus glorieuse des tâches.

Antonio sentit l'appréhension monter en lui. Il avait entendu parler de prisonniers mis aux travaux forcés, pour des projets de reconstruction de Belchite ou de Brunete, deux villes dévastées pendant la guerre. C'était peut-être ce qui l'attendait.

— Voici les mots d'El Caudillo, je cite : …

Le capitaine se redressa de toute sa hauteur et adopta un ton encore plus pompeux. L'ironie résidait dans le fait que son timbre était beaucoup plus grave et plus masculin que celui de Franco qui avait la voix perchée et nasillarde.

— « Je veux que cet endroit ait la grandeur des lieux de pèlerinage du temps jadis… qu'il soit un lieu paisible de méditation où les générations futures pourront rendre hommage à ceux qui ont combattu pour faire de l'Espagne un endroit meilleur… »

Le ton chantant avec lequel il délivrait les paroles de Franco était presque révérencieux, mais sa voix reprit rapidement en dureté.

— Vous avez été choisis pour construire la « *Valle de los Caídos* » – la Vallée de ceux qui sont tombés. Ce monument commémorera les milliers d'hommes morts au cours de cette guerre pour sauver notre pays des Rouges – les communistes, les anarchistes, les syndicalistes…

La voix du capitaine monta peu à peu dans les aigus. Il s'était mis tout seul dans un tel état de révulsion que son képi en trembla et que les veines de son cou se gonflèrent. Il réprimait à peine son hystérie. Ceux qui se trouvaient le plus près de lui reçurent ses postillons furieux quand ses lèvres énoncèrent ces derniers mots. Il hurlait presque, ce qui n'était guère utile compte tenu du profond silence qui régnait sur son public.

Chacun avait entendu des rumeurs sur ce projet, et confirmation leur fut donnée qu'ils se trouvaient dans la vallée de Cuelgamuros, non loin de Madrid, près d'El Escorial, panthéon des Rois. L'objectif de Franco était clair. Même si ce lieu rendait hommage aux soldats morts pour sa cause, ce serait surtout un mausolée pour lui-même. Le capitaine fanatique, avide de pouvoir, en avait terminé. Il laissa à ses subordonnés le soin de conduire les prisonniers dans les baraques.

— Maintenant on sait pourquoi ils nous ont amenés jusqu'ici… dit le vieil homme qui s'était trouvé à ses côtés tout au long du voyage. J'imagine que ça nous changera d'être enfermés.

Pour certains, la résilience du vieil homme était vivifiante, d'autres commençaient à être agacés par son ton inlassablement réjoui. Que la voix d'un homme soit aussi dénuée d'amertume après qu'il eut connu tant d'épreuves pendant si longtemps paraissait inconcevable.

— Oui, on dirait bien qu'on va voir un peu plus de ciel, répondit Antonio en s'efforçant de se montrer positif.

La baraque censée devenir leur nouveau foyer était très différente de leur dernière prison où, pendant des jours entiers, ils avaient été enfermés dans des cellules aveugles, la seule source de lumière provenant d'une ampoule dénudée qui restait allumée vingt-quatre heures sur vingt-quatre. L'endroit était sordide mais au moins des fenêtres perçaient un mur et les vingt lits qui s'étalaient sur deux rangées étaient décemment espacés les uns des autres.

— Ça n'a pas l'air si mal.

Par-dessus la cacophonie d'un millier d'hommes rassemblés sur le sol broussailleux devant les baraques, tous attendant de recevoir leurs prochaines instructions, la voix enjouée du vieil homme indisposa Antonio. D'où certaines personnes puisaient-elles une telle allégresse quand autour d'eux le monde semblait se désagréger ?

Posés sur les paillasses, ils trouvèrent des uniformes marron et ordre leur fut donné de les enfiler.

— On pourrait en mettre deux comme moi là-dedans, déclara le septuagénaire, en roulant ses manches et les jambes de son pantalon : il avait une allure ridicule. Heureusement qu'il n'y a pas de miroir.

Le vieil homme avait raison. Il ressemblait à un enfant dans les vêtements de son père. Pour la première fois depuis des mois, Antonio sourit. C'était un sentiment étrange. Sa capacité à rire s'était considérablement réduite ces derniers mois.

— Comment faites-vous pour être d'aussi bonne humeur tout le temps ? demanda-t-il en boutonnant avec difficulté sa chemise, les doigts engourdis par le froid.

— Quel est l'intérêt de ne pas l'être ? répondit le vieil homme.

L'arthrite de ses mains ne facilitait pas non plus sa tâche.

— Que pouvons-nous y faire ? Rien. Nous sommes impuissants.

Antonio réfléchit un moment avant de répondre :

— Résister ? Nous évader ?

— Tu sais aussi bien que moi ce qui arrive à ceux qui essaient. Ils sont détruits. Complètement, dit-il en appuyant sur ce dernier mot avant de changer de ton : pour moi, il s'agit de protéger l'esprit humain. Pour d'autres, il faut se battre jusqu'à son dernier souffle. Ma résistance envers ces fascistes consiste à faire ce qu'ils demandent, avec le sourire, à leur montrer qu'ils ne peuvent pas briser mon âme, mon être intérieur.

Cette réponse surprit Antonio. Il ne s'y attendait pas. À l'instar de tous ceux qui avaient voyagé dans ce train à bestiaux, cet homme ressemblait à un ouvrier agricole démuni. D'un point de vue matériel, il possédait encore moins, car les vêtements qu'il portait ne lui appartenaient même pas. Son accent et son élocution laissaient entendre autre chose cependant.

— Est-ce que ça fonctionne ? s'enquit Antonio. Votre philosophie ?

— Jusqu'à présent, oui. Je n'ai pas de convictions religieuses. On pourrait dire que je suis athée et que je le suis depuis des années. Mais avoir la foi en sa propre essence et ressentir la nécessité de la protéger, crois-moi, cela te donne la force de survivre.

Antonio regarda par-dessus l'épaule de l'homme, vers la mer de deux cents prisonniers, que l'uniforme couleur de bouse avait réduits à une masse humaine informe, où l'individualité avait fini par être annihilée, mais qui comptait en son cœur des médecins, des avocats, des universitaires et des écrivains. Cet homme était peut-être l'un d'entre eux.

— Que faisiez-vous avant… ça ? demanda Antonio.

— Je suis professeur de philosophie à l'université de Madrid, répondit-il sans une hésitation et en utilisant sciemment le présent.

Il poursuivit, heureux d'avoir capté l'attention d'Antonio.

— Regarde combien de personnes ont été poussées au suicide. Des milliers sans doute. C'est la plus grande des victoires pour les fascistes, non ? Cela fait un prisonnier de plus condamné aux feux de l'enfer et une bouche de moins à nourrir.

L'homme se montrait si pragmatique, si réaliste par rapport à leur situation qu'Antonio fut presque convaincu. Il avait lui-même assisté à plusieurs suicides. Le pire de tous s'était déroulé quelques jours auparavant seulement, à Figueras, avant leur transfert. Un homme avait bondi pour s'emparer de l'ampoule qui pendait au plafond et d'un geste rapide, avant que quiconque – ami ou bourreau – ne puisse intervenir, il l'avait brisée sur le bord d'une chaise et avait planté le tesson dans sa jugulaire.

Les gardiens avaient fini par venir chercher le cadavre. Ce n'était pas la première fois qu'un tel incident se produisait mais ils ne prenaient pas pour autant la peine de raccourcir les fils électriques.

— Eh bien, dit le professeur d'université en enfonçant sur sa tête le béret qui accompagnait l'uniforme. Je crois qu'il est temps de s'y mettre.

Son enthousiasme fut, l'espace d'un moment, contagieux.

— Tu vois ça ? demanda-t-il en désignant son chapeau.

Le « T » brodé dessus signifiait « *Trabajos Forzados* » – Travaux Forcés. Il le marquait comme un esclave.

— Oui, répondit Antonio. Je le vois.

— Ils peuvent asservir mon corps mais mon esprit m'appartient.

Chaque individu ici se devait d'avoir une raison de vivre et cet homme semblait avoir trouvé la sienne.

La baraque était désormais vide. Malgré leurs estomacs creux, ils durent s'atteler à la tâche dès leur arrivée. Il restait deux heures avant la tombée de la nuit et leurs asservisseurs n'allaient pas perdre de temps.

Avançant en file indienne à travers une épaisse forêt, les nouveaux arrivants atteignirent la bordure du site. Comme ils pénétraient dans l'immense clairière, l'ampleur de ce qu'ils découvrirent les laissa interdits.

Des milliers et des milliers d'hommes s'activaient en équipe. Le mouvement était continu, rationalisé, méthodique, et l'aspect gargantuesque, interminable, incessant de leur tâche était évident. Ils transportaient des pierres dans un sens puis revenaient les mains vides pour en prendre d'autres, telles des fourmis entrant et sortant de la fourmilière.

Le groupe d'Antonio fut emmené vers le vaste flanc de la colline battu par le vent. À première vue, leur tâche semblait consister à déplacer la montagne. Le bruit était assourdissant. De temps en temps, ils percevaient un grondement. Ce qu'on attendait d'eux était clair. Un trou gigantesque avait été creusé dans la roche imposante. Les ordres se seraient perdus dans la cacophonie qui les accueillit. Il y avait des tas de pierres devant eux. Certains hommes s'échinaient à les casser à coups de pioche. Des éclats sautaient partout. Les autres ramassaient les fragments à mains nues et les emportaient ailleurs. Fréquemment, un ordre était proféré, une critique hurlée, un bâton levé. C'était une fenêtre sur l'enfer.

L'espoir que fondait Antonio de voir le ciel en travaillant fut anéanti. L'air était rendu opaque par la poussière. Même l'illusion de liberté qui avait miroité au cours de l'après-midi s'évapora. Ce que les fascistes donnaient d'une main, ils le reprenaient de l'autre.

33

Pendant qu'Antonio bâtissait le mausolée de Franco, Concha Ramírez dirigeait seule El Barril, déterminée à maintenir à flot l'affaire familiale. À l'instar de ceux du mauvais côté durant la guerre, elle portait encore les stigmates d'avoir un mari et un fils en prison. Concha subissait le harcèlement constant de la garde civile et son commerce était placé sous surveillance et régulièrement soumis à une fouille. Elle était totalement impuissante face à ces tactiques d'intimidation. Beaucoup de parents dans la même situation qu'elle voyaient leur enfant cantonné à un travail subalterne ; d'autres, dont le fils cherchait à rentrer chez lui après avoir combattu pour la République, étaient incarcérés sur-le-champ. L'un des frères de Paquita avait été exécuté ce mois-ci.

Un jeudi après-midi, quelques mois après la victoire de Franco, Concha rangeait dans la cuisine après le coup de feu du déjeuner lorsqu'elle entendit qu'on poussait la porte d'entrée. Avec irritation, elle espéra que ce client tardif se contenterait d'un café.

Elle entra dans la salle en affichant un air affairé afin de faire comprendre au retardataire que le service était terminé, et s'arrêta net. Elle voulut parler, prononcer un nom, mais aucun son ne sortit ; elle avait la gorge sèche.

Malgré ses yeux caves et son dos courbé, elle aurait reconnu cet homme parmi des centaines de milliers d'autres.

— Pablo, murmura-t-elle dans un souffle presque inaudible.

Il se tenait devant elle, une main appuyée sur le dossier d'une chaise. Il ne pouvait plus ni parler ni bouger. Il avait usé de ses toutes dernières forces et de ce qu'il lui restait de volonté pour rentrer chez lui. Concha traversa la salle et le prit dans ses bras.

— Pablo, répéta-t-elle. C'est toi. Je n'arrive pas à croire que ce soit bien toi.

Elle n'exagérait pas. Tout à coup, Concha Ramírez ne se fiait plus à ses sens. Cette ombre pâle était-elle bien son mari ? L'espace d'un instant, elle se demanda si cet être frêle, anémié, qu'elle tenait dans ses bras était bien réel ou s'il n'était qu'un produit de son imagination. La condamnation à mort de Pablo avait peut-être été finalement exécutée et cette apparition n'était que son spectre. Son imagination était sans limites.

Le silence de Pablo ne la rassura pas.

— Dis-moi que c'est bien toi, insista-t-elle.

L'homme s'était assis. Il était si affaibli par la faim et l'épuisement que ses jambes ne pouvaient plus le porter.

Plongeant ses yeux larmoyants dans ceux de sa femme, il prit la parole.

— Oui, Concha. C'est moi. C'est Pablo.

Elle serra ses mains dans les siennes et laissa libre cours à ses larmes, secouant la tête de droite à gauche, incrédule.

Ils restèrent assis ainsi pendant une heure. Aucun client ne vint interrompre leurs retrouvailles, c'était l'heure creuse.

Ils finirent par se lever et Concha conduisit son mari dans leur chambre. D'un geste mal assuré, Pablo s'assit au bord du lit, sur la gauche. Son côté avait été vide pendant si longtemps. Sa femme l'aida à se déshabiller, à retirer les loques qui lui servaient de vêtements, et s'efforça de dissimuler au mieux sa stupeur en découvrant son corps décharné. Son torse était méconnaissable. Elle tira les couvertures et l'aida à s'allonger. La fraîcheur inattendue des draps le glaça jusqu'au sang. Concha s'étendit à côté de lui et le prit dans ses bras, le réchauffant de son corps. Ils dormirent ainsi pendant des heures, deux êtres fluets entrelacés comme des pieds de vigne. Quelques clients se présentèrent au café et repartirent, étonnés et légèrement inquiets de l'absence de Concha.

À son réveil, Pablo s'enquit d'Antonio et de Mercedes. Concha redoutait ce moment mais dut lui révéler la triste vérité : Antonio était en prison et elle ignorait où se trouvait Mercedes.

Ils s'interrogèrent ensuite sur les raisons de la libération de Pablo, survenue sans explications. Un soir, après la lecture quotidienne de la liste d'exécutions, on l'avait pris à part et on l'avait informé que lui aussi allait quitter la prison. Quel mauvais tour lui jouait-on là ? s'était-il demandé, la peur au ventre. Il avait été incapable de poser la moindre question, craignant qu'une réaction de sa part ne mette en péril sa remise de peine.

Muni des papiers validant sa libération, il avait fait route vers Grenade, en camion et à pied. Son voyage avait duré trois jours. Trois longues journées au cours desquelles il n'avait cessé de se demander pourquoi il avait été libéré.

— Elvira, annonça Concha. Je crois que c'est grâce à elle.

— Elvira ?

— Elvira Delgado. Tu te souviens d'elle ? La femme du matador.

Pablo semblait avoir oublié tant de choses, tant de détails de sa vie avant la prison. Au cours des dernières vingt-quatre heures, Concha avait remarqué l'expression perdue que son mari affichait à l'occasion et elle s'en inquiéta. Il semblait avoir laissé une part de lui-même dans sa cellule.

Elle poursuivit résolument.

— C'était la maîtresse d'Ignacio. Je pense qu'elle a usé de son influence et demandé à son mari d'intervenir en ta faveur.

Pablo prit un air pensif. Il n'avait aucun souvenir de la femme dont lui parlait Concha.

— Eh bien, finit-il par dire. J'imagine que cela n'a plus d'importance.

Concha avait vu juste. La libération de Pablo était bien l'œuvre d'Elvira Delgado mais il était hors de question d'aller l'en remercier. Reconnaître un tant soit peu son implication les compromettrait tous. Des mois plus tard, sur la Plaza de la Trinidad, Concha croisa Elvira. Elle l'avait reconnue aux photographies que le journal *El Ideal* publiait régulièrement d'elle, mais même si le visage familier n'avait pas accroché son regard, son allure élégante et le manteau ajusté au col en fourrure auraient attiré son attention. D'autres se retournèrent sur son passage. Les lèvres pulpeuses de la femme étaient du même rouge que le vêtement et sa chevelure brune, relevée en chignon, brillait du même éclat que le vison à son cou.

Le cœur de Concha se mit à battre plus fort à chaque pas qu'Elvira faisait dans sa direction. Se confronter à la beauté sensuelle qui avait séduit son fils, et en reconnaître son pouvoir sur lui, était une expérience étrange pour une mère. Comme elle se rapprochait au point de remarquer sa peau parfaite et de humer les vapeurs de son parfum, Concha ne s'étonna pas des risques qu'Ignacio avait pris en s'affichant avec cette femme. La tentation de lui parler était grande mais la démarche résolue d'Elvira ne l'y invita pas. Le regard braqué droit devant elle, elle ne ressemblait pas à une femme disposée à être accostée en pleine rue. Pensant à son magnifique garçon, Concha sentit une boule monter dans sa gorge.

Pablo se livra peu à Concha sur son expérience en prison. C'était inutile. Aux rides qui creusaient son visage et aux cicatrices qui lui barraient le dos, elle pouvait imaginer ce qu'il avait vécu. Son histoire tout entière, avec ses tortures physiques et mentales, était gravée sur sa peau.

Si Pablo gardait le silence sur ses années de prison, ce n'était pas uniquement pour tirer un trait sur cette horrible expérience. Il estimait aussi que moins il donnerait de détails à Concha, moins elle songerait à ce qu'Emilio avait enduré avant de mourir. Les gardiens de prison faisaient preuve d'une imagination débordante en matière de cruauté et il savait qu'ils réservaient le pire aux homosexuels. Mieux valait détourner son esprit du sujet.

À son retour, ce que Pablo avait en horreur plus que tout était le son des cloches.

— Ce bruit, marmonna-t-il en se prenant la tête dans les mains. J'aimerais que quelqu'un les fasse taire.

— Mais ce sont les cloches de l'église, Pablo. Elles sonnent depuis des années et elles sonneront sans doute encore longtemps.

— Je sais, mais d'autres églises ont brûlé. Pourquoi pas celle-ci ?

Ils s'étaient mariés dans l'église Santa Ana, située à quelques pas de chez eux, et leurs deux aînés y avaient fait leur première communion. Ce lieu avait été empli de souvenirs heureux, chers à son cœur, mais aujourd'hui il n'avait plus aucun respect pour lui. En prison, la connivence avec laquelle le prêtre assistait à la torture des détenus le rendait tout aussi coupable que les gardiens. Ses propositions malveillantes et cyniques des derniers sacrements avaient fait de lui l'homme le plus méprisé de tout l'établissement. Depuis, Pablo abhorrait tout ce qui se rapportait à l'Église catholique.

Dans la dernière prison où il avait été incarcéré une année entière, sa cellule se trouvait dans l'ombre du clocher. Toutes les nuits, les cloches sonnaient l'heure, ruinant le peu de sommeil précieux qu'il pouvait espérer en lui rappelant le passage inexorable du temps.

Chaque matin au réveil, quand elle découvrait Pablo à côté d'elle, Concha était submergée de bonheur. Sa présence était une surprise et une joie constantes, et au fil des mois, elle le vit regagner des forces.

Un mois environ après le retour de son mari, une lettre leur parvint, concise et formulée avec soin.

Chère maman,

Je me trouve désormais dans une autre région d'Espagne, ma glorieuse patrie. Je ne serai pas en mesure de venir te voir pendant un temps car je travaille à un projet spécial pour El Caudillo afin de reconstruire notre pays. Je suis à Cuelgamuros. Dès que j'en aurai reçu la permission, tu pourras me rendre visite.

Ton fils qui t'aime,

Antonio.

— Qu'est-ce que ça veut dire ? s'enquit Concha. Qu'est-ce que ça signifie réellement ?

Aux mots succincts et au ton formel, il était évident qu'Antonio dissimulait quelque chose. Sa mention de Franco sous le surnom d'« El Caudillo », le capitaine, se devait d'être ironique. Antonio ne pouvait parler en termes élogieux du dictateur que sous la contrainte. Autant d'éléments criants qui prouvaient que l'auteur de la lettre savait qu'il serait soumis à la censure.

Pablo lut la lettre dans sa tête. Comme il était étrange que son fils ne fasse aucune mention de lui. Il avait le sentiment de ne plus exister.

— Il ne demande pas de tes nouvelles car il ignore que tu as été libéré, expliqua Concha. C'est plus sûr. Mieux vaut ne pas attirer l'attention sur le fait qu'il a de la famille en prison…

— Je sais, tu as raison. Ils s'en serviraient contre lui.

Ils relurent plusieurs fois la lettre, cherchant à lire entre les lignes, à déceler un message caché. Ils s'interrogèrent sur le projet spécial auquel participait leur fils. La seule chose qu'ils purent en déduire fut qu'Antonio se trouvait dans un camp de travail et qu'il faisait partie des centaines de milliers d'hommes mis aux travaux forcés par le nouveau régime tyrannique espagnol.

— S'il travaille, c'est au moins le signe qu'ils veulent le garder en vie, déclara Concha, en essayant de faire preuve d'optimisme pour le bien de son mari.

— J'imagine qu'il n'y a rien que nous puissions faire de toute façon. Il nous écrira peut-être bientôt et nous en apprendra davantage.

Aucun des deux ne voulut avouer à l'autre l'angoisse qui lui nouait l'estomac, et ils s'assirent côte à côte pour rédiger une réponse à leur fils.

La joie submergea Antonio lorsqu'il tint entre ses mains l'enveloppe flanquée du cachet de Grenade. Des larmes lui brûlèrent les yeux quand il lut la nouvelle de la libération de son père et la promesse de sa mère de venir lui rendre visite ; il crut que son cœur allait exploser. Les condamnés aux travaux forcés de Cuelgamuros étaient autorisés à recevoir des visiteurs et certaines familles venaient même s'installer dans la région pour être plus près d'eux. Concha ne pourrait peut-être pas venir le voir avant des mois mais la perspective d'une visite leur donnait des forces et leur remontait le moral à tous.

34

Antonio leur répondit. Dans sa seconde lettre, il leur livrait quelques détails supplémentaires sur le monument qu'ils construisaient et leur envoya même un peu d'argent. Pour légitimer le projet, les ouvriers étaient rémunérés, même si le salaire était risible.

— Être contraint de bâtir un mémorial à ses ennemis est d'une grande cruauté, déclara Pablo. Et de très mauvais goût.

À présent, Antonio s'était presque accoutumé à sa nouvelle routine quotidienne. Il était fort et pouvait transporter de lourdes charges, mais les distractions pour tromper l'ennui étaient rares. Se blesser ou mourir était chose courante dans les montagnes, et de nouveaux ouvriers ne cessaient de débarquer pour remplacer les morts et les estropiés.

Un jour, Antonio découvrit avec horreur qu'on l'avait assigné à un nouveau travail. Il allait devoir affronter sa plus grande crainte. Jusque-là, il avait été en mesure d'endurer les conditions de vie les plus déplorables et une souffrance qui aurait achevé un autre homme, mais la peur irrationnelle de se retrouver pris au piège sous une montagne le tétanisait. Il n'avait aucun contrôle sur sa claustrophobie.

L'équipe assignée à la paroi rocheuse devait rejoindre son lieu de travail dans le noir. À mesure qu'ils s'enfonçaient dans les entrailles de la montagne, la température d'Antonio chutait. Des sueurs froides lui parcouraient tout le corps. Pour la première fois au cours de toutes ces années de souffrance, il dut étouffer des sanglots. Sa peur était inexplicable. Ce n'était pas l'obscurité qui le terrifiait tant mais le sentiment oppressant de la montagne au-dessus de lui. Souvent avant l'explosion, il devait réprimer son envie de hurler, mais de temps en temps, couvert par le bruit des pierres qui tombaient, il s'autorisait à rugir de terreur et de désespoir, ses larmes se mêlant à la sueur crasse qui dégoulinait sur son corps et trempait ses bottes.

Le granit leur résistait mais ils s'enfonçaient chaque jour un peu plus profondément dans l'obscurité. Seul un mégalomaniaque était capable d'imaginer la construction d'une grotte aussi immense, songea Antonio. On exigeait d'eux rien de moins que l'édification d'une cathédrale souterraine. Parfois, aux toutes premières heures du jour, une aura de tranquillité mystérieuse régnait dans la cavité. Avant que le forage et le martèlement ne débutent, il tentait de s'imaginer dans un lieu paisible, un temple, mais bien vite sa terreur morbide le submergeait, et il se voyait marcher au centre de la terre et n'en jamais revenir.

Pour tenir le coup, il se répétait à l'envi que bientôt, il serait dehors, mais sans lumière et sans montre, il ne savait jamais quand le supplice prendrait fin. Finalement, le moment arrivait de rebrousser chemin et de retrouver l'air libre, mais chaque jour lui paraissait durer une éternité.

Les semaines se transformèrent en mois. Les progrès étaient lents. D'un point de vue général, ils semblaient avoir à peine égratigné la montagne. Quelques informations supplémentaires commencèrent à circuler parmi les ouvriers sur ce projet pharaonique. Il était censé être achevé en un an.

— C'est aussi probable que Franco nous renvoyant chez nous pour Noël, ironisa Antonio. Nous sommes déjà là depuis un an et on dirait que rien n'a avancé.

Il avait raison. Il faudrait vingt ans et vingt mille hommes pour achever la Valle de los Caídos.

Chaque semaine, des dizaines d'ouvriers trouvaient la mort, tués dans les explosions, écrasés par la chute de rochers, électrocutés. Beaucoup de ceux qui œuvraient sur la paroi rocheuse contractèrent une sinistre maladie. À mesure qu'ils perçaient et tailladaient la roche, l'air s'emplissait de poussière et malgré les tissus qui leur recouvraient le visage, des particules microscopiques de silice pénétraient leurs poumons.

Le travail était éreintant et les équipes d'ouvriers tournaient sans cesse. Les amitiés étaient difficiles à forger. En de rares occasions, un condamné se voyait libéré mais d'autres étaient moins chanceux. Le professeur avait été emporté quelques semaines seulement après son arrivée à Cuelgamuros. Il s'avéra qu'il était coupable de nombreux crimes contre l'État, le plus outrageant étant d'être un intellectuel et un juif. Même lorsqu'on l'avait emmené à l'aube, il avait souri à Antonio.

— Ne t'inquiète pas, avait-il dit. Au moins, je ne vais pas à Mauthausen.

Le professeur Díaz avait passé un an en France sous l'occupation allemande. Beaucoup de ses camarades juifs avaient été envoyés dans le camp de concentration tristement célèbre. Antonio avait eu beaucoup d'admiration pour le professeur. Il avait été le seul qu'il pouvait considérer comme un ami dans cet endroit perdu, et même si l'homme affronta son exécution avec stoïcisme, Antonio fut empli d'horreur.

Après ça, Antonio ne se lia plus d'amitié avec quiconque. À la fin de chaque journée, il s'allongeait, exténué, sur sa paillasse, et fermait les yeux. Seule son imagination le sauva de la folie. Il s'entraînait dur à libérer son esprit de cet endroit, et des images simples et familières étaient tout ce dont il avait besoin. Il ne pensait jamais aux femmes – de tels désirs n'étaient plus que de lointains souvenirs. Généralement, dans ses rêveries, il était assis à table avec Francisco et Salvador, humant les effluves d'eau-de-vie, écoutant le bourdonnement des conversations, sentant s'émietter sur sa langue un morceau tout frais de *polvorón*. Personne ne pouvait l'atteindre alors et il finissait par sombrer dans le sommeil.

Le voisin de paillasse d'Antonio fut le premier à remarquer que quelque chose n'allait pas chez lui.

— Je ne sais pas si tu tousses la journée – il y a trop de bruit pour entendre – mais tu n'arrêtes pas de tousser la nuit. Toutes les nuits.

Antonio sentit une note d'irritation dans la voix de son camarade.

— Cela m'empêche de dormir, se plaignit son voisin.

— Je suis désolé. Je vais essayer d'arrêter, mais je dois le faire en dormant.

La promiscuité et l'atmosphère lourde de fumée favorisaient la propagation des germes, tout comme l'humidité de l'air de Guadarrama, et Antonio n'était pas le seul ouvrier à tourner et virer au creux de la nuit.

En quelques semaines, Antonio cessa lui-même de dormir. La nuit, il transpirait, et maintenant, quand il toussait, sa paume se tachait de sang. Il souffrait d'atroces douleurs de poitrine.

Comme tant d'autres, Antonio avait contracté la silicose. Une partie de la montagne maudite s'était infiltrée en lui.

Les malades ne bénéficiaient pas de traitement de faveur et beaucoup travaillaient jusqu'à s'effondrer. Antonio comptait faire de même, mais un matin son corps ne lui obéit tout simplement plus. Pendant des jours, il fut incapable de quitter son matelas trempé de sueur. Aucun sentiment de plénitude, tel qu'on est censé en ressentir avant de rencontrer son créateur, ne l'envahit et, dans un délire confus, tout ce qu'il éprouva fut de la colère et de la frustration.

Une nuit, il eut une brève vision de sa mère. Antonio se rappelait vaguement une lettre qui l'informait de sa visite et il se demanda si c'était elle qui se penchait au-dessus de lui, avec sa chevelure sombre et son sourire attendri. Il connut un bref moment de paix mais aucun ange ne vint le chercher et même dans sa semi-conscience, il sut qu'il lâchait prise. Le prêtre qui profitait parfois de l'occasion pour convertir des hommes à la dernière minute ne prit pas la peine de venir au chevet d'Antonio, considéré par les autorités comme impropre au salut spirituel.

Enfin, après des heures de délire, il fut envahi d'une tristesse implacable. Il était trempé de larmes, de sueur et de chagrin, et tout lui échappait. La mort fondit sur lui comme une déferlante et rien ne put le retenir.

Au cours de l'année passée, sans qu'aucun des deux en ait conscience, Javier Montero avait vécu à quelques mètres d'Antonio Ramírez. Il avait été arrêté en compagnie de son père à Málaga au moment de la chute de la ville en février 1937, et il avait passé toute la guerre en prison. Son seul crime était d'être gitan et donc, par définition, un élément subversif. Son chemin et celui d'Antonio avaient manqué de se croiser des centaines de fois mais, chacun d'entre eux ployant chaque jour davantage sous le poids de la fatigue, ils n'avaient jamais croisé leur regard. Les années écoulées avaient fait des ravages chez les deux hommes.

Javier faisait partie de l'équipe dont la sinistre tâche du jour consistait à enterrer les morts. De temps à autre, son regard se posait sur ses mains, autrefois si belles et désormais en sang, calleuses, striées de coupures, et enroulées autour du manche d'une pelle plutôt qu'autour de celui d'une guitare. Cela faisait quatre ans que ses doigts effilés ne s'étaient pas posés sur son instrument et presque autant qu'il n'avait pas entendu de musique.

— Tu sais, nous sommes peut-être parmi les plus chanceux, lui confia l'autre fossoyeur tandis qu'ils balançaient leur pioche sur le sol dur. Je pense que ça, c'est moins dur que le granit.

— Tu as sans doute raison, répondit Javier en s'efforçant de garder un ton désinvolte.

Ils mirent le cadavre en position et le descendirent dans la tombe. Il n'y avait pas de linceul et la terre sur la pelle de Javier tomba directement sur le visage de l'homme. Ce furent les derniers sacrements pour Antonio. On ne procédait à aucune cérémonie sur ce flanc de colline.

Les deux fossoyeurs demeurèrent silencieux quelques minutes. C'est tout ce qu'ils pouvaient faire en signe de respect.

Quelques jours plus tôt, Concha avait quitté Grenade pour tenir sa promesse d'une visite à Cuelgamuros. À l'entrée, il lui fallut s'inscrire sur le registre, puis, ayant formulé l'objet de sa venue, elle fut dirigée vers un petit bâtiment situé légèrement à l'écart des longues rangées de dortoirs qui s'étendaient au loin.

Elle donna le nom complet d'Antonio. Le sergent fit courir son doigt sur la longue liste des ouvriers. Il y en avait des douzaines et Concha attendit patiemment pendant qu'il tournait les pages. Il poussa un soupir, apparemment d'ennui. Si elle ne pouvait pas lire les noms à l'envers, elle vit cependant que certains d'entre eux étaient barrés.

Alors le doigt du sergent s'arrêta, au milieu d'une page.

— Mort, annonça-t-il avec froideur. De la silicose. La semaine dernière.

Le cœur de Concha manqua de s'arrêter de battre. Elle reçut ces mots comme autant de coups de poignard.

— Merci, dit-elle avec politesse.

Elle était déterminée à ne montrer aucune faiblesse à cet homme et s'éloigna sans vraiment savoir où elle allait.

Il était 17 heures, et certains des ouvriers avaient déjà regagné leur baraque après leurs douze heures de travail. En regardant par sa fenêtre, Javier remarqua la visiteuse. En dehors des épouses des ouvriers qui étaient venues s'installer à proximité, il était rare de voir une femme dans ce camp. Toutefois, ce fut l'impression de familiarité de ce visage qui retint son attention. Il sortit de sa baraque et la rattrapa.

La femme errait d'un pas incertain.

— Excusez-moi, dit-il en lui touchant délicatement le bras.

Croyant qu'il s'agissait d'un gardien venu l'interpeller parce qu'elle se trouvait dans une zone interdite, Concha s'arrêta net. Elle ne ressentait plus rien, encore moins la peur.

Javier ne s'était pas mépris. Malgré ses cheveux désormais striés de gris, elle n'avait pas changé.

— Señora Ramírez, dit-il.

Concha mit quelques minutes à reconnaître cet être squelettique. Physiquement, il était méconnaissable mais ses grands yeux étaient toujours les mêmes.

— C'est moi. Javier Montero.

— Oui, oui, répondit Concha d'une voix si basse qu'un chant d'oiseau aurait pu la couvrir. Je sais…

— Que faites-vous ici ? demanda-t-il.

La première idée qui lui traversa l'esprit fut que Señora Ramírez, ayant appris d'une façon ou d'une autre sa présence ici, venait lui porter des nouvelles de Mercedes.

— Je suis venue voir Antonio.

— Antonio ! Il est ici ?

Les épaules de Concha s'affaissèrent, elle baissa la tête. Elle était incapable de répondre mais les larmes qui maculaient ses joues disaient tout ce qu'il y avait à savoir.

Ils restèrent un moment immobiles. Javier se sentait mal à l'aise. Il voulait prendre Señora Ramírez dans ses bras comme il l'aurait fait avec sa propre mère mais le geste ne semblait pas approprié. Si seulement il avait su comment la réconforter.

La nuit était en train de tomber et Concha savait qu'elle devait quitter cet endroit avant qu'il ne fasse noir. Quand ses larmes se tarirent un peu, elle prit la parole. Il y avait une chose qu'elle voulait faire avant de partir.

— Saurais-tu par hasard où il est enterré ? J'aurais aimé m'y rendre avant de partir, dit-elle avec tout le sang-froid dont elle était capable.

Javier la prit par le bras. Avec douceur, il la conduisit jusqu'au cimetière, situé quelques mètres derrière les baraques. Dans la clairière au milieu des arbres, elle put distinguer le coin de terre récemment retournée, dont les sillons rappelaient les champs en labour. Ils s'approchèrent et Concha se tint au bord quelques minutes, les paupières closes, les lèvres murmurant une prière. Javier garda le silence tandis qu'il prenait conscience que c'était sans doute lui qui avait mis Antonio en terre. Même sa respiration lui semblait un bruit intrusif.

Enfin, Concha ouvrit les yeux.

— Je dois y aller maintenant, déclara-t-elle d'un ton résolu.

Javier lui prit à nouveau le bras. Ils passèrent devant plusieurs ouvriers qui franchissaient les grilles et lui décochèrent des regards interrogateurs. Il y avait une chose qu'il mourait d'envie de savoir et il ne pouvait pas laisser Señora Ramírez repartir sans lui poser la question.

— Mercedes…

Dans sa douleur, Concha avait presque oublié sa fille au cours de la dernière heure mais elle savait que le moment viendrait où il lui faudrait révéler à Javier que Mercedes était partie à sa recherche et qu'elle n'était jamais revenue.

— Je ne veux pas te mentir, dit-elle en lui prenant la main. Mais si nous recevons de ses nouvelles, je t'écrirai sur-le-champ.

À son tour, Javier ne sut que répondre.

Tandis que les grilles se refermaient derrière elle, Concha frissonna. Elle resserra son manteau autour d'elle et hâta le pas. Même si son fils était enterré ici, elle était pressée de quitter cet endroit.

Un jour, au sommet de la montagne, une gigantesque croix de cent cinquante mètres s'élèverait dans le ciel, majestueuse, arrogante et victorieuse. Des saints agenouillés à sa base, elle se dresserait au-dessus du tombeau de Franco et, certains jours, sa longue ombre glisserait jusqu'au coin boisé où reposait dans une tombe anonyme le corps d'Antonio Ramírez.

TROISIÈME PARTIE

35

Grenade, 2001

Alors que les ombres s'allongeaient sur la place devant El Barril, les paroles de Miguel s'estompèrent. Sonia avait presque oublié où elle se trouvait. L'histoire qu'il venait de lui raconter était surprenante.

— Comment une seule famille a-t-elle pu vivre autant de tragédies ? s'étonna-t-elle.

— La famille Ramírez n'est pas un cas isolé, répondit Miguel. Les horreurs qu'ils ont vécues n'avaient rien d'inhabituel. Toutes les familles républicaines ont souffert.

L'énergie de Miguel semblait s'épuiser mais il s'était montré infatigable dans son récit. Sonia voyait le café sous un nouveau jour maintenant. La douleur des événements survenus ici semblait encore habiter les lieux.

Le vieil homme avait parlé pendant des heures, pourtant le récit n'était pas complet. Il manquait encore la partie qui intéressait le plus Sonia.

— Qu'est devenue Mercedes ? demanda-t-elle.

Les photos de la danseuse accrochées au mur au-dessus d'eux lui rappelèrent la raison de sa venue ici.

— Mercedes ? répéta-t-il d'un ton évasif.

Un instant, Sonia s'inquiéta. Peut-être que le vieil homme si serviable avait oublié l'existence de la jeune fille ?

— Mercedes… oui, bien sûr. Mercedes. Eh bien, pendant un long moment, ils n'ont eu aucune nouvelle car toute correspondance aurait été compromettante et Mercedes, supposant que sa mère était déjà l'objet de forts soupçons, ne voulait pas qu'on l'accuse en plus d'avoir une fille *roja*.

— Donc elle était toujours vivante ? demanda Sonia, pleine d'espoir.

— Oh oui, répondit Miguel d'un ton enjoué. Quand enfin tout danger a été écarté, elle a commencé à écrire à Concha, ici au café.

Miguel fouilla dans un coffret à côté de la caisse.

Le cœur de Sonia battait la chamade.

— Elles sont là, quelque part, dit-il.

À présent, Sonia tremblait comme une feuille. Dans la main du vieillard, elle vit une liasse de lettres joliment enrubannées écrites par la fille dont la photographie l'obsédait.

— Voudriez-vous que je vous en lise quelques-unes ? Elles sont en espagnol.

Il vint s'asseoir sur la chaise à côté d'elle.

— Oui, s'il vous plaît, dit-elle à voix basse, les yeux rivés sur les enveloppes jaunies écornées dans sa main.

D'un geste précautionneux, il sortit une dizaine de feuillets de l'enveloppe en haut de la pile classée chronologiquement. La lettre était datée de 1941.

L'écriture ne lui parut pas familière. Sonia n'avait jamais vu sa mère écrire à la main. Sa maladie l'en empêchait et de mémoire, Mary avait toujours utilisé une machine à écrire.

Les caractères au verso transparaissaient sur le recto et rendaient difficile la lecture. Le vieil homme fit de son mieux, récitant chaque phrase en espagnol avant de la traduire.

Chère maman,

Je sais que tu comprendras pourquoi je n'ai pas écrit depuis si longtemps. Je craignais de te faire du tort. Je sais que ma décision de ne pas rentrer en Espagne est considérée comme une trahison et j'espère que tu me pardonneras d'avoir fait ce choix. Mais cela semblait être le plus prudent pour tout le monde.

Je veux te raconter ce qu'il s'est passé après mon départ pour l'Angleterre à bord du Habana*, il y a quatre ans…*

À chaque minute qui passait, l'étendue d'eau qui séparait Mercedes de son pays d'origine s'élargissait. Le vent se leva peu après qu'ils eurent largué les amarres et, tandis qu'ils voguaient dans le golfe de Gascogne, la houle s'intensifia. La violence des vagues surprit tout le monde. Beaucoup d'enfants n'étaient jamais montés à bord d'un bateau et les ballottements les terrifiaient. Certains se mirent à pleurer, secoués de haut-le-cœur.

La couleur de la mer était étrange. Le bleu avait viré à un gris boueux. Des enfants furent malades et, au fil du voyage, même des adultes furent atteints du mal de mer. Bientôt, les ponts devinrent glissants de vomi.

Malgré les protestations de Mercedes, on la sépara d'Enrique qui fut installé sur un pont supérieur. Elle le perdit de vue plusieurs heures et se sentit coupable d'avoir déjà failli à sa promesse envers sa mère.

— Tu n'es pas là pour t'occuper uniquement de ces deux enfants, la réprimanda une auxiliaire plus âgée.

Elle avait raison. Le rôle de Mercedes au cours de ce voyage et une fois qu'ils auraient débarqué consistait à prendre soin de tout un groupe et son inquiétude pour seulement deux d'entre eux était mal vue par plusieurs des enseignants et des prêtres.

La nuit, les enfants dormirent comme ils purent au gré du roulis du bateau. Certains se blottirent au fond d'un canot de sauvetage, d'autres se pelotonnèrent sur de gros rouleaux de corde. Très vite, Mercedes se retrouva dans l'incapacité de leur apporter du réconfort. La nausée la terrassa. Lorsque les flots houleux s'apaisèrent le lendemain, le soulagement fut intense pour tout le monde. La côte anglaise était en vue depuis un moment mais ils ne remarquèrent la fine ligne sombre à l'horizon – la côte du Hampshire – que lorsque la mer cessa de les ballotter. À 6 h 30 le matin du second jour, ils débarquaient à Southampton.

Le calme plat qui régnait dans le port lui conférait des allures de sanctuaire et, aussi vite qu'il était apparu, le mal de mer s'envola. Sur le pont du bateau, des petites mains s'agrippèrent à la filière et des yeux écarquillés regardèrent par-dessus pour découvrir ce nouveau pays. Tout ce qu'ils en voyaient étaient les murs sombres du port qui saillaient au-dessus d'eux.

Mettre le paquebot à quai se révéla une affaire bruyante : ils entendirent le bruit métallique alarmant de l'ancre qu'on jetait et virent d'énormes cordes, aussi larges que des bras, être balancées sur le quai. Des hommes aux cheveux grisonnants posèrent sur eux des regards apitoyés et curieux ; ils ne leur voulaient aucun mal. Il y eut des cris dans une langue qu'ils ne connaissaient pas, des voix bourrues, agressives, et le beuglement d'un docker pour se faire entendre par-dessus la cacophonie générale.

Le soleil perça à travers les nuages mais l'attrait de la nouveauté et l'excitation de l'aventure s'étaient dissipés. Les enfants voulaient rentrer chez eux et retrouver les bras de leur maman. Beaucoup avaient été séparés de leur frère ou sœur au cours du voyage et les regrouper prit un peu de temps, mais les insignes hexagonaux aidèrent, et chacun fut bientôt confié à une auxiliaire. Mercedes avait espéré en apprendre davantage au cours du voyage sur les responsabilités qui lui incombaient mais à cause de la tempête, le moment ne s'était jamais présenté.

Avant de débarquer, les enfants furent soumis à un nouvel examen médical ; des rubans de couleur furent attachés à leur poignet pour indiquer la nécessité d'un traitement : rouge signifiait un détour par les douches municipales pour épouillage, bleu indiquait une maladie infectieuse avec pour conséquence un séjour en hôpital spécialisé, et blanc valait pour un bilan de santé impeccable.

Tous les pauvres petits avaient une allure dépenaillée. Les cheveux, brossés avec tant de soin, parés de rubans ou joliment tressés deux jours plus tôt, étaient maintenant emmêlés. Les élégants gilets tricotés étaient tachés de vomi. Les *señoritas* firent de leur mieux pour les rendre présentables.

Enfin, les enfants récupérèrent leurs affaires personnelles, les maigres possessions qu'ils avaient emportées avec eux. Les petites filles serraient contre elles leur poupée préférée et les petits garçons se tenaient avec bravoure, comme des petits hommes. Le bateau avait accosté depuis longtemps quand ils furent enfin tous rassemblés et prêts à débarquer.

La curiosité était réciproque. Tout le monde écarquillait les yeux. Les Espagnols contemplaient les Anglais et les Anglais dévisageaient les enfants étrangers qui longeaient le pont. La Grande-Bretagne avait tant entendu parler des actes barbares des *rojos* en Espagne – comment ils avaient incendié des églises et torturé d'innocentes nonnes – qu'ils s'attendaient à rencontrer des petits sauvages. Ils restèrent stupéfiés à la vue de ces enfants aux yeux grands ouverts, certains réussissant le tour de force d'être encore élégamment vêtus.

Les premiers Anglais que les petits Espagnols virent furent les membres de la fanfare de l'Armée du Salut. Mercedes ne sut trop que penser d'eux, dans leur uniforme foncé, à souffler des airs joyeux dans leurs trompettes et leurs trombones. À ses yeux, ils avaient l'air de militaires, mais elle apprendrait bientôt que leurs intentions étaient bonnes.

Southampton avait des allures de ville en fête. Les rues s'ornaient de guirlandes, décorations qui arrachèrent des sourires aux petits Espagnols qui crurent à un accueil attentionné. Ils n'apprendraient que plus tard que ces ornements étaient les vestiges de la célébration du récent couronnement.

Les enfants en bonne santé furent conduits dans des bus à impériale à North Stoneham, à quelques kilomètres de Southampton, pour un hébergement temporaire. Un immense campement de cinq cents tentes blanches en forme de cloche s'étendait en rangs bien ordonnés sur trois champs. Chaque tente pouvait accueillir huit à dix enfants, garçons et filles séparés.

— *Indios !* s'exclama l'un des petits en découvrant les huttes.

— Ils croient qu'on joue aux cow-boys et aux Indiens, fit remarquer avec dédain Enrique à sa sœur, qui se tenait à côté de lui, serrant fort sa poupée.

Mercedes, pour sa part, ne put s'empêcher de faire le rapprochement avec les tentes de fortune que les gens avaient improvisées le long de la route entre Málaga et Almería. Ici, l'ordre et la sécurité étaient de rigueur, mais fait touchant, la gentillesse aussi. Sur ces vertes prairies, ils avaient trouvé un refuge.

L'organisation était impressionnante. En plus de la séparation entre filles et garçons, les enfants étaient répartis en trois groupes distincts, selon les convictions politiques de leurs parents, dont chacun disposait de son propre espace. Les responsables voulaient ainsi réduire le risque d'altercations.

Le camp constituait un petit monde à part entière, régi par ses propres règles et suivant sa propre routine. Les files d'attente pour la nourriture étaient ordonnées – même s'il avait fallu attendre quatre heures que le premier repas soit servi. Les évacués trouvèrent un goût étrange aux plats qu'on leur proposait mais ils étaient surtout reconnaissants et ils s'accoutumèrent aux saveurs nouvelles comme le lait malté et le thé. Mercedes surprit des enfants de son groupe qui faisaient des provisions : ils vivaient depuis si longtemps sans savoir quand ils prendraient leur prochain repas.

Ils pique-niquaient au soleil, inquiets les premiers jours d'entendre des avions passer au-dessus de leurs têtes pour gagner le terrain d'aviation situé non loin, à Eastleigh. Ils associaient si fortement ce bruit à la menace de raid aérien. Au bout d'un moment, ils finirent par s'allonger sur l'herbe moelleuse d'Angleterre afin d'observer les nuages pâles et rebondis, rassurés de savoir que les bombardiers ne viendraient pas leur cacher le soleil.

Les enfants occupaient leur journée avec les leçons, les corvées et l'exercice physique, mais la discipline était douce, et tout était fait pour que le campement ne soit pas perçu comme une prison. Chaque jour la tente la plus propre était récompensée et Mercedes s'assurait que les petits dont elle s'occupait remportent souvent la compétition. Tous souffraient à différents degrés du mal du pays, mais même les plus jeunes réussissaient à retenir leurs larmes jusqu'au moment du coucher.

Les réfugiés étaient beaucoup plus nombreux que prévu initialement, mais la pression se relâcha bientôt quand, la première semaine, quatre cents enfants partirent s'installer dans un hôtel de l'Armée du Salut et, dans le mois, un millier d'autres furent confiés à des foyers catholiques. Certaines denrées alimentaires vinrent à manquer mais la pénurie n'était en rien comparable à celle que beaucoup d'entre eux avaient expérimentée à Bilbao. Une fois, au cours d'un repas, en examinant le vieux couteau et la fourchette tordue dont elle se servait, Mercedes se rappela que chaque objet qu'ils utilisaient au camp était une donation. Ils avaient beau être relativement protégés du monde extérieur, elle savait que le gouvernement britannique avait refusé de financer leur asile en Angleterre. De gros efforts étaient fournis pour lever des fonds afin de les nourrir et de les vêtir, et ils dépendaient entièrement de la bonté d'inconnus.

S'ils étaient préservés des articles de journaux qui dégoulinaient d'hostilité à leur égard, les réfugiés espagnols apprirent cependant la prise de Bilbao par les nationalistes. Un mois seulement après qu'ils avaient mis les voiles, la ville était tombée. Ce fut un jour noir à North Stoneham. Beaucoup d'enfants se mirent à courir comme des dératés, à pleurer et à hurler, pris de panique à l'idée que leurs parents étaient peut-être morts. Enrique, en compagnie d'autres garçons, s'enfuit du camp, résolu à embarquer sur un bateau pour retourner se battre en Espagne. Ils furent rapidement rattrapés et ramenés au camp. Mercedes passa la nuit à réconforter Enrique, lui assurant que sa mère allait bien. Assise avec lui, elle songea à Javier et espéra une nouvelle fois qu'il avait quitté la ville.

La nouvelle de la chute de Bilbao entraîna un nouveau dilemme.

— Nous ne pouvons plus rentrer maintenant, si ? demanda Mercedes à une autre des assistantes.

— Non, je ne pense pas que ce soit possible. Je crois que les enfants y seraient encore plus en danger qu'avant, répondit Carmen.

— Que va-t-il nous arriver alors ?

— Je ne le sais pas mieux que toi, mais je ne crois pas que nous pourrons camper sous ce climat indéfiniment !

À un moment ou à un autre, tous les réfugiés du camp de North Stoneham devraient être déplacés dans un refuge plus permanent. Le Basque Children's Committee, l'association caritative en charge, cherchait activement une solution. Un peu partout dans le pays, ils montaient des « colonies » pour héberger les enfants, et les destinations pouvaient être arbitraires. Pour certains, il pouvait s'agir d'une autre tente, d'un hôtel vide, ou d'un château. Dans le cas de Mercedes, ce fut un pavillon de campagne.

À la fin du mois de juillet, elle accompagna un groupe de vingt-cinq enfants, dont Enrique et Paloma, dans le Sussex. Ils prirent le train jusqu'à Haywards Heath et furent accueillis à la gare par la fanfare de la ville et des enfants venus leur offrir des sucreries. Ce fut une douce et heureuse journée. De là, ils prirent un bus qui les déposa dans un village quinze kilomètres plus loin. Après une courte marche, ils atteignirent les grilles de Winton Hall.

Les colonnes surmontées d'aigles à l'entrée, bien que délabrées, étaient imposantes. Certaines briques saillaient et l'un des rapaces recouverts de mousse avait perdu une aile. Ils n'en étaient pas moins intimidants. Main dans la main, les enfants avancèrent deux par deux le long de l'allée jonchée d'ornières. Mercedes marchait avec Carmen, l'enseignante responsable du groupe. Au cours des deux derniers mois, les deux femmes étaient devenues très proches.

Il faisait chaud. La température leur donnait l'impression d'être de retour chez eux. Les champs pas encore moissonnés autour d'eux étaient clairs et secs et le ciel d'un bleu limpide. Des papillons se prélassaient sur les buissons de buddleias qui fleurissaient en masse le long du chemin, et les plus jeunes s'ébaudirent devant les vulcains qui voletaient autour d'eux. Ils cueillirent des boutons-d'or et des pâquerettes sur le bas-côté et inventèrent une chanson. La promenade était agréable et ils en oublièrent presque le poids de leurs bagages.

Mercedes fut la première à atteindre le virage derrière lequel apparut la maison. Elle avait vu des photographies de demeures ancestrales anglaises dans les livres, mais jamais elle n'aurait pu imaginer qu'une de ces imposantes bâtisses deviendrait sa maison. Winton Hall était bâtie en pierre couleur sable et comportait plus de cheminées et de tourelles que ne savaient en compter les plus jeunes enfants.

— C'est un château de conte de fées ! s'exclama Paloma.

— Est-ce qu'on va habiter avec le nouveau roi ? demanda son amie.

Depuis une chambre de l'étage, les propriétaires avaient suivi l'avancée des Espagnols le long de la route et se tenaient maintenant en haut des marches de l'entrée. Deux épagneuls étaient assis à leurs pieds.

Sir John et Lady Greenham affichaient tous les attributs de l'aristocratie terrienne sans aucune des richesses. Winton Hall avait été bâtie par le grand-père de Sir John, un industriel prospère. Cependant, au fil des ans et des générations suivantes qui y avaient habité, sa structure avait commencé à se désagréger.

— Bienvenue à Winton Hall, déclara le maître des lieux, en venant à leur rencontre.

Carmen était la seule du groupe à parler anglais. Les enfants avaient appris quelques mots depuis leur arrivée mais ne pouvaient pas encore tenir une conversation.

Mercedes ne connaissait que « *hello* » et « *thank you* ». Deux mots fort utiles dans cette situation et elle réussit à les bredouiller.

Lady Greenham demeura en haut de l'escalier, posant sur eux un regard froid. Accueillir des réfugiés n'était pas son idée, mais le caprice de son mari, parent éloigné de la redoutable duchesse d'Atholl, qui avait créé le Basque Children's Committee et qui s'était donné pour mission de leur trouver des foyers à travers tout le pays. Lady Greenham se rappelait avec netteté la première fois où son mari avait exposé son projet de les accueillir chez eux.

— Nous devons venir en aide à ces pauvres petits ! l'avait-il exhortée. Ce ne sera pas pour longtemps.

Il venait juste de rentrer d'une réunion à Londres où la « Duchesse Rouge », comme on l'appelait, avait sollicité le soutien de ses connaissances.

Sir John était un homme au grand cœur et il ne voyait aucune raison de refuser à un groupe d'Espagnols inoffensifs d'investir les chambres poussiéreuses du manoir. Le couple n'avait jamais eu d'enfants et, en dehors d'une souris de temps en temps, les visiteurs se faisaient rares dans les couloirs de la maison depuis fort longtemps.

— Très bien, avait consenti à contrecœur son épouse. Mais dans ce cas, nous n'accepterons pas les garçons. Seulement les filles. Et un petit nombre.

— J'ai bien peur que nous ne puissions pas faire ça, répondit-il avec fermeté. Les fratries devront rester ensemble.

Dès le début, Lady Greenham bouillait de ressentiment. Malgré son état de délabrement, sa demeure l'emplissait encore d'une grande fierté. Ils se passaient depuis longtemps de domestiques, sous la vigilance desquels la maison avait été d'une propreté irréprochable, et se contentaient maintenant d'une gouvernante myope qui à l'occasion enlevait d'un coup de chiffon une toile d'araignée. Malgré cela, Lady Greenham avait à cœur le prestige passé de la demeure et son rang social de châtelaine.

Les enfants gravirent les marches et pénétrèrent dans le vestibule, les yeux comme des soucoupes. Des portraits aux couleurs sombres les observaient depuis les murs. Paloma gloussa.

— Regarde-le, murmura-t-elle à Enrique, en désignant l'une des peintures. Il est si gros !

Sa remarque lui valut un regard désapprobateur de la part de Carmen. Même si elle était sûre que leurs hôtes ne comprenaient pas ses paroles, la raison de son amusement était évidente.

Le sourire figé de Lady Greenham s'effaça.

— Bien, les enfants, commença-t-elle pas le moins du monde perturbée par le fait qu'ils n'avaient aucune idée de ce qu'elle racontait mais haussant le ton des fois que cela aiderait à la compréhension. Établissons quelques règles, voulez-vous ?

Ils se mirent en cercle autour d'elle. Pour la première fois, Mercedes étudia de plus près l'Anglaise. Elle paraissait être du même âge que sa mère, quarante-cinq ans environ. Son mari, dont les mèches de cheveux roux recouvraient mal le crâne chauve, était sans doute plus vieux qu'elle de quelques années. Sa peau était parsemée de taches de rousseur et Mercedes, qui n'en avait jamais vu autant, fit de son mieux pour ne pas le dévisager.

Carmen traduisait les paroles de Lady Greenham au fur et à mesure.

— On ne court pas dans les couloirs… On enlève ses chaussures en revenant du jardin… Interdiction d'aller dans la salle de réception et dans la bibliothèque… Il ne faut pas exciter les chiens…

Tous écoutèrent en silence.

— Les enfants, vous comprenez ces règles ? demanda Carmen pour tenter de briser la tension.

— *Sí ! Sí ! Sí !* approuvèrent-ils tous.

— Maintenant, je vais vous montrer où vous allez dormir, intervint Sir John.

Les pieds des enfants martelèrent l'escalier comme ils suivaient leurs hôtes.

Lady Greenham s'arrêta et pivota sur ses talons. Les enfants s'immobilisèrent.

— Il me semble que nous avons déjà enfreint une règle, non ?

Carmen s'empourpra.

— Oui, en effet. Je suis désolée, dit-elle d'un ton contrit. Les enfants, redescendez l'escalier et ôtez vos chaussures, s'il vous plaît.

Ils obéirent et les souliers boueux furent empilés de façon précaire au pied de l'escalier.

— Je vous montrerai où les ranger plus tard, déclara Lady Greenham.

Ses propres escarpins claquèrent sur le marbre du couloir comme ils poursuivaient leur route vers les chambres.

En dépit des douces températures extérieures, l'intérieur de la maison était frais.

Les garçons se retrouvèrent dans une chambre du premier étage pourvue d'un haut plafond, de larges fenêtres à guillotine et ornée d'un grand tapis persan aux couleurs délavées. Les filles, quant à elles, investirent deux chambres sous les toits qui sentaient le renfermé, autrefois quartier des domestiques. Chacune contenait plusieurs lits et les enfants devaient partager au mieux. Carmen et Mercedes dormiraient en haut pour rester avec les filles.

L'heure du souper arriva. Au début, l'accueil de la gouvernante, Mrs Williams, fut aussi peu chaleureux que celui de sa maîtresse. Dans la cuisine, elle leur dressa une liste de règles à suivre.

— Ne laissez pas votre assiette sale sur la table. Ne faites pas tinter vos couverts. Ne gâchez pas la nourriture. Ne laissez pas les chiens manger les restes. Ne mettez pas d'épluchures dans l'évier. N'oubliez pas de vous laver les mains avant les repas.

Chaque recommandation s'accompagna d'une démonstration mimée. Quand elle eut terminé, elle sourit – un large sourire qui sollicitait tous les muscles de son visage, même ses yeux, sa bouche et les fossettes qui creusaient ses joues. Les enfants virent alors que cette femme avait bon cœur.

Dans l'immense salle à manger où des chandeliers en cristal poussiéreux pendaient du plafond, la longue table était bizarrement dressée de céramique verte et de tasses en étain. Lady Greenham n'allait tout de même pas sortir sa belle porcelaine fine pour des petits étrangers.

Leur premier repas se composa de viande hachée puis d'un gâteau de tapioca. La majorité des enfants réussit à avaler le premier plat très gras mais le dessert fut une autre paire de manches. Plusieurs s'étouffèrent et Paloma vomit même sur le parquet. Carmen et Mercedes se précipitèrent pour nettoyer. Il était impératif que Lady Greenham ignore tout de l'incident, car elle verrait ce genre de catastrophe comme une preuve de la folie de l'idée de son mari d'accueillir ces enfants.

La gouvernante, en dépit de sa grande loyauté envers ses employeurs, ne voulait pas causer de problèmes aux nouveaux arrivants. Elle participa donc au nettoyage et promit de ne pas mentionner l'affaire.

Dorénavant, elle servirait de la semoule à la place du tapioca.

Le lendemain, après un petit déjeuner de pain et de margarine, les enfants furent autorisés à aller explorer l'extérieur de la propriété. Ils étaient curieux de voir jusqu'où ses limites s'étendaient. Ils découvrirent un jardin à la française à la pelouse trop haute et aux parterres bordés de briquettes, où les mauvaises herbes semblaient pousser plus volontiers que les roses contre qui elles menaient une lutte acharnée. Chose intrigante, il y avait un énorme trou immergé. Ils déduisirent à la barque sans fond coincée au milieu et aux rames qui pointaient de la boue comme des mâts qu'il s'agissait autrefois d'un lac artificiel. Certains en firent le tour, mais la végétation qui envahissait l'allée la rendait impraticable. Au-delà du lac, se trouvait un bois d'un côté et des champs de l'autre ; dans certains, des vaches paissaient. Le jardin, qui avait de toute évidence servi de retraite à un peintre amateur, semblait agité d'un petit grain de folie. Il était rond, si bien que la lumière pouvait venir de tous côtés. Un chevalet était appuyé contre le mur, et une vieille table était recouverte de croûtes de peinture séchée, et des tubes reposaient encore dessus. Des pinceaux étaient plantés, pointe en bas, dans une tasse. Personne n'était venu ici depuis des années. Pilar et Esperanza, deux des filles les plus âgées, furent transportées par cette retraite secrète et dénichèrent des feuilles et des bâtons de fusain. Le papier était humide mais encore utilisable et elles se mirent à dessiner. Des heures plus tard, elles étaient encore absorbées dans leur tâche.

Mercedes fut attirée par un pavillon d'été en bois près du lac dont elle poussa la porte. L'intérieur débordait de vieilles chaises longues.

— Sortons-en quelques-unes, proposa Paloma, qui explorait les environs avec elle.

Elle tira l'une des chaises longues au soleil, avant de découvrir que la toile avait pourri.

— Tant pis, dit-elle d'un ton enjoué. Nous pourrons peut-être les réparer.

Plus tard dans la semaine, elles se mettraient à la tâche.

Certains enfants trouvèrent le potager clos où quelques légumes poussaient encore. Par le passé, on les cultivait en quantité industrielle mais désormais seuls quelques oignons et des pommes de terre y subsistaient. Une des filles se rendit dans la serre et trouva des fraises qui poussaient dans un bac. Elle ne put s'empêcher d'en déguster une et passa le reste de la journée rongée par l'angoisse en se demandant si Lady Greenham avait compté les fruits et remarquerait qu'il en manquait un.

D'autres enfants découvrirent un court de tennis laissé à l'abandon et, dans un cabanon à proximité, le vieux filet roulé. Carmen, aidée de plusieurs garçons, essaya de l'installer. Les lignes étaient encore visibles et une fois qu'ils eurent dégoté de vieilles raquettes auxquelles il manquait une ou deux cordes, ils échangèrent quelques balles. Ils ne s'étaient pas amusés comme cela depuis bien trop longtemps.

À l'heure du déjeuner, Sir John, qui venait les chercher, les entendit rire et les trouva en train de jouer.

— Qu'est-ce que c'est ? demanda Carmen en brandissant un grand marteau en bois. Il y en a plusieurs dans une boîte.

— C'est un maillet de croquet, répondit-il avec un sourire.

— Un maillet de croquet… répéta Carmen, guère plus avancée.

— Je pourrais peut-être vous montrer comment jouer après le déjeuner.

— C'est un jeu alors ?

— Oui. Et nous y jouions sur cette pelouse.

Il désigna une grande étendue d'herbe plate désormais recouverte de plaques de mousse.

— Le terrain est irrégulier maintenant mais cela ne devrait pas nous empêcher de jouer.

Après un déjeuner composé de soupe de pommes de terre, de pain et d'un morceau de fromage que les enfants trouvèrent caoutchouteux mais apprécièrent tout de même, ils retournèrent au jardin. L'heure du cours de croquet avait sonné. Sir John installa les arceaux, puis enseigna à un petit groupe les règles étranges et excentriques du jeu. Même les garçons se montrèrent dédaigneux quant à la possibilité de faire sortir un autre joueur de la pelouse, et adoptèrent une stratégie plus noble. Ils avaient assisté à suffisamment de violences pour toute une vie.

Les différentes zones du jardin et leur charme délicieux fascinèrent tout le monde et en ce parfait après-midi anglais, tous oublièrent temporairement leur passé et profitèrent de l'instant présent. Ils avaient la liberté de courir comme ils voulaient et la possibilité de s'asseoir tranquillement aussi. Les petits avaient découvert un banc au soleil et s'y installèrent pour dessiner.

Carmen était restée en contact avec d'autres professeurs, et les conditions de vie dans certaines autres colonies lui firent apprécier plus que jamais la chance qui était la leur d'être hébergés à Winton Hall. Dans l'une d'elles, les enfants se retrouvaient à travailler sans rémunération dans une laverie, et dans certains des foyers tenus par des catholiques, les religieuses n'hésitaient pas à user de châtiments corporels.

Ceux qui se trouvaient dans les camps de l'Armée du Salut semblaient les plus à plaindre. « Les mines sévères des femmes en coiffe qui nous font chanter l'hymne anglais ne font que me rappeler pourquoi nous avons dû quitter l'Espagne », écrivit l'amie de Carmen. « Des gens en uniforme nous forçant à nous convertir à leur religion ! Cela ne te rappelle rien ? »

Mercedes avait le sentiment que même si leurs actions partaient souvent d'une bonne intention, certains responsables des colonies ne comprenaient pas la souffrance que ces enfants avaient vécue.

36

Les journées chaudes se succédaient et l'ambiance à Winton Hall était généralement agréable. Plusieurs des enfants avaient récemment reçu des courriers de leur famille restée à Bilbao. Enrique et Paloma comptèrent parmi les chanceux et savaient maintenant que leur mère, leur petit frère et leur petite sœur se portaient bien.

Le matin, les enfants suivaient quelques leçons, et l'après-midi était consacré au jeu. Quelques-uns s'efforcèrent un jour de retrouver les paroles de leurs chansons préférées et les pas de danses traditionnelles basques. Il était primordial pour eux de ne pas oublier leurs racines. Les jours suivants, ils répétèrent jusqu'à connaître les pas et les paroles par cœur. Ils allaient organiser une représentation pour Sir John et Lady Greenham ainsi que pour Mrs Williams, si le cœur leur en disait.

Un soir après le repas, ils offrirent un spectacle. Même Lady Greenham se laissa aller à applaudir. Sir John débordait d'enthousiasme.

— C'était fantastique, dit-il à Carmen. Absolument merveilleux.

— Merci, répondit-elle avec un immense sourire.

— Je viens d'avoir une idée ! Vous devriez monter un spectacle dans le village.

— Certainement pas, répliqua Carmen. Je crois que les enfants seront bien trop intimidés.

— Intimidés ? s'exclama Sir John. Ils ne me semblent pas du tout timides.

— D'accord, je leur en parlerai plus tard, accepta Carmen qui ne voulait pas repousser l'idée. Pensez-vous que les gens seraient prêts à payer ?

Au cours des dernières semaines, elle avait pris conscience que l'argent nécessaire à leur pension ne coulait pas à flots. Même si le Basque Children's Committee menait une fervente campagne de dons, les citoyens britanniques n'étaient pas toujours disposés à donner de leur poche pour des enfants qu'ils considéraient comme des communistes. Dans chaque colonie, les exilés trouvaient des moyens de gagner de l'argent.

Sir John avait raison. Plus tard dans la soirée, les enfants votèrent à l'unanimité pour monter sur scène.

— Nous ne connaissons que trois danses et cinq chansons ! avança l'une des grandes. Vous pensez que nous pouvons faire payer pour cela ?

Un murmure d'approbation parcourut les enfants. Mercedes n'hésita pas une seconde à proposer une autre idée.

— Je pourrais danser. Ils n'ont peut-être jamais vu danser le flamenco avant.

— Cela enrichirait sans aucun doute le programme, approuva Carmen qui connaissait le passé de Mercedes. Mais qui t'accompagnera ?

— Nous n'avons pas de guitariste ici, répondit Mercedes en s'efforçant de voir le verre à moitié plein, mais je pourrais vous enseigner quelques *palmas* et vous m'accompagneriez en frappant des mains.

Plusieurs se portèrent volontaires. Ils ne manquaient en tout cas pas d'enthousiasme.

— Et moi j'ai ça, dit une petite voix au fond de la chambre.

C'était Pilar. Toutes les têtes se tournèrent vers elle quand ils entendirent le son ronronnant des castagnettes. On aurait dit le chant d'une cigale, et par cette chaude nuit, ils se crurent presque à la maison. Pilar jouait des castagnettes depuis qu'elle avait trois ou quatre ans, et l'adolescente de quatorze ans était passée maître dans l'art de les manier.

— Parfait, déclara Mercedes. Nous avons notre spectacle.

La troupe de danseurs comptait désormais vingt membres et tout le monde répéta avec ardeur pendant trois jours. Ceux qui ne dansaient pas dessinèrent des affiches que Sir John placarda dans le village.

Au grand dépit de Lady Greenham, Mercedes répéta dans l'entrée, où le marbre pouvait endurer le martèlement de ses pieds. Les filles s'installaient sur les marches pour l'observer à travers les barreaux de la rampe d'escalier. Jamais elles n'avaient vu quelqu'un danser comme elle et elles étaient complètement sous le charme, applaudissant et tapant du pied avec gratitude dès que Mercedes se reposait.

Pilar s'asseyait au bout du couloir. Elle battait doucement la mesure des mains au début, cherchant le rythme puis, inaudible à toutes, sauf à ses propres oreilles, elle travaillait des séquences de castagnettes. Lorsqu'elle était satisfaite, elle s'approchait et jouait pour Mercedes. Elle exploitait chaque variation complexe des sons produits par les castagnettes, les faisant triller, chanter, claquer et cliqueter.

— C'est merveilleux, Pilar, la complimenta Mercedes.

Jamais elle n'avait entendu jouer des castagnettes avec autant d'éloquence.

Le soir du spectacle, tous les sièges de la salle des fêtes étaient occupés. Certains spectateurs n'étaient venus que poussés par la curiosité, pour voir de leurs propres yeux ces « petits au visage mat » comme les décrivait le Basque Children's Committee. Pour eux, il s'agissait presque d'une sortie au zoo. D'autres n'étaient là que pour tromper l'ennui. Les divertissements étaient rares dans le village anglais.

Les danses basques charmèrent le public. Mrs Williams ayant réussi à leur dégoter le matériel nécessaire, les filles avaient confectionné elles-mêmes leurs costumes : jupes rouges, gilets verts, tabliers noirs et chemisiers blancs. Elles dansèrent avec vigueur et enthousiasme. Tout le monde applaudit et cria « bis ».

Les chants plurent également au public. Des voix douces parfaitement à l'unisson entonnèrent « *Anda diciendo tu madre* » et même les cœurs les plus durs fondirent. Mercedes, qui attendait dans les coulisses, sentit une boule grossir dans sa gorge en les entendant chanter le dernier mot « *madre* ». Ces enfants se trouvaient si loin de leurs mères et se montraient pourtant si courageux.

Le numéro de Mercedes était le clou du spectacle. Le contraste entre elle et l'innocence naïve des danses basques n'aurait pu être plus prononcé. On était loin des performances automates qu'elle avait données sur la route de Bilbao. Là, dans cette salle des fêtes qui avait une fuite au plafond, devant ce public anglais au visage de marbre, elle livra toute sa douleur et tout son désir. Elle portait la robe à pois blancs que le propriétaire du bar lui avait offerte plusieurs mois auparavant. Elle avait repris du poids depuis et le vêtement la moulait maintenant parfaitement, épousant ses courbes retrouvées.

Si le public s'était évaporé dans l'air de cette chaude nuit, elle n'en aurait eu cure. Ce soir, elle dansait pour elle-même. Certains le comprirent et n'en furent que plus attirés. Ils suivaient avec avidité chaque mouvement expressif et appréciaient les émotions qu'elle dévoilait. Lorsque les castagnettes retentirent, s'accordant au rythme de ses frappes de pieds, tous furent parcourus de frissons.

D'autres trouvèrent sa prestation déroutante. C'était étrange, incompréhensible et inhabituel. Cela les mettait physiquement mal à l'aise. À la fin de sa performance, il y eut un moment de silence. Personne dans le public n'avait jamais rien vu de tel. Alors, certains applaudirent poliment. D'autres tapèrent frénétiquement dans leurs mains. Plusieurs se levèrent. Mercedes avait partagé les cœurs et les esprits.

La réputation des chants et des danses basques, et du flamenco, se répandit. On en parla même dans un journal local. Villes et villages du sud de l'Angleterre demandèrent aux réfugiés de donner une représentation chez eux et toutes les invitations furent acceptées puisque les rémunérations aidaient à leur pension. Une fois par semaine, ils prenaient leurs costumes et partaient pour une nouvelle destination. Le contraste entre l'innocence des danses traditionnelles basques et le style flamboyant du flamenco était unique quel que soit le lieu de leur prestation. Pas un jour ne s'écoulait sans que Mercedes pense à Javier, et lorsqu'elle dansait elle ranimait vivement son souvenir dans son esprit et le faisait réapparaître devant ses yeux. Elle se persuadait qu'il lui fallait continuer à s'exercer pour le jour où ils se retrouveraient.

Quelques mois de douce félicité s'écoulèrent ainsi et la seule personne qui ne semblait pas apprécier l'ambiance de camp de vacances qui flottait à Winton Hall était Lady Greenham.

— Pourquoi a-t-elle toujours cet air aigri, comme si elle venait de manger un citron ? demanda Mercedes à Carmen un soir.

— Je ne crois pas que cela lui plaise beaucoup de nous avoir ici, répondit son amie en énonçant une évidence.

— Pourquoi nous a-t-elle invités dans ce cas ?

— Je ne pense pas que l'idée vienne d'elle. C'est l'œuvre de Sir John. Mais en réalité, je crois qu'elle fait juste partie de ces gens qui ne sont pas heureux.

Lady Greenham affichait une mine encore plus désapprobatrice que d'habitude en entrant à grands pas dans la salle à manger le matin suivant. Sir John dégustait tranquillement une tasse de thé, assis à un bout de la table, appréciant le bourdonnement vague du langage qu'il ne comprenait pas.

— Regardez ! hurla sa femme en abattant un exemplaire du *Daily Mail* sur la table devant lui. Lisez ceci !

Les enfants se turent instantanément, effrayés par son ton colérique.

« Des enfants basques attaquent la police », clamait le gros titre.

Son époux retourna le journal pour que personne d'autre ne puisse le lire.

— C'est peut-être la vérité, ce dont je doute, mais cela n'est pas arrivé ici, n'est-ce pas ? Et vous savez qu'il ne faut jamais croire ce qu'on lit dans les journaux.

— Mais de toute évidence on ne peut pas leur faire confiance, déclara Lady Greenham en poussant un soupir bruyant.

— Je pense que nous devrions discuter de cela à l'extérieur, siffla Sir John avec colère.

Ils quittèrent la pièce mais leurs éclats de voix furent tout de même entendus. Certains enfants écoutèrent à la porte, même s'ils ne comprenaient rien à ce qui se disait. Carmen les poussa pour écouter.

Sir John admit qu'il avait entendu parler d'incidents mineurs dans les villages proches de colonies – chapardage de pommes ou bagarres avec les garçons anglais, voire casse de quelques vitres – mais il était convaincu que ce genre de choses ne se produirait pas à Winton Hall.

Les sentiments ambigus que leur présence éveillait chez Lady Greenham n'avaient jamais été un secret pour Carmen mais à présent elle les comprenait. Cette femme froide était ravie d'accomplir de bonnes actions tant que cela n'interférait pas trop avec sa vie. Elle était dépassée par le « projet » de son mari et jamais elle ne se sentirait à l'aise avec ces étrangers. Ils n'étaient pas d'ici et par conséquent, dans son esprit, ils étaient potentiellement sauvages.

Carmen ne dit rien aux enfants mais se confia à Mercedes.

— Je ne pense pas que nous devrions rester sans rien faire, déclara Mercedes.

— Nous devons lui prouver qu'elle se trompe, approuva Carmen. Les enfants doivent avoir un comportement exemplaire.

Les mois suivants, ce fut leur seul objectif. Ils ne donnèrent à Lady Greenham aucune raison de se plaindre.

À partir de novembre 1937, les parents espagnols commencèrent à écrire au Basque Children's Committee. Ils souhaitaient le retour de leurs enfants. Bilbao n'était plus ni sous blocus ni bombardée. En avril 1938, Señora Sánchez, dont l'immeuble avait été détruit pendant un raid, avait trouvé un nouveau logement. Elle était à présent prête à réunir sa famille, et Enrique et Paloma préparèrent leurs valises afin de rentrer chez eux.

Mercedes accompagna les enfants en train jusqu'à Douvres, d'où ils embarqueraient sur un bateau pour la France avant de poursuivre par les terres jusqu'en Espagne. Assise dans le wagon, les oranges et les ocres du paysage automnal défilant par la fenêtre, elle regarda les deux petits dont elle s'occupait. Paloma était restée une petite fille. Sa poupée, Rosa, était assise sur ses genoux, comme lors du voyage en train de Santurce au quai d'embarquement en mai dernier. En comparaison, Enrique avait considérablement changé. Il affichait toujours la même expression inquiète mais il s'était transformé en jeune homme. Elle se mit à imaginer leurs retrouvailles avec leur mère et sentit une lame lui transpercer le cœur.

— Je ne suis pas sûr de vouloir rentrer, déclara Enrique à Mercedes quand il vit que sa sœur s'était endormie, bercée par le train. Certains garçons refusent de retourner en Espagne. Ils pensent que c'est dangereux.

— Mais ta mère t'a écrit de rentrer. Elle ne te le demanderait pas si elle pensait que ce n'était pas prudent, tenta Mercedes pour le rassurer.

— Et si ce n'était pas elle qui me le demandait ? Si on l'avait forcée à écrire cette lettre ?

— Tu es très soupçonneux, dit Mercedes. Je suis sûre que le Comité ne vous laisserait pas rentrer s'il suspectait une chose de ce genre.

Mercedes n'avait rien détecté de fâcheux dans ces lettres qui arrivaient régulièrement pour demander aux enfants de rentrer. Qu'ils retournent en Espagne semblait la chose la plus naturelle au monde et puis, c'était ce qui était prévu depuis le début. Nombreux étaient les parents qui préféraient que leurs enfants fassent le salut fasciste à leur côté plutôt que de les savoir à des milliers de kilomètres dans un pays étranger. La guerre grondait désormais à travers toute l'Europe du Nord, si bien que « la maison » devait être le lieu le plus sûr pour tout le monde.

Mercedes serra les deux enfants dans ses bras avant de les confier à la personne chargée d'accompagner tout un groupe en Espagne. Enrique lutta pour retenir ses larmes mais ni Mercedes ni Paloma ne purent réprimer les leurs et leurs adieux furent émouvants. Des promesses de retrouvailles qui venaient du fond du cœur furent échangées.

Tout en regardant le bateau s'éloigner, Mercedes lutta contre son désir de rentrer en Espagne. Elle n'avait aucune idée de l'endroit où se trouvait Javier et elle craignait terriblement le sort qui l'attendait si elle rentrait à Grenade. Elle savait que rester en Angleterre valait mieux pour elle. Elle avait encore fort à faire avec les enfants qui n'avaient toujours pas reçu de lettres de leurs parents leur demandant de rentrer. Certains savaient que si leurs deux parents avaient été tués, ce jour n'arriverait jamais. Mercedes prit le train de retour pour Haywards Heath et regagna Winton Hall où de nouveaux enfants en provenance d'une autre colonie qui avait fermé étaient attendus. Le nombre initial de quatre-vingt-dix colonies se réduisait à mesure que les évacués regagnaient leur patrie.

Ils continuèrent de donner des représentations de danse et malgré un groupe de réfugiés plus restreint désormais, leur public les attendait chaque fois avec enthousiasme maintenant que leur réputation était faite et que l'attitude des autochtones envers eux s'était adoucie. De temps en temps, une autre danseuse de flamenco se joignait à Mercedes, et deux frères venus d'une autre colonie du Sussex, guitaristes accomplis, l'accompagnaient parfois.

Lorsque Madrid tomba au printemps 1939, Franco ordonna que chaque évacué et exilé encore en Angleterre rentre en Espagne. Beaucoup furent mis en garde. Indigence, persécution et arrestation étaient plus qu'envisageables.

Mercedes comprit que le moment était venu de prendre un risque. Elle rédigea une courte lettre, aux mots choisis avec soin, à sa mère pour lui raconter où elle se trouvait. Elle espérait recevoir une réponse qui lui conseillerait quoi faire.

À Grenade, Pablo et Concha pleurèrent de joie en recevant la lettre de leur fille qui leur apprenait qu'elle était en vie et en sécurité.

— Tout ce temps, elle s'est occupée d'enfants ! s'exclama son père en contemplant l'écriture soignée de sa fille. Elle n'était elle-même qu'une enfant la dernière fois que je l'ai vue.

— Et elle continue à danser… ajouta Concha. C'est fantastique qu'elle danse encore.

Ils relurent plusieurs fois la lettre puis discutèrent de la réponse à lui faire.

— Ce sera merveilleux de la revoir. Je me demande quand elle va rentrer, déclara le vieil homme enthousiaste.

Concha n'y alla pas par quatre chemins. Ces derniers temps, elle avait tendance à mener la danse et à prendre les décisions. Pablo était très diminué depuis son séjour en prison.

— Je crois qu'elle devrait rester en Angleterre, déclara-t-elle sans détour. Nous ne pouvons pas la laisser revenir ici.

— Pourquoi ça ? s'enquit Pablo. La guerre est finie.

— Ce n'est pas prudent, Pablo, répondit Concha d'un ton catégorique. Ce n'est pas dans l'intérêt de Merche. Peu importe à quel point nous voulons la revoir.

— Je ne comprends pas, déclara son mari en abattant son verre sur la table. Elle n'est qu'une jeune fille innocente.

— Eh bien, les autorités ne le verront pas de cet œil. Elle a fui le pays. Son geste est considéré comme hostile, et ensuite elle a reporté son retour. Crois-moi, Pablo, elle sera arrêtée, c'est certain. J'ai besoin de la savoir en sécurité.

— Et Javier ? tenta Pablo. Elle voudra rentrer pour le voir.

C'était ce que Concha redoutait plus que tout. Si Mercedes apprenait que Javier était en vie à Cuelgamuros, elle voudrait sûrement rentrer. Pour le bien de sa fille, elle choisit de lui cacher cette information.

À Winton Hall, Mercedes attendait avec impatience la réponse de ses parents. Enfin, parmi d'autres enveloppes en provenance d'Espagne flanquées de timbres à l'effigie du nouveau dictateur, une lettre de Grenade lui parvint. À la vue de l'écriture de sa mère, Mercedes se mit à trembler. L'aspect familier lui faisait sentir sa mère douloureusement proche. Elle déchira l'enveloppe, espérant des nouvelles de tout le monde. La déception fut brûlante. À l'intérieur, une seule feuille et deux phrases abruptes :

Ton père et moi attendons ton retour avec impatience. Ta sœur t'embrasse.

Il y avait tant à lire entre les lignes. Mercedes était ravie d'apprendre que son père était rentré à la maison mais elle s'inquiétait qu'il ne soit pas fait mention d'Antonio. Elle craignit le pire. La seconde phrase était d'une limpidité absolue ; la référence absurde à une sœur signifiait clairement que sa mère ne pensait pas ce qu'elle écrivait. Concha Ramírez ne pouvait peut-être pas le dire ouvertement à cause de la censure, mais Mercedes savait qu'on lui conseillait de ne pas rentrer. L'enfant rebelle avait depuis longtemps disparu. La jeune femme mature qu'elle était devenue suivit le conseil de sa mère.

37

En mai 1939, comme Winton Hall voyait partir le dernier de ses *niños* de Bilbao, Mercedes sut que l'heure était venue pour elle aussi de prendre son envol. La demeure lui avait offert un abri sûr pendant deux ans et elle repenserait à son cadre grandiose et ses jardins pleins de charme avec tendresse.

Plusieurs *señoritas* allaient travailler comme domestique, d'autres suivaient une formation de secrétaire. Toutes prenaient des cours d'anglais. Au cours des deux années passées en Angleterre, très peu avaient appris plus que quelques mots de vocabulaire pratique. Ne vivant et ne fréquentant que des compatriotes, leur principal souci avait été de préserver leur langue et leur culture. Rester au Royaume-Uni était le cadet de leurs préoccupations à ce moment-là.

À l'instar de Mercedes, Carmen ne pouvait rentrer en Espagne. Son père et son frère avaient tous deux été arrêtés les premiers mois qui avaient suivi l'arrivée de Franco au pouvoir. Ils étaient entrés dans la résistance et lorsque les autorités les avaient rattrapés ils venaient juste de faire sauter un pont à l'extérieur de Barcelone. Tous deux étaient condamnés à mort. La mère de Carmen aussi avait été emprisonnée.

Lorsque le moment des adieux arriva, Lady Greenham se montra presque chaleureuse. On supposa que ce changement d'attitude était dû à la joie qu'elle ressentait de les voir partir, mais son sourire pincé n'en laissa rien paraître. Pour sa part, en revanche, Sir John avait les yeux embués. Il ne laissa pas couler ses larmes mais son émotion était visible. Ils promirent de revenir leur rendre visite. Sir John acquiesça sans un mot et tourna les talons.

Mercedes était à la fois enthousiaste et anxieuse à la perspective des mois à venir. Tout comme elle l'avait espéré en embarquant sur le bateau à Bilbao, elle priait pour que cette vie d'exil ne dure pas éternellement.

La destination évidente était Londres. La capitale comptait une importante communauté espagnole et les opportunités d'emploi foisonneraient une fois qu'elle saurait parler la langue.

— Cela fait une drôle d'impression d'être à nouveau en ville, dit Mercedes à Carmen comme elles débouchaient sur une rue animée au sortir de la gare Victoria.

— Pour être honnête, c'est même un soulagement, approuva Carmen. J'en avais assez de la campagne.

— Pour ma part, j'en avais assez de Bilbao quand on l'a quittée, fit remarquer Mercedes.

— Eh bien, Londres n'est pas Bilbao. Nous allons nous amuser ici ! J'en suis convaincue.

La rue londonienne grouillait de monde. Aux yeux des deux Espagnoles, ces passants étaient tous d'une grande élégance et affichaient un air résolu. Un couple d'Espagnols leur avait offert de partager un appartement à Finsbury Parket les deux femmes prirent le bus pour s'y rendre. Installées à l'étage du bus à impériale, à l'avant, elles profitèrent pleinement du trajet à travers la ville. Elles n'en croyaient pas leur chance de se trouver dans la capitale anglaise. Hyde Park Corner, Oxford Street, Regent's Park, tous ces endroits dont elles avaient entendu parler… mais la réalité dépassait leurs espérances. Ces lieux étaient pittoresques, pleins de charme et de vitalité. Enfin, le chauffeur annonça leur arrêt et elles descendirent du bus. Elles marchèrent encore cinq minutes et atteignirent leur nouvelle maison : une demeure victorienne mitoyenne plantée sur une jolie petite rue où les cerisiers étaient en fleur.

Les propriétaires étaient arrivés en Angleterre avant la guerre et soutenaient l'action du Basque Children's Committee avec ardeur. Mercedes et Carmen allaient être très bien accueillies. Même la jolie céramique peinte collée aux murs et les représentations encadrées de la Sierra Nevada leur donnaient le sentiment d'être à la maison.

Mais la menace du fascisme croissait, ainsi que les partisans de la République en Espagne l'avaient craint, et la guerre éclatait partout en Europe. En septembre 1940, Londres fut bombardée, et devint la cible d'attaques incessantes les huit mois qui suivirent.

— Donc maintenant notre pays d'origine est en paix et nous sommes bombardés… dit Mercedes à

Carmen un soir où elles s'étaient réfugiées, terrifiées, dans l'abri antiaérien au fond du jardin.

— Quelle ironie de se retrouver dans un pays étranger de nouveau la cible des Allemands, commenta Carmen d'un air songeur. Quoi qu'il en soit, tu te trompes. Notre pays n'est pas en paix. Comment pourrait-il l'être avec des centaines de milliers de prisonniers politiques ?

Cette guerre contre Hitler était une horreur absolue mais lorsque vint le moment d'évacuer les enfants de Londres, l'atmosphère n'y fut en rien comparable à celle de Bilbao lors du grand exode. En Espagne, le pays s'était retourné contre lui-même. Rien d'aussi pernicieux n'existait en Angleterre. Il y avait de la peur, mais pas de terreur.

Les résidents de la maison victorienne passaient souvent la nuit entière dans l'abri. C'était l'endroit le plus sûr. Mercedes et Carmen discutaient pendant des heures de leur passé et de ce qui les attendait peut-être à l'avenir. L'éventail des possibilités de ce dernier était si large qu'il n'existait plus aucune limite à leurs rêves. Elles avançaient en territoire complètement inconnu.

Mercedes travaillait d'arrache-pied à ses leçons d'anglais et aux tâches domestiques. À partir de l'automne 1941, elle put s'adonner à ses loisirs à *El Hogar Español*. Le Premier ministre de la République en exil, Negrín, avait loué un immeuble sur Inverness Terrace qui était devenu le point de rencontre des exilés espagnols.

C'était le cœur de leur vie sociale et culturelle, et tout le monde s'y rendait pour rencontrer des gens et parfois pour chanter. Le lieu était fréquenté par des gens comme Mercedes qui astiquaient des manteaux de cheminée anglais aussi bien que par des intellectuels et des politiciens en exil. Le week-end, on organisait même des fêtes. À ces occasions, Mercedes délaissait son plumeau et dansait. Les mouvements des volants de sa robe et le claquement de ses chaussures au bout en métal lui donnaient chaque fois la sensation d'être entière, comblée. Voilà qui elle était, et dans sa tête elle rentrait chez elle. D'autres chantaient, dansaient, jouaient de la guitare ou des castagnettes, et les douces soirées d'été, quand les fenêtres étaient ouvertes, les curieux se rassemblaient dans la rue et écoutaient le martèlement intempestif des pieds et les airs mélancoliques de la guitare flamenca. De temps en temps, quelques-uns, dont Mercedes, se produisaient même en public.

Elle recevait régulièrement des lettres de sa mère maintenant, qui lui envoyait aussi des photographies auxquelles elle tenait particulièrement. De son côté, elle finit par lui raconter son histoire. Elle déduisit à la façon dont Concha décrivait son père que celui-ci n'était plus que l'ombre de l'homme qu'il avait été. Cette pensée l'attrista profondément, et lui donna envie de rentrer à la maison pour aider. Les lettres qui suivirent lui en apprirent davantage sur ce qui était arrivé à Antonio et lui transmettaient également des nouvelles plus générales sur le climat en Espagne. Elle en conclut que Carmen avait raison. Tant que des hommes étaient injustement emprisonnés et traités comme des esclaves, leur pays ne serait pas en paix. Chaque fois qu'elle recevait une lettre portant le cachet de l'Espagne, elle espérait un bref instant qu'elle venait de Javier. Elle ne doutait pas que s'il lui écrivait au café, sa mère lui ferait suivre sa lettre. Pas une seconde Mercedes ne perdit espoir.

Les années s'écoulèrent et l'anglais de Mercedes s'améliora. En 1943, elle parlait suffisamment bien la langue pour suivre une formation de secrétaire. Peu après, elle postula pour un emploi à Beckenham qu'elle eut la chance d'obtenir. Le trajet quotidien depuis Finsbury Park étant trop long, elle emménagea avec Carmen, elle-même ravie de changer de décor, dans un appartement au sud de Londres.

La vie était aussi douce que possible pour des déracinées comme elles. Elles ne pouvaient plus se rendre à *El Hogar Español* aussi souvent maintenant, alors même que Mercedes y était invitée à danser au moins une fois par mois et que ses performances vibrantes d'émotion attiraient une foule admirative.

Mercedes s'efforçait de ne pas trop penser à la pression sous laquelle ses parents vivaient. Le café qu'ils tenaient continuait de tourner relativement bien sous le nouveau régime mais la douleur constante de la mort de leurs trois fils ne s'atténua jamais. Concha songeait parfois qu'elle n'avait plus de larmes à verser mais son chagrin éternel les renouvelait sans cesse. Chaque jour, elle avait la sensation d'avancer sur du verre brisé ; elle esquissait chaque pas avec prudence et réserve, dans la seule intention de supporter le chagrin du lever au coucher. Le tic-tac tranquille de la pendule était le seul bruit qu'ils toléraient une fois le dernier client parti.

Même si c'était avec une lenteur affligeante, les lettres parvenaient en Angleterre. Concha s'efforçait toujours d'adopter un ton enjoué, tout en décourageant sa fille de revenir. « Tu dois mener une vie agréable là-bas », écrivait-elle. « Et si tu rentrais, tu ne reconnaîtrais rien. » C'était sa façon de garder Mercedes loin d'un pays qui ne serait plus que souvenirs et espaces vides.

Les lettres de Mercedes à ses parents donnaient le sentiment qu'elle était bien installée dans sa nouvelle vie. Alors que leur fille lisait entre les lignes des missives qu'ils lui envoyaient, ses parents n'envisagèrent pas un instant de gratter la surface de ses mots ou de remettre en question l'impression de bien-être qu'elle passait tant de temps à créer.

Les demi-vérités de leur correspondance ne signifiaient pas qu'il n'y avait pas d'amour entre eux. Elles indiquaient simplement qu'ils s'aimaient suffisamment pour vouloir se protéger les uns les autres.

Il y eut toutefois un événement que Concha ne put dissimuler à sa fille. En 1945, Pablo décéda. L'hiver à Grenade avait été rude, et le froid humide avait pénétré sa poitrine et envahi ses poumons. Pablo n'avait tout simplement plus assez de forces pour le combattre. L'annonce de sa mort fut pour Mercedes le moment le plus difficile à vivre depuis qu'elle avait quitté Bilbao.

Lorsque la guerre en Europe s'acheva et que les hommes rentrèrent du front, la vie sociale des jeunes filles espagnoles se concentra autour du dancing local, le Locarno. Après six années de conflit et d'angoisse, la danse se révélait un antidote de choix. Grâce à elle, on pouvait redécouvrir la sensation d'être en vie et elle ne nécessitait aucun coupon. Tous les jeunes de leur âge dansaient la valse et le quickstep, et lorsque la vogue fut aux danses latino-américaines, Carmen et Mercedes s'y mirent avec aisance.

Les dancings étaient le lieu où les jeunes gens se faisaient la cour, et la majorité avait un objectif clair : trouver à se marier. Mercedes échappait à la règle. La dernière chose qu'elle avait en tête était la quête de l'âme sœur. Elle savait déjà qui était l'amour de sa vie, et lorsqu'elle sortait le vendredi et les amedi, elle n'était habitée d'aucun désir au-delà du plaisir enrichissant de la danse.

Chaque soir, les hommes dansaient avec des partenaires différentes ; des jeunes filles qu'ils connaissaient parfois depuis toujours et d'autres qu'ils venaient de rencontrer, mais jamais la question de savoir s'ils pourraient épouser l'une d'entre elles ne quittait leur esprit.

Pour leur première apparition au Locarno, Carmen et Mercedes firent sensation. Avec leurs regards noirs et leur accent prononcé, elles attiraient par leur allure exotique. Elles avaient beau porter le même style de robes que les Anglaises, elles restaient des étrangères. « On dirait des gitanes », murmuraient les gens sur leur passage.

Elles se rendaient au Locarno tous les vendredis et samedis depuis plus d'un an lorsque, un soir, Mercedes fut invitée à danser par un jeune Anglais qu'elle n'avait jamais vu auparavant.

— Vous permettez ? demanda-t-il avec simplicité en lui tendant la main.

C'était un tango. Elle avait dû danser avec une centaine d'hommes déjà mais celui-ci sortait du lot. Plus tard, elle repensa à cette danse et chaque note de musique lui revint en mémoire.

Pour le jeune homme en question, danser avec Mercedes s'était également avéré une expérience magique. La sensation de son corps gracile et léger répondant à la moindre pression de sa paume n'avait rien à voir avec la lourdeur mesurée des Anglaises. À la fin de la danse, quand il retourna siroter sa bière avec ses amis et qu'elle retrouva les siens, il douta d'avoir réellement dansé avec elle. Peut-être n'était-ce qu'un souvenir, un fantasme insaisissable.

La semaine suivante, Mercedes espéra que le mince Anglais au teint clair l'inviterait à nouveau à danser. Sa prière fut entendue et elle lui répondit d'un sourire quand il s'approcha. Cette fois, ils exécutèrent un quickstep.

Il avait ressenti l'urgence et la ferveur dans la façon de danser de sa partenaire. Elle était incontestablement plus douée que toutes les autres, et il prit conscience que ses mouvements n'étaient pas seulement une réponse aux siens. De temps à autre, il la sentait mener la danse. Cette belle brune était plus forte qu'elle n'avait l'air.

« J'ai rencontré un merveilleux danseur », écrivit Mercedes à sa mère. « Même lorsqu'ils s'appliquent, la plupart sont si gauches. »

Les lettres de Mercedes à sa mère évoquaient toujours la danse. C'était un sujet réjouissant comme nul autre, et Concha fut ravie de lire un jour que Mercedes avait remporté un concours.

« J'ai pour partenaire le très bon danseur dont je t'ai parlé. Et nous nous en sommes très bien sortis. La semaine prochaine, nous participons à la finale du comté et si nous réussissons, nous irons ensuite aux régionales », écrivait-elle avec excitation.

Leur duo se poursuivit plusieurs années pendant lesquelles jamais ils ne se rencontrèrent en dehors de la piste de danse, si ce n'est de temps en temps pour une tasse de thé avant de danser. Ils remportèrent chaque compétition à laquelle ils participaient et le style et la grâce de leur duo éblouissaient tout le monde. Aucun autre couple de danseurs n'avait la moindre chance face à eux. Les regarder était un pur bonheur et les juges discernaient toujours la joie sur le visage de Mercedes quand elle passait en tourbillonnant devant eux.

Il ne la demanda en mariage qu'en 1955, presque une décennie après leur première danse. Mercedes fut déconcertée. Pendant tout ce temps, pas une seule fois il ne lui était venu à l'esprit que son partenaire était amoureux d'elle. Elle fut complètement prise au dépourvu par cette demande qui, pour elle, sortait de nulle part. Elle aimait Javier et n'aimait que lui, et une culpabilité irrationnelle l'envahit.

Carmen ne mâcha pas ses mots. Elle avait trouvé un mari depuis trois ans et attendait déjà son deuxième enfant.

— Tu dois affronter la réalité, Mercedes, dit-elle. Crois-tu sincèrement que tu reverras Javier un jour ?

C'était une question que Mercedes n'avait pas osé se poser depuis plus de cinq ans maintenant.

— Ne crois-tu pas que s'il était encore en vie, il t'aurait donné de ses nouvelles ?

Elle savait que Carmen avait sans doute raison. Javier connaissait l'adresse de sa mère, et s'il était en vie, il aurait écrit et Concha aurait fait suivre sa lettre. Tout ce temps, cependant, un doute tenace l'avait tenaillée : le courrier pouvait se perdre et quelque part l'homme qu'elle aimait était en vie.

— Je ne sais pas. Mais je ne peux pas l'abandonner.

— Eh bien, tu ne devrais pas faire une croix sur celui-ci non plus. Il est ici maintenant. Tu serais folle de le laisser s'envoler.

Lorsqu'ils dansèrent la fois suivante, Mercedes s'efforça de considérer son partenaire sous un nouveau jour. Elle l'avait toujours vu davantage comme un frère que comme un amant. Cela pouvait-il changer ?

Après la séance, ils prirent une tasse de thé. Mercedes profita de l'occasion. Il fallait qu'ils parlent.

— Tu peux prendre tout le temps dont tu auras besoin pour y réfléchir. J'attendrai. Vingt-cinq ans s'il le faut, déclara son partenaire.

Mercedes étudia son visage pendant qu'il prononçait ces mots. Elle y vit tant de chaleur et de douceur qu'elle se demanda si elle n'allait pas fondre. Il plongea ses yeux bleu clair dans les siens et elle sut que ses paroles étaient sincères. À n'en pas douter, son amour était pur.

Il lui fallut moins de vingt-cinq ans pour accepter. En quelques mois, elle se rendit compte qu'il serait idiot de laisser cet homme partir.

— Tu ne peux pas te tromper en l'épousant, la taquina Carmen. Si vous êtes à ce point compatibles sur la piste de danse, imagine…

— Carmen ! s'écria Mercedes en rougissant. On ne dit pas ces choses-là !

Elle écrivit à sa mère pour lui annoncer ses fiançailles. Mercedes aurait souhaité que Concha assiste au mariage mais elle était âgée maintenant et un tel voyage serait une épreuve très angoissante pour elle, sans compter qu'elle ne serait peut-être pas autorisée à rentrer en Espagne après. Mercedes comprenait parfaitement. Un mois avant le mariage, un colis en provenance de Grenade arriva. L'écriture tremblotante de sa mère sur le papier brun et la rangée de timbres à l'effigie de Franco noircis par la machine à affranchir intriguèrent Mercedes. Ses mains tremblèrent lorsqu'elle coupa avec difficulté la ficelle à l'aide d'une paire de ciseaux émoussés.

À l'intérieur, elle découvrit la mantille en dentelle blanche que Concha avait portée à son propre mariage. Pendant quarante-cinq ans, elle avait été conservée dans du papier paraffiné, survivant aux années quand tant d'autres choses avaient été perdues. Le voile était intact, juste un ton plus sombre peut-être. Qu'il lui soit parvenu sans encombre tenait presque du miracle. Sous les couches de papier brun, sa mère avait capitonné le paquet d'un exemplaire du journal de Grenade, *El Ideal*. Mercedes le mit de côté. Le journal datait de plus d'un mois mais elle en examinerait le contenu plus tard. Même la vue de l'encadré des mentions légales lui retourna l'estomac.

À l'intérieur du paquet se trouvait également une lettre de sa mère et dans l'enveloppe une chaîne en or toute simple.

« Je l'ai portée le jour de mon mariage », écrivait-elle. « Ma mère me l'a donnée et maintenant je te la transmets. Autrefois, une croix y était attachée mais je l'ai retirée il y a longtemps et il semble que je l'ai égarée. Je crois que tu connais mes sentiments vis-à-vis de l'Église. »

Pour Mercedes, la seule note d'amertume en dehors de l'absence de Concha à son mariage était la désapprobation des parents de son fiancé. Mercedes n'était pas anglaise et l'on craignait les étrangers ces temps-ci. Pour eux, elle venait d'une autre planète. Ils n'étaient pas ravis non plus qu'elle soit plus âgée de quelques années que leur fils, mais lorsqu'ils remontèrent l'allée en tant que mari et femme, les parents du marié s'étaient quelque peu faits à l'idée.

La noce se déroula dans un bureau de l'état civil à Beckenham. La mariée était simplement vêtue d'une robe ajustée en coton lui arrivant aux genoux et aux manches trois quarts qu'elle avait elle-même confectionnée ; et ses cheveux étaient relevés à l'espagnole, l'extravagante mantille descendant en cascade sur ses épaules. Carmen était son témoin et les invités étaient principalement des exilés espagnols qui, comme elle, étaient restés au Royaume-Uni.

Victor Silvester, le grand chef d'orchestre qui les avait vus danser tant de fois, leur fit parvenir un télégramme qu'on lut à voix haute dans la petite salle de réception de l'hôtel. « Vive les mariés ! Que votre union soit aussi parfaite dans le mariage que sur la piste de danse ! »

38

Miguel avait lu presque toute la pile de lettres ; il ne restait qu'une seule feuille dans sa main. Il était minuit passé et Sonia craignit que la fatigue ne l'empêche de poursuivre. L'histoire de Mercedes, si elle s'achevait ici, connaissait une fin heureuse et elle devrait peut-être s'en satisfaire.

— Êtes-vous certain de pouvoir continuer ? demanda-t-elle, inquiète.

— Oui, oui, répondit-il. Il faut que je vous lise celle-ci. C'est la dernière qu'elle a écrite, peu après son mariage.

L'Angleterre m'a offert le refuge dont j'avais besoin. Je me sens encore étrangère par certains aspects mais ici les gens ont un bon fond.

Bien entendu, ce qui m'a aidée à survivre depuis mon arrivée, c'est la danse. C'est la seule chose que les Anglais semblent savoir de l'Espagne : qu'il y a là-bas des gens qui dansent dans de voluptueuses robes à volants et jouent des castagnettes. Danser me rappelle qui je suis et d'où je viens, même si parfois il vaut mieux ne pas trop s'attarder sur cette pensée.

Et, bien sûr, ce qui me comble le plus de joie est l'homme merveilleux que je viens d'épouser. Dès que je l'ai vu j'ai su qu'il était plus jeune que moi, mais son visage est doux et il sait danser, comme disent les Anglais, « à la Fred Astaire ». Malgré ses cheveux blonds et son teint clair, tout le contraire des Grenadins, je suis sûre que tu apprécierais…

Sonia retint son souffle. Elle espérait entendre le nom tout autant qu'elle le redoutait.

… Jack.

Sonia se mordit la lèvre si fort qu'une goutte de sang perla. La douleur des larmes ravalées l'élança dans le cœur et dans la nuque. Elle refusait de laisser Miguel voir l'effet que cette lettre produisait sur elle. Le moment n'était pas forcément idéal pour une explication. Il restait quelques lignes à lire encore.

Ici personne ne connaît vraiment l'Espagne. J'ai peu parlé de Grenade à mon mari, et je lui ai complètement tu les atrocités de notre guerre.

Je me demande encore ce qu'il est advenu de Javier, et je pense souvent à lui.

Je sais que tu comprends pourquoi je ne suis pas rentrée, étant donné ce qui est arrivé à notre famille et sans doute aussi à l'homme que j'aimais.

Mercedes.

Sonia remarqua alors qu'elle n'était pas la seule à perdre la bataille contre les larmes. Les joues de Miguel aussi étaient mouillées. Elle s'étonna de l'ampleur de son émotion alors qu'il devait connaître cette histoire touchante depuis longtemps. Elle passa un bras autour de ses épaules puis lui tendit une petite serviette en papier pour essuyer ses larmes.

— Vous aimiez beaucoup les Ramírez, observa-t-elle d'une voix douce.

Ils restèrent silencieux quelques minutes. Sonia avait besoin de réfléchir. Plus aucun doute ne subsistait désormais. Il s'agissait bien de l'histoire de sa mère et jusqu'à ce jour elle n'en avait rien su. Elle était secouée jusqu'au plus profond de son âme ; son père le serait certainement aussi s'il apprenait les détails de la vie de son épouse. Elle s'interrogeait sur l'intérêt de révéler un tel secret à un homme au crépuscule de sa vie.

L'histoire de Mercedes s'étalait sur la table devant eux. Miguel rassembla les feuilles de ses doigts déformés, les repliant avec soin avant de les ranger dans l'enveloppe. Leur aspect vieilli laissait entendre que ces lettres avaient été lues et relues à de nombreuses reprises. Étrange. Pourquoi la correspondance entre sa mère et sa grand-mère représentait-elle autant pour Miguel ? Sans qu'elle sache vraiment pourquoi, son cœur s'emballa. Elle ne put se résoudre à poser la question.

À présent, Miguel dévisageait Sonia. Il voulait ajouter quelque chose.

— Merci d'avoir écouté toute cette histoire.

— Vous n'avez pas à me remercier ! répliqua Sonia en luttant pour retenir son émotion. C'est à moi de vous remercier. Je suis celle qui vous a demandé de la lui raconter.

— Oui, mais vous savez très bien écouter.

C'était l'occasion ou jamais. Elle désirait montrer à Miguel les photos qu'elle avait avec elle et maintenant qu'elle avait la conviction que sa mère et Mercedes Ramírez étaient une seule et même personne, l'idée ne lui paraissait plus du tout ridicule.

— Il y a une bonne raison à cela, dit-elle en cherchant son portefeuille dans son sac.

Elle trouva les deux photos, celle de sa mère adolescente en robe de flamenco et celle des enfants assis sur un tonneau.

Miguel s'empara de la première.

— C'est Mercedes ! s'exclama-t-il avec enthousiasme. Où diable l'avez-vous trouvée ?

Sonia prit quelques secondes avant de répondre.

— Chez mon père, répondit-elle.

— Votre père ? répéta Miguel, interdit. Je ne comprends pas…

Elle laissa à nouveau quelques instants s'écouler avant de réussir à prononcer les mots.

— Mercedes était ma mère.

Le vieil homme resta sans voix. L'inquiétude envahit Sonia mais il se reprit très vite. Il secouait la tête, totalement incrédule.

— Mercedes était votre mère…

Il replongea dans le silence un moment et posa sur Sonia un regard si intense qu'il la rendit nerveuse.

— Regardez, reprit-il en montrant la seconde photographie. Vous savez qui sont ces enfants, n'est-ce pas ? Ce sont Antonio, Ignacio, Emilio et… votre mère.

— C'est incroyable, répondit Sonia à voix basse. Ce sont vraiment eux.

Miguel se leva lentement.

— Je crois que j'ai besoin d'un verre.

Sonia le regarda traverser la salle et fut submergée par une vague d'affection pour lui. Il revint avec deux verres d'eau-de-vie et se rassit. Aucun des deux ne parla. Il n'y avait plus grand-chose à ajouter.

Au bout d'un moment, Sonia lui expliqua ce qui l'avait attirée dans le café de Miguel plutôt que dans un autre.

— C'est le plus joli de la place, déclara-t-elle. Mais peut-être que l'aspect familier du tonneau y a contribué. Je pensais sans doute inconsciemment à cette photo d'eux.

— Comme si vous l'aviez reconnu, observa Miguel d'un air songeur.

— Eh bien, c'est un élément caractéristique, n'est-ce pas ? Et je comprends seulement maintenant la signification du nom du café. El Barril… cela signifie le tonneau. J'ai vraiment des progrès à faire en espagnol !

Sonia regarda l'heure à la pendule. Il était 1 h 30. Il fallait vraiment qu'elle parte. Pendant plusieurs minutes, Miguel et elle s'enlacèrent. Il ne voulait pas la laisser partir.

— Miguel, merci infiniment pour tout, dit-elle.

Comme ces mots lui paraissaient légers et peu appropriés ! Mais il n'en existait pas d'assez forts pour décrire ce qu'elle ressentait. Les larmes coulaient sur les joues de Miguel quand elle y planta deux baisers.

— Vous reverrai-je avant votre départ ?

— Mon avion ne décolle que dans l'après-midi alors je suis disponible demain matin, répondit-elle. Je viendrai pour le petit déjeuner.

— Venez le plus tôt possible. Je voudrais vous emmener quelque part avant que vous ne vous en alliez.

— D'accord, répondit Sonia, en lui pressant le bras. À demain matin. 8 h 30 ?

Le vieil homme acquiesça.

Au moment où Sonia glissait la clé dans la serrure de Maggie, son amie la surprit par-derrière.

— *Hola !* s'écria-t-elle d'un ton joyeux. Tu es sortie en douce danser la salsa ?

— Pas vraiment. Mais j'ai passé une journée incroyable.

Maggie était trop excitée par sa propre soirée pour lui poser la moindre question. Malgré sa fatigue, Sonia s'assit avec son amie et l'écouta pérorer sur le nouvel homme dans sa vie. Celui-ci serait spécial. Maggie le sentait au fond de son cœur.

Avant d'aller se coucher, Sonia annonça à Maggie qu'il lui faudrait peut-être revenir pour quelques jours très prochainement.

— Tu es la bienvenue. Tu viens quand tu veux, tu le sais, répondit Maggie. Dis-moi juste quand pour que je sois là.

Après quelques heures de sommeil, Sonia reprit le chemin désormais familier d'El Barril. Miguel savait qu'elle serait ponctuelle et un *café con leche* l'attendait au comptoir. Sans tarder, ils quittèrent le café et tournèrent à l'angle où était garée la voiture cabossée de Miguel.

— L'endroit où je veux vous emmener est un peu en dehors de la ville. Il faut prendre la voiture.

Ils roulèrent une vingtaine de minutes, négociant les méandres complexes des sens uniques de Grenade, longeant des boulevards bordés d'arbres et s'engouffrant dans des ruelles pavées à peine assez larges pour un véhicule. Ils contournèrent le *barrio* le plus ancien et commencèrent à monter.

Ils discutèrent peu au cours du trajet mais même leurs silences étaient confortables. Sonia profitait des vues spectaculaires sur le paysage qui entourait Grenade : les plaines plates et fertiles et la sublime Sierra Nevada. Pas étonnant que cet endroit ait été tant prisé, par les Maures comme par les chrétiens.

Finalement, ils atteignirent leur destination. Devant un immense portail ornemental, plusieurs dizaines de voitures étaient garées. On aurait cru l'entrée d'un château en France.

— Où sommes-nous ? demanda-t-elle à Miguel.

— C'est le cimetière municipal.

— Oh, dit-elle doucement, se rappelant qu'il l'avait encouragée à visiter les lieux auparavant.

Tandis qu'ils se garaient, un cortège funéraire arriva. En plus du corbillard, il se composait de huit limousines rutilantes desquelles émergèrent les proches en deuil, tous élégamment vêtus. Les femmes portaient des mantilles noires derrière lesquelles elles dissimulaient leur visage. Les costumes sombres des hommes étaient taillés sur mesure, bien ajustés, élégants. Tout le cortège se mit en branle derrière le cercueil, la mine sombre, et disparut derrière les grilles. Les chauffeurs en profitèrent pour fumer une cigarette, appuyés sur le capot lustré de leur voiture.

Miguel les suivit du regard et Sonia sentit qu'il avait quelque chose sur le cœur. Quand il parla, sa voix était tendue. Elle se rappela la pointe d'amertume qu'elle avait notée chez lui à leur première rencontre. Elle s'en étonnait aujourd'hui tout autant que la première fois.

— Beaucoup de ceux qui sont morts pendant la guerre civile ont été privés de telles funérailles. Des milliers d'hommes ont simplement été jetés dans des charniers.

— C'est affreux, chuchota Sonia. Leurs familles doivent les rechercher, non ?

— Certaines, oui. Mais pas toutes.

Ils sortirent de la voiture et firent quelques pas. Sonia fut surprise par la taille des pierres tombales. Les cimetières anglais étaient très différents. Elle pensa au cimetière du sud de Londres où était enterrée sa mère et frissonna. Ce n'était qu'une grande étendue de pelouse où s'alignaient des rangées et des rangées de petites pierres tombales espacées de la taille d'un cercueil. Elle ne s'y arrêtait pour lui rendre visite qu'une fois par an mais elle passait devant chaque fois qu'elle allait voir son père. À travers la grille, il était aisé de repérer les tombes les plus récentes. Elles se paraient encore de gerbes de fleurs, de couronnes colorées de jaunes et d'oranges, « papa » écrit en rouge, « maman » en chrysanthèmes blancs, et de temps en temps, lui brisant le cœur, elle voyait des ours en peluche. À part quelques exceptions, les tombes les plus anciennes ne comportaient rien, sinon des fleurs fanées dans un pot à confiture. Les fleurs artificielles étaient omniprésentes : ceux qui les apportaient préféraient ignorer la notion de « *memento mori* ».

Le cimetière de Grenade était un lieu totalement différent. Certains des défunts occupaient ici des tombeaux de la taille de petites maisons. On aurait dit un village de demeures en marbre, avec ses rues et ses jardinets.

Le site invitait à la contemplation et quelques visiteurs déambulaient dans ses allées en ce mercredi matin. Ni Sonia ni Miguel ne se sentirent dans l'obligation de faire la conversation.

Le cimetière se divisait en plusieurs zones distinctes, des *patios*, dans chacune desquelles se trouvaient de nombreux tombeaux, des croix et des plaques funéraires rappelant le nom du défunt. En dehors de la dimension impressionnante de l'endroit, ce qui frappa le plus Sonia fut qu'aucune tombe ne semblait laissée à l'abandon.

Des fleurs égayaient chacune d'elles ; une attention qui prenait tout son sens quand on lisait l'inscription qui revenait le plus souvent : « *Tu familia no te olvida.* » « Ta famille ne t'oublie pas. »

La plupart avaient tenu parole.

— Cela ne vous ennuie pas si je me promène un peu ? demanda Sonia tentée par une exploration.

Miguel s'était arrêté à l'entrée pour acheter une petite plante ; quelques instants de solitude ne le dérangeraient pas. Elle remonta d'un pas décidé l'allée qui semblait mener à la limite du cimetière, pour y découvrir, une fois arrivée, une autre zone au-delà du mur. Cet endroit semblait démesuré, s'étendant de tous côtés. On y perdait la notion du temps. Elle était fascinée par le grandiose de certaines de ces tombes. Des anges gardaient l'entrée de certains caveaux de famille, flanqués de colonnes cannelées et coiffés de couronnes en pierre ciselée. On trouvait aussi bien des croix en fer richement ornées que d'autres plus simples en marbre, et partout, il y avait des fleurs. Sonia croisa plusieurs femmes munies d'arrosoirs et en vit même une autre qui, avec pelle et balayette, époussetait dans un geste empreint d'amour les petits graviers du seuil de la dernière demeure de son ancêtre. C'était la scène la plus touchante à laquelle il lui avait été donné d'assister.

Elle revint sur ses pas et retrouva Miguel non loin de l'endroit où elle l'avait laissé. Il était assis sur un banc en pierre.

— Je suis désolée d'avoir été si longue, dit-elle d'un ton contrit.

— Ne vous inquiétez pas. Le temps s'arrête ici.

— Ce n'est pas faux, répliqua Sonia avec un sourire.

Elle s'installa à côté de lui. La matinée touchait à sa fin. Le soleil cognait et ils se réjouirent de profiter de l'ombre dispensée par l'arbre juste à côté. En face d'eux s'élevait un grand mur sur lequel étaient apposées six rangées de plaques funéraires. Devant chacune d'elles, on avait placé sur le rebord des fleurs dans un petit vase.

— Reconnaissez-vous ces noms ? s'enquit Miguel.

Juste à hauteur de ses yeux, deuxième rangée en partant du bas, elle lut les inscriptions à voix haute.

Ignacio Tomás Ramírez
28-01-37

Pablo Vicente Ramírez
20-12-45

Concha Pilar Ramírez
14-08-56

Elle remarqua la plante que Miguel avait apportée plus tôt, ses boutons roses balayaient délicatement les lettres du dernier nom, et à côté un splendide bouquet de roses commençait juste à se faner.

— On dirait que quelqu'un d'autre leur a rendu visite, déclara Sonia.

Sans réponse de la part de Miguel, elle se tourna vers lui. Il secouait lentement la tête.

— Il n'y a que moi, dit-il les yeux larmoyants. Que moi.

Sonia se devait de poser la question qu'elle avait sur le bout de la langue depuis la veille, quand elle avait pris conscience de la profondeur de son émotion en relatant l'histoire de la famille Ramírez.

— Pourquoi ? s'enquit-elle. Pourquoi êtes-vous autant attaché à cette famille ?

Un instant, il parut dans l'incapacité de parler. Il déglutit avec difficulté comme s'il avait besoin d'air pour faire jaillir les mots.

— Je m'appelle Javier. Javier Miguel Montero.

Sonia en eut le souffle coupé.

— Javier ! Mais…

Un seul geste semblait approprié en réponse à une telle révélation. Elle saisit délicatement ses vieilles mains dans les siennes et pendant un instant chacun plongea dans les profondeurs agitées du regard de l'autre. Sonia vit ce que Mercedes avait vu dans ces yeux tant d'années auparavant, et Javier contempla le reflet de Mercedes dans les traits de sa fille.

— Javier, dit Sonia à voix basse au bout d'un moment.

Il paraissait étrange d'utiliser ce prénom maintenant et le vieil homme l'interrompit.

— Appelez-moi Miguel. Je me fais appeler comme ça depuis tellement longtemps maintenant. Depuis que je suis arrivé à El Barril.

— Bien sûr, comme vous préférez, Miguel.

Les questions se bousculaient, lui brûlaient les lèvres, mais elle craignait de le faire souffrir davantage en l'interrogeant.

— Pouvez-vous me raconter ce qu'il s'est passé ? demanda-t-elle avec douceur. Quand êtes-vous revenu à Grenade ?

— J'ai été libéré de la Valle de los Caídos en 1955, expliqua-t-il. Je m'étais « racheté par le travail », comme ils disaient. Le fait que je n'avais commis aucun crime au départ n'entrait pas en ligne de compte. Je suis arrivé à El Barril un jour sans prévenir. Je n'avais plus de famille à Málaga ni à Bilbao, et j'étais physiquement détruit par mon temps à Cuelgamuros. J'avais eu deux doigts cassés à la main gauche et ils étaient complètement déformés alors je savais que je ne pourrais plus gagner ma vie en tant que *guitarrista*. Je ne savais pas très bien quoi faire.

Miguel marqua une brève pause.

— Pour dire les choses simplement, je ne savais pas où aller. Concha m'a accueilli et invité à rester avec elle. Elle m'a traité comme son fils.

— Mais Concha est décédée peu après votre retour, commenta Sonia en relisant la date sur la plaque.

— En effet. Elle est tombée malade très rapidement et je me suis occupé d'elle comme j'ai pu.

— A-t-elle écrit à Mercedes pour lui apprendre que vous étiez revenu ?

— Non, répondit-il sans détour.

— Mais vous avez bien dû parler avec Concha du fait qu'elle savait depuis longtemps que vous étiez en vie…

— Elle m'a dit que Mercedes vivait en Angleterre et qu'elle était installée.

— Mais elle vous aimait tant ! se récria Sonia d'une voix étranglée. Et vous l'aimiez aussi ?

— Oh oui, je l'aimais. Mais elle était heureuse et c'était tout ce qui comptait pour moi. Il aurait été cruel de lui retirer ce bonheur. Elle avait suffisamment souffert…

Ils restèrent tous les deux assis au soleil encore une heure environ. Sonia ne se sentait pas le droit de juger la décision de sa grand-mère de cacher une information aussi cruciale à sa fille. Si elle avait agi autrement, Sonia ne serait peut-être pas là aujourd'hui.

Elle resta immobile, admirative devant cette noblesse de cœur, cet amour insondable.

39

Contrairement à l'Espagne, qui entrait dans l'été sans un regard en arrière, l'Angleterre restait en avril recluse dans les profondeurs de l'hiver. Il faisait un froid glacial quand Sonia descendit de l'avion, et une fine couche de neige tapissait le parking. Sonia avait les mains bleues après avoir gratté son pare-brise.

Elle rentra chez elle et y découvrit une maison vide. Elle eut l'impression d'être un cambrioleur, à chercher des indices sur la vie d'autrui. Elle jeta un œil dans le salon. Au centre de la table basse, un bouquet de roses fanait dans un vase et des pétales parsemaient un exemplaire de *Country Life* et un autre de *Tatler*. Sur le manteau de la cheminée, s'alignaient des invitations à des soirées et à deux événements d'entreprise où s'échangeraient les cartes de visite. L'un d'eux était une partie de chasse en Écosse, l'invitation était pour aujourd'hui. C'était peut-être là que James se trouvait.

Près de la porte de la cuisine, une dizaine de bouteilles vides de vin rouge s'alignaient et dans l'évier, chose inhabituelle pour James qui ne détestait rien tant que la vaisselle sale qui attendait, il y avait un verre incrusté de lie au fond.

Sonia monta son sac à l'étage et se mit au lit, s'installant automatiquement dans la chambre d'amis. Jusqu'au moment où elle avait glissé la clé dans la serrure, elle avait presque oublié que la distance croissante qui la séparait de James était l'une des raisons de son voyage à Grenade. Londres lui avait paru si lointaine en écoutant le récit de Miguel.

La semaine s'écoula, glaciale. Sonia ne s'attendait à rien de moins. Le point fort de sa semaine fut son cours de salsa du vendredi dont elle revint revigorée.

Avec les premiers jours abrutissants du retour au bureau et l'étrange ambiance conjugale, le charme et l'allégresse enrichissante de la danse lui remontèrent à nouveau le moral.

Le week-end, une visite aux parents de James était prévue de longue date. Elle la redoutait encore plus que d'habitude mais James ne comptait clairement pas y renoncer. Les apparences devaient être préservées, et annuler aurait soulevé toutes sortes de questions. Pour James et Sonia, le silence était la solution de facilité et ils réussirent à le garder tout le trajet. Le moment aurait été idéal pour raconter à James l'incroyable découverte qu'elle avait faite, mais elle n'avait aucune envie de partager cette nouvelle avec lui. Elle était trop précieuse, et Sonia n'aurait supporté ni ses moqueries ni son manque d'intérêt.

Des amis de la famille, dont le parrain de James, étaient invités au dîner et Sonia remarqua qu'elle était la seule des cinq femmes présentes à ne pas porter de perles. Pour elle, c'était la preuve physique qui symbolisait son impression de ne pas être à sa place. Par-dessus l'argenterie ternie et la porcelaine fine, elle observa James et se rendit compte que le manque de chaleur entre eux ne courait aucun risque d'être questionné. Aucun des couples mariés autour de la table ne semblait communiquer. Peut-être cette froideur au sein du mariage était-elle la norme dans ces contrées ?

L'immense presbytère plein de courants d'air avait été redécoré dans les années soixante-dix et dans la chambre à deux lits que James et elle partageaient chaque fois qu'ils restaient pour la nuit, le lavabo couleur abricot dans l'angle se ternissait et le papier peint se décollait par endroits comme la peau en train de peler. Les rideaux, sans conteste luxueux autrefois avec leurs fronces, leur drapé et leurs fioritures en soie, faisaient aujourd'hui triste mine. Diana, la mère de James, semblait à peine remarquer ces différentes marques de délabrement et laissait son époux réparer les vieilles poignées de porte ou le robinet qui gouttait. Ainsi se plaisait à vivre la haute bourgeoisie anglaise, songea Sonia. Dans une sorte de déclin distingué. Était-ce l'explication au soin méticuleux que James portait à la décoration de son propre intérieur ?

Après la rénovation de la maison des années auparavant, la belle-mère de Sonia s'était intéressée au jardin et elle se retrouvait maintenant esclave de ses bordures soigneusement dessinées et du potager tyrannique qui leur fournissait en abondance, à certaines périodes de l'année, courgettes et laitues ;

les astreignant ainsi à un régime de plat unique par moments, et les mettant à la diète le reste du temps. Plus rat des villes que rat des champs, Sonia trouvait ce mode de vie très déroutant.

Les deux lits simples permettaient à Sonia et à James de garder leurs distances. Toutefois, ce soir-là, revenant après avoir bu un dernier verre de porto et fumé des cigares avec son père, James s'assit maladroitement au bord du lit de Sonia et lui donna un coup dans le dos.

— Sonia, Sonia… dit-il d'une voix traînante à son oreille.

Déjà tendue par le froid, malgré la bouillotte qu'elle serrait contre elle autant pour se réconforter que pour se réchauffer, Sonia se contracta.

Laisse-moi tranquille, s'il te plaît, le supplia-t-elle mentalement.

Il glissa la main sous la couverture et lui secoua l'épaule.

— Sonia… Allez, réveille-toi. Sonia, pour moi.

Elle avait beau exceller dans l'art de jouer les endormies, il savait parfaitement qu'elle était éveillée. Il aurait fallu dormir du sommeil éternel pour ne pas se réveiller au vacarme qu'il avait fait en entrant et sous les secousses brutales dont il la gratifiait.

— Merde, Sonia ! Allez…

Elle l'écouta traverser d'un pas lourd la chambre et se préparer tant bien que mal à se mettre au lit. Sans même regarder, elle pouvait voir le pantalon en velours côtelé, la chemise et le pull-over roulés en boule par terre au pied du lit, et les richelieus marron vernis abandonnés au hasard, en position pour les faire trébucher si jamais ils devaient se lever au milieu de la nuit. Ensuite, elle l'entendit cracher comme il se brossait les dents, jeter sa brosse à dents dans le gobelet, et tirer le cordon de la lumière au-dessus du lavabo. Ses oreilles, tendues vers ces sons, perçurent le battement de l'embout en plastique contre le miroir.

Il rejeta le couvre-lit et le sommier craqua comme il s'allongeait enfin. Seulement alors se rendit-il compte qu'il avait laissé le plafonnier allumé.

— Merde, merde, merde…

C'était son mantra. Il marcha d'un pas lourd jusqu'à l'interrupteur près de la porte puis trébucha dans le noir en regagnant son lit, butant comme prévu sur sa propre chaussure. Après une autre série de jurons le silence tomba.

Sonia lâcha un soupir de soulagement et se tourna. Son excès de porto plongerait James dans un sommeil profond.

Tôt le lendemain matin, Sonia descendit pour se préparer du thé. Dans la fraîcheur ambiante, son souffle formait des petits nuages de vapeur. Sa belle-mère était déjà installée à la table de la cuisine, ses mains noueuses de jardinière couvant une tasse fumante.

— Servez-vous, dit-elle à Sonia en poussant la théière sur la table, levant à peine les yeux de son journal. C'étaient peut-être les courants d'air dans leur maison qui rendaient ces gens si froids à l'intérieur, songea Sonia en regardant le liquide ambré couler dans la tasse ébréchée.

— Merci. Alors, comment est le jardin ? demanda-t-elle sachant que c'était l'un des rares sujets qui lui tenaient à cœur.

— Comme ci comme ça, répondit sa belle-mère toujours sans lever les yeux de son journal.

Pour un novice, cette réponse aurait été difficile à interpréter, mais Sonia savait que cette attitude dédaigneuse traduisait son indifférence envers sa bru.

Comme le voulait l'usage, dans la matinée ils partirent tous en balade avec les labradors. Diana était impériale dans sa parka longue, et s'amusa de la veste en fausse fourrure de Sonia, si citadine. Elle marchait devant avec James, décidée à tenir la cadence de la sortie pendant que son mari, Richard, fermait la marche, silhouette fine légèrement boiteuse, encore dépendante de la canne qu'il utilisait depuis son opération de la hanche l'année passée.

Pour une raison qu'elle ne s'expliquait pas, Sonia éprouva un élan de pitié pour son beau-père. Il avait l'air épuisé, lessivé comme une vieille chemise. Quand elle tentait de lui faire la conversation, elle n'obtenait que des réponses monosyllabiques, et se confrontait à la froideur d'un homme qui préférait la compagnie des gens du même sexe que lui. Dans l'ensemble, il était homme à se complaire dans le silence tant que les aboiements des chiens le ponctuaient de temps en temps. Ils continuèrent leur promenade autour du lac. Le froid avait maintenant pénétré les semelles de ses bottes et Sonia sentit ses os se glacer. À sa façon, Richard rompit le silence.

— Alors, quand allez-vous donner un fils et un héritier à James ? s'enquit-il.

Son franc-parler, bien que typique de l'homme, lui coupa le souffle. Quelle réponse sensée pourrait-elle donner ? Quelle réponse de n'importe quel genre d'ailleurs ?

Une part d'elle-même voulait décortiquer la question, le reprendre sur chaque mot : sur la notion de « donner » un fils à James, comme si ce serait un cadeau qu'elle lui ferait, l'idée ridicule d'un bébé étant un « héritier », ce qui selon elle ne servait qu'à les rassurer sur leur rang d'aristocrates, et plus important encore, pourquoi l'accent sur un « fils » ?

Elle déglutit avec difficulté, surprise par l'impertinence de la question. Il attendait une réponse et ses options étaient limitées. Elle ne pouvait pas réduire cet homme en pièces ni utiliser le seul mot qu'elle avait envie de prononcer, pour lui avouer la choquante vérité : « jamais ».

Un petit rire nerveux et une réponse évasive feraient sans doute l'affaire.

— Je ne sais pas, répondit-elle.

Le temps de rentrer de balade, ils étaient tous frigorifiés.

Pour la première fois depuis deux jours, la maison parut vraiment chaleureuse. Au salon, James attisa les braises du feu qui bientôt se mit à crépiter.

La scène était une véritable image d'Épinal, observa Sonia tandis qu'elle mettait la table pour le déjeuner. Pendant un moment, elle remit en question ce mécontentement qu'elle ressentait. Alors, James entra dans la cuisine et elle se rappela une des raisons de sa frustration.

— Où est le tire-bouchon ? demanda-t-il en brandissant une bouteille de bordeaux dans chaque main.

— Dans le tiroir du haut, mon chéri, répondit sa mère d'un ton indulgent. Le déjeuner est bientôt prêt.

— Nous allons prendre l'apéritif, lui dit-il. On peut manger dans une demi-heure, non ?

C'était une affirmation plus qu'une question, et il le prouva en quittant la pièce sans attendre la réponse de sa mère.

Après le repas, James et son père vidèrent une deuxième bouteille de vin et les restes de porto, avant de se retirer pour une partie de billard dans la vieille étable abandonnée. À leur retour, Sonia était prête à partir et son sac attendait dans l'entrée.

— Où est l'urgence ? demanda James groggy. J'ai besoin de caféine !

— D'accord. Mais après j'aimerais bien rentrer à Londres.

— On partira quand j'aurai bu mon café.

Sonia le laissa avoir le dernier mot. Elle était déjà épuisée par cet échange et voulait conserver son énergie pour une bataille plus importante.

Diana apparut dans l'entrée.

— Alors, vous partez bientôt ? demanda-t-elle en s'adressant à James.

— Sonia a l'air de le penser, répondit James, forçant le trait du mari que sa femme mène par le bout du nez.

Pendant les quatre heures que dura le trajet de retour à Londres, tandis que James écoutait un livre de Dan Brown, Sonia réfléchit à la proposition que

Miguel lui avait faite avant qu'elle ne quitte Grenade : reprendre l'affaire familiale.

À 5 heures le lendemain matin, James ouvrit à la volée la porte de sa chambre.

— J'attends toujours, dit-il.

— Quoi donc ? demanda Sonia à moitié endormie.

— Une réponse.

Son expression de sincère incrédulité l'agaça au plus haut point.

— La danse ou notre mariage. Tu te rappelles ?

Elle le dévisagea d'un air absent.

— Je pars en Allemagne jusqu'à vendredi et j'aimerais avoir une réponse à mon retour.

Sonia perçut la pointe de sarcasme dans sa voix et elle sentit qu'il n'en avait pas terminé.

— J'ose espérer que tu ne seras pas de sortie comme d'habitude, ajouta-t-il.

Sonia n'avait rien à répondre. En tout cas pas pour l'instant. James prit son sac et l'instant d'après, il avait descendu l'escalier et franchi la porte.

40

Sonia se rendit au bureau et travailla d'arrache-pied. Au déjeuner, elle téléphona à son père pour lui demander si une visite de sa part le soir ne le dérangeait pas.

— Je te promets de ne pas arriver trop tard, dit-elle. Et ne t'inquiète pas pour le dîner.

Jack Haynes aimait avoir soupé à 18 heures et se couchait habituellement à 21 h 30.

— D'accord, chérie. Je te préparerai un sandwich. Je crois qu'il me reste du jambon. Ça t'ira ?

— Ce sera parfait, papa. Merci.

Elle avait beaucoup de choses à régler au bureau et l'après-midi fila. Il était déjà 18 h 30 quand elle débaucha. La circulation à l'heure de pointe au sortir de Londres était dense et elle n'arriva pas chez son père avant 20 heures.

— Bonsoir, mon cœur. Quelle bonne surprise ! Une visite un lundi soir ! Viens, entre.

Le plaisir qu'éprouvait Jack à voir sa fille ne s'amoindrissait jamais. Il s'affaira comme à son habitude, mettant la bouilloire à chauffer, lui attrapant une serviette, sortant la boîte à biscuits. Son sandwich de pain blanc, coupé en triangle, accompagné de tranches de concombre sur le côté, attendait déjà sur la petite table basse poussée contre le mur.

— Merci, papa. C'est adorable. J'espère que ça ne te dérange pas que je vienne en semaine.

— Pourquoi ça me dérangerait ? Le jour de la semaine n'a pas vraiment d'importance pour moi, tu sais.

Il s'en alla préparer le thé. À son retour, elle n'avait pas touché son assiette. Elle ne pouvait rien avaler.

— Sonia, enfin. Il faut manger. Je parie que tu n'as rien avalé de la journée. Tu veux que je te prépare autre chose ?

— Non, papa, ça va. Je vais manger dans une minute.

— Tu te sens bien, chérie ?

Sonia gratifia son père d'un sourire attendri. Rien ne semblait avoir changé en trente-cinq ans. Il était toujours aux petits soins avec elle et s'inquiétait de la trouver « pâlotte ».

— Je vais bien, papa, lui assura-t-elle avec douceur.

Sa nervosité était telle que ses mains en tremblaient mais il y avait une raison à sa visite et Sonia ne pouvait pas partir sans avoir parlé à son père.

— Je suis retournée à Grenade, commença-t-elle à voix basse. J'ai rencontré quelqu'un qui connaissait maman. Je ne savais pas que son vrai prénom était Mercedes.

— Je l'ai toujours appelée Mary. Ici personne n'arrivait à prononcer son prénom espagnol.

Jack tira doucement une chaise en face de Sonia et s'assit.

— Comme c'est bien d'avoir rencontré quelqu'un de son passé ! Tu as de la chance. Est-ce que cette personne se rappelait d'elle ?

Son père souriait, ravi, curieux de découvrir tout ce que Sonia avait appris.

Sa fille lui conta une version édulcorée de l'histoire. Elle mentionna Javier une fois en passant mais décida d'épargner à son père la peine de se sentir le pis-aller de qui que ce soit. Il avait donné à Mercedes Ramírez les plus heureuses années de sa vie et ce joyau ne devait jamais se ternir. Elle réfléchirait à la manière de lui présenter Miguel le moment venu.

Jack Haynes n'avait jamais rien su de toute cette histoire. Il avait respecté le souhait de sa femme de laisser le passé derrière elle.

— Elle disait qu'elle pouvait faire disparaître la tristesse et les mauvais souvenirs en dansant, dit-il d'un air pensif. Et je crois que c'est vraiment ce qu'elle faisait. Quand nous tournoyions sur la piste, elle devenait aussi légère qu'une plume. Elle n'aurait pas pu danser ainsi si elle avait porté le poids du monde sur ses épaules.

— Cela a dû beaucoup l'aider, approuva Sonia. Si ça se trouve, c'est vraiment grâce à la danse et à la sensation grisante qu'elle ressentait en dansant qu'elle a survécu. Je sais exactement ce qu'elle entendait en disant effacer la tristesse par la danse.

Ils poursuivirent un moment. Avec un coup d'œil à sa montre, Jack vit que l'heure du coucher était passée depuis longtemps.

Sonia but quelques gorgées d'eau avant de lâcher :

— L'homme qui a repris El Barril m'a offert de me rendre le café.

— Quoi ? Il te donne le café ?

— Pas exactement, mais techniquement il appartient toujours à la famille Ramírez, et j'en suis le seul membre encore en vie.

Cette dernière nouvelle était pour Jack un choc plus grand encore que le reste.

— Que dirais-tu si j'allais vivre en Espagne ? Viendrais-tu m'y rendre visite ? demanda Sonia, la voix teintée d'une excitation non dissimulée. Parce que je ne le ferais pas sinon.

— Mais James ? Est-ce qu'il est d'accord pour y aller ?

— James ne vient pas avec moi.

Son père n'eut pas besoin de davantage d'explications. Il n'aurait jamais osé s'immiscer dans la relation de sa fille avec son mari.

— Je vois, se contenta-t-il de répondre.

Tout cela semblait bien trop soudain à Jack, dont la vie n'avait connu que des changements mineurs au fil des décennies. La jeune génération voyait les choses autrement.

— Oui, bien sûr que je viendrai te voir. Tant que tu me cuisines des choses simples et bonnes ! Et tu reviendras me rendre visite aussi ?

— Évidemment, papa ! s'exclama-t-elle, en prenant la main de son père. On se verra sans doute même plus souvent que par le passé. Les billets d'avion ne sont vraiment pas chers. D'autre part, j'avais un service à te demander. Cela t'embêterait de garder quelques affaires à moi ? Juste quelque temps ?

— Bien sûr que non. Je pourrais les ranger sous mon lit. J'ai encore un peu de place là-dessous.

— Je te les apporterai demain, d'accord ?

— Deux visites dans la semaine ! Quelle chance ! Appelle-moi pour me confirmer l'heure.

Jack Haynes n'avait pas vu sa fille aussi heureuse depuis des années. Ils se serrèrent longuement dans les bras.

— Tu comprends pourquoi je m'en vais, n'est-ce pas ? lui demanda Sonia.

— Oui, je crois.

Après s'être octroyé un petit whisky, Jack Haynes s'endormit comme une souche et rêva de paso-doble avec une Espagnole aux yeux noirs.

Le trajet de retour à Wandsworth lui prit moins de vingt minutes à cette heure de la nuit. Une fois chez elle, Sonia s'écroula sur son lit. À 7 heures le lendemain matin, elle se réveilla, encore tout habillée. Une journée chargée l'attendait et elle devait s'atteler à la tâche.

Elle commença par ses vêtements. La plupart lui seraient inutiles dans sa nouvelle vie. Elle fourra tailleurs et robes longues dans des sacs, avec les manteaux d'hiver qu'elle collectionnait depuis dix ans, et les tonnes de talons hauts qu'elle ne pourrait jamais porter pour déambuler dans les rues pavées de Grenade. Il y avait des chapeaux qu'elle avait mis à des mariages et des sacs à main dans toute une palette de couleurs. Elle avait des dizaines d'écharpes, la plupart dont elle ne se souvenait même pas. Quand elle eut fini, elle avait rempli vingt-trois sacs prêts à exploser. Elle les porta tout de suite dans une boutique Oxfam, avant de changer d'avis. Un seul vêtement l'avait fait hésiter : la robe qu'elle portait à sa fête de fiançailles dans un bar à champagne à Mayfair. C'était une robe à l'étoffe fluide couleur lilas que James lui avait achetée et qu'elle avait été contrainte de revêtir. Le style n'était pas vraiment le sien, mais elle continuait de l'associer à une période heureuse de sa vie.

D'autres affaires allèrent tout droit à la poubelle : une vieille parka crasseuse et des bottes en caoutchouc dont elle n'aurait définitivement pas besoin en Espagne. En outre, elle jeta ses dossiers débordants de papiers, lettres de motivation, CV, et relevés bancaires datant de sa période estudiantine.

Elle remplit un carton de ses CD préférés. La plupart n'étaient de toute façon pas du goût de James, aussi ne lui manqueraient-ils pas. Sur le haut de la pile, elle jeta quelques peluches de son enfance dont elle ne se séparerait jamais.

Sonia s'activa toute la journée, se plongeant volontairement dans les tâches futiles pour ne pas penser à l'énormité du pas qu'elle s'apprêtait à sauter. Elle s'interrompit dix minutes pour se préparer une tasse de thé et alors seulement elle prit la pleine mesure de son geste. Elle se retirait de la vie de James. Une profonde tristesse s'abattit sur elle mais elle ne ressentit aucune culpabilité. Tout en ajoutant du lait à son thé, elle balaya la cuisine du regard et s'aperçut qu'elle n'avait laissé aucune empreinte dans cette pièce. Cette maison était celle de James et elle le demeurerait toujours.

Il lui restait encore quelques affaires à trier dans la chambre aussi y monta-t-elle avec sa tasse de thé. Elle avait pris la ferme résolution de ne rien emporter qui ne soit à elle. La maison demeurerait intacte, elle ne désirait même pas prendre ce qui leur appartenait à tous les deux. Les hommes restent rarement seuls très longtemps, songea-t-elle. En outre, elle avait la conviction qu'une autre femme prendrait bientôt sa place. À cette pensée, son attention fut attirée par la boîte à bijoux sur la commode. Elle souleva le couvercle et en sortit quelques articles de sa joaillerie de pacotille. Dessous, dans des petits tiroirs, se trouvaient des bijoux de famille que la mère de James lui avait donnés pour qu'elle les porte à des événements officiels : des boucles d'oreilles en émeraude, un pendentif en rubis et des broches hideuses bien que très chères. Sonia les retira de la boîte et les mit dans le coffre où James lui avait toujours conseillé de les entreposer. Dans un des petits tiroirs, elle se rappelait qu'il y avait une chaîne en or. Son père la lui avait offerte à la mort de sa mère. Elle la retrouva et la passa autour de son cou. Ses mains tremblaient tandis qu'elle accrochait le fermoir.

Ensuite, elle se rendit chez son père. Il se montra aussi attentionné que d'habitude, même si son humeur était un peu plus morose.

— Tu es sûre de ne pas faire une erreur ? demanda-t-il tandis qu'ils glissaient deux cartons sous son lit. Je m'inquiète un peu pour toi.

— Je sais que ce que je fais peut sembler un peu irréfléchi mais je n'ai jamais été aussi sûre de moi, papa, répondit Sonia. Je te promets que j'y ai bien réfléchi.

— Très bien, ma chérie. Mais si tu changes d'avis, tu peux toujours revenir ici, tu le sais, n'est-ce pas ?

Jack marqua une pause.

— J'ai quelque chose pour toi, ajouta-t-il en allant farfouiller de l'autre côté de la pièce. J'ai pensé que ça te plairait de les avoir maintenant.

Posé sur la commode se trouvait un sac en papier brun. Il le lui tendit.

À la forme et au poids du sac, Sonia sut immédiatement ce qui se trouvait à l'intérieur.

— Ta mère a toujours refusé de les jeter, dit-il. Elle serait heureuse de savoir qu'elles vont retourner à Grenade.

Le papier bruissa quand Sonia sortit les chaussures. Elles étaient là. Le cuir souple et le bout en métal, et les talons élimés, exactement telles que Miguel les avait décrites.

— On dirait même que c'est ma pointure, dit Sonia. Je les porterai peut-être un jour…

Ils gardèrent le silence un moment.

— Et si tu venais bientôt, papa ? dit-elle pour briser la tension, en caressant machinalement les chaussures. Viens dans quelques semaines. J'aurai trouvé où habiter d'ici là.

Ils s'enlacèrent longuement puis Jack la regarda disparaître dans l'escalier.

C'était son dernier jour à Londres ; demain elle s'envolerait pour Grenade. Elle téléphona à Miguel afin de lui annoncer son retour.

— Je suis tellement heureux, dit-il. J'espérais que vous reviendriez vite.

Maintenant, il ne lui restait plus qu'à écrire un mot à James. Elle redoutait ce moment mais elle devait répondre à son ultimatum, et peut-être lui donner une explication aussi.

Cher James,

J'imagine que tu connais ma réponse maintenant. C'est très simple : la danse, c'est ma façon d'exprimer que je suis vivante. Je ne peux pas arrêter de danser, pas plus que je ne peux cesser de respirer.

Je ne m'attends pas à ce que tu me pardonnes ni que tu comprennes ma décision.

Je ne veux rien de toi. Je me fiche de ma part dans la maison et de ton salaire. Je pense que la seule chose que nous nous devons, c'est notre liberté.

Le notaire a mon adresse, il me fera suivre mon courrier.

Je te souhaite d'être heureux, James, et j'espère qu'avec le temps, tu me souhaiteras la même chose.

Sonia.

Elle rédigea plusieurs brouillons, la plupart beaucoup plus longs, mais cette note simple et concise semblait exprimer tout ce qu'elle voulait dire. Elle la laissa sur la table de la cuisine. C'était le premier endroit où James se rendrait vendredi en rentrant de l'aéroport. Pour se servir un verre.

Sa valise était prête, contenant principalement ses vêtements préférés qui n'avaient pas fini aux bonnes œuvres, et Sonia avait déjà commandé un taxi pour le lendemain matin.

À 5 heures, lorsque le réveil sonna, Sonia se leva d'un bond. Elle se doucha et fit son lit au carré, puis descendit. Elle posa un dernier regard, un peu mélancolique, sur l'intérieur de cette maison qui avait été la sienne, avant de tirer sa valise sur le seuil, de fermer à double tour et de glisser la clé dans la boîte aux lettres. Elle se dirigea d'un pas décidé vers le véhicule qui attendait.

Plus tard dans la matinée, à travers le hublot de l'avion qui l'emmenait vers le sud, elle regarda le paysage changeant de l'Espagne. Elle contempla les sommets dentelés des Pyrénées s'adoucir en collines ondoyantes avant de s'aplatir en vastes étendues de terres cultivées à l'échelle industrielle. Des images du Jarama, de Guadalajara et de Brunete défilèrent dans son esprit mais les cicatrices de la guerre s'étaient depuis longtemps effacées.

Lorsque l'avion entama sa descente dans un ciel sans nuages, elle songea au temps qu'il avait fallu à sa mère pour parcourir la même distance. Mercedes avait mis des mois, Sonia moins d'une heure. Elle aperçut Grenade au loin comme l'avion atterrissait et son cœur s'emballa à la perspective de sa nouvelle vie.

L'avion n'était qu'à moitié plein aussi Sonia se retrouva-t-elle très vite en haut de l'escalier, la douce chaleur de la brise andalouse lui caressant le visage. Elle traversa le tarmac pour rejoindre le terminal où elle savait que Miguel l'attendait.

Ses pas étaient légers. Son cœur dansait.

NOTE DE L'AUTEUR

Le coup d'État militaire mené par le général Francisco Franco en juillet 1936 en Espagne devait être une opération rapide et définitive. À la place, elle conduisit à trois années de guerre civile qui ravagèrent le pays. Un demi-million de personnes trouvèrent la mort et tout autant s'exilèrent, certains ne revenant jamais. Après 1939, des centaines de milliers de républicains croupissaient toujours en prison et beaucoup firent face au peloton d'exécution avant d'être enterrés dans des tombes anonymes. Ceux qui avaient combattu Franco subirent des années de répression et même à la mort du dictateur fasciste en 1975, beaucoup continuèrent à garder le silence sur les horreurs subies.

Sous la gouvernance du Premier ministre socialiste, José Luis Rodríguez Zapatero, dont le grand-père avait été exécuté par des franquistes, une loi sur la mémoire historique fut promulguée en octobre 2007. La loi condamne formellement la montée au pouvoir de Franco et sa dictature, bannit les symboles et références au régime franquiste dans les édifices publics, et ordonne le retrait des monuments à la gloire de Franco. La loi déclare également illégitimes les procès politiques des opposants à Franco durant la dictature et contraint les mairies à faciliter l'exhumation des corps de ceux enterrés dans les fosses communes.

Le « *pacto de olvido* », le pacte de l'oubli, est enfin brisé.

Victoria Hislop – juin 2008

REMERCIEMENTS

Je tiens à remercier :

Ian Hislop, David Miller, Flora Rees, Natalia Benjamin, Emma Cantons, le Pr Juan Antonio Díaz, Rachel Dymond, Tracey Hay, Helvecia Hidalgo, Gerald Howson, Michael Jacobs, Herminio Martinez, Eleanor Mortimer, Victor Ovies, Jan Page, Chris Stewart, Josefina Stubbs, et Yolanda Urios.

Victoria Hislop
dans Le Livre de Poche

Le Fil des souvenirs n° 33446

1917, Thessalonique. Le jour de la naissance de Dimitris, un terrible incendie détruit la ville. Sa famille doit déménager dans les quartiers populaires. C'est là aussi que viennent s'installer des réfugiés turcs quelques années après. Parmi eux, Katerina. Le destin réunit les deux enfants, l'un héritier d'un empire textile, l'autre couturière prodige. Ensemble, ils seront les témoins d'une Grèce tourmentée, de l'occupation allemande aux révolutions civiles et à la dictature, qui défigureront leur cité autrefois multiethnique et fraternelle. Presque un siècle plus tard, de quels secrets sont-ils les gardiens ? Comment les transmettre avant qu'il ne soit trop tard ? Le temps est venu de dérouler le fil de leurs souvenirs...

L'été s'achève à Plaka, un village sur la côte nord de la Crète. Alexis, une jeune Anglaise diplômée d'archéologie, a choisi de s'y rendre parce que c'est là que sa mère est née et a vécu jusqu'à ses dix-huit ans. Une terrible découverte attend Alexis qui ignore tout de l'histoire de sa famille : de 1903 à 1957, Spinalonga, l'île qui fait face à Plaka et ressemble tant à un animal alangui allongé sur le dos, était une colonie de lépreux... et son arrière-grand-mère y aurait péri. Quels mystères effrayants recèle cette île que surplombent les ruines d'une forteresse vénitienne ? Pourquoi Sophia, la mère d'Alexis, a-t-elle si violemment rompu avec son passé ? La jeune femme est bien décidée à lever le voile sur la déchirante destinée de ses aïeules et sur leurs sombres secrets...

Du même auteur :

L'Île des oubliés, Éditions Les Escales, 2012 ; Le Livre de Poche, 2013

Le Fil des souvenirs, Éditions Les Escales, 2013 ; Le Livre de Poche, 2014

La Ville orpheline, Éditions Les Escales, 2015.

PAPIER À BASE DE
FIBRES CERTIFIÉES

Le Livre de Poche s'engage pour
l'environnement en réduisant
l'empreinte carbone de ses livres.
Celle de cet exemplaire est de :
600 g éq. CO_2
Rendez-vous sur
www.livredepoche-durable.fr

Composition réalisée par PCA

Achevé d'imprimer en avril 2015 en France par
CPI BRODARD ET TAUPIN
La Flèche (Sarthe)
N° d'impression : 3010644
Dépôt légal 1re publication : avril 2015
LIBRAIRIE GÉNÉRALE FRANÇAISE
31, rue de Fleurus – 75278 Paris Cedex 06

31/7811/8